David Falk
Der letzte König

PIPER

Zu diesem Buch

Ein unseliges Bündnis mit den Drachen besiegelte einst den Nieder-
gang des Menschenreiches. Nur der Krieger Athanor überlebte. Mehr
oder weniger geduldet, lebt er beim Volk der Elfen, als ein grausamer
Mord geschieht. Mit einer Gesandtschaft nimmt Athanor die Verfolgung des Täters auf – eines Täters, den er nur allzu gut kennt. Auf der
Jagd nach dem Mörder gelangt der Krieger in ein fernes Reich jenseits des Meeres. Was er dort jedoch vorfindet, ist weit mehr, als er
jemals zu hoffen und zu fürchten wagte …

David Falk, geboren 1972, ist Historiker, Bassist und paranoider
Facebook-Verweigerer. Wenn er nicht gerade phantastische Welten
baut oder seiner Computerspielsucht frönt, reist er am liebsten auf
den Spuren seiner Vorfahren durch Europa – was ihn wieder zu
neuen Romanwelten inspiriert …

Weiteres zum Autor unter:
derletztekrieger.wordpress.com.

David Falk

DER LETZTE KÖNIG

Roman

Piper München Zürich

Entdecke die Welt der Piper Fantasy:

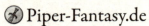 Piper-Fantasy.de

Von David Falk liegen bei Piper vor:
Der letzte Krieger
Der letzte König

Originalausgabe
Januar 2015
© 2015 Piper Verlag GmbH, München
Umschlaggestaltung: Guter Punkt, München | www.guter-punkt.de
Umschlagabbildung: Hrvoje Beslic HB Design
Karte: Timo Kümmel
Satz: psb, Berlin
Papier: Munken Print von Arctic Paper Munkedals AB, Schweden
Druck und Bindung: CPI books GmbH, Leck
Printed in Germany   ISBN 978-3-492-26999-5

»Mein Zorn war gewaltig! Ihn übertraf nur noch mein Schmerz.«
Homer: Ilias, Fünfzehnter Gesang

Prolog

Ithara, drei Monate vor Theroias Untergang

»Das hier ist ein Heerlager und kein Hurenhaus!«, brüllte Argos die leicht bekleideten Frauen an, die er am Vorabend noch so großzügig in seinem Zelt bewirtet hatte. *Nun ja, nicht ganz so großzügig,* dachte Athanor. Immerhin hatten sie eine Gegenleistung erbringen müssen, auf die sie sich sehr gut verstanden. »Hinaus mit euch!« Das zorngerötete Gesicht seines Onkels hätte wohl allein schon genügt, um die Huren aus dem Zelt flüchten zu lassen.

»Die Verstärkung wird Ithara nicht retten«, wiegelte Athanor ab. »Es sind nur die Barbaren aus den Wehrdörfern.«

»*Nur* die Barbaren?«, fuhr Argos auf. »Die Kyperer halten seit Jahrhunderten die Orks von unseren Grenzen ab. Das sind keine verweichlichten Memmen wie die Itharer.« Der Oberste Feldherr fegte die Reste des Frühstücks vom Tisch. Scheppernd landeten goldene Becher und Krüge am Boden, und sofort eilte sein Knappe herbei, um sie aufzusammeln. Argos deutete auf die Karte, die unter dem Geschirr zum Vorschein gekommen war. »Sie werden uns in die Zange nehmen, und zwar genau hier!«

Athanor und sein Freund Theleus traten näher, um zu erkennen, worauf der schwielige Finger des Älteren zeigte. Hinter ihnen schlug jemand den Eingang des Zelts wieder auf.

»Hab ich nicht gerade gesagt …«, rief Argos erbost und verstummte so abrupt, dass sich Athanor über die Schulter nach dem Neuankömmling umsah.

Die schlanke, hochgewachsene Frau hob gerade einen mit goldenen Fäden bestickten Schleier von ihrem Gesicht.

»Anandra!«, entfuhr es Argos. »Hast du den Verstand verloren? Hier ist es nicht sicher.«

Sie bedachte den Obersten Feldherrn mit einem kühlen Blick ihrer eisblauen Augen. »In letzter Zeit erscheint es mir oft, als sei ich die Einzige, die *nicht* den Verstand verloren hat. Ich muss mit dir reden«, wandte sie sich an Athanor. »Allein.« Theleus grinste breit und klopfte Athanor auf die Schulter. »Jetzt weiß ich, warum du nicht heiraten willst. Dann hättest du zwei von der Sorte am Hals.« Athanor erwiderte das Grinsen. »Unsinn. Eine Frau wie Anandra findet man nur einmal.« Seine Schwester lächelte ironisch, während Theleus in Gelächter ausbrach. »Schluss jetzt!«, donnerte Argos. »Du kannst hier mit deinem Bruder reden. Ich habe ein Heer in die Schlacht zu führen.« Damit stürmte er hinaus, dass sein Umhang flatterte. »Das gilt auch für dich, Nichtsnutz«, blaffte er Theleus im Vorübergehen an.

»Wir sehen uns später«, versprach Athanors Freund und eilte hinter Argos und dem Knappen her.

»Unser übellauniger Onkel hat nicht ganz unrecht«, stellte Athanor fest. »Auch wenn das Land zwischen hier und Theroia nun uns gehört, ist es noch kein Garten, in dem du lustwandeln kannst. Außerdem muss ich mich auf die Schlacht vorbereiten. Ein bisschen jedenfalls.«

Anandra verzog spöttisch den Mund. »Die neue Narbe steht dir. Sie unterstreicht deine natürliche Arroganz.«

»Bist du den weiten Weg gekommen, um mir zu schmeicheln? Das wäre nicht nötig gewesen. Die Männer feiern mich ständig – obwohl Onkel die ganze Arbeit macht.«

»Immerhin *das* bemerkst du noch.«

Athanor grinste. »Ich bin nur arrogant, nicht dumm.«

»Wenn du so klug bist, hast du dann über die Berichte nachgedacht, von denen ich dir erzählt habe?«

Ach, darum geht es. Er richtete sich auf. »Dafür habe ich nun wirklich keine Zeit, Anandra. Die Itharer haben ihre Truppen zusammengezogen, und wir müssen sie schlagen, bevor die ungewaschenen Kyperer ihnen den Arsch retten können.«

»Glaubst du, dass du mich mit derber Sprache schockieren kannst?« Seine Schwester hob eine fein geschwungene Braue. »Du solltest mich besser kennen.«

10

Er seufzte nur. Sie hatte noch nie lockergelassen, wenn sie etwas wollte.

»Also? Was denkst du?«

»Ich weiß nicht, was du von mir erwartest. Wenn Drachen eine Stadt angreifen, steht sie in Flammen. Dann trifft es alle, auch die Frauen und Kinder. Das lässt sich nicht ändern.«

Zorn loderte in Anandras Augen auf, doch ihre Stimme blieb beherrscht. »Du weißt genau, was ich meine.«

Allerdings. Aber er wollte diese Berichte nicht hören. Sie waren verwirrend, beunruhigend und ärgerlich. »Soll sich doch Vater darum kümmern. Wir haben hier andere Sorgen.«

»*Hier* werden diese Dinge geschehen, sobald du mit deinen versoffenen Freunden weitergezogen bist.«

Die Zeltplanen bauschten sich. War es eine Windböe oder der Flügelschlag eines Drachen?

»Weitergezogen«, wiederholte Athanor triumphierend. »Du sagst es. Deshalb kann ich auch nichts dagegen tun.«

»Du könntest unsere feinen Verbündeten wenigstens zur Rede stellen und deutlich machen, was du von alldem hältst!«

»Ach ja? Und womit soll ich ihnen drohen? Wenn ihr nicht aufhört, mögliche Widerstandsnester auszuräuchern, wollen wir wieder allein in den Krieg ziehen? Das ist lächerlich. Wir brauchen sie!«

Anandra starrte ihn an, als könnte ihr Blick ihn erdolchen. »Du bekommst den Hals also auch nie voll genug. Und ich habe geglaubt, du seiest anders als Vater.«

»Ich *bin* anders als Vater«, wehrte er ab, doch ihm fiel gerade auch nicht ein, worin sie sich unterschieden. Sie waren eben *anders*. »Ich muss jetzt gehen, Anandra«, sagte er und ließ sie stehen. »Im Krieg sterben nun einmal Menschen. Gewöhn dich endlich daran.«

»Verbündeten, die gegen die Gebote der Götter verstoßen, kann man nicht trauen!«, rief sie ihm nach.

»Welche Götter meinst du?«, gab er zurück, doch ihre Antwort hörte er nicht mehr.

Draußen atmete er erleichtert auf. Ein frischer Wind hatte die Sommerhitze der letzten Tage vertrieben. Graue Wolken zogen über den Himmel wie eine Herde Schafe, die vor den Wölfen floh. Mochte der Herr des Feuers geben, dass die Itharer bald ebenso hastig vor ihnen davonrannten.

Argos stand nur einen Speerwurf entfernt und gab den Spähern letzte Anweisungen. Überall im Lager ertönten die Kriegshörner wie heisere Rufe eines Stiers. Boten eilten umher, um Befehle zu überbringen. Bewaffnete hasteten zu ihren Kameraden, sammelten sich zum Abmarsch. Es galt, die Itharer zu vernichten, bevor die Kyperer eintrafen.

Inmitten dieser Hektik fiel es Athanor schwer, gemessen zu seinem Zelt zu schreiten, wie es dem Thronfolger eines Reichs zukam, das mittlerweile fast alle Länder der Menschen umfasste. Er war nicht scharf auf eine weitere Schlacht, doch die Vorahnung des Kampfrauschs ließ sein Herz schon jetzt schneller schlagen, als stünde er inmitten von Schreien und spritzendem Blut. Unwillkürlich beschleunigten sich seine Schritte. *Zum Dunklen mit dem Anschein!* Sollten sie denken, dass er es kaum erwarten konnte, itharische Erde mit Blut zu tränken.

Vor dem Zelt hielt der Pferdeknecht schon den gesattelten Hengst bereit, der bei Athanors Anblick ein leises, dunkles Wiehern ausstieß. Athanor trat so stürmisch ein, dass sein Knappe vor Schreck fast das Geschirr fallen ließ, das er gerade in eine Truhe packte.

»Das hat Zeit«, schnappte Athanor und nahm einen letzten Schluck aus einem Becher Wein. Der Tross würde die Zelte abbrechen und dem Heer langsam folgen, um es nach der Schlacht in einem neuen Lager zu erwarten.

»Ja, mein Prinz.« Der Junge, irgendein entfernter Vetter aus einem theroischen Adelshaus, reichte ihm den runden Schild. Selbst im Halbdunkel des Zelts blitzte das polierte Silber, und die goldenen Beschläge glänzten wie das Antlitz der Sonne, dem sie nachempfunden waren. Achtlos hängte sich Athanor das Meisterwerk über den Rücken. Bis zum Abend würde von der Pracht nicht mehr viel übrig sein. Sein Vater hatte ihm den Schild zur Feier des Triumphs über Nikene geschenkt. Er war zu wertvoll, um ihn in Scharmützeln gegen gewöhnliche Krieger zu verschleißen, doch heute würden sie Etheon, dem Herrscher Itharas, gegenübertreten. *Möge ihn das spiegelnde Sonnen-licht auf dem Schild so blenden, dass er Freund nicht mehr von Feind unterscheiden kann!*

Schwert und Rüstung hatte Athanor schon vor der Bespre-chung mit Argos angelegt. Nun reichte ihm sein Knappe den mit goldenen Ornamenten verzierten Helm. Die vom Schweiß speckig gewordenen Lederpolster hatten sich seinem Schädel so perfekt angepasst, dass er den Helm nicht mehr mit Riemen befestigen musste.

»Alles hängt vom heutigen Tag ab, nicht wahr?«, platzte der Junge heraus.

Athanor nickte und verließ das Zelt. Bedeutungsschwangere Abschiedsreden lagen ihm nicht. Auch wenn er nicht mehr so blauäugig in die Schlacht ritt wie zu Beginn des Kriegs, dachte er so wenig wie möglich über die Gefahren und eine mögliche Niederlage nach. Sie würden siegen, wie sie es stets getan hat-ten. Etwas anderes kam nicht infrage.

Er schwang sich in den Sattel, und der Knappe reichte ihm die Lanze herauf.

»Mögen Licht und Flamme mit Euch sein, Herr«, wünschte der Junge und trat rasch zurück, als Athanor dem Hengst die Sporen gab.

Auch der Oberste Feldherr saß bereits im Sattel. Er sprach mit dem Boten, der den Drachen seine Anweisungen über-brachte. Athanor schnaubte. Wem machten sie noch etwas vor? Die Drachen nahmen keine Befehle an. Sie befolgten Argos' Anweisungen, weil es ihnen beliebte. Er ahnte, dass Anandra die Wahrheit sprach. Hastig verscheuchte er den Gedanken.

Gerade galoppierte die berittene Vorhut davon. Im Staub, den sie aufwirbelte, sammelte sich ein Kontingent Fußtruppen, um ihnen langsamer zu folgen. Die grüne Flagge mit den gol-denen Flammen Theroias wehte über ihnen, und auch an Atha-nors Lanze flatterte ein grün-goldener Wimpel im Wind. Er ließ den Blick über die Reiter schweifen, die sich um Argos ein-gefunden hatten und ihrem Kronprinzen nun den Weg zu sei-nem Onkel freigaben. Das Gold und Silber an Zaumzeugen, Waffen und Rüstungen zeugte von ihrem hohen Stand. Der

Krieg hatte einen grimmigen Zug in die Gesichter gegraben, doch mehr denn je waren diese Männer entschlossen, die einstige Hauptstadt des längst zerfallenen Alten Reichs zu erobern und ein neues Reich unter Theroias Herrschaft zu errichten. Scherzend und prahlend waren sie vor drei Jahren zu ihrem ersten Feldzug aufgebrochen. Mittlerweile brauchten sie reichlich Wein und den Taumel eines weiteren Siegs, um fröhlich zu sein.

Athanors Blick suchte Theleus. Vielleicht hätte auch er nicht mehr gelacht, wenn sein Freund auf einem der Schlachtfelder geblieben wäre.

Als der Bote zu den Drachen davonritt, sah sich der Oberste Feldherr kurz um. Sein grau melierter Bart und der Schatten des Helms verliehen auch ihm einen düsteren Ausdruck. Offenbar waren jene eingetroffen, auf deren Anwesenheit er Wert legte, denn er setzte ohne ein Wort sein Pferd in Bewegung. Athanor lenkte seinen Hengst neben ihn, und hinter ihnen reihten sich Theleus und Argos' ältester Sohn ein. Weder er noch sein Onkel wandten noch einmal den Kopf. Die Kunst der Führung war, niemals daran zu zweifeln, dass das Heer ihnen folgte.

Niemals zweifeln. Das könnte mein Wahlspruch sein. Nicht denken, sondern die Dinge einfach geschehen lassen. Andere entschieden für ihn – sein Vater, sein Onkel, die Götter ... Trottete er Argos nicht im Grunde nach wie ein Kampfhund, der auf Befehl seine Gegner zerfleischte und sich dann im Jubel der Menge sonnte? Es war seine Bestimmung, dass die Männer zu ihm aufsahen und ihre Frauen und Töchter ihn anhimmelten. Warum alles infrage stellen, wenn es so gut für ihn lief? Doch Anandras Worte gingen ihm nicht aus dem Kopf. Wie lästige Fliegen kehrten sie wieder und wieder in seine Gedanken zurück. Er musste etwas sagen. Irgendwas. »Welche Anweisungen habt Ihr den Drachen gegeben?«

»Dass wir beim geplanten Vorgehen bleiben«, brummte Argos.

Er wollte die Itharer angreifen, als ob es die anrückenden Kyperer nicht gab? »Warum versuchen wir nicht, Etheons Heer zu umgehen und ihm in den Rücken zu fallen?«

Der Oberste Heerführer sah Athanor an, als hätte er ihn nie zuvor gesehen. Es lag nicht daran, dass es jemand wagte, seine Strategie infrage zu stellen. Athanor hatte oft genug mit angehört, wie hochrangige Krieger mit seinem Onkel über die Taktik der nächsten Schlacht stritten. Solange sie am Ende seine Befehle befolgten, störte es Argos nicht. Es lag an *ihm*. Seit sie in diesen Krieg gezogen waren, hatte er die Entscheidungen seines Onkels hingenommen wie Ratschlüsse eines Gotts.

»Dafür ist es zu spät«, befand Argos. »Wenn wir es durch das Flusstal versuchen und entdeckt werden, können sich die Itharer von den Hängen auf uns stürzen, während uns die Kyperer vom anderen Ufer aus mit Pfeilen eindecken. Wenn wir den Höhenweg nehmen, sind wir weithin sichtbar und müssen eine so lange Schlange bilden, dass der Feind jederzeit unsere Linie durchbrechen kann. Etheon will es auf die alte Art. Zwei Heere, die auf einer Ebene aufeinanderprallen. Soll er seinen Willen haben. Es wird das letzte Mal sein.«

»Aber Ihr habt doch selbst gesagt, dass die Kyperer unsere ...«

»Die Drachen werden sich schon um die Kyperer kümmern. Aus der Luft haben sie den nötigen Überblick und wissen, was zu tun ist.« Argos' Tonfall machte deutlich, dass das Thema für ihn erledigt war.

Athanor blickte starr geradeaus. Gestern noch hätte er genickt und geschwiegen, obwohl ihm die Abhängigkeit von den Drachen zuwider war. »Ist es klug, so sehr auf die Drachen zu vertrauen?«

Argos wandte sich ihm so heftig zu, dass er sein Pferd aus dem Tritt brachte. »Klug? Wir führen seit drei Jahren Krieg! Wir haben so viele Männer verloren, dass uns selbst die weibischen Itharer gefährlich werden können. Wir *brauchen* die verdammten Drachen, sonst kannst du die Welt vom Spieß eines Kyperers aus betrachten.«

Athanor konnte hören, wie Theleus hinter ihm nach Luft schnappte. Oberster Feldherr oder nicht, Argos war nur sein Onkel. Als Kind hatte er sich von ihm maßregeln lassen müssen, aber damit war es lange vorbei. »Ihr werdet Euren zukünftigen König nicht noch einmal anbrüllen, oder Ihr findet Euren Kopf auf *meinem* Spieß wieder. Haben wir uns verstanden?« Argos' Augen funkelten im Schatten des Helms. Sein Brustkorb hob sich, als setze er zu einer noch lauteren Antwort an, doch er stieß die Luft wieder aus. »Vergiss nicht, dass dich nur der frühe Tod deines Bruders davor bewahrt hat, mein Leben führen zu müssen«, zischte er. *Er wagt es, mich daran zu erinnern?* Athanors Faust ballte sich um den Schaft der Lanze. Es war so dreist, dass ihm keine Erwiderung einfiel. Er konnte Argos auch nicht einfach mit einem Faustschlag aus dem Sattel werfen – schließlich ritten sie in eine Schlacht. Der Oberste Feldherr und er mussten Einigkeit und Entschlossenheit ausstrahlen. Im einsetzenden Schweigen kam ihm das Säuseln des Winds an seinem Helm unnatürlich laut vor. *Danke, Anandra. Bist du jetzt zufrieden?* Dieser Streit hatte nichts bewirkt, außer sein Verhältnis zu seinem Onkel zu zerrütten.

Wortlos zogen sie auf die ausgedörrte Ebene hinaus, wo Etheons Heer als dunkle Linie vor dem Horizont wartete. Die Vorhut hatte beim Anblick des Gegners angehalten und dem Teil der Fußtruppen, der Argos vorausmarschiert war, befohlen, sich in Reihen von hundert Mann aufzustellen. In der Mitte hatten sie eine Gasse gebildet, durch die Athanor, der Oberste Feldherr und ihre engsten Vertrauten nach vorn ritten.

Argos winkte einen Meldereiter an seine Seite. »Die Männer sollen die Länge der Reihen verdoppeln. Eine Hälfte der Berittenen will ich hier vor den Fußtruppen sehen, die andere soll dahinter Aufstellung nehmen. Berichte mir, wenn alle vollzählig angetreten sind!«

Der Bote stob davon, um die Anweisungen zu überbringen. Nun hieß es warten, bis auch der letzte Heerhaufen eingetroffen war. Athanor nahm einen Schluck aus dem Wasserschlauch, der an seinem Sattel hing. Der verfluchte Streit hatte einen schlechten Geschmack in seinem Mund hinterlassen, den er angewidert ausspuckte.

»Sieht aus, als würden die Götter heute Abend um die Gefallenen weinen«, stellte Theleus mit einem Blick zum Himmel fest.

»Wenn sie denn so lange warten.« Die Wolken waren so dunkel geworden, dass Athanor daran zweifelte.

Aus den Reihen der einfachen Männer drangen die Stimmen der Priesterinnen herüber, die an ihnen vorüberschritten und sie mit Wasser aus dem heiligen See besprengten. Der Segen der Urmutter Kaysa versprach Leben, und genau das war es, was sich die Soldaten erhofften – nach der Schlacht noch am Leben zu sein.

Athanor sah sich um. Boros, ein Krieger aus dem nördlichsten Fürstenhaus Theroias, ritzte sich mit dem Schwert den Handballen. Das hervorquellende Blut strich er über die Klinge und murmelte beschwörende Worte an den Totengott. Sicher war er nicht der Einzige, der dem Dunklen eine reiche Ernte versprach – im Austausch für das eigene Leben. Athanor fand sie erbärmlich. Er würde mit keinem Gott um sein Leben feilschen. Jede Schlacht bewies aufs Neue, dass sie ohnehin nicht zuhörten.

Stattdessen wandte er sich dem Späher zu, der gerade auf schweißnassem Pferd zurückkehrte.

»Hast du Kyperer gesehen?«, wollte der Oberste Feldherr wissen, bevor der Mann auch nur sein Tier gezügelt hatte.

»Nein, Herr. Offenbar haben sie sich noch nicht mit den itharischen Truppen vereint. Ich habe Etheons Heer weiträumig umkreist. Keine Spur von kyperischen Standarten.«

Argos brummte undeutbar. Dass die Kyperer noch vor Sonnenuntergang eintrafen, stand außer Zweifel. »Wie stark ist er?«

»Ich schätze 3000 Krieger und 10 000 Mann Fußvolk.«

Athanor und Theleus wechselten einen Blick. Solange die Barbaren aus den Wehrdörfern nicht eingriffen, kamen auf jeden von ihnen zwei Gegner.

»Ist dir irgendetwas Wichtiges oder Seltsames aufgefallen?«, erkundigte sich Argos.

»Die Fußtruppen tragen ungewöhnlich große und schwere Schilde mit sich. Vielleicht ein Versuch, sich gegen das Drachenfeuer zu wappnen.«

Der Oberste Feldherr winkte ab. »Das wird sie nicht retten.« Unter den Kriegern, die ihn umgaben, ertönte vereinzeltes Gelächter. Wenn die Schilde nicht gerade aus Eisen waren, würden sie brennen wie Zunder. Und selbst Eisen schmolz in den magischen blauen Flammen.

Argos entließ den Späher mit einem Wink. »Wir rücken vor!«, rief er, und der Befehl breitete sich wie Funkenflug unter den Männern aus. Hornsignale ertönten. In geordneten Reihen setzte sich das Heer in Bewegung.

Die Itharer warteten noch immer ab. Sicher wussten sie, dass die Kyperer unterwegs waren, und spielten auf Zeit. Athanor kniff die Augen gegen den zunehmenden Wind zusammen. Je näher er kam, desto mehr Details schälten sich aus der Masse der Gegner. Fast war es, als blicke er in einen Spiegel. Wie bei ihnen schirmten auch die itharischen Reiter das Fußvolk vor dem Anblick des anrückenden Feinds ab. Rote und weiße Wimpel flatterten an den Lanzen der Itharer. Ihre großen Banner bauschten sich im Wind.

Aus der Mitte löste sich eine Handvoll Krieger und kam den Theroiern entgegen. Argos hob eine Hand. Befehle wurden gebellt. Reihe um Reihe kam das Heer wieder zum Stillstand.

»Das ist Etheon«, stellte der Oberste Feldherr fest. »Er will wohl verhandeln.«

»Mutig für einen Weichling, sich uns so auszuliefern«, befand sein Sohn.

»Er ist nicht mutig, sondern vertraut darauf, dass wir ehrenhaft sind«, wies Argos ihn zurecht. »Ich werde ihm begegnen, wie es Feldherrn in den Tagen des Alten Reichs getan haben. Athanor, Theleus, Boros, ihr begleitet mich!«

Theleus warf Athanor einen fragenden Blick zu. Sollten sie darauf vertrauen, dass sich Etheon wirklich an die alten Regeln hielt? Athanor nickte, stieß seine Lanze in die Erde und trieb sein Pferd wieder an Argos' Seite. Dem Feind vor dem Kampf in die Augen zu sehen, gefiel ihm. Er war neugierig auf den König Itharas, der seine Männer selbst in die Schlacht führte, statt sich hinter hohen Mauern zu verstecken.

Etheon wurde von zwei Kriegern und zwei Bannerträgern begleitet, die sichtlich mit den vom Wind gebeutelten Stoffbahnen zu kämpfen hatten. Schon von Weitem erkannte Athanor das rote Banner Itharas mit dem goldenen Greifen darauf, doch sein Blick blieb an der weißen Fahne hängen, auf der eine goldene Sonne prangte.

»Er sieht sich also tatsächlich in der direkten Nachfolge des letzten Kaysars«, murmelte er.

Argos schüttelte den Kopf. »Nein. Er hält sich für den letzten Kaysar.«

Lächerlich. Das Reich war vor fast tausend Jahren wieder in die Königtümer zerfallen, die die Hochkönige einst vereint hatten. In den Kriegen um den Kaysarthron hatten sie sich so lange aufgerieben, bis die blanke Not dem Irrsinn ein Ende gesetzt hatte. Jahrhundertelang war es zwischen den annähernd gleich starken Kontrahenten bei Überfällen und Grenzstreitigkeiten geblieben – bis Theroia das Bündnis mit den Drachen schloss.

»Was ist das für ein süßlicher Gestank?«, wunderte sich Theleus.

Der Wind wehte ihn auch Athanor in die Nase. »Salböl.« Angewidert verzog er das Gesicht. Es stimmte also, dass sich die Itharer täglich mit Duftölen übergossen. Ihre Haut musste weich wie Butter sein. *Umso leichter werden unsere Klingen sie durchschneiden.*

Etheon und sein Gefolge hielten einen Speerwurf entfernt an und überließen es Argos, wie weit er sich ihnen nähern wollte. Der Oberste Feldherr ritt weiter, bis Athanor und er nur noch drei Pferdelängen von Etheon entfernt waren. Einen Augenblick lang musterten sie sich gegenseitig, ohne etwas zu sagen. Der König Itharas war von schlanker, beinahe schmächtiger Gestalt, doch für einen Mann, der älter als Argos sein musste, sah er überraschend jung aus. In seinem sehr kurz und sorgfältig gestutzten Bart zeigte sich noch kein graues Haar. Seine Haut schimmerte wie die eines Mädchens nach dem Bad. Zwar trug er eine Rüstung, aber anstelle eines Helms saß eine schmale, mit roten Edelsteinen besetzte Krone auf dem vom Salböl glänzenden Haupt.

»Seid gegrüßt, Etheon, König Itharas!« Argos trieb sein Pferd noch ein paar Schritte vorwärts, sodass Athanor ihm folgen musste, wenn er nicht wie ein Leibwächter im Hintergrund bleiben wollte.

»Ich grüße Euch, Argos, aber ich heiße Euch nicht willkommen«, erwiderte Etheon mit fester Stimme. »Mit welchem Recht führt Ihr ein Heer in mein Land, ohne mich um Erlaubnis zu fragen?«

Mit dem Recht dessen, der es kann, dachte Athanor schmunzelnd.

»Mein Bruder Hearon, König von Theroia erhebt Anspruch auf den Kaysarthron«, verkündete sein Onkel. »Wenn Ihr Euch unterwerft, gestattet er Euch, Herr über Ithara zu bleiben und Eurer Ergebenheit durch Tributzahlungen Ausdruck zu verleihen.«

Aus den Gesichtern seiner Begleiter sprachen Wut und Empörung, aber Etheons Miene verriet nichts. »Seit über 700 Jahren stellt meine Familie die Könige Itharas, und wer über Ithara herrscht, *ist* der Kaysar – und damit Herr über das Reich.«

Argos zuckte ebenso ungerührt mit den Schultern. »Ein Anspruch, den seit ungezählten Generationen niemand außerhalb Itharas anerkannt hat.«

In die Züge des Königs stahl sich Hochmut. »In diesen unzivilisierten Zeiten neigen die Menschen dazu, die Rechte anderer mit Füßen zu treten. Das ändert jedoch nichts an ihrer Rechtmäßigkeit.«

»Das Königshaus Theroias hat die älteren Rechte am Kaysarthron.«

»Das kann jeder behaupten. Dadurch wird es noch lange nicht wahr.«

»Helike, die Mutter des letzten *wahren* Kaysars, war eine Tochter Athanors, des damaligen Königs von Theroia und Urahn König Hearons und seines Sohnes Athanor, der nach ihm benannt wurde.«

Etheon winkte ab. »Jedes Königshaus Ardaias kann auf verwandtschaftliche Bande mit der einstigen Kaysardynastie verweisen. Um diese lächerlichen Ansprüche wurden mehr Kriege geführt, als die Chronisten zählen konnten.«

Ein grimmiges Lächeln umspielte den Mund des Obersten Feldherrn.»Dann wird es wohl einen weiteren geben müssen.«

»Ist das alles, was Ihr anzubieten habt? Ich soll mich kampflos unterwerfen und Theroia meine Schatzkammern öffnen?«

»Wir bieten Euch immerhin an, König zu bleiben«, mischte sich Athanor ein.»Diese Wahl hatten die einstigen Herren Nikenes, Lethos und der Nordmark nicht.«

»Ihr seid *zu* großzügig, Prinz von Theroia. Ich hoffe, Ihr findet mein Angebot angemessener: Ich gewähre Euch und Euren Männern freies Geleit und Frieden zwischen unseren Ländern, wenn Ihr jetzt umdreht und nach Hause reitet.«

Athanor lachte auf.

Argos schoss ihm einen strafenden Blick zu.»Ich bedaure, König Etheon, doch die Befehle meines Bruders verbieten mir, Euren Vorschlag anzunehmen.«

In Etheons Augen blitzte Wut auf.»Ihr haltet Euch für unbesiegbar, aber ohne dieses schändliche Bündnis mit den Drachen wärt Ihr nichts. Die Götter werden Euch für diesen Frevel richten!«

Bevor Athanor zornig antworten konnte, sprach Argos bereits. Noch immer sah er so gleichmütig aus, als ginge es darum, wer wen zum Abendessen einlud.»Dann seid Ihr also nicht gewillt, Euch zu ergeben?«

»Der Löwe ergibt sich nicht, nur weil der Hund ihn ankläfft.«

Athanors Hand zuckte zum Griff seines Schwerts, doch Argos packte ihn am Arm, bevor er die Klinge ziehen konnte. Was fiel seinem Onkel ein?»Sollen wir uns von diesem parfümierten Hänfling etwa beleidigen lassen?«

»Wenn ehrbare Männer verhandeln, werden keine Waffen gezogen! Du kannst ihm auf dem Schlachtfeld gegenübertreten, wenn dir der Sinn danach steht.«

Knurrend ließ Athanor von seinem Schwertgriff ab, woraufhin auch Etheons Begleiter die Hände wieder von den Waffen nahmen.»Ihr habt Eure Wahl getroffen. Beschwert Euch nicht, wenn Ihr am Ende blutend im Staub liegt!«, fuhr er den König an und wendete sein Pferd. Ohne sich noch einmal umzusehen, galoppierte er zum Heer zurück. Er würde dem Kerl schon zeigen, wer von ihnen beiden der Löwe war. Doch der erste Stachel saß viel tiefer in seinem Fleisch. »*Ohne dieses schändliche Bündnis mit den Drachen wärt Ihr nichts.*« Hatten sich heute alle verschworen, um ihm diesen Makel unter die Nase zu reiben? *Zum Dunklen mit ihnen allen!* Athanor riss seine Lanze wieder aus der Erde und strafte die gaffenden Noblen seines Heers mit Schweigen. In gemächlichem Trab kehrten Argos und seine verbliebenen Begleiter zurück.

»Sind weitere Späher zurückgekommen?«, verlangte der Oberste Feldherr zu wissen, noch bevor er ganz heran war.

»Ja, Herr«, meldete sich einer der Kundschafter und drängelte sich zwischen den Kriegern nach vorn. »Ich habe Kyperer gesehen. Sie haben bereits den Fluss durchquert.«

»Wie viele?«

»Mindestens zweitausend Reiter, aber vielleicht kommen noch mehr. Mein Begleiter ist dortgeblieben, um sie im Auge zu behalten, während ich Euch warne.«

Argos nickte. »Reite zurück und berichte uns, wie viele es insgesamt sind! Um diese Orkschlächter müssen wir uns mehr Sorgen machen als um Etheons verzärtelten Haufen«, wandte er sich an Athanor.

Theleus grinste. »Habt Ihr gesehen? Ich glaube, die zupfen sich sogar die Augenbrauen.«

Der Oberste Feldherr gestattete seinen Kriegern Gelächter, bevor er die Hand hob, um Schweigen zu gebieten. »Athanor, ich übertrage dir die Führung der Krieger, die hinter dem Fußvolk Aufstellung genommen haben. Ich werde mit allen anderen vorrücken und Etheons Heer in den Boden stampfen ...«

Bekräftigende Rufe unterbrachen ihn.

»Ihr wollt, dass ich untätig herumstehe?«, fuhr Athanor auf.

»Nein, verdammt! Du sollst abwarten und eingreifen, sobald die Kyperer unsere Flanke angreifen!«

Athanor knurrte unwillig.

»Kann ich mich darauf verlassen?«, hakte Argos nach.

Obwohl ihm bewusst war, welche wichtige Aufgabe der Oberste Feldherr ihm übertrug, rang Athanor noch immer mit seinem Stolz und seiner Wut. *Er* wollte Etheon die Lanze in den öligen Leib treiben.

»Kann ich mich darauf verlassen?«

»Ja, verflucht!«

Argos warf einen Blick zum Himmel hinauf. »Die Drachen werden bald hier sein. Vielleicht halten sie sich schon in den Wolken verborgen. Nimm Theleus und Boros mit, und begib dich auf deinen Posten! Wir greifen an!«

Auch Athanor suchte den Himmel ab, während er zwischen den Reihen der Soldaten nach hinten ritt. Noch war keiner der großen, dunklen Umrisse zu sehen, die oft schon vor der Schlacht über ihnen gekreist waren. Die Kriegshörner bliesen zum Aufbruch. Mit der Attacke würde der Oberste Feldherr bis zum letzten Moment warten, damit die Fußtruppen nicht außer Atem waren, bevor sie den Feind erreichten.

Vor den Berittenen hielt Athanor an und hob seine Lanze, um die Aufmerksamkeit der Krieger auf sich zu lenken. »Männer! Tapfere Theroier! Der Oberste Feldherr hat uns befohlen, vorerst hierzubleiben und abzuwarten. Ich weiß, dass euch das ebenso enttäuscht und schwerfällt wie mir. Aber glaubt mir, die itharischen Memmen sind eure Klingen nicht wert! Ihr König, mit dem ich gerade sprach, ist ein weibischer Schwächling. *Wir* werden die Ehre haben, uns mit den Kyperern zu messen, die uns feige in den Rücken fallen wollen. Zeigen wir diesen Barbaren, wer die besseren Krieger sind!«

Die theroischen Reiter brachen in Jubel aus. Einige brachten ihre Pferde dazu, sich aufzubäumen, andere reckten siegesgewiss ihre Lanzen mit den flatternden Wimpeln zum Himmel. Athanor erwiderte ihren Gruß. Die Begeisterung der Männer dämpfte seinen Zorn. Argos mochte der Oberste Feldherr sein, aber die Liebe der Krieger galt ihm, ihrem zukünftigen König. Indem sie ihm halfen, die ganze Welt zu erobern, erhaschten sie Anteil an seinem Glanz.

Der Wind trug den Ruf der Hörner zum Angriff heran. Athanor wendete sein Pferd, um den Zusammenprall der Heere zu beobachten. Wie ferner Donner dröhnte der Hufschlag galoppierender Krieger. Staubwolken wirbelten auf, um sogleich von den Böen zerfetzt zu werden. Kampfgebrüll wehte heran, doch das Gelände war zu flach, um mehr zu erkennen als die wogenden Reihen der Männer, die sich auf den Feind stürzten.

Schweigen legte sich über die wartenden Krieger. Wie gebannt waren ihre Blicke auf das Schlachtfeld gerichtet. Je länger er untätig im Sattel saß, desto unruhiger wurde Athanor. Wie schlugen sich die Itharer? Hatten sie Argos mit einem unerwarteten Manöver überrascht? Und wo blieben die verdammten Drachen? Suchend schweifte sein Blick zu den Wolken empor. Nichts.

»So kann das nicht weitergehen«, blaffte er Theleus an. »Wo sind die Späher? Ich muss wissen, wie es steht.«

»Ich fürchte, die sind alle unterwegs, um nach Kyperern Ausschau zu halten.«

»Boros, wähle zwei Männer mit schnellen Pferden aus! Ich will, dass sie von beiden Seiten das Schlachtfeld umkreisen und mir Bericht erstatten.«

Der Krieger nickte und ritt davon. Kurz darauf jagten zwei Späher auf die Ebene hinaus. Die kämpfenden Heere verschwammen immer mehr zu einem Gewühl aus hektischen Bewegungen und Staub. Athanor glaubte, die aufgewühlte Erde und das Blut zu riechen. Schreie und Waffengeklirr wehten herüber. Am liebsten wäre er wie die Löwen in den Käfigen der Arena auf und ab gelaufen, doch das Pferd hin und her zu scheuchen, war nicht dasselbe. Mühsam zwang er sich zur Ruhe. Vor den Kriegern musste er Überlegenheit und Zuversicht ausstrahlen.

»Was zum …« Theleus brach ab, und Athanor folgte seinem Blick zu einigen Männern, deren aufgeregte Rufe der Wind von ihm wegtrug. Die Krieger deuteten auf einen einzelnen Reiter, der sich aus der Richtung der Kyperer näherte.

»Da stimmt etwas nicht.« Athanor gab seinem Pferd die Sporen. Der Kundschafter hing so tief über dem Hals seines Tiers, dass es aussah, als fiele er jeden Augenblick aus dem Sat-

24

tel. Selbst als Athanor und Theleus auf ihn zugaloppierten, rührte er sich nicht. Schon konnte Athanor den Pfeil sehen, der aus dem Rücken des Mannes ragte. *Hoffentlich ist er nicht tot und kann noch sprechen.*

»Späher!« Athanor zügelte sein Pferd vor dem Verwundeten und drängte es langsam näher. Es war nicht derselbe Mann, der Argos von den Kyperern berichtet hatte, denn dieser hier hatte blondes Haar. »Was ist passiert? Wo ist dein Begleiter?« Er beugte sich vor und griff dem Mann unters Kinn, um ihm ins Gesicht zu sehen. Mit jedem keuchenden Atemzug tropfte Blut aus dem Mund des Spähers.

»Die Lunge ist getroffen«, vermutete Theleus.

»Das sehe ich selbst!«

»Kyperer«, flüsterte der Verwundete. Er versuchte, sich aufzurichten, sackte jedoch sofort wieder zusammen. Sein Gesicht war grau wie die Wolken über ihnen. »Viele. Sie …«

»Wie viele? Wie nah?«

»Fünf… fünftausend … am Rand … der Ebene.«

Athanor blickte über den Späher hinweg, ob er die Horde schon am Horizont entdecken konnte. *Fünftausend.* Warum hatte ihm nie jemand gesagt, dass es so viele gab? Wenn von den Kyperern die Rede war, hatte er immer das Bild versprengter Dörfer vor Augen gehabt, die sich hinter Wällen und Palisaden vor plündernden Orks verschanzten.

Als er Hufschlag hörte, wandte er sich um. Boros näherte sich ihnen. Alle anderen wagten nicht, ohne Befehl ihren Platz zu verlassen. Ihre Blicke waren auf ihn gerichtet. Er spürte es, obwohl sie zu weit entfernt waren, um es zu sehen.

Boros erwiderte Athanors Blick mit grimmiger Miene.

»Sieht nach schlechten Neuigkeiten aus.«

»Fünftausend Reiter.«

Die beiden Worte genügten, um den Krieger die Waffe berühren zu lassen, die er dem Dunklen geweiht hatte.

»Soll ich ihn zu einem Heiler bringen?«, fragte Theleus, obwohl sie wussten, dass kein Feldscher im ganzen Tross den Mann retten konnte. Wenn der Pfeil entfernt wurde, starb er nur schneller.

Athanor hob das Gesicht des Spähers wieder an, sodass der Mann nicht sehen konnte, wie er seinen Dolch zog. »Ich kümmere mich selbst darum. *Warum sollte ein treuer Untertan weniger Gnade erfahren als ein Hund?* In der Miene des Verwundeten zuckte es, als er den schnellen Schnitt spürte. Athanor hielt ihn beim Kinn gepackt, während das Blut wie ein Sturzbach den Hals hinabrann. Schweigend sah er ihm in die Augen, bis der Blick darin brach.

»Lass ihn hinter die Linien schaffen, Boros!« In der Ferne entdeckte Athanor eine Staubwolke, so gewaltig, dass nicht einmal der Wind sie rasch genug verteilen konnte, um sie vor ihm zu verbergen. »Beeil dich!«

Boros packte das Pferd des Toten am Zügel und ritt davon. Dicht gefolgt von Theleus jagte Athanor auf seinen Platz bei den vornehmsten Kriegern zurück. Erwartungsvoll blickten sie ihm entgegen, riefen Fragen gegen die immer heftigeren Böen an.

»Bereit machen zum Angriff!«, rief Athanor anstelle einer Antwort. Einzelne Männer mochten aus Verzweiflung zu Helden werden, aber ein *Heer* kämpfte besser, wenn es an den Sieg glaubte. »Die Kyperer kommen!«

Hastig wurden Helme zurechtgerückt und Arme durch Schildriemen geschoben. Auch Athanor nahm den silbernen Schild mit der goldenen Sonne von seinem Rücken und packte die Lederschlaufe, die als Griff diente. *Wo zum Henker bleiben die verfluchten Drachen?* Aus der Luft mussten sie doch längst gesehen haben, mit welcher Übermacht es die Theroier zu tun hatten. Wieder kamen ihm Anandras Worte in den Sinn. *Nein.* Die Drachen würden, sie *durften* ihn nicht im Stich lassen.

»Wie lauten deine Befehle?«, wollte Theleus wissen.

Fieberhaft suchte Athanor nach einer Antwort. Sollte er mit seinen Männern nicht doch einen Riegel zwischen dem Fußvolk und den Kyperern bilden? Dann konnten die Barbaren Argos' Flanke gar nicht erst angreifen. Aber sich frontal der Attacke zu stellen, wenn auf jeden Verteidiger fünf Gegner kamen, war dumm. Er musste jeden kleinen Vorteil nutzen, den er bekommen konnte.

»Wir umgehen sie und greifen von hinten an«, rief er. »So zermahlen wir sie zwischen Argos und uns. In Zehnerreihen vorwärts!«

Flankiert von Theleus und dem gerade zurückkehrenden Boros galoppierte Athanor mit emporgereckter Lanze voran. Sein Befehl wurde weitergegeben. Hörner bliesen zum Angriff. *Wir zermahlen sie.* Markige Worte, denen seine Männer hoffentlich mehr Glauben schenkten als er.

Ich hätte es ahnen müssen, schoss ihm durch den Kopf, als am Horizont ein Reiterheer auftauchte, das direkt auf ihn zuhielt. Dahinter tauchte ein zweites auf, das auf Argos' Truppen zuritt. Auch die Kyperer hatten Späher ausgesandt und ihn längst entdeckt. *So viel zu unserem Plan.* »Auffächern!«, brüllte er. »Auffächern!«

Zu beiden Seiten kamen Krieger in sein Blickfeld, die ihre Spieße auf den Gegner richteten.

»Schilde hoch!«, schrie Boros.

Wie von selbst hob Athanor den Arm so hoch, wie es der Zügel zuließ, ohne das Pferd zu bremsen. Erst jetzt entdeckte er vor dem dunklen Himmel die Wolke aus Pfeilen, die im nächsten Moment auf sie niederging. Etwas streifte seinen Stiefel. Ein anderer Pfeil prallte mit metallischem Knall von der dicksten Stelle des Schilds ab. Theleus' Pferd stürzte, schleuderte ihn aus dem Sattel. Athanor blieb nur ein kurzer Blick auf seinen Freund, der sich benommen aufrappelte. Wie konnten die verdammten Kyperer gleichzeitig reiten und schießen?

Sofort rückte ein anderer Krieger auf, um die Rolle des Leibwächters zu übernehmen. Athanor erkannte Peleas, einen Sohn des zweitmächtigsten Fürsten Theroias, und nickte ihm zu. Nun war der Feind nah genug, um einzelne Reiter zu unterscheiden. Über ihnen ragten die barbarischen Standarten aus Orkschädeln und Tierfellen auf. Das Donnern der Hufe und Kampfgeschrei wehten Athanor entgegen. Erst jetzt senkte er die Lanze. Die Kyperer schwangen Speere und Äxte. Auf ihren mit Rohhaut bespannten Schilden prangten blutrote Handabdrücke wie von Riesen.

Athanor fixierte den Kerl, der direkt auf ihn zukam. Eine mit Eisenplatten verstärkte Lederrüstung, Schild und Helm schützten den Mann. Der zum Kampfruf geöffnete Mund klaffte wie ein Loch im bärtigen Gesicht. Statt auf den Leib, zielte Athanor auf diesen Punkt. »Für Theroia!«, brüllte er und jagte noch schneller auf den Gegner zu.

Seine Krieger nahmen den Ruf auf. Der Barbar, auf den Athanor zuraste, schleuderte ihm einen Speer entgegen. Perfekt gezielt flog die Waffe über den Kopf seines Pferds, direkt auf Athanors Gesicht zu. Hastig lenkte er das Geschoss mit dem Schild ab, packte die Lanze fester und zielte erneut. Sein Gegner zerrte eine Axt aus dem Gürtel und öffnete den Mund zu einem weiteren Schrei.

Athanor hörte die Stimme des Fremden aus dem Lärm heraus, bevor die Spitze seiner Lanze zwischen dessen Zähne fuhr und im Genick wieder austrat. Die Wucht des Treffers riss den Sterbenden aus dem Sattel und drohte, auch Athanor vom Pferd zu hebeln. Rasch ließ er die Waffe fahren, um nach seinem Schwert zu greifen, während sein Pferd beinahe das Tier eines Barbaren rammte. Der Kyperer hieb mit einer breiten Klinge nach Athanor, doch Peleas stieß ihn im Getümmel mit dem Schild, sodass er sich fast selbst auf Athanors Schwert spießte.

Neben ihm schrie Boros auf. Ein Barbar zerrte an dem Speer, den er dem Theroier in die Brust gestoßen hatte. Athanor stach über den Schild des Kyperers in die Lücke zwischen Rüstung und Helm. Blut schoss hervor. Er konnte nur hoffen, dass Boros gesehen hatte, wie er ihn rächte, bevor seine Augen gebrochen waren.

Ohne Worte brüllte er seine Wut hinaus – auf diese Barbaren, die sich in fremde Angelegenheiten mischten. Auf den Dunklen, der Boros' Pakt nicht angenommen hatte. Doch vor allem auf die Drachen. Der Zorn verlieh ihm die Stärke, dem nächsten Gegner mit einem Hieb den Arm abzutrennen. Ein kyperischer Speer kratzte über seinen Schild, bevor der Besitzer von der Lanze eines nachrückenden Theroiers durchbohrt wurde. Zu seiner Rechten erwehrte sich Peleas zweier Feinde zugleich. Athanor trieb sein Pferd auf einen der beiden zu, holte zum Hieb aus, als Peleas auch schon schäumendes Blut gurgelte. Schwach wehrte der Verwundete einen weiteren Axthieb ab. Zu spät fällte Athanor vor Zorn das Pferd des Gegners und trennte auch dem Mann fast den Kopf ab. Herr und Tier gingen blutüberströmt zu Boden, aber Peleas war reglos im Sattel zusammengesunken. Ein Stoß des verbliebenen Gegners schickte ihn in den blutigen Staub. Höhnisch lachte er Athanor zu, der ihn über die Toten und Pferde hinweg nicht erreichen konnte. Gerade noch rechtzeitig wandte sich Athanor wieder den Kyperern zu, die auf ihn eindrangen. Er schlug das Schwert des einen mit dem Schild zur Seite und parierte die Axt des anderen mit dem Schwert. Doch es schwächte den Hieb nur ab. Mit einem hässlichen Laut drang das Axtblatt in seinen Helm. Metall knirschte, während der Barbar an der Waffe zerrte und damit den Helm von Athanors Kopf riss. Vom Schlag benommen kämpfte Athanor die Klinge frei, stach von unten nach der Kehle des Gegners. Die Schwertspitze glitt im gleichen Moment hinein, da der Kerl mit der Axt samt Helm zum Hieb ausholte wie mit einem unförmigen Hammer. Aus hervorquellenden Augen starrte er Athanor an. Der Waffenarm zuckte im Ansatz des letzten Hiebs, bevor er kraftlos herabsank.

Hastig zog Athanor sein Schwert zurück und sah sich nach dem anderen Gegner um, doch der drosch bereits auf einen neuen Theroier ein. Vergeblich versuchte Athanor, das Blut aus seinem Auge zu wischen, das ihm die Stirn hinabrann. Blinzelnd wandte er sich dem Kyperer zu, der mit erhobenem Speer auf ihn zukam. Athanor spürte eine Kälte in seinem Herzen, als ob er einen Klumpen Eis in der Brust trug. Sollte das hier das Ende sein? Würde er auf diesem Schlachtfeld sterben, nur weil die götterverfluchten Drachen das Bündnis brachen?»Was zum Dunklen hält euch so lange auf?«, brüllte er den Barbaren an, ohne ihn zu meinen.

Für einen Lidschlag verwirrten die Worte den Mann. Der Moment genügte Athanor, um sein Pferd herumzuwerfen, sodass der Speer nur den Schild traf und darin stecken blieb. Mit einem Ruck riss er dem Feind den Speer aus der Hand, der sich unwillkürlich vorbeugte, um die Waffe wieder zu ergreifen. Athanors Schwert zuckte dem Kerl entgegen, drang durch ein Auge in den Schädel. Der Barbar schrie auf, bevor er abrupt verstummte.

In diesem Moment glitt ein riesiger Schatten über Athanor hinweg. Einen Lidschlag später tauchten weiße Flammen das Schlachtfeld in grelles Licht. Die verdammten Drachen waren endlich da.

1

Ardarea, zwei Jahre nach Theroias Untergang

Wer ein Held werden will, muss im richtigen Moment sterben.
Den hab ich wohl verpasst. Athanor lächelte sarkastisch.
Verwirrt wich der Elf, der ihn so finster angestarrt hatte, seinem Blick aus und ging rasch an ihm vorbei. Er kannte ihn
nicht. Vermutlich war der Kerl nicht einmal aus Ardarea, doch
umso mehr ärgerte Athanor die Feindseligkeit. Behandelte man
so den Retter, der die Elfenlande vor der Vernichtung bewahrt
hatte? Nur weil er ein Mensch war?

Wenn das so weiterging, konnte ihm das Fest der Heiligen
Acht gestohlen bleiben – auch wenn ihn Elanya wieder mit
ihren großen grünen Elfenaugen ansah. Aber wäre das nicht
Feigheit? Er hatte doch nicht ein Trollheer in die Schlacht geführt, um jetzt vor ein paar überheblichen Elfen zu kneifen. Aus
allen Himmelsrichtungen wurden Gäste für diese Feier erwartet, mit der die Abkömmlinge Ardas alle acht Jahre ihre Ahnfrau ehrten. Seit Tagen lag Vorfreude in der Luft. Kinder halfen
eifrig dabei, Blumen für Girlanden und Gestecke zu sammeln.
Erwachsene schleppten heran, was die Gärten für das Festmahl
hergaben. Aus einigen Häusern wehte bereits der Duft süßen
Gebäcks, und auf allen Gesichtern lag ein Lächeln – bis Athanor vorüberging.

Nicht alle Elfen hassten ihn. Vereinzelt rief ihm sogar jemand einen fröhlichen Gruß zu. Doch die meisten erwiderten
seinen Blick mit versteinerter Miene oder wandten sich wie zufällig ab. Sie wussten genau, was sie ihm verdankten, aber es war
ihnen so angenehm wie ein Splitter im Hintern.

»Soll ich euch was sagen?«, herrschte er im Vorübergehen
eine Gruppe Fremder an, die ihn misstrauisch beäugte. »Ich
hab's nicht mal für euch getan!«

Beunruhigt wichen die Elfen in ihren von der Reise staubigen Umhängen zurück.

»Es war für die Trolle«, murmelte er. »Und für mich.«

31

Er hielt auf das kleine runde Haus am Waldrand zu, das die Elfen seinem Freund Vindur geschenkt hatten. Während die Dächer aller anderen Gebäude in Ardarea von den silbrigen Kronen besonderer Bäume gebildet wurden, war dieses mit Ziegeln gedeckt, damit sich Vindur nicht wie unter freiem Himmel fühlte. Athanor fand, dass es aussah, als rage das oberste Stockwerk eines Turms aus dem Boden. Die Elfen liebten nun einmal Häuser ohne dunkle Ecken und harte Kanten. *Wir haben heute wohl wieder einen schlechten Tag,* folgerte er, als er die geschlossenen Fensterläden sah. Auch das war ein Zugeständnis an Vindurs lächerliche Ängste. Wenn Elfen zu viel Wind oder Regen durch die Fenster wehte, setzten sie raffiniert gefertigte Gitter in die leeren Rahmen.

Etwas zu laut klopfte Athanor an die mit Schnitzereien verzierte Tür.

»Komm rein!«, rief Vindur.»Es ist offen.«

Immerhin etwas. Manchmal hatte die Angst den Zwerg so fest im Griff, dass er von innen den Riegel zuschob. Athanor öffnete die Tür und trat in das Halbdunkel dahinter. Außer der Flamme einer Öllampe spendete nur die Glut in der Feuerstelle etwas Licht. Die Luft war schwer von Rauch und einem süßlichen Geruch.

»Ist das etwa Malz?«, fragte Athanor.

Vindur tauchte aus den Schatten seiner Behausung auf und grinste stolz. Obwohl das schwache Licht seinen Narben schmeichelte, wirkten sie, als habe sein Gesicht einst angefangen zu schmelzen und sei dann wieder erstarrt. Auch der blonde Bart hatte unter den Verbrennungen gelitten und war zu schütter nachgewachsen, um viele Narben zu verdecken.»Malz aus echter Gerste! Weißt du, wie lange ich kein solches Bier mehr getrunken habe?«

»Seit die Händler ausblieben?«

Vindur nickte und rührte in dem Kessel, in dem er das Getreide röstete.»Ohne Menschen keine Gerste. Und kein Brot. Das habe ich den Drachen am meisten verübelt.«

Athanor schnaubte.»Brot ist also alles, was den Zwergen von uns im Gedächtnis bleiben wird.«

»Nun ja …« Vindur warf ihm einen schuldbewussten Blick zu. Aber was konnte der Zwerg dafür, dass die Drachen die Menschheit ausgelöscht hatten? Daran hatte er selbst deutlich größeren Anteil. Und hätten sich die Drachen nicht am Ende gegen Theroia gewandt, wäre er wohl niemals einem Zwerg begegnet.

»Willst du von meinem neuesten Versuch kosten? Ich glaube, ich habe endlich den richtigen Pilz für die Gärung gefunden.«

Bevor Athanor antworten konnte, verschwand Vindur wieder in den Schatten und kehrte mit zwei tropfenden Krügen zurück.

Einen reichte er Athanor, der ihn zögernd annahm. Sosehr es ihn erleichterte, dass der Zwerg endlich eine erfüllende Beschäftigung gefunden hatte, so abschreckend lag ihm der Geschmack der bisherigen Brauversuche noch auf der Zunge.

»Das ist gut! Glaub mir!«, beteuerte Vindur und hob theatralisch die kaum noch vorhandenen Augenbrauen, während er einen tiefen Schluck nahm.

Was soll's. Schlimmer als beim letzten Mal kann es nicht sein.

Athanor nahm einen kräftigen Zug. Unter der zähen Schaumkrone verbarg sich ein überraschend gutes Bier.

»Na?«, bohrte Vindur.

»Etwas zu hefig, aber nicht übel.«

»Nicht übel?« Der Zwerg schwenkte drohend seinen Krug. »Setz dich, du Banause! Zur Strafe wirst du den ganzen Bottich mit mir leeren.«

»Es gibt Schlimmeres als die Gesellschaft eines heimwehkranken Zwergs.« Athanor setzte sich auf die steinerne Bank, die nach elfischem Geschmack im Halbkreis die Feuerstelle umgab.

»Noch schlimmer?«, fragte Vindur mit gespieltem Entsetzen.

»Allerdings.« Athanor nahm einen weiteren Schluck, um den Gedanken an die Elfen zu vertreiben, doch es half nichts.

Vindur schob den Bottich heran, in dem das schaumige Gesöff schwappte, und setzte sich neben ihn. Gemeinsam starrten sie in die schwelende Glut unter dem Malzkessel und leerten die Krüge, die Vindur sogleich wieder füllte.

»Ist dir eigentlich schon aufgefallen, wie viel wir gemeinsam haben?«, fragte Athanor nach einer Weile. Sofort musste er schmunzeln. Der Zwerg reichte ihm nur bis zur Brust, hatte viel helleres Haar und ein entstelltes Gesicht.

»Du meinst, weil wir beide Prinzen ohne Reich und heimatlos sind?«

»Ich dachte eher daran, dass wir beide noch leben, obwohl wir besser gestorben wären.«

Vindur sah ihn zweifelnd an. »Auf mich trifft das ganz sicher zu.« Sein Volk hatte ihn verstoßen, weil er nicht mit seinem Schildbruder im Feuer gestorben war, wie es ihr Eid verlangte. Anstatt ihn für den Sieg über den untoten Drachen zu feiern, hatten sie ihn schwer verwundet bei den Elfen zurückgelassen. Die Ungerechtigkeit empörte Athanor noch immer.

»Aber du?« Vindur schüttelte den Kopf. »Du magst dein Volk verloren haben, aber immerhin hast du das Herz einer Elfe erobert.«

»Das ist wahr«, gab Athanor zu. Er hatte mehr, als sich sein Freund auch nur erträumen durfte. Wenn er mit Elanya allein war, vergaß er, dass er der letzte Mensch war und dieses Schicksal selbst über sich gebracht hatte. Dennoch ... »Aber den anderen Elfen wäre es lieber, ich wäre gestorben. Dann könnten sie jetzt Heldenlieder über mich singen, ohne mich aus Dankbarkeit ertragen zu müssen.«

Der Zwerg brummte in seinen Bart, und für einen Moment schämte sich Athanor für sein Selbstmitleid. Er mochte ein nur widerwillig geduldeter Gast sein, aber wenn Vindur das Haus verließ – was er selten genug tat –, betrachteten die Elfen seine Narben mit schlecht verhohlener Abscheu.

Schweigend blickten sie erneut in die Glut.

Hol's der Dunkle! »Sieh uns nur an! Wir haben ein Heer von Untoten und einen Drachen besiegt, und jetzt sitzen wir hier und blasen Trübsal, weil uns die hochnäsigen Elfen nicht zu Füßen liegen.«

Vindur lachte auf. »Du hast recht. Wer braucht schon Elfen? Selbst ist der Zwerg! Und der Mensch natürlich. Auf dich!« Er hob seinen Humpen und leerte ihn.

Athanor tat es ihm nach. *Schöne Worte.* Aber was bedeuteten sie? Es gelang ihm nie lange, die unterschwellige Feindseligkeit zu ignorieren. Früher oder später nagte sie doch wieder an seiner Laune – und an seinem Stolz. Hätte es Elanya nicht gegeben, wäre er längst weitergezogen. Doch wohin? Aus den Stollen der Zwerge war er für immer verbannt, weil er zwei Elfen dort eingeschmuggelt hatte. Und die Trolle hatten zu viel Hunger auf Menschenfleisch, um bei ihnen zu leben. Orkzahn, ihr Anführer, hatte ihn gewarnt. Dafür, dass er sie aus der Knechtschaft der Elfen befreit hatte, waren sie ihm in die Schlacht gegen die Untoten gefolgt. Mehr Dankbarkeit konnte er von ihnen nicht erwarten.

»Wie wäre es, wenn wir nach dem Fest in den Dienst der Grenzwache treten?«, schlug er vor. »Wir sind doch beide Krieger und langweilen uns hier nur.«

Vindur lächelte gequält. »Nun ja, das klingt sicher verlockend für dich. Ich habe die Herumsitzerei ja auch satt, aber ...« Er richtete den Blick zur Decke empor, und schon bei der Vorstellung hinauszugehen, schlich sich ein ängstlicher Zug in seine Miene.

Athanor entfuhr ein Knurren. »Komm schon, Vindur, der Himmel wird dir nicht auf den Kopf fallen! Eher wirst du vom Blitz erschlagen.«

Um die Nase des Zwergs wurde die Haut noch ein wenig bleicher.

»Schon gut, das war nicht gerade das hilfreichste Beispiel. Aber du kannst dich nicht für den Rest deines Lebens hier vergraben.«

»Du hast gut reden. Du verstehst das nicht. Sobald ich kein Gestein um mich habe, kommt es mir vor, als müsste ich nackt gegen eine Horde Trolle kämpfen.«

»Damit würdest du ihnen nur das Schälen ersparen.«

Vindur prustete den Schluck wieder hervor, den er gerade genommen hatte. »Glaubst du, ein Zwerg ist nur eine Nuss für sie?«

»Gehen wir sie fragen! Hauptsache, wir müssen eine Weile keine Elfen sehen.«

»Baumeisters Bart! Du bist hartnäckiger als eine *hulrat*, die Futter riecht.«

»Heißt das, dass du mitkommst?«

»Zu den Trollen? Ich bin vielleicht trübsinnig, aber nicht lebensmüde.«

»Nicht zu den Trollen, zur Grenzwache!«

Wieder stahl sich die Furcht in Vindurs Blick. »Können wir uns nicht erst einmal auf einen kürzeren Ausflug einigen? Lass uns ein paar Tage jagen gehen.«

»Also gut. Wildschweine.« Sich mit einem wütenden Keiler zu messen, versprach immerhin Abwechslung.

Der Zwerg atmete erleichtert auf.

»Ich nehme dich beim Wort, Vindur. Keine Ausflüchte! Sobald dieses Fest vorbei ist, ziehen wir los.«

Wie kann eine Hand schmerzen, die man nicht mehr hat? Je öfter sich Davaron die Frage stellte, desto absurder kam es ihm vor. Anfangs hatte er es auf die Wunde geschoben, die die Axt des zwergischen Henkers hinterlassen hatte. Der Schmerz war so verzehrend gewesen, dass es auf die genaue Stelle nicht ankam. Doch mit der Zeit – und dank Elanyas Magie – war der Stumpf verheilt. Davaron hob ihn vor sein Gesicht, sodass der lange Ärmel, mit dem er ihn verbarg, herabrutschte. Angewidert betrachtete er die wulstigen Narben, die selbst im Mondlicht abstoßend aussahen. Manchmal fand er es schwer zu glauben, dass etwas so Hässliches zu ihm gehören sollte. Er war ein Elf. Alles an ihm hatte makellos zu sein.

Instinktiv versuchte er, die Finger zu bewegen, die es nicht mehr gab. Die unsichtbare Hand schmerzte stärker. Er stellte sich vor, wie im fernen Zwergenreich bleiche Finger wackelten. Bewahrten die Zwerge die Hand auf? Als Andenken an den Narr, der geglaubt hatte, unbemerkt in ihre Schatzkammern einbrechen zu können? Oder war sie im Schweinefutter gelandet? Wenn es so war, hatte er damit wenigstens einen Teil seiner Schuld gegenüber dem Sein abgetragen. Durch den Tod vieler Orks und Chimären hatte er genug davon auf sich geladen.

36

Wenn das mal dein schlimmstes Vergehen am Sein wäre, höhnte eine Stimme in seinem Kopf.

Ich tue nur, was nötig ist, antwortete er im Stillen und tauchte den Stumpf in den kühlen Teich, an dem er saß. Obwohl nur eine Mondsichel am Himmel stand, waren die Steine am Grund des flachen Weihers zu erkennen. Deshalb wurde er Teich der Mondsteine genannt. Davaron kam gern abends her, um allein zu sein, doch nun wurde es Zeit zu gehen. Omeon erwartete ihn. *Der legendäre Alte…*

Obwohl Davaron nicht zum ersten Mal in Ardarea weilte, hatte er Omeon noch nie gesehen. Es hieß, er blicke auf ein ganzes Jahrtausend zurück. Wenn es stimmte, war er der älteste Elf unter der Sonne Ardaias. Allerdings mied er diese Sonne schon so lange, dass sich die Kinder Schauergeschichten über ihn zuraunten wie über einen Geist. In sein Haus zu spähen, war bereits in Davarons Jugend eine Mutprobe gewesen. Auch er hatte sich angepirscht, aber im dunklen Innern niemanden entdeckt.

Schon damals war das Gerücht umgegangen, dass Omeon verbotener Magie anhing. Daran hatte sich nichts geändert. Manche behaupteten hinter vorgehaltener Hand, dass er sein unnatürlich hohes Alter nur diesen Freveln verdankte. Gerade deshalb war Davaron auf dem Weg zu ihm.

Seit seiner Ankunft in Ardarea hatte er sich so beiläufig wie möglich nach Omeon und dessen Machenschaften erkundigt. Was er in Theroia gesehen hatte, bestätigte ihn darin, dass *alles* möglich war, wenn man nur die richtigen Zauber kannte. Und Omeon besaß vielleicht den Schlüssel dazu. Doch wenn er einfach am helllichten Tag in dessen Haus spazierte, konnte er seine Frevel ebenso gut beim Fest der Heiligen Acht verkünden.

Er hatte herausgefunden, dass entfernte Verwandte dem Alten Essen und frische Kleidung brachten. Schon am nächsten Tag war der Junge, den er ausgehorcht hatte, wieder bei ihm aufgetaucht. »Ihr sollt morgen zu meinem Uronkel kommen, wenn der Abend in die Nacht übergeht«, hatte er verkündet und war davongerannt. Der Alte musste so ausgehungert nach Besuchern sein, dass er keine Zeit verschwendete.

Neugierig näherte er sich dem Haus. Selbst er, den man hinter seinem Rücken düster und übellaunig nannte, spürte die Ahnung des Todes, die wie ein Schatten über dem Anwesen lag. Von einem Schritt auf den anderen kam es ihm vor, als sei die Nacht dunkler geworden. Doch die Mondsichel stand unverändert am Himmel.

Nach alter Sitte war die Tür nicht verriegelt, um den Besucher willkommen zu heißen. Dennoch klopfte Davaron an, bevor er über die Schwelle trat. Dahinter empfingen ihn Stille und Dunkelheit. Nur spärlich sickerte Mondlicht durch die Fenstergitter und erlaubte ihm, die Umrisse der Einrichtung zu erahnen. Wo steckte Omeon? Die Bank um die erloschene Feuerstelle war leer.

»Davaron?« Wo die kratzige, leise Stimme herkam, glühte schwacher Feuerschein auf und enthüllte den Durchgang in einen weiteren Raum.

Davaron antwortete erst, als er das Nebenzimmer betrat. »Der bin ich.«

Omeon saß hinter einem steinernen Kohlebecken, in dessen Glut er schürte. Im unsteten Licht der glimmenden Kohle glich seine Miene der eines Flammendämons. In den starren Augen spiegelten sich die Funken, und tiefe Schatten tanzten über das faltige Gesicht. Auf dem ausgemergelten Schädel fand sich nur noch ein Rest weißen Haars.

Er sieht aus wie ein Mensch! Wie die Greise, die er in den Menschenlanden manchmal bettelnd am Straßenrand gesehen hatte. Plötzlich verstand er die Gerüchte, Omeon klammere sich auf ungebührliche Weise ans Leben. Jeder andere Elf hätte längst die Zeichen erkannt und sich auf die Reise zum Ewigen Licht begeben. Omeon würde nirgendwo mehr hinpilgern. Er war zu gebrechlich. Wenn ihn niemand trug, musste er in seinem Haus sterben, und die Seelenjäger zerrten seine Seele ins Nichts. Allein dafür verdiente er Verachtung. Wer das Ewige Licht ohne Not um eine Seele für die Wiedergeburt brachte, beging ein Verbrechen am ganzen Volk.

Davaron lächelte. Er hatte seine Seele so oft in Gefahr gebracht, dass er aufgehört hatte zu zählen.

»Der edle Davaron«, sagte Omeon.

Höre ich da Ironie? Davarons Lächeln vertiefte sich. Noch vor einem Jahr hatte er allen nur als wertloser Bastard gegolten, weil sein Vater ein Abkömmling Ardas und seine Mutter eine Tochter Piriths gewesen war. Und nun verneigten sie sich vor ihm, dem hehren Helden, der die Zauberkristalle aus dem Zwergenreich geholt hatte. »Ich danke Euch für die Einladung, Ältester«, erwiderte er und deutete eine Verneigung an.

»Kein Grund, mir zu schmeicheln«, brummte Omeon. »Diesen Ehrentitel tragen andere. Aus gutem Grund.« Sein Grinsen offenbarte lückenhafte Zähne.

Davaron schauderte angesichts so fortgeschrittenen Verfalls. Es war, als blickte er einem lebenden Toten ins Antlitz. Doch genau deshalb war er hier.

»Warum hast du dich nach mir erkundigt?«, fragte Omeon, als habe er Davarons Gedanken gelesen.

»Ihr ... habt einen gewissen Ruf. Und ...« Nein, es war zu früh, um diesem Mann Geheimnisse anzuvertrauen. Auch wenn es unwahrscheinlich schien, dass Omeon mit irgendjemandem darüber sprechen würde, musste er vorsichtig sein. »Und seit ich aus Theroia zurück bin, treiben mich gewisse Fragen um.« Das entsprach zumindest so weit der Wahrheit, dass es selbst in seinen Ohren glaubwürdig klang.

Omeon nickte. »Viele waren verwirrt. Aber wer nicht mit eigenen Augen gesehen hat, vergisst schnell. Und die anderen verdrängen es mit der Zeit. Leben ist Leben, und Tod ist Tod. Dazwischen darf es nichts geben.«

»Aber diese Toten sind aufgestanden und haben gekämpft«, stellte Davaron fest. »Die Menschen hatten seit jeher Legenden darüber. Wir jedoch nicht. Auf meinen Reisen durch ihre Reiche habe ich sie gehört. Aber ich hielt sie für Aberglaube, bis uns das Heer der Wiedergänger gegenüberstand. Seitdem frage ich mich, wie es sein kann. Wie ist so etwas möglich? Habt Ihr Antworten darauf?«

»Mir wurde berichtet, dass sich der Verräter Kavarath dazu bekannte, die Toten geweckt zu haben. Warst du nicht sogar anwesend, als er gestanden hat?«

»Allerdings.« Davaron spürte den Zorn, als sei es erst gestern gewesen. Als Kavarath den Fragen ausgewichen war, hatte er ihn sogar mit dem Armstumpf ins Gesicht geschlagen. Kavarath war der Älteste der Abkömmlinge Piriths gewesen. *Ich habe ihm vertraut. In seinem Auftrag habe ich meine Hand geopfert, um meines Volks würdig zu sein.* »Aber was kann man solchem Abschaum schon glauben? Seine Erklärung war lachhaft, und wir hatten nicht viel Zeit, ihn zu befragen, bevor …« Dass die Trolle den Verräter zerrissen und gefressen hatten, um sich für die vielen Toten in ihren Reihen zu rächen, erfüllte ihn noch immer mit Genugtuung. »… bevor er seine gerechte Strafe fand.«

Omeon lachte heiser. »Der Hohe Rat in Anvalon vertritt dazu sicher eine andere Ansicht.«

»Mag sein, dass es der Erhabene wie üblich bei einer Verbannung belassen hätte, aber ich stelle mir Kavaraths letzte Augenblicke immer wieder gern vor.«

»So viel gerechter Zorn«, stellte Omeon amüsiert fest.

Obwohl der Alte unmöglich wissen konnte, was Davaron getan hatte, kam er sich ertappt vor. Doch ganz gleich, wie viel Neid und schlechtes Gewissen in seiner Wut mitschwingen mochten, Kavarath hatte dieses Schicksal verdient. Ob er selbst Anteil an dieser Schuld hatte, stand nicht einmal fest. Wenn ja, würden eines Tages andere darüber richten, aber nicht ausgerechnet Omeon. »Könnt Ihr mir nun Hinweise geben oder nicht?«

Der Alte hob beschwichtigend eine knochige Hand. »Gemach, gemach, junger Mann! Wir kennen uns schließlich kaum.«

Davaron zuckte mit den Schultern. Da auch er seine Geheimnisse wahrte, konnte er nicht verlangen, dass Omeon sämtliche Karten auf den Tisch legte. »Was schlagt Ihr vor?«

»Du kommst wieder, wenn du bereit bist, mir ein wenig mehr darüber zu erzählen, warum du diese Antworten wirklich suchst. Bis dahin …« Omeon erhob sich und schritt bedächtig zu den Regalen, denen Davaron bislang keine Beachtung geschenkt hatte. Alle Wände des Raums verschwanden bis

zum Laubdach empor hinter Manuskripten und Schriftrollen.
»…empfehle ich dir diese Lektüre.« Der Alte zog ein zwischen geschnitzte Buchdeckel gebundenes Bündel Pergament hervor und reichte es Davaron.

»Worum geht es darin?«

»Es sind Aufzeichnungen des großen Entdeckers Eleagon.«

Ein Reisebericht? Ist das sein Ernst? »Warum sollte ich die lesen wollen?«

»Weil ihn sein Weg in ein Land führte, in dem Antworten auf deine Fragen zu finden sind.«

»Wollen wir den Tag nicht lieber hier verbringen?«, fragte Athanor. Obwohl er Elanya im Arm hielt und ihr Schenkel noch erhitzt über seinem Unterleib lag, stellte er sich vor, wie sie sich am Morgen im warmen Wasser gerekelt und das lange, rotbraune Haar ihre Brüste umflossen hatte. »Wir sollten noch einmal bei diesem Moment im Bad beginnen.«

Lachend entzog sich Elanya seinem Griff und stand auf. »Klingt verlockend, aber du hast vergessen, dass Aphaiya jeden Augenblick hier sein wird, um uns abzuholen.« Rasch zog sie ein grünes Seidenkleid über und strich sich das Haar wieder zurecht.

Athanor brummte widerwillig, doch auch Vindur war womöglich bereits im Anmarsch, um sie zu diesem lästigen Fest zu begleiten. Schon pochte es an der Tür.

»Verdammt, es ist noch verriegelt!«, fluchte Athanor und sprang aus dem Bett. Hoffentlich nahm es Elanyas Schwester nicht persönlich. Die elfischen Sitten waren ihm eben noch fremd.

Elanya zwinkerte ihm zu und eilte nach nebenan, während er seine beste Kleidung überstreifte. Wie fast alles, das er besaß, bestand sie aus Geschenken der wenigen Freunde, die er unter den Elfen hatte. Das weiche Leder und die edlen Stoffe waren eines ungekrönten Königs von Theroia würdig, aber sie erinnerten ihn zugleich daran, was er in den Augen seiner Gastgeber war: ein einsamer Wanderer, der nicht mehr besaß, als er am Leib trug.

Wie jeden Morgen kostete es ihn Überwindung, nicht den Schwertgurt anzulegen. Nach den Jahren im Krieg und auf Wanderschaft kam ihm seine Hüfte ohne das Gewicht der Klinge leer vor, doch er musste die Bräuche der Elfen respektieren. Wenn sie nicht gezwungen wurden, sich zu verteidigen, pflegten sie eine geradezu abergläubische Scheu vor tödlichen Waffen.

Den Stimmen nach zu urteilen, war Aphaiya vor Vindur eingetroffen. Falls sich der Zwerg überhaupt überwand, seine Höhle zu verlassen. *Wenn nicht, werde ich ihn eigenhändig herausziehen.* Sein Freund sollte sich nicht einbilden, dass er diese Folter aus Flötenspiel und Süßigkeiten allein über sich ergehen ließ.

»Ich würde ja sagen, dass du großartig aussiehst«, begrüßte ihn Aphaiya, als er aus dem Schlafzimmer trat. »Aber leider wirkst du auf mich wie immer.«

Athanor grinste, denn Aphaiya war blind, und Vindurs selbstironische Art färbte allmählich auf sie ab. Allen Heilkünsten Elanyas und ihrer Mutter zum Trotz hatte sie bei einem Unfall in ihrer Kindheit nicht nur ihr Augenlicht verloren, sondern auch ganz ähnliche Narben wie der Zwerg zurückbehalten. Zumindest nahm Athanor das an, da sie stets eine starre Maske trug, die ihr ganzes Gesicht bedeckte.

»Ich kann dir versichern, dass es stimmt«, scherzte er. »Aber hinter dir und deiner Schwester wird mich ohnehin niemand bemerken.« Er wünschte, es wäre so, doch er wusste es besser.

Aphaiya lachte verlegen. Unter Elfen, die jeden körperlichen Makel verabscheuten, hörte sie wohl selten Komplimente. Elanya warf ihm dafür einen dankbaren Blick zu.

»Bilde ich mir das ein, oder scheint die Sonne heute besonders grell?«, fragte Vindur von der offenen Tür her. Gequält blinzelte er zum strahlend blauen Himmel empor. Anstelle seiner Bergmannskappe hätte er besser einen Hut mit Krempe tragen sollen.

»Die zwergische Umschreibung für schönes Wetter«, übersetzte Elanya belustigt. »Wie es sich für ein gelungenes Fest der Acht ziemt.«

»Also bringen wir's hinter uns«, rutschte es Athanor heraus.
»Nach euch, edle Elfen«, fügte er rasch hinzu und ließ den
Schwestern den Vortritt.

Elanya hakte sich bei ihrer Schwester unter, um sie ins-
geheim zu führen. Obwohl Athanor immerzu staunte, wie gut
sich Aphaiya allein zurechtfand, nahm sie in Gesellschaft gern
Hilfe an. Vindur gab den beiden den Weg frei und reihte sich neben
Athanor ein. »Ich habe vorsichtshalber gebraut«, raunte er.
»Falls es nur Honigwein gibt ...«

»... setzen wir uns ab«, beschloss Athanor ebenso leise.
Sie mussten sich nur wenige Schritte vom Gästehaus entfernen, um auf festlich gekleidete Elfen zu treffen. Aus allen
Richtungen strömten sie herbei und sammelten sich rund um
die Halle der Wächter. Die riesigen Bäume, die die acht Ecken
des Gebäudes bildeten, standen angeblich seit Ardas Zeiten an
diesem Ort und wachten über das Grab der Urmutter. Bis in die
Kronen hinauf waren sie heute mit Blumenranken und Seiden-
bändern geschmückt. Die hellen Stimmen der Elfen und der
Duft zahlloser Leckereien erfüllten die Luft. In das Lachen und
Plaudern mischten sich Harfenklänge und Gesang.

Athanor entdeckte einige bekannte Gesichter in der Menge,
doch Davaron war nicht darunter. Als er vorüberkam, gefroren
einige der fröhlichen Mienen zu kühler Höflichkeit. Andere
brachten wenigstens an diesem Tag ein Nicken oder Lächeln
zustande. Merava, die Frau des Erhabenen, hob sogar ihr Glas
zum Gruß. Doch vor allem Vindur löste angewiderte Blicke
und empörtes Tuscheln aus.

»Ich habe eine Maske für dich gefertigt«, flüsterte Aphaiya
dem Zwerg zu. »Möchtest du sie nicht wenigstens einmal an-
probieren?«

Verblüfft sah Athanor, wie die Elfe etwas aus ihrem Ärmel
zog. Es war ein breiter Streifen aus weichem Leder mit zwei elegant geschnittenen Löchern für die Augen, den sie Vindur
reichte.

Vindur rang sich ein Lächeln ab, obwohl Aphaiya es nicht
sehen konnte. »Das wäre wirklich nicht nötig gewesen. Ich ...«

Elanya nahm ihm die Maske ab, mit der er ein wenig hilflos herumwedelte. »Sieh nur die herrlichen Stickereien! Aphaiya stickt besser als ich. Probier sie einmal an!«

Vindur murrte etwas in seinen Bart, ließ sich aber gefallen, dass Elanya ihm die Maske umlegte und hinter seinem Kopf verknotete. Unwirsch zupfte er daran herum, bis sie richtig saß. Sie ließ Mund und Bart unbedeckt und passte genau, und doch ...

»Es sieht verwegen aus«, befand Elanya.

»Soll das ein Scherz sein?«, fuhr Athanor auf. »Warum bindet ihr ihm nicht gleich noch eine Schleife ins Haar? Vindur ist ein Krieger! Er trägt seine Narben mit Stolz.«

Aphaiya zuckte vor seinem Zorn zurück. Es versetzte Athanor einen Stich, aber was zu weit ging, ging zu weit.

»So schlimm?« Hastig zerrte sich Vindur die Maske wieder vom Gesicht. »Aphaiya, danke, ich, äh, weiß zu schätzen, wie viel Mühe du dir gemacht hast, aber ...«

»Lass uns lieber dem Flötenspiel lauschen«, fiel Aphaiya ihm ins Wort und wandte sich brüsk einem Elf zu, der eine liebliche Melodie zum Besten gab.

»War das nötig?« Vorwurfsvoll sah Elanya Athanor an.

»Ihre Kunstfertigkeit in Ehren, aber Vindur ist kein Schoßhund, den man mit besticktem Firlefanz ausstaffiert!«

»Ich brauche jetzt Wein«, verkündete Elanya.

»Den brauchen wir wohl alle.«

»Ich hole uns welchen«, versprach sie und verschwand in der Menge.

Athanor sah sich um. Überall standen oder saßen Elfen beisammen, lauschten Gesang oder dem Geplauder ihrer Nachbarn. Auch Elanyas Eltern waren darunter, die ihn mit frostigen Blicken für die Entscheidungen ihrer Tochter straften. Was zum Dunklen hatte er ihnen getan?

»Taktlos, uns das schöne Fest mit dieser Fratze zu verderben«, sagte jemand hinter ihm gerade so laut, dass es nicht im Trubel unterging.

»Was will man von unreinen Tieren schon erwarten?«, erwiderte eine andere Stimme. »Widerlich, dass Elanya es mit diesem ...«

44

Athanor fuhr herum. Fünf junge Elfenmänner standen in lässiger Runde und wandten ihm die hochnäsigen Gesichter zu.

Obwohl zumindest einige von ihnen das nötige Alter hatten, wäre Athanor jede Wette eingegangen, dass sie nicht mit dem Heer in Theroia gekämpft hatten.

»Was willst du?«, fragte ihr Wortführer und reckte herausfordernd das spitze Kinn.

Dass er einen der Mistkerle anrempelte, als er auf Spitzkinn zutrat, nahm Athanor gern in Kauf. »Den Respekt einfordern, der mir zusteht.«

»Dir steht hier gar nichts zu«, erwiderte Spitzkinn hasserfüllt. »Pack den Lohn für deine Mühen endlich zusammen und verschwinde!«

»Und wenn ich es nicht tue? Was willst du kleiner Scheißer dann unternehmen?« Streng genommen war der Elf nicht kleiner als er, aber Athanor war nicht in der Stimmung, es damit genau zu nehmen.

»Das wirst du schon sehen«, blökte ein Blondschopf, den jede Menschenfrau um seine Locken beneidet hätte.

»Vielleicht bauen wir einen Stall für dich«, höhnte ein Jüngerer, dessen schmale Schultern bei Athanor fast Mitleid erregten.

»In dem kannst du dann mit den anderen Bären leben«, lachte Blondschopf.

»Firas Flamme!«, rief Vindur. »Das nennt ihr Dankbarkeit?«

»Halt die Klappe, du Missgeburt!«, nölte Spitzkinn.

Du sagst es. Athanors Faust traf den Elf so fest, dass die Kiefer hörbar aufeinanderschlugen. Als sich der Kopf nach hinten bog, knirschte es im Nacken. Spitzkinn taumelte rückwärts und stieß gegen andere Festbesucher.

Mit einem Wutschrei warf sich Blondschopf auf Athanor. Der Elf wollte ihn um die Schultern fassen und zu Boden reißen, doch Athanor wich aus, sodass ihn der Gegner nur um die Taille erwischte. Vergeblich versuchte Blondschopf, ihn doch noch zu Fall zu bringen, während Athanor den Kopf des Elfs unter seinem Arm einklemmte.

Neben ihm schlug ein anderer Elf der Länge nach hin. »Tja«, brummte Vindur. »Über Zwerge stolpert man leicht.«

Spitzkinn hatte sein Gleichgewicht wiedergefunden und stürzte sich auf Athanor, der nur die linke Hand frei hatte. Athanor empfing ihn mit einem Tritt, der den Elf zurück in die aufgeschreckten Zuschauer schleuderte. Auf einem Bein hatte er jedoch Blondschopfs Druck nicht mehr viel entgegenzusetzen. Gemeinsam fielen sie um, doch da der Kopf des Elfs noch immer unter Athanors Arm feststeckte, landete Blondschopf mit dem Gesicht im Gras. Über Athanor rammte Vindur gerade dem Jüngsten die Faust in den Bauch. Der Elf krümmte sich, was ihn erst in Reichweite des Kinnhakens brachte, mit dem ihn Vindur von den Füßen fegte.

Mit der Linken schlug Athanor dem strampelnden Blondschopf in die Nieren und ließ ihn los, um aufzuspringen. Schon war Spitzkinn wieder heran und erwischte ihn mit einem Fausthieb, der seine Zähne knirschen ließ. Athanor schmeckte Blut, doch auch dem Elf rann Blut aus der aufgeplatzten Lippe. Der Treffer stieg Spitzkinn so zu Kopf, dass er vor Grinsen seine Deckung vergaß. Athanor trat ihm gegen ein Bein, dass der Elf schreiend in die Knie ging. »Hältst du meinen Freund immer noch für eine Missgeburt?«

»Er ist ein verdammtes Scheusal!«, spuckte Spitzkinn mit einigen Tropfen Blut hervor.

»Nach dir«, bot Athanor an und gab Vindur den Weg frei.

»Ach, weißt du, so viel Aufmerksamkeit hat das Stück Trollscheiße eigentlich gar nicht …« Der Zwerg brach ab, als er die Ranken bemerkte, die sich wie aus dem Nichts um seine Knöchel wanden. Entgeistert deutete er darauf. »Was …«

Aus dem Augenwinkel sah Athanor, wie Spitzkinn zu einem Hieb ausholte. »Verfluchter Zauberer!« Er wollte den Elf mit einem Tritt umstoßen, doch sein Fuß hing fest. Spitzkinns Faust sauste auf Vindurs Kopf zu, als sich eine Ranke wie eine grüne Peitsche um das Handgelenk des Elfs schlang und den Hieb gerade noch abfing. Ein rascher Blick bestätigte Athanor, dass das magische Gespinst auch seine Füße an den Boden fesselte.

»Schluss damit! Sofort!«, tönte die Stimme des Erhabenen über den Festplatz.

Der scharfe Ton ließ Blondschopf innehalten, der außer

Reichweite gekrochen war, um sich nun von hinten auf Vindur zu stürzen. Schuldbewusst sah er sich zu Peredin um, dessen Frau Merava in der Nähe stand und ihrem in sich gekehrten Blick nach zu urteilen den Rankenzauber wirkte.

Obwohl er leises Bedauern über das jähe Ende der Schlägerei empfand, atmete Athanor auf. Peredin war ihm nicht nur freundlich gesinnt, sondern auch der Vorsitzende des Hohen Rats zu Anvalon und das Oberhaupt der Abkömmlinge Ardas. Bevor ihn der Rat zum Erhabenen gewählt hatte, war er hier in Ardarea zu Hause gewesen und nun auf einen Besuch in die Heimat gekommen.

Die lebenden Fesseln lösten sich, während die Menge dem Erhabenen die letzten Schritte zu den Streithähnen freigab. »Schämt ihr euch nicht, das Fest der Heiligen Acht mit einem so unwürdigen Schauspiel zu verderben?«, tadelte er. Wie so oft trug Peredin eine schlichte Robe aus grüner Rohseide, die so verhalten schimmerte wie sein ergrauendes Haar. Ein ärmelloser brauner Ziermantel komplettierte die Farben der Abkömmlinge Ardas, wodurch der Erhabene die Zugehörigkeit zu seinem Volk unterstrich.

»Der Mensch hat zuerst zugeschlagen«, blökte der Junge mit den schmalen Schultern.

»Ich will nichts davon hören!«, herrschte Peredin ihn an. »Der Prinz von Theroia mag reizbar sein, aber auch Worte vermögen zu verletzen. Für euch ist das Fest zu Ende. Geht nach Hause und übt euch in angemessenem Verhalten!«

Athanor öffnete den Mund, um sich zu entschuldigen, doch der Erhabene wandte sich ebenso harsch ihm zu.

»Das gilt auch für Euch«, bestimmte Peredin und sah dabei auch Vindur an. »Ihr habt diesen Tag durch sinnlose Gewalt entweiht. Beleidigt die Heiligen Acht nicht länger durch Eure Anwesenheit!«

Es fiel Athanor schwer, den Vorwurf widerspruchslos zu schlucken, doch Vindur stieß ihn mit dem Ellbogen an.

»Er hat recht. Wir hätten uns am Riemen reißen müssen. Gehen wir.«

Widerstrebend folgte Athanor seinem Freund, und die feindseligen Blicke der Elfen begleiteten sie. Athanor spürte sie wie Stiche in seinen Rücken. Wie sehr hatte er Elanyas Volk dieses Mal gegen sich aufgebracht?

»Baumeisters Bart!«, brach es aus Vindur heraus, sobald sie außer Hörweite der Festgäste waren. »Dem hast du vielleicht eine eingeschenkt! Dafür schulde ich dir ein Bier.«

»Ach, Unsinn. Ich hätte ihm schon viel früher eine rein-hauen sollen.« Prüfend betastete Athanor sein Kinn und bewegte den Kiefer. Mit einem kurzen Knirschen rastete das Gelenk wieder ein. »Hat sich verdammt gut angefühlt.« Er konnte sich das Grinsen nicht länger verkneifen.

Vindur lachte. »Und ob! So viel Spaß hatte ich lange nicht mehr. Ich hab sogar den da oben darüber vergessen.« Vielsagend deutete er zum wolkenlosen Himmel.

»Darauf sollten wir anstoßen.«

»Sag ich doch!«

»Aber nicht mit Bier.«

Enttäuscht verzog Vindur das narbige Gesicht. »Warum?«

»Weil ich etwas Besseres habe«, behauptete Athanor und schlug den Weg zum Gästehaus ein. »Komm mit! Dir werden die Augen übergehen.«

»Wo du das gerade erwähnst, du hättest das Gesicht dieses langen Elends sehen sollen, das du im Schwitzkasten hattest«, prustete Vindur. »Ich habe noch nie einen Elf mit so rotem Kopf gesehen.«

»Du hast aber auch ganz ordentlich hingelangt«, lachte Athanor.

»Wie schön, dass ihr euch so gut amüsiert«, ertönte Elanyas Stimme hinter ihnen.

»Ähm, ich glaube, ich muss jetzt nach Hause.« Vindur wedelte wieder vage nach oben. »Der freie Himmel und so. Ihr wisst schon.«

»Und mit wem trinke ich jetzt die *Essenz des Lebens*?«, rief Athanor ihm nach. Peredin selbst hatte ihm eine Flasche dieses magisch veredelten Weins verehrt.

»Du willst auch noch feiern, dass du mir und allen anderen

das Fest verdorben hast?« Kopfschüttelnd schritt Elanya an ihm vorbei zum Eingang. »Ich fasse es nicht!«

»Wer hier wem das Fest verdorben hat, kann man auch anders sehen«, erwiderte Athanor und folgte ihr ins Haus. »Wenn du gehört hättest, was sie gesagt haben, wärst du genauso wütend geworden wie ich.«

Elanya brachte die halbkreisförmige Bank um die Feuerstelle zwischen ihn und sich, als ob sie sich hinter etwas verschanzen müsste. Das Gästehaus bestand aus drei Räumen, und an der Rückwand gab es ein Fenster. Doch das meiste Licht sickerte durch die Baumkronen, die das Dach bildeten. Wie es seinen Weg hereinfand, obwohl der Regen so zuverlässig nach außen abgeleitet wurde, gehörte für Athanor zu den Rätseln der elfischen Baukunst. Bestimmt war dabei Magie im Spiel. Geradeso wie beim Errichten der Wände, die als Gebilde aus schlanken Steinsäulen und dünnen Baumstämmen aus dem Boden wuchsen.

»Es spielt keine Rolle, was sie gesagt haben«, rief Elanya. »Du hast sie geschlagen! Es ist sogar Blut geflossen. Am Tag der Heiligen Acht! Elfen tun so etwas nicht.«

»Jetzt komm mir nicht wieder mit dieser alten Leier! Kavarath war auch ein Elf, und seinetwegen sind über hundert Elfen im Kampf gegen die Untoten gestorben. Und sein Sohn? Hat sogar eigenhändig die Erhabene ermordet.«

»Soll das deine Rechtfertigung sein, halbstarke Maulhelden zu verprügeln?«

»*So* jung waren sie nun auch wieder nicht. Aber vielleicht hätte es ihnen gutgetan, wenn sie schon früher einmal jemand übers Knie gelegt hätte!«

»Du würdest ein Kind schlagen?«, fragte Elanya entsetzt.

»Wie soll man ihnen sonst Respekt einbläuen?« Er erinnerte sich noch gut an die Ohrfeige, mit der ihn sein Vater dafür bestraft hatte, dass er dessen Lieblingsmätresse nachgestiegen war.

Elanya schüttelte erneut den Kopf. »Vielleicht hatten unsere Ahnen doch recht, sich von den Menschen abzuwenden. Sie kennen nichts als Gewalt.«

Das wird ja immer besser. Athanor verschränkte die Arme vor der Brust. »Ach ja? Auch Worte können verletzen. Peredin hat es selbst gesagt.«

»Deshalb schlägt man noch lange nicht zu!«

»Er hat uns alle beleidigt!«

»Kennst du nur eine Antwort auf alles? Ein Schwert in die Rippen oder eine Faust ins Gesicht?«

»Wenn du mich so siehst, warum bist du dann hier? Anscheinend gefällt es dir.«

Elanya drehte sich abrupt um und marschierte zum Fenster. Kurz hielt sie dort inne, dann wandte sie sich Athanor wieder zu. Schimmerten etwa Tränen in ihren Augen? Schon dafür verspürte Athanor Lust, diesem Widerling noch einmal die Faust ans spitze Kinn zu rammen.

»Ich habe immer mehr in dir gesehen als jene, die euch Menschen hassen«, brachte Elanya heraus. »Vielleicht solltest du jetzt lieber gehen, bevor ich den Eindruck gewinne ...«

Ich werde mir das nicht länger anhören. »Du findest mich bei Vindur!«, fiel er ihr ins Wort und stürmte hinaus.

2

Davaron kehrte erst vom Teich der Mondsteine zurück, als er sicher war, keine Feiernden mehr zu treffen. Im Lauf der Jahre hatte er eine Abneigung gegen Feste jeder Art entwickelt, und jedes Mal, wenn er doch wieder eines besuchte, langweilten ihn das sinnlose Geplauder und die schlecht maskierten Eitelkeiten. Lieber hatte er am Weiher gesessen und im Schein einer Laterne die alte Handschrift aus Omeons Bibliothek gelesen. Die Erzählung des Seefahrers begann so dröge, wie Davaron befürchtet hatte. Doch nachdem Eleagon auf eine unbekannte Küste gestoßen war, berichtete er von fremdartiger Magie. Von da an hatte Davaron jeden Satz verschlungen. Von so dunkler Zauberei war dort die Rede, dass dem Entdecker geschaudert hatte. Wenn auch nur die Hälfte dieser Andeutungen stimmte, war Davaron dieses Wissen jeden Preis wert. *Jeden.*

Ruhelos wanderte er durch das nächtliche Ardarea. Im Sternenlicht ragten die Waldhäuser der Abkömmlinge Ardas darin auf wie Bauminseln in der westlichen Steppe. Aus manchen drangen gedämpfte Stimmen und Licht, doch in den meisten war es dunkel und still. Auch im Gästehaus, das Athanor – und mit ihm Elanya – bewohnte. *Natürlich*, dachte Davaron verächtlich. Menschen brauchten so viel mehr Schlaf als Elfen und starben dennoch so jung.

Plötzlich raschelte etwas in den Schatten neben dem Haus. Davaron hielt inne. *Ein Tier?* Doch nach allem, was er während der letzten Monde erlebt hatte, regte sich Misstrauen in ihm. Die Grenzwache war durch Verrat und Verluste geschwächt, und seit dem Sieg über die Untoten wagten sich auch die Orks wieder aus ihren Verstecken.

Lautlos ging er hinter einem der Rosenbüsche in Deckung, die das Nachbarhaus umgaben. Hatte der Unbekannte ihn bemerkt? Nichts rührte sich mehr. Vergeblich versuchte Davaron, mit den Augen die Dunkelheit zu durchdringen. Gerade wollte er seine Magie zu Hilfe nehmen, als ein kaum wahrnehmbares

Knacken ertönte. Es kam vom Rand des Schattens her, den das Gästehaus im Mondlicht warf.

Also doch! Eine Gestalt schlich zu einem Strauch, der sich knapp außerhalb der schützenden Dunkelheit befand. Auch wenn sie sich geduckt und seltsam steif bewegte, ging sie eindeutig auf zwei Beinen. *Bocksbeine. Ein Faun? Was zum Ewigen Tod hat er nachts hier zu suchen?*

Das Wesen bückte sich noch tiefer und machte sich an irgendetwas unter dem Strauch zu schaffen. Davaron glaubte, leise gemurmelte Worte zu hören. Schon immer hatten vereinzelte Faunfamilien in den Wäldern der Elfen gelebt, doch es waren viele Flüchtlinge aus Theroia hinzugekommen. Etliche blieben in den Elfenlanden, weil es hier weder Orks noch Trolle gab. *Ich hätte den Sitz im Rat annehmen und dagegen stimmen sollen.* Faunen konnte man nicht trauen. Niemand wusste das besser als er.

Die Gestalt im Mondlicht sah sich hastig um und huschte weiter. Davaron wartete, bis sie um das Haus verschwunden war, dann eilte er zu dem Strauch hinüber. Vorsichtig, um sich nicht durch Rascheln zu verraten, bog er die untersten Zweige auseinander. Es war zu dunkel, um das Gebilde auf dem Boden genau zu erkennen, doch es schienen seltsame, aus Reisig und Ranken geflochtene Symbole zu sein. Sie erinnerten ihn an die verschlungenen Muster, mit denen die Fauninnen ihre nackten Oberkörper bemalten. *Magie?*

Davaron sprang auf und pirschte an der Hauswand entlang. Der Faun war nicht weit gekommen. Gerade beugte er sich über einen anderen Strauch und flüsterte beschwörend. Dass er es wagte, obwohl auf dieser Seite kein Schatten lag ... Es musste ihm sehr wichtig sein. So wichtig, dass er in Kauf nahm, entdeckt zu werden. Wie weit hatte er seinen Bannkreis bereits um das Haus gezogen?

Der Faun richtete sich auf und blickte sich gehetzt um. Davaron war nun nah genug, um im Mondlicht Brüste und Taille zu erkennen. Warum überraschte ihn das? Die meisten Faunmänner waren gefallen, als sie ihren Heiligen Hain gegen die Untoten verteidigt hatten.

Plötzlich eilte die Faunin davon, trippelte auf steifen Beinen von Schatten zu Schatten. Davaron folgte ihr, zog im Laufen seinen Dolch. Sie einzuholen, war leicht, doch wie sollte er sie mit nur einer Hand festhalten und zugleich mit der Klinge bedrohen?

Schon hatte sie den Waldrand erreicht, wo sich Gärten und Wildnis zu einem kaum unterscheidbaren Ganzen vereinten. Dort konnte er sie aus den Augen verlieren. *Tu's einfach!* Aus vollem Lauf stieß er gegen sie und rammte ihr seine Schulter in den Rücken. Sie schrie auf, stürzte, versuchte, sich mit den Armen abzufangen. Doch Davaron warf sich auf sie, drückte sie zu Boden. Zappelnd kämpfte sie gegen ihn an, bis er ihr die Klinge an den Hals legte.

»Was hast du gerade getrieben, Halbweib?« Innerlich verfluchte er die Zwerge dafür, dass er die Faunin nicht an den Haaren packen konnte.

Ihr Angstschweiß stank nach Schaf und der Kräuterpaste, mit der sie sich bemalten. »Gar nichts hab ich getan. Ich hab nur Bockshornblätter gesucht.«

»Mitten in der Nacht? Für wie dumm hältst du mich?«

»Bei Mondschein sind sie am besten. Als kluger Elf müsstest du das doch wissen.«

Davaron versetzte ihr mit dem Stumpf einen Schlag gegen den Kopf und biss die Zähne zusammen. Wahrscheinlich hatte es ihm mehr wehgetan als ihr. Umso wütender fuhr er sie an: »Lügnerin! Ich habe deine verdammten Zauberzeichen gesehen!«

»Ich bin keine Elfe, ich kann gar nicht zaubern.«

»Hör auf, mich für dumm zu verkaufen!« Davaron presste die Klinge fester an ihren Hals. »Es gibt Chimären, die zaubern können. Ich kenne eure verfluchten Geheimnisse.«

»Ich habe nichts Schlimmes getan. Es ist gute Magie. Sie schadet nicht.«

»Dann müsstest du sie wohl kaum verstecken!«

»Nein ... ich ...«

Gehen dir endlich die Ausflüchte aus? »Was sollen diese Zeichen bewirken? Rede!« Wieder drückte er den Dolch tiefer in ihre Haut. Lief bereits ein Tropfen Blut herunter? In der Dunkelheit konnte er es nicht deutlich sehen.

»Nichts Böses«, krächzte sie. »Nur ein Segen.«

Wusste ich's doch. Es war genau wie damals. Seine Mutter hatte ihm alles erzählt, bevor ihre Seele zurück ins Ewige Licht gegangen war. Doch er konnte sich nicht vorstellen, dass Elanya darum gebeten hatte. Seine Mutter dagegen ...» Segen.« Er spuckte das Wort aus wie einen Knochensplitter. »Imerons Frevel sind hier nicht erwünscht! Wer hat dich geschickt? Die verfluchte Harpyie?«

»Niemand«, beteuerte die Faunin.

»Lüg mich nicht schon wieder an! Bei allen Alfar, wenn du nicht redest, hänge ich dich an den Bockshufen auf und lass dich ausbluten wie einen Hammel!«

»Ich darf es nicht sagen. Sie bringen mich um.«

»Das werde ich auch!« Davaron zögerte. War sie lebend nicht mehr wert? Er konnte ihr folgen und sich direkt zu ihren Auftraggebern führen lassen. »Nein, hör zu. Ich lasse dich am Leben, wenn du mir alles andere erzählst. Aber ich warne dich. Wenn du wieder lügst, werde ich dich nicht töten, sondern mit meiner Magie versengen, bis dein Fleisch nach Festtagsbraten riecht.«

»Ich schwöre beim Heiligen Hain. Ich werde die Wahrheit sagen!«

»Gut. Ist dieser Segen ein Chimärenzauber Imerons?«

Die Faunin wirkte unsicher. »Magie von Chimären, ja.«

»Nein, ich meine, dient er dazu, Kinder zu bekommen, wo keine Kinder entstehen dürften?«

»Warum sollte jemand keine Kinder haben dürfen?«

»Weil es wider die Natur ist – wie du!«

»Ich bin ...«

»Deine Meinung interessiert mich nicht!« Eine theologische Diskussion mit einer Chimäre hatte ihm gerade noch gefehlt. »Wie lange spinnst du diesen Fluch schon um ihr Haus?«

»Kein Fluch«, beharrte die Faunin. »Ein guter, ein starker Segen.«

»Wie lange!«, herrschte Davaron sie an.

54

»Seit dem letzten Neumond.« *Das ist schon fast ein ganzer Mond ...* »Du lügst! Nie hättest du so lange unbemerkt herumschleichen können.« Seine Hand zuckte vor Wut. Wieder glaubte er, Blut an der Klinge zu sehen. Die Faunin sog angstvoll Luft ein. »Ich sage die Wahrheit. Wirklich. Ich musste nicht jede Nacht kommen, damit der Segen wirkt.« *Dann kann es längst zu spät sein ...* »Warum, du verdammtes Miststück? Was habt ihr davon, wenn sie Athanors ...« Er brach ab. Falls er mit seinem Gebrüll jemanden angelockt hatte, musste es nicht gleich Stadtgespräch werden, dass Elanya womöglich den Bastard eines Menschen in sich trug.

»Ich weiß es nicht«, behauptete die Faunin. »Sie sagen, es ist für Imeron.«

Davaron war versucht, ihr doch noch den Dolch in den Hals zu jagen. Aber wahrscheinlich wusste sie wirklich nicht mehr. Sie war nur eine Figur, die von den Harpyien über das Spielbrett geschoben wurde.

»Ist da jemand?«, rief eine fremde Stimme.

Davaron hatte keine Lust, dämliche Fragen zu beantworten. Er drückte seine Gefangene mit dem Fuß auf den Boden, bis er aufgestanden war, dann gab er sie frei. »Verschwinde!«

Die Faunin sprang auf und rannte davon. Sobald es dämmerte, würde er ihrer Spur folgen.

»Heilige Götterschmiede!« Vindur warf einen besorgten Blick zum Himmel, obwohl durch die Baumkronen nur blaue Sprenkel zu sehen waren. »Unseren fröhlichen Jagdausflug hab ich mir anders vorgestellt. Du hast seit heute Morgen nur drei Sätze gesagt.«

»Drei?« Athanor erinnerte sich nicht daran. Vielleicht hatte er Vindur sogar eine Weile vergessen.

»Ja. Sie lauteten: Hör auf, ständig zum Himmel zu starren. Zum Dunklen mit allen Elfen. Und: Hör auf, ständig zum Himmel zu starren.«

»Ich glaube, den hattest du schon.«

55

»Nein, der kam zweimal.«

»Hm.«

Vindur schüttelte den Kopf. Vermutlich war er der einzige Jäger Ardaias, der auf der Pirsch einen Helm trug, aber vermutlich war er auch der einzige Zwerg, der unter freiem Himmel jagte.

»Ich habe mir das auch anders vorgestellt«, gab Athanor zu.

»Eine Sauhatz ohne Spieß!« Anklagend hob er den Bogen, den er in der Hand hielt. Er hatte sich die Ausrüstung bei den Jägern Ardareas leihen wollen, doch nach dem Zwischenfall auf dem Fest schien es ihm kein guter Einfall zu sein, ausgerechnet nach Waffen zu fragen.

»Was soll's? Du schießt den Keiler an, und ich gebe ihm den Rest. Das wird schon.« Zuversichtlich tätschelte Vindur seine Axt.

Hatte der Zwerg schon einmal ein Wildschwein gesehen? Athanor beschloss, lieber nicht danach zu fragen. Ein Krieger, der mit seinen Spießgesellen gegen einen Troll angerannt war, würde auch mit einem Keiler fertigwerden.

Dass er schon wieder schweigend durch das Laub des Vorjahrs stapfte, merkte Athanor erst, als Vindur erneut das Wort ergriff.

»Elanya war wohl nicht bereit, den Streit beizulegen.«

»Sie war nicht da.« Als Athanor das Gästehaus am Morgen betreten hatte, um das Festgewand durch etwas Schlichteres zu ersetzen, war vom Herdfeuer noch etwas Rauch aufgestiegen. Sie musste kurz zuvor fortgegangen sein. »Das hat nichts zu bedeuten«, sagte er, als Vindur nichts erwiderte. »Sie ist Heilerin. Sie kann zu einem Kranken gerufen worden sein.«

Vindur brummte nur. Über ihnen rauschte ein leichter Wind in den Bäumen, woraufhin der Zwerg wieder sorgenvoll unter seinem Helm hervorlugte. Doch er ging tapfer weiter, ungeachtet dessen, was seine Ängste ihm einflüstern mochten.

Allmählich wurden die Schatten wieder länger. Athanor hatte nichts dagegen. Je näher der Abend rückte, desto eher würden sie wieder auf Wild stoßen.

»Glaubst du, wir hätten heute zu Peredin gehen und etwas

Schmalz an die Pilze geben sollen?«, fragte Vindur nach einer Weile.

Athanor schnaubte. »Nichts da! Zuerst sollen sich die Dreckskerle entschuldigen, die uns beleidigt haben.« Sein Blick fiel auf eine dunkle Linie vor ihnen im Laub. »Da, ein Wildwechsel!« Er hörte selbst, dass der Ausruf übertrieben begeistert klang, aber alles war besser, als noch mehr Gedanken an das aufgeblasene Pack zu verschwenden.

»Sind das Wildschweinspuren?«, fragte Vindur. Vom Fährtenlesen verstand er offenbar so viel wie Athanor von Bergbau. Athanor musterte den schmalen Pfad, den unzählige Hufe und Tatzen ausgetreten hatten. Da die Tiere diesen Wegen von guten Futterplätzen zu Salzlecken oder Wasserstellen folgten, wurden sie manchmal über Generationen genutzt. Deshalb war der Boden so festgetrampelt, dass es nur bei feuchter Witterung möglich war, einzelne Spuren zu erkennen. »Wir haben Glück. Hier kommt öfter eine Rotte vorbei.« Athanor deutete auf die länglichen, paarweisen Abdrücke, die jedoch in beide Richtungen verliefen und etwa gleich frisch aussahen. Wohin sollten sie sich wenden? Zur Linken fielen mehr Sonnenstrahlen durch die Bäume. Das Unterholz war dichter. Vielleicht versteckte sich die Rotte dort im Gestrüpp. Athanor legte einen Pfeil auf. »Sehen wir mal hinter diesen Büschen nach.«

Sofort zog Vindur die Axt und setzte eine grimmige Miene auf. Dank des Wildwechsels konnten sie sich beinahe lautlos durch das Dickicht schieben. Schon bald erkannte Athanor, warum es vor ihnen heller war. Das Gesträuch säumte das Ufer eines kleinen Flusses, an den das Wild zum Trinken kam. Murmelnd rann das klare Wasser über Äste und Steine und lud förmlich dazu ein, selbst einen Schluck zu nehmen. Enttäuscht steckte Athanor den Pfeil in den Köcher zurück.

»Keine Schweine?«, fragte Vindur erstaunt. »Wir haben doch noch gar nicht gesucht.«

»In der Nähe ihrer Wasserstelle ruhen sie nicht. Füllen wir unsere Vorräte auf und versuchen es in der anderen Richtung.«

Gemeinsam traten sie aus dem Unterholz, und sogleich zuckte Vindurs Blick wieder gen offenen Himmel. Athanor schüttelte stumm den Kopf. Der Zwerg kam einfach nicht dagegen an.

Wo der Wildwechsel auf das Wasser stieß, war das Ufer zertrampelt und schlammig, weshalb Athanor ein paar Schritte flussaufwärts ging.

»Firas Flamme!«, stieß Vindur hinter ihm aus. »Das ist ein Drache!«

Athanor fuhr herum, dass Flusskiesel spritzten. Sein Freund beschattete die Augen mit der Axt und deutete zum Himmel. Hoch oben, so hoch, dass er trügerisch klein und harmlos wirkte, zeichnete sich der Umriss eines Drachen vor dem leuchtenden Blau ab. Schnell und schnurgerade zog er gen Südwesten. Was lag in dieser Richtung? Seit wann zeigten sich Drachen über den Elfenlanden? Davaron hatte damit geprahlt, dass sie es seit Jahrtausenden nicht mehr wagten.

»Er will nicht nach Ardarea«, stellte Vindur erleichtert fest.

»Und Anvalon liegt südöstlich von hier«, sagte Athanor mehr zu sich selbst. Nicht, dass sie eine Chance gehabt hätten, irgendjemanden zu retten. Der Drache hätte Ardarea erreicht, bevor sie auch nur dem Wildwechsel zurückgefolgt wären. Schon verlor er sich am Horizont.

Vielleicht hatte Davaron in seinem Hochmut nur übertrieben. Vielleicht hatte es ebenso wenig zu bedeuten wie die gelegentlichen Drachensichtungen vor dem Krieg. Doch Athanor hatte zu viele brennende Städte gesehen, zu viele Schreie Sterbender gehört, um leichtfertig darüber hinwegzugehen. »Wir kehren um.« Wenn sie morgen Abend wieder nach Ardarea kamen, würde er sich beim Erhabenen entschuldigen – und ihn vor dem Ungeheuer warnen.

Die Spur der Faunin war nicht schwierig zu finden. Ihre gespaltenen Hufe hatten sich tief in den feuchten Waldboden gebohrt. Bald wusste Davaron, wohin sie geflohen war, und marschierte zielstrebig durch den spätsommerlichen Wald. Er trug die Rüstung aus schwarz lackierten Stahlplättchen, die graue Seidenbänder zu einem beweglichen und doch dichten Geflecht verknüpften. Es war die traditionelle Wahl der Abkömmlinge

Piriths, weshalb er sie den Leinenpanzern der Söhne Ardas vorzog. An seiner Seite hing das Schwert, in dessen Knauf ein Stück Sternenglas eingelassen war. Ein Andenken an den Feldzug gegen die Untoten, das seinen Zaubern ungewohnte Macht verlieh. Nicht nur deshalb waren ihm bei seinem Aufbruch erstaunte Blicke gefolgt, doch sie kümmerten ihn nicht. Von einer Anhöhe aus sah er die niedrigen, aber schroffen Berge, die er nur zu gut kannte. Auf der anderen Seite des Höhenzugs lag das Dorf, das seine Heimat gewesen war – bis die Harpyien sein Leben in blutige Fetzen gerissen hatten. Am Fuß des Hangs folgte er einem Bach, der sich in engen Bögen durch die steiler werdenden Hügel schlängelte. Es gefiel Davaron nicht, dass das Murmeln und Plätschern die meisten anderen Geräusche übertönte. Misstrauisch sah er sich von Zeit zu Zeit um.

Ein Trampelpfad führte vom Bach zum Lager der Faune. Sicher lebte das Miststück dort. Saß sie dort herum und wartete darauf, dass er sie fand? Vermutlich nicht. Wenn sie zu Imerons Getreuen gehörte, musste sie ihnen von dem Vorfall berichten.

Eine Bewegung auf dem Pfad zog Davarons Blick an. Unter den Bäumen kam eine alte Faunin auf ihn zu, die einen leeren Wasserschlauch trug. Ihre nackten Schultern und Brüste waren mit verschlungenen grünen Mustern bemalt.

Davaron blieb ebenso stehen wie sie.

»Ich kenne dich.« Der graue Ziegenbart an ihrem Kinn zitterte, als die Alte sprach. »Du hast beim Heiligen Hain an der Seite unserer Männer gekämpft.«

»Das ist wahr.« *Auch wenn sie fast alle gefallen sind.*

»Dafür schulden wir dir Dank.«

Davaron sah sie abwartend an.

»Ich weiß, wen du suchst«, sagte sie nach einer Weile. »Sie trägt das Mal deines Dolchs. Wirst du sie töten?«

»Nur, wenn sie mich angreift.«

Die Faunin nickte. »Folge dem Bach. Er wird dich zu jenen führen, denen sie hörig ist.« Ohne ihn weiter zu beachten, kniete sie sich ans Ufer, um ihren Wasserschlauch zu füllen.

Das alte Schaf hat mehr Würde im kleinen Finger als mancher Elf im ganzen Leib. Aber konnte er ihr vertrauen?

Eine Weile lauschte er auf Geräusche hinter seinem Rücken und sah sich immer wieder nach feindseligen Faunen um. Doch außer dem Krächzen eines Raben hörte er nichts, und im Unterholz regten sich nur kleine Tiere auf der Suche nach Beeren. Allmählich stieg das Gelände an. Immer öfter trat am Boden blanker Fels zutage. Davaron folgte dem Bachlauf auf die Berge zu, die nun so nah waren, dass er zu ihren flachen, kantigen Gipfeln emporblicken musste. Zwischen ihnen klafften enge Schluchten, als hätte ein Gott sie mit riesigem Messer in den Fels geschnitten. Der Anblick weckte Erinnerungen – und alten Zorn. Einst hatte die Wut wie glühendes Eisen in seinem Innern gebrannt, doch mit den Jahren war sie zu kaltem Stahl erstarrt. Zu einer Klinge, die er den Harpyien zwischen die Rippen treiben würde. Er wusste nur noch nicht, wann und wie.

Auf dem zunehmend steinigen Grund verlor sich die Spur der Faunin. »Wo bist du hingegangen?«, murmelte Davaron und musterte die steilen Hänge, an denen sich sture Bäume festkrallten, bis Sturm und Regen sie in die Tiefe rissen. Seit Imeron die verfluchte Chimärenbrut vor Jahrtausenden geschaffen hatte, lebten Harpyien auf diesen windigen Höhen. Sie hausten in Spalten der Felswände und hielten sich von Elfen fern, denen sie den Krieg gegen ihren Schöpfer nie verziehen hatten. Nur ein Schwarm weiblicher Harpyien lebte an der Steilwand unterhalb der Grenzfeste Uthariel und gab vor, den Elfen als Späher zu dienen.

Davaron wusste es besser. Viele Harpyien mochten nur dumme, kreischende Raubtiere sein, doch einige verfügten über die Intelligenz ihrer menschlichen Ahnen und trieben unter dem Deckmantel der Hilfe ein falsches Spiel. So gerissen waren sie, dass er es ihnen niemals nachweisen konnte. Ihm blieb nur, sie heimlich zu töten – wann immer ihm eine Harpyie allein begegnete.

Noch einmal ließ er den Blick über die nächstgelegenen Berge schweifen. Den ganzen Höhenzug abzusuchen, konnte Wochen dauern. Bis dahin hatte die Faunin ihre Auftraggeber längst gesprochen und war wieder fort. *Verfluchte Chimärenbande!*

Aber so schnell aufzugeben, kam nicht infrage. Wenn er schon hier war, konnte er wenigstens noch ein, zwei Tage umherstreifen. Vielleicht lief ihm die Faunin zufällig über den Weg oder er stieß wieder auf ihre Spur. Wehmut überkam ihn, als er eine bestimmte Richtung einschlug. *Bin ich in Wahrheit deshalb hergekommen?* Hatte er die Sorge um einen künftigen Bastard nur als Vorwand gebraucht? Es war gleichgültig. Obwohl er den Schmerz fürchtete, trieb ihn die Sehnsucht weiter. Immer tiefer wanderte er in die Schlucht hinein, die er seit einem Jahr nicht mehr betreten hatte, und wie bei jedem Besuch fragte er sich, ob er alles unberührt vorfinden würde.

Der Steig an der Felswand, der zu dem breiten Absatz vor der Höhle hinaufführte, lag bereits im Schatten. Davaron nahm einen abgebrochenen dürren Ast mit hinauf, um ihn als Fackel zu verwenden. Baumhoch über dem Talgrund sah er sich ein letztes Mal um und konnte weder die Faunin noch eine Harpyie entdecken.

Zögernd betrat er die Höhle. Noch konnte er einfach umdrehen und erst wiederkommen, wenn er seinen Schwur erfüllt hatte. Doch dann entdeckte er den längst getrockneten Kot am Boden. *Ein Bär!* Das Tier hatte den Unterschlupf für den Winterschlaf genutzt. Wie weit war es eingedrungen? *Hat es ...* Davaron rannte in das Gewirr aus niedrigen Gängen und verwinkelten Kammern. Die Spitze des Knüppels in seiner Hand in Brand zu setzen, kostete ihn nur ein kurzes Auflodern seiner Magie. Schatten sprangen in alle Richtungen davon und gaukelten fliehende Gestalten vor.

Atemlos hielt Davaron vor dem Spalt, den er mit aufgeschichteten Steinen verschlossen hatte. Die vormals obersten Brocken lagen zu seinen Füßen verstreut. Auf dem Fels prangten Kratzspuren, wo der Bär versucht hatte, den engen Durchlass zu erweitern. Davaron atmete auf. Das Biest war nicht eingedrungen.

Wieder zögerte er, bemüht, sich gegen den Anblick zu wappnen, der ihn erwartete. Dann stieg er über die verbliebenen Steine durch den Spalt. Im flackernden Schein seiner Fackel schälte sich die Bahre aus der Dunkelheit, die er vor so vielen Jahren gezimmert hatte. Er trat näher. Licht fiel auf die beiden hingestreckten Körper, den großen und den so viel kleineren. Egal, wie sehr er versuchte, sich dagegen zu verhärten, der Anblick traf ihn jedes Mal wie ein Speer in die Brust. Es war die Strafe für den Frevel, den er beging. Er hätte die Leichen dem Sein zurückgeben, sie als Nahrung für neues Leben hingeben sollen, wie es der Brauch verlangte. Stattdessen hatte er sie hierhergeschleppt. *Wie ein erbärmlicher Mensch.* War es schlimmer geworden? Sein Blick suchte nach neuen Rissen in der ausgedörrten, bräunlich verfärbten Haut und wanderte langsam nach oben. Mevetha lag in Eretheyas Arm wie eine grausige Puppe. Die leeren Augenhöhlen standen weit offen, als reiße das Kind noch im Tod vor Angst die Lider auf. Noch immer hatte er den Schrei im Ohr, mit dem beide in den Abgrund gestürzt waren. Vermischt mit dem blutrünstigen Kreischen der Harpyien.

Er trat noch einen Schritt näher, streckte die Hand nach Eretheyas Gesicht aus und brachte es doch nicht über sich, die spröde Haut zu berühren. Stattdessen ließ er eine Strähne ihres Haars durch seine Finger gleiten. Es fühlte sich beinahe wie früher an, bevor der Tod ihr schönes Gesicht ins Gegenteil verkehrt hatte. Wie schnell waren die Lippen geschrumpft und hatten die Zähne zu einem ewigen Grinsen entblößt, das seinen Schwur verhöhnte. Der stete Luftzug, der durch die Felsritzen wehte, hatte die Verwesung verhindert, doch er hatte nicht bewahrt, was Davaron fehlte. Das Leben.

Ich werde einen Weg finden. Er hatte es ihr schon so oft versprochen, dass es selbst in seinen Ohren hohl klang.

Von der Einöde der Orks im Westen war er durch die Länder der Menschen bis zum Ende der Trollhügel im Osten gereist, hatte Schamanen befragt, alte Schriften studiert und alles versucht, was Hexen und Magier ihm unter dem Siegel der Verschwiegenheit rieten. Er hatte Dinge getan, für die sein Volk ihn verbannt hätte, wären sie ans Licht gelangt. Doch nichts davon hatte Eretheya Leben, *echtes* Leben zurückgebracht.

Es gibt neue Hoffnung. Vertrau mir! Er klammerte sich an

den Strohhalm, den Omeon ihm gereicht hatte. Diese Schriften *mussten* endlich der Schlüssel sein.

Die Toten wieder in der kühlen Dunkelheit der Gruft zurückzulassen, kam ihm immer wie feige Flucht vor. Aber tagelang an ihrer Seite auszuharren, wie er es früher getan hatte, wandte auch nichts zum Besseren. Er warf einen letzten Blick zurück, dann verließ er die Kammer und legte die Fackel neben dem Eingang ab, um den Spalt wieder zu verschließen. Mit nur einer Hand konnte er die schweren Steine nicht mehr heben, also berührte er mit den Fingern das Sternenglas an seinem Schwert. Sofort war ihm, als flute die Magie seinen Körper und müsse aus ihm hervorbrechen wie das innere Licht aus einem Astar. Mit geistigen Händen nach den Felsbrocken zu greifen, und sie aufzuschichten, fiel ihm so leicht, als häufte er mit echten Händen ein paar Kiesel auf.

Widerstrebend löste er die Finger wieder vom Schwertknauf. Es kam ihm vor, als schrumpfe er, während die Magie dorthin zurückfloss, wo sie hergekommen war, und eine Leere hinterließ. Er war versucht, sogleich wieder nach dem Schwert zu greifen. Ob es den anderen Trägern dieser magischen Waffen ebenso ging?

Während der Ast am Boden gelegen hatte, waren die Flammen über seine ganze Länge gewandert. Davaron ließ ihn zurück. Der Weg war so kurz, dass er nur dem schwachen Licht folgen musste, um den Ausgang zu finden. Umso deutlicher sah er die gedrungene dunkle Gestalt, die auf dem Felsabsatz vor der Höhle auf ihn wartete. *Chria.* Die durchtriebenste Harpyie von allen.

Sie musterte ihn mit ihren unnatürlich weit auseinanderliegenden Menschenaugen und legte den Kopf schief.»Suchst du 'ich?«

Der Schnabel, der anstelle von Nase und Mund aus ihrem Gesicht ragte, hinderte sie daran, bestimmte Laute formen zu können. Wusste sie, was er hier verbarg? Davarons Hand legte sich von selbst um den Schwertgriff. Schon durchströmte ihn die berauschend starke Magie.»Wenn du die Faunhexe nach Ardarea geschickt hast.«

Als sie tadelnd den Kopf schüttelte, raschelte ihr Gefieder. »'ie kannst du ein so 'reundliches Mädchen eine Hexe nennen? Sie 'eint es nur gut 'it Elanya. 'ür 'aune gi't es keinen größeren Segen als Kinder.« Mühsam unterdrückte Davaron seinen Zorn und sah nur finster auf sie herab. »Erspar mir dein Geschwafel.« Sie wusste ebenso gut wie er, dass Elfen Chimärenmagie zutiefst verabscheuten. »Warum tut ihr ihr das an? Was bezweckt ihr damit?«

»Athanor ist kein El'. Er 'ird seinen Sohn lieben.« Je länger sie sprach, desto weniger fielen ihm die fehlenden Laute auf. »Wir haben Großes mit dem Jungen vor. Und ich bin sicher, dass er dankbarer sein wird als du.«

Beinahe hätte Davaron gelacht. »Für ein Leben als Bastard, der nirgends dazugehört? Für den Spott und die Beleidigungen?«

»Dein schweres Schicksal betrübt mich zutiefst«, höhnte die Harpyie. »Mit einem König zum Vater und Elfenblut in den Adern wird er für uns von hohem Wert sein. Manche Völker werden ihn wie einen Gott verehren.«

»Woher willst du das wissen?«

Das Rucken ihrer Flügel ging wohl als Schulterzucken durch. »Meine Verbindungen reichen weiter, viel weiter, als du dir vorstellen kannst. Und Athanor hat einen Pakt mit mir geschlossen, den er erfüllen muss.«

Wusste ich doch, dass sie ihm geholfen hat, die Trolle zu befreien. »Athanor wird sein Wort brechen – wie alle Menschen.«

Chria stieß krächzende Laute aus, die wohl ein Lachen sein sollten. »Du scheinst dir nicht viel aus deinem einzigen Freund zu machen.«

»Er ist nicht mein Freund.« *Wenn er wüsste, was ich getan habe, würde er mich töten.*

Wieder zuckte die Harpyie mit den Flügeln. »Warum willst du mich dann unbedingt aufhalten?«

»Für das Kind, das sich wünschen wird, niemals geboren worden zu sein.«

»Was willst du tun? Mir die Flügel stutzen? Das Gefieder versengen?«

64

Das und noch mehr. Davaron zog sein Schwert.
»Du würdest das Tal nicht lebend verlassen. Sieh hinauf!«
Er trat näher zum Rand, doch nicht so weit, dass sie ihn in
den Abgrund stoßen konnte. Die Klinge auf sie gerichtet, blickte
er zum Himmel über der Schlucht empor. Ein Dutzend Harpyien kreiste im Licht der Abendsonne. Als sie ihn bemerkten,
kreischten sie wild durcheinander, und die Felswände warfen
den Lärm zehnfach zurück.
»Du bist unser Geschöpf. Genau wie das Kind unser Geschöpf sein wird.«

Keuchend schreckte Aphaiya aus ihrem Tagtraum auf. Über ihr
raschelte nur Wind in den Zweigen, doch in ihrem Innern
brauste der Feuersturm ihrer Vision. Sie hörte das Brüllen der
Flammen, spürte die Hitze, als hätte sie sich zu nah ans Herdfeuer gewagt. Mit seinen Schwingen verdunkelte der Drache die
Sonne, doch im nächsten Augenblick war er eine Harpyie, und
am Himmel tauchte eine zweite auf. Aphaiya mochte seit langer
Zeit blind sein, doch sie *sah* die Leiber, die halb Mensch, halb
Raubvogel waren. Immer mehr von ihnen kreisten kreischend
über dem Fels, an dessen Fuß eine zerschmetterte Gestalt lag.
Aphaiya spürte sich fallen. Schnäbel und Krallen hackten auf sie
ein. Vor Schreck und Schmerz schrie sie auf und hörte doch das
feuchte Reißen von rohem Fleisch.

Doch das Schlimmste war Elanya. Obwohl sie wusste, dass
ihre Schwester mittlerweile eine erwachsene Frau war, sah
Aphaiya noch immer das Mädchen aus ihrem Gedächtnis vor
sich. Sie erblickte nur das Gesicht, leichenblass wie aus Marmor
geformt. Gebrochene Augen sahen zu einem blutroten Himmel
auf, an dem noch immer die Harpyien tanzten.

Sie wird sterben! Bei lebendigem Leib von Chimären zerrissen!
Aphaiya rappelte sich auf, mühte sich, die Bilder abzuschütteln,
die ihr die Orientierung raubten. Ihr Herz raste vor Angst um
Elanya. Wo war der Weg? Sie musste so schnell es ging zum
Gästehaus. Ihre Füße tasteten nach dem Pfad, der vom Teich
der Mondsteine nach Hause führte. Bloße Erde unter ihren
Sohlen. *Das ist er.* Mit ausgestreckten Händen lief sie los. Wann

immer sie Grashalme spürte, wusste sie, dass sie vom Weg abzukommen drohte.

Wann wird es geschehen? Was hat der Drache damit zu tun? Doch ihre dunklen Ahnungen waren zunächst immer verwirrend. Oft blieben sie vage und wurden erst mit der Zeit greifbarer und verständlicher. Aphaiya ballte die Fäuste. War Elanya etwa Athanor auf seinen Jagdausflug gefolgt, um sich mit ihm zu versöhnen? Die Vision war so lebhaft, so eindringlich gewesen, als müsse es jeden Augenblick geschehen. Sie spürte Tränen aufsteigen, aber ihre Maske würde sie verbergen. *Könnte ich doch nur sehen!* Sie wäre sofort auf ein Pferd gesprungen. Vielleicht hätte sie Elanya noch einholen können. *Noch ist nichts passiert*, versuchte sie sich einzureden. *Noch kannst du sie warnen.* Doch sie glaubte sich nicht.

Das veränderte Geräusch des Winds in den Baumkronen verriet ihr, dass sie am Kiefernhain vorüberlief. Herabgefallene Nadeln waren bis auf den Weg geweht und stachen in ihre Zehen.

»Ist etwas passiert? Brauchst du Hilfe?«, rief ihr jemand nach.

Aphaiya schüttelte nur den Kopf. Ihr fehlte der Atem für Worte. Es musste Jahrzehnte her sein, dass sie gerannt war. Eine Spur Rauch in der Luft kündete die ersten Häuser Ardareas an. Der Geruch schnürte Aphaiya die Kehle zu. Wieder sah sie die Flammen, hörte ihr Prasseln, und der Qualm biss ihr in die Lunge.

»Aphaiya, was …« Die Stimme brach ab, als Aphaiya einfach vorbeihastete.

Rosenduft stieg ihr in die Nase, linderte ein wenig ihren Schmerz. Sie liebte Rosen, konnte alle Sorten am Duft unterscheiden. So wusste sie immer, wo sie sich in Ardarea befand.

»Vorsicht!«, rief jemand und wich ihr gerade noch aus.

Sie hörte das Rascheln des Gewands und empört ausgestoßenen Atem. »Entschuldigung!« Ein neuerliches, lauteres Rascheln von Laub im Wind kündigte die Halle der Acht an. Die acht Bäume, die die Ecken der Halle bildeten, waren so hoch, dass sie selbst dann rauschten, wenn sich am Boden kein

Lufthauch regte. Von hier war es nicht mehr weit zum Gästehaus.

»Aphaiya!«, rief Peredin von irgendwoher, tadelnd und besorgt zugleich.

»Später!«, antwortete sie und hörte, wie vor ihr hastig Leute zur Seite traten. »Ich muss zu Elanya.«

Hinter ihr flüsterten sich die Passanten bange Fragen zu, doch über ihren pfeifenden Atem verstand sie die Worte nicht. Ihre Lungen brannten nun auch ohne Rauch. Wie eine Faust hämmerte ihr Herz gegen die Rippen. »Elanya!«, krächzte sie unerwartet leise und versuchte es gleich noch einmal. »Elanya!«

»Langsam, Kind, du wirst noch jemanden umrennen!«, mahnte ihre Mutter.

Aphaiya blieb keuchend stehen und lauschte. Wie nah war sie schon? Ihre Mutter nahm ihre Hand. »Aphaiya, was ist geschehen?«

»Ich muss Elanya warnen. Ich habe Schreckliches gesehen.«

Die Finger ihrer Mutter verkrampften sich. Sie hörte sie hart schlucken. »Sie ist nicht hier. Die Nachbarn sagen, sie ist mit Davaron fortgeritten.«

Aphaiyas Herz setzte einen Schlag aus. »Jemand muss ihr nacheilen! Sie wird sterben!«

Elanya ließ ihr Pferd hinter Davarons Grauschimmel hertrotten und genoss die Stille des Waldes. Nach dem Streit mit Athanor hatte sie sich Ablenkung gewünscht, doch stattdessen war sie am nächsten Morgen zum Erhabenen gerufen worden. Peredin mochte Athanor zwar aus Mitleid gewogen sein, weil er der Letzte seines Volks war, aber er verstand ihn nicht. Elanya bezweifelte, dass irgendein Elf – selbst sie – vollständig begriff, was in einem Menschen vorging. Konnten sie nicht einfach darüber hinwegsehen? Nicht einmal untereinander verstanden sie immer, was den anderen bewegte. Doch Peredin hatte ihr Ratschläge erteilt, wie sich Athanors Verhalten in angemessenere Bahnen lenken ließ. *Als wäre er ein ungezogenes Kind, das ich erziehen soll.*

Wieder griff die Empörung nach ihr und drohte, ihr den Ausritt zu verderben. Tief atmete sie die kühle Waldluft ein und lenkte ihren Blick zum lichten Gewölbe der Baumkronen empor. Wie sollte sie den ganzen Ärger vergessen, solange der Streit zwischen ihr und Athanor nicht beigelegt war? Und dass ihr Vater seit der Prügelei nicht mehr mit ihr sprechen wollte, bis sie sich von Athanor getrennt hatte, war kaum leichter zu ertragen als die Vorträge ihrer Mutter. Den ganzen Tag hatte ihr jemand mit Beschwerden über Athanor in den Ohren gelegen, bis sie die Tür verriegelt hatte. Konnten sie nicht endlich Ruhe geben und ihre Wahl akzeptieren?

Seufzend versuchte sie, nur noch den Stimmen der Vögel und dem Rascheln der Hufe im Laub zu lauschen.

»Denkst du schon wieder an Athanor?«, fragte Davaron spöttisch. Wie stets hatte er gewirkt, als ob er düster vor sich hin brüte, aber heute stand sie ihm wohl in nichts nach.

Ich hätte allein ausreiten sollen. Doch wäre Davaron nicht aufgetaucht, hätte sie es nicht getan – aus Angst, Athanor zu begegnen. Er sollte nicht glauben, sie laufe ihm nach. »Das geht dich nichts an.«

»Ich frage mich nur, warum du das alles für einen Menschen auf dich nimmst.«

Ging das schon wieder los? »Seit wann darf eine erwachsene Frau nicht mehr lieben, wen sie will?«

Davaron zuckte mit den Schultern. »Ich schätze, das hat sich meine Mutter damals auch gefragt.«

Grollend starrte Elanya seinen Rücken an. Wollte er ihr ein schlechtes Gewissen machen? Aber vielleicht tat sie ihm unrecht. Seine Mutter war eine Tochter Piriths gewesen und hatte gegen den Willen und den Brauch beider Stämme einen Sohn Ardas geheiratet. »Ist sie … Glaubst du …« Davarons Mutter war vor einigen Jahren zum Ewigen Licht gewandert und hatte sich dort das Leben genommen. Sein Vater lebte seitdem als Einsiedler fern von Freunden und Verwandten, die ihn vergebens baten, zurückzukehren.

»Dass sie sich umgebracht hat, weil sie die missbilligenden Blicke nicht mehr ertrug?«

Wie konnte ein Elf so barsch klingen, wenn er über das schreckliche Schicksal seiner Mutter sprach? Davaron schüttelte den Kopf. »Nein, das war es nicht.«

»Woher willst du das wissen?«

»Erzähle ich dir später. Wenn wir angekommen sind.«

»Was willst du mir denn nun so Wichtiges zeigen? Hast du Fortschritte mit deiner Erdmagie gemacht?«

»Ich will hoffen, dass du niemandem davon erzählt hast.«

Elanya verdrehte die Augen. War es ihm immer noch so wichtig, den Anschein eines reinerbigen Sohns Piriths zu wahren, um die Vorurteile gegen Bastarde Lügen zu strafen? Sein Volk hatte ihn nach der siegreichen Rückkehr aus Theroia gefeiert und sogar in den Rat entsenden wollen. Wozu dann noch das Versteckspiel? »Dein Geheimnis ist bei mir gut aufgehoben. Aber findest du nicht ...«

»Ich *habe* Fortschritte gemacht. Nur leider nicht in dem Zauber, den du mir gezeigt hast.«

»Oh.« Sie verkniff sich die Bemerkung, dass er dann wohl kein Talent für diese Art Magie besaß. Ein Samenkorn zum Keimen zu bewegen, was im Grunde dem Wunsch des Samens entsprach, gehörte zu den einfachsten Zaubern, die Elanya kannte.

Davaron sagte nichts mehr, und nach einer Weile setzte er sein Pferd in Trab. Da er immer schweigsam war, vermochte Elanya nicht zu sagen, ob er sich ärgerte oder nur den üblichen Gedanken nachhing. Im Grunde war es ihr gleich. Auf ihrer gemeinsamen Reise zu den Zwergen hatte sie gelernt, seinen Launen keine Bedeutung beizumessen.

Lange Zeit folgten sie einem Bachlauf, und Davaron ritt erst wieder langsamer, als sie sich einer Kette schroffer, aber niedriger Berge näherten. Allmählich empfand Elanya das Schweigen als bedrückend. Es ließ zu viel Raum für Erinnerungen an die Streitereien der letzten Tage.

»Ich bleibe bei Athanor, weil er der Einzige ist, der keine Erwartungen an mich stellt«, sagte sie in die Stille hinein. »Er verurteilt nicht, dass ich mein Leben bei der Grenzwache riskiere. Er will mich nicht dazu bringen, in die Fußstapfen meiner Mutter zu treten, nur weil sie uns eines Tages als große Heilerin fehlen wird. Und er schreibt mir nicht vor, wen ich zu lieben habe.«

»Über den letzten Punkt lässt sich streiten«, erwiderte Davaron belustigt.

Elanya musste selbst lachen. »Einverstanden. Das zählt nicht.« Je näher sie den Anhöhen kamen, desto mehr fielen Elanya die steilen Hänge und Felsabbrüche auf. Sie war nicht zum ersten Mal in dieser Gegend, und sie verband sie mit irgendetwas, aber es wollte ihr gerade nicht einfallen. Warum führte Davaron sie ausgerechnet hierher? Hinter diesem Höhenzug lag seine Heimat, aber was hatte das mit ihr zu tun?

Davaron ritt in eine der engen Schluchten, an deren Grund ein Rinnsal dem Wald entgegenfloss. Es war kühl und schattig, während hoch über ihnen die Sonne auf die Felswände brannte. *Hier ist seine Frau gestorben!* Warum war sie nicht gleich daraufgekommen? Unwillkürlich sah sie zu dem schmalen Streifen Himmel auf, den sie vom Boden der Schlucht aus sehen konnte. Zwei Raben flogen an der Felskante entlang. *Keine Harpyien.* Elanya wischte ihre dunklen Ahnungen fort, doch sie bereute, ihr Schwert nicht mitgenommen zu haben. »Du hättest mir sagen können, dass wir in eine gefährliche Gegend reiten.«

»Würdest du weniger auf die Meinung anderer geben, hättest du Waffen und Rüstung angelegt«, gab Davaron selbstgefällig zurück.

Das sagt der Richtige. Wer von ihnen hatte sich jahrzehntelang gemüht, als vollwertiger Sohn Piriths anerkannt zu werden? Aber sie würde jetzt nicht mit ihm streiten. Sie herzuführen, konnte nur bedeuten, dass er ihr etwas anvertrauen wollte. Soweit sie wusste, hatte er bislang mit niemandem darüber gesprochen, was ihn seit seinem schrecklichen Verlust bewegte. Es rührte sie, dass nun ausgerechnet sie dazu auserkoren war.

Davaron brachte sein Pferd zum Stehen und sprang ab. »Wir sind fast da. Ab hier geht es nur zu Fuß weiter.« Er deutete einen Hang hinauf, der zwar nicht senkrecht war, aber dennoch so steil, dass sich an seinem Fuß abgebrochene Steine gesammelt hatten.

»Ist das *die* Anhöhe, auf der …«

»Ja. Wir kamen damals von der anderen Seite. Dort ist der Aufstieg leichter.«

»Und du bist sicher, dass du an diesen Ort zurückkehren willst?«

»Warum nicht? Die Aussicht ist großartig.«

Also gut. Wenn er noch nicht darüber sprechen wollte, würde sie eben warten.

Davaron schob die Tasche, die er sich umgehängt hatte, auf seinen Rücken und ging voran. Es gab keinen Pfad, aber verglichen mit dem schwindelerregenden Steig zur Festung Uthariel kam Elanya der Aufstieg wie ein Spaziergang vor. Zwischen blankem Fels und Gesträuch suchten sie sich ihren Weg hinauf und erreichten bald den Gipfel, der kahl in der Sonne lag. Elanya sah sich um und bewunderte die Aussicht über die bewaldeten Hügel um Ardarea, die sich bis zum Horizont erstreckten. Es war ein wunderbarer Ort für ein junges Paar, um sich missliebigen Blicken zu entziehen. Denn davon hatte Eretheya, die Tochter eines der mächtigsten Magier unter den Abkömmlingen Piriths, mehr als genug auf sich gezogen, seit sie die Frau eines Bastards geworden war.

»Wir kamen oft hierher«, sagte Davaron. »Es war von Anfang an unser Rückzugsort.« Er ließ sich auf den aufgeheizten Felsen nieder, und Elanya setzte sich so, dass sie ihn und die Aussicht im Blick hatte.

»Warum hast du mich hierhergeführt?« Allmählich begriff sie, was sie mit seiner Mutter und seiner Frau gemeinsam hatte, aber worauf wollte er hinaus?

»Ich möchte dir erzählen, was damals *wirklich* hier geschehen ist.«

Elanya stutzte. »War es denn nicht so, wie es sich alle erzählen?« Dann musste er ihnen etwas verschwiegen oder gelogen haben.

»Oberflächlich betrachtet schon. Aber hast du dich nie gefragt, weshalb die Harpyien angriffen?« Schon ihre Erwähnung verdüsterte Davarons Gesicht.

»Ehrlich gesagt nicht«, gestand Elanya. »Die meisten Harpyien hassen uns, und es kam über die Jahrhunderte immer wieder zu solchen Überfällen.«

Davaron nickte. »Aber dieser Fall lag anders. An diesem Tag tauchte ein Schwarm der verdammten Biester auf und umkreiste uns – schweigend. Du weißt, welchen Lärm sie sonst machen. Ich ahnte, dass etwas Seltsames vorging. Eretheya bekam Angst und hob Mevetha auf, um sie zu beschützen. Plötzlich landete eine der Harpyien neben uns. Sie eröffnete mir, sie sei gekommen, um den Preis für den Gefallen einzufordern, den sie meinen Eltern einst erwiesen hatte.«

»Gütiger Alfar von Wey«, hauchte Elanya. Davarons Mutter war in den Tod gegangen, weil sie sich die Schuld für Eretheyas und Mevethas tragisches Schicksal gegeben hatte.

»Ich wusste, wovon sie sprach. Meine Eltern hatten mir zwar nie von diesem Geheimnis erzählt, aber als Kind hatte ich einmal einen Streit zwischen ihnen belauscht. Damals ergaben ihre Worte für mich keinen Sinn, aber sie gruben sich in mein Gedächtnis ein, und mit der Zeit kam ich hinter ihre Bedeutung.«

Was konnten Harpyien schon für Davarons Eltern getan haben? An der Grenze waren ihre Dienste als Späher nützlich, aber darüber hinaus …

»Du weißt es vielleicht nicht, aber einige Chimären haben etwas von Imerons verbotenen Künsten bewahrt«, eröffnete ihr Davaron.

»Sie beherrschen Magie?« Dabei waren sie doch nur halbe Menschen, und selbst unter den Menschen hatte es nur wenige Zauberer gegeben. Doch die Fähigkeit vererbte sich. Vielleicht waren die Ahnen der Harpyien Magier aus Imerons Anhängerschar gewesen. Die Macht des frevlerischen Astars hatte viele Verblendete angelockt, um von ihm zu lernen. Am Ende hatte Imeron den Zorn des Seins geweckt und war nach einer Reihe verheerender Schlachten an den Himmel verbannt worden.

»Vor allem beherrschen sie *seine* Magie. Und nicht nur die Harpyien, sondern auch einige Faune, Zentauren und andere Chimären. Sie können Nachkommen erschaffen, wo das Sein sie verwehrt.«

Elanya beschlich ein leises Unbehagen. »Aber was hat das mit dir zu tun?«

»Sicher ist dir bekannt, dass Ehen zwischen Angehörigen unterschiedlicher Elfenvölker manchmal kinderlos bleiben«, rief Davaron ihr ins Gedächtnis. »Von den Gegnern solcher Verbindungen wird es als Beweis für deren Verwerflichkeit betrachtet.«

Und das ist milde ausgedrückt, fügte Elanya im Stillen hinzu.

»Auch bei meinen Eltern war es so. Wie alle Neuvermählten pilgerten sie zum Ewigen Licht, auf dass eine Seele durch sie wiedergeboren werde. Aber es geschah nichts. Meine Mutter wurde nicht schwanger, und ... Ich muss dir nicht erzählen, wie über sie geredet wurde. Wie man sie angesehen und gemieden hat.«

Elanya nickte. Es geschah ihr schon jetzt, und es würde noch schlimmer werden.

»Als ein Faun an sie herantrat und meinen Eltern anbot, ihnen auf magische Weise ein Kind zu verschaffen, waren sie der ewigen Anfeindungen so müde, dass sie annahmen. Ich wurde geboren. Aber der Faun hatte meine Eltern gewarnt, dass die Chimären für ihre Hilfe eines Tages einen Preis fordern würden. Allerdings kamen sie damit nicht zu meinen Eltern, sondern zu mir.«

An jenem Tag ... hier, an dieser Stelle.

»Sie verlangten, dass ich mich ihrer geheimen Bruderschaft anschließe und mit meiner Magie beim Erreichen ihrer Ziele unterstütze. Ich lehnte ab. Vielleicht *war* ich undankbar, aber ich hatte sie nicht um ihre Hilfe gebeten. Und ganz sicher hatte ich nicht vor, Eretheya zu verlassen, um mich für die verfluchten Chimären verbotener Magie zu widmen!« Zornig sprang Davaron auf und machte seiner Wut Luft, indem er herumlief.

»Deshalb griffen sie euch an«, folgerte Elanya.

»Noch nicht. Es ging ein Streit voraus. Die Harpyie drohte, dass diejenigen für meine Entscheidung bluten würden, die ich liebe. Ihre Schwestern umkreisten uns schneller und kreischten so, dass ich keinen klaren Gedanken mehr fassen konnte. Es war beängstigend, aber Eretheya besaß mehr Mut als ich. Sie

73

war wütend, weil die Harpyien unser Kind bedrohten, und bereit, wie eine Löwin zu kämpfen.« Davaron war stehen geblieben und starrte in die Luft, als sehe er alles noch einmal vor sich. »Als eine Harpyie herabstieß, ließ Eretheya sie in Flammen aufgehen. Sie hatte so viel Macht. Das Erbe ihres Vaters. Und doch nützte es nichts. Es waren zu viele Harpyien und meine Zauber zu langsam. Ich tötete zwei mit dem Schwert, während sich immer mehr auf Eretheya stürzten. Mevetha schrie, und ich schlug auf die verfluchten Bestien ein wie von Sinnen. Eretheya geriet immer näher an den Abgrund.«

Elanya verstummte vor dem Grauen, das sie in seinem Gesicht sah. Auch wenn sie Athanor so oft um Verständnis für Davaron gebeten hatte, weil sie um die Gründe für seine Verbitterung wusste, waren sie Elanya nie so nahegegangen wie hier. Wie von selbst schweifte ihr Blick über das Gestein, als müsste es Spuren des Kampfs bewahrt haben. Einen Blutfleck. Ruß. Versengte Federn. Doch nach so vielen Jahren wirkte der Gipfel wieder unberührt.

»Es tut mir leid, dass du etwas so Schreckliches erleben musstest. Du hattest endlich etwas Glück gefunden, und diese Harpyien …«

»Erzähl mir nicht, was ich schon weiß! Du drehst nur das Messer in der Wunde herum.«

Elanya biss sich auf die Lippe. »Entschuldige.«

»Ich habe dir die Geschichte nicht erzählt, um Mitleid zu betteln. Du sollst daraus lernen.«

Es hatte also doch mit Athanor und ihr zu tun.

»Du erwartest ein Kind von ihm?«

Erstaunt riss Elanya die Augen auf. »Woher weißt du das?«

Davaron zog spöttisch einen Mundwinkel hoch. »Eine Faunin hat's mir geflüstert.«

»Aber das …«

»Hast du es ihm schon gesagt?«

»Nein«, antwortete sie überrumpelt. »Ich wollte erst ganz sicher sein.«

»Gut, das macht es leichter.« Er setzte sich wieder und holte einen Rindenbecher und eine kleine Feldflasche aus seiner Tasche. Der Geruch der milchigen Flüssigkeit, von der er einen Schluck einschenkte, kam Elanya bekannt vor. »Güldenfarn? Sadebeeren?«

»Und Wolfsblüte. Du bist Heilerin. Du weißt, was zu tun ist.« Davaron stellte den Becher vor ihr ab.

Elanya merkte, dass ihre Hände plötzlich zitterten. »Du willst, dass ich mein Kind töte?«

»Es wurde auf widernatürliche Weise empfangen. Die Faune haben ihre verfluchte Magie um euer Haus gewoben. Ich habe sie ertappt, als ich nachts vorbeikam.«

»Was kann das Kind dafür? Es hat dasselbe Recht zu leben wie du!«

»Hast du mir überhaupt zugehört? Dass ich geboren wurde, hat nichts als Leid und Tod erzeugt!«

»Mich hat niemand gefragt, ob ich diese Hilfe will. Mein Kind und ich schulden den Chimären nichts.«

»Es wird ihnen sein Leben verdanken«, beharrte Davaron wütend. »Seine Existenz!«

»Wenn du glaubst, dass ich mein Kind töte, nur weil du irgendetwas befürchtest, hast du den Verstand verloren.«

»Irgendetwas?«, fuhr Davaron auf. »Willst du unbedingt die Mutter von Imerons Befreier werden? Willst du einen neuen Krieg der Astare über diese Welt bringen? Dein Kind ...«

»Bist du jetzt Aphaiya? Siehst du neuerdings die Zukunft voraus? Mein Kind ...«

»Wird ein halber Mensch sein! Menschen sind gierig und unfassbar leicht zu manipulieren. Du kannst unser Schicksal nicht in ihre Hände legen wollen.«

»Ich werde das nicht trinken!« Elanya stieß den Becher um und sprang auf.

Davaron war fast ebenso schnell auf den Beinen und riss dabei noch das Schwert heraus. »Ich kann nicht zulassen, dass du den Chimären zum Triumph verhilfst. Merkst du nicht, dass sie dich zu ihrer Marionette machen? Heb die Flasche auf und beende es!«

Für einen Augenblick starrte Elanya entsetzt auf die ge-bogene Klinge, die Davaron drohend erhoben hatte. In seinem

Blick loderte der Hass auf die Harpyien. Sie musste ihm entkommen, aber wie?

»Trink!«, brüllte er.

»Also gut.« Zum Schein beugte sie sich vor, ging ein wenig in die Knie, als ob sie den Gifttrank aufheben wollte. Mit der Linken langte sie nach der Flasche, während ihre Rechte verstohlen zum Griff ihres Messers glitt. Sobald sie das Heft in ihren Fingern spürte, warf sie sich zur Seite, rollte sich ab und zog die Waffe dabei heraus. Schon war sie wieder auf den Füßen und sprang auf. Doch sie sah nur noch das Aufblitzen der Klinge, die in ihren Hals fuhr.

3

Obwohl er gesehen hatte, dass der Drache in eine ganz andere Richtung geflogen war, empfand Athanor Erleichterung, als Ardarea wohlbehalten vor ihnen lag. Davaron würde sich über sie lustig machen, weil sie keine Beute mitbrachten, und sie würden wieder feindselige Blicke auf sich ziehen, doch es war ihm egal. Es zählte nur, dass er sich mit Elanya versöhnte, statt schmollend in den Wald zu verschwinden. Die Elfen machten ihr das Leben seinetwegen schwer genug.

»Kommt es nur mir so vor, oder ist es heute ungewöhnlich ruhig hier?«, wunderte sich Vindur.

Athanor sah sich um. Noch wanderten sie durch die versprengten Gärten, die mit dem Wald um Ardarea zu einem Ganzen verwoben waren, aber es waren in der Tat kaum Elfen zu sehen. Für gewöhnlich verbrachten sie viel Zeit in ihren Anpflanzungen, um durch Magie und liebevolle Pflege für reiche Erträge zu sorgen. »Vielleicht sind sie nach ihrem wilden Fest noch zu erschlagen.«

Vindur sah ihn zweifelnd an. »Wenn du einen Elfenreigen wild nennst ...«

»Ich habe gehört, es gab immerhin eine Prügelei.«

»Was? Wenn ich die erwische, denen zieh ich die Ohren lang!«, entrüstete sich Vindur, bevor er das Lachen nicht mehr unterdrücken konnte. »Ohren *lang* ... hihi ... *lang*. Du verstehst?«

»Ja, Vindur, ich *hab's* verstanden«, versicherte Athanor schmunzelnd. »Aber versuch wenigstens, etwas zerknirscht auszusehen, bevor wir beim Erhabenen ankommen.«

»Ohren lang«, schluchzte Vindur und wischte sich die Lachtränen aus dem Gesicht. »Herrlich.« Allmählich gelang es ihm, wieder eine ernste Miene aufzusetzen.

Sobald sie die ersten Häuser erreichten, entdeckten sie Elfen, die mit betroffenen Gesichtern beisammenstanden oder tiefer in die Stadt hineinhasteten. Hatte der Drache Ardarea doch heimgesucht? Alarmiert blickte Athanor zum Himmel, ob ihm eine Rauchsäule über der Halle der Wächter oder ein ähnliches Anzeichen für Ärger entgangen war. Doch außer ein paar kreisenden Sperbern sah er nichts.

»Wo wollen die denn alle hin?«, fragte Vindur.

»Finden wir es heraus.« Athanor lief hinter einem der Elfen her. »Was ist passiert?«, rief er ihm zu.

Der Fremde bedachte ihn mit einem undeutbaren Blick. »Elanya soll etwas zugestoßen sein. Sie wurde zum Haus ihrer Eltern ge...«

Athanor hörte nicht, was der Elf noch sagte. Er rannte so schnell, dass er nicht einmal wahrnahm, ob Vindur noch bei ihm war. *Elanya ist etwas zugestoßen, und ich war nicht da. Ich war nicht da. Ich war nicht da.* Wie eine Peitsche trieb ihn der Gedanke voran.

Vor Elanyas Elternhaus hatte sich eine Elfentraube gebildet. Ein wenig abseits grasten Pferde, als wäre nichts geschehen, doch die entsetzten Mienen der Elfen bewiesen das Gegenteil. Rücksichtslos bahnte sich Athanor einen Weg durch die Menge. »Lasst mich durch! Darf ich mal? Ich muss ...« Er verstummte, als der Erhabene und seine Frau zurückwichen und ihm den Blick auf das Geschehen vor dem Eingang freigaben. Elanyas Vater sah mit Tränen in den Augen auf seine Töchter hinab, während seine Frau stumm das Gesicht in den Händen barg. Aphaiya hielt Elanyas Hand umklammert und schluchzte hemmungslos hinter ihrer Maske. Athanor war, als sei er zugleich schwer wie ein Berg und leer wie ein hohler Baumstamm geworden. Ein eisiger Wind strich durch seine Rippen, obwohl sich kein Lufthauch regte. Sein Gewicht zog ihn neben Elanya auf die Knie. Bleich und still lag sie im Gras. Wie eine gestürzte Statue aus Theroias zerstörtem Palast. Ihre gebrochenen Augen starrten blicklos ins Nichts.

Athanor berührte sie nicht. Er hatte so viele Leichen berührt. Sie waren nur kaltes, totes Fleisch, das Erinnerungen zerstörte. Elanya war längst fort. Aus dem Licht dieses herrlichen Tags in die Dunkelheit gerissen. Er konnte sie gar nicht berühren. Seine Arme waren so schwer, so leblos. Hatte er überhaupt noch Arme? Er merkte es kaum. Er konnte nur noch auf die

Wunde starren, von der jemand das Blut gewaschen hatte. Ein glatter, tiefer Schnitt durch die Kehle. Elanyas Kopf war so gebettet, dass es kaum mehr als ein Strich schien. Doch das Blut, mit dem ihr Hemd getränkt war, sprach eine andere Sprache. *Das war Mord.*

Wie der Stoff das Blut aufgesogen hatte, saugte die Leere in Athanor diesen Gedanken auf, bis sie ganz davon erfüllt war. Jemand hatte diese Klinge geführt. Jemand, der ihr Vertrauen erschlichen oder sie von hinten angefallen hatte. Athanor sah die gesichtslose, niederträchtige Gestalt vor sich, wie sie sich auf Elanya stürzte.»Wer hat ihr das angetan?«, brachte er heraus. In den Abgründen seines Innern keimte Wut auf. Dieser Unbekannte hatte ihm Elanya genommen. Ihr die Kehle aufgeschlitzt wie einem Lamm auf der Schlachtbank. Ausgerechnet Elanya!

»Ich ... werde unverzüglich Boten aussenden, um in Anvalon und allen anderen Städten nach dem Mörder suchen zu lassen«, versprach Peredin. Er klang betroffen und zugleich gefasst.»Wir müssen einen Rat einberufen und Verfolger ernennen, die ...«

»*Wer* hat ihr das angetan?«, fuhr Athanor auf. Der Zorn trieb ihn auf die Beine. Der Erhabene verschwieg ihm etwas. Er spürte es. Wütend starrte er ihn an.

»Es gibt Hinweise, aber wir dürfen nicht ...«

»Sie ist am Morgen mit Davaron fortgeritten«, fiel Merava ihrem Mann ins Wort.»Aphaiya hatte eine Vision, dass ihrer Schwester Gefahr von Harpyien drohe, deshalb haben wir ihr einige Reiter nachgesandt. Am Ende der Fährte fanden sie nur Elanyas Pferd und ... sie selbst – auf dem Felsen, auf dem Davarons Frau starb.«

Davaron!»Dieser von allen Göttern verfluchte Bastard!«

Peredin hob beschwichtigend die Hände.»Noch wissen wir nicht ...«

»Wollt Ihr mir weismachen, das sei eine Harpyie gewesen?«, herrschte Athanor ihn an.

»Vielleicht ist Davaron in diesem Augenblick dem wahren Mörder auf der Spur. Wir dürfen nicht vorschnell ur...«

Athanor hörte nicht mehr zu. Furchtsam wichen die Elfen ihm aus, als er entschlossen durch die Menge schritt. Sollten sie in ihrem Rat so lange palavern, wie sie wollten. Sie war mit Davaron fortgeritten, und nun war sie tot. Hatte der Bastard nicht stets wüste Drohungen ausgestoßen, damit sie seine Geheimnisse nicht verriet? Er würde ihn finden und die Wahrheit aus ihm herausprügeln, bevor er ihn an den Eiern zum Ausbluten aufhing.

Athanor hörte jemanden hinter sich herangaloppieren und warf einen Blick über die Schulter, ohne sein Pferd anzuhalten. Zwischen den hohen Bäumen tauchte Vindur auf, der bei seinem Anblick hektisch auf seinem Reittier herumhampelte. Dass der Braune dennoch langsamer wurde und nicht an Athanor vorbeischoss, war wohl nur der Gutmütigkeit der Elfenrösser zu verdanken.

»Baumeisters Bart«, schnaufte Vindur. »Du hättest wenigstens auf *mich* warten können. Ich musste mich von Elfen aufs Pferd hieven lassen!«

»Welch grausames Schicksal«, knurrte Athanor.

Beschämt senkte Vindur den Blick. Zufrieden sah Athanor wieder auf die Hufabdrücke hinab, denen er folgte. Durch den Trupp, der Elanya hatte retten wollen, waren die Spuren so deutlich, dass sie selbst Aphaiya nicht entgangen wären.

»Du kannst so viel auf mir herumhacken, wie du willst«, verkündete Vindur. »Aber glaub bloß nicht, dass ich dich diesen Ogersohn allein zur Strecke bringen lasse! Der Kerl ist ein heimtückischer Zauberer. Du wirst meine Hilfe brauchen.«

»Ich habe ihn schon einmal besiegt.« Bei der Erinnerung ballte Athanor die Fäuste. Warum hatte er ihn damals nicht verbluten lassen? Umgekehrt hätte Davaron ihn getötet. Um Elanya nicht zu enttäuschen, hatte er das Leben dieses Dreckskerls verschont. Fast konnte er den Dunklen darüber lachen hören. *Dieser Schweinegott gewinnt immer. Ob ich töte oder nicht.* Den Dunklen musste er damit durchkommen lassen, Davaron nicht.

»Mag sein, dass du ihn schon einmal bezwungen hast«, erwiderte Vindur. »Aber *ich* werde dafür sorgen, dass er dieses Mal nicht wieder aufsteht.«

»Das wird nicht nötig sein.«

»Das kannst du nicht wissen«, beharrte Vindur.»Er wird nicht auf dieselben Finten reinfallen wie beim letzten Mal.«

»Herr der Schatten! Komm einfach mit und halt endlich die Klappe!«

Vindur nickte zufrieden. Athanor trieb sein Pferd zu einem leichten Galopp an. Solange die Spuren so gut sichtbar waren, behielt er die Geschwindigkeit bei. Es war sein erster Einfall gewesen, zu der Stelle zu reiten, an der es geschehen war, und dort Davarons Fährte aufzunehmen. Doch je mehr Zeit er hatte, sich in die Lage des Mörders zu versetzen, desto mehr Zweifel kamen ihm. Er durfte sich nicht darauf verlassen, dass Davaron das Offensichtliche tat. Wenn es darauf ankam, konnte der Bastard ein gerissener Hund sein. *Ich hätte doch zuerst die Elfen befragen sollen, die Elanya zurückgebracht haben.* Vielleicht hatten sie an den Spuren gesehen, dass Davaron nach der Tat auf seiner eigenen Fährte zurückgeritten war, bevor dieser Trupp alles umgepflügt hatte.

Athanor ritt langsamer und achtete darauf, ob irgendwo eine Spur von den anderen abzweigte. Der Untergrund wurde steiniger, das Gelände stieg an. Als felsige Anhöhen in Sicht kamen, wurde Athanor die Kehle eng. Auf einem dieser Gipfel musste es geschehen sein. Obwohl er wieder auf die Hufabdrücke starrte, sah er ständig vor sich, wie es abgelaufen sein könnte. Wie Davaron Elanya am Haar packte und ihren Kopf zurückbog, um ihr das Messer über die Kehle zu ziehen. Wie sie schlafend in der Sonne lag und er sich über sie beugte. Wie sie stritten und er das Schwert herausriss. Das Ergebnis war stets dasselbe: Elanyas toter Leib vor dem Haus ihrer Eltern. *Ich werde dir jeden einzelnen Knochen brechen, bis du um dein Leben winselst.*

Als die Spuren ein schmales Rinnsal querten, das von den Bergen herkam, stutzte Athanor. Nach dem Sieg der Drachen hatten Orross – blutrünstige Chimären mit der Kraft und den Pranken eines Bären und den Hauern eines Keilers – Jagd auf die überlebenden Menschen gemacht. Er war so lange vor ihnen geflohen, er wusste, wie man seine Spur nicht nur vor den Augen, sondern auch den Nasen der Verfolger verbarg.

»Hast du etwas entdeckt?« Vindur sah sich misstrauisch um und griff nach seiner Axt.

»Nein. Ich frage mich nur, ob er hier abgebogen und im Wasser weitergeritten ist.«

»Sehen wir nach«, schlug Vindur vor. »Wenn du falschliegst, haben wir Zeit verloren. Wenn du richtigliegst und wir reiten einfach weiter, aber auch.«

»Das ist wahr.« Athanor sprang ab. »Warte kurz!«

»Was machst du?«

Statt zu antworten, ging Athanor am Rand des Rinnsals entlang und musterte den Bachgrund. Zwischen Steinen und zerbrochenem Geäst gab es morastige Stellen, doch das Wasser floss so schnell darüber, dass es jede Unebenheit sogleich fortspülte. Falls Davaron Schlamm aufgewirbelt hatte, war das trübe Wasser längst wieder klar. Athanor konnte nur darauf hoffen, dass der Elf bald die Geduld verloren und den Bach wieder verlassen hatte.

Aufmerksam wanderte er weiter, bis ihm plötzlich ein Stein auffiel. Während die anderen blank gewaschene Oberseiten hatten, war dieser zur Hälfte mit bräunlichem Schlick überzogen. *Vielleicht …* Athanor griff ins kalte Wasser und drehte einen der sauberen Brocken um. Auf der Unterseite glänzte ihm dieselbe braune Schmiere entgegen. Eilig ging Athanor weiter. *Ein* umgekippter Stein konnte Zufall sein. Doch bald fand er einen zweiten. *Du hättest Hadons besten Hund nicht herausfordern sollen, verfluchtes Schwein.*

»Mein Vater hätte ihm damals gleich den Kopf abschlagen lassen sollen«, murrte Vindur. Erschöpft hing er über dem Hals seines Pferds. Dunkle Ränder unter seinen Augen zeugten davon, dass sie seit drei Tagen hinter Davaron herhetzten und nur geschlafen hatten, wenn die Pferde eine Rast brauchten, um zu grasen. Da sie keinen Proviant bei sich trugen, ernährten sie sich von Beeren und Pilzen, die sie am Wegrand fanden, und von Fisch, den Athanor mit der Angelschnur aus seiner Gürteltasche fing. Doch sosehr sie sich auch beeilten, holten sie nicht auf. Die Spur nicht zu verlieren, kostete sie Zeit, und Davaron kam wie alle Elfen mit viel weniger Schlaf und Essen aus als sie. Dass er verfolgt wurde, konnte er sich denken. Dass er noch immer floh, bewies, dass er schuldig war.

»Stell dich nicht so an! Letzte Nacht habe schließlich ich Wache gehalten«, erwiderte Athanor. Warum jammerten Zwerge nur so gern, obwohl sie so robuste Gesellen waren?

»Glaubst du, ich mache ein Auge zu, solange dieser Ogersohn durch die Gegend schleicht?«

»Dann schnarchen Zwerge also auch, wenn sie nicht schlafen?«

»Natürlich nicht! Ich habe leise Goldbarren gezählt. Soll beim Einschlafen helfen. Stimmt aber nicht.«

Athanor lächelte matt. Mit einem hatte Vindur recht. Bis sie den Bastard erwischt hatten, würden sie keine Ruhe finden. Davarons Spur führte seit zwei Tagen gen Südwesten, und er fragte sich, ob ein Zusammenhang mit dem Drachen bestand, den sie bei Ardarea gesehen hatten. Seit auch Vindur diesen Verdacht schöpfte, sprach er noch abfälliger über den Elf – falls das überhaupt möglich war.

Gerade ritten sie einen Hügel empor, und Athanor behielt die Löcher im Auge, die Davarons Pferd mit den Hufen in den Bewuchs des Hangs gerissen hatte. Der Wald war hinter ihnen zurückgeblieben, während sich vor ihnen auf der Kuppe hohe Gräser im Wind wiegten.

»Heilige Götterschmiede!«, entfuhr es Vindur. »Was ist das?« Sichtlich beeindruckt hielt er sein Pferd an.

Athanor sah auf. Unter ihnen lag ein Streifen Marschland, und dahinter erstreckte sich Wasser bis zum Horizont. Im Sonnenschein leuchteten die Fluten so blau, dass selbst der Himmel dagegen blass wirkte. »Das muss der Ozean sein.«

Vindur stand vor Staunen der Mund offen. »Ich hatte keine Ahnung, dass es so viel Wasser auf der Welt gibt.«

Kein Wunder. Soweit Athanor wusste, gab es im Zwergischen nicht einmal ein Wort für das Meer. Doch auch ihm fiel es schwer, den Blick wieder abzuwenden. Er hatte den Kaysasee in Ithara gesehen, in dem einst die Nymphe Kaysa gelebt und am Ufer den ersten Menschen geboren hatte. Damals war ihm der

See groß vorgekommen, denn das andere Ufer war nur ein grüner Streifen. Aber hier … Selbst wenn er die Augen zusammenkniff, verschwamm in der Ferne alles in dunstigem Blau. Es war unmöglich zu sagen, wo das Wasser endete und der Himmel begann. Eine feuchte, salzige Brise wehte von dort heran und legte sich wie Schweiß auf seine Haut. Hatte Elanya je den Ozean gesehen? Dieses tiefe Blau hätte ihr gefallen. Doch Davaron hatte sie in die graue Welt der Schatten gestoßen. Knurrend trieb Athanor sein Pferd den Hügel hinab. Er würde diesen Bastard einholen, und wenn er dazu den Rest seines Lebens brauchte. *Er hat mir ohnehin genommen, wofür es sich zu leben lohnt. Ich bin wieder dort, wo ich herkam. Ein heimatloser Wanderer.* Doch dieses Mal hatte er ein Ziel: Rache.

Von nun an ritten sie die Küste entlang. Oft reichte der Wald bis zum Strand, doch es gab auch breite Schilfgürtel, durch die nur sumpfige Pfade führten. Um lange Umwege zu vermeiden, querte Davaron die felsigen Landzungen, die weit ins Meer hinausreichten. Dann wieder galoppierten sie am Wasser entlang, das die Spuren des Mörders manchmal fortgespült hatte. Doch sie fanden die Fährte stets wieder, so sicher wie die Möwen und das Meer.

Der Ozean war das Rätselhafteste, was Athanor je gesehen hatte. Warum war das Wasser so widerlich salzig, obwohl es klar und einladend aussah? Wie konnten Fische in dieser Brühe leben und doch nicht vollkommen versalzen schmecken? Irgendeine magische Wirkung ging von diesem Wasser aus. Wie konnte es sonst sein, dass er immerzu aufs Meer sehen musste, obwohl er es nicht wollte? Zum Dunklen mit dem Trost, den der Anblick spendete. Er *wollte* nicht besänftigt werden. War das so schwer zu verstehen?

»Woher kommen diese Wogen?«, wunderte sich auch Vindur. Er deutete auf die kleinen Wellen, die sich unablässig am Ufer brachen und nach den Hufen ihrer Pferde leckten. »Wenn der Ozean ein großer See ist, müsste er doch still liegen. Es weht nicht einmal viel Wind.«

84

»Ich weiß es nicht«, gab Athanor zu.»Aber mein Lehrer behauptete, dass die Wasser des Ozeans ans Ufer schwappen, weil an seinem Grund drei gefesselte Riesen liegen und gegen ihre Gefangenschaft aufbegehren. Dieses Wissen soll zur Zeit des Alten Reichs von den Elfen auf uns gekommen sein. Aurades, der Sonnengott selbst, hat die Riesen am Ende des Ersten Zeitalters in die Tiefe verbannt, um seine Schöpfung vor ihrem unstillbaren Hunger zu bewahren.«

Vindur winkte ab.»Die Elfen behaupten auch, dass die Alten Drachen geschaffen wurden, um die Herrschaft der Riesen zu brechen. So ein Unsinn! Der Große Baumeister liebt die Riesen. Die Alten Drachen sind durch verderbte Magie entstanden – wie alles Schlechte in der Welt.«

Ob die Sicht der Zwerge nun mehr Wahrheit enthielt als jene der Elfen? Athanor schnaubte.»Die Geschichte der Drachen interessiert mich nicht.« Sie waren hinterhältige Bestien, die sein Volk ausgerottet hatten. Mehr musste er nicht über sie wissen.

»Vielleicht könnte dein Volk noch leben, wenn es mehr auf unser Wissen als auf das der Elfen gegeben hätte.«

Athanor warf seinem Freund einen zornigen Blick zu.»Reiz mich besser nicht, solange Elanyas Mörder nicht blutend vor mir im Sand liegt.«

Grollend jagte er sein Pferd erneut den Strand entlang. In der Ferne erhob sich ein Hügel, der weit ins Meer reichte. Davarons Fährte führte die Anhöhe hinauf, die von oben betrachtet wie eine Klaue in den Ozean ragte. Ihre Krümmung bildete eine geschützte Bucht, auf deren klarem, blauen Wasser eine Stadt schwamm. Athanor sah zweimal hin, um sich zu vergewissern, dass ihn seine Augen nicht täuschten. Die mit Stegen und Treppen verbundenen Häuser schaukelten tatsächlich. Auch an den Ufern des Fallenden Flusses hatte er ganze Dörfer im Wasser gesehen, aber sie thronten auf Stelzen hoch über den Fluten. Nur zur Schneeschmelze stieg das Wasser bis zu den Hütten hinauf.

Hier blickte er dagegen auf eine richtige Stadt aus mehr Häusern, als sich auf die Schnelle zählen ließen, und ein paar größere, prachtvolle Bauten überragten die anderen. Der Stadtrand war mit Bootsanlegern gesäumt, an denen Einbäume und schlanke Segelboote vertäut lagen. Wie die Halle der Abkömmlinge Ameas in Anvalon waren die meisten Dächer mit Goldried gedeckt, dessen Glanz viele Jahre der Verwitterung widerstand. Silbrige Schläuche, die der Wind zur Form von Fischen und Seeschlangen aufblies, wehten als Banner darüber. Nur das Dach des höchsten Gebäudes schimmerte wie eine Perle im Sonnenschein. Konnten die Schindeln aus Perlmutt gefertigt sein? Seit er Kithera, das schwebende Heiligtum der Abkömmlinge Heras gesehen hatte, traute Athanor elfischer Baukunst fast alles zu.

Davarons Spur führte direkt auf die Stadt zu. Sie folgten ihr den Hügel hinab und ließen die Pferde frei, die in der Nähe grasen würden, bis Athanor sie rief. Neugierig sahen erste Elfen zu ihnen herüber. Vom Strand führte ein Steg übers Wasser zur Stadt. Er war breit genug, um nebeneinanderzugehen, doch er gab unter Athanors Füßen nach, als ob sie sich auf einem Moor befanden. Bei diesem Schwanken grenzte es an ein Wunder, dass kein Wasser auf die Bohlen schwappte.

»Vom schaukelnden Rücken des einen Biests zum nächsten«, murrte Vindur. »Bist du sicher, dass dieses Ding stabil ist? Ich kann nicht schwimmen.« Einen Moment lang zitterten Vindurs Beine so sehr, dass Athanor es sehen konnte. Dann ballte der Zwerg die Fäuste und setzte einen Fuß vor den anderen. »Ebenso gut könnte man auf dem Schwanz eines Drachen balancieren.«

Bestaunt von tuschelnden Elfen, die aus ihren Fenstern blickten oder ihnen auf den Stegen entgegenkamen, betraten sie die Stadt. Kinder versteckten sich bei ihrem Anblick ängstlich hinter ihren Eltern oder rannten davon. Andere zeigten auf sie, lachten und staunten. Die Erwachsenen musterten sie mit mehr Fassung, doch dafür oft genug mit der üblichen Mischung aus Abscheu und Misstrauen. Sicher fragten sie sich, ob diese beiden merkwürdigen Wesen gefährlich waren. In Theroia hätten die Menschen die Stadtwache gerufen, aber in den friedlichen Elfenstädten gab es nichts dergleichen.

Vielleicht hätte ich das Rasieren doch nicht auf morgen verschieben sollen. Hol's der Dunkle! Sie waren nicht hier, um Freundschaften zu schließen. Er wollte Davaron die eigene Klinge zu schmecken geben, aber wie sollten sie ihn finden? »An wen kann man sich hier wenden, wenn man ein wichtiges Anliegen hat?«, fragte er den nächstbesten Elf. Bei seinem ungewollt barschen Ton verhärtete sich die Miene des Fremden.

»Geht zur Halle der Thala und fragt nach Kalianara«, riet er und wies gen Stadtmitte, bevor er sich rasch entfernte.

Sogleich schlug Athanor die angegebene Richtung ein. Die Häuser entlang der Stege waren aus hölzernen Rahmen errichtet, in denen aus Schilf geflochtene Matten die Wände bildeten. Auch darin ähnelten sie den Hütten am Fallenden Fluss, doch während jene grau und armselig gewirkt hatten, bestach das Flechtwerk der Elfen mit kunstvollen Mustern aus gelben, grünen, goldenen und braunen Gräsern. Es ähnelte eher den bunten Wandteppichen im Palast eines Königs als den einfachen Strohmatten eines Fischers.

Die Halle Thalas war nicht zu verfehlen. Umgeben von schwimmenden Plattformen, die einem ganzen Markt Platz geboten hätten, erhob sie sich über alle anderen Gebäude der Stadt. Die Säulen, die das Dach aus Perlmutt trugen, waren wie Fontänen geformt, sodass es wirkte, als schwebte das Dach auf sprudelndem Wasser. Die Elfenkünstler hatten sie aus angespülten Baumstämmen geformt, und Athanor fragte sich allmählich, ob es an diesem Ort überhaupt etwas gab, das nicht dem Wasser entnommen war.

Vor der Halle standen einige vornehm gekleidete Elfen in ein Gespräch vertieft. Als sie Athanor und Vindur bemerkten, verstummten sie und wandten sich ihnen zu. Aus Gewohnheit galt Athanors erster Blick den Gürteln der Versammelten. Wie unter Elfen üblich hingen keine Waffen daran. Sicher hatte Davaron in seiner Rüstung und mit dem Schwert an der Seite genug Aufmerksamkeit erregt, dass seine Ankunft den Würdenträgern zu Ohren gekommen war.

Eine Frau mit entschlossenen Zügen und langem, weißblondem Haar trat ihnen entgegen. Sie trug ein weißes, wie mit glitzernden Fischschuppen besticktes Kleid, das einer Königin zur Ehre gereicht hätte. »Ich grüße Euch, Sohn Kaysas«, sagte sie kühl und vermied es, Vindur anzusehen. Was nicht weiter schwierig war, da sie sogar Athanor um zwei Fingerbreit überragte. »Was führt Euch nach Sianyasa?«

Für einen Moment erwog Athanor, über ihre Unhöflichkeit verärgert zu sein. Das Gastrecht gebot, dem Fremden zunächst Gelegenheit zu geben, sich von der Reise zu reinigen und ihn dann zu einem Mahl zu bitten, bevor man ihn nach dem Anlass seines Besuchs fragte. Doch er hatte es ohnehin eilig, also beschloss er, darüber hinwegzugehen. »Seid Ihr Kalianara?«

Die Elfe nickte. »So ist es.«

»Wir verfolgen einen Mörder. Er hat Elanya ...« Bei ihrem Namen wurde ihm die Kehle so eng, dass er das nächste Wort kaum herausbrachte. »... eine Tochter Ardas getötet, und seine Spur führt direkt in Eure Stadt. Er muss vor etwa zwei Tagen hier angekommen sein.«

Kalianara schüttelte den Kopf. »Ihr seid seit über tausend Jahren der erste Sohn Kaysas, der Sianyasa betritt. Ihr müsst Euch irren.«

»Davaron ist ein Elf, ein Sohn Piriths«, erklärte Athanor gereizt. »Er trägt eine schwarze Rüstung und ...«

»Dieser Mann ist ein Mörder?«, fiel ihm die Elfe ins Wort.

Treffer! »Dann habt Ihr ihn gesehen?«

Kalianara wich zurück und musterte ihn skeptisch. »Wenn es stimmt, was Ihr sagt, warum wird er dann nur von Euch und einem Zwerg verfolgt? Haben die Ältesten der Abkömmlinge Piriths und Ardas keine Gesandten, um den Frevler vor Gericht zu bringen?«

»Eigentlich hat der Erhabene angekündigt, Boten zu allen Elfenvölkern zu schicken.« Bekam dieser große Redenschwinger nicht einmal das hin?

Die Elfe schürzte die Lippen. »Damit sind demnach wieder einmal nicht die Söhne und Töchter Thalas gemeint.«

Thala?

»Es gibt ein fünftes Elfenvolk?«, wunderte sich auch Vindur.

88

In Anvalon saßen nur die Vertreter der Abkömmlinge Ardas, Heras, Ameas und Piriths im Rat.

»Wir sind die Söhne und Töchter der See«, antwortete Kalianara stolz. »Die anderen sehen auf uns herab, weil wir einer Verbindung aus Elfen aller Völker, vor allem Ameas und Heras, entstammen.«

Ein Volk von Bastarden. Athanor konnte sich lebhaft vorstellen, wie in Anvalon über sie gesprochen wurde. Hoffentlich bedeutete es nicht, dass sie Davaron deshalb Zuflucht gewährten. »Ich teile die Vorbehalte der anderen Elfenvölker nicht«, versicherte er. »Ich bin nur hier, um den B... Dreckskerl zur Strecke zu bringen, der ...«

»... die berühmte Heilerin und Heldin des Heerzugs gegen die Untoten grausam ermordet hat«, beendete Vindur für ihn den Satz.

»Dann seid Ihr sicher der Mensch, der die Trolle befreite, und Ihr der Zwerg, der den Drachen erlegte. Es hat zwar niemand für nötig gehalten, uns von den Ereignissen in Kenntnis zu setzen, aber wir haben von Euch gehört.«

Das erklärt, warum es beim Heer keine Abkömmlinge Thalas gab.

»Athanor, Prinz von Theroia, und Vindur, Prinz von Firondil«, stellte sein Freund sie vor und reichte der Elfe die Hand.

Verblüfft sah Kalianara auf ihn hinab.

»Das ist ein zwergischer Brauch«, eröffnete Vindur ihr großmütig. »Man ergreift die Hand des anderen und bewegt sie auf und ab.«

Athanor sah, wie einige der Umstehenden das Gesicht verzogen. Selbst Elfenbastarde waren eben arrogantes Pack. Doch Kalianara rang sich ein kleines Lächeln ab und schüttelte Vindur die Hand.

»Er hat diese Narben beim Kampf mit dem Drachen davongetragen«, rieb Athanor ihnen unter die hoch getragenen Nasen. »Könnten wir jetzt auf den Mörder zurückkommen, bevor er auf und davon ist?«

»Ich bedaure. Er hat die Stadt bereits verlassen«, sagte Kalianara.

»Was tun wir jetzt?«, rief eine ältere Elfe mit weißem Haar. »Er könnte Eleagon und die ganze Mannschaft ermorden!«

»In welche Richtung sind sie geritten?«, fragte Athanor und spannte sich, um zurück zu den Pferden zu rennen.

Kalianaras Blick verhieß nichts Gutes. »Er befindet sich auf einem Schiff, das gen Dion fährt.«

4

»Ich habe gleich gesagt, dass ihm sein Name zu Kopf gestiegen ist«, schimpfte einer der Würdenträger, die sich in der Halle Thalas versammelt hatten. Verglichen mit dem Hohen Rat zu Anvalon ging es hier ungezwungen und impulsiv zu. Die Elfen saßen auf Kissen, die auf den blank polierten Dielen verteilt lagen, und niemand musste auf die Erlaubnis der Ältesten warten, um zu sprechen.

Dennoch verlor Athanor allmählich die Geduld. Er leerte einen weiteren Becher Wein, um nicht mit einem Fluch herauszuplatzen. Würden die verfluchten Elfen nun die Verfolgung aufnehmen oder nicht?

»Hätten seine Eltern ihn nicht Eleagon genannt, hielte er sich jetzt nicht für den wiedergeborenen großen Entdecker«, fuhr der empörte Mann fort, dessen Sohn offenbar zur Besatzung des Schiffs gehörte, mit dem sich Davaron gerade immer weiter von ihnen entfernte. Die Versammelten wussten zwar nicht, wie der Bastard den Schiffsführer dazu gebracht hatte, überstürzt in See zu stechen, aber wenigstens hatte einer der Seeleute verraten, dass er den Ozean überqueren wollte.

»Holt Euren Bengel eben zurück, wenn Euch so viel an ihm liegt!«, rief Athanor ungehalten. »Den Mörder halten Vindur und ich Euch schon vom Hals.«

Der Elf hatte nur einen strafenden Blick für ihn.

»Ihr wisst nicht, was Ihr da fordert«, rügte ein weißhaariger Alter. Er musste viel Zeit in Sonne und Wind verbracht haben, denn noch nie hatte Athanor einen wettergegerbten Elf gesehen. »Mein Name ist Thalasar«, stellte er sich vor. »Ihr Fremden kennt mich nicht, aber unter meinesgleichen bin ich als Schiffsführer bekannt.«

»Thalasar untertreibt«, warf Kalianara ein. »Er ist der beste Wind- und Wogenmagier unter den Söhnen Thalas und ein herausragender Seefahrer.«

Thalasar bemühte sich um eine bescheidene Miene, doch seine Augen konnten nicht verhehlen, dass er sich geschmeichelt fühlte. »Danke, Kalianara. Dein Lob verleiht meinen Worten für diese Fremden vielleicht mehr Gewicht. Denn auch wenn ich alt bin und die Kälte zu sehr in den Knochen spüre, um noch zur See zu fahren, liegen viele weite Reisen hinter mir. Sie führten mich entlang dieser Küste bis in die Eissee des Nordens und um das stürmische Trollkap in den Östlichen Ozean. Ihr werdet keinen Schiffsführer finden, der öfter und länger das Meer befuhr.«

Und wenn ich ihn reden lasse, werde ich darüber auch alt und grau werden. »Worauf wollt Ihr hinaus?«

»Dass niemand lebensmüde genug ist, um diesen jungen Hitzkopf zu verfolgen. Der Versuch, den Ozean zu überqueren, ist eine Reise ohne Wiederkehr.«

»Sagtet Ihr nicht, dass er auf den Spuren dieses Entdeckers fährt?«

Thalasar nickte. »Aber Eleagon der Kühne gilt als der größte Seefahrer aller Zeiten! Er wurde vor über 2000 Jahren geboren, und seit jener Zeit ist es niemandem mehr gelungen, das geheimnisvolle Land Dion zu finden. Ich habe es selbst erlebt! Drei Mal habe ich die Segel gen Westen gesetzt, um mich mit dem Ozean zu messen, und stets musste ich aufgeben. Oft kamen wir nur knapp mit dem Leben davon. Eine Flaute beraubte uns der Wasservorräte. Ein Sturm beschädigte unser Schiff. Widrige Strömungen brachten uns vom Kurs ab, bis der Proviant zur Neige ging. Glaubt mir, junger Mensch, auf dem Westlichen Ozean liegt ein Fluch. Vielleicht lenkte ein wohlmeinender Astar Eleagons Schiff durch diese Gefahren. Vielleicht hatte er einfach Glück. Aber der junge Eleagon und der Mörder, den ihr sucht, werden sterben oder umkehren.«

Vindur brummte unzufrieden, aber er schwieg. Athanor sah sich in der Runde um. Wollte wirklich niemand wenigstens versuchen, diese Freunde und Verwandten zurückzuholen, die doch angeblich in ihr Verderben fuhren? Sollte Davaron mit seiner Bluttat davonkommen, wenn diesem Eleagon das Kunststück seines Namensvorgängers gelang? Die Elfen wichen seinem Blick aus. »Das ist doch feiges Gewäsch!«, rief er und sprang auf. »Nur weil Ihr vom Pech verfolgt seid, liegt noch lange

kein Fluch auf dem Ozean. Wenn Euch der Mut fehlt, werde ich
die Fahrt eben allein wagen – und wenn ich den ganzen Weg
rudern muss!«

Thalasar lächelte altersmilde. »Ihr habt keine Vorstellung
von den Entfernungen, über die Ihr redet. Die Menschen fahren nicht zur See. Vermutlich habt Ihr noch nie ein Boot ge-
lenkt.«

»Das mag sein. Aber ich stelle mich der Gefahr, statt auf
einem Kissen sitzen zu bleiben.« Athanor glaubte, das höh-
nische Gelächter der Toten zu hören, die er auf der Flucht vor
den Drachen im Stich gelassen hatte.

»Aus Unwissenheit«, wehrte Thalasar ab.

»Aus Euch spricht doch nur die Verzagtheit des Alten, dem
die Kräfte schwinden! Ihr habt es selbst gesagt. Komm, Vindur,
wir gehen! Irgendjemand wird uns schon ein Boot verkaufen.«

Der Zwerg sah verzagt aus, aber er stand auf.

»Gütiger Alfar von Wey!«, rief Thalasar aus. »Haltet ein mit
Eurem Irrsinn! Ihr habt Euer Schiff.«

»Seid Ihr Euch sicher?«, fragte Kalianara überrascht.

Der Alte zuckte mit den Schultern. »Soll ich hier am Feuer
sitzen, bis ich den Ruf des Ewigen Lichts vernehme, während
Eleagon und dieser Mensch auf meinem Ruf herumtrampeln?
Ich bin der beste Schiffsführer Sianyasas.«

Um nicht noch mehr Zeit zu verlieren, wollte Thalasar gleich
am nächsten Morgen die Segel setzen. Die Zeit drängte nicht
nur, weil Davaron einen Vorsprung hatte. Der alte Seemann
glaubte nicht einmal daran, dass sie Eleagons Schiff auf dem
weiten Ozean finden würden. Doch sie mussten es versuchen,
und wenn erst die Herbststürme einsetzten, würde die Überfahrt vollends unmöglich werden.

Während die Elfen das Auslaufen vorbereiteten, wies man
Athanor und Vindur ein Gästehaus für die Nacht zu. Bald lag
Athanor in der Dunkelheit und lauschte dem Plätschern des
Wassers unter dem Boden. Das schwimmende Haus hob und
senkte sich kaum merklich, aber würde er auch auf einem Boot
schlafen können? Mit nichts als ein paar dünnen Planken zwi-

schen ihm und dem Ozean, der so tief war, dass an seinem Grund Riesen verborgen lagen? Im Gegensatz zu Vindur konnte er schwimmen, aber er wusste, wie schnell selbst einem guten Schwimmer in kaltem Wasser die Kräfte ausgingen. *Wir könnten ertrinken.* Davaron gönnte er diesen Tod von ganzem Herzen. Bevor ihm der Bastard entkam, sollte er lieber an der salzigen Brühe ersticken. Aber Vindur …»Diese Überfahrt ist ein großes Wagnis«, gestand er der Stille im Zimmer.»Und es wird eine Menge schaukeln.«

»Willst du mich abschrecken?«, empörte sich Vindur.»Vergiss es!«

»Aber Thalasar hat recht. Wir haben keine Ahnung, worauf wir uns da einlassen. Ich muss gehen. Ich habe geschworen, Davaron bis ans Ende der Welt zu jagen. Aber du …«

»Soll ich etwa allein unter Elfen bleiben? Außer mir bist du der Einzige in diesem Land, der kein hinterhältiger Zauberer ist. Und der Einzige, der ein gutes Bier zu schätzen weiß. Also werde ich genau dort hingehen, wo du hingehst – sogar auf ein verfluchtes Schiff!«

Athanor musste trotz allem grinsen.»Und ich bin froh, den Einzigen bei mir zu haben, der ein gutes Bier brauen *kann*.«

»Dann wären wir uns ja einig«, brummte Vindur und zog seine Decke enger um sich.

Früh am nächsten Morgen führte sie Thalasar zu seinem Schiff. Halb Sianyasa schien bereits auf den äußeren Stegen versammelt zu sein. Aufgeregte Elfenkinder balgten sich um die Plätze mit der besten Aussicht und scheuchten damit die Möwen auf, die auf jedem Pfosten saßen. Entlang der Stege lagen elegante Einbäume und kleine Schiffe vertäut, meisterhaft gearbeitet und mit geschnitzten Wogen und Muscheln verziert. Jedes dieser Boote besaß mehr Wert als so mancher vermeintlich prunkvolle Thron, auf dem die Könige der Menschen gesessen hatten.

Warum blieb Thalasar vor einer dieser Nussschalen stehen? Selbst auf dem seichten Sarmander waren größere Lastkähne an Athanor vorübergesegelt. Das schlanke Schiff vor ihm schnitt sicher majestätisch durch die Wellen, doch es maß in der Länge kaum mehr als ein Dutzend Schritte und war nicht breiter als eine Festtafel in Theroias Palast. Hinter der niedrigen Bordwand, die gerade einmal einen Schritt übers Wasser ragte, gab es kein Deck – nur die nackten Planken und sechs Seekisten, die als Ruderbänke dienten, auch wenn noch keine Ruder bereitlagen. Den meisten Raum nahmen der Mast und das breite, noch zusammengeschnürte Segel ein.

»Gefällt Euch die *Linoreia* nicht?«, fragte Thalasar verwundert. »Ihr Name steht für die Schaumkronen auf den Wogen, wenn der raue Nordwind bläst.«

»Nein, nein, sie ist sehr schön.« Angesichts der Einlegearbeiten aus Perlmutt, die den Bug zierten, und der edlen rotbraunen Hölzer wäre alles andere eine Lüge gewesen. »Aber ... mit *diesem* Schiff wollt Ihr über den Ozean segeln?«

Einer der vier Elfen, die sich an der Takelage zu schaffen machten, stand nah genug, um Athanors Frage zu hören. »Was gibt es daran auszusetzen?«, blaffte er.

»Nichts«, knurrte Athanor. Boote waren für diese Männer offenbar ein ebenso heikles Thema wie Pferde für theroische Krieger, doch es war auch *sein* Leben, das davon abhing. »Ich hatte nur etwas Größeres erwartet.«

»Das liegt nur daran, dass ihr Menschen nichts von Schiffen versteht«, befand Thalasar.

»Ich bin zweifellos kein Mensch, aber auch mir kommt Euer Schiff klein vor«, pflichtete Vindur Athanor bei, obwohl sein Blick mehr Sorge über den weiten Himmel verriet. »Schwappt nicht bei der ersten hohen Welle Wasser hinein?«

Der Elf aus Eleagons Mannschaft verdrehte nur die Augen und wandte sich ab.

»Ihr könnt der *Linoreia* vertrauen«, behauptete Thalasar. »Längere Schiffe brechen bei Sturm schneller in zwei Teile, weil stärkere Kräfte auf sie einwirken. Man könnte sie stabiler bauen, aber dann werden sie träge und schwieriger zu manövrieren. Man braucht mehr Segel, mehr Männer, mehr Magie, und dennoch gewinnt man kaum an Sicherheit hinzu. Vertraut unserer jahrtausendelangen Erfahrung. Es gibt keine besseren Schiffe als diese.«

Es fiel Athanor schwer, ihm zu glauben, aber was konnte er gegen das überlieferte Wissen der Elfen schon einwenden? Er betrat die schaukelnden Planken und warf einen Blick auf die Ritzen dazwischen. »Der Bootsbauer lässt sie durch Magie miteinander verwachsen«, erklärte Thalasar stolz. »Verstaut Euer Gepäck unter den Bänken und setzt Euch, damit Ihr der Mannschaft nicht im Weg seid!«

Da sie nur hatten, was sie am Leib trugen, ließ sich Athanor mit dunklen Ahnungen nieder. Doch sein Hass auf Davaron vertrieb die Bedenken rasch. Er fand es unpassend, dass jemand das Schiff mit Girlanden aus Muscheln geschmückt hatte und eine weiße Seeschlange aus Seide an der Mastspitze flatterte. Schließlich stachen sie nicht zu einem Angelausflug in See. Doch auch die meisten Elfen waren festlich gekleidet, während Thalasar und seine vier Seemänner einfache, ungefärbte Hemden und Hosen trugen, die Athanor an die Kittel theroischer Bauern erinnerten.

Kalianara trat vor und wartete, bis Thalasars Blick auf ihr ruhte. Mit erhobener Hand gebot sie der Menge zu schweigen. »Töchter und Söhne Thalas! Heute ist ein großer Tag für Sianyasa. Unser bester Schiffsführer bricht auf, um zu vollbringen, was seit Eleagon dem Wagemutigen niemandem mehr geglückt ist. Möge seine Reise mit den Plänen der Götter im Einklang stehen, deren Wille über die Geschicke Ardaias entscheidet.«

»Warum bittet sie diese Götter nicht um ihren Segen?«, raunte Vindur. »Wir Zwerge unternehmen nichts Großes ohne den Beistand des Großen Baumeisters.«

»Die Elfen glauben nicht, dass Gebete erhört werden«, erwiderte Athanor. »Sie sagen, die Götter stehen zu hoch über den Angelegenheiten der Sterblichen.«

Vindur runzelte die Brauen, während Kalianara längst weitersprach.

»Mögen Euch günstige Winde rasch nach Dion leiten«, wünschte sie, »und ebenso bald zurück nach Sianyasa. Doch vor allem anderen: Mögt Ihr auf den Planken Eures Schiffs wiederkehren und nicht auf weißen Schwingen. Lebt wohl!«

Die ganze Stadt stimmte in den Ruf mit ein. Für Thalasar war es das Zeichen zum Aufbruch, denn er gab nun Befehl, abzulegen. Die Seeleute lösten die Leinen und gaben ein paar Handbreit des offenbar dreieckigen Segels frei. Sobald sich Wind in dem leuchtend weißen Stoff fing, setzte sich die *Linoreia* in Bewegung.

Zwei Mitglieder der Mannschaft schoben sie mit Stangen vom Steg fort, während sich der Bug langsam auf den Ausgang der Bucht richtete. Trotz des Schaukelns stand Thalasar wie eine Statue im Heck, den Blick auf den Horizont geheftet. Athanor ahnte, dass der Elf das Schiff mit Magie lenkte, denn das Steuerruder hing unbenutzt über dem Wasser. Umso lauter rief die begeisterte Menge ihnen gute Wünsche nach, winkte und warf weiße Blütenblätter aufs Wasser. *Sicher ein Opfer an die Geister der See.*

»Was für ein Augenblick«, sagte Vindur ergriffen. »Ich bin sicher, es ist das erste Mal, dass ein Zwerg aufs Meer hinausfährt.« Lag es am Wind, oder schimmerten Tränen in seinen Augen? »Und niemand wird in Firondil davon berichten.« *Dabei wäre es mindestens einen Eintrag in der Halle der Ahnen wert.* Athanor legte seinem Freund für einen Moment die Hand auf die Schulter. »Die Elfen werden sich erinnern.« Doch in dieser Vorstellung lag wenig Trost.

Sobald sie die schützende Bucht verlassen hatten, ergriffen höhere Wellen das Boot. Das Schaukeln erinnerte Athanor an ein langsam galoppierendes Pferd. Erst hob sich der Bug, dann senkte er sich, während das Heck emporstieg, und so ging es in einem fort. Als die Elfen das Segel hissten und die *Linoreia* schneller durchs Wasser glitt, ließ das Schaukeln nach, doch dafür wurde die Fahrt rauer. Gischt spritzte um den Bug auf und sprenkelte alles auf dem Boot mit winzigen Tropfen. Auch Thalasar ließ sich nun nieder und steuerte das Schiff mithilfe des Ruders.

Während die Küste zu einer immer dünneren Linie am Horizont verkam, befreite die Mannschaft ihr Boot von den Girlanden an Bug und Bordwand. Die aufgefädelten Muscheln türmten sich bald zu einem beachtlichen Haufen. Einer der Elfen, Medeam, der ein jüngerer Verwandter Thalasars war, übernahm das Ruder, damit der Schiffsführer nach vorn gehen konnte. Neugierig beobachtete Athanor, wie Thalasar die sichtlich schweren Muschelschnüre anhob.

»Was wir dem Ozean nehmen, das geben wir ihm zurück«, sagte der Alte feierlich und warf die Girlanden in hohem Bogen über Bord.

Noch ein Opfer. Und das, obwohl die Elfen sonst so wenig darauf gaben, das Wohlwollen der Götter zu gewinnen.

Athanor wandte sich Vindur zu, der ungewohnt bleich aussah. Um die Nase hatte die Haut sogar einen grünlichen Ton angenommen. »Hast du einen Geist gesehen? Du bist leichenblass.«

»Ich muss etwas Verdorbenes gegessen haben«, krächzte Vindur.

Athanor zog die Brauen zusammen. Er hatte mit seinem Freund gefrühstückt, und ihm ging es gut. Er verspürte sogar schon wieder Hunger.

»Das ist die Wogenübelkeit«, behauptete Medeam. »Bei uns Elfen tritt sie selten auf, aber vielleicht ist es bei Zwergen anders.« Seine Miene verriet deutlich, was er von Vindurs Schwäche hielt. »Wahrscheinlich, weil Zwerge nun einmal unter ihre Berge gehören.«

»Da sind wir ausnahmsweise einer Meinung«, keuchte Vindur und hing im nächsten Augenblick würgend über der Bordwand. Athanor packte ihn am Gürtel, damit er nicht ins Wasser fiel, und blaffte Medeam an, ihm irgendein Tuch zu reichen.

Während sich Vindur mit Meerwasser säuberte, kehrte Thalasar ans Ruder zurück. Bald hockte die Mannschaft herum und unterhielt sich leise über den erhebenden Abschied, den ihr Volk ihnen bereitet hatte. Es erfüllte sie sichtlich mit Stolz, doch Athanor ging anderes durch den Kopf. »Was meinte Kalianara, als sie davon sprach, dass ihr nicht auf weißen Schwingen zurückkehren sollt?«

Thalasar musterte ihn abschätzend. »Was wisst Ihr über das Ewige Licht, Kaysasohn?«

»Nur, dass ihr Elfen furchtbare Angst davor habt, in der Fremde zu sterben, weil eure Seelen dann nicht in dieses Licht eingehen.«

»Diese Sorge entspringt nicht nur der Angst vor dem Nichts«, widersprach Thalasar. »Vielmehr ist es sogar unsere *Pflicht*, dafür zu sorgen, dass unsere Seele nach dem Tod wieder ins Ewige Licht zurückkehren kann. Denn sonst erlischt es, und dann würden keine Elfen mehr geboren werden.«

Athanor zuckte mit den Schultern. »Es kamen auch stets wieder Menschen auf die Welt, obwohl unsere Seelen in die Schatten gehen.«

»Deshalb sind die Menschen den Elfen auch unterlegen. Unsere Seelen sind alt und tragen die Weisheit vieler Leben in sich!«

Selbst Vindur, der noch immer grünlich aussah, konnte sich eine Grimasse nicht verkneifen. Doch es rächte sich sofort. Wieder musste er sich gefährlich weit übers Wasser beugen, um dem Ozean unfreiwillig sein Frühstück zu opfern.

Athanor schüttelte nur den Kopf. Wie lange er wohl mit Elfen zusammenleben musste, um von ihrem Hochmut nicht mehr überrascht zu werden? »Und was hat meine Frage nun mit dem Ewigen Licht zu tun?«

Thalasar seufzte, als rede er mit einem begriffsstutzigen Kind. »Wie ich bereits andeutete, kehren nicht alle Schiffe von ihren Reisen zurück. Das bedeutet Sterbende, deren Seelen unwiederbringlich verloren sind, wenn sie das Ewige Licht nicht vor ihrem Tod erreichen. Deshalb ist es nur jenen Elfen erlaubt, Seeleute zu werden, die sich bei Gefahr in einen Seelenvogel verwandeln können. Habt Ihr schon einmal einen Seelenvogel gesehen?«

»Nein.«

»Es sind große weiße Tiere, die man noch weit draußen über dem Ozean antrifft. Wer die Gestalt eines Seelenvogels annimmt, kann auch ohne Schiff die Elfenlande erreichen. Selbst verwundete Elfen haben es auf diese Weise schon geschafft, rechtzeitig zum Ewigen Licht zu gelangen.«

»Warum verwandeln sie sich dann nicht einfach in ihre wahre Gestalt zurück?«

»Weil es dafür meist zu spät ist. Wer zu lange ein Seelenvogel war, bleibt in diesem Körper gefangen.«

Athanor schnaubte. *Das sind ja nette Aussichten. Wenn's brenzlig wird, flattern die Elfen davon, und wir ersaufen allein.*

»Glaubst du, dass wir je wieder Land sehen werden?«, tönte Vindurs Stimme hohl aus dem leeren Wasserfass.

»Ich glaube nicht, sondern ich weiß, dass ich mir dämlich dabei vorkomme, vor den Elfen mit einem Fass zu sprechen«, erwiderte Athanor gereizt.

»Ich setze es erst wieder ab, wenn meine Haut aufhört, Blasen zu werfen.«

Athanor seufzte und kniff die Augen gegen das Gleißen der Sonne auf dem Wasser zusammen. Obwohl es ihm durch den ständigen Wind nicht allzu heiß vorkam, hatte sich selbst seine gebräunte Haut in den letzten Tagen gerötet. Doch Vindurs war aufgeplatzt wie bei einer überreifen Frucht und hing in weißen Fetzen. Unter dem Fass, das er sich übergestülpt hatte, ließ wohl auch die Angst nach, die ihn unter dem endlosen Himmel über dem Ozean schlimmer beutelte denn je.

Wie lange war es her, dass die Küste am Horizont verschwunden war? Sechs Tage? Sieben? Athanor fiel es schwer, sie zu zählen, weil sie so gleichförmig waren. Er erinnerte sich, dass Vindur am zweiten Tag winzige Rostflecken auf seinem Helm entdeckt hatte. Daraufhin waren sie dem Vorbild der Besatzung gefolgt und hatten Waffen und Rüstungen in Ölpapier eingeschlagen und in die Kisten gepackt. Eines anderen Morgens hatten sie riesige Fische gesehen, die länger als die *Linoreia* waren. Doch zum Glück hatten die Giganten nur seltsame Fontänen gen Himmel geblasen. An einem anderen Tag hatten Regen und raue See Vindur erneut die Wogenkrankheit beschert, während Athanor immer nur nagenden Hunger empfand. Aber den Rest der Zeit waren sie einfach nur gesegelt, Tag und Nacht, hatten gegessen, geschlafen und schweigend aufs Meer gestarrt, um nach dem Schiff des jungen Eleagon Ausschau zu halten. Athanor versuchte, die Strecke zu schätzen, die sie bereits zurückgelegt hatten, doch es blieb ein vages Unterfangen. Ohne

Landmarken verlor er das Gefühl für Entfernungen. Niemals hätte er sich vorstellen können, dass der Ozean so groß war und sie noch immer nicht das Ende der Welt erreicht hatten. Was erfreulich war, denn seine Lehrer hatten ihm erklärt, dass sich das Wasser dort über den Rand hinab ins Totenreich ergoss.

»Ist das Euer Ernst?«, wunderte sich Thalasar. »Wenn das Wasser über den Rand der Welt fiele, müsste der Ozean längst leer sein.«

Der Kerl hält sich wohl für den Allerklügsten. »Euer hohes Alter in Ehren, aber jedes Kind weiß doch, dass das Wasser als Fluss Thasos aus dem Totenreich zurück in die Welt fließt.«

Thalasar lächelte nachsichtig. »Nur, dass den Thasos auch noch niemand gesehen hat.«

»Vielleicht nur kein seefahrender Elf«, hielt Athanor dagegen. »Er soll sich weit im Westen, hinter den Steppen der Orks befinden.«

»Wenn wir über den Rand der Welt fallen, werden wir ihn finden«, sagte Thalasar belustigt.

Mürrisch stapfte Athanor über die von der Gischt schlüpfrigen Planken zum Bug und zurück. Es hieß, der legendäre Eleagon habe auf seiner Reise viele Umwege gemacht und sei oft in die Irre gefahren, weil er in unbekannten Gewässern unterwegs war. Deshalb wussten die Elfen nicht, wie weit Dion auf direkter Route entfernt war. Sie kannten nur die Richtung und vertrauten darauf, genügend Proviant zu haben.

»Wie lange werden wir noch brauchen?«, fragte Athanor dennoch.

Wie erwartet seufzte Thalasar resigniert. »Es könnten vier Tage sein, aber auch acht. Es hängt auch vom Wind ab.«

»Über das Wetter kann sich nur Vindur beschweren. Ihr habt reichlich übertrieben, was die Gefahren angeht. Diese Fahrt ist so langweilig, dass ich mir wünschte, es gäbe einen Fluch, der sich uns in den Weg stellt.«

»Nur weil Ihr Eure Schlachten bislang überlebt habt, heißt das auch nicht, dass sie nicht gefährlich waren«, gab Thalasar zurück.

»Zum Dunklen mit Eurer Spitzfindigkeit! Sagt mir lieber,

wie Ihr auf diesem endlosen Ozean das Schiff des verfluchten ...«

Ein Ruf unterbrach Athanor.

»Schiffsführer!« Medeam stand im Bug und deutete schräg voraus.

Dunkle Wolken sammelten sich am Horizont.

»Dieser Sturm kommt verdammt schnell auf uns zu«, stellte Thalasar besorgt fest. »Holt das Segel ein! Irgendetwas stimmt mit diesen Winden nicht.«

»Ist die Sonne weg? Es ist auf einmal so dunkel«, tönte Vindurs Stimme hohl aus dem Fass.

»So gut wie«, antwortete Athanor und wich der Mannschaft aus, die das große Segel herabließ und verschnürte.

»Vindur, bindet Euch mit einem Seil am Mast fest, wenn Euch Euer Leben lieb ist«, riet Thalasar. »Vielleicht solltet Ihr das auch tun, Athanor, damit Euch keine Woge über Bord spülen kann.«

»Und was ist mit Euch?«

»Wir sind Söhne Thalas. Uns zwingt das Wasser nicht so leicht seinen Willen auf.«

Wie Ihr meint. Athanor schnappte sich ein herumliegendes Tau und warf es Vindur zu, sobald der Zwerg das Fass abgesetzt hatte. »Hast du Thalasar gehört?«

Vindurs Blick schoss zwischen Athanor und der Wolkenwand hin und her, die sie schon fast erreicht hatte. Schon zerrte der Wind an ihren Haaren und heulte in der Takelage. Als Athanor mit einem weiteren Seil zum Mast eilte, band sich Vindur bereits eine Schlinge um den Leib. Hastig knoteten sie das andere Ende ihrer Rettungsleinen um den Mast.

»Hier!« Medeam reichte Athanor einen Holzeimer.

»Was soll ich damit?«

»Den Ozean wieder hinauswerfen, wenn er hereinkommt.« Der Elf zog zwei weitere Eimer zwischen den Kisten hervor und drückte einen davon Vindur in die Hände.

Die Antwort blieb Athanor im Hals stecken, denn in diesem Moment richtete sich die *Linoreia* so steil auf, dass seine Füße über die schlüpfrigen Planken rutschten. Vindur schlitterte mit einem Fluch gegen den Mast und klammerte sich daran fest. Gischt sprühte vom Kamm der gigantischen Woge herab, die das Schiff erklomm wie einen Berg. Im nächsten Augenblick fanden sie sich haushoch über dem Wellental wieder. Hügel aus Wasser türmten sich vor ihnen in der hereinbrechenden Dunkelheit auf. Das stetige Knarren des Schiffs, das Athanor kaum noch wahrgenommen hatte, wurde lauter. Die Planken bewegten sich unter seinen Füßen, als sei die *Linoreia* zum Leben erwacht. Einer der Elfen hastete an ihm vorbei nach vorn und kniete dort nieder, während das Boot kippte – erst langsam, dann rasend schnell.

»Festhalten!«, schrie Vindur.

Athanor schlang einen Arm um den Mast und starrte am Bug vorbei in die Tiefe, in die sie stürzten. Ihm war, als werde sein Magen nach oben gezogen, während er fiel. Jeden Moment mussten sie aufprallen und ins plötzlich eiskalte Wasser tauchen.

Der im Bug kauernde Elf hielt seine Hände beschwörend vor sich. Athanor traute seinen Augen nicht. Die Spitze der *Linoreia* hob sich. Wasser wallte zu beiden Seiten auf, trug den Bug empor und fing den Sturz damit ab. Zwar jagte der Aufprall dennoch einen Ruck durchs Schiff, doch es bohrte sich nicht in die See, sondern glitt weiter, schickte sich an, den nächsten nassen Hang zu erklimmen.

»Ich dachte, Thalasar sei der große Zauberer«, höhnte Athanor gegen das anschwellende Rauschen der See.

»Wir sind eine Mannschaft«, rief Medeam in das Tosen. »Thalasars Magie hält das Schiff auf Kurs.«

»In diesem Sturm?«

»Er sorgt dafür, dass wir die Wellen im richtigen Winkel nehmen«, brüllte Medeam gegen den Wind an, der auf dem Wellenkamm mit neuer Wucht an ihnen zerrte. »Sonst kentern wir.«

Athanor wollte antworten, doch der Wind riss ihm die Worte aus dem Mund. Erneut stürzte sich das Boot ins Wellental wie ein Schlitten, der einen Hang hinabsaust. Athanor spürte an seinem Haar, wie der Wind hin und her sprang, als könnte er sich nicht für eine Richtung entscheiden. Die *Linoreia* begann im Sturz, sich zu drehen. Mit einem Mal kam das Wellental der Breitseite des Boots bedrohlich näher.

»Tut etwas!«, brüllte Athanor Thalasar zu, der mit konzentriertem Blick im Heck saß und einen Zauber wirkte, da er nicht einmal mehr das Ruder hielt, das stattdessen in der Luft hing. Wahrscheinlich hörte der Elf nichts, denn in diesem Augenblick rauschte die *Linoreia* in solcher Schräglage durch das Tal und in die nächste Woge hinein, dass sich ein Wasserschwall über die Bordkante ergoss. Bis in Athanors Stiefel schwappte es, bevor es, der neuen Neigung folgend, ins Heck floss, doch es blieb genug zurück, dass es Athanor bis über den Knöchel stand.

Wie auf ein stummes Kommando ließen Vindur und er den Mast los und gossen Eimer um Eimer Wasser über Bord, so rasch sie konnten. Auf dem Wogenkamm gelang es Thalasar, das Boot wieder gerade zu richten. Bug voran ging es den nächsten Hang hinab. Das eingedrungene Wasser brandete in dem kippenden Schiff nach vorn wie eine Springflut.

Noch ein solcher Schwall, und die Linoreia *sinkt wie ein Stein!* Athanor stemmte sich auf den abschüssigen Planken gegen die Kraft, die ihn gen Tiefe zog, und schöpfte um sein Leben. Immer wilder heulte der Wind in den Tauen. Immer unberechenbarer türmten sich die Wellen auf, verwandelten sich von gleichmäßig anrollenden Hügeln in ein zerklüftetes Gebirge. Wie Treibgut wurde das Boot durch die Dunkelheit gewirbelt. Auf dem tintenschwarzen Wasser tanzten Muster aus weißem Schaum.

Athanor blickte nicht mehr auf. Seine Arme bewegten sich wie von selbst. Längst spürte er die vom kalten Wasser tauben Finger nicht mehr, und doch hielten sie den Henkel des Eimers umklammert. Die durchnässten Kleider klebten ihm am Leib. Der Wind peitschte ihm das Haar ins Gesicht, doch er wagte nicht, es zurückzubinden, denn dafür hätte er den Eimer loslassen müssen – die einzige Waffe gegen diesen übermächtigen Feind.

Sosehr sich die Elfen auch mühten, wann immer Athanor glaubte, den Stand des Wassers im Boot gesenkt zu haben, schwappte neues herein. Auf der anderen Seite des Masts betete Vindur in endloser Folge dieselben Flüche vor sich hin, verwünschte Davaron, Schiffe und sämtliche Ozeane der Welt, bis ihm die Stimme versagte.

Wieder und wieder stieg die *Linoreia* einen Wellenberg hinan, nur um im nächsten Augenblick in einen Abgrund zu rasen. Athanor kippte mit ihr nach vorn und wieder nach hinten, rang um sein Gleichgewicht und das Leeren des nächsten Eimers zugleich. Mal neigte sich das Boot gefährlich weit zur einen, dann zur anderen Seite, sodass er gegen den Mast treten musste, um sich zu stützen. Bald wusste er nicht mehr, wie oft er geglaubt hatte, dass es nun zu Ende ging, dass Thalasars Zauberkraft schwand und sie zu den Riesen am Grund des Ozeans sinken würden.

Je länger ihm der Wind in die Ohren brüllte, je öfter die See das Schiff auf- und niederwarf, desto gleichgültiger wurde er gegen das Toben der Elemente. Stur schöpfte er gegen das eindringende Wasser an. Längst waren seine Arme schwer. Sein Rücken ächzte, als stemme er Trolle über Bord. Doch er hatte nicht gegen blutrünstige Chimären und Heere von Untoten gekämpft, um sich jetzt einem dämlichen Sturm zu ergeben. *Hörst du, Dunkler? Lass dir was Besseres einfallen! Ich werde den Bastard einholen und dir zu Füßen werfen!*

Der nächste Brecher prallte auf die *Linoreia*, dass die Bordwand krachte. Wassermassen klatschten ins schwankende Boot, und Athanor schwang den Eimer mit neuer Wut.

5

Der Sturm tobte die ganze Nacht. Irgendwann war Athanor endgültig auf die Knie gesunken. Das Wasser reichte ihm manchmal bis zum Gürtel, brandete ihm bis ins Gesicht. Ganz von selbst glich sein Körper das Auf und Ab der Wogen aus. Seine Arme wuchteten Eimer um Eimer Wasser über Bord, ohne dass er es merkte. Er hatte keinen Blick mehr für Vindur, dessen Flüche verstummten, oder die Elfen, die wie Gespenster durch die Dunkelheit spukten. Er starrte ins Leere, während er in Gedanken mit Hadon, dem Totengott stritt. Seit Ewigkeiten drehte sich ihr Disput im Kreis. Athanor erklärte, dass er nicht sterben würde, und der Dunkle grinste höhnisch. Noch nie hatte Athanor das Gesicht des Gottes so deutlich vor sich gesehen. Es war nicht das runde Antlitz, das bei Vollmond aus grünlichen Linien auf einer fahlen Scheibe bestand. Es glich eher einem Totenschädel – hager, unheimlich, mit Augen, in denen selbst das Licht der Sonne erlosch.

Plötzlich bewegte die Erscheinung dünne Lippen. Eine Stimme, kalt wie eine Winternacht, ertönte in Athanors Kopf. »Warum sollte ich dich zu mir rufen, wo du mir so treue Dienste leistest?«

Athanor schreckte auf, als hätte er geschlafen. Das Bild des Dunklen verschwand abrupt, und doch war ihm, als hätte er nie zuvor etwas Wirklicheres gesehen. Gab es die Götter etwa doch? Warum hatten sie dem Untergang der Menschheit dann tatenlos zugesehen? Warum waren alle Gebete und Opfer an den lichten Aurades vergebens gewesen, wenn er doch Nacht für Nacht seinen dunklen Bruder Hadon besiegte? Athanor schüttelte sein durchnässtes Haar, dass die Tropfen flogen. Es war leichter zu glauben, dass es keine Götter gab, als mit ihrem Verrat zu leben.

»Es hat nachgelassen«, keuchte Vindur jenseits des Masts.

Die heisere Stimme drang durch das Rauschen des Wassers wie aus einer anderen Welt an Athanors Ohr. Zum ersten Mal seit Ewigkeiten ließ er den Eimer sinken und sah sich um.

»Du merkst es doch auch?«, fragte Vindur, als fürchtete er, er könnte sich irren.

Athanor brummte nur. Die Wellen waren noch immer beeindruckend, doch sie reichten nicht mehr bis zur Mastspitze empor. Der Wind, der eben noch ohrenbetäubend gebrüllt hatte, wehte nur schwach. Verglichen mit dem wilden Ritt, den sie hinter sich hatten, glitt die *Linoreia* geradezu sanft die Wogen hinauf und hinab. Der graue Dunst um sie her wurde heller. Der eben noch eisenschwarze Ozean nahm die Farbe guten Stahls an.

Ein Elf stieß einen Schrei aus und eilte nach hinten, wo Thalasar mit geschlossenen Augen neben dem Ruder lag. Athanor wollte aufspringen, doch seine kalten, tauben Beine versagten ihm den Dienst. Medeam stürmte an ihm vorbei, um seinem Verwandten zu helfen.

»Ist er tot?«, rief Athanor und erkannte seine krächzende Stimme kaum wieder. Mit zusammengebissenen Zähnen drückte er die steifen Knie durch und richtete sich auf.

»Nein, er lebt«, antwortete Medeam.

Gemeinsam betteten die beiden Elfen ihren Schiffsführer auf die Kisten, die aus dem eingedrungenen Wasser ragten. So lag er nicht bequem, aber wenigstens so trocken, wie es auf dem verfluchten Schiff möglich war.

»Wir müssen das verdammte Wasser loswerden«, knurrte Athanor und zwang seine widerstrebenden Finger, sich erneut um den Henkel des Eimers zu schließen. Jeder Muskel in seinem Körper sträubte sich, die mühsam errungene aufrechte Haltung wieder aufzugeben, doch es musste sein. Solange er im Wasser stand, würde er nie wieder warm werden.

»Aber was hat er?«, fragte Vindur mit einem besorgten Blick auf Thalasar. Wie konnte sich der Zwerg noch so flink bewegen? Machte ihm die Kälte denn überhaupt nichts aus?

»Das kommt vom Zaubern«, erklärte Athanor. »Ich habe das schon bei Davaron gesehen. Wenn sie zu viel Magie verbrauchen, werden sie ohnmächtig. Das wird wieder.« Zumindest hoffte er, dass es so war, denn er wusste nicht, ob sie einer der anderen Elfen über den Ozean bringen konnte.

Für den Moment übernahm Medeam das Ruder und befahl den anderen, wieder das Segel zu setzen. So gelang es ihnen, etwas Wind einzufangen, während sie mit vereinten Kräften das Wasser zurück ins Meer beförderten. Bald war nur noch eine letzte hartnäckige Handbreit übrig. Wenn sie zum Schöpfen nicht Becher und Löffel benutzen wollten, mussten sie es hinnehmen. Mit schweren Lidern sah sich Athanor ein letztes Mal um. Die Wogen waren nur noch wenig höher als die Bordwand, aber die Wolken hingen so tief, dass er in diesem Nebel kaum von einem Ende der *Linoreia* zum anderen blicken konnte. War Davarons Schiff noch irgendwo dort draußen, oder sank der Bastard gerade auf den Meeresgrund?

Es war sein letzter Gedanke, bevor er erschöpft auf die nassen Planken sank. Über ihm schlug das Segel nur noch ein paar lustlose Wellen. Athanor fiel in traumlosen Schlaf.

Wispernde Stimmen weckten ihn. Vielleicht sprachen die Elfen immer so leise, wenn sie beieinanderstanden, doch nach dem Sturmgebrüll kam es ihm wie Flüstern vor.

»Piriyath hat recht«, hörte er Thalasar sagen. »Das war kein gewöhnlicher Sturm. Auch ich habe Magie darin gespürt, starke Magie.«

»Aber wer außer einem Astar oder einem Gott könnte eine Nacht lang eine solche Macht entfesseln?«, staunte Medeam.

»Nur weil wir es nicht können, muss es kein Gott gewesen sein«, wehrte Thalasar müde ab. Seit wann waren Elfen so bescheiden?

Athanor öffnete die salzverkrusteten Lider. Seine Kleider waren immer noch klamm, seine Glieder kalt, und jede Bewegung fiel ihm so schwer, als hätte er eine Nacht lang mit einem Bären gerungen. Der Nebel nahm der Sonne jede Wärme. Wie eine Münze schimmerte sie durch den Dunst, gleich neben dem Segel, das schlaff herabhing.

Der Anblick erinnerte Athanor an seinen letzten Gedanken vor dem Einschlafen. War Davarons Schiff gesunken? Näherten sie sich endlich einer Küste? Er stand auf und sah sich um. Das

Meer lag glatt wie ein zugefrorener See da. Nur das auf der Stelle
schaukelnde Boot schlug träge Wellen, die sich im ölig wirkenden Wasser bald wieder verloren. An einigen Stellen reichte der
Nebel noch bis zum Wasser hinab. An anderen rissen die weißen Schwaden bereits auf.

»Schiffsführer!«

Der Ruf war nicht laut, doch es lag eine solche Dringlichkeit
darin, dass sich auch Athanor hastig umwandte. Vor ihnen ragte
etwas Dunkles, schwer Bestimmbares aus dem Nebel. Obwohl
es wirkte, als käme die *Linoreia* keinen Fingerbreit voran, wurde
sie doch auf das Gebilde zugetrieben.

»Was ist das?«, fragte Medeam.

Niemand antwortete. Außer dem leisen Schmatzen des Wassers an ihrem Schiff war es totenstill. Athanors Hand langte
nach dem Schwertgriff, der nicht an seinem Platz war.

»Bewaffnet euch!«, raunte Thalasar. »Vielleicht solltet Ihr
Eure Nabelschnur durchtrennen.« Vage deutete er in Athanors
Richtung.

Meine was? Athanor sah an sich hinab und entdeckte das
Seil, mit dessen Ende er sich an den Mast gebunden hatte. Falls
ihnen ein Kampf bevorstand, konnte es ihn in der Tat behindern. Kurz zerrte er mit steifen Fingern an dem aufgequollenen
Knoten, dann zog er das Messer und schnitt sich los. Hastig
öffnete er die Seekiste, in der er Schwert und Kettenhemd verstaut hatte. Sie stand bis zum Rand voll Wasser. Aufgeweichte
Brotkrumen schwammen obenauf. »Verdammt!« Fluchend
packte er in die trübe Brühe, zog den in Ölpapier eingeschlage-
nen Schwertgurt heraus und legte ihn an. Wenigstens die Klinge
war in der Scheide erstaunlich trocken geblieben.

Um ihn herum zerrten die Elfen Harpunen zwischen Rudern und Kisten hervor. Rasch setzte Vindur den nassen Helm
auf und riss die tropfende Hülle von seiner Axt. Thalasar stand
mit dem konzentrierten Blick im Heck, der verriet, dass er zauberte. Schon blähte eine leichte Brise das Segel und trieb die
Linoreia ein wenig schneller voran.

»Bleibt verteilt, sonst kentern wir!«, mahnte Medeam, als
Athanor zu den beiden Elfen im Bug eilen wollte.

109

Noch immer verhüllte der Nebel, was vor ihnen aus dem Wasser ragte. Thalasar steuerte einen neuen Kurs, um dem Hindernis auszuweichen. Je näher sie kamen, desto klarer stach etwas Kantiges aus dem Dunst. Es sah aus wie … *Holz*?

»Ein Schiff!«, rief Piriyath.

»Untiefe voraus!«, schrie der Elf neben ihm.

Wasser rauschte unter dem Bug auf. Die *Linoreia* warf sich so abrupt zur Seite, dass Athanor um sein Gleichgewicht rang. Vindur murmelte einen Fluch in seinen Bart. Athanor merkte, wie sich die Planken unter seinen Füßen verformten. Mit leisem Knirschen schabten sie über Sand. »Wir hängen fest!«

Eine Böe blies so plötzlich ins Segel, dass die *Linoreia* mit einem Ruck von der Sandbank glitt. Bevor es wieder im Nebel versank, erhaschte Athanor einen Blick auf das Wrack, das mit zerbrochenem Rumpf im seichten Wasser lag.

»Ist das …?« Vindur hatte offenbar denselben Gedanken wie er. Doch das Segel, das in Fetzen vom Mast herabhing, sah zu verrottet aus, um von einem kürzlich gestrandeten Schiff zu stammen. Auch die Form des Hecks stimmte nicht. Es war höher und eckiger geformt als das der Elfenschiffe.

»Nein. Es kann nicht Davarons Boot gewesen sein.« Aber woher stammte das Schiff dann? Aus Dion? »Warum ist das Wasser hier so flach? Sind wir so nah an der Küste?«, rief Athanor.

»Wenn Ihr für einen Moment schweigen würdet, könnten wir lauschen, ob wir eine Brandung hören«, tadelte Thalasar.

Zähneknirschend hielt Athanor den Mund und horchte in den Nebel. Außer leisem Plätschern hörte er nichts. Im Bug hielten die Elfen nach weiteren Untiefen Ausschau und bedeuteten Thalasar mit ihrem Schweigen, dass er sich auf sicherem Kurs befand. Mit jedem Augenblick hob sich der Nebel höher, ballte sich umso dichter vor der Sonne, deren Licht schwand. Immer weiter reichte die Sicht über die spiegelglatte See. In welche Richtung Athanor auch blickte, sah er weitere Wracks aus dem Wasser ragen. Von einigen waren nur noch Kiel und Querstreben übrig. Verwittert und bleich lagen sie im Dunst wie die Knochen lange verstorbener Riesen.

»Bei allen Astaren«, flüsterte Piriyath, »das muss Abadon
sein – die Schattenwelt der Ertrunkenen.«
Athanor schnaubte nur. Schließlich waren sie nicht ertrunken. Aber konnte er sich dessen sicher sein? Er war nass und
kalt wie eine Leiche, die man aus einem Fluss zog ...
»Wenn es nicht Abadon ist, hatten wir unfassbares Glück«,
befand der junge Elf. »Wären wir im Sturm hierhergeraten,
hätten uns die Brecher zertrümmert.«
»Ich glaube eher, dass uns Thalasar gerettet hat«, erwiderte
Medeam. »Du hast es gehört. Es war kein gewöhnlicher Sturm.
Wir sollten hier zerschellen, aber Thalasar hat dem Zauber so
lange standgehalten, dass der Plan nicht aufging.«
»Wenn das so ist, sollten wir lieber wachsam bleiben«,
mahnte Vindur und sah sich misstrauisch um.
Medeam nickte. »Wohlgesprochen, Zwerg. Noch sind wir
nicht hindurch.«
Schweigend spähten sie abwechselnd über die Bordwand
ins Wasser und zu den reglos daliegenden Wracks hinüber. Immer wieder rief einer der Elfen im Bug Begriffe und Zahlen,
die Thalasar offenbar halfen, zwischen den Sandbänken hin-
durchzunavigieren. Doch davon abgesehen blieb es unnatürlich still. Athanor konnte kaum glauben, dass er das unablässige
Säuseln des Winds in seinem Ohr vermisste, doch es gehörte
so fest zur Fahrt auf diesem Schiff, dass ihn sein Fehlen beunruhigte.
Wieder schweifte Athanors Blick über ein gestrandetes Boot.
Es war noch kürzer als die *Linoreia*, aber ebenso breit und aus
dickeren Planken gefügt. Wer außer den Elfen befuhr dieses
Meer, und warum hatte er noch nie von diesen Seeleuten gehört? Wohin hatte der Sturm Davaron verschlagen? »Sollten
wir nicht bleiben und nach dem Schiff dieses Eleagon su...« Er
brach ab, als eine unscheinbare Woge beinahe lautlos gegen das
Wrack schwappte. Aus Richtung der *Linoreia* kam sie nicht.
Misstrauisch musterte er das Wasser.
»Da!«, rief Vindur hinter ihm. »Was ist das?«
Athanor wandte sich um, doch die See lag noch immer
nahezu unbewegt. »Was?«

»Ein Aufwallen. Wie in einem Kessel auf dem Feuer, aber ...
Da!«
An einer Stelle hob sich das Wasser, als ob sich etwas darunter regte. Im nächsten Augenblick lag es wieder still.
»Was zum ...« Athanor sah zu Thalasar, der mit gerunzelter Stirn aufs Wasser blickte.
»Jetzt ist es hier!«, gellte Medeams Ruf aus dem Bug.
»Es umkreist uns«, flüsterte der Elf neben Athanor. Die *Linoreia* schaukelte kurz, dann stand sie wieder aufrecht in der glatten See. Athanor glaubte, einen Schatten unter der Oberfläche zu sehen. Der Schemen zog an ihm vorbei, und wo er gerade noch gewesen war, wogte das Wasser.
»Festhalten!«, rief Thalasar. Seine Stimme ging in plötzlichem Rauschen unter. Etwas Gewaltiges schoss neben dem Bug der *Linoreia* empor und riss Schiff und Wasser mit sich. Jäh stieg die *Linoreia* in die Höhe und kippte dabei zur Seite. Athanor glaubte, Schreie zu hören, doch er konnte sich nur an die Bordwand klammern. Wasser prasselte ihm ins Gesicht, raubte ihm die Sicht auf das, woran das Schiff nun abglitt, mit fast waagrechtem Mast und doch vorangetrieben von Thalasars magisch beschworener Böe.

War es das Brausen des Winds, das Rauschen des Wassers, durch das die *Linoreia* raste wie von einem neuerlichen Sturm gepeitscht? Oder ein Brüllen, so laut, dass es die Planken unter Athanors Fingern zittern ließ? Mit einem Ruck richtete sich das Schiff wieder auf und jagte noch schneller dahin. Taue und Mast knarrten unter dem Wind, der Athanor Tränen in die Augen trieb. Hastig rappelte er sich auf und spähte zurück. Die *Linoreia* bockte, als ihr eine Sandbank einen Schlag unter den Kiel verpasste, doch sie flog weiter.

Hinter ihnen ragte ein grünlich glänzendes Ungeheuer aus dem Ozean. Es hatte nur Kopf und Hals aus dem Wasser gereckt, und doch blickte es aus Baumhöhe auf die schaumige Spur des Schiffs hinab. Lange Fäden hingen ihm wie Barteln um das geöffnete Maul, in dem Zähne wie Schwertklingen blitzten. Es mochte weder Flügel noch Feuer haben, doch es war zweifellos ein Drache. Die mit spitzen Hornplatten gespickte Rückenlinie teilte das Wasser, als er sich hinter ihnen herwarf und tauchte.

»Er folgt uns!«, brüllte Athanor gegen den Wind. Falls Thalasar ihn hörte, ließ es sich der Elf nicht anmerken. Er hielt das Ruder und starrte ins Segel hinauf. In den entschlossenen Zügen glaubte Athanor, Zeichen der Erschöpfung zu entdecken. *Verdammt!* Was konnten sie in dieser Nussschale einem solchen Ungetüm entgegensetzen?

Vindur zerrte unter der Ausrüstung den alten Schild hervor, den die Zwerge *Drachenauge* nannten. Sternförmig aufgebrachte Kupferblitze ähnelten der Iris eines Drachen, während der schwarze, längliche Schildbuckel die Pupille nachahmte. Mit Blut hatte Hrodomar Vindur darauf die Schildbruderschaft geschworen und war doch allein in den Tod gegangen. Vindur stellte sich mit Schild und Axt mitten im Boot auf. Seine grimmige Miene verriet keine Angst. »Mit einem Drachen hat meine Verbannung begonnen, und mit einem Drachen wird sie enden.«

Athanor sah sich um. Es *musste* irgendetwas geben, das er tun konnte. *Der Ersatzmast!* »Piriyath, gib deine Harpune her!«

Der Elf wandte sich vom Horizont ab, wo weit und breit keine Wracks mehr zu sehen waren. Vielleicht hatten sie die Sandbänke hinter sich gelassen. Die *Linoreia* fegte über die kaum vorhandene Dünung wie ein jagender Falke.

»Was willst du damit? Du hast dein Schwert«, murrte Piriyath gegen den Wind.

»Hilf mir lieber, den Ersatzmast loszumachen!«, herrschte Athanor ihn an und säbelte den ersten Strick entzwei. »Wenn wir deine Harpune an die Spitze binden, können wir ihn als Lanze verwenden.«

Wortlos sprang ihm Medeam zur Seite. Nun legte auch Piriyath Hand an. Wenige Lidschläge später hielten Athanor und Medeam die lange, etwas zu dicke Stange fest, während Piriyath mit Seemannsknoten seine Waffe daran befestigte.

»Nicht übel«, befand Vindur.

Athanor nickte, obwohl er Zweifel hegte. Die Schuppenhaut eines Drachen zu durchdringen, erforderte enorme Kraft, und der Boden unter seinen Füßen – das Schiff – gab jedem Druck nach. *Hol's der Dunkle!* Sie hatten keine Wahl. Er packte den provisorischen Spieß und stützte das Ende an einer Querstrebe der *Linoreia* ab.

Noch blähte sich das Segel in Thalasars magischem Wind, dass die Takelung ächzte, doch das Gesicht des Elfs war vor Anstrengung grau und verzerrt. Er brach so plötzlich zusammen, dass Medeam nicht rechtzeitig bei ihm war, um ihn aufzufangen. Sein Kopf schlug auf die Bordwand. Sofort sickerte Blut durch das weiße Haar. Bewusstlos oder tot – in jedem Fall würde er sich nicht in einen Seelenvogel verwandeln und davonfliegen können.

Athanor wusste nicht, warum ihn der Gedanke berührte. Warum sollte es dem Elf besser ergehen als ihm? Über ihm fiel das Segel in sich zusammen, und sogleich verlor die *Linoreia* an Fahrt. Medeam übernahm das Ruder, während die anderen Elfen Thalasar hastig in die Mitte des Boots trugen und auf die Decken betteten. Athanor und Vindur behielten den Ozean hinter dem Schiff im Auge. Die *Linoreia* verlangsamte sich so rasch, dass es Athanor bereits vorkam, als trieben sie erneut auf der Stelle.

»Bei allen Astaren, bringt das Segel an diesen Hauch von Wind!«, schimpfte Medeam. »Piriyath, kannst du ihn verstärken?«

Die Elfen eilten an die Taue.

Piriyath sah gequält den Mast empor. »Ich habe kaum noch Kraft.«

Der Feigling will sich aufsparen, damit er abhauen kann! »Tu gefälligst …!«

Die Worte erstarben Athanor im Mund. Hinter dem Heck türmte sich rasend schnell Wasser auf, bevor ein riesiger, zottiger Schädel die Oberfläche durchbrach. Wie ein Korken, den man unter Wasser gedrückt hatte, schoss er auf seinem langen Hals in die Höhe. Sturzbäche rauschten an ihm herab. Wild schaukelte die *Linoreia* auf den aufgewühlten Wogen. Athanor rang darum, auf den Füßen zu bleiben. Schon fuhren die zähnestarrenden Kiefer auf ihn herab. Athanor brüllte, kämpfte gegen das Schwanken, um die Lanze auf das stinkende Maul zu richten.

Einen Augenblick lang wähnte er sich am Ziel, sah bereits vor sich, wie die Harpune in den Rachen drang. Doch in diesem Moment kippte die *Linoreia* zur anderen Seite. Er verriss die Spitze, spürte, wie sie über die Schuppen des Drachen glitt. Einen Lidschlag lang sah er dem Ungeheuer ins flammenrote Auge, dann packten die mächtigen Kiefer zu, schlossen sich um den splitternden Spieß und schleuderten ihn samt Athanor in weitem Bogen zur Seite. Es ging so schnell, dass er nicht einmal loslassen konnte. Er spürte pfeifende Luft und Schwerelosigkeit, bis er platschend aufschlug. Der Mast prellte ihm aus den Armen. Plötzlich war nur noch kaltes, graues Wasser um ihn, drang in Augen, Nase und Mund. Keuchend kam er wieder an die Oberfläche, hustete, trat um sich, um nicht sofort wieder unterzugehen. Endlich klärte sich seine Sicht. Gegen das Wasser blinzelnd entdeckte er die *Linoreia*. Gestalten rannten auf dem Boot, doch im nächsten Moment verdeckte der Drache sie. Wie eine Schlange wand er sich um das Schiff und drückte zu. Er war so groß, dass Athanor nur die Mastspitze über dem grün geschuppten Leib aufragen sah. Ein lautes Bersten und Krachen ertönte. Zersprungene Planken flogen in alle Richtungen und klatschten ins Meer.

Drei weiße Vögel stiegen mit raschen Flügelschlägen in den Nebel auf. Gegen den Drachen wirkten sie klein, doch sie mussten die Größe von Adlern haben. Das Ungeheuer stieß ein Fauchen aus und schnappte nach einem von ihnen, doch der Seelenvogel wich aus und stieg höher. Zornig biss der Drache um sich, als wollte er wenigstens irgendeinen seiner fliehenden Gegner erwischen. Aber der Dunst hing zu tief, und ihre Farbe tarnte die Vögel. Einen Augenblick später waren sie verschwunden.

Der Seedrache sandte ihnen ein Brüllen nach, das Athanor aus seiner Starre riss. Wenn ihn der Drache entdeckte, war er verloren. Hastig holte er Luft und tauchte unter, schwamm unter Wasser, so weit er konnte, bevor seine Lunge zu platzen drohte. Lebte Vindur noch? Konnte er ihm helfen? Er strich sich die triefenden Haare aus den Augen, während er Luft holte, und sah sich nach der *Linoreia* um. Nur noch treibende Trümmer waren von ihr geblieben. Aus seiner Perspektive konnte er sie kaum noch sehen. Der Drache wütete darin, drosch mit seinem peitschenden Schwanz auf den Ozean ein, dass Wasser schier bis zum Himmel spritzte.

Du wolltest nie wieder Freunde zurücklassen, erinnerte ihn eine Stimme aus seinem Innern.

Athanor ballte die Fäuste. Vindur konnte nicht einmal schwimmen. Er war längst ertrunken, wenn ihn der Drache nicht zuvor zerquetscht hatte. *Wenn ich jetzt abhaue, kann ich vielleicht eine Sandbank erreichen.* Allerdings lagen die Wracks bereits weit zurück, und der Nebel wurde wieder dichter. Ohne Sonne würde er die richtige Richtung niemals finden.

Willst du Vindur im Schattenreich einst gegenübertreten und ihm sagen, dass du nicht einmal versucht hast, ihn zu retten?

»Götterverflucht«, zischte er, »ja! So bin ich nun mal!« Auf diese Art war er den Drachen aus dem brennenden Theroia entkommen – und ihren Chimären auf der Jagd nach Flüchtlingen. Alles und jeden hatte er verraten und im Stich gelassen, um zu überleben.

Der Drache pflückte mit den Zähnen das Segel aus dem Wasser und schüttelte es samt dem daran hängenden Mast wie ein Wolf seine Beute.

Dieses Mal ist es anders. Vindur wollte sterben. Er wollte endlich seinem Schildbruder in die Schmiede des Großen Baumeisters folgen, wie es sein Schwur vorsah. *Aber ich habe noch eine Aufgabe zu erfüllen.*

Athanor wandte sich ab und tauchte. Erneut brachte er so viel Abstand zwischen sich und den Drachen, wie er konnte, bevor er Atem holte. Wieder und wieder tauchte er. Das Schwert an seiner Seite zog immer schwerer an ihm. Was brachte es ihm hier schon? *Fort damit!* Als er die Gürtelschnalle löste, sank es sofort. Er schwamm weiter. Längst verbarg sich die Sonne hinter den Nebelschleiern. Leichte Wellen kräuselten das Wasser, klatschten ihm ins Gesicht, als wollten sie ihn verhöhnen. Das ewige Salz in seinem Mund machte ihn durstig. In welche Richtung musste er nun? Es war fast leichter zu tauchen, als gegen diese heimtückischen Wellen anzuschwimmen. Immer im falschen Moment schwappten sie bis in seine Nase hinauf. *Tritt nicht auf der Stelle! Hier gibt es nichts. Beweg dich!* Es dämmerte. Irgendwo hinter dem verfluchten Dunst ging die Sonne unter. Athanor peitschte sich weiter. Das Wasser, das ihn auf seltsame Art trug, lähmte zugleich seine Glieder. Oder war es die Kälte? Wann hatte er begonnen zu zittern? Er erinnerte sich nicht mehr, und irgendwann hörte es wieder auf. Es wurde Nacht. Er wusste nur noch, dass er nicht untergehen durfte. Dieses Wasser war zu tief. Er würde sinken und sterben und weitersinken, hinab in die Schattenwelt. Der Ozean hatte ein Ende. Wenn er nur lange genug durchhielt, würden ihn die Wellen an Land tragen – an die Küste der Elfenlande zurück oder nach Dion.

Niemand kann tagelang schwimmen.

Athanor ignorierte die Stimme und bewegte die schwerfälligen Beine. Obwohl es so dunkel war, glänzte das Wasser, und der Nebel hing grau, nicht schwarz, über ihm. Vielleicht stand der Mond am Himmel, und der Dunkle sah amüsiert auf seinen dummen Hund herab, der einfach nicht aufgeben wollte. Bewegte er sich wirklich noch? Wasser drang in seine Nase. Athanor schreckte hoch. Er musste für einen Moment eingenickt sein. Mit neuem Schwung schob er sich mit Armen und Beinen durchs Wasser, als sei er wirklich ein Hund. Doch die Kraft verließ ihn so rasch wieder, wie sie gekommen war. Sein Nacken war steif. Er drehte sich auf den Rücken und ließ sich eine Weile treiben. Wieder fielen ihm die Augen zu. Er merkte es erst, als Wasser in seinen Mund lief. Das Husten schenkte ihm erneute Kraft, doch diese Momente wurden immer kürzer. Er ahnte, dass er den kommenden Tag nicht mehr überleben würde.

Hör endlich auf zu kämpfen, du Narr, und stirb!

Allmählich bekam die Vorstellung etwas Verlockendes. In der Schattenwelt mochte es ebenso kalt und dunkel sein, aber wenigstens wäre es ihm dann gleich. Oder nicht? *Ich mag kein*

Held sein, aber ich ergebe mich nicht. Ich werde Davaron finden.
Wieder zwang er seine zentnerschweren Beine, sich zu bewegen. Einmal, zweimal, dann streifte etwas sein Knie.

Den ganzen Sturm hindurch hatte Eleagon Davarons Schwertgurt getragen. Jetzt hob er ihn so hoch, dass er den dunklen Kristall am Knauf der Waffe genau betrachten konnte. »Die Träne eines Astars. Es scheint tatsächlich etwas von der Macht eines Astars darin gespeichert zu sein.«

Davaron bemerkte sehr genau, wie sich der junge Schiffsführer überwinden musste, ihm das Schwert zurückzugeben. Dieser Mann besaß Ehrgeiz, sonst hätte ihn die Aussicht auf Ruhm nicht gelockt.

Eleagon gab sich einen Ruck. Das sonnengebleichte Haar hatte er sich in einem Zopf aus dem Gesicht gebunden, was seine fast weißen Augen noch eindringlicher zur Geltung brachte. »Hier. Nehmt es! Wir alle schulden Euch Dank dafür, dass Ihr es mir geliehen habt. Ohne die Kraft dieses Steins hätte ich dem Sturm weit weniger zu trotzen vermocht.«

Vergesst es nicht gleich wieder, dachte Davaron säuerlich, doch er winkte ab. »Ich wollte uns allen ein unfreiwilliges Bad ersparen, aber damit war ich nicht besonders erfolgreich.«

Die Besatzung der *Kemethoë* lachte. Ihnen allen tropfte noch Wasser aus Haaren und Kleidern, doch Sonne und Wind würden sie bald getrocknet haben. Nur noch Salzränder würden dann an die vergangene Nacht erinnern.

Da er den Schwertgurt einhändig nur mühsam anlegen konnte und zu erschöpft war, um es zu versuchen, behielt Davaron ihn in der Hand. *Schön, dass alle so erleichtert sind.* Dabei hatte er in größerer Gefahr geschwebt als sie alle. Er war der Einzige auf diesem Schiff, der sich nicht in einen Vogel verwandeln und wegfliegen konnte, wenn es sank.

Linker Hand hing in der Ferne Dunst über dem Wasser. Vielleicht tobte der Sturm dort noch immer. Doch in alle anderen Richtungen erstreckten sich harmlose, strahlend blaue Wellen, in denen sogar ein paar Delfine sprangen. *Als hätte es diese Nacht nicht gegeben.*

Eleagon rieb sich nachdenklich das Kinn. »Dieser Sturm war ungewöhnlich. Er wechselte immer wieder die Richtung.«

»Es lag Magie darin«, behauptete Mahanael, dessen selbst für einen Elf hohe und schlanke Gestalt ebenso auf Ahnen unter den Abkömmlingen Heras schließen ließ wie seine durchscheinende Haut. Wenn sich jemand aus der Mannschaft auf Luftmagie verstand, dann er.

Die anderen nickten.

»Na und?«, fragte Davaron argwöhnisch. Wollten die tapferen Söhne Thalas deshalb etwa umkehren? »Wir haben den Sturm überstanden. Verschwinden wir lieber, bevor ein neuer aufkommen kann.«

»Ich weiß nicht, Schiffsführer«, wandte Mahanael ein. »Niemand entfesselt solche Gewalten zum Vergnügen. Irgendein Wesen mit sehr viel Macht will verhindern, dass wir unser Ziel erreichen.«

»Astare haben schon ganz andere Dinge zu ihrem Vergnügen getan«, entgegnete Davaron. »Von Göttern ganz zu schweigen. Ihr seid kurz davor zu vollbringen, was seit über tausend Jahren niemandem gelang. Es wäre lächerlich, jetzt aufzugeben.«

Alle Blicke richteten sich auf Eleagon, der trotzig das Kinn vorschob. »Natürlich wäre es lächerlich. Wir fahren weiter!«

Zufrieden zog sich Davaron auf eine Bank zurück, um den Seeleuten nicht im Weg zu sein. Dass in diesem Unwetter Magie gewirkt hatte, war selbst ihm nicht entgangen – obwohl er weder Luft- noch Wasserzauber beherrschte. Wollte sie wirklich jemand aufhalten? Auch wenn Peredin und der Hohe Rat vor Wut schäumten, reichte Anvalons Arm nicht so weit übers Meer. Dessen war er sicher. Niemand würde ihm nach Dion folgen, und wenn er die dunkle Magie dieses geheimnisvollen Lands erlernt hatte, konnte er heimlich zurückkehren und seinen Schwur erfüllen. Doch wer sollte sonst etwas dagegen haben, dass seine Flucht gelang? Besaßen die Chimären so viel Macht? Elanya zu töten, hatte Chrias Pläne durchkreuzt. Nahm die Harpyie ihre Niederlage einfach so hin? Auf dem ganzen Weg zur Küste hatte er erwartet, dass sich ein kreischender Schwarm auf ihn stürzte, doch nichts war geschehen.

119

Plötzlich schnürte sich ihm die Kehle zu. Wusste Chria, wo er Eretheya versteckt hatte? Tobte sie ihre Rache an Mevethas zerbrechlichem Leib aus? Diese Möglichkeit hatte er nicht bedacht. Dieser ganze Ausflug war nicht nach Plan verlaufen. Er hatte erwartet, dass Elanya vernünftig und zum Wohle aller handelte. Hatte sie das nicht immer getan? Wäre sie einsichtig gewesen, hätte er die Elfenlande nicht verlassen müssen und könnte die Höhle beschützen.

Doch nun saß er auf diesem Schiff. Falls sich die Chimären tatsächlich an seiner Familie vergriffen hatten, war es längst zu spät. Er musste darauf hoffen, dass sich Chria dieses Druckmittel aufhob, um ihn doch noch auf ihre Seite zu zwingen. *Genau das wird sie tun.*

Davaron stand auf und schöpfte sich einen Becher Wasser aus dem letzten Fass. Es schmeckte bereits brackig, weil es schon so lange in der Sonne stand. Sie konnten nicht mehr umkehren. Sie mussten Dion erreichen und Wasser finden.

6

Etwas stach so schmerzhaft in seine Wange, dass Athanor aus tiefem Schlaf aufschreckte. Noch bevor er die Augen ganz geöffnet hatte, sprang er bereits auf, griff blindlings nach dem Schwert und schlug mit der Linken nach dem kreischenden Vogel, der ihm fast ins Gesicht flatterte. Die Klinge war nicht da. Athanor blinzelte ins grelle Sonnenlicht, suchte nach dem Feind, doch außer der Möwe, die rasch davonflog, war kein Gegner zu sehen. Knurrend betastete Athanor seine brennende Wange. Auf seinen Fingern blieb Blut zurück. *Das verfluchte Biest hat mir die Haut aufgehackt!* »Ich …« *… bin noch nicht tot!*, wollte er brüllen, doch aus seinem ausgedörrten Mund drang nur ein Krächzen. Seine Zunge rieb über den Gaumen, als hätte er sie in Sand getaucht. Vielleicht stimmte es sogar, denn offenbar hatte er auf Sand geschlafen.

Während er sich umsah, kehrte die Erinnerung zurück. Seine Knie waren beim Schwimmen plötzlich über festen Grund geschürft. Mit letzter Kraft hatte er sich auf allen vieren auf diesen Strand geschleppt, bevor er zusammengebrochen war. Entweder liebte ihn der Dunkle wirklich mehr als jeden anderen Menschen, oder er konnte gar nicht sterben. In seinem von Hunger und Durst benebelten Schädel erwog er, sich vom nächsten Felsen zu stürzen, um die Frage ein für alle Mal zu klären. *Nein.* Elanya wäre sicher wütend auf ihn und würde … *Elanya ist tot!*

Der Dunst in seinem Kopf klärte sich ein wenig. Zu beiden Seiten blickte er die Wasserlinie entlang. Er war allein. Keine angespülten Trümmer deuteten auf das Schicksal der anderen hin. Wo auch immer das Meer die Überreste der *Linoreia* hingetrieben hatte, er war in eine andere Richtung geschwommen. Hatte er wieder als Einziger überlebt? Skeptisch musterte er die Möwen, die am Spülsaum umherliefen und zwischen Muscheln nach Fressbarem suchten. Seelenvögel waren sie sicher nicht.

Seine kratzende Kehle zwang ihn, endlich an Wasser zu denken. Hinter dem Strand erhoben sich Bäume, Felsen und dichtes Gestrüpp. In der Ferne ragten schroffe Anhöhen aus dem Wald, aber nichts deutete auf eine Ansiedlung hin. Athanor entschied sich, dem Strand zu folgen. An der Küste der Elfenlande war er mit Vindur immer wieder auf Bäche gestoßen, die in den Ozean mündeten, und wenn es auch hier Elfen oder andere Wesen gab, lebten sicher einige als Fischer am Meer.

Ein letztes Mal zögerte er, die Stelle zu verlassen. *Vindur.* Vielleicht hatte der Zwerg doch überlebt und begegnete ihm zufällig, wenn er am Ufer entlangging. Aber ebenso gut konnte er in der anderen Richtung angespült worden sein. Was wäre, wenn Vindur nach ihm suchte? Er musste ihm eine Nachricht hinterlassen. Mit dem Dolch ritzte er elfische Buchstaben in den Sand, den die Sturmwogen geglättet hatten: *Bin nach Norden gegangen. Athanor.*

Er machte sich auf den Weg und folgte dem Strand, ohne weiter auf die Richtung zu achten. Solange er am Wasser blieb, konnte er Vindur nicht verfehlen, falls er hier irgendwo war. Mit dem Rauschen der Brandung im Ohr hätte es ein angenehmer Spaziergang sein können, doch es war bereits Mittag, und die Sonne sengte auf ihn herab, als wollte sie ihm den letzten Tropfen Wasser aussaugen. Auf seinen aufgesprungenen Lippen schmeckte er Blut. Seine Haut war so trocken, dass ihr die Hitze keinen Schweiß mehr entlockte. Bald zog er sein Hemd aus, tränkte es im Meer und wickelte es sich um den Kopf. Das herabrinnende Wasser kühlte ihn eine Weile, sodass er schneller vorankam.

Von Zeit zu Zeit verschwammen Sand, Wasser und Wald vor seinen Augen, doch er setzte stur einen Fuß vor den anderen. Bald klärte sich sein Blick wieder – bis zum nächsten trüben Moment. Er hätte nicht sagen können, ob er aufgehört hatte zu denken oder seine Gedanken nur an fernen Orten weilten. Dass er nicht mehr bei sich war, merkte er erst, als der Boden unter ihm einbrach und er in knietiefes Wasser fiel. Blindlings war er auf den steilen Rand eines Bachs getreten, der vom Wald her durch den Sand schnitt.

Endlich! Erleichtert blieb er einfach im Wasser sitzen, schöpfte mit beiden Händen und trank, bis sein Magen rebel-

122

lierte. Je länger er in diesem Bach saß, desto mehr Kraft kehrte in seine Glieder zurück. Er wusch sich das Salz von der brennenden Haut und aus Haaren und Kleidern und schwor sich, dem Gott, der den ganzen Ozean mit diesem Zeug vergiftet hatte, den Hals umzudrehen.

Gestärkt machte er sich wieder auf den Weg, ohne genau zu wissen, wonach er suchte. Immer wieder schweifte sein Blick vergebens aufs Meer hinaus. Davarons Schiff hatte so viel Vorsprung, dass er nicht einmal sicher sein konnte, ob es in den Sturm geraten war. Die Sonne schickte sich langsam an, hinter den felsigen Erhebungen im Landesinneren zu versinken. Athanor sah noch einmal hin und kniff die Augen gegen das Licht zusammen. Diese Anhöhen kamen ihm merkwürdig bekannt vor. Er musste sich täuschen. Er war mindestens einen halben Tag gewandert und hatte eine beträchtliche Strecke zurückgelegt. Und doch ... War das dort vorne nicht der Baum mit den kahlen Ästen, der ihm kurz nach der Attacke der Möwe aufgefallen war? Ungläubig rannte er auf die Stelle zu, an der er aus dem Wasser gekrochen war. Nur wenige Schritte davon entfernt fand er die eingeritzte Botschaft. *Bin nach Norden gegangen.*

»Ich verdammter Narr! Ich bin im Kreis gelaufen.« Er befand sich auf einer Insel. *Eine götterverfluchte Insel im riesigen Ozean!* Er musste einen der Hügel erklimmen und sich mit einem Leuchtfeuer bemerkbar machen. Irgendjemand befuhr dieses Meer, sonst hätten auf den Sandbänken keine Wracks gelegen, und in der Dunkelheit waren Feuer weit zu sehen.

Athanor ignorierte den nagenden Hunger und bahnte sich einen Weg durchs Gestrüpp. Offenbar war die Insel ein Gewirr aus Felsen, steinigen Lichtungen und Wald, unter dessen Bäumen so dichtes Unterholz wucherte, dass Athanor kaum vorankam. Immer wieder hackte er mit dem Dolch auf verschlungene Ranken ein, die von der Sommerhitze welk und dennoch zäh wie dicke Spinnweben waren. Je länger er sich durch das Dickicht kämpfte, desto tiefer sank die Sonne. Bald herrschte im Schatten der Baumkronen nur noch Zwielicht. Wie sollte er es vor Anbruch der Nacht schaffen, genug Äste und Reisig für

123

ein weithin sichtbares Signal zu sammeln und auf einen steilen Hügel zu schleppen, wenn ihn das elende Gesträuch so lange aufhielt?

Kaum hundert Schritte weiter betrat er einen karg bewachsenen Hang, aus dem vereinzelt Büsche und Felsblöcke ragten. Obwohl diese Seite der Anhöhe bereits im Schatten lag, war es noch hell. Auf den ersten Blick schien der Hang leer, doch von mehreren Seiten ertönte plötzlich das Meckern von Ziegen. *Ziegen?* War die Insel etwa doch bewohnt? Athanors Magen meldete sich mit einem Knurren, das eines Trolls würdig gewesen wäre. *Hol's der Dunkle!* Er würde es ohnehin nicht rechtzeitig schaffen, den Holzstoß zusammenzutragen, also konnte er ebenso gut auf Ziegenjagd gehen. Da er weder Bogen noch Speer hatte, musste der Dolch dafür genügen.

Mit gezückter Klinge pirschte er sich um einen Steinblock, hinter dem er ein Meckern gehört hatte. Weiter oben am Hang klapperten Hufe. Losgetretene Steine sprangen herab, ohne Athanor zu treffen. Angespannt schob er sich um die Kante des Felsens – und erstarrte. Inmitten einer Herde Ziegen lag ein riesiger Löwe. Bei Athanors Anblick stieß er ein dunkles Grollen aus.

Kaltes Wasser legte sich beklemmend um Vindurs Brust. Keuchend wachte er auf und strampelte. *Lauf!* Es kam ihm vor, als hätte er nicht mehr aufgehört zu laufen, seit er vor dem Drachen über das Schiff geflohen war. Panisch bewegte er die Beine auf und ab. Er mochte nicht *auf* dem Wasser laufen können, aber irgendwie gelang es ihm, wenigstens nicht unterzugehen. Es war leichter, als zurück auf das halb zertrümmerte Fass zu kriechen, von dem er gerade gerutscht war. Doch er konnte nicht ewig laufen, und weit und breit war kein Ufer zu sehen. Irgendwie musste er wieder auf das verdammte Ding gelangen. Wie ein Stück Kork tanzte es auf den Wellen und drohte, ihm aus den steifen, verschrumpelten Fingern zu gleiten. Jedes Mal, wenn er versuchte, sich hinaufzuziehen, wich es aus und glitt wieder unter ihm hervor. »Ha…«…*lt endlich still!*, wollte er schreien, doch es kam nur ein Krächzen aus seinem Hals.

Ruhiger, mahnte eine innere Stimme. *Du verschwendest Kraft.* Es klang verdächtig nach Hrodomar, doch sein Schildbruder sah sicher nur noch mit Verachtung auf ihn herab. Sein Freund hatte den Drachen besiegt und den Tod gefunden. Nun hatte sich Gelegenheit geboten, Hrodomars Vorbild zu folgen, und was hatte er getan? Er war davongerannt. *Ich habe deine Hilfe nicht verdient, hörst du?* Und doch war ihm, als hätte ihn ihre Schildbrüderschaft gerettet. Denn es war *Drachenauge* gewesen, das die Bestie von ihm abgelenkt hatte. Endlich gelang es ihm, sein Gewicht im richtigen Winkel über das Fass zu schieben. *Jetzt nur keine falsche Bewegung!* Vorsichtig sank er auf die schwankende Zuflucht und schloss für einen Moment die Lider. Sofort stand ihm das Bild des Seedrachen wieder vor Augen. Wahllos hatte das Ungeheuer um sich gebissen, das Schiff zertrümmert, das Segel zerfetzt. Viel hatte er nicht gesehen. Er war um sein Leben gestrampelt, bis er auf das Fass gestoßen war. Doch in jenem Moment hätte ihn der Drache entdeckt, wäre nicht der alte Schild vorübergetrieben. Die Vorderseite mit dem stilisierten Drachenauge hatte nach oben gezeigt und im matten Sonnenlicht geglänzt. Vindur spürte Tränen in seinen brennenden Augen. Der Schild war verloren. Sein Anblick hatte das Ungeheuer rasend gemacht. Der Hass zwischen Zwergen und Drachen war alt. Vielleicht hatte es erkannt, dass es Zwergenwerk vor sich hatte. *Athanor hatte kein* Drachenauge. *Und die Elfen flogen einfach davon.* Zumindest glaubte Vindur, zwischen spritzendem Wasser und wütendem Drachen große weiße Vögel gesehen zu haben. Er hob den Kopf und blickte sich um. Der eingeschlagene Deckel einer Seekiste, ein abgebrochenes Ruderblatt, etliche zertrümmerte Planken, ein Stück Mast, an dem noch ein Fetzen Segel hing ... Die halbe *Linoreia* trieb auf dem Wasser herum, doch von Athanor entdeckte er keine Spur. Enttäuscht ließ er den Kopf wieder sinken. *Moment mal ... War da nicht ...* Hastig sah er wieder auf. Ein weißer Punkt leuchtete am Horizont. *Ein Schiff!*

Athanor spürte das Grollen des Löwen bis in den hungrigen Magen. Die Bestie starrte ihn an und peitschte den steinigen Boden gereizt mit dem Schwanz. War sie noch weit genug entfernt, um sich zu beruhigen, wenn er sich einfach zurückzog? Damit hatte er sich schon einige Kämpfe gegen wütende Raubtiere erspart. Behutsam machte er einen Schritt rückwärts. Wenn er stolperte, war es aus.

Der Löwe fletschte die Zähne. Im letzten Abendlicht blitzten sie wie Dolche. Wie konnte dieses Biest so viel größer als die Löwen Theroias sein? Es erinnerte Athanor an die Greife, auf denen einige Elfen der Grenzwache ritten.

»Aber du hast keine Flügel ...«, murmelte er.

Die riesige Raubkatze fauchte und spannte sich zum Sprung. Hastig wich Athanor hinter den Felsen zurück, um den er gekommen war, und schnellte mit zwei Sätzen den Brocken hinauf. Im gleichen Augenblick, da er sich von oben auf die Bestie warf, landete der Löwe, wo Athanor gerade noch gestanden hatte. Der Rücken des Untiers war so breit wie der eines Pferds. Athanor krallte sich mit der Linken in die Mähne. Seine Beine suchten den Löwen zu umklammern, während er den Dolch seitlich in die Brust stieß. Klinge und Hand verschwanden im üppigen Mähnenhaar.

Aufbrüllend warf sich die Bestie zur Seite, wand sich, um sich aus der Umklammerung zu befreien. Athanor schlug mit der Schulter so hart auf die Felsen, dass er seine Hand einen Moment lang nicht mehr spürte. Er wollte die andere emporreißen, um ein zweites Mal zuzustechen, doch der Löwe sprang schon wieder auf und zerrte ihn mit. *Oben bleiben!* Wenn ihn das Untier in die Pranken bekam, würde es seine Eingeweide über den Hang verteilen.

Fauchend warf sich das Untier zur anderen Seite. Athanor prallte mit dem Rücken gegen den Felsen, von dem er eben gesprungen war. Mit einem Ächzen wich die Luft aus seinen Lungen. Hatte er mit dem Dolch nicht getroffen? Der sich windende Löwe wälzte sich halb auf ihn, drohte, ihn zwischen sich und dem Fels zu zerquetschen. Athanor wollte die Hand mit der Klinge bewegen, doch der Arm klemmte unter der Schulter des

Löwen fest. Er hörte das Knacken, spürte den scharfen Schmerz, als eine Rippe brach.

Jäh sprang die Bestie wieder auf. Athanors Beine verloren den Halt, rutschten am Leib des Löwen ab, während er die Linke umso fester in die Mähne krallte. Der Schwung riss ihn mit, sodass er noch immer quer über dem Untier hing. Endlich war sein rechter Arm wieder frei. Sofort stieß er zu, trieb den Dolch tief in den Hals der Bestie. Ihr Grollen verwandelte sich in ein Gurgeln. Athanor ließ los, warf sich zur Seite und rollte sich ab, bis er erneut gegen den Felsen stieß. Das Gestein im Rücken, rappelte er sich hastig auf.

Der Löwe wirbelte zu ihm herum und holte mit einer Pranke aus. Abwehrend riss Athanor den Arm empor, doch die Krallen streiften ihn nur noch matt. Es genügte, um zwei brennende Striemen zu hinterlassen, aus denen sofort Blut rann. Schwankend stand der Löwe vor ihm. Das Biest war so groß, dass es ihm mit seinem seltsam fragenden Blick fast direkt ins Gesicht sah. Der warme Atem stank nach fauligem Fleisch.

Plötzlich quoll dem Löwen ein Schwall Blut aus dem Maul, und er brach zusammen. Mit scharfem Klacken schlugen die Zähne aufeinander, als der schwere Schädel vor Athanors Füßen auf die Steine prallte. Von einem Lidschlag auf den anderen starrten die gelben Augen ins Leere.

Erleichtert stieß Athanor die Luft aus, die er angehalten hatte, ohne es zu merken. Seine Klinge musste doch besser getroffen haben als befürchtet. Der Löwe war nur zäh gewesen, verdammt zäh. Irgendetwas stimmte mit dem Tier nicht. Es hatte ihn beinahe menschlich angesehen.

Unwillig schüttelte er das Gefühl ab. *Er hat mich angegriffen. Er ist tot.* Daran war nichts Neues. Würde es heute eben Löwenbraten geben.

Wachsam blickte er sich um. Löwen lebten in Rudeln. Wenn er Glück hatte, war dieses Ungetüm ein alter Einzelgänger, aber wenn nicht ... Er brauchte einen Speer, Feuerholz und bald auch etwas, worin er Wasser tragen konnte, sonst musste er ständig zu diesem Bach zurückkehren. Doch als Erstes wischte er seinen Dolch am Fell sauber und steckte ihn ein.

Dann kletterte er auf den Felsen, um nach weiteren Löwen auszuspähen.

In respektvoller Entfernung standen etliche Ziegen auf dem Hang verteilt und äugten zu ihm herüber. Sie hatten braunschwarzes Fell, was für Wildtiere sprach, aber sie zeigten wenig Scheu. Vielleicht lag es daran, dass sie keine Menschen kannten. Anzeichen für ein Löwenrudel entdeckte er nicht. Am besten schnitt er sich rasch einen Speer zurecht, bevor sich die Lage änderte.

Da er keine Axt hatte, musste er mit dem auskommen, was er am Boden fand. In der zunehmenden Dämmerung klaubte er am Waldrand einen kurzen, aber brauchbaren Stecken auf, den er nur noch anspitzen musste. Danach suchte er einen Arm voll dürrer Zweige und Äste zusammen, die er auf den Felsen neben dem toten Löwen trug. Es war mühselig, weil er stets eine Hand für den provisorischen Jagdspieß brauchte, und seine gebrochene Rippe machte jedes Bücken zur Qual, aber wenigstens würde er bald etwas zwischen die Zähne bekommen.

Der Mond ging am sternenklaren Himmel auf und spendete so viel Licht, dass Athanor eine zweite Ladung Brennholz sammeln konnte. Noch immer reichte der Vorrat nicht, um das Feuer die ganze Nacht in Gang zu halten, doch allmählich wühlte der Hunger wie mit Krallen in seinem Bauch.

Als sich Athanor über den Kadaver beugte, um ihn auszunehmen, schob sich etwas zwischen ihn und das Mondlicht. Blitzschnell glitt der Schatten über ihn hinweg, begleitet vom leisen Rauschen großer Schwingen, das Athanor nur zu gut kannte. *Rokkur!*, durchfuhr es ihn, während er den Dolch fallen ließ und nach dem Speer griff. Er sprang auf, sah zum Himmel und wich zugleich in den Schatten des Felsens zurück. Doch die tödlichen Chimären, die großen Hyänen mit Flügeln glichen, jagten nur bei Tag. Nachts hatten sie es anderen Bestien überlassen, die letzten Menschen zur Strecke zu bringen.

Was bist du dann? Athanor ließ den Blick über das Firmament schweifen. *Da!* Oberhalb einer benachbarten Anhöhe entdeckte er einen schwarzen Umriss, der in einem Bogen zu ihm zurückflog. Je näher die Gestalt kam, desto besser sah er sie im

Mondlicht. Vier Beine. *Ein Greif?* Sein Blick schoss zu dem toten Löwen hinüber. War ihm etwas entgangen? Das Biest hatte doch keine Flügel. Die Chimäre sauste heran, niedriger als zuvor. Athanor duckte sich tiefer in die Schatten des Felsblocks und hielt den Spieß bereit. Dieses Mal schien das fremde Wesen den toten Löwen zu sehen, denn es rief entsetzt ein elfisches Wort, das Athanor bis ins Mark fuhr. »Bruder!«

Verdammt!

»Bruder, was ist geschehen?« Sand und Schmutz wirbelten auf, als die Chimäre neben dem Kadaver landete.

Athanor kniff die Augen gegen Wind und Dreck zusammen und konnte nicht fassen, was er sah. *Verdammt!* Das Biest hatte keinen Adlerschädel, sondern ein richtiges Gesicht – mit spitzen Ohren wie ein Elf. Der Kopf mochte auf einem riesigen Löwenleib sitzen, aber die Chimäre war ums Verrecken kein Tier. Sollte er das Wesen töten, bevor es ihn bemerkte? Damals, auf der Flucht, hatte er nie gezögert und deshalb überlebt. Doch er war nicht mehr der Mann, der über Leichen ging. Der beste Hund des dunklen Jägers. *Verdammt!*

Der Halbelf musste den Löwen nur mit der Pranke berühren und das Blut im Fell sehen, um zu begreifen, dass sein Bruder tot war. Fassungslos starrte er ihn an. Plötzlich richtete er den Blick direkt auf Athanor. Vielleicht hatten sich seine Augen an das spärliche Licht gewöhnt.

In die Miene des Wesens trat Wut. »Zeig dich, du Mörder!«

Auf alles gefasst, machte Athanor einige Schritte seitwärts und trat ins Mondlicht. »Er hat mich angegriffen. Ich habe mich nur verteidigt.«

»Du lügst!«

»Ich bin kein Lügner! Es war so, wie ich sage!«

Die Chimäre schlug ungehalten mit dem Löwenschwanz. »Warum hätte er das tun sollen? Er war keine dumme Bestie, die grundlos Fremde anfällt.«

Es gibt immer einen Grund, dachte Athanor düster. Selbst Davaron hatte sicher eine krude Rechtfertigung für seine Tat. »Dann muss es ein Missverständnis gewesen sein. Ich war

hungrig und hatte meinen Dolch gezogen, um eine Ziege zu
jagen.«
»Diese Ziegen gehören uns«, sagte das Wesen mit der kalten
Verachtung des Elfs. »Du bist also auch noch ein Dieb.«
Athanors schlechtes Gewissen wich allmählich Wut. »Woher
hätte ich wissen sollen, dass sie einem verfluchten Löwen ge-
hören, der kein Löwe ist?«
»Es reicht!«, brüllte der Halbelf.
Im gleichen Moment kam es Athanor vor, als ziehe ihm
jemand den Boden unter den Füßen weg. Die Steine, auf
denen er stand, bewegten sich so unerwartet, dass er auf die
Knie fiel.
»Du wirst mit Respekt von meinem Bruder sprechen, Athanor Kaysasohn, oder ich reiße dir die Zunge heraus!«
Ich hätte es wissen sollen. Zornig sprang Athanor wieder auf.
Er hatte Davaron trotz aller Zauberei besiegt, er würde auch mit
dieser verdammten Chimäre fertigwerden. »Woher kennst du
meinen Namen?«
»Du hast ihn in den Sand meiner Insel geschrieben. Was
dein Glück war! Sonst hätte ich dich längst getötet. Du glaubst
doch nicht, dass es mir Freude bereitet, mich mit dem Mörder
meines Bruders zu unterhalten!«
»Ich hielt es für ehrenhaftes Benehmen, dass du den Verdächtigen nicht umbringst, ohne ihn zuerst anzuhören.« *Aber
das war wohl ein Irrtum.*
»Du bist anmaßend und verkennst deine Lage, Mensch.«
Athanor spürte nur ein kurzes Zittern unter seinen Füßen,
dann riss die Erde so unvermittelt auf, dass ihm keine Zeit
blieb, zur Seite zu springen. Im Fallen gelang es ihm, den Speer
so zu drehen, dass Spitze und Ende auf den Rändern des klaffenden Spalts landeten. Schon hing er mit beiden Händen an
dem Stecken, der leise knackte. *Nein! Halt gefälligst, bis ich mich
hochgezogen habe!* Vergeblich spannte er die Arme an, denn
über ihm tauchte das grimmige Gesicht der Chimäre auf. Mit
einem Prankenhieb schlug sie den Speer zur Seite, der endgültig zerbrach.
Der Sturz währte nur einen Lidschlag. Athanors Füße ramm-

ten zwischen die sich einander nähernden Wände des Risses, wurden eingeklemmt und verdreht. Sobald er sich bewegte, berührten auch seine Arme und Schultern das steinige Erdreich. Über ihm rumpelte es, dass der Boden erneut bebte. Felsbrocken schoben sich vor die Sterne. Hektisch befreite Athanor seine schmerzenden Knöchel aus dem Schutt, suchte an den steilen Wänden nach Halt. Doch schon verschlossen die Felsen den Spalt.

Da Mahanael von allen Besatzungsmitgliedern das Luftelement am besten beherrschte, kam ihm die Rolle des Ausgucks zu. Zwar wusste Eleagon dank eines magischen Kursweisers auch bei Regen und Nebel stets, wo sich Aegath befand – das wichtigste Heiligtum der Abkömmlinge Thalas –, doch Mahanael sollte sie warnen, falls neue Gefahren drohten. Davaron empfand ein wenig Neid auf den Sohn Thalas. Nahezu schwerelos balancierte Mahanael auf der Mastspitze und hielt auch nach Lichtern einer fernen Küste Ausschau, damit sie nicht in eine falsche Richtung fuhren.

Die Nacht verlief ruhig, sodass sich Davaron den ersten Schlaf seit dem Sturm gönnte. Auch am nächsten Tag stellte sich ihnen kein Hindernis in den Weg. Das Gerede von einer Macht, die sie aufhalten wollte, war wohl doch müßig gewesen.

»Es kann jetzt nicht mehr weit sein«, verkündete Eleagon. »Der Sturm macht die Einschätzung schwierig, aber wenn die alten Aufzeichnungen stimmen …« Er lächelte so siegesgewiss, dass seine hellen Augen kaum noch sichtbar waren.

Fast alle an Bord spähten nun nach dem verheißenen Land aus. Davaron konnte es kaum erwarten, endlich der Enge des Schiffs zu entkommen. Doch er sah nur gelegentlich fliegende Fische über den Wellen aufblitzen, während sich die Sonne immer weiter dem Horizont entgegensenkte.

»Strandmöwen!«, rief Leonem aufgeregt. Er war der Kleinste und Kräftigste aus Eleagons Besatzung, weshalb er fast ein Mensch hätte sein können. Doch die spitzen Ohren und das silbrige Haar bewiesen das Gegenteil.

»Was soll daran besonders sein?« Missmutig musterte Davaron die Möwen mit den roten Schnäbeln. Als ob sie nicht auf der ganzen Reise ab und an Vögel gesehen hätten.

»Sie wagen sich nicht weit aufs Meer hinaus«, erklärte Leonem. »Wenn wir ihnen folgen, führen sie uns direkt zu ihren Nestern an Land.«

»So ist es«, bestätigte Eleagon und passte seinen Kurs an.

Bald ging die Sonne unter. In der Dunkelheit reichte Davarons Blick nicht mehr weit, aber nach eine Weile hörten sie alle das ferne Rauschen einer Brandung.

»Wir haben es geschafft!«, jubelte Leonem. »Wir haben das geheimnisvolle Dion gefunden!«

»Wir sind die größten Seefahrer aller Söhne Thalas!«, rief Eleagon, und seine Mannschaft stimmte ein.

Davaron verzog spöttisch die Lippen. Wenn sich herumsprach, wem sie mit ihrer kühnen Fahrt die Flucht ermöglicht hatten, fiel das Urteil ihres Volks vermutlich anders aus.

Eine Weile sonnte sich Eleagon im Jubel seiner Männer, bevor er mit einer Geste wieder Ruhe gebot. »Morgen werden wir die Küste betreten, die seit Jahrhunderten kein Elf mehr gesehen hat. Aber jetzt holt das Segel ein und werft den Anker aus! Es ist zu gefährlich, sich in der Dunkelheit fremdem Land zu nähern.«

Was? Beinahe hätte Davaron in das enttäuschte Murren der Besatzung eingestimmt. Doch Eleagon hatte recht, und seine Männer fügten sich. Mahanael und Berelean, der Jüngste an Bord, übernahmen die Wache. Wer konnte wissen, was sie in Dion erwartete?

Schon im Morgengrauen waren alle wieder auf den Beinen und blickten auf den Streifen Land, der sich vor ihnen zu beiden Seiten bis zum Horizont erstreckte. In etwa einem Tagesmarsch Entfernung zog sich ein Gebirgszug aus bräunlichem Fels die Küste entlang. Zwischen dem Strand und den Bergen fanden sich hier und dort grüne Flecken, doch sie betonten nur das Vorherrschen von Fels und Sand. Vergeblich suchte Davaron nach den Anzeichen für eine Ansiedlung. Zumindest in Sichtweite gab es davon keine Spur.

»Wir haben es wirklich gefunden«, freute sich Eleagon.»Ein richtiges Land. Nicht einfach nur eine vorgelagerte Insel.«
»Es mag vermessen gewesen sein, aber ich habe immer daran geglaubt, Schiffsführer«, behauptete Leonem und eilte zu seiner Seekiste.»Als du uns so überstürzt zu dieser Fahrt gerufen hast, wusste ich, dass wir Großes leisten werden.« Er zog eine bauchige grüne Flasche zwischen seinen Habseligkeiten hervor.»Wein aus den Gärten Anvalons! Ich habe ihn mit Wachs gegen Meerwasser versiegelt.«
Eleagon lächelte stolz. Die Flasche würde für jeden nur ein paar Schlucke ergeben, doch die Geste zählte.
»Feiern wir, dass wir allen Gefahren entkommen sind!«, rief Mahanael.
»Ich trinke auf meine tapferen Begleiter, die sich dem Ozean gestellt und den Kampf gewonnen haben«, erklärte Eleagon.
Rasch holten alle ihre Becher herbei, und Leonem schenkte ihnen ein.
»Auf den alten und den jungen Eleagon, die nicht nur den Namen gemeinsam haben!«, rief er.
»Auf die *Kemethoë*, die uns treu getragen hat!«, ergriff Berelean das Wort.
»Auf unser Schiff!«, stimmte Mahanael zu.
Noch jemand? Davarons Blick schweifte ungeduldig ab. Oder hatte eine Bewegung im Augenwinkel seine Aufmerksamkeit geweckt? Er wusste es nicht, aber jetzt sah er eindeutig ...»Ein Segel!«
Alle wandten sich der Richtung zu, in die er blickte. Nördlich von ihnen leuchtete ein großer, heller Fleck knapp oberhalb der Wasserlinie. Er kam vom offenen Meer her und hielt direkt auf die Küste zu. Entweder hatte die Besatzung des fremden Schiffs die *Kemethoë* nicht entdeckt, was angesichts des eingeholten Segels wahrscheinlich war, oder der Anblick anderer Schiffe war zu alltäglich, um Neugier zu wecken. Jedenfalls sah der fremde Schiffsführer keinen Grund, seinen Kurs zu ändern und sich der *Kemethoë* zu nähern.
»Vielleicht Fischer, die mit dem Fang der Nacht auf dem

Weg nach Hause sind«, schätzte Mahanael, der die schärfsten Augen der Mannschaft besaß.

»Dann gibt es dort, wo sie hinfahren, vielleicht einen Hafen«, freute sich Leonem.

Eleagon nickte. »Gut möglich. Trinkt aus, Männer! Wir folgen ihnen.«

Ich hätte den verdammten Kerl umbringen sollen! Athanor hing in unbekannter Höhe und stemmte sich mit den Beinen an der gegenüberliegenden Wand der Felsspalte ab. Steinvorsprünge bohrten sich in seinen Rücken, jagten stechenden Schmerz hindurch, wenn sie die gebrochene Rippe trafen. Immer wieder löste sich Erde unter seinen Füßen oder Fingern und jagte ihm damit einen Schrecken ein. Es war so dunkel, dass er nicht einmal den Teil des zerbrochenen Speers sehen konnte, den er mit den Zähnen hielt, um die Hände frei zu haben.

Wieder schob er sich ein Stück nach oben – und stieß sich den Kopf an etwas Hartem. Vor Zorn und Schmerz biss er knurrend in den Speerschaft. Offenbar hatte er die Steinblöcke erreicht, mit denen der Halbelf seinen Kerker verschlossen hatte.

Darauf bedacht, nicht wieder in die Tiefe zu stürzen, wie es ihm beim ersten Versuch passiert war, setzte Athanor seine Füße vorsichtiger. Wenn er den Stecken als Brechstange einsetzen wollte, brauchte er guten Halt.

Im Dunkeln nach der richtigen Stelle zu suchen, kostete ihn weiteren Schweiß und Geduld. Er tastete die Felsbrocken über sich nach Spalten ab, in denen er den Spieß als Hebel ansetzen konnte, doch ihm rieselte nur Sand in die Augen. Als er endlich einen Versuch wagte, bewegte sich der Stein über ihm keinen Fingerbreit. Athanor schob sich ein Stück zur Seite, verschaffte sich wieder festen Halt und setzte erneut an. Der Stab knirschte unter dem Druck, aber der Fels rührte sich nicht.

»Verdammt!«

Stur suchte Athanor nach einem anderen Spalt. Es musste irgendwie möglich sein, aus dieser Falle zu entkommen. Er hatte seit zwei Tagen nichts gegessen, und auch der Durst meldete sich zurück. Wieder setzte er den Stecken an. Bildete er es sich ein, oder bewegte sich da etwas? Er biss die Zähne zusammen und drückte fester. Plötzlich gab die Wand unter seinen Füßen nach. Begleitet von prasselnden Steinen rutschte er in die Tiefe, schürfte über Felsen und klemmte erneut am Grund des Spalts.

»Verfluchter Bastard!«, hustete er in der stauberfüllten Luft. »Fluch über dich und deine ganze abartige Familie!«

Falls die Chimäre in der Nähe weilte, antwortete sie nicht. Athanor rappelte sich auf und wischte sich den Dreck aus den Augen. In der Finsternis tastete er nach seiner morschen Brechstange und machte sich wieder an den Aufstieg.

Drei Abstürze später gab er auf. Seine Beine zitterten von der Anstrengung. Müde und zerschlagen ließ er sich auf den Schutt sinken und starrte nach oben. Durch einige Ritzen sickerte ein wenig Sternenlicht herab, als wollten sie ihn verhöhnen, dass er sie nicht genutzt hatte. Was ging in dem Halbelf vor? Erteilte er ihm eine Lektion? Oder sollte er aus Rache für den ermordeten Bruder lebendig verrotten?

Athanor fiel wieder ein, was die Chimäre gesagt hatte. *»Du hast deinen Namen in den Sand meiner Insel geschrieben. Was dein Glück war! Sonst hätte ich dich längst getötet.«* Er durfte nicht allzu viel auf die Worte eines wütenden Gegners geben, aber es klang, als hätte der Kerl wirklich nicht vor, ihn umzubringen. Doch warum? Hatte er eine Art magischen Schutz erworben, weil er in den Sand gekritzelt hatte?

Über diesen Gedanken musste er eingeschlafen sein, denn als er wieder zu sich kam, fielen Sonnenstrahlen durch die Ritzen zwischen den Felsbrocken. Über ihm knirschte Gestein, dann ertönte die Stimme des Halbelfs. »Hattest du genug Zeit, um Respekt vor den Toten zu lernen?«

Sollte dieses Gefängnis eine Gruft nachahmen? Ungerufen standen ihm wieder die Untoten vor Augen und was er ihnen alles angetan hatte, um ihnen das widernatürliche Leben auszutreiben. Respekt vor den Toten sah anders aus. Er zuckte mit den Schultern. Sein Hals war so trocken, dass er sich räuspern musste. »Es tut mir leid, dass ich deinen Bruder getötet habe.

Du hast allen Grund, mich zu hassen. Aber es war ein Missverständnis. Das musst du doch einsehen.« *Den letzten Satz hätte ich mir besser verkniffen.* Athanor seufzte. Verhandlungen waren noch nie seine Stärke gewesen. »Ich muss gar nichts«, erwiderte der Halbelf prompt. »Du magst ein dummer Mensch sein, dem der Hunger den letzten Rest Verstand vernebelt hat, aber das rechtfertigt den Tod meines Bruders nicht!«

Athanor stellte sich auf eine neue Runde Ausbruchsversuche ein.

»Ich verschone dich nur, weil Chria glaubt, dass du uns von Nutzen bist.«

Chria? Die Harpyie? Über Athanor erzitterten die Felsbrocken und gaben schabend und knirschend einen Ausgang frei.

»Komm raus! Aber ich warne dich«, drohte die Chimäre. »Bei der geringsten Kleinigkeit verschwindest du in diesem Loch, bis du um dein Leben bettelst!«

Misstrauisch kletterte Athanor aus dem Riss. Wenn das Biest glaubte, dass er sich ohne Gegenwehr zerreißen ließ, würde es sich noch wundern. Doch es saß einige Schritte entfernt auf den Hinterläufen und musterte ihn herablassend. Athanor wurde bewusst, dass er verdreckt, unrasiert und in fleckigen, zerrissenen Kleidern vor diesem Wesen stand. Nicht gerade das Auftreten, das man von einem ungekrönten König und ehemaligen Kommandanten der elfischen Grenzwache erwartete.

Hol's der Dunkle! Es ist nur ein verdammter Löwe mit einem zu groß geratenen Elfenkopf. »Was bist du?«

»Eine Chimäre, wie selbst ein ungehobelter Mensch auf den ersten Blick erkennen sollte. Ein Sphinx, um genau zu sein.«

»Hm. Nie gehört.«

Der Sphinx sah ihn noch verächtlicher an. »Wie sollte es auch sonst sein. Iss, bevor ich es mir anders überlege!« Er deutete auf eine Melone, die neben Athanors fallen gelassenem Dolch auf dem Boden lag. »Ich frage mich, ob Chria noch bei Verstand ist, dir so viel Wert beizumessen.«

Beleidigungen, Arroganz und zum Essen nur Früchte. Wie in

Ardarea. Dennoch ging Athanor zu der Melone hinüber und schnitt sie in Stücke, die er mit safttriefenden Fingern herunterschlang. Es konnte zu seinem Vorteil sein, wenn ihn die Chimäre für einen tumben Troll hielt. »Und ich frage mich, wie Chria dir von mir erzählt haben kann«, brachte er zwischen zwei Bissen heraus. »Sie lebt in Uthariel. Euch trennt ein riesiger Ozean.«

»Niemand sagt, dass ich mit ihr gesprochen habe. Aber wenn du ein wenig nachdenkst, wird dir aufgehen, dass geflügelte Wesen weniger Einschränkungen unterliegen als du.«

»Also habt ihr euch doch getroffen?«

»Zu weniger simplen Schlüssen bist du wohl nicht in der Lage. Belassen wir es dabei«, entschied der Sphinx. »Da Chria dir auf anderen Gebieten sehr viel zutraut, schlage ich dir einen Handel vor.«

Athanor merkte auf. Auch Chria hatte eine Abmachung mit ihm getroffen. Dafür, dass sie ihm geholfen hatte, die Trolle aus der Knechtschaft der Elfen zu befreien, schuldete er ihr noch immer einen Gefallen. Wann und wo sie ihn einfordern würde, hatte sie offengelassen. »Und wie soll dieser Handel aussehen?«

»Man sagte mir, dass du nach Dion willst.«

Wie zum Dunklen hat sie so schnell davon erfahren? Er hatte seit seiner Rückkehr vom Feldzug gegen die Untoten nicht mehr mit Chria gesprochen und wusste selbst erst seit Sianyasa, wohin Davaron geflohen war.

»Ich biete dir an, dich auf meinem Rücken dort hinzubringen, auch wenn mir bereits die Vorstellung Übelkeit bereitet. Im Gegenzug wirst du nach deiner Ankunft eine Aufgabe für mich erledigen.«

»Welche Aufgabe?«

»Das erkläre ich dir, wenn wir dort sind.«

Natürlich muss es einen Haken geben. Der Kerl hasst mich. »Warum sollte ich mich auf diesen Handel einlassen, ohne meinen Einsatz zu kennen?«

Der Sphinx lächelte spöttisch. »Möchtest du dir lieber ein Floß bauen und noch einmal dein Glück als Seefahrer versuchen? Nur zu!«

Darüber musste Athanor nicht lange nachdenken. Er hatte keine Ahnung, wo er sich befand und wie man auf See navigierte. Niemand suchte nach ihm. Und selbst wenn irgendwann wider Erwarten Söhne Thalas nach der ausbleibenden *Linoreia* forschen würden, war diese Expedition so aussichtsreich wie die Suche nach einer bestimmten Münze in den Schatzkammern der Zwerge.

Athanor stand auf und straffte die Schultern. »Flieg mich nach Dion! Der Handel gilt.«

7

Ob jemals vor ihm ein Mensch auf einem Sphinx über den Himmel geritten war? Das konnten wohl nicht einmal die Hochkönige des Alten Reichs von sich behaupten, über die es so viele beeindruckende Sagen gab. Gegeben hatte. Dass keine Menschen mehr Geschichten über ihn erzählen würden, schmälerte das erhebende Gefühl, das Athanor beim Blick vom Rücken der Chimäre empfand. Seltsamerweise sah der wogende Ozean aus dieser Höhe unbewegt aus. Wie glänzender blauer Stoff, den ein Gott über die Welt gebreitet hatte. Der Wind pfiff in Athanors Ohren und zwang ihn, die Lider zusammenzukneifen, als ob er auf einem pfeilschnellen Pferd galoppierte. Doch zugleich waren die Flügelschläge des Sphinx langsam und würdevoll. *So ähnlich muss sich einst der Kaysar gefühlt haben, wenn er in seiner Sänfte durch Ithara getragen wurde. Allerdings saß er sicher bequemer.*

Denn die Chimäre hatte darauf bestanden, dass Athanor auf ihrem Rücken kniete. Hätte er ihren Leib vor den Flügeln mit den Beinen umfasst, wäre er ihrem Kopf zu nahe gekommen. Sie hatte sehr deutlich gemacht, dass sie ihn sofort abwerfen würde, sollte er ihren Hals umklammern oder auf der Suche nach Halt in ihr Haar fassen. Und um die Beine hinter den mächtigen Schwingen baumeln zu lassen, war ihr Leib zu kurz. Athanor hätte gefährlich weit hinten gesessen, wo der Rücken bereits abschüssig wurde. So kniete er nun zwischen den Flügeln und hielt mit leicht gespreizten Beinen die Balance.

Eine Weile hielt er nach einem Elfenschiff Ausschau. Mit dem Schwert an der Seite, das ihm der Sphinx vor die Füße geworfen hatte, war er wieder gerüstet, um Davaron zu stellen. Die alte Waffe hatte schon bessere Tage gesehen, doch sie lag gut in der Hand. Was auch immer die Chimäre von ihm verlangen wollte, offenbar war ein Schwert dafür von Nutzen. Einen Augenblick lang hatte Athanor gegen die Versuchung gekämpft, den Halbelf für die Beleidigungen bluten zu lassen. Doch wie wäre er dann von der Insel entkommen?

Athanor sparte die Wut für Davaron auf und spähte nach einem weißen Segel. Wenn das Schiff in der Nähe war, musste er es aus dieser Höhe sehen können. Doch nach einer Weile schmerzten seine Knie, und die Füße fühlten sich taub an. Vorsichtig verlagerte Athanor das Gewicht, um den Beinen Erleichterung zu verschaffen.

»Hör auf zu zappeln!«, blaffte der Sphinx. »Es ist schwer genug, mit einem solchen Gewicht im Rücken zu fliegen!«

Athanor brummte unwillig. Sollte er etwa den ganzen Tag in dieser Stellung ausharren, ohne sich zu rühren? »Wie lange wird es dauern, bis wir Dion erreichen?«

»Hast du etwa schon wieder Hunger? Ich sagte dir, dass du dich satt essen sollst.«

»Ich *bin* satt.« Genau genommen lag ihm das viele Ziegenfleisch nach den beiden Fastentagen sogar zu schwer im Magen. »Ich will nur wissen, wann ...«

»Duck dich!«, fiel ihm der Halbelf ins Wort.

Es klang so dringlich, dass sich Athanor sofort über den Rücken des Sphinx kauerte. »Was ist los?«

»Sieh nach links«, zischte die Chimäre so leise, dass der Wind es fast übertönt hätte. »Aber halt still und mach dich so flach, wie du kannst. Sie dürfen nicht auf uns aufmerksam werden.«

Athanor streckte die Beine nach hinten aus, um sich tiefer beugen zu können. Mit den Unterarmen stützte er sich auf, bevor er es wagte, den Kopf zu drehen. Er hatte elfische Greifenreiter in ähnlicher Haltung fliegen sehen, doch sie waren Abkömmlinge Heras, die sich bei einem Sturz durch Magie in der Luft halten konnten.

Gerade als er fragen wollte, was den Sphinx so beunruhigt hatte, entdeckte er die beiden Silhouetten am Himmel. Sie flogen höher als die Chimäre und ein gutes Stück entfernt, waren aber groß genug, um die langen Hälse und Schwänze und die riesigen Echsenschwingen zu erkennen. *Drachen!* Das Sonnenlicht spiegelte sich auf ihren rotbraunen Schuppen. Der Anblick genügte, dass Athanor wieder die Hitze des brennenden Palasts spürte. Niemals würde er die Schreie der Menschen in den

140

Flammen vergessen. Er hörte selbst jene, die auf den Schlacht-feldern verbrannt waren. Damals hatte er sie für seine Feinde gehalten. *Ich war so unglaublich dumm.*

Er behielt die beiden Ungeheuer im Auge, bis sie kaum noch zu sehen waren. Sie flogen sehr viel schneller als der Sphinx und schenkten ihrer Umgebung wohl keine Beachtung. Zum Glück wollten sie in eine leicht abweichende Richtung. *Südwesten.* Ganz wie der Drache, den er in den Elfenlanden gesehen hatte. Konnte es ein Zufall sein?

»Sie halten sich südlicher als wir«, stellte die Chimäre fest. »Nicht dass ich ernsthaft eine nützliche Antwort von dir erwarte, aber weißt du zufällig, wo sie hinwollen?«

»Woher soll ich das wissen?« *Ich wusste nicht einmal, was sie vorhatten, als ich noch als ihr Freund galt.*

»Ich hatte nur die Hoffnung, es gäbe Gerüchte unter den Elfen.«

Gerüchte? »Weil zwei Drachen über den Ozean fliegen?«

»Natürlich habe ich im Lauf der Jahre gelegentlich Drachen gesehen, die in die eine oder andere Richtung flogen«, gab der Sphinx zu. »Aber mehrere in wenigen Tagen? Und alle zum südlichen Ende Dions?«

Alarmiert setzte sich Athanor wieder auf. Es waren also noch mehr? »Du hast recht. Da ist etwas faul.«

Das Schiff war so nah gewesen. Erschöpft ließ Vindur den Kopf auf das Fass sinken. Während *er* das Segel gut gesehen hatte, war er für die Besatzung wohl nur ein ferner schwarzer Punkt in den Wogen geblieben – falls ihn überhaupt jemand bemerkt hatte. Ob es Davarons Schiff gewesen war? *Firas Flamme!* Wie konnten die Götter so ungerecht sein? Athanor, der einzige Freund, der ihm geblieben war, ersoff in diesen verdammten Fluten, und Elanyas Mörder segelte lachend davon!

Der Zorn fuhr Vindur in die müden Glieder, dass er wieder zu strampeln begann. War es nicht ein Zeichen des Großen Baumeisters, dass ausgerechnet er überlebt hatte? Dem Drachen, dem Wasser und dem beängstigend weiten Himmel zum Trotz? Es musste etwas bedeuten. Er war ausersehen, Athanors

Aufgabe zu Ende zu bringen, und dieser Ozean würde ihn nicht daran hindern!

Doch bald kam er sich wieder wie ein Stück Fleisch auf dem Rost vor. Auch die Möwen, die sich allmählich über ihm sammelten, schienen ihn so zu betrachten. Die Sonne verbrannte ihm Augen und Haut. Seine Sicht verschwamm. Überall schmeckte er Salz. Auf den Lippen, den Armen, dem Holz. Vor Durst träumte er von Bier, wann immer ihm die Augen zufielen. Die Momente währten nur kurz. Sofort drohte er, vom Fass zu rutschen, und schreckte panisch auf. Über ihm kreischten die Möwen. *Verfluchte Himmelsbiester!* Wenn ihm nur eine nah genug gekommen wäre, er hätte sie roh verspeist und noch den letzten Tropfen Flüssigkeit aus ihren Knochen gesogen. Wie sein Mund so trocken sein konnte, obwohl er im Wasser trieb, überstieg seinen umnebelten Verstand.

In der Nacht legte sich Kühle auf seine Haut. Das Brennen ließ nach. Halb wachend, halb schlafend klammerte er sich an das Fass. Das Schaukeln lullte ihn ein. Die Angst vor den dunklen Abgründen unter ihm hielt ihn wach. Als die Sonne wieder aufging, schwankte er zwischen Erleichterung und Hass auf ihre Strahlen.

Hatte er schon wieder geschlafen? Er riss die verquollenen Augen auf. Um ihn her glänzten die Wellen des Ozeans. Das verdammte Flattergetier schrie noch immer über seinem Kopf. Neben ihm ragte etwas Dunkles auf. Er hörte Stimmen und Trampeln. Überrascht verrenkte er sich, um nach oben zu sehen. Ein Haken an einer langen Stange senkte sich zu ihm herab, zog ihn näher an das fremde Schiff.

Ich bin gerettet! Er verstand zwar kein Wort, das die aufgeregten Wesen über ihm riefen, doch es erleichterte ihn sogar. Wäre es Davarons Schiff gewesen, hätte er in seinem Zustand kämpfen müssen, und das war unmöglich. Er konnte kaum einen Finger rühren.

Mit einem Platschen landete jemand im Wasser. Von oben und unten griffen Hände nach ihm, bugsierten ihn unter Rufen und Ächzen an Bord. Vindur wollte nachhelfen, doch er war zu schwach und zu steif. Seine Muskeln gehorchten ihm nicht. Erst als sein Kopf mit einem metallischen Laut gegen die Planken stieß, merkte er, dass er noch immer den Helm trug. Seine Retter – zu groß für Zwerge und zu kräftig für Elfen – lehnten ihn mit dem Rücken gegen die Bordwand, sodass er halbwegs aufrecht saß. Einer kauerte vor ihm und klang fragend, doch die Laute ergaben für Vindur keinen Sinn. Seine brennenden Augen gewährten ihm nur verschwommene Sicht, doch Vindur glaubte, in der Miene des Manns einen kurzen Bart zu sehen. Jemand warf dem Fremden eine Decke zu, die er über Vindurs ausgekühlten Leib breitete. Allmählich klärte sich sein Blick ein wenig. Seine Retter hatten gebräunte Gesichter, und mehrere trugen tatsächlich Bart. Als sie die Augen aufrissen, wusste er, dass sie seine Narben bemerkt hatten. Wieder sprudelten sie Worte heraus. Der Mann vor ihm wich mit Furcht im Blick zurück, während sich ein anderer neugierig näher beugte.

»Wasser«, wollte Vindur sagen, doch es ertönte nur ein Laut wie von einer Feile auf Holz.

Dennoch verstand ihn eine der Gestalten. Vindur merkte, wie ihm die Welt langsam entglitt. Er war so müde, so schwach. Er sah die Hand nicht mehr, die ihm den Becher an die Lippen setzte. Mühsam trank er, hustete, trank erneut. Dann fielen ihm die Lider zu.

Als er sie wieder öffnete, flatterte über ihm ein Segeltuch im Fahrtwind. Die Fremden mussten es aufgespannt haben, damit es ihm Schatten spendete. Er lag zwischen Netzen, die nach vergammeltem Fisch stanken, und einigen Körben frischer, geschuppter Leiber, deren Anblick seinen Magen knurren ließ. Er hörte das Knarren des Schiffs und das Rauschen des Wassers um den Bug. Es erinnerte ihn so sehr an die *Linoreia*, dass ihm Tränen in die Augen stiegen. Er war tatsächlich gerettet, während Athanor am Grund des Ozeans lag.

Einer der Fremden sprach ihn an. Vindur sah auf. Der bärtige Mann, der ihn zugedeckt hatte, spähte unter die Plane und blickte ihn fragend an.

»Tut mir leid«, krächzte Vindur. Seine Kehle fühlte sich noch immer an, als hätte er sie mit einer Drahtbürste ausgefegt.

»Ich verstehe dich nicht.« Zur Sicherheit wiederholte er die Worte auf Zwergisch, doch die Miene des Fremden blieb ratlos. Als sich der Mann abwandte, fiel Vindurs Blick auf das runde Ohr, das die dunklen Haare kaum verdeckten. *Es sind Menschen.* Mit einem Mal war er sich dessen so sicher, dass ihm nun doch eine Träne über die Wange rann. Athanor hätte in diesem Land eine Zukunft gehabt. Die Götter waren grausamer, als er je für möglich gehalten hatte. Der Fischer brachte ihm einen weiteren Becher Wasser und betrachtete ihn mit neugieriger Scheu. Vindur versuchte es noch einmal mit einem elfischen Gruß, doch der Mann hob bedauernd die Hände. Es tat gut, unter diesem Dach zu liegen, auch wenn es noch so dünn war. Der Wind kühlte Vindurs schmerzende Haut. Langsam kehrte ein wenig Kraft in seine Glieder zurück, und er setzte sich auf, um über die Bordwand zu spähen. Vom Bug her spritzte ihm Gischt ins Gesicht, aber der Anblick voraus fesselte ihn so sehr, dass er es kaum wahrnahm. Das Schiff hielt direkt auf eine Stadt zu.

Obwohl sie schneller vorankamen als ein Elfenschiff, wollte der Ozean unter ihnen kein Ende nehmen. Als die Sonne vor ihnen versank, konnte Athanor noch immer kein Land erspähen. An Schlaf war auf dem Rücken der Chimäre nicht zu denken, doch das Sitzen im kalten Wind höhlte Athanor allmählich aus. Mit Grübeleien über die Drachen kämpfte er gegen die Müdigkeit an, und als das nicht mehr half, malte er sich Davarons Strafe für Elanyas Tod aus. Nie wieder würde er eine Frau wie Elanya finden. Mutig, klug, gewandt mit dem Schwert und schön wie der anbrechende Tag. Selbst unter den Elfen kam ihr keine gleich. Und Davaron hatte mit einem einzigen Schnitt ihren Lebensfaden durchtrennt. Egal, was er dem Bastard antun würde, es könnte niemals genug sein.

Erst als der Mond aufgegangen war, entdeckte Athanor die Schaumkronen auf den Wellen. Medeam hatte ihm erklärt, dass sie bei schwachem Wind auf eine nahe Küste hindeuteten. Bald darauf lag ein helles Band unter ihnen, das ein Strand sein musste, denn dahinter glänzte kein Wasser mehr.

»Wir sind da!«, rief Athanor. »Warum landest du nicht?«
»Damit du dich in der Dunkelheit davonstehlen kannst,
ohne deinen Teil des Handels zu erfüllen?« Der Sphinx klang
höhnisch. »Wir fliegen dorthin, wo dich meine Aufgabe erwartet.
Denk daran, dass du meinen Bruder auf dem Gewissen
hast. Du stehst tief in meiner Schuld!«
Athanor erwog, das Schwert zu ziehen und den Mistkerl auf
den Boden zu zwingen. Doch die Chimäre würde es hören, bevor
die Klinge ganz aus der Scheide war, und musste sich nur
rasch zur Seite neigen, um ihn in die Tiefe zu stürzen. War er
ihr nicht tatsächlich etwas schuldig? Was hätte er getan, wenn
jemand angeblich »aus Versehen« seinen Bruder getötet hätte?
Gerade deshalb blieb die Ahnung, dass ihn der Halbelf bei diesem
Handel betrügen wollte.

Kurz darauf entdeckte er im Mondlicht Berge, die sich wie
eine dunkle Wand vor ihnen erhoben. Sie waren nicht annähernd
so hoch wie die Gebirge, unter denen sich die Königreiche
der Zwerge erstreckten, denn es lag kein Schnee auf ihren
Gipfeln. Doch wenn man bei Nacht auf sie zuflog, wirkten sie
beeindruckend genug. Sogleich stieg der Sphinx höher, und
es wurde noch kälter. Athanor fror, als hätte man ihn nackt in
einer Winternacht ausgesetzt. Sein Atem bildete Wolken vor
seinem Gesicht, doch der Wind riss sie sofort davon. »Willst du
mich umbringen? Das hättest du einfacher haben können!«

»Wir haben die Berge gleich hinter uns«, behauptete der
Sphinx.

Das will ich hoffen. Athanor presste die Hände auf den Leib
der Chimäre, um die Finger zu wärmen. Der Mond versank
hinter den Bergen. Im Sternenlicht flog der Sphinx zwischen
zwei kahlen Gipfeln hindurch, von denen Windböen herabsprangen
wie angreifende Wölfe. Sie beutelten ihn so wild, dass
sich Athanor in die befellte Haut krallte. Für einen Augenblick
fürchtete er, mitsamt dem Halbelf auf die Felsen zu stürzen,
doch dann blieben die Gipfel zurück, und die Böen verschwanden
so plötzlich, wie sie gekommen waren.

Unter ihnen fiel das Land rasch ab. Der Sphinx flog wieder
niedriger, der Wind ließ nach, aber viel wärmer wurde es nicht.

145

Athanor hielt nach Lagerfeuern und erleuchteten Fenstern Ausschau, bis ihm einfiel, dass es bereits kurz vor der Morgendämmerung war. Er entdeckte auch kein anderes Anzeichen für Behausungen. Flog die Chimäre zu hoch, oder lebte hier niemand? Hatten die Elfen nicht erwähnt, dass der legendäre Eleagon auf Einheimische gestoßen war, die fremde Magie wirkten? Als es heller wurde, sah er keine Ansiedlung. In alle Richtungen breiteten sich Sanddünen aus, obwohl sie sich nicht am Meer befanden. Vielmehr wirkten die Dünen selbst wie die Wogen eines erstarrten Ozeans. *Hadons Fluch!* Gegen diese Einöde waren selbst die Steppen der Orks saftige Wiesen. So genau er auch hinsah, er konnte weder Bäche noch Teiche entdecken – nur ein paar dürre Sträucher in vereinzelten Senken.

»Das ist Dion?«, fragte er misstrauisch. »Hier kann doch niemand leben!«

Der Sphinx klang amüsiert. »Hat dir denn niemand erzählt, dass Dion eine einzige Wüste ist?«

Athanor antwortete nicht, um die Chimäre nicht weiter zu belustigen. Dieses Land war ein Verbannungsort, an den man nur seine ärgsten Feinde schickte. Hatte sich Davaron mit dieser Überfahrt selbst gerichtet? Er stellte sich vor, wie der Bastard verdurstend durch den Sand kroch.

Wenigstens wurde es endlich wärmer, je höher die Sonne stieg. Die großen Dünen wichen einer nicht weniger kargen, steinigen Ebene, aus der rund geschliffene Felsen aufragten.

»Vor langer Zeit sollen hier sogar Elfen gelebt haben«, erzählte der Sphinx. »Wenn du danach suchst, findest du die Ruinen ihrer Städte im Sand.«

Athanor schnaubte. Im Sand nach verfallenen Häusern zu wühlen, war das Letzte, wonach ihm der Sinn stand. »Ist es das, was ich für dich tun soll? Nach verborgenen Schätzen graben?«

»Nein. Ich nahm nur an, es könnte dich interessieren, dass Dion nicht immer so trocken und lebensfeindlich gewesen sein kann. Es heißt, dass es in den Schlachten des dritten Zeitalters verwüstet wurde, als sich Astare gegen die Götter auflehnten.«

»Das ändert nichts daran, wie es jetzt beschaffen ist«, gab Athanor unwirsch zurück. Er konnte sich nicht vorstellen, dass es möglich sein sollte, eine Landschaft durch Kriege so sehr zu verändern. Die Drachen mochten Theroias Städte und Dörfer verbrannt und die Menschen getötet haben, aber es war noch immer ein grünes, von Flüssen durchzogenes Land. »Du hast recht. Es ändert nichts«, gab der Sphinx zu. »Aber vor uns kannst du eines der letzten Monumente aus jenen Tagen sehen.«

Athanor musste seine Augen mit der Hand beschatten, um gegen die blendende Sonne den schwarzen Umriss zu erkennen. Aus der Ferne stach er schlank wie eine Nadel in den Himmel empor, doch je näher sie kamen, desto deutlicher erkannte Athanor die gigantischen Ausmaße dieses Turms. Obwohl der Sphinx so hoch flog, dass es Athanor vorkam, als blicke er von der Bergfestung Uthariel hinab, ragte das Gebäude vor ihnen sehr viel höher auf. Selbst wenn er den Kopf in den Nacken legte, konnte er die Spitze des Turms nur erahnen. »*Das* soll eine Ruine sein?«

»Nicht im eigentlichen Sinne. Es ist nur ein uraltes Bauwerk, das von den Elfen aufgegeben wurde.«

Athanor schüttelte den Kopf. Er hatte in den Elfenlanden eine Kuppel aus geflochtenem Gestein, einen schwebenden Tempel und eine Halle aus riesigen Bäumen gesehen, aber nichts davon war mit diesem gewaltigen Turm vergleichbar. »Ich kann nicht glauben, dass es ein Werk der Elfen ist«, zweifelte er, obgleich er allmählich Erker und Bögen erkennen konnte, deren Formen an jene in Anvalon und Ardarea erinnerten.

»Ich weiß nicht viel über die Zeit, bevor das alte Dion zerstört wurde«, gab der Sphinx zu. »Wir Chimären wurden erst am Ende des dritten Zeitalters erschaffen. Du wirst andere fragen müssen.«

Athanor hörte kaum zu. Das Monument zog seinen Blick in den Bann und strahlte zugleich eine abschreckende Düsternis aus. Waren die hohen Bogenfenster stets nur Blendwerk gewesen, oder hatte man sie erst zugemauert, als übermächtige Feinde nahten? Aus der Nähe erkannte Athanor, dass die dunklen Mauern einst heller gewesen waren. Schwarze und graue

Schlieren verrieten, dass Flammen sie mit Ruß geschwärzt hatten. Welches Inferno musste getobt haben, um ein Bauwerk dieser Größe in Feuer zu hüllen? Bilder brennender Städte stiegen aus seinem Gedächtnis auf. Drachen kreisten über ihnen und spien bläulich weiße Flammen hinab.

»Beeindruckend, nicht wahr?« Der Sphinx klang, als hätte er das Wunderwerk selbst errichtet. Anstatt ihm nur auszuweichen, flog er in einem weiten Bogen um die unteren Stockwerke herum. Athanor konnte es noch immer nicht fassen. An seinem Fuß hatte der Turm den Umfang einer theroischen Stadt. Die riesigen Tore waren geschlossen, doch selbst das kleinste von ihnen übertraf die Hohe Pforte des Kaysarpalasts in Ithara.

Die Chimäre verlor an Höhe und flog nun beinahe in dieselbe Richtung, aus der sie gekommen waren.

»Willst du hier landen? Wozu?«

»Wir sind da«, antwortete der Sphinx knapp und ging einige Speerwürfe vom Turm entfernt nieder.

Athanor hatte abspringen wollen, sobald die Löwenpranken den Boden berührten, doch vom langen Knien waren seine Beine so taub, dass er sich nur vom Rücken der Chimäre gleiten lassen konnte. »Hier soll ich also etwas für dich erledigen?« Er machte einige Schritte, um wieder beweglich zu werden, und sah sich um. Außer von der Sonne aufgeheizten Felsen und Sand gab es weit und breit nichts als den Turm.

»Allerdings. Ich will, dass du den Torwächter für mich tötest. Ich habe es versucht, aber leider kann ihm meine Magie nichts anhaben.«

»Den Torwächter? Dieses Turms?« Hielt der Mistkerl ihn etwa für einen käuflichen Mörder? Athanor riss das alte Schwert heraus, doch der Sphinx sprang bereits in die Luft und entzog sich der Reichweite der Klinge.

»Du solltest dir deine Kräfte lieber für deinen Gegner aufsparen«, riet der Halbelf und wies mit einer Pranke zum Turm.

Athanor wandte sich um. Aus dem Schatten des Gemäuers trat ein Riese, gegen den jeder Troll wie ein Zwerg aussah.

Auch wenn es der fremden Mannschaft nicht bewusst sein mochte, führte das ferne Schiff die *Kemethoë* tatsächlich zu einem Hafen. Bis auf das Segel verschwand das Boot hinter der hohen Mole, bevor Davaron nah genug war, um einzelne Gestalten an Bord zu erkennen. Die gemauerte Landzunge, die sich wie ein Riegel zwischen Stadt und Meer schob, diente als Schutzwall gegen die Stürme des Ozeans.

»Es ist Menschenwerk«, befand Davaron beim Anblick der ersten Häuser. »Selbst Zwerge haben eine einfallsreichere Architektur.«

»Ich kenne die Städte der Menschen nicht, aber zweifellos habe ich noch nie einen trostloseren Ort gesehen«, stimmte Mahanael zu.

Die Häuser, die sich um den Hafen gruppierten und einen flachen, dahinterliegenden Hügel bedeckten, wirkten wie ein Haufen unterschiedlich großer Würfel, die ein Kind ohne erkennbares Muster dicht an dicht ausgebreitet hatte. Dass sie alle mehr oder weniger weiß verputzt waren, trug zur Eintönigkeit des Anblicks bei. Dazu gab es kaum Fenster, und nur hier und dort ragte der Wipfel eines Baums über einer Mauer auf.

Das größte Haus befand sich auf der Kuppe des Hügels. Es erhob sich zwar kaum über seine Nachbarn, doch es war sehr viel länger und besaß einen Kranz leuchtend weißer Zinnen, über denen ein Banner wehte.

»Wie kann man in einer so kantigen Stadt leben.« Leonem wandte sich schaudernd ab.

»Steht nicht herum und gafft!«, rief Eleagon. »Holt das Segel ein, sonst rauschen wir gegen die Kaimauer!«

Während die Mannschaft den Befehlen des Schiffsführers folgte, beobachtete Davaron die Gestalten im Hafen, von denen immer mehr in Sicht kamen. Es waren eindeutig Menschen, aber ihre Hautfarbe schien dunkler zu sein als Athanors – zumindest bei einigen. Wie die Bauern in den Ländern des Alten Reichs trugen viele von ihnen lange helle Kittel, doch sie gürteten sie nicht. Die anderen hatten sich nur ein Tuch um die Hüften geschlungen, vor allem die Seeleute und jene, die schwere Lasten trugen.

149

Sobald sie ins Hafenbecken eingefahren war, erregte die Kemethoë überall Aufmerksamkeit. Davaron wunderte es nicht.
Gegen die schlichten, gröber gezimmerten Boote der Einheimi-
schen war sie mit dem Perlmuttschmuck und den Schnitzereien
eine schwimmende Schönheit. Die Menschen blieben stehen,
um sie zu bewundern, und machten andere auf das fremde
Schiff aufmerksam.

Die Auswahl an Anlegeplätzen war gering. Sie mussten sich
zwischen zwei Kähne zwängen, von denen mindestens einer ein
Fischerboot war. Die Besatzung war gerade dabei, nach ver-
dorbenem Fisch riechende Netze an Land zu hieven und dort
zum Trocknen auf Gestelle zu hängen. Als sie die Kemethcë
bemerkten, hielten sie neugierig inne.

Plötzlich stieß einer von ihnen einen Ruf aus.»Seht ihr das?«
Er fasste sich an die eigenen Ohren, um seinen Kameraden zu
zeigen, was ihn so überrascht hatte.

»Sie sprechen einen itharischen Dialekt!«, staunte Davaron.

»Du verstehst, was sie sagen?«, fragte Meriothin, das vierte
Mitglied von Eleagons Besatzung. Er hatte blaue Augen, aber
braunes Haar, was auf einen Ahnen unter den Abkömmlingen
Ardas hinwies.

»Nicht alles, aber fast.« Davaron konnte es selbst kaum glauben.»Sie faseln irgendetwas über einen Meergeist, und ob wir
auch welche sind.«

»Da kommt jemand, der es eilig hat«, rief der silberhaarige
Leonem, während er ein Tau der Kemethoë durch einen der
schweren Eisenringe zog, die zu diesem Zweck in die Kaimauer
eingelassen waren.

Alle, die nichts mehr zu tun hatten, wandten sich dem Menschen zu, der am Hafenbecken entlang auf sie zuhastete. Als
wäre sein Kittel beim Laufen nicht schon hinderlich genug gewesen, musste er sich auch noch den Weg durch die zunehmende Menge Neugieriger bahnen. Dass sein sorgfältig frisiertes,
dunkles Haar dabei in Unordnung geriet, war ihm sichtlich unangenehm, denn er glättete es rasch, bevor er die letzten Schritte
zur Kemethoë ging. Aus dem gepflegten Äußeren und dem am

150

Kragen mit dezenten Stickereien verzierten Gewand schloss Davaron auf einen wohlhabenden Mann.

»Willkommen, Fremde!«, rief der Mensch. »Wen da…« Er verstummte abrupt und starrte auf die Elfen herab.

Ein kurzer Blick auf die zusammenströmende Menge bestätigte Davaron, dass helles Haar und blasse Haut hier beinahe ebenso selten waren wie spitze Ohren.

»Was hat er gesagt?«, wollte Eleagon wissen.

»Noch nicht viel.« Davaron beschloss, die Sache selbst in die Hand zu nehmen, und stieg die kurze, steile Treppe auf den Kai hinauf. Während sie dem dionischen Schiff gefolgt waren, hatte er sich in weiser Voraussicht seine Rüstung aus grauer Seide und schwarz lackiertem Stahl anlegen lassen. Gemeinsam mit dem Schwert genügte der Anblick, um die vordersten Schaulustigen einen Schritt zurückweichen zu lassen. Davaron sah jedoch ausschließlich den verwirrten Mann an, der immer noch nach Worten zu suchen schien. »Wir sind Elfen aus dem Land östlich des Ozeans und wünschen deinen Herrn zu sprechen.« Das funktionierte bei Menschen immer.

Prompt hatte der Fremde seine Miene wieder im Griff und verneigte sich. Vielleicht war er aber nur erleichtert, dass Davaron eine verständliche Sprache beherrschte. »Selbstverständlich«, versicherte er. »Weshalb sollten so vornehme Gäste auch sonst unsere bescheidene Stadt besuchen, wenn nicht, um dem ehrwürdigen Sesos, Herr über Marana, ihre Aufwartung zu machen. Bitte folgt mir! Ich bringe Euch zu ihm.«

Davaron nickte und drehte sich zu Eleagon um. »Er heißt uns willkommen und will uns zum Oberhaupt der Stadt bringen.«

»Das ist sehr freundlich von ihm. Ich hoffe, man wird uns Gelegenheit geben, uns angemessen zu kleiden, bevor wir empfangen werden.«

»Ich werde das unterwegs ansprechen«, versicherte Davaron.

»Gut. Denn wir sind seit Jahrhunderten, wenn nicht Jahrtausenden die ersten Elfen hier. Ich will, dass alle einen guten Eindruck machen«, mahnte Eleagon. »Vielleicht können wir mit diesem Land Handelsbeziehungen knüpfen, die den Söhnen und Töchtern Thalas zu mehr Ansehen verhelfen. Leonem, Meriothin«, wandte er sich an die kräftigsten Mitglieder seiner Mannschaft, »ihr bleibt hier und bewacht das Schiff. Denn wie wir wissen, kann man Menschen nicht trauen. Alle anderen packen zusammen, was sie brauchen, und kommen mit mir.« Davaron nickte. Unter Menschen war es ebenso wichtig, sein Eigentum zu schützen, wie durch eine angemessene Eskorte Eindruck zu schinden.

Auf ihrem Weg durch die Stadt übernahm Davaron freiwillig die Nachhut. So konnte er besser die Reaktionen der Maranaer beobachten. Erstaunlicherweise entdeckte er keine Feindseligkeit. Es wurde getuschelt, mit offenem Mund gestaunt, mit dem Finger auf sie gezeigt, doch das schmeichelte ihm.

In den Gassen der Stadt ging es zunächst gedrängt zu, weshalb ihr Führer die Menschen mit energischen Gesten verscheuchte und ständig rief: »Macht Platz für die Gäste unseres verehrten Herrn Sesos!« Die Ankündigung brachte ihnen nur noch mehr Aufmerksamkeit ein, aber die Leute gaben gehorsam den Weg frei, sogar als sie einen belebten Platz überquerten.

Dieser Markt war das einzig Bunte in der Stadt. Davaron fragte sich, wer die angebotenen Stoffe in leuchtenden Farben kaufte, wenn doch alle in hellen Kitteln herumliefen. Jenseits der Stände mit Gewürzen, exotischen Früchten und frisch gebackenem Brot, die nach dem faden Proviant sehr verlockend rochen, waren die Gassen wieder staubig und eintönig. Die einzige Abwechslung bildeten in Stein gehauene Löwen, Adler und Drachen, die paarweise über den Türen größerer Häuser wachten. Je näher sie der Kuppe des Hügels kamen, desto leerer wurde es. Davaron schloss wieder zu ihrem Führer auf, um Eleagons Frage anzusprechen, und der junge Mann versicherte, für alles zu sorgen.

Kurz darauf erreichten sie ein hohes Eingangsportal, dessen mit zahlreichen Bronzenägeln verstärkten Torflügel offen standen. Zwei Wächter hielten unerwünschte Besucher fern, indem sie ihre blank polierten Speere kreuzten. Hinter ihnen befand sich nicht etwa eine Halle, sondern ein Weg durch einen schmalen Garten, der die Außenmauer vom Palast des Fürsten trennte. Der eifrige Mann, der sie hergebracht hatte, forderte wie selbstverständlich Einlass. Misstrauisch beäugten die Wachmänner Davarons Schwert und die wenig vornehme, von der Überfahrt fleckige Kleidung der Seeleute. Doch das Wort ihres Begleiters bewegte sie, den seltsamen Fremden nach kurzem Zögern den Weg freizugeben.

Sobald Davaron das Tor durchschritten hatte, kam er sich vor wie in einer anderen Stadt. Die Luft war frischer, denn hohe Bäume tauchten Teile des Grünstreifens in kühlen Schatten. Blühende Sträucher erfreuten das Auge, und Vogelgesang durchbrach das eintönige Rauschen der Brandung, das bis auf den Hügel drang. Auch die Fassade des Palasts unterschied sich zumindest in Ansätzen von den schmucklosen Häusern der Untertanen. Der Eingang wurde von polierten Marmorsäulen flankiert, auf denen ein Relief aus demselben Gestein ruhte, das zwei Drachen ohne Flügel zeigte. Ob sich auch hinter anderen Mauern dieser Stadt mehr verbarg, als sie nach außen hermachten?

Im Innern des Gebäudes erwartete sie ungeahnte Pracht. Hohe Räume gruppierten sich um einen begrünten Innenhof, der zugleich Licht spendete. Die Böden waren mit Marmor gefliest und die Wände mit Tieren, Pflanzen und mythischen Szenen bemalt. Mosaike aus buntem Gestein zierten das Bad, das ihnen zugewiesen wurde, und Diener schleppten Krüge mit warmem und kaltem Wasser für sie herbei.

Um die neugierigen Blicke loszuwerden, erklärte Davaron, der Brauch verbiete es Elfen, sich vor Menschen zu entkleiden. Zu offensichtlich hatten die Bediensteten nur darauf gewartet, herauszufinden, ob sich Elfen auch an weniger sichtbaren Stellen von Menschen unterschieden. Enttäuscht zogen sich die Diener zurück, doch Davaron hätte darauf gewettet, dass es irgendeinen Spalt gab, durch den sie ihre Gäste beobachteten.

Nachdem er sich Schweiß und Salz von der Haut geschrubbt hatte, zog er saubere Kleider an und die Rüstung wieder da-

153

rüber. Mahanael half ihm beim Schließen der Knoten, da er es einhändig nicht konnte.

Kaum hatten sie den Baderaum verlassen, war ihr Führer wieder zur Stelle. »Kommt, geehrte Fremde! Sesos erwartet Euch.«

Doch sie kamen nur bis auf den Gang, von dem die Türen zu sämtlichen Zimmern abgingen. Dort eilten ihnen drei Menschen mit kahlen Köpfen entgegen. Vorneweg lief eine Frau in einer langen, ärmellosen Robe, die weit genug offen stand, um den Blick auf einen Rock und eine sehr kurze Weste freizugeben. Zwei Männer, die mit nichts als knielangen Röcken und Amuletten bekleidet waren, folgten ihr. Auf dem geschorenen Haupt der Frau lag ein goldener Reif. Um den Hals trug sie gleich mehrere Amulette, und selbst von ihrem Gürtel baumelten Anhänger.

»Seht nur das silberne Haar!«, rief sie schon von Weitem.

»Es ist wahr. Der Große Drache sei gepriesen!« Sie verlangsamte ihre Schritte, als sei ihr gerade eingefallen, dass sie eine gewisse Würde zu wahren hatte. Die rasche Verwandlung ihrer Miene von freudiger Erregung zu feierlichem Ernst verriet lange Übung.

»Wer ist das?«, erkundigte sich Davaron.

»Die ehrwürdige Eripe, Maranas oberste Priesterin des Drachen.«

Der Riese sah nicht aus, wie Athanor sich die Riesen stets vorgestellt hatte. Er war zwar fast doppelt so groß wie ein Troll, doch er war nicht in stinkende Felle gekleidet, sondern trug einen steifen Lederharnisch und einen Helm von beinahe elfischer Eleganz, der auch Kinn und Nase verdeckte. In den riesigen Pranken hielt er nicht etwa eine grobe Keule, sondern eine Art gewaltiger Axt, deren Schaft jedoch so lang war wie der Riese hoch. Die Füße steckten in Stiefeln, in denen sich Vindur hätte verstecken können, und seine Lenden schützte er mit einem bronzebeschlagenen Streifenschurz. Das Einzige, was Athanors Erwartung entsprach, war der dunkle Bart, der unter dem Helm hervorquoll. Doch das spendete ihm wenig Trost, als der Koloss auf ihn zueilte, dass der steinige Wüstenboden bebte.

Rasch warf er einen letzten Blick zu dem Sphinx hinauf. Der Feigling flog bereits so hoch, dass es ebenso gut ein Geier hätte sein können. Und um sie herum gab es keine Zuflucht, nichts, was ihm Schutz vor diesem Ungetüm hätte bieten können. Athanor packte sein Schwert mit beiden Händen, doch wie sollte er gegen diesen Gegner ankommen? Dabei waren sie nicht einmal Feinde.

»Dein verdammter Turm interessiert mich überhaupt nicht!«, brüllte Athanor und ließ versuchshalber die Klinge sinken. Der Riese stürmte unvermindert grimmig auf ihn zu. »Hörst du mich? Das ist ein Trick dieses verdammten Sphinx!«

Der Koloss gab ein Knurren von sich, das wie Donner grollte. Athanor riss das Schwert wieder empor und spannte sich zum Sprung. Wollte ihn der Riese einfach überrennen? Schon sauste die Axt von der Größe einer Tischplatte auf ihn zu. Athanor schnellte vor, unterlief den Hieb um Haaresbreite und warf sich nach rechts. Er schaffte es gerade so, sich wegzurollen, bevor ein mächtiger Fuß aufstampfte, wo er einen Lidschlag zuvor gelegen hatte. Hastig sprang er auf. Der Riese wurde vom eigenen Schwung weitergetragen und stemmte die Beine in den Boden, dass Steine aufspritzten. Die Verzögerung genügte Athanor, um den Gegner einzuholen. Seine Augen befanden sich auf Höhe des baumdicken Oberschenkels, weshalb er nicht sah, was über ihm vorging. Mit ganzer Kraft führte er die Klinge quer über die Kniekehle des Riesen.

Die zähe Haut platzte unter der Schneide auf, doch anstatt Sehnen zu durchtrennen, ritzte das Schwert die Haut nur wie ein Messer die Rinde eines Baums. Der Riese riss brüllend sein Bein empor und trat aus. Athanor drehte sich hastig weg, aber der Stiefel streifte ihn. Die Wucht genügte, um ihn von den Füßen zu werfen. Zwei, drei Schritte flog er rückwärts und schlug so hart auf, dass er nicht einmal ganz schaffte, sich abzurollen. Seine gebrochene Rippe stach wie ein Dolch in seinem Innern. Eine weitere Rippe brach. Kettenhemd und Waffenrock waren mit der *Linoreia* auf den Grund des Ozeans gesunken, doch nicht einmal sie hätten ihn vor solchen Schlägen bewahrt.

Alle Schmerzen vergingen beim Anblick des Riesen, der sich

Athanor zuwandte. Bevor er wusste, wie, stand Athanor auf den Beinen. Das Heft seines Schwerts lag noch immer in seiner Hand. Es kostete den Riesen nur einen Schritt, Athanor wieder in Reichweite der Langaxt zu haben. Mit einem hörbaren Pfeifen sauste die gewaltige Waffe durch die Luft. Wieder blieb Athanor nur die Flucht nach vorn. *Ich werde dir die Eier abschneiden wie Löwentod, dem bockigen Troll!* Mit erhobener Klinge sprang er auf den Riesen zu. Das über seinem Kopf gelegene Ziel im Blick, vergaß er, sich zu ducken, bis der Schaft der Axt über ihn weggefegt war. Zwar prallte die Stange so weit oben gegen seinen Schädel, dass sie über den Scheitel weiterrutschte, doch das spürte er kaum. Vor seinen Augen war plötzlich alles schwarz. Er merkte nur noch, dass er fiel.

Als Nächstes fuhr ihm ein Donnern in den Leib, als hätte in der Nähe ein Blitz eingeschlagen. Es hielt an wie von Felswänden zurückgeworfen, und allmählich glaubte Athanor, Worte herauszuhören. *Worte?* Er kämpfte gegen die Dunkelheit an, die ihn umhüllte. In seinem Kopf pochte es dumpf. Unter seinem Rücken spürte er Steine und bei jedem Atemzug einen Stich in der Seite.

Der Riese! Athanor riss die Augen auf und blickte direkt in das bärtige Gesicht, dessen Nase und Kinn der Helm verbarg. Feindselig musterten ihn die dunklen Augen unter den buschigen Brauen. Das Ungetüm hatte sich auf ein Knie niedergelassen und über Athanor gebeugt. Mit einer Hand stützte es sich auf seine riesige Waffe, die aus der Nähe noch klobiger aussah. Als es den Mund öffnete, spürte Athanor, wie es Luft ansaugte, um zu sprechen. Vorsichtig bewegte er die Hand, wagte nicht, zu offensichtlich nach dem Schwert zu tasten, das seinem Griff entglitten war.

»Wer hat dich gesandt?«, tönte der Riese in altertümlichem Elfisch so laut, dass es in Athanors Ohren schmerzte. »Enan?«

»Ich kenne keinen Enan. Der verdammte Aasgeier da oben hat ...«

»Lügner!«, polterte der Riese und setzte mit dem freien Arm zu einer heftigen Bewegung an.

Athanor wartete nicht ab, was der Koloss mit ihm vorhatte.

Er schnellte hoch, schnappte dabei seine Waffe und sprang dem Riesen mit der Klinge voran ins Gesicht. Mühelos drang die Schwertspitze durch ein Auge tief in den Schädel des Ungetüms. Im gleichen Moment legte sich die Pranke des Riesen um Athanors halben Brustkorb. Der Mund klappte auf wie eine Falltür. Die schwieligen Finger drückten schwach zu. Dann erlosch das verbliebene Auge.

Athanor riss sich los und wich hastig zurück, bevor der Koloss zu Boden schlug, dass alles um ihn her erzitterte. Steine zersplitterten unter dem Aufprall des Helms, der allein schon das Gewicht eines Amboss haben musste. Vor dem aufgewirbelten Staub stolperte Athanor noch weiter rückwärts. Das Pochen in seinem Kopf wich einem schmerzhaften Druck, als wäre mit einem Mal zu wenig Platz darin. Er stieß mit dem Rücken gegen einen Felsblock und sah auf. War der Riese wirklich der einzige Wächter des Turms? Ein Teil von ihm erwartete, weitere Gegner herbeieilen zu sehen. Irgendetwas stimmte nicht mit ihm. Er musste von hier fort, aber sobald er den Fuß hob, erfasste ihn Schwindel. Ihm war, als werde sein Schädel zwischen Mühlsteinen zerdrückt. Benommen sank er an dem Felsen zu Boden.

Wie aus dem Nichts landete der Sphinx neben dem toten Riesen und schlitzte mit einer Löwenkralle einen Beutel an dessen Gürtel auf.

Verdammter Aasgeier! Geht es dir nur ums Plündern? Athanor hätte ihm zu gern die Flügel gebrochen, doch seine Beine gehorchten ihm nicht. Sie zuckten nur ebenso seltsam wie seine Finger, als er wieder nach dem Schwert griff. Der Schmerz im Kopf nahm weiter zu. Wie konnte er plötzlich so schläfrig und kraftlos sein?

Der Sphinx zog einen aufwendig mit eingelegten Ornamenten verzierten Stab aus der Tasche des Riesen. Das Artefakt war etwa so lang wie Athanors Unterarm und hatte den Umfang seines Handgelenks. Der Sphinx klemmte es sich zwischen zwei Zehen einer Pranke und kam zu Athanor herübergeflogen.

»Chria hatte recht«, befand er zufrieden. »Du warst mir in der Tat von Nutzen.« Triumphierend schwenkte er den erbeuteten Stab. »Der magische Schlüssel zum Haupttor! Dank dir werde ich nun zur Spitze des Turms hinaufsteigen und unseren Schöpfer befreien können.«

»Imeron?«, brachte Athanor heraus. Es fiel ihm immer schwerer, Worte zu formen und zu verstehen. »Ist hier gefangen?« Erzählten die Elfen nicht, dass der Schöpfer der Chimären in ein Verlies am Himmel gesperrt wurde? »In diesem Turm? Nein. Aber es heißt, dass man sein Gefängnis von der Spitze des Turms aus erreichen kann. Ich hoffe, dass Chria dies auch als Gefallen an ihr gelten lässt. Du solltest nicht mit unbeglichenen Schulden sterben müssen.«

Vor Ärger und Schmerz biss Athanor die Zähne zusammen. Wieder krümmten sich seine Glieder nur wie in Krämpfen, als er versuchte, sich auf die Chimäre zu werfen. Lachend flog der Sphinx davon, und Athanor sank matt gegen den Felsen zurück. Nur sein Blick folgte dem Dreckskerl, der ihm das alles eingebrockt hatte. Wurde es schon wieder Nacht? Seine Sicht trübte sich an den Rändern ein.

Er sah, wie der Sphinx den Turm erreichte und sich am höchsten Portal zu schaffen machte. Ehrfürchtig wich die Chimäre zurück, als sich die gewaltigen Torflügel wie von Geisterhand öffneten. In der Dunkelheit dahinter regte sich etwas. Athanor hörte einen Schrei. Ein riesiges schwarzes Ungeheuer erschien auf der Schwelle des Portals. Vergeblich flatterte der Sphinx hektisch mit den Flügeln. Eine grelle bläuliche Flamme fuhr aus dem Rachen des Ungetüms und hüllte die Chimäre ein. Es blieb nichts als Asche.

Der schwarze Drache schenkte weder dem Rußfleck noch dem toten Riesen Beachtung. Er trat aus dem Turm, streckte sich wie eine gewaltige Katze, breitete die Flügel aus und flog davon. Athanors Blick folgte dem größten Drachen, den er je gesehen hatte. Dann senkte sich Schwärze über ihn.

8

Einige der Fischer betrachteten Vindur mit ähnlicher Abscheu, wie er es von den Elfen kannte. Doch während sie in Ardarea mit Verachtung und Feindseligkeit einherging, kam es ihm bei den Menschen so vor, als jage ihnen sein Anblick Furcht ein. Selbst als sie im Hafen der weiß leuchtenden Stadt anlegten, wechselten sie noch beunruhigte Blicke und sprachen leise über ihn. Sicher fragten sie sich, was sie nun mit ihm anstellen sollten. Vindur brummte in seinen Bart. Er war noch immer entkräftet, obendrein hungrig, und wenn sie etwas von ihm erwarteten, sollten sie es eben sagen.

Auf dem Kai warteten bereits Händler, die mit den Fischern um den Preis für den Fang feilschten. Ihre Gesten glichen jenen der Verkäufer in der Markthalle Firondils so sehr, dass es Vindur einen Stich versetzte. Inmitten des geschäftigen Treibens verlor er den Mann aus den Augen, der sich auf der Fahrt um ihn gekümmert hatte. Stattdessen erregte er die Aufmerksamkeit einiger Schaulustiger, die sich bei seinem Anblick ebenso erschreckten wie schon die Fischer. Gereizt zog er sich unter das aufgespannte Segeltuch zurück. Er war nicht in der Stimmung, sich begaffen zu lassen wie ein Kalb mit zwei Köpfen.

Gerade als sein Wohltäter wieder auftauchte und ihm bedeutete, aus seiner Zuflucht zu kommen, zog ein Blinken Vindurs Blick an. »Firas Flamme!«, entfuhr es ihm. Für einen kurzen Moment glaubte er, die *Linoreia* zu sehen. Was in der Sonne aufgeblitzt war, mussten Einlegearbeiten am Bug sein, wie sie Thalasars Schiff geschmückt hatten. Dazu die schlanke Form ... *Der verdammte Mörder! Wir hatten ihn also beinahe eingeholt.*

Nun starrte auch sein Wohltäter zu dem Elfenschiff hinüber, das nicht weit entfernt an der Kaimauer vertäut lag.

»An Bord ist ein Mörder!«, sagte Vindur eindringlich, deutete hinüber und machte die Geste des Halsabschneidens, die er auch bei Athanor schon gesehen hatte. Verstand der Mensch, worum es ging?

Die Augen des Fischers weiteten sich. Er winkte Vindur noch hektischer, ihm zu folgen. Als der Mann merkte, wie schwer Vindur das Gehen auf dem schwankenden Untergrund noch fiel, stützte er ihn. Ein weiterer Fischer überwand seine Scheu, und gemeinsam halfen sie ihm die Stufen auf den Kai hinauf.

Oben wartete ein kleiner, von einem Esel gezogener Karren, auf dessen Ladefläche bereits ein Korb Fische stand. Vindur begriff, dass er sich schnell zu dem Korb gesellen sollte. Sie schienen zu glauben, *er* sei in Gefahr. Zögernd kroch er auf den Wagen, und schon setzte sich das ruckelnde Gefährt in Bewegung. Vielleicht hatten sie recht. In seinem Zustand war er Davaron nicht gewachsen, und wenn der verfluchte Elf erst einmal von seiner Anwesenheit wusste, würde er ihm keine Zeit geben, sich zu erholen. Er musste sich von den Fischern verstecken lassen und zuschlagen, sobald er wieder bei Kräften war.

Um nicht noch mehr Aufmerksamkeit auf sich zu ziehen, verbarg er rasch sein Gesicht hinter auf die Knie gestützten Armen. Je weniger Menschen von ihm ahnten, desto sicherer war er. Durch den Spalt zwischen Armen und Helm erhaschte er Eindrücke schmaler, staubiger Gassen, in denen es nach erhitztem Gestein und Eselschweiß roch. Schließlich hielt der Karren vor einem niedrigen Tor. Ein Relief über dem Portal zeigte eine barbusige Frau mit langem Haar, auf die von beiden Seiten Fische zusprangen. Als Vindurs Retter an die Pforte klopfte, öffnete ein junger Mann in einer schlichten, ärmellosen Robe aus blauem Stoff. Auch dieser Mensch erschrak bei Vindurs Anblick und verschwand sogleich wieder im Haus. Vindur entfuhr ein gereiztes Grunzen. *Dem Nächsten, der sich so anstellt, werde ich einen echten Grund dazu geben!*

Was auch immer der Fremde gesagt hatte, veranlasste den Fischer zu warten, obwohl er immer wieder beunruhigt die Gasse hinabspähte, durch die sie gekommen waren. Es dauerte nicht lange, bis der junge Mann im Gefolge einer älteren Frau wieder auftauchte. Sie hatte ihr langes, dunkles Haar aufgesteckt und trug eine ähnliche Robe wie ihr Begleiter. Ihr Gewand wies jedoch kunstvollen Faltenwurf und eine merkwürdige Farbe auf. Egal, wie oft er hinsah, Vindur konnte nicht entscheiden, ob es nun Blau oder Grün war. Als sie näher kamen, fiel ihm auf, dass beide Fremden einen aus Perlmutt geschnitzten Fisch als Amulett um den Hals trugen. Waren sie Priester eines Meeresgotts, den die Fischer verehrten?

»Gütige Urmutter!«, rief die Frau, als sie Vindurs Gesicht sah. Wenigstens wirkte sie nur besorgt, nicht ängstlich. »Bring den armen Mann sofort in die Krankenhalle!«, befahl sie dem Jüngeren.

»Ihr sprecht Elfisch!«, freute sich Vindur. Verglichen mit der Aussprache der Elfen klang es zwar noch härter als Athanors Akzent, aber wer in einem Stollen saß, sollte nicht an den Stützbalken sägen.

»Ihr auch? Ihr müsst mir gleich mehr über Euer Unglück erzählen, werter Fremder. Seid willkommen im Tempel der Urmutter zu Marana.«

»Kommt! Ich werde Euch stützen«, versprach der junge Priester, während sich die Frau in der Menschensprache an den Fischer wandte.

Vindur nickte seinem Retter noch einmal dankbar zu, bevor ihn der Priester ins Haus führte. In der Halle, in die er ihn brachte, war es angenehm kühl, und die dicken, fensterlosen Mauern flößten Vindur Vertrauen ein. Endlich ließ seine ständige Himmelsangst nach. Licht fiel nur durch eine hohe, offene Tür, hinter der ein begrünter Innenhof lag. Aus bläulichem Stein gemeißelte Wogen rahmten dort ein Wasserbecken ein.

An den Wänden der kleinen Halle waren sauber wirkende Lager aufgereiht. Auf einem hob ein alter Mann matt die Hand zum Gruß. Auf einem anderen schlief eine Frau, deren Kopf mit Verbänden umwickelt war. Offenbar behandelten sie in diesem Tempel Kranke und Verwundete.

Vindur bekam ein Lager zugewiesen und machte es sich bequem, während der junge Priester davoneilte, um kurz darauf mit einem Becher Wasser und etwas Brot zurückzukehren. *Richtiges Brot!* Nicht das körnige Zeug, das die Elfen aus Hirse buken. Vindur verdrehte genießerisch die Augen. »Ihr habt keine Ahnung, wie sehr ich das vermisst habe, mein Freund.«

Der Priester lächelte schüchtern. »Ich würde Euch mehr bringen, aber ...«

»... Ihr müsst langsam tun«, ergänzte die Ältere für ihn, die an Vindurs Lager getreten war. »Hole Wasser und einen Lappen! Die Salzkrusten müssen abgewaschen werden, bevor wir den Sonnenbrand lindern können.«

Der junge Mann lief wieder hinaus und wäre auf der Schwelle beinahe mit einem anderen Priester zusammengestoßen. Der Fremde hatte stahlgraues Haar und einen kurz geschorenen Bart, die sein resolutes Auftreten unterstrichen. Seine hellgrüne Robe fiel in noch mehr Falten als jene der Priesterin, weshalb Vindur diese Stofffülle allmählich für ein Rangabzeichen hielt.

»Die Fischer haben uns einen adligen Gast aus dem Ozean gezogen?«, erkundigte er sich mit amüsiertem Unterton, während er herankam.

»Die Möwen haben sie auf ihn aufmerksam gemacht. Allerdings halten sie ihn für einen Berggeist, der ins Meer gefallen ist, denn er spricht unsere Sprache nicht«, erwiderte die Priesterin schmunzelnd.

»Aber Elfisch beherrscht Ihr?«, wandte sich ihr Vorgesetzter an Vindur.

»Leidlich«, antwortete er bescheiden. »Seid Ihr der Oberste Priester dieses Tempels?«

Der Fremde nickte.

»Dann danke ich Euch für die freundliche Aufnahme. Mein Name ist Vindur, Sohn Rathgars von Firondil.« Er hatte selbstbewusster klingen wollen, doch seine Stimme war noch immer kratzig wie ein Reibeisen.

Der Oberste Priester musterte den Helm, die Axt und die vom Salzwasser ruinierten Zwergenstiefel, die Vindur neben sich gelegt hatte. »Das muss ein Ort im Süden sein. Eure Familie ist sicher bereits in Sorge um Euch. Wohin sollen wir ihnen eine Nachricht senden?«

Vindur winkte ab. »Mich vermisst niemand.« *Es sei denn ...* »Aber wenn Ihr mir einen Gefallen tun wollt, erkundigt Euch, ob auch mein Freund Athanor gerettet wurde. Ich habe ihn nicht mehr gesehen, seit unser Schiff von dem Drachen angegriffen

wurde und unterging. Aber ... er ist ein zäher Bursche. Wer ein
Heer von Untoten besiegt, bezwingt vielleicht auch den Ozean.«
Skeptisch blickte der Oberste Priester auf ihn herab. »Ihr
wollt ernsthaft behaupten, ein Drache habe Euch angegriffen?«
»Glaubt Ihr vielleicht, ich bin zum Spaß halb ersoffen?«,
fuhr Vindur auf. »Ich bin ein Zwerg! Ich erkenne einen Drachen, wenn ich ihn sehe!«
Begütigend hob der Priester eine Hand, doch in seinen Augen blitzte Belustigung. »Dass Ihr kleinwüchsig seid, ist nicht
zu übersehen, aber Ihr seid zu lange in der prallen Sonne gewesen. Auch Austrocknen trägt dazu bei, den Geist zu verwirren. Was Ihr braucht, sind Wasser und Schlaf. Behandelt die
Haut mit Almera-Salbe«, wies er die Priesterin an. »Und unter-
sucht ihn auf Kopfverletzungen.« Damit wandte er sich ab und
ging.
»Verwirrter Geist?«, rief Vindur ihm nach. »Baumeisters
Bart! Geht man in diesem Land so mit den Söhnen von Köni-
gen um?«
»Bitte beruhigt Euch«, bat die Priesterin. »Ihr stört die anderen Kranken. Seid Ihr sicher, dass wir Eure Familie nicht ver-
ständigen sollen?«
Vindur hatte sich aufgesetzt und verschränkte trotzig die
Arme vor der Brust. »Athanor und ich sind auf einem Elfen-
schiff über den Ozean gekommen. Wenn Ihr zufällig jemanden
kennt, der in die Richtung fährt ...«
»Ihr seid aus der Alten Heimat?« Der junge Mann ließ fast
die Schale mit Wasser fallen, die er herbeigetragen hatte.
»Warum versteht Ihr dann unsere Sprache nicht?«, wunder-
te sich die Priesterin.
»Weil ich ein Zwerg und kein Mensch bin.« War das so
schwer zu begreifen?
»Und ... Euer Freund ist ein Elf?«, hakte sie zweifelnd nach.
»Nein, Athanor war ein Mensch. Und was für einer! Ein
Krieger und König, dem selbst Trolle gehorchten.« Vindurs
Stimme brach, als ihm wieder Tränen kamen. »Ich wünschte, er
wäre noch am Leben.«

Die Priesterin und ihr Novize wechselten einen Blick. »Nun ruht Euch erst einmal aus«, riet sie. »Und wenn die Götter auch Eurem Freund gnädig waren, finden wir ihn. Ich werde Botschaften an alle Tempel entlang der Küste schreiben.«

Athanor war, als schlafe er in stockfinsterer Nacht. Der Druck, der seinen Schädel zu zermalmen drohte, lauerte irgendwo draußen, doch hier in seiner dunklen Höhle war er sicher. Etwas Warmes legte sich auf seine Stirn, aber er war zu gleichgültig, um sich darum zu kümmern. Die Wärme sickerte in seinen Kopf und löste ein schwaches Kribbeln aus, das ihm bekannt vorkam. Es war angenehm. Der Druck, der wie ein Ring um sein Versteck lag, zog sich langsam zurück. Er merkte, dass er freier atmete. Das warme Etwas verschwand von seiner Stirn. War das grelle Licht zuvor auch schon da gewesen? Es leuchtete sogar durch seine Lider. Warum musste es ihn stören? Er war so müde, dass er alles unterhalb seines Kopfs nicht einmal spürte.

Blinzelnd öffnete er die Augen. Zwei Gesichter hatten sich über ihn gebeugt. Das eine umgab ein so heller Strahlenkranz, dass sich die Sonne direkt hinter dem Kopf befinden musste. Darüber hinaus sah Athanor nur zwei harte blaue Augen, denn der Rest war mit Tüchern verhüllt, was auch auf die zweite Gestalt zutraf. Sie hatte jedoch braune Augen und blickte die erste fragend an. Athanor hörte sie durch die Tücher gedämpft in einer fremden Sprache reden, aber was ging es ihn an? Erschöpft glitt er in seine dunkle Nacht zurück.

Ich bin also unter Menschen geraten, die Drachen anbeten. Davaron schmunzelte. Das Leben hielt immer wieder einen grausamen Scherz bereit.

»Wer sind diese Leute?«, wollte nun auch Eleagon wissen, der sich direkt hinter ihm befand.

»Die Priester eines Drachen, den sie hier als Gott verehren.« Eleagon runzelte die Stirn. »Haben die alten Aufzeichnungen nichts davon berichtet? Wenn wir ...«

»Edle Fremde«, fiel ihm die Priesterin Eripe in holprigem

Elfisch ins Wort, »bitte verzeiht mir, wenn ich Eure Unterhaltung unterbreche.« Ihr Blick verriet, dass sie wenig verstanden hatte, was kein Wunder war, wenn hier alle eine falsche Aussprache pflegten.

»Herrin, *ich* muss Euch um Entschuldigung bitten«, mischte sich ihr Führer ein, bevor sie weiterreden konnte. »Der ehrwürdige Sesos erwartet uns. Er wird Euch sicher später Gelegenheit geben, mit seinen Gästen zu sprechen.«

»Selbstverständlich. Es ist sein Haus«, sagte die Priesterin kühl und gab ihnen den Weg frei. Davaron bezweifelte, dass sie einen lebenden Drachen verehrte, der sich noch dazu in der Stadt aufhielt. Doch bei Menschen konnte man nie wissen. Er würde später versuchen, sie auszuhorchen.

Sesos saß auf einem gepolsterten Stuhl im Schatten eines Pavillons aus edlen Hölzern und sah ihnen ungeduldig entgegen. Er hatte dunkles, bereits ergrauendes Haar, das er ebenso kurz trug wie seinen Bart. Einige jüngere Männer und Frauen saßen um ihn geschart, vermutlich Familienangehörige, denn einige sahen sich ähnlich, und sie waren in ebenso kostbare Stoffe gekleidet wie er. Weitere Neugierige spähten aus dem Schatten des Säulengangs herüber, der den Garten umgab. Davaron fiel auf, dass diese Menschen tatsächlich unterschiedliche Hautfarben hatten. Etliche, wie Sesos und einige seiner Verwandten, besaßen einen helleren, nur von der Sonne gebräunten Teint, der Athanors ähnelte. Die Haut anderer war dagegen dunkel wie Zimt, und der Rest wies einen Ton dazwischen auf.

»Hier bringe ich Euch die Elfen aus der Al…«, begann ihr Führer, doch Sesos schnitt ihm mit einer wegwerfenden Geste das Wort ab.

»Du magst meine rechte Hand sein, aber das Denken übernehme ich noch selbst.« Der Herrscher über die Stadt richtete den Blick auf den weißäugigen Eleagon, der nun eine schimmernde Robe mit eingewobenem Wogenmuster trug. »Ihr seht zweifellos fremdartig aus«, sagte Sesos in etwas besserem Elfisch als die Priesterin. »Aber diesem Land ist in letzter Zeit durch Zauberei viel Unheil widerfahren. Bevor ich glaube, dass Ihr

Elfen aus der Alten Heimat seid, verlange ich einen besseren Beweis als ein schönes Schiff und elegante Kleider.«

Sollte das ein Scherz sein? Davaron setzte zu einer säuerlichen Antwort an, aber Eleagon trat bereits vor.

»Ehrwürdiger Menschenherr, ich überbringe Euch die Grüße meines Volkes, der Söhne und Töchter Thalas. Ich höre mit Bedauern, dass Ihr Anlass zu Misstrauen habt, denn wir kommen als Freunde. Welchen besseren Beweis unserer Herkunft könnten wir Elfen Euch geben als unser Aussehen, das uns von allen anderen Völkern unterscheidet?«

»Das fragt Ihr, obwohl Ihr als Elf über Magie verfügt?« Sesos musterte sie skeptisch. »Es geht das Gerücht, dass unser vorheriger Regent, Themos – der Kaysar sei seiner Seele gnädig – von einem Zauberer ermordet wurde, der die Gestalt seines Kammerdieners angenommen hatte. Und das ist nicht der einzige Fall, der mir zugetragen wurde. Das Äußere beweist nichts mehr. Die verfluchten Magier werden immer dreister!«

Davaron runzelte die Stirn. Sprach dieser Mann wirr? Was hatten die Hochkönige des Alten Reichs mit der Seele seines Regenten zu tun? Und glaubte er wirklich, dass sie alle Menschenmagier waren, die ihn überlisten wollten? Wie viele mächtige Zauberer gab es in diesem Land?

Eleagon rieb sich nachdenklich das Kinn. »Ich verstehe Eure Bedenken, aber … wie kann man beweisen, *kein* verwandelter Mensch zu sein? Ich bin ein Seefahrer, der mit seiner Magie Wind und Wogen beeinflussen kann. Andere Zauberkünste beherrsche ich nicht.«

»Würde es Euch überzeugen, wenn ich Euch ein sichtbares Zeichen unseres guten Willens gebe?«, fragte Meriothin.

»Das kommt auf die Art des Zeichens an. Was schwebt Euch vor?«, wollte Sesos wissen.

»Gibt es jemanden in Eurer Familie, der an einem Gebrechen leidet? Neben der Seefahrt verstehe ich mich ein wenig auf die Heilkunst. Ich könnte Euren Verwandten von seiner Krankheit befreien.«

In die Augen des Herrschers trat ein Funkeln, das Davaron an den König der Zwerge erinnerte, als diesem das raffinierte

Todesurteil für ihn und Elanya eingefallen war. Es hatte Rathgar erlaubt, Gnade zu zeigen und sie zugleich in ihr vermeintlich sicheres Verderben zu schicken.

Sesos hob die Hand, um seinen Dienern einen Wink zu geben. »Bringt ...« Er brach ab und verzog angewidert das Gesicht. »Nein, diese Mauern sollen rein bleiben«, sagte er in seinem itharischen Dialekt. »Schafft das Mädchen aus Kurran vor den Palast!«

Meriothin warf Davaron einen fragenden Blick zu, doch bevor er antworten konnte, richtete Sesos wieder das Wort an sie: »In alten Schriften wird berichtet, dass die Heiler der Menschen ihre Kunst von den Elfen lernten, aber nie deren Meisterschaft erreichten. Kein Heiler in ganz Dion vermag die Krankheit zu kurieren, die Ihr gleich sehen werdet. Wenn es Euch gelingt, müsst Ihr wohl ein Elf sein.«

Davaron ahnte Übles. Wenn das Mädchen einen Arm verloren hatte oder blind geboren worden war, konnte kein Zauber der Welt etwas ausrichten.

»Gehen wir!« Sesos erhob sich, und sein Gefolge mit ihm.

Erst jetzt, da alle zum Palasttor strömten, sah Davaron, wie viele Menschen zusammengekommen waren. Sämtliche Bewohner des Anwesens und wohl noch einige Leute mehr hatten sich eingefunden, um die Besucher aus dem fernen Land zu sehen. Am Tor zeigte sich, dass es zu schmal war, um allen Neugierigen Blick auf das Geschehen davor zu gewähren, und schon eilte ein Teil von ihnen auf die Außenmauer. Andere entdeckte Davaron auf dem flachen Dach des Palasts, weil er von oben Stimmen hörte.

»Sollten wir fliehen müssen, übernehme ich die Nachhut«, flüsterte Davaron Eleagon zu. »Ihr lauft voran und blast uns den Weg frei.« Mit ein paar magielosen Wächtern würde er spielend fertigwerden.

Die Priesterin rügte Sesos leise, doch laut genug, dass es an Elfenohren drang. »Euer Verhalten ist unglaublich! Ihr werdet diese Geschenke des Großen Drachen noch so verärgern, dass sie wieder abreisen, statt uns beizustehen.«

»Wenn sie aus den Ländern östlich des Meeres kommen, warum haben sie uns dann keine Grüße des Kaysars überbracht?«, hielt Sesos dagegen. »Ich sage Euch, an ihrer Geschichte ist etwas faul, und ich werde sie nicht ohne einen Beweis in meiner Stadt aufnehmen.«

Schon wieder sprach der Mann von einem Kaysar und meinte offenbar die einstigen Hochkönige in Ithara. Waren Seefahrer aus dem Alten Reich nach Dion gelangt und hatten von ihrem Kaysar erzählt? Dass die Dionier nach so langer Zeit noch davon wussten, war für Menschen beachtlich. Aber warum sprachen ihre Anführer Elfisch, obwohl es hier keine Elfen gab? Zum Andenken an Eleagons kurzen Besuch vor über tausend Jahren? *Wohl kaum.*

Auch vor dem Palast fanden sich immer mehr Schaulustige ein, sodass Sesos mehr Wächter herbeirufen musste, um einen freien Platz vor dem Tor zu erhalten. Das Stimmengewirr hallte von den Mauern wider, bis Davaron kein Wort mehr verstand. Ein Stück entfernt wurden Befehle gebrüllt. Mit furchtsamen Blicken bildeten die Menschen freiwillig eine Gasse, durch die sich einige Wächter näherten. Sie eskortierten eine Bahre, die von zwei düsteren Männern getragen wurde. Davaron hielt sie für Trauernde oder Priester, denn sie hatten sich in dunkle Gewänder gehüllt und den Ernst in ihren Mienen mit aufgemalten schwarzen Linien betont.

Schweigend setzten sie die Trage vor dem Palasttor im Straßenstaub ab. Darauf lag eine magere Gestalt in zerfetzten, schmutzigen Kleidern.

»Das Mädchen ist gefesselt?«, staunte Meriothin, der sich der Bahre furchtlos näherte.

Sesos zog es vor, auf der Schwelle seines Anwesens zu verharren. »Natürlich ist sie das. Sie fällt über jeden her, der sich ihr nähert.«

Dieses erbärmliche Bündel? Dennoch beschwor Davaron sein inneres magisches Feuer, um die Lumpen in Brand zu setzen, sollte es eine Falle sein.

Meriothin sah verwirrt auf die reglose Gestalt. »Sie ist tot.«

»Tot?« Neugierig trat Davaron an Meriothins Seite.

»Noch nicht«, behauptete die Drachenpriesterin, die sich nicht ganz so nah an die Bahre wagte. Die Haut des gefesselten Mädchens war ledrig, grau und dunkel wie die einer Leiche. Faulige Wunden, die weder bluteten noch Schorf gebildet hatten, verströmten den Gestank der Verwesung. Oder war es die ganze Gestalt?

»Sie sieht aus, als sei sie schon vor einigen Tagen gestorben«, stellte Davaron fest. »Glaubt Ihr ernsthaft, dass ihr Herz noch schlägt?«

»Heute Morgen hat sie noch geatmet«, beharrte Eripe.

»Das kann nicht sein.« Meriothin beugte sich über den Leichnam.

Davaron zuckte zusammen, als die Tote jäh die Augen aufschlug. Er packte Meriothins Arm und riss ihn zurück. Ein Knurren drang aus der Kehle des Mädchens. Der Körper wand sich und zerrte an den Fesseln, dass die Bahre wankte. Doch die Stricke hielten stand. Der Anfall verebbte, aber die geröteten, milchigen Augen blieben geöffnet und stierten ins Nichts.

»Bei allen Astaren!«, hauchte Meriothin. »Ist sie eine Untote wie die Wiedergänger Theroias, von denen Ihr erzählt habt?«

Davaron machte eine vage Geste. »Könnte sein. Aber sie erhoben sich nur nachts. Und sie griffen lautlos an.«

Meriothin nickte. »Ich muss wissen, ob ihr Herz noch schlägt. Nur dann kann ich noch etwas für sie tun. Würden diese Männer sie festhalten, damit ich sie untersuchen kann?«, erkundigte er sich bei der Priesterin.

»Es sind Balsamierer. Sie scheuen sich nicht, einen Leichnam zu berühren, aber dieses Mädchen wurde von Nekromanten verflucht. Sie fürchten, dass sich der Fluch auf sie überträgt, solange es nicht tot ist.«

Davaron horchte auf. »Es gibt bei Euch Zauberer, die Tote beschwören?« Eripes Blick bewies, dass er ein wenig zu begeistert geklungen hatte.

Auch Meriothin sah ihn missbilligend an. »Daran ist nichts Erfreuliches. Helft mir lieber! Ich will nicht gebissen werden. Vielleicht ist es eine Form der tödlichen Wut, die wir von Tieren kennen.«

»Ja, schon gut.« *Aber nur, weil ich mehr darüber wissen will.* Davaron kniete sich hinter die Trage und legte seine Hand auf die Stirn des Mädchens. Den Zuschauern stockte hörbar der Atem. Sofort begann sich die lebende Tote wieder knurrend gegen die Fesseln zu sträuben. Sie versuchte, ihren Kopf aus Davarons Griff zu befreien, doch er verlagerte sein Gewicht auf die Hand und presste den Schädel zurück auf die Bahre. Ihre Haut fühlte sich nicht kalt, aber auch nicht warm an – gerade so wie die umgebende Luft.

Meriothin legte den Kopf auf die in Lumpen gehüllte Brust und lauschte. Die Menschen flüsterten entsetzt. Endlich richtete er sich wieder auf, sodass Davaron das Mädchen loslassen konnte.

»Ihr Herz schlägt. Sehr schwach und langsam, aber sie ist nicht tot.«

Davaron war fast ein wenig enttäuscht. »Wie kommt es dann, dass sie bereits verwest?« Er betrachtete beiläufig seine Hand, die nun womöglich nach Tod roch.

»Es ist ein Fluch, den Zauberer über sie gebracht haben«, wiederholte Eripe. »Wir haben es schon einige Male gesehen. Es sieht aus, als würden die Verfluchten von außen nach innen sterben. In ein paar Tagen wird sie wirklich tot sein.«

Unschlüssig sah Meriothin auf das Mädchen hinab, das sich wieder beruhigt hatte.

»Könnt Ihr sie heilen?«, fragte die Priesterin hoffnungsvoll.

»Solange ihr Herz schlägt, kann ich ihren Körper bewahren. Aber ich weiß nicht, ob ich ihren Geist retten kann«, zweifelte Meriothin. »Außerdem ist vieles abgestorben. Sie wird vielleicht taub, blind und stumm bleiben. Womöglich müssen wir Glieder amputieren, die bereits zu stark verwest sind. Wird sie so noch leben wollen?«

Eripe blickte auf das Mädchen hinab. Davaron sah, wie sich ihre Züge verhärteten. »Ihr müsst es versuchen«, wandte sie sich wieder Meriothin zu. »Kurran war ein Dorf nur zwei Tagesreisen von hier. Die Nekromanten haben es ausgelöscht, und nun zittern wir davor, wann sie es wagen werden, nach Marana zu greifen. Wenn Ihr sie heilen könntet, würde es den Menschen Hoffnung geben, dass wir nicht verloren sind.«

Meriothin nickte. »Dann will ich tun, was ich kann.«

»Ich danke Euch«, sagte die Priesterin erleichtert. »Benötigt Ihr bestimmte Kräuter oder Essenzen? Wir ...«

»Bringt Wasser, damit wir uns reinigen können«, mischte sich Davaron ein. »Und bittet Sesos um irgendetwas, das dem Mädchen Schatten spendet«, fügte Meriothin hinzu. »Die Hitze beschleunigt den Verfall.«

Eripe nickte und ging zu Sesos und ihren Begleitern hinüber.

»Gib zu, dass du ausprobieren willst, wie weit du kommst«, stichelte Davaron, während sich Meriothin neben die Bahre kniete.

»Daran ist nichts Falsches«, befand der Sohn Thalas und legte die Hand auf die Brust des Mädchens. Sogleich wehrte es sich wieder mit aller Macht. Seine Laute waren tierhaft und halb erstickt. Obwohl die äußeren, abgestorbenen Bereiche davon unberührt blieben, zuckte der Körper und verkrampfte sich. Die halb verwesten Hände krallten sich um den Rand der Trage, dass sich die Fingernägel hineingruben. Ein Nagel blieb stecken und riss ab, aber der Finger blutete nicht mehr.

Davaron war beeindruckt. Mit welcher dunklen Magie brachte man einen Menschen in diesen Zustand?

Sesos' Bedienstete errichteten ein Zeltdach über Meriothin und dem Mädchen. Andere trugen zwei Schüsseln mit heißem Wasser und saubere Tücher herbei, für die sie eigens einen Tisch aus dem Palast holten, damit nichts im Staub lag. Davaron nutzte die Gelegenheit, seine Hand zu waschen, bevor er sich wieder neben Meriothin stellte. Das Mädchen hatte aufgehört zu toben und lag jetzt wieder so ruhig, als sei es tot.

»Da ist etwas in ihr.« Meriothin sprach so leise, dass Davaron ihn kaum verstand.

Neugierig ließ er sich neben ihm nieder. »Ist sie vom Geist eines Toten besessen?« Er hatte in Nikene einmal einen Wahnsinnigen gesehen, von dem die Menschen behauptet hatten, dass ein Geist in ihn gefahren sei.

»Nein, es ist lebendig. Es sitzt in ihrem Kopf und tötet sie.«
Misstrauisch blickte Davaron auf seine Hand hinab. Was
auch immer es war, konnte hoffentlich nicht durch seine Haut
dringen.

»Ich weiß nicht, was ich tun soll. Um sie zu heilen, müsste
ich es töten, aber wie?«

Auch wenn er sich darin sehr viel besser auskannte als darin,
Leben zu retten, wusste Davaron keinen Rat. Er konnte es aus-
brennen oder in siedendem Blut kochen, aber dann starb auch
das Mädchen. »Kannst du es zurückdrängen?«

»Indem ich die Lebenskraft des Mädchens stärke, ja, aber es
wird ihr Leiden nur verlängern.«

»Dein Mitgefühl in Ehren, aber du hast Sesos gehört. Er hält
uns für Betrüger. Wenn diese Meute mit deiner Vorstellung nicht
zufrieden ist, werfen sie uns vielleicht ihrem Drachen vor.«

Meriothin verzog den Mund zu einem Strich.

»Alles, was sie von dir wollen, ist ein bisschen Hoffnung. Gib
sie ihnen«, drängte Davaron.

Meriothin schloss die Augen, und Davaron merkte, dass sich
der Seemann wieder in seinen Heilzauber versenkte. Zufrieden
beobachtete er, wie sich der Brustkorb des Mädchens nach einer
Weile sichtbar hob und senkte. In die helleren Stellen der Haut
kehrte eine gesündere Farbe zurück. Anstelle des Knurrens
brachte es Laute hervor, die entfernt an Sprache erinnerten. Mit
geschrumpften Lippen versuchte es, Worte zu formen, und die
eingetrübten Augen klärten sich.

Aufgeregt flüsterten die Balsamierer miteinander. Die Wächter verdrehten die Köpfe, um etwas zu sehen, während sie zugleich die neugierige Menge zurückhalten mussten.

»Ein Wunder!«, rief Eripe, die wieder näher gekommen war.
»Der Große Drache sei gepriesen!«

Meriothin erhob sich, und Davaron mit ihm. »Sie ist noch
nicht geheilt«, mahnte der Sohn Thalas, ohne die itharischen
Worte verstanden zu haben. »Sie ist sehr schwach, und jede Anstrengung könnte ihren Tod bedeuten.«

Sesos trat zu ihnen, um sich selbst von dem Wunder zu
überzeugen. »Kannst du mich sehen?«, fragte er das Mädchen.

Es nickte und wollte etwas sagen, aber es blieb ein Lallen. »Ich verneige mich vor Eurer Kunst«, wandte sich Sesos an Meriothin. »Vielleicht hat Euch tatsächlich der Große Drache geschickt. Seid meine Gäste und verweilt in meinem Haus, so lange es Euch beliebt.«

Athanor flog hoch am Himmel. Er sah die Wüste unter sich und spürte den kühlenden Wind der Geschwindigkeit. Doch im nächsten Moment fühlte er Sand unter seinen Fingern, und eine erbarmungslose Sonne brannte ihm jeden Tropfen aus dem Leib. Ein Schatten glitt über ihn hinweg. Er kämpfte gegen einen Riesen, der eine gewaltige Keule nach ihm schwang. Oder war es ein Zwerg? In den Händen des Gegners verwandelte sich die Keule in eine riesige Axt. Jemand legte eine Hand auf Athanors Stirn. War sie warm oder kühl? Es war keine Hand, es war ein Lappen, aus dem ein Wassertropfen über seine Schläfe rann. Mehr Wasser wurde auf seine Lippen geträufelt, und er leckte es gierig auf. Seine Lippen waren rau wie eine grobe Feile.

»Ich glaube, er kommt zu sich«, sagte eine fremde Stimme auf Itharisch.

Ich muss träumen. Ithara gibt es nicht mehr. Er glitt zurück in die Vergangenheit, kämpfte auf dem Schlachtfeld gegen die kyperischen Barbaren, doch sie trugen seltsame Tücher vor den Gesichtern, die nur ihre Augen unbedeckt ließen. Wieder spürte er die Hitze der Drachenflammen, als das stolze, alte Ithara brannte. Oder war es die Sonne, die seine Haut versengte? Argos hatte ihn schon besser bewirtet. »Bekommt man in diesem verschissenen Lager denn nichts zu trinken?«, murmelte er. Dann fiel ihm ein, dass sein Onkel tot war. So wie alle Menschen, die er je gekannt hatte. Er war allein in einer Welt, angefüllt mit Kreaturen, die ihm hochmütig oder feindlich begegneten. Und neben ihm raschelte Stoff.

Er schnellte so abrupt hoch, dass ihn der explodierende Schmerz in seinem Schädel wie ein Faustschlag zurückwarf. Ächzend landete er auf einer Decke und tastete dennoch nach seinem Schwert. Über ihm spannten sich schwarze Stoffbahnen, durch deren Gewebe Licht schimmerte.

»Lasst es langsam angehen, Herr. Ihr müsst zuerst viel trinken«, sagte eine Stimme, an die er sich erinnerte. Sie gehörte zu einem alten Mann, dessen faltiges, sonnengebräuntes Gesicht von denselben Tüchern eingerahmt war wie die der Kyperer in seinem Traum. Nur dass er den Teil heruntergezogen hatte, der sonst Mund und Nase bedeckte. Es machte ihn ein wenig vertrauenerweckender.

Athanor starrte den Alten an, der es nicht zu bemerken schien, denn er griff nach einer Feldflasche und versuchte, Athanors Kopf anzuheben, um ihm Wasser einzuflößen. *Er spricht Itharisch!* Es klang verfremdet, vielleicht ein Dialekt. Aber er konnte es verstehen. Ungeduldig stützte sich Athanor auf einen Ellbogen und nahm dem Mann die Flasche ab. »Bist du ein Mensch?« Er ließ den Kerl nicht aus den Augen, während er einen tiefen Schluck nahm. Wie gut abgestandenes Wasser schmeckte, wenn man durstig genug war.

Der Alte sah ihn an, als habe er gefragt, ob er eine Nase und zwei Augen besaß. »Der Schlag auf den Schädel muss Euch verwirrt haben, Herr. Wir sind beide Menschen, und mit dem Segen der Urmutter werdet Ihr bald wieder genesen sein.«

Athanor konnte es noch immer nicht glauben. Am liebsten hätte er dem Kerl die Tücher vom Kopf gerissen, um die Ohren zu inspizieren. Aber für einen Elf war die Haut viel zu dunkel und vom Alter zerfurcht. Der Fremde konnte höchstens eine Chimäre sein. Ein Faun vielleicht. *Nein.* Ein Faun hätte nicht auf diese Art neben seinem Lager knien können.

Ich fasse es nicht! Es gibt noch Menschen! Aufgeregt setzte er sich auf, was ihm neuerliches Pochen im Schädel bescherte. Gereizt tastete er nach der Wunde und merkte erst jetzt, dass er einen Verband um den Kopf trug.

»Es muss ein übler Schlag gewesen sein«, sagte der Fremde. »Ihr solltet dem Großen Drachen danken, dass Ihr noch lebt.«

Sofort erinnerte sich Athanor an das schwarze Ungeheuer, das aus dem Turm entkommen war. »Ihm dafür danken, dass er mich nicht bemerkt hat?« Der Alte kam auf seltsame Einfälle. »Hast du ihn auch gesehen? Ich hoffe, er ist weit weg.«

Der Fremde schüttelte mit entsetztem Blick den Kopf.

War das nun ein Ja oder ein Nein? Vermutlich ein Ja, denn sonst hätten sie kaum so friedlich hier plaudern können. »Er kam aus dem Turm. Steht das Tor noch offen?« Ob es sich lohnte, einen Blick hineinzuwerfen? Aber wahrscheinlich war es besser zu verschwinden, bevor dieses Untier zurückkam.

»Von welchem Tor sprecht Ihr, Herr?«

Hatte es etwa jemand wieder geschlossen, während er ohnmächtig gewesen war? »Na, von dem großen Portal, dem Größten des ganzen Turms. Der Sphinx hat es mit dem magischen Schlüssel des Riesen geöffnet, bevor der Drache ihn ausgelöscht hat.«

»Habt Ihr doch noch Fieber?« Der Fremde versuchte, Athanor die Hand auf die Stirn zu legen.

Unwirsch wehrte Athanor ihn ab. »Willst du mir weismachen, dass du den schwarzen Turm nicht gesehen hast? Er reicht bis zum Himmel!«

»Ihr meint sicher den Turm der vergessenen Götter. Aber er ist drei Tagesritte von hier entfernt, und niemand würde je freiwillig dort hingehen.«

Athanor runzelte die Stirn. »Und wie bin ich dann hierhergekommen?«

»Das weiß ich nicht, Herr. Wir fanden Euch gestern am Rand der Handelsroute zwischen Harag und Katna. Ihr wart mehr tot als lebendig, also haben wir Euch mitgenommen, wie es die barmherzige Urmutter befiehlt.«

Wir. Der Alte sprach von sich und anderen Menschen. *Ich bin wieder unter Menschen.* Athanor ging so viel durch den Kopf, dass sich die Gedanken wie ein Strudel um ihn drehten.

»Jemand muss Euch niedergeschlagen und zum Sterben in der Sonne zurückgelassen haben. Vielleicht waren es Räuber. Aber sie haben Euch das Schwert gelassen.« Der Alte deutete auf die Waffe, die neben der Zeltwand lag.

»Nein, es war ein Riese. Der Wächter des Turms. Er hatte ...« Athanor sah den mitleidigen Blick des Mannes und verstummte.

»Manchmal bleibt man nach einem Schlag auf den Kopf verwirrt zurück. Aber das gibt sich mit der Zeit«, versuchte der Alte, ihn zu trösten.

War das möglich? Konnte er diesen Riesen und den Drachen nur geträumt haben? Und was war mit dem Sphinx? Dort lag das Schwert, das die Chimäre ihm gegeben hatte. Er klammerte sich mit dem Blick daran. Es war nicht seine Waffe, die nun auf dem Meeresgrund lag. Er *musste* dem Sphinx begegnet sein. Wann sollte der Traum dann begonnen haben? War dieser Mann hier am Ende nur die Ausgeburt eines Fiebers?»Wo bin ich?«, erkundigte er sich mit wachsendem Misstrauen.

»Wie ich schon sagte: an der Handelsstraße von Harag nach Katna.«

Beide Namen hatte Athanor noch nie gehört.»In welchem Land?«

Der Fremde riss die Augen auf.»Habt Ihr so sehr das Gedächtnis verloren? In Dion natürlich.«

»Natürlich«, wiederholte Athanor lauernd.»Und weshalb sprichst du dann Itharisch?«

»Ich spreche Dionisch, was sonst? Ihr seid derjenige, der seltsam redet. Ist das ein Dialekt aus dem Norden?«

»Hm.« Für einen Moment hatte er geglaubt, sogar gehofft, dass alles, was er seit dem Feldzug gegen Ithara erlebt hatte, nur ein Alptraum gewesen war. Dass er sich noch immer dort befand und seine Familie und sein Volk noch lebten. Dem war also nicht so. Erneut versuchte er, seine Gedanken zu ordnen. An die Geschichte mit den Räubern glaubte er nicht. Er hätte irgendeine Erinnerung daran haben müssen.

»Geht es Euch gut, Herr?«

Hatte es Sinn, dem Fremden zu erzählen, dass er über den Ozean gekommen war?

Draußen erklang der Hufschlag mehrerer Pferde, die sich rasch näherten. Der Alte erhob sich mit besorgter Miene.»Hoffentlich nicht die Räuber, die Euch überfallen haben.« Hastig verließ er das Zelt.

War die Gegend so unsicher? Athanor wollte nicht wehrlos herumsitzen und darauf warten, dass erneut jemand versuchte, ihm den Schädel einzuschlagen. Er zog das Schwert heran und benutzte es als Stütze, um gegen den sogleich einsetzenden Schwindel und Schmerz auf die Beine zu kommen. Sobald er eine Weile aufrecht stand, legte sich der schlimmste Tumult in seinem Kopf. Entschlossen legte er den Schwertgurt um und trat aus dem Zelt. Er befand sich in einem kleinen Lager, inmitten flacher, karger Einöde. Hier und dort lugte dürres Gestrüpp zwischen den Steinen hervor, aber es wäre vermessen gewesen, es grün zu nennen. Esel wanderten auf der Suche nach Futter in der Nähe der Zelte umher. Aufgehäufte Ballen und Säcke gaben eine Ahnung davon, wie hoch die Tiere auf dem Marsch beladen wurden. Einige Eseltreiber hatten sich um ein Feuer geschart, um ihr Abendessen vorzubereiten, doch eine Gruppe von Reitern, die am Rand des Lagers angehalten hatten, lenkte sie ab.

Der Alte, der Athanor gepflegt hatte, stand vor dem bewaffneten Trupp und sprach mit dem Anführer, der nicht schwer zu erkennen war. Während seine Leute mit Bronze beschlagene Lederharnische über ihre helle, weite Kleidung geschnallt hatten, trug er ein mit Gold gesäumtes Kettenhemd, und auch an Sattel und Zaumzeug blitzte es golden auf. Sie alle saßen auf hochbeinigen Pferden, die Athanor an Windhunde erinnerten, doch das silbergraue Tier des Anführers war sicher ein Vermögen wert. Wie Halsabschneider wirkten sie nicht, obwohl sie ihre Gesichter bis auf die Augen hinter hellem Stoff verbargen. Dass sie mit Schwertern, Speeren und Bögen bewaffnet waren, schüchterte die Händler und ihre Diener jedoch sichtlich ein.

Als der Alte in Athanors Richtung gestikulierte, blickte der Anführer zu ihm herüber. Der Reiter nickte und lenkte sein Pferd auf Athanor zu. »Ich bin Akkamas«, stellte er sich vor, sobald er in Hörweite kam. »Erster Kämpfer Airas, der Fürstin von Katna. Dieser Mann ...« Er warf einen Seitenblick auf den Alten. »... sagt, dass Ihr von Räubern überfallen wurdet. Es gehört zu meinen Pflichten, für die Sicherheit dieser Route zu sorgen. Könnt Ihr mir mehr über den Vorfall berichten?«

Auch er spricht Itharisch. Lag es daran, dass alle Menschen der Welt von derselben Urmutter Kaysa abstammten? Immerhin hatte auch der Alte eine Urmutter erwähnt, die er verehrte. »Ich bedaure. Ich kann mich an nichts dergleichen erinnern«, antwortete Athanor wahrheitsgemäß. Mussten diese Kerle un-

177

bedingt ihre Gesichter verhüllen? Wie sollte er so einschätzen, was in ihnen vorging?

»Vermutlich eine Folge Eurer Verletzung. Wisst Ihr noch, wer Ihr seid?«

Zeit für einen Test. »Mein Name ist Athanor, Prinz von Theroia. Ich bin auf einem Elfenschiff über den Ozean gekommen.«

Akkamas' braune Augen verengten sich.

»Ich sage doch, er redet völlig wirr, Herr!«, rief der alte Händler.

»Schweig!«, fuhr Akkamas ihn an. »Hat er dich für deine Dienste entlohnt?«

»Ich würde doch niemals Geld von einem Verdurstenden in der Wüste nehmen!«

»Nimm es von mir!« Der Erste Kämpfer zog eine Goldmünze aus einem Beutel an seinem Gürtel und warf sie dem Alten zu.

Der Händler fing sie auf und verneigte sich. »Ihr seid so großzügig wie die Fürstin selbst.«

»Melos!«, rief Akkamas, ohne den Händler länger zu beachten. »Ein Pferd für den Fremden!« Er richtete den Blick wieder auf Athanor. »Fremd seid Ihr zweifellos. Den Rest dürft Ihr der Herrin von Katna vortragen, wenn Ihr genesen seid.«

9

Aus Angst vor dem Fluch hatte man das Mädchen aus Kurran in einer verwaisten Gruft vor den Mauern der Stadt untergebracht. Davaron und Meriothin wären auch über Nacht dortgeblieben, doch Sesos bestand darauf, dass sie zu dem abendlichen Festmahl zurückkamen, das er zu Ehren seiner Gäste gab. Außerdem sollte es ihrer Sicherheit dienen, denn seit die Nekromanten das ganze Land in Angst und Schrecken versetzten, wurden Maranas Tore nach Sonnenuntergang geschlossen und streng bewacht. Nur die Totenpriester, Balsamierer und Wächter blieben vor der Stadt, um die ihnen Anvertrauten so gut es ging zu beschützen.

Davaron war es gleich. Ihm lag nichts daran, ob das Mädchen lebte oder starb, solange er nur möglichst viel über die Magie der fremden Zauberer lernte. Deshalb begleitete er Meriothin, als jener am Morgen wieder zur Gruft ging. Nachdem Meriothin am Tag zuvor ein Durchbruch gelungen war, konnte das Mädchen nun ebenso gut tot wie auf dem Weg der Genesung sein.

Unterwegs holte Davaron das Samenkorn aus Ardarea aus seiner Gürteltasche und ließ es von den Fingerspitzen auf seine Handfläche fallen. Er riskierte damit, dass es auf dem Boden landete, aber mit nur einer Hand blieb ihm nichts anderes übrig. Obwohl er nun schon seit einer Weile übte, gelang es ihm immer noch nicht, es zum Keimen zu bringen. *Vielleicht würde es mir leichter fallen, etwas zu töten.*

»Ist es ein schwieriger Zauber, mit dem du den Fluch in dem Mädchen getötet hast? Als Heiler muss es dir doch schwerfallen, das Gegenteil zu bewirken.«

Meriothin schüttelte den Kopf. »Es sind zwei Seiten derselben Medaille. Wenn ich die Lebenskraft mit meiner Magie erspüren kann, um sie zu stärken, kann ich sie auch schwächen. Deshalb muss sich ein Heiler mit Leben *und* Tod beschäftigen. Nur wer beides kennt, beherrscht diese Magie wirklich.«

»Mich wundert, dass ein Seemann wie du überhaupt etwas davon versteht.«

»Ihr meint, ich sollte besser in Sianyasa bleiben und meinem Volk als Heiler dienen? Damit seid Ihr nicht allein. Unter den Söhnen und Töchtern Thalas ist es eine seltene Gabe. Aber auch auf einem Schiff geschehen Unfälle. Öfter, als Ihr glaubt. Eleagon hält mich für einen besseren Seemann als viele andere, weil ich mich auf Wassermagie *und* auf die Heilkunst verstehe. Und er will nur die Besten auf seinem Boot.«

»Für Eleagon ist Eure Wahl zweifellos von Vorteil«, stellte Davaron spöttisch fest. Er selbst hätte nicht anders gehandelt als der Schiffsführer. »Also fällt es dir leicht, mit deiner Magie zu töten?«

Zwischen Meriothins Brauen bildete sich eine steile Falte. »Nein. Wie kommt Ihr darauf? Ich hasse es. Mein Widerwille ist so groß, dass ich vor dem Palasttor nicht einmal auf die Idee dazu kam.«

»Na, wenigstens ist es dir doch noch eingefallen.« Davaron steckte das Samenkorn wieder ein.

»Wie ich gestern schon sagte: Es war hart, die Lebenskraft dieses *Dings* zum Erlöschen zu bringen«, betonte Meriothin. »Ich mag kein großer Heiler sein, aber ich glaube nicht, dass es an mangelnder Übung lag. Es war ... sehr zäh.«

»Vielleicht finden wir mehr darüber heraus, wenn es dir gelingt, das Mädchen wieder zum Sprechen zu bringen«, hoffte Davaron.

»Wenn«, sagte Meriothin nur.

Den Rest des Wegs legten sie schweigend zurück. Die verwaiste Gruft lag am Rand der Totenstadt, die aus beinahe so vielen Grabmälern bestand, wie Marana Häuser besaß. Etwas abseits der Tür lehnte ein Totenwächter in dunkler Rüstung im Schatten, um der sengenden Sonne zu entgehen. Als er die beiden Elfen bemerkte, kehrte er rasch auf seinen Posten zurück. »Die Tür ist noch verriegelt, Herr«, versicherte er. »Wie es vereinbart wurde.«

Nun ja. Dass der Mann versuchte, diesen Umstand als lobenswerte Leistung zu verkaufen, war lächerlich. Es waren die Totenpriester gewesen, die darauf bestanden hatten, dass niemand allein die Gruft betrat, denn Meriothin hatte das Mäd-

180

chen von den Fesseln befreit. Wäre es nach dem Heiler gegangen, hätte die ganze Nacht ein Priester bei dem verängstigten Ding sitzen und ihm Wasser einflößen sollen. Auch andere hatten die Elfen bemerkt. Einer der Balsamierer, die gestern die Bahre getragen hatten, kam mit einem Krug Wasser, einer Öllampe und einigen Tüchern herbei. Der Geruch von Räucherwerk umgab ihn, das wie die Linien in seinem Gesicht dazu diente, Dämonen und ruhelose Geister abzuwehren. Dem Totenwächter war zum gleichen Zweck nur ein Drachenamulett vergönnt. Nervös umfasste er es, während er wohl im Stillen ein Stoßgebet sprach. Erst dann schob er den Riegel zurück und stieß die Tür auf.

Meriothin wollte vorangehen, doch Davaron hielt ihn mit einer Geste zurück. Der Seemann trug keine Waffe, und Davaron traute der Stille in der Gruft nicht. Im Innern war es so dunkel, dass er gleichsam in mondlose Nacht trat. Mit der Hand am Schwertgriff stieg er wachsam die drei Stufen hinter der Tür hinab. Im Dämmerlicht bewegte sich etwas. »Komm gefälligst mit der Lampe, du Feigling!«, rief er und zog zugleich sein Schwert.

Die Klinge blitzte im Licht der schwachen Flamme auf. Im gleichen Augenblick stürzte sich eine dumpf ächzende Gestalt aus den Schatten auf ihn. Davaron erhaschte nur einen flüchtigen Eindruck von gekrümmten Fingern, die wie Krallen nach ihm schlugen, dann hatte er das Schwert bereits in den Leib des Gegners gejagt. Hinter ihm zerschellte die Tonlampe. Größere Flammen loderten auf und schälten das Gesicht des Angreifers aus dem Dunkel. Es war das Mädchen, doch seine weißlich trüben Augen starrten ins Nichts. Noch immer zappelte sie, stöhnte und drosch mit den Armen nach Davaron, obwohl seine Klinge mitten in ihrem Herz steckte.

Rasch beschwor er sein magisches Feuer herauf, stellte sich eine Flamme in ihrer ganzen Hitze und Schnelligkeit vor, wie sie sich in die Lumpen des Mädchens fraß. Es dauert nur einen Lidschlag, bis sich an der Schulter des Mädchens Rauch kräuselte. Im nächsten Moment glühte der Stoff und ging in Flammen auf.

Davaron wich zurück und riss dabei das Schwert aus dem brennenden Leichnam. Die Tote zappelte noch heftiger und stieß unmenschliche Laute aus. *Der Gestank der Verwesung mischte sich mit dem verbrannten Fleischs und versengter Haare. Räucherwerk wäre mir jetzt durchaus willkommen.* Doch ein kurzer Blick bewies Davaron, dass der Balsamierer die Lampe fallen gelassen hatte und davongerannt war. Nur Meriothin stand noch mit entsetzter Miene in der Tür. Es dauerte quälend lange, bis das verkohlte Bündel aufhörte zu zucken. Davaron steckte sein Schwert ein. »Ich hoffe, dieses Mal ist sie wirklich tot.«

Der schnelle Ritt durch die anbrechende Nacht verstärkte das Pochen und Stechen in Athanors Schädel, bis er sich nur noch schwankend im Sattel hielt. Entschlossen biss er die Zähne zusammen. Vor diesen Kriegern, die sich unverhohlen über seine vermeintlichen Fieberträume amüsierten, würde er sich keine Blöße geben.

Endlich tauchten die kantigen Umrisse von Gebäuden in der Dunkelheit auf, und die Kämpfer der Fürstin von Katna zügelten ihre Pferde. Mit dem Rauch eines Herdfeuers wehte der Geruch gebratener Speisen heran. Athanor ließ sich vor dem schlichten, niedrigen Haus aus dem Sattel gleiten und musste sich einen Moment lang gegen das Pferd lehnen, bis das wilde Drehen in seinem Kopf nachließ. *Zum Dunklen mit diesem verfluchten Riesen!* Noch nie hatte ihn eine Verletzung so sehr beeinträchtigt. »*Mehr tot als lebendig*«, hatte der alte Händler gesagt. Er hatte wohl nicht übertrieben.

Mit einsilbigen Antworten stand Athanor eine Mahlzeit durch, die er kaum wahrnahm. Nur Akkamas Miene, die er zum ersten Mal unverhüllt sah, prägte sich ihm ein. Die langen Wimpern und ebenmäßigen Gesichtszüge verführten dazu, ihn als Schönling abzutun, der seinen Aufstieg unter den Kriegern der Fürstin seinem einnehmenden Lächeln zu verdanken hatte. Doch in seinen Augen lag etwas, das Athanor davor warnte, diesen Mann zu unterschätzen. Er war froh, als er Akkamas' Beobachtung entkam und endlich auf eine Strohmatratze sinken durfte. Mit der Hand am Schwertgriff schlief er sofort ein.

Am nächsten Morgen lag die Waffe unverändert neben ihm, und die anderen Strohlager waren längst leer. Zum ersten Mal, seit der Sphinx ihm das Schwert überlassen hatte, blieb ihm Muße, es zu betrachten. Das punzierte Leder der Scheide war fleckig und wies Risse auf. Ob es durch hohes Alter oder mangelnde Pflege brüchig geworden war, vermochte Athanor nicht zu entscheiden. Das Heft war mit Echsenleder umwickelt, das er an den Schuppen erkannte, und den Knauf bildete ein schlichtes, vielkantiges Stück Metall. *Es lag in der Wüste, als ich ohnmächtig wurde.* Wie kam das Schwert mit ihm an die Handelsroute, die sich angeblich Tage von diesem dunklen Turm entfernt befand? Hatte er es im Fieber eingesteckt und mitgeschleppt? Dann mussten noch immer Blut und Hirnmasse des Riesen daran kleben. Erpicht auf einen Beweis für seine Erinnerungen zog Athanor die Klinge heraus.

Im ersten Augenblick empfand er Enttäuschung. Jemand hatte die Schneide geschliffen und den Rest poliert, dass er glänzte. Das Schwert war in besserem Zustand als in dem kurzen Moment, den er es auf der Insel des Sphinx probehalber geschwungen hatte. Erst jetzt entdeckte er die Zwergenrunen, die sich zu beiden Seiten der Blutrinne entlangzogen. Obwohl es auf die Maße eines Menschen ausgelegt war, musste es aus den Königreichen unter den Bergen stammen. Jeder Krieger von Kyperien bis Theroia hätte ein Vermögen dafür bezahlt. *Wie zum Dunklen ist es in den Besitz der Chimäre geraten?*

»Hoch mit Euch!«, rief Akkamas von der Tür her. »Alle anderen sind schon zum Abritt bereit.«

Mürrisch kam Athanor der Aufforderung nach. Sie hatten ihn also schlafen lassen, so lange es ging, ohne ihre Reise aufzuhalten. Die Rücksichtnahme schmeckte ihm ebenso wenig wie der Brei, den es zum Frühstück gab. Er hatte es immer gehasst, krank zu sein, denn es hatte den Menschen einen Grund geliefert, Dankbarkeit zu fordern. Dabei hatten sie ihn nur gepflegt, weil er der Sohn des Königs war.

183

Wenigstens vertrug er das Reiten heute besser. Die weiten Gewänder, die Akkamas ihm besorgt hatte, kamen ihm für die Hitze viel zu warm vor, aber in den zerrissenen, fleckigen Kleidern aus den Elfenlanden wäre er eher als Bettler denn als Prinz durchgegangen. Als sich die Wüste langsam aufheizte, stellte er fest, dass das Tuch, das sich hier jeder um den Kopf schlang, das Stechen der Sonne erträglicher machte. Es auch noch über Mund und Nase zu ziehen, brachte er allerdings nicht über sich. Er wusste aus theroischen Wintern, wie sich der Atem hinter einem Schal zu feuchter Wärme staute, und wunderte sich, warum es diese Männer freiwillig auf sich nahmen.

»Seid Ihr heute immer noch davon überzeugt, über den Ozean nach Dion gekommen zu sein?«, erkundigte sich Akkamas auf Elfisch, obwohl seine Leute und er Itharisch – *Ach nein, Dionisch* – sprachen.

Athanor schnaubte. Der durchtriebene Kerl wollte ihn auf die Probe stellen. »Und ob! Die Überfahrt war ... unvergesslich«, gab er auf Elfisch zurück, das in den Ländern des Alten Reichs nur die Adligen erlernt hatten. Wenn es in Dion ebenso war ...

»Ihr stammt also aus einem vornehmen Haus«, bestätigte Akkamas.

»Das sagte ich doch.« Athanor musste schmunzeln. Wie hätte er wohl reagiert, wenn er in Theroias Wäldern auf einen verletzten, abgerissenen Mann gestoßen wäre, der behauptete, ein Prinz von jenseits des Meers zu sein? War es so vollkommen unglaubwürdig?

Auch Akkamas' Augen verrieten Belustigung, als ob sie einen geheimen Scherz teilten. »Das habt Ihr. Sagt mir, Prinz von Theroia, wenn Ihr mit einem Elfenschiff an unserer Küste gelandet seid, wie kommt es dann, dass man Euch allein mitten in der Wüste fand?«

»Ihr werdet die Antwort ohnehin nicht glauben«, wehrte Athanor ab.

»Erzählt es mir trotzdem. Der Tag ist lang, und was vermag die Zeit besser zu vertreiben als eine gute Geschichte?«

Athanor schnaubte noch einmal. *Vom Thronfolger zum Mär-*

chenerzähler. Aber vielleicht konnte er diesen Mann doch auf seine Seite ziehen, wenn er nur hartnäckig genug bei der Wahrheit blieb. Also begann er mit Davarons Mord an Elanya und berichtete, wie er dem Bastard nach Sianyasa und schließlich aufs Meer gefolgt war.»Habt Ihr zufällig von der Ankunft eines solchen Schiffs erfahren?«, erkundigte er sich, obwohl er die Antwort kannte.

»Würde ich Euch dann diese Fragen stellen?«, erwiderte Akkamas prompt.

Athanor sparte sich eine Antwort und erzählte stattdessen von dem Sturm und dem Seedrachen, der die *Linoreia* versenkt hatte. Das lange Reden trocknete seine Kehle aus, weshalb er immer wieder einen Schluck aus dem Wasserbeutel nahm, der am Sattelknauf hing. Er berichtete von dem ungleichen Bruderpaar auf der Insel, dem Handel mit dem Sphinx – wobei er Chria nicht erwähnte, um Akkamas nicht noch mehr zu verwirren – und am Ende von seinem Kampf mit dem Riesen, der ihn fast das Leben gekostet hatte.

Akkamas hörte sich alles schweigend an und sagte auch nichts, als Athanor nach dem Tod des Sphinx verstummte. Erst eine Weile später fragte er:»Und Ihr wisst wirklich nicht, wie Ihr vom alten Turm zur Straße gekommen seid?«

»Nein.« Außer an seltsame Träume und die Gluthitze der Wüste erinnerte er sich an nichts.»Ich muss mich halb ohnmächtig dort hingeschleppt haben, ohne zu wissen, wo ich war. Vielleicht bin ich wieder zusammengebrochen, als ich die Straße sah, weil ich dort auf Hilfe hoffen konnte.«

In Akkamas' Augen blitzte der Schalk.»Das wäre die einzige vernünftige Erklärung in der ganzen Geschichte.«

Athanor lachte.»So kann man es auch sehen.« Sollte sich der Dionier seinen eigenen Reim darauf machen. Es gab drängendere Probleme. Ein uralter Turm irgendwo in der Wüste stellte für niemanden eine Bedrohung dar, doch der riesige Drache, der jeden Augenblick auftauchen konnte, ging Athanor nicht aus dem Kopf. War das Biest ein Wächter wie der Riese und längst an seinen Platz zurückgekehrt? Oder hatte der verfluchte Sphinx einen Gefangenen befreit, der nun über die

Menschen Dions herfallen würde? Nicht dass es in dieser unwirtlichen Gegend viele Menschen geben konnte. Außer vereinzelten gehörnten Tieren, die Akkamas Gazellen nannte, hatte er seit dem Morgen kaum Leben gesehen. Aber er war nicht nach Dion gekommen, um erneut Drachen beim Vernichten der Menschheit zuzusehen. »Meine Erlebnisse mögen für Euch nicht von Bedeutung sein«, gab er zu. »Aber beunruhigt Euch der Gedanke an den schwarzen Drachen überhaupt nicht?«

Akkamas schüttelte den Kopf. »Selbst wenn es wahr sein sollte, wird der Große Drache Dion beschützen.«

Konnte der Mann so dumm sein? »Das Biest hat den Sphinx mit einem Feuerstoß in Asche verwandelt! Der Kerl hatte es verdient, aber das konnte der Drache nicht wissen.«

»Nein, nein«, wehrte Akkamas ab. »Ich meine nicht Euren, sondern *den* Großen Drachen. Habt Ihr noch nie von ihm gehört?«

»Nein.« Athanor ahnte, dass ihm Akkamas' nächste Worte nicht gefallen würden.

»Er ist seit Urzeiten Dions Beschützer. Besucht in Katna seinen Tempel und bringt ihm ein Opfer dar! Vielleicht wird er Euch dann vor weiterem Unheil bewahren.«

In Athanor wallte Übelkeit auf. Ein ganzes Volk, das vor einem Drachengott auf den Knien lag? Das konnte nicht wahr sein. »Drachen beschützen Menschen nicht, sie töten sie!«

Akkamas warf ihm einen zornigen Blick zu. »Hütet Eure Zunge, Fremder! Wo Ihr herkommt, mag es sein, wie es will, aber Ihr seid jetzt in Dion. Nicht jeder wird Eure Worte so großmütig vergeben wie ich.«

Athanor schüttelte den Kopf. Es war unfassbar. Wider alle Erwartungen hatte er hier Menschen gefunden, und sie beteten ausgerechnet Drachen an. Dieser Irrglaube würde sie direkt in den Tod führen. »Der schwarze Drache ist nicht der Einzige, der Eurem Land gefährlich werden kann, Akkamas. Auf meinem Weg hierher habe ich zwei rote Drachen gesehen, die auf Eure Küste zuhielten. Und der Sphinx sagte, es seien noch einige mehr in dieselbe Richtung geflogen. Sie sammeln sich irgendwo. Das kann nichts Gutes für Euch bedeuten. Ich weiß,

wovon ich spreche. Sie haben mein Volk vernichtet! Euer König muss zu den Waffen rufen, bevor es zu spät ist!«
»Eure Sorge um dieses Land ehrt Euch, aber sie ist unnötig. Es ist nicht an menschlichen Kriegern, Drachen aufzuhalten, solange der Große Drache es für sie tut.«

Hadons Fluch! Er begann zu ahnen, wie es Anandra ergangen war, wenn sie ihn vergeblich gewarnt hatte. *Was geht es mich an? Sollen sie doch machen, was sie wollen!* Er musste Davarons Spur finden, bevor er sie für immer verlor.

Eripe schloss die Vorhänge ihrer Sänfte, obwohl es dahinter sofort stickig wurde. An den meisten Tagen gelang es ihr, ein Lächeln zu heucheln und huldvoll zu winken, doch an diesem Abend vermochte sie den Gläubigen nicht in die Augen zu sehen. Die Menschen blickten zu ihr auf. Sie vertrauten ihr. Manchmal wollte sie herausschreien, was sie den Menschen, die sie verehrten, antat – nur damit es ein Ende hatte und die Bürde von ihr abfiel.

Doch sie schwieg. Sie würde auch heute stumm bleiben und den nächsten Verrat begehen. Ihr blieb nicht mehr viel Zeit. Mond für Mond musste sie die Forderung der Magier erfüllen, bevor Hadons Antlitz zur Gänze am Himmel stand, und es war nicht leicht, das Nötige unbemerkt in die Wege zu leiten. Jeden Tag fürchtete sie aufzufliegen, und hoffte es zugleich. Es gab Mitwisser, die für Geld wegsahen. Andere hätten etwas ahnen können, doch es war undenkbar, ausgerechnet sie, die Tempelherrin des Drachen, der Dion beschützte, zu verdächtigen.

Gütiger Drache, verleih mir die Stärke, dies durchzustehen! Wo war die Kraft geblieben, die sie anfangs empfunden hatte? In ihrer Hybris, den Drachen auf ihrer Seite zu wissen, hatte sie die Worte der Nekromanten für leere Drohungen gehalten und die Frist verstreichen lassen. *Und du hast mir nicht beigestanden.*

Am Abend nach Vollmond waren zwei Kinder ihrer Familie spurlos verschwunden. Erst einige Tage später hatte man die untoten Körper in einer Gruft gefunden und sie verbrennen müssen, um dem Grauen ein Ende zu setzen. Eripe hatte die Botschaft verstanden. Seitdem gehorchte sie.

Hast du die Elfen als Antwort auf meine Gebete geschickt? Während sie in der Sänfte dem nächsten Verrat entgegenschaukelte, klammerte sie sich an diese Hoffnung. Täglich besuchte sie die großen, schlanken Fremden in Sesos' Palast, um mehr über sie zu erfahren und sie als Verbündete gegen die Nekromanten zu gewinnen. Manchmal keimte in ihr der Verdacht, dass sich hinter den edlen Gesichtern nur Hochmut und Herablassung verbargen. Doch die Elfen konnten auch freundlich sein, und von dem düsteren Dunkelblonden mit der Rüstung abgesehen zeigten sie sich über die Taten der Nekromanten entsetzt.

Gib, dass sie uns retten! Bringen wir dir nicht täglich reichliche Opfer dar? Nie zuvor haben die Gläubigen so viel Gold in den Tempel getragen.

Das Schwanken der Sänfte brach ab.

»Wir sind da, Herrin«, verkündete einer der Träger, um sie vor dem noch heftigeren Schaukeln zu warnen, das mit dem Absetzen der Sänfte einherging.

Eripe wartete, bis es vorbei war, dann schob sie einen Vorhang zur Seite und stieg aus. Die zahllosen Amulette an ihrem Gürtel klimperten leise, als sie durch die Pforte des Tempels der Urmutter schritt. Kaysas oberster Priester erwartete sie bereits in seinem karg eingerichteten Empfangszimmer. Wo im Tempel des Drachen Prunk den Besucher beeindruckte, setzte man in Kaysas Haus auf Bescheidenheit. Was die Gläubigen spendeten, verteilten die Diener der Urmutter in ihrem Namen an die Bedürftigen.

»Eripe!«, rief Kaphis erfreut. Wie stets wanderte sein Blick mit etwas zu viel Wohlgefallen über ihren Körper. »Willkommen in Kaysas Haus. Ihr habt in den letzten Tagen viel Zeit im Palast verbracht. Ich war bereits in Sorge, Ihr könntet mich darüber vergessen haben.«

Eripe lächelte freudlos. »Eine Verpflichtung wie diese vergisst man nicht«, behauptete sie, obwohl sie ihr in der Aufregung um die Elfen tatsächlich eine Weile entfallen war.

Kaphis trat an die Schwelle des Zimmers und vergewisserte sich mit raschen Blicken, dass niemand im Innenhof nah genug war, um zu lauschen. »Habt Ihr bereits einen Leichnam?«

188

»So schnell versiegen meine Quellen nicht«, erwiderte sie nur. Kaysas oberster Priester sollte weder wissen, welchen Totenwächter sie bestochen hatte, noch, aus welcher Gruft er die von den Lebenden vergessenen Leichen stahl. Dieser Teil der Forderung bereitete ihr zwar Skrupel, doch er war leicht zu erfüllen. Den Gottlosen Mond für Mond einen Lebenden auszuliefern, ohne Aufsehen zu erregen, war sehr viel schwieriger – und verfolgte sie bis in ihre Träume. »Wie sieht es bei Euch aus?«

Kaphis schien sich in seiner Rolle zu gefallen. In ihrer Verzweiflung hatte sie sich an ihn gewandt, und nach dem ersten Entsetzen war er ihr gern behilflich, die Stadt vor dem Todesfluch der Nekromanten zu bewahren. In seinem Tempel gab es immer eine sieche Alte oder einen unheilbar Kranken, denen ohnehin kein langes Leben mehr beschieden war. Sie für die Sicherheit der Stadt zu opfern, fiel Eripe nicht leicht, doch sie sah keinen anderen Ausweg. Kaphis übernahm es, den Tod jener Unglücklichen vorzutäuschen, falls es Angehörige gab.

»Ich hätte da einen Fremden, den niemand vermissen wird.«

»Seid Ihr sicher?« Eine auswärtige Familie auf der Suche nach einem verschollenen Mitglied konnte bei Sesos viel Staub aufwirbeln.

Kaphis machte eine vage Geste. »Fischer haben ihn aus dem Wasser gezogen. Von dem Ort, aus dem er stammen will, habe ich noch nie gehört. Er spricht nur Elfisch und lästert in einem fort die Götter. Vielleicht wurde er dafür auf dem Meer ausgesetzt.«

»Er ist ein Ketzer?«, staunte Eripe.

»Er leugnet, ein Sohn der Urmutter zu sein, weil sie ihn mit Kleinwüchsigkeit gestraft hat! Und ein Drache soll das Schiff zerstört haben, auf dem er segelte. Ein Drache, stellt Euch das vor! Er beschimpft jeden, der diese Geschichte anzweifelt, als verblendeten Drachenfreund. Entweder ist er ernsthaft krank oder übelster Abschaum. Einen verbohrteren Mann werdet Ihr in ganz Dion nicht finden.«

»Vielleicht wurde er tatsächlich zur Strafe für solche Blasphemie ausgesetzt«, sagte Eripe mehr zu sich selbst. Es gab Menschen, die es mit dem Glauben an die Götter nicht so genau nahmen. Sie spürte es, wenn sie ihnen begegnete. Aber einen Fall öffentlicher Ketzerei hatte es lange nicht mehr gegeben. Wer forderte schon freiwillig den Zorn der Götter und Gläubigen heraus?»Wenn es so ist, wird auch niemand nach ihm suchen.«

»Dann sind wir uns einig?«

Eripe nickte. Die Güte des Drachen hatte der Mann verwirkt.

Nach dem Streit über die Drachen hatte sich unangenehmes Schweigen ausgebreitet. Akkamas' verhülltes Gesicht war undeutbar, und Athanor verspürte wenig Lust, mit einem Drachenanbeter ein neues Gespräch anzufangen. Im ersten Moment hatte er sein Glück kaum fassen können, dass er hier in der Fremde auf Menschen gestoßen war. Aber nun? *Wie gewonnen, so zerronnen.* Wenn sie es nicht anders wollten, würde es eben so sein.

»Ihr habt vorhin einen König erwähnt«, nahm Akkamas das Gespräch wieder auf.»Auch dies könnte Euch als Beleidigung und vor allem als Vorwurf des Verrats ausgelegt werden. Wie kommt Ihr darauf, dass Dion einen König hat?«

»Dann gibt es keinen? Werdet Ihr etwa wie die Elfen von einem Hohen Rat und seinem Vorsitzenden regiert?«

»Über die Gepflogenheiten der Elfen ist mir nicht viel bekannt«, gab Akkamas zu.»Die Fürsten Dions unterstehen Regentin Nemera, die im Namen des Kaysars über das Land herrscht, bis er sie von diesem Amt abberuft.«

Fast hätte sich Athanor am eigenen Atem verschluckt.»Im Namen des Kaysars? Des Kaysars zu Ithara?«

»Da Ihr über das Meer gekommen seid, habt Ihr sicher von ihm gehört.«

»Man könnte sagen, ich sei mit ihm aufgewachsen. Aber wie … wie kommt es, dass Eure Regentin im Namen Itharas herrscht? Nicht einmal in Ithara wussten sie davon.« *Etheon hätte es sonst jedem unter die Nase gerieben. Welcher König hätte sich nicht gern mit einer Provinz jenseits des Meers geschmückt?* Doch die Geschichte erklärte, warum die Menschen hier Itharisch sprachen.

Akkamas' Augen verrieten, dass er unter seinen Tüchern die Stirn runzelte. »Das wisst Ihr nicht?«

»Ich kann nicht für Theroias Gelehrte sprechen, aber für mein Volk war das Meer nur ein fernes, großes Wasser. Alles, was hinter dem Fallenden Fluss liegt, sind fieberverseuchte Sümpfe, in die kein Mensch einen Fuß setzt.« *Und daran wird sich nun auch nichts mehr ändern.*

»Dann hat man die Schiffe des großen Kaysars Paian einfach vergessen?«, fragte Akkamas.

Will er mich schon wieder auf die Probe stellen? »Meint Ihr Paian den Unglücklichen?«

»Den Unglücklichen?«

»Das ist der einzige Paian, der mir einfällt. Sein Pech ist sprichwörtlich. Alles, was er anfing, soll ein schlechtes Ende genommen haben.«

»Hat er Schiffe über den Ozean gesandt?«

Athanor zuckte mit den Schultern. »Über Pechvögel wollte ich nie etwas hören. Aber ... wenn hier noch immer in seinem Namen regiert wird, habe ich ihm wohl Unrecht getan.«

»In jedem Fall tut Ihr gut daran, zukünftig respektvoller über ihn zu sprechen. Jedes dionische Kind weiß, dass der Kaysar über alle Menschenvölker jenseits des Ozeans gebietet. Als Prinz aus der Alten Heimat müsst Ihr ihn kennen. Fürstin Aira wird Euch fragen, weshalb er Euch keine Botschaft für sein Volk mitgegeben hat.«

»Die Antwort wird ihr nicht gefallen.«

»Warum?«

»Beantwortet zur Abwechslung mir eine Frage«, forderte Athanor. »Wenn Dion so treu zum Kaysar steht, warum hat er nie etwas davon erfahren?«

Akkamas sah ihn an, als müsse er ihn neu bewerten. »Woher wollt Ihr das wissen?«

»In der Alten Heimat, wie Ihr sie nennt, hat nie jemand von Dion gehört. Weshalb sind keine Schiffe von hier nach Ithara gekommen?«

»Ihr müsst aufpassen, was Ihr sagt«, riet Akkamas noch einmal. »Nicht jeder denkt über den Kaysar so nüchtern wie ich.

Mir ist klar, dass er ein Mann wie jeder andere Fürst sein muss, aber für viele ist er weit mehr als das. Ich weiß nicht,' wohin meine Seele gehen wird, wenn ich tot bin, aber viele glauben, dass die Seelen der Verstorbenen in die Alte Heimat zurückkehren, wo der Kaysar über die Lebenden und die Toten herrscht. Schon deshalb muss er besser über alles Bescheid wissen, was in Dion vor sich geht, als so mancher Lebende hier.«

»Ich kann Euch versichern, dass …« Athanor stockte. *Nein, kann ich nicht. Das Alte Reich ist ein Land der Toten.* Sie standen sogar auf und kämpften, wenn es ein längst vergangener König befahl. Doch das würde Akkamas nur noch mehr verwirren.

»So unter uns, ganz nüchtern betrachtet, was glaubt *Ihr*, warum man in Ithara nie von Dion erfahren hat?«

Der Erste Krieger Katnas hob ratlos eine Schulter. »Es gibt Legenden von Schiffen, die mit Botschaften in die Alte Heimat gesandt wurden. Wenn sie nicht ankamen, müssen sie alle untergegangen sein. Jeder weiß, dass es nie eine Antwort gab, aber die Wege der Götter sind unergründlich, und der Kaysar ist eine Art Gott, denn er herrscht über alle Menschen.«

Nicht mehr. »Es hat also schon lange niemand mehr versucht, den Ozean zu überqueren?«

»Es wäre Selbstmord«, behauptete Akkamas. »Fischer und Händler kennen die Gefahren. Sie sagen, dass diese Reise den Toten vorbehalten ist. Ihr habt es selbst erlebt.«

»Dann glaubt Ihr mir?«

»Was *ich* glaube, wird nicht über Euer Leben entscheiden. Deshalb warne ich Euch. Seid mit Euren Äußerungen vorsichtiger!«

»Ich werde niemandem etwas vorgaukeln, nur um mich nicht in Gefahr zu bringen.«

Das Nachtleben Maranas fand auf den flachen Dächern statt. Sobald abends die Hitze nachließ, strömten die Menschen ins Freie, um unter dem Sternenhimmel zu speisen, zu plaudern und Musik zu lauschen. In Sesos' Palast kamen noch Darbietungen von Akrobaten und Tänzerinnen hinzu, von denen einige sogar zu seinem Haushalt gehörten.

192

Tagsüber wurden die Dächer jedoch gemieden. Selbst unter einem schattenspendenden Zeltdach fanden es die Maranaer dann unerträglich heiß und hielten sich lieber im Haus auf. Gerade deshalb hatte Eleagon das Palastdach für eine vertrauliche Besprechung gewählt. Als Davaron die Treppe hinaufstieg, wehte ihm die Hitze schon auf den letzten Stufen entgegen, und er dämpfte mit Magie sein inneres Feuer, um nicht ins Schwitzen zu geraten.

Der junge Schiffsführer und seine Mannschaft saßen bereits unter den weißen Stoffbahnen, die von Dienern für sie aufgespannt worden waren. Darüber hing Maranas blaues Banner mit den drei silbernen Fischen und bleichte in der Sonne vor sich hin.

»Davaron, nehmt Platz!«, lud Eleagon ihn großzügig ein, als sei es sein Dach.

»Hattet Ihr Probleme, die Priesterin loszuwerden?«, feixte Leonem und brachte damit alle zum Schmunzeln. Eripe kam jeden Tag in den Palast, um ihnen mit der Bedrohung durch die Nekromanten in den Ohren zu liegen.

»Nicht mehr als du«, erwiderte Davaron und setzte sich.

Die anderen lachten.

»Unabhängig von der Verehrung, die uns durch einige Menschen zuteilwird«, spottete Eleagon, »müssen wir uns fragen, ob wir weiterreisen oder die Rückfahrt antreten sollen.«

»Von mir aus können wir nach Sianyasa zurückkehren«, platzte Berelean heraus. Obwohl er der Jüngste war, schien ihn mehr Heimweh zu plagen als alle anderen. »Es ist schrecklich heiß und öde hier. Und die Menschen spielen grauenhaft schrille Flöten.«

»Ich hätte nichts dagegen«, stimmte Leonem zu. »Wir haben uns genug erholt. Die Verehrung der Menschen ist zwar schmeichelhaft, aber auch unheimlich. Letzte Nacht hat jemand versucht, mir eine Haarlocke abzuschneiden, während ich schlief!«

»Elfenhaar steht wohl seit Neuestem für Schutzamulette hoch im Kurs«, schätzte Davaron belustigt. Auch er war bereits von einer verschämten Tochter Sesos' darum gebeten worden.

Die Maranaer bewunderten ihn ebenso dafür, die Untote besiegt zu haben, wie sie Meriothin dafür verehrten, dass er den Fluch gebrochen hatte. Für den Rückfall gaben sie ihm keine Schuld. Sie munkelten lieber, die Nekromanten hätten das Mädchen in der Nacht erneut verhext. »Aber das ist kein Grund, vorzeitig abzureisen«, fügte Davaron hinzu. Wie sollte er mehr über diese Zauberer erfahren, wenn Eleagon morgen Segel setzen ließ? »Spracht Ihr nicht davon, Handelsbeziehungen zu knüpfen?«

Eleagon nickte. »Ganz recht. Der Grund für diese Zusammenkunft ist, dass Sesos angeboten hat, uns persönlich in die Hauptstadt Dions zu geleiten. Es wäre auch auf dem Seeweg machbar, aber er fürchtet wohl, dass wir davonsegeln, wenn wir erst einmal wieder auf dem Meer sind. Deshalb schlägt er eine Reise zu Pferd vor. Vermutlich verspricht er sich einiges Ansehen davon, uns der Regentin vorzustellen, deren Vater vom Anführer der Nekromanten ermordet wurde.«

»Wir sollten uns diese Gelegenheit, mehr über Dion zu erfahren, nicht entgehen lassen«, meldete sich Meriothin zu Wort. »Es wird unser Ansehen steigern, und wenn wir dem Rat in Anvalon eine Botschaft der Regentin Dions überbringen könnten, auch das Ansehen *aller* Abkömmlinge Thalas!«

»Solange kein Dionier auf den Gedanken kommt, die Elfenlande besuchen zu wollen«, warf Leonem ein. »Es ist Menschen noch immer verboten, unsere Heimat zu betreten.«

Eleagon winkte ab. »Was mir mehr Sorgen bereitet, sind die Erwartungen, die die Menschen an uns stellen. Sie hoffen, dass wir ihnen gegen ihre eigenen Magier beistehen. Wenn wir hierbleiben, wird es sich vielleicht nicht vermeiden lassen, in diese Kämpfe hineingezogen zu werden. Deshalb will ich diese Entscheidung nicht über eure Köpfe hinweg treffen.«

»Ihr habt als Schiffsführer stets richtig entschieden«, lobte Mahanael. »Ich vertraue Eurem Urteil und folge Euch.«

»Meine Unterstützung habt Ihr, wenn Ihr bleiben wollt«, schloss sich Davaron an. »Ich bin neugierig auf dieses Land, und wer kann schon sagen, ob wir jemals eine zweite Gelegenheit bekommen, es zu erforschen.«

Berelean hob protestierend die Hand. »Aber ... ist es nicht riskant, mit der Rückfahrt so lange zu warten? Bald setzen die Herbststürme ein.«

»Ein berechtigter Einwand«, gab Eleagon zu. »Ich habe darüber nachgedacht und glaube, dass wir dieses Wagnis eingehen sollten. Entweder kehren wir rechtzeitig zur *Kemethoë* zurück, oder wir überwintern hier in Dion, bis die günstigen Frühjahrswinde einsetzen, die uns noch schneller nach Hause bringen.«

»Ihr wollt *so* lange unter Menschen bleiben?«, fragte Berelean entsetzt.

»Hast du etwa Angst vor ihnen?«, höhnte Meriothin. »Du hast Leonem gehört. Sie wollen nur dein Haar.«

»Ich weiß trotzdem nicht, ob es klug ist, unseren Aufenthalt so sehr auszudehnen«, wandte nun auch Leonem ein. »Wir Elfen haben uns von den Menschen abgewandt, weil sie uns immer hintergangen haben. Wir sollten uns nicht in ihre Streitigkeiten hineinziehen lassen, aber das wird geschehen, wenn wir bleiben. Was geht es uns an, dass ihre Magier das eigene Volk quälen? So sind die Menschen nun einmal.«

Das hätte glatt von mir sein können. Dumm nur, dass es dieses Mal nicht meinen Interessen dient. »Der Erhabene würde daran erinnern, dass wir es waren, die die Menschen die Zauberei lehrten«, sagte Davaron stattdessen. »Aus seiner Sicht tragen wir eine gewisse Verantwortung für ihre Magie.«

»Überzeugt mich nicht«, schnappte Leonem. »Kein Elf hat diesen Magierorden zu Gräueltaten gezwungen. Das sollen sie unter sich ausmachen.«

»Ich habe keine Angst vor diesen Totenschändern«, behauptete Mahanael. »Sie sind nicht die Einzigen, die mittels Magie töten können.« Davaron betrachtete ihn mit neuen Augen. Bislang hatte er ihn für einen einfachen Seemann gehalten, der durch Luftzauber den Wind beeinflusste und nur mit einer Harpune gefährlich war.

»Ich bin nicht darauf versessen, mich in die Angelegenheiten der Menschen einzumischen«, wehrte Eleagon ab. »Wir werden ihnen Rat erteilen, wenn sie uns darum bitten, mehr nicht. Es wollen also nur zwei von uns so schnell wie möglich wieder nach Hause?«

Niemand widersprach.

»Dann steht es zwei gegen vier. Berelean, Leonem, wollt ihr hier auf der *Kemethoë* warten oder uns begleiten?«

»Hier warten, obwohl ich kein Wort verstehe?« Leonem schüttelte energisch den Kopf.

»Auf keinen Fall«, stimmte Berelean zu.

»Gut. Dann reisen wir gemeinsam nach Ehala.«

10

Erst als sich die Umrisse einer Stadt am Horizont abzeichneten, streifte Akkamas das Tuch von seinem Gesicht.

»Erfüllt das eigentlich einen Zweck?«, erkundigte sich Athanor.

»An dieser Frage erkennt man, dass Ihr nicht in einer Wüste aufgewachsen seid. Hier hat alles einen Sinn. Das Tuch hält die Feuchtigkeit in Eurem Atem zurück, sodass Ihr sie wieder einatmen könnt. Wenn Ihr ohne Wasser umherirrt, zählt jeder Tropfen, den Ihr nicht an die Hitze verliert.«

Athanor nickte. Dieses Land wirkte in der Tat erbarmungslos. Dass er nicht verdurstet war, bevor ihn die Händler gefunden hatten, grenzte an ein Wunder.

Je näher sie der Stadt kamen, desto mehr Menschen begegneten ihnen. Die meisten gingen zu Fuß und schleppten Waren nach Hause – wo auch immer das in dieser Ödnis sein mochte. Andere zogen mit Reisig oder getrocknetem Dung beladene Esel gen Stadt. Zu beiden Seiten der Straße tauchten Gebäude auf, die den Totenhäusern aus dem Alten Reich glichen. Sie besaßen keine Fenster, waren niedrig, da ihre Böden unter dem Niveau der Umgebung lagen, und ihre Türen wurden von Säulen flankiert, auf denen ein Relief die untergehende Sonne ... Athanor stutzte und verzog sogleich das Gesicht. Das nächstgelegene Portal zeigte ein Schiff, das vermutlich die Reise der Seelen in die Alte Heimat symbolisierte. Was ihn ärgerte, war der Drache, der wie ein Beschützer voranflog. Gab es auch etwas, das der verfluchte Drache nicht für sie richten sollte?

»Warum stehen überall Wächter um die Totenhäuser?«, fragte er barscher als beabsichtigt. In Theroia hätte niemand eine Gruft ausgeraubt. Es gab für Diebe zu wenig zu holen, um dafür die Aufmerksamkeit des Dunklen auf sich zu lenken.

»Wir mussten mehr von ihnen einstellen, weil es im ganzen Land Ärger mit dem Magierorden gibt. Ich prahle nur ungern«, sagte Akkamas mit einem Lächeln, das seine Worte Lügen

197

strafte, »aber es dürfte mir zu verdanken sein, dass Katna sie bislang abgewehrt hat.«

»Zauberer.« Athanor spuckte es aus wie einen Fluch. Die wenigen Magier, die es in Theroia gegeben hatte, waren stets nur mit sich selbst beschäftigt gewesen. »Wann haben sie sich je einmal nützlich gemacht?« Elanyas Heilkünste mochten nützlich gewesen sein, doch sie war eine Elfe gewesen, kein Mensch. Die Erinnerung bohrte sich wie ein Finger in eine offene Wunde. *Was taugt die verdammte Zauberei, wenn sich die Heilerin nicht selbst retten kann?*

»Damit hätten wir endlich ein Thema gefunden, bei dem Ihr mit Eurer Ansicht nichts falsch machen könnt«, lachte Akkamas.

Doch Athanor war nicht nach Scherzen. Er ahnte, was Magier mit Leichen trieben.

Wie viel Akkamas der Fürstin bereits über ihn erzählt hatte, wusste Athanor nicht, aber es genügte ihr, um ihn skeptisch zu mustern. Dass sie ihn erst am Morgen nach seiner Ankunft empfing, hatte ihm Gelegenheit gegeben, sich noch etwas von seiner Verwundung zu erholen. Rasiert, gebadet und von seinem Verband befreit, betrat er den kleinen Saal, dessen Tür ein Diener für ihn aufhielt. Katnas Palast entfaltete mehr Pracht, als die enttäuschend schlichte Hafenstadt vermuten ließ. Die Jagdszenen mit Löwen und Gazellen auf den Wänden und die Fliesen aus rötlichem Marmor, über die Athanor schritt, hätten auch einem theroischen Fürstenhaus gut angestanden.

Akkamas wartete wie ein Ratgeber neben seiner Herrin, die auf einem erhöht aufgestellten Lehnstuhl saß. Airas mit Silberschmuck aufgestecktes Haar war bereits ergraut, aber sie besaß noch immer eine königliche Haltung und einen festen Blick. Die ärmellose Robe, die sie über einem roten Kleid trug, war mit Silberfäden durchwirkt. Dem kargen Eindruck zum Trotz schien Dion ein reiches Land zu sein.

Achtlos ging Athanor an den anderen Anwesenden vorbei, die zu beiden Seiten standen oder saßen. Er wusste, wer sich in den Empfangssälen der Fürsten und Könige herumtrieb. Diese

Menschen mochten für sich betrachtet mehr oder weniger einflussreich sein, aber auf das Wort ihrer Herrin kam es an. Und auf Akkamas', der nach Sitte der Alten Heimat die Bewaffneten für sie befehligte, weil es einer Frau verboten war.

Athanor blieb in respektvollem Abstand vor der Fürstin stehen und deutete eine Verneigung an. Als Kronprinz eines Reichs war er ihr nicht mehr schuldig. Besser, sie klärten die Verhältnisse gleich. Sofort flüsterten die Hofschranzen miteinander.

»Man hat Euch mir als Athanor, Prinz von Theroia angekündigt«, sagte Aira kühl. »Ist das Euer Name und Titel?«

»So ist es, Fürstin.«

Sie schien auf etwas zu warten, doch da er nicht weitersprach, ergriff sie wieder das Wort. »Und wo liegt dieses Land, aus dem Ihr stammt?«

»Es befindet sich auf dem Gebiet des Alten Reichs, jenseits des Ozeans.«

Einige der Zuhörer starrten ihn mit offenem Mund an, andere tuschelten noch lauter mit ihren Nachbarn. Nur die Fürstin, die zweifellos mit dieser Antwort gerechnet hatte, behielt ihre ungerührte Miene bei. »Wenn Ihr also über das Meer gekommen seid, wer hat Euch geschickt?«

»Niemand. Ich kam aus eigenem Wunsch auf einem Schiff der Elfen.«

Plötzlich sprachen so viele Menschen im Saal durcheinander, dass Athanor nur einzelne Worte verstand. »Kaysar« war eines davon, und der Rest klang wahlweise empört, hoffnungsvoll oder aufgeregt. Erst als eine männliche Stimme laut Ruhe forderte, legte sich der Tumult.

»Tempelherrin, Ihr wolltet etwas sagen?« Die Fürstin ließ sich nicht anmerken, was sie von Athanors Antwort hielt.

Die Angesprochene, die eine ähnliche Robe wie die Fürstin, jedoch aus hellgrünem, in Falten gelegten Stoff trug, verbeugte sich. »Ja, Fürstin. Ich kam her, um Euch einen Brief aus dem Tempel der Urmutter zu Marana zu zeigen, der gestern Abend eintraf. Der Bote reiste heute Morgen weiter, doch er erzählte mir, dass in Fürst Sesos' Palast einige wundertätige Elfen zu

Gast seien. Selbstverständlich hielt ich ihn für betrunken, aber er beharrte darauf, die Wahrheit zu sprechen, und der Brief bestätigt seine Worte. Sie sollen sogar ein Mädchen vom Fluch der Nekromanten geheilt haben.«

Davaron ist hier! Athanor schluckte seinen zornigen Ausruf gerade noch herunter. Wenn sich der Bastard als Wohltäter feiern ließ, fühlte er sich sicher. Es war klüger, nichts daran zu ändern, bis er vor ihm stand.

In dem Stimmenwirrwarr, das erneut im Saal ausgebrochen war, bedeutete die Fürstin Akkamas, ihr das Schreiben zu holen. Athanor beobachtete, wie sie las. Er würde Akkamas um ein Pferd bitten und so schnell wie möglich in diese Stadt reiten, bevor Davaron von dort verschwand.

Aira reichte den Brief an Akkamas zurück, der ihn ebenfalls überflog. »Haben wir unserem Gast nun lange genug vorgeführt, dass der dionische Adel ein Haufen gackernder Hühner ist?« Ihre Stimme war so schneidend, dass sie bis in alle Winkel des Saals drang. Frauen und Männer verstummten und wandten sich ihr zu. »Schon mein verstorbener Mann, Regent Themos, pflegte nicht vorschnell zu urteilen«, fuhr sie fort.

Sie ist die Witwe des vorherigen Regenten? Vielleicht hatte sie den nötigen Einfluss, um diesem Drachenwahn Einhalt zu gebieten.

»Und ich habe keinen Anlass, an den Worten einer Priesterin zu zweifeln, die aus dem Tempel Kaysas zu Marana schreibt. Sie berichtet von sechs Elfen, deren Schiff in Maranas Hafen angelegt hat. Fürst Sesos und mit ihm die halbe Stadt sollen Zeugen der Heilung dieses Mädchens gewesen sein. Darüber hinaus erwähnt sie einen Schiffbrüchigen, der von Fischern gerettet wurde und ...« Sie wandte sich an Athanor. »... sie bittet, nach einem Mitreisenden namens Athanor suchen zu lassen.«

»Außer mir hat noch jemand überlebt? Wer?« Athanor setzte an, sich der Fürstin zu nähern, um ihr den Brief zu entreißen, doch Akkamas hielt ihn mit einem scharfen Blick zurück.

»Es wird kein Name genannt«, antwortete der Erste Krieger. »Der Mann wird jedoch als kleinwüchsig und von Narben entstellt beschrieben.«

200

»Vindur?« Athanor lachte vor Überraschung und Freude. »Er kann doch nicht einmal schwimmen!«

Akkamas lächelte verschmitzt. »Offenbar hat er schnell gelernt.«

Wie der Rest der Anwesenden wirkte Fürstin Aira verwirrt, doch sie bemühte sich, es hinter einer strengen Miene zu verbergen. »Ist dieser Zwerg Euer Freund?«

»Ein Freund und Kampfgefährte«, betonte Athanor. »Vindurs Vater ist Rathgar, König des Zwergenreichs Firondil.«

Nun runzelte auch Akkamas die Stirn. »Ihr habt einen Zwerg nach Dion gebracht?«

Verdammt. Wussten etwa auch die Dionier, dass Zwerge und Drachen Todfeinde waren?

Doch die Fürstin schien den Sinn hinter Akkamas' Frage nicht zu verstehen. »Ich muss mich wohl für meine Zurückhaltung entschuldigen, Prinz von Theroia. Seid willkommen in meinem Palast!«

Als hätte Aira einen Bann gebrochen, gab es für die Anwesenden kein Halten mehr.

»Der Kaysar, habt Ihr den Kaysar gesehen?«, rief eine Frau.

»Bringt Ihr uns eine Botschaft?«, meldete sich eine andere Stimme.

»Wird auch der Kaysar nach Dion kommen?«

»Könnt Ihr meinem verstorbenen Großvater eine Nachricht überbringen?«

»Dürft Ihr Geschenke für meine sichere Überfahrt in die Alte Heimat annehmen?«

Athanor hob die Hände, um die Flut der Fragen abzuwehren. Gebannt hingen die Menschen förmlich an seinen Lippen. »Es gibt in Ithara keinen Hochkönig mehr. Der letzte rechtmäßig gekrönte Kaysar starb vor fast tausend Jahren.«

Im Saal kehrte schlagartig Stille ein.

Verblüfft las Davaron noch einmal die unscheinbare Notiz, die auf seinem Kopfkissen gelegen hatte. Die Worte waren in elfischer Sprache und Schrift verfasst, sodass sie sicher kein Bediensteter dieser Herberge verstehen, geschweige denn geschrieben haben konnte. Aber woher stammte sie, und wie war sie in sein Zimmer gelangt?

»*Wir haben Euch beobachtet. Wenn Ihr ernsthaft an unserer Magie interessiert seid, gebt uns ein Zeichen, indem Ihr heute Abend keinen Tropfen Wein anrührt.*« Misstrauisch musterte Davaron die Wände. Gab es eine geheime Tür, durch die auch jemand eindringen konnte, während er schlief? Das würde er dann heute besser bleiben lassen. Kam die Nachricht tatsächlich von den Nekromanten? Es wurde gemunkelt, dass sie überall ihre Spitzel hatten – auch in Sesos' Palast. Hatte man ihnen davon berichtet, wie Davaron die Menschen über ihren Magierorden aushorchte? *Entweder das oder Sesos hat Verdacht geschöpft und stellt mir eine Falle.*

Davaron trat an das einzige Fenster und spähte durch die Schlitze des Fensterladens, ohne die es im Raum stockfinster gewesen wäre. Wie so viele große Anwesen in Dion war auch das Gasthaus um einen Innenhof angeordnet, auf den fast alle Fenster und Türen ausgerichtet waren. Die Zimmer für wohlhabende Reisende befanden sich entlang eines zum Hof hin offenen Gangs im ersten Stock. Darüber gab es nur noch das Dach. Wer auch immer die Notiz hergebracht hatte, musste diesen Gang und die Tür oder eine Form von Magie benutzt haben. *Diese Überlegungen bringen mich auch nicht weiter.*

Gab es einen Weg, die Anweisung in der Nachricht zu befolgen, ohne in eine Falle zu tappen? Mit Sesos anzustoßen und den Wein heimlich wegzukippen, war heikel. Der Fürst konnte es bemerken, und verborgene Beobachter konnten es übersehen.

Was soll's? Er legte die Notiz auf den gemauerten Fensterrahmen und ließ sie in Flammen aufgehen. Was konnte Sesos ihm außer mangelndem Durst schon nachweisen?

Ascheflocken segelten zu Boden, als er nach Sonnenuntergang das Zimmer verließ, um sich für das Abendessen aufs Dach zu begeben. Mehrere Tische waren für Sesos' Reisegesellschaft zu einer langen Tafel zusammengeschoben worden. Davaron setzte sich zwischen Meriothin und Mahanael, die nur halb so viel dummes Zeug schwatzten wie der gesprächige

Leonem. Sesos saß am Kopfende der Tafel und wurde von Eleagon und einem Händler aus Marana flankiert. Die drei schienen sich angeregt zu unterhalten. Falls Sesos Davaron im Auge behielt, tat er es sehr geschickt.

Der Wirt erwartete wohl eine großzügige Bezahlung, denn seine Dienerinnen und Mägde schleppten reichlich Speisen und noch mehr Krüge Wein herauf. Bis auf einen Becher Wasser und etwas Brot lehnte Davaron alles ab.

»Geht es Euch nicht gut?«, erkundigte sich Meriothin.

»Nein, schon gut. Mir ist nur diese ständige Völlerei zuwider. Ich verstehe nicht, wie Menschen so oft so viel essen können.«

»Ihr habt doch seit gestern Abend nichts mehr gegessen«, wandte Meriothin verwirrt ein. Das galt vermutlich für sie beide, und trotzdem trank der Heiler Wein und kostete von den kräftig gewürzten Speisen.

»Na schön, ich fühle mich etwas unwohl«, log Davaron. »Aber ich will nicht darüber reden.«

»Falls Ihr Anzeichen spürt, dass Euch dieser Fluch …«

»Dann werde ich mich sofort an dich wenden. Glaubst du, ich habe Lust, auf diese Art zu verrecken?«

Leonem, der ihnen gegenübersaß, warf ihm einen tadelnden Blick zu. »Könnten wir an einer Festtafel über etwas anderes sprechen?«

»Ich werde euch von meiner ersten Sturmfahrt mit Eleagon erzählen«, verkündete Mahanael. »Das war ein Abenteuer, sag ich euch!«

»Lasst hören!«, erwiderte Davaron dankbar. Mahanael gab sonst nie Geschichten zum Besten. Offenbar hatte er nur schnell das Thema wechseln wollen.

Davaron hörte nur mit einem Ohr zu und beobachtete insgeheim die Bediensteten. Wenn Sesos es nicht tat, musste einer von ihnen im Auge behalten, ob er Wein trank. Doch niemand verhielt sich verdächtig.

Gegen Ende des Mahls spielten Musikanten mit Harfe und Flöten auf. Später kamen eine Trommlerin und eine leicht bekleidete Tänzerin hinzu, die vor allem Sesos großzügig Blick auf ihre halb entblößten Brüste gewährte. Zunächst feuerte der

Fürst sie begeistert an, doch bald zeigte sich Müdigkeit in seiner Miene.

»Ich glaube, ich sollte mich zurückziehen«, murmelte Meriothin. Er klang so schlaftrunken, dass Davaron ihn verwundert ansah. Gegenüber ertönte ein Scheppern, als Berelean mit dem Kopf auf seinen leeren Teller schlug. Alarmiert blickte sich Davaron um. Alle am Tisch kämpften darum, die Augen offen zu halten. Sesos' Finger krallten sich plötzlich um die Lehnen seines Stuhls, bevor ihm etwas Schaum zwischen den Lippen hervorquoll und sein Kopf auf die Brust sank.

Die Tänzerin stieß einen leisen Schrei aus. Dicht gefolgt von den Musikern eilte sie die Treppe hinab. Von den Dienern des Wirts war niemand mehr zu sehen.

Davaron erhob sich. Mahanael wollte seinem Vorbild folgen, doch er fiel nur vornüber und landete mit dem Kopf auf dem Tisch. Entsetzen schlich sich in Meriothins Blick, mit dem er zu Davaron aufsah. Er wollte sprechen, aber die Zunge gehorchte ihm offenbar nicht. Schon fielen ihm die Lider zu. Ein dumpfer Knall lenkte Davarons Aufmerksamkeit auf Leonem, der gerade zu Boden gefallen war. Ein hastiger Blick in die Runde zeigte ihm, dass niemand mehr aufrecht saß. Alle waren eingeschlafen. *Oder tot?* Er legte zwei Finger an Meriothins Hals, um nach dem Pochen in den Adern zu tasten, während er die Treppe im Auge behielt.

Deshalb sollte ich also keinen Wein trinken. Sesos hatte mit seiner Furcht vor den Zauberern nicht übertrieben. Sie waren skrupellos, und ihr Arm reichte weit. Meriothins Herz mochte noch schlagen, aber wenn es ein Gift war, wirkte es bei Elfen vielleicht nur langsamer. Wie es auch sein mochte, helfen konnte er seinen Begleitern nicht.

Davaron wich zurück, um sich Raum zum Kämpfen zu verschaffen. Das jähe Anwachsen seiner Zauberkraft, als er den Astarion an seinem Schwert berührte, verlieh ihm Gelassenheit. Entweder würde er sich mit diesen Nekromanten einigen oder ihnen zeigen, wozu ein Elf fähig war. Er durfte sie nur nicht unterschätzen.

Auf dem Dach war es so still geworden, dass Davaron das leise Röcheln Eleagons hörte. Der Kopf des Schiffsführers hing nach hinten über die Stuhllehne, weshalb sein Mund offen stand. Er nahm sogar das kurze Zischen wahr, wenn ein Falter in die Flamme einer Öllampe flog. Über ihm breitete sich der sternenklare Nachthimmel aus. Gab es jemals Wolken in Dion? Dieses Land war für die Toten gemacht, die weder Wasser noch Nahrung brauchten. Ein kaum hörbares Knirschen von Sand kündigte ihm die Ankunft der Zauberer an. Einer nach dem anderen betrat das Dach, vier dunkle Gestalten – in ihren schwarzen Roben eher Schatten als Menschen. Sie verteilten sich und erschwerten Davaron, alle zugleich im Blick zu behalten. Er durchschaute die Taktik ebenso wie ihr Schweigen und wartete ab.

Derjenige, der ihm am nächsten stand, nahm die Kapuze ab. Der Mann war hager, unerwartet blond und besaß stechende Augen, deren Farbe im schwachen Licht nicht zu erkennen war. Nur der Schatten nachwachsender Stoppeln unterschied sein schmales Gesicht von dem eines Elfs. »Wie ich sehe, hast du unsere Anweisungen befolgt. Welchen Preis würdest du zahlen, um deine Neugier zu stillen? Sie alle hier?« Er deutete vage auf die schlafenden Elfen.

»Kommt darauf an, ob es sich lohnt.«

Der fremde Zauberer lachte. »Du weißt offensichtlich, was du willst. Wofür würdest du sie opfern?«

»Ich verlange, alles zu lernen, was ihr über Nekromantie wisst.«

»Dazu müsstest du einer von uns werden. Wir unterrichten niemanden, der nicht auf unserer Seite ist.«

Warum nicht? Er würde immer noch sein halbes Leben vor sich haben, wenn sie alle längst in einer Gruft lagen. »Dann schließe ich mich euch an.«

»Wir verlangen von jedem Bewerber einen Beweis seiner Loyalität. Bist du wirklich bereit, uns deine Freunde für unsere Experimente zur Verfügung zu stellen? Das würde ich gelten lassen«, bot der Fremde mit bösem Lächeln an.

Davaron zuckte mit den Schultern. »Ich betrachte sie eher als zufällige Weggefährten. Aber sie sind noch nicht tot.«

»Das lag auch nicht in unserer Absicht.« Der Nekromant
näherte sich Sesos und hob dessen Kopf an, um in die leblose
Miene zu blicken. »Obwohl man bei *katheios* immer mit einem
gewissen Schwund rechnen muss.« Er ließ Sesos' Kinn los, so-
dass dessen Schädel wieder auf die Brust fiel. »Wir haben genug
Leichen. Elfen versprechen eine Abwechslung.« Er ging zur
Treppe und rief nach unten: »Kommt rauf und fesselt sie!«
Glaubten diese Menschen, dass ein paar Stricke Elfen auf-
hielten, wenn sie erst einmal wieder aufwachten? »Das wird
euch wenig nützen.«
Der Nekromant lächelte herablassend, während knirschende
Schritte die Stufen heraufeilten. »Deine Sorge rührt mich, Elf.
Aber sie ist unnötig.«
Davaron setzte zu einer bissigen Antwort an, doch die
Gestalten, die auf das Dach drängten, machten ihn für einen
Moment sprachlos. Die mumifizierten Leiber waren teils in Totenhemden gehüllt, teils nackt. Knochen stachen durch Risse in
der ausgedörrten Haut, die wie altes Leder aussah. Sie bewegten
sich etwas steif, doch ohne Rücksicht auf Sehnen, von denen sich
einige längst von den Knochen gelöst hatten. Davaron starrte in
die lippenlosen Gesichter mit den leeren Augenhöhlen. *Wieder-*
gänger. Dieselben lästigen Untoten, gegen die er mit Athanor in
Theroia gekämpft hatte. Aber sie hörten auf Befehle und begannen sofort, den Schlafenden mattgraue Handschellen anzulegen.
»Wir benutzen eine gut erprobte Legierung mit hohem Blei-
anteil«, erklärte der Wortführer der Nekromanten gönnerhaft.
»Solange sie so eng am Körper getragen wird, unterbindet sie
jeden erfolgreichen Zauber.«
Davaron nickte. »Ich verstehe.« Blei war in den Elfenlanden
nicht umsonst mit einem so alten Bann belegt, dass viele nicht
einmal mehr von der Existenz dieses Metalls wussten, und diese
Zauberer waren schlau genug, es nicht zu berühren. Sie ließen
einfach die Leichen für sich arbeiten. Wie erzwangen sie diesen
Gehorsam?
»Tragt sie runter und werft sie zu den anderen auf den Wagen!«, befahl der blonde Zauberer, bevor er seinen stechenden

Blick wieder auf Davaron richtete. »Willst du uns immer noch begleiten?«

»Mehr denn je.«

»Hatte ich Euch nicht gesagt, dass Ihr Eure Worte vorsichtiger wählen sollt?«, tadelte Akkamas, doch seine Augen verrieten, dass er sich insgeheim bestens amüsierte. Unter Flüchen und Drohungen hatte er Athanor geholfen, dem aufgebrachten Mob im Empfangssaal der Fürstin zu entkommen. Wütende Stimmen hallten durch den Palast, und aus allen Richtungen eilten Wachen herbei, die um das Leben ihrer Herrin fürchteten. Akkamas rief ihnen zu, für Ruhe zu sorgen und der Fürstin Gehör zu verschaffen. Athanor waren die Höflinge so gleichgültig wie die Fliegen an den Wänden des Palasts. Wenn sie ihm nicht glauben wollten, dass es keinen Kaysar mehr gab, sollten sie über den Ozean fahren und selbst nachsehen. »Gebt mir einfach ein Pferd und lasst mich nach Marana reiten.«

»Damit Ihr dort den nächsten Aufruhr auslöst? Ihr seid ein gefährlicher Mann, Athanor. Vielleicht ist es Euch nicht einmal bewusst. Euer Leben mag Euch egal sein, aber es stehen auch andere auf dem Spiel, die mir wichtig sind. Wartet hier, bis Fürstin Aira die Wogen halbwegs geglättet hat. Ihr habt Einiges mit ihr zu besprechen.«

Widerstrebend gab Athanor den Wunsch auf, so schnell wie möglich zu verschwinden. Fürstin Aira konnte ihm Zugang zu Fürst Sesos verschaffen, der ihr eher glauben würde, dass er einen Mörder beherbergte, als einem dahergelaufenen Fremden. Er verstand zwar nicht alle Andeutungen Akkamas', aber vielleicht war es ihm doch gelungen, bei dem Dionier Zweifel an der Gesinnung von Drachen zu säen. Bevor er weiterreiste, musste er wenigstens versuchen, auch die Fürstin zu warnen. Nicht jeder bekam eine zweite Chance, ein Volk zu retten, nachdem er das eigene schmählich verraten hatte.

Allein in dem Zimmer, das Akkamas ihm zugewiesen hatte, überlegte er, wie er ein Land gegen ein Drachenheer verteidigen würde. Doch ohne jahrzehntelange Vorbereitung blieb es eine

207

im Grunde unmögliche Aufgabe. Sollten sich die dionischen Fürsten darüber die Köpfe zerbrechen. Er kannte sich in diesem Land ohnehin nicht aus.

Eine Magd kam herein und stellte mit hasserfülltem Blick eine Mahlzeit auf dem Tisch ab. Dass er den Kaysar leugnete, hatte sich wohl schon herumgesprochen. Schweigend stapfte sie wieder hinaus. Gerade als Athanor von dem gebratenen Fasan abbeißen wollte, entdeckte er eine Stelle, die verdächtig nach Speichel aussah. »Hol's der Dunkle!« Das Weibsstück hatte auf sein Essen gespuckt. Wütend warf er den Schenkel nach einer Katze, die angelockt vom Bratenduft hereinspähte und hastig die Flucht ergriff. Vielleicht sollte er doch auf Akkamas hören. Misstrauisch beäugte er das beigefügte Obst und Fladenbrot. Niemand würde Elanya rächen, wenn ihm aufgebrachte Gläubige Gift unters Essen mischten.

Kurz darauf kehrte Akkamas zurück, um Athanor zu einem neuen Gespräch mit der Fürstin zu begleiten. Aira empfing sie dieses Mal in ihrem Studierzimmer, und außer Akkamas war nur ein älterer, in vornehme, aber dezente Gewänder gekleideter Mann im Raum, den sie als ihre rechte Hand bezeichnete. Er besaß eines dieser unauffälligen Gesichter, die man sofort wieder vergaß. Eine Eigenschaft, die Athanor bereits an einigen Verwaltern im Dienste großer Adelshäuser bemerkt hatte.

Anstatt an ihrem Schreibtisch zu sitzen, ging die Fürstin angespannt auf und ab. Sie unterbrach sich nur kurz, als Athanor eintrat, und blieb schließlich am einzigen Fenster des Raums stehen, als müsse sie sich durch den Anblick des Gartens im Innenhof sammeln, um die richtigen Worte zu finden. »Einerseits möchte mein Herz nicht hören, was Ihr zu sagen habt. Eure Worte haben mich bestürzt, und ich bin geneigt, Euch einen Lügner zu schimpfen«, gestand sie. »Aber andererseits genießt Akkamas mein größtes Vertrauen, und er glaubt, dass Ihr tatsächlich aus der Alten Heimat kommt. Auch die Priesterinnen Kaysas sind über jeden Zweifel erhaben. Nach so vielen Jahrhunderten scheint uns wieder Nachricht aus Ithara zu erreichen. Ich sollte allen Göttern auf Knien dafür danken, denn wir haben Hilfe bitter nötig. Doch stattdessen rüttelt Ihr an den Grundfesten dieses Landes.«

»Das liegt nicht in meiner Absicht«, versicherte Athanor.

»Ich bin jedoch kein Lügner, der Euch nur erzählt, was Ihr hören wollt.«

»Akkamas sagte mir, dass Ihr hergekommen seid, um den Tod Eurer Frau zu rächen. Würdet Ihr dafür nicht alles tun? Auch lügen?«

»Das würde ich, denn Elanya hat mir viel bedeutet. Aber mir liegt nichts daran, Euer Land zu zerstören.«

Die Fürstin lächelte bitter. »Ihr seid sehr offen, deshalb will ich es auch sein. Was Ihr sagt, untergräbt den Glauben an den Kaysar, dem wir alle Gehorsam schulden. Es mag vielen nicht bewusst sein, doch dieser Glaube ist das Einzige, was die Fürstentümer Dions eint. Nur er gibt dem Regenten in Ehala das Recht, Fehden zu schlichten und Abtrünnige zu bestrafen. Ich sage Euch dies nicht nur als Witwe eines Regenten, sondern auch als Mutter. Ihr sägt an dem Ast, auf dem meine Tochter Nemera sitzt und sich gegen die schlimmste Prüfung stemmt, die dieses Land seit langer Zeit zu erdulden hat.«

»Meint Ihr den aufsässigen Magierorden, den Akkamas erwähnte?« *Wenn sie das für die schlimmste Bedrohung hält, habe ich schlechte Neuigkeiten für sie.*

»Ja. Hass und Eifersucht haben diese Geißel über uns gebracht, die dem ganzen Land schreckliche Wunden zufügt. Hinzu kommt die Dürre, die uns nun schon seit zwei Jahren plagt.« Aira sah wieder aus dem Fenster. »Der Regen fällt in Dion immer spärlich, wie Ihr bemerkt haben werdet. Aber der letzte Winter war besonders trocken. Unsere Zisternen sind so leer, dass wir die Magier dringend bräuchten ...« Sie brach ab und bewegte die Hand, wie um ungebetene Gedanken zu verscheuchen. Gefasst wandte sie sich wieder Athanor zu. »Ich trage Verantwortung für meine Untertanen und muss Nemera bei ihrer schweren Aufgabe unterstützen, so gut ich es vermag. Deshalb muss ich die Wahrheit kennen und danach handeln. Ihr sprecht nicht wie einer von uns, auch wenn ich Euch verstehen kann. Ihr seht nicht aus, als hättet Ihr Blut der alten Dionier in Euren Adern. Sagt mir also, Prinz von Theroia, was ist aus dem Kaysar und seinem Reich geworden? Warum hat uns nie eine Nachricht erreicht?«

»Auf Eure letzte Frage habe ich keine Antwort«, gab Athanor zu. »Vielleicht haben die Elfen recht, und es liegt ein Fluch auf dem Ozean. Ich kann Euch nur berichten, was mit dem Alten Reich geschah. Vor fast tausend Jahren zerbrach es in die Königtümer, aus denen es einst geschmiedet worden war. Anfangs riefen sich noch Könige zum Kaysar aus, doch sie wurden von den anderen nicht anerkannt. Letho, Ithara, Theroia, die Nordmarken, Kyperien, Nikene … Fast alle Königshäuser hatten verwandtschaftliche Bande mit einem Kaysar geknüpft, und wer keine hatte, erfand welche. Jahrhundertelang stritten sie um die Vorherrschaft, bis ihre Kräfte versiegten. Es folgte eine Zeit erzwungenen Friedens, doch selbst in jenen Tagen gab es Feldzüge und Grenzüberfälle. Die Elfen hatten uns längst verlassen und aus ihrem Land verbannt. Von jenem glanzvollen Alten Reich, das Ihr in Euren Legenden bewahrt habt, war nicht mehr viel geblieben.«

Die Fürstin merkte auf. »War? Warum sprecht Ihr von jenen Zuständen, als seien sie Vergangenheit?«

Nun also zum unrühmlichen Teil … »Weil sie vergangen sind. Mein Vater, König Hearon, hatte sich in den Kopf gesetzt, das Reich wiederzuvereinen. Die Mutter des letzten Kaysars entstammte unserer Familie, deshalb hielten wir unseren Anspruch für legitim. Natürlich lachten die anderen Könige nur darüber – bis wir mit einem Heer und einigen Drachen vor ihren Palästen standen.«

»Ihr habt an der Seite von Drachen gekämpft?«, staunte Aira.

Was hätte ich vor einiger Zeit noch darum gegeben, dafür einmal verehrt zu werden … Hier in Dion konnte er sich als Held feiern lassen. Doch nur, bis die Drachen kamen und alles zu Asche verbrannten.

Akkamas sah ihn mit undeutbarer Miene an. Sicher fragte er sich, wie diese Geschichte zu der eindringlichen Warnung vor einem Drachenangriff passte. »Dann hatte Euer Vater also Erfolg.«

»Für einen so kurzen Moment, dass wir unseren Sieg nicht einmal feiern konnten. Die Drachen wählten jenen Abend, um sich gegen uns zu wenden und Theroia in rauchende Trümmer zu verwandeln.«

»Aber ...«

»Verzeiht, aber ich weiß, was Ihr sagen wollt«, fiel Athanor der Fürstin ins Wort. »Jeder hier scheint zu glauben, dass Drachen freundliche, hilfreiche Wesen sind. Ich weiß nicht, worin dieser Unsinn seinen Ursprung hat, aber nehmt zur Kenntnis, dass ich der einzige Überlebende dieses Kriegs bin. Gemeinsam mit Rokkur und Orross haben die Drachen jeden einzelnen Menschen aufgespürt und getötet. Fragt die Elfen, wenn Ihr mir nicht glaubt.«

Aira starrte ihn entsetzt an.

»Mit Verlaub, Herrin, aber Ihr müsst diesen lästerlichen Reden Einhalt gebieten!«, empörte sich ihr Verwalter. »Wenn man im Drachentempel erfährt, dass ...«

»Wenn Ihr den Mund haltet, wird es niemand erfahren«, schnappte Athanor.

»Wie redet Ihr mit mir?«, fuhr der Dionier auf. »Von einem Gotteslästerer lasse ich mir nicht den Mund verbieten!«

Athanor sah ihm fest in die Augen. »Ich halte nichts von Dienern, die sich in die Angelegenheiten ihrer Herrn einmischen.«

»Nun beruhigen wir uns alle erst einmal wieder«, riet Akkamas und schob sich zwischen Athanor und den Verwalter. »Diese Nachrichten sind zu wichtig, um nicht gehört zu werden.«

Die Fürstin nickte. »Wir sollten es nach langer Zeit noch einmal wagen, den Ozean zu überqueren, und uns selbst von der Lage in Ithara überzeugen.«

»Tut, was immer Ihr für nötig haltet, aber es gibt dringendere Angelegenheiten«, warnte Athanor. Mit knappen Worten berichtete er ihr von den Drachen, die er gesichtet hatte, ohne den Sphinx und den Riesen zu erwähnen, die nur wieder seine Glaubwürdigkeit untergraben hätten. »Sendet Eurer Tochter eine Nachricht, damit sie ein Heer aufstellen und Verteidigungsanlagen errichten lassen kann, bevor es zu spät ist!«

Erschöpft sank Aira auf ihren Stuhl. Der Verwalter wollte etwas sagen, doch Akkamas hob mahnend die Hand, sodass der Mann nur die Miene verzog.

»Ihr verlangt eine Menge Glauben von mir«, stellte die Fürstin fest. »Und dabei tretet Ihr alles mit Füßen, was uns heilig ist. Ich kann in dieser Angelegenheit nicht entscheiden. Ich sende Euch nach Ehala. Nemera und der Oberste Drachenpriester sollen selbst über Eure Worte urteilen.«

Schickt mich, wohin Ihr wollt, aber wenn der Weg nicht an Marana vorbeiführt, wird es Euer Wunsch bleiben.

»Eine weise Entscheidung«, lobte ihr Verwalter und schoss Athanor einen erbosten Blick zu. »Dort wird man wissen, wie man mit diesem Mann zu verfahren hat.«

»Geht und setzt einen Geleitbrief für den Prinzen Theroias auf!«, befahl Aira.

»Wie Ihr wünscht, Herrin.«

»Akkamas«, fuhr sie fort, während der Verwalter hinausging. »Ihr und vier Eurer Männer werdet ihn begleiten, damit er Ehala lebend erreicht.«

»Das hat er nötig«, befand Akkamas schmunzelnd.

Wir werden sehen. Athanor deutete eine Verneigung an. »Ich danke Euch, Fürstin Aira. Ihr werdet leider erleben, dass ich die Wahrheit sage.«

»Ihr müsst mir nicht danken«, erwiderte die Fürstin, als er sich gerade abwandte. »Euer Vater ist tot, nicht wahr?«

Athanor drehte sich noch einmal um. *Habe ich das nicht gerade gesagt?* »Er starb, als sein Palast in Flammen aufging.«

»Nun, wenn alles stimmt, was Ihr sagt, seid Ihr der letzte König Theroias. Und ein König sollte niemals ohne Eskorte reisen.«

Der Ochsenkarren holperte auf knarrenden Rädern durch die Nacht, und die Leichen und Gefangenen, die sich wahllos vermischt auf der Ladefläche stapelten, wurden bei jedem Schlagloch durchgerüttelt. Der Weg war im Sternenlicht erkennbar, aber steinig und uneben. Wie oft er begangen wurde, konnte Davaron kaum schätzen, doch die Gegend wirkte abgelegen genug. Sie waren seit einer Ewigkeit an keinem Haus mehr vorübergekommen und näherten sich den Bergen im Hinterland der Küste. Stumpf trotteten die untoten Diener hinter dem Wagen her, während die Magier auf Sesos' Pferden saßen. Zwei von ihnen unterhielten sich leise miteinander, ein Dritter ritt hinter Davaron und sollte ihn wohl im Auge behalten. Davaron testete es, indem er sich immer weiter zurückfallen ließ, bis er sich auf Höhe der Untoten befand. Auch sein Aufpasser ritt sogleich langsamer, um wie ein Schatten hinter ihm zu bleiben. Der Anführer der Zauberer bemerkte es und kam an Davarons Seite. »Wollt Ihr uns schon wieder verlassen?«

Davaron entging der leise Spott in der Stimme nicht. Er nahm sich vor, dem Kerl die Arroganz auszutreiben, sobald es ihn nicht mehr um die Früchte dieses lästigen Handels bringen konnte. »Dann hätte ich ein schlechtes Geschäft gemacht«, erwiderte er. »Ich bewundere nur gerade den Gehorsam Eurer Diener. Wie stellt Ihr es an, dass sie Eure Befehle befolgen?«

»Das ist sehr einfach«, behauptete der Nekromant. »Sie hassen mich und wollen so schnell wie möglich in die Schattenwelt zurück, aus der ich ihre Seelen beschworen habe. Dumm nur, dass sie erst dann wieder frei sind, wenn sie sieben Aufgaben für mich erfüllt haben.«

»Geht das nicht recht schnell?« Um keinen Preis wollte sich Davaron anmerken lassen, dass ihn die Macht dieses Zaubers beeindruckte. Eine Seele aus der Schattenwelt zurück in ihren Körper zu zwingen, war genau das, wonach er immer gesucht hatte. Wenn es ihm gelang, diese Beschwörung zu meistern, musste er nur noch einen Weg finden, der Leiche wieder den Funken einzuhauchen, der einen lebendigen Körper von einem toten unterschied.

»Manchmal schon«, gab der Mensch zu. »Aber was hindert mich daran, den Geist gleich noch einmal zu beschwören?« Der Magier grinste. »Solange ich seinen Körper habe, kann ich es beliebig oft wiederholen.«

Davaron konnte sich den Hass der Wiedergänger lebhaft ausmalen. Gab es etwas Erniedrigenderes, als wieder und wieder von diesem Mistkerl versklavt zu werden? »Habt Ihr keine Angst, dass sie Euch dafür töten könnten?«

213

»Nun ja, ich lasse sie nicht gerade neben meinem Bett sitzen, wenn ich schlafe.« Der Nekromant lachte wie über einen Witz, den nur er verstand. »Aber es würde ihnen nichts nützen, mich umzubringen, denn dadurch wird die Bedingung für ihre Freiheit nicht erfüllt. Sie wären auf ewig an ihren Körper gebunden und fänden nie wieder Ruhe.«

»Gut durchdacht«, lobte Davaron. Er war gespannt, ob es ihm gelingen würde, eine Beschwörung zu lernen, die in menschlicher Magie verwurzelt war.

»Danke, aber die Lorbeeren gebühren nicht mir«, wehrte der hagere Zauberer ab, ohne bescheiden zu klingen. »Es ist ein uraltes Ritual aus der Zeit der Großen Seuche. Vielleicht sogar noch älter. Ich weiß nur, dass es vor ein paar Jahren noch verdammt hart war, es anzuwenden. Das gelang nur den ganz Großen unserer Kunst. Fragt mich nicht, was sich seitdem verändert hat, aber mittlerweile beherrschen es sogar mäßig begabte Novizen. Dadurch verliert es seinen Reiz.«

»Ich bin sicher, Ihr habt lohnendere Felder gefunden, denen Ihr Euch zuwenden könnt.« *Und die hoffentlich für mich ebenso interessant sind.*

»Sicher.« Er warf Davaron einen schwer deutbaren Seitenblick zu. »Wie steht es mit Euch? Ihr wollt von uns lernen. Euch ist hoffentlich klar, dass wir dafür auch Einblick in die Zauberkunst der Elfen erwarten. Ist sie so beeindruckend, wie unsere alten Schriften besagen?«

»Das hängt davon ab, was Ihr beeindruckend findet«, wich Davaron aus. Ihm stand nicht der Sinn danach, seine Fähigkeiten vorzuführen wie ein Gaukler auf dem Jahrmarkt einer Menschenstadt. Aber es konnte auch nicht schaden, dem Nekromanten ein wenig Respekt einzuflößen. Unauffällig berührte er mit dem Armstumpf den Astarion am Schwertknauf und beschwor das blaue Feuer herauf, das so viel schwieriger zu erzeugen war als gewöhnliche Flammen. Ohne Sternenglas hätte er dafür einen Großteil seiner magischen Kraft verbraucht, doch mit dem Kristall kostete es ihn nur einen konzentrierten Gedanken, den er auf einen der Untoten richtete.

Sofort schlugen bläulich weiße Flammen aus dem vertrockneten Schädel und breiteten sich rasend schnell aus. Schon standen die zerschlissenen Kleider des Untoten in Brand, der sich vergeblich zu Boden warf und im Dreck wälzte. Wie in der Schlacht um Theroia glaubte Davaron, ein fernes Kreischen in seinem Kopf zu hören, obwohl der brennende Wiedergänger so stumm blieb wie die anderen. Hastig wichen sie zurück, damit das Feuer nicht auf sie übersprang.

Die Magier hielten an und beobachteten, was geschah. Keiner sah aus, als würde er versuchen, einen Zauber zu wirken. Davaron hatte nicht erwartet, dass sie dem Untoten zu Hilfe kommen würden, aber wollte denn niemand sein Können in Wassermagie unter Beweis stellen, indem er das schwer zu löschende, magische Feuer bekämpfte?

Bald waren von dem Leichnam nur noch einige rußgeschwärzte Knochen übrig, die sich nicht mehr rührten. Unwillkürlich fragte sich Davaron, ob er damit eine beschworene Seele freigelassen oder zu einem noch schlimmeren Schicksal verdammt hatte. Doch der Gedanke verflog so rasch wie die letzten Ascheflocken.

»Beherrscht jeder Elf diesen Zauber?« Die Miene des Wortführers wirkte versteinert.

»Jedenfalls die meisten Abkömmlinge Piriths«, übertrieb Davaron. Es bereitete ihm diebische Freude, wie der Mann verstohlen schluckte, bevor ihm wieder ein gelasseneres Gesicht gelang.

»Dann müssen wir wohl froh sein, dass keine Elfenarmee auf dem Weg zu uns ist«, gab der Nekromant zu. »Ich ziehe Gegner vor, die nicht wissen, wie man unsere Wächter vernichten kann.«

Wer hätte das gedacht? Davaron konnte sich ein spöttisches Lächeln nicht verkneifen. Die Mistkerle mussten nicht wissen, dass die Elfen beinahe gegen das Untotenheer verloren hätten.

»Es *ist* keine Elfenarmee auf dem Weg hierher, oder?«, hakte der blonde Magier nach. Dieses Mal hatte Davaron sehr wohl den Eindruck, dass der Mann insgeheim zauberte. Ihm war, als zupften unsichtbare Finger an den Gedanken herum, die er aussprechen wollte. Konnte der Nekromant Menschen zwingen, die Wahrheit zu sagen?

»Nein, davon ist mir nichts bekannt«, antwortete er mit falschem Lächeln.

»Gut.« Der Zauberer wandte sich abrupt ab. »Reiten wir weiter! Ich will endlich ankommen und ein paar Elfen für mich zappeln sehen.«

11

Ist das eine Falle? Athanor trat neben die Magd, die gerade Blumen um sein Frühstück drapierte, hob ein Stück des mit viel zu süßen kandierten Früchten verzierten Kuchens auf und musterte es misstrauisch.

Als die Dienerin es merkte, färbten sich ihre Wangen so rot wie die Kirschen auf dem Gebäck. »Ihr ... Ich habe nicht ... Es war doch nur, weil ...«

War das zu fassen? »Du spuckst auf mein Essen und wagst es, hier noch einmal aufzutauchen?«

Ängstlich duckte sie sich unter seinem Zorn. »Doch nur weil ich Euch so treu ergeben bin.«

»Bist du noch ganz bei Trost? Raus hier!«

»Aber, Herr ... Bitte! Verdammt meine Seele nicht in die Schattenwelt!«

»Alle unsere Seelen ...«

»... werden erst nach unserem Tod mehr wissen«, fiel Akkamas ihm von der Tür her ins Wort.

»Herr«, wandte sich die Magd flehend an ihn, »ich wollte doch nur ...«

»Geh und lerne etwas daraus«, riet Akkamas und ließ sie aus dem Zimmer eilen. »Was hat sie überhaupt angestellt?«

Athanor schnaubte. »Das Weib ist verrückt. Gestern hasst sie mich. Heute bringt sie mir Blumen. Gehen wir einfach! Ich rühre das Zeug nicht an.«

Akkamas zuckte die Achseln und nahm sich ein Stück Kuchen. »Seid Ihr sicher? Ist wirklich gut.«

»Wenn Ihr das sagt.« Athanor zog es vor, seine wenigen Habseligkeiten zu schultern. Je schneller er diese Wahnsinnigen hinter sich lassen konnte, desto besser.

»Ich glaube, ich kann das Rätsel für Euch lösen«, behauptete Akkamas und ging zu den Stallungen voraus.

»Ach ja? Darf ich jetzt Götter lästern, weil sich herumgesprochen hat, dass ich ein ungekrönter König bin?« *Sofern man noch König sein kann, wenn man kein Volk mehr hat.*

Akkamas lachte. »Ich fürchte, so weit reichen die Rechte eines fremden Königs hier nicht. Aber da es auf ein Gerücht mehr oder weniger nicht ankommt, habe ich mir erlaubt, eines hinzuzufügen, das Euer Ansehen etwas aufpoliert.«

»Und das wäre?«

»Dass Ihr den Kaysar nur geleugnet habt, um Eure Untertanen auf die Probe zu stellen, weil Ihr selbst der Kaysar seid.«

»Wird man Euch dafür nicht vierteilen?«

Selten hatte Athanor ein selbstgefälligeres Lächeln als Akkamas' gesehen. »Dazu müsste man mir erst einmal eine Lüge nachweisen.«

Während sie der schattenlosen, steinigen Straße gen Norden folgten, hatte Athanor reichlich Zeit, um über Akkamas' Worte nachzudenken. Er fand es lächerlich, sich als Kaysar zu betrachten, denn für ihn war das Wort mit den ruhmvollen Hochkönigen eines vergangenen Zeitalters verknüpft. Doch sein Vater *war* für einen Lidschlag im Lauf der Geschichte Herrscher über alle Länder des einstigen Reichs gewesen – bis in den Tod. Aus Sicht eines Dioniers machte ihn das vielleicht tatsächlich zum Kaysar. Und selbst wenn es jemanden nicht überzeugte, war Akkamas' Gerücht nicht so weit von der Wahrheit entfernt, dass man ihm den Strick des Hochverräters daraus drehen musste.

»Als Ihr mich vor den Drachen gewarnt habt«, sagte Akkamas nach einer Weile, »wunderte ich mich über Euren Hass. Der Große Drache ist ein Symbol der Güte und des Wohlergehens. Keinem Dionier wird es leichtfallen, Eure Geschichte zu glauben, und ich bin sicher, dass Ihr Euch irrt, was unsere dionischen Drachen anbelangt.«

Möge irgendein Gott geben, dass du recht behältst, mein Freund. Athanor wusste jedoch keinen Gott, der infrage kam.

»Aber das wollt Ihr nicht hören, und nachdem Ihr vom Schicksal Eures Volkes erzählt habt«, fuhr Akkamas fort, »verstehe ich, was in Euch vorgeht. Ihr habt mehr verloren, als ein Mensch sich vorstellen kann. Eure Familie muss Euch sehr fehlen.«

»Ganz besonders, wenn ich von Drachenanbetern umgeben

bin«, brummte Athanor und bedauerte die Worte sofort wieder. Akkamas versuchte immerhin, die Kluft zwischen ihnen zu überwinden. Seine Miene zeugte von beachtlicher Geduld und Selbstbeherrschung. »Es muss wie ein Stachel in Eurem Fleisch sein, den wir mit unseren Worten tiefer hineintreiben.«

»Vor allem könnte sich hier alles wiederholen, was in Theroia geschah«, betonte Athanor. »Es erinnert mich an meine Schwester, die ich von allen am meisten vermisse. Auch *ihre* Warnungen wurden nicht gehört – nicht einmal von mir.«

»Ich weiß, was Ihr empfindet«, behauptete Akkamas. »Ich habe auch eine Schwester verloren. Sie stellte sich einer Bande von Verbrechern in den Weg, um andere zu beschützen. Es war vergebens. Dennoch hat sie es mit ihrem Leben bezahlt.«

Und jetzt fühlst du dich schuldig, dass du nicht dort warst, um sie zu retten. Wie gut Athanor diese Gedanken kannte. »Das tut mir leid. Es war nobel von ihr, es zu versuchen.«

Akkamas nickte. »Ja, das war es.« Er versank in düsteres Schweigen, und Athanor war nicht in der Stimmung, jemanden aufzuheitern.

Stattdessen drängte er darauf, schneller zu reiten. Marana lag auf dem Weg nach Ehala, wo die Regenten Dions residierten, und er fürchtete, dass sich Davaron aus dem Staub machen könnte, bevor er dort eintraf. Die Straße, die kaum mehr als ein breiter, seit Jahrhunderten ausgetretener Weg war, folgte im Groben dem Verlauf der Küste. Sie verband die Hafenstädte, doch der größte Teil des Handels zwischen ihnen erfolgte per Schiff, weshalb Athanor und seinen Begleitern nur wenige Reisende begegneten. Da zwischen dem Meer und dem parallel verlaufenden Gebirgszug mehr Regen niederging als in der dahinterliegenden Wüste, gab es hier sogar vereinzelte Bäume. Doch die Wiesen waren kaum mehr als vertrocknete Steppe, in der sich abgemagerte Rinder um versiegende Wasserlöcher scharten. Eine Folge der Dürre, wie Akkamas erklärte.

Sie übernachteten in einer einfachen, aber sauberen Herberge und verließen am Morgen Airas Einflussbereich. Akkamas schätzte, dass sie es bis zum Abend nach Marana schaffen konnten. Die Pferde waren frisch, und sie kamen gut voran. Bald durchquerten sie ein verlassenes Dorf, das aus kaum mehr als einem Dutzend Hütten und einem Totenhaus bestand. Die offenen Türen, die Leere und die Stille erinnerten Athanor an die Dörfer seiner Heimat, aus denen die Menschen vor den Drachen geflohen waren. Dass eine Dürre dasselbe Bild hervorbringen konnte ... Im regenreichen Theroia wäre es unvorstellbar gewesen. »Ist ihnen der Brunnen versiegt?«, erkundigte sich Athanor.

Akkamas schüttelte den Kopf. »Das Dorf ist den verfluchten Zauberern zum Opfer gefallen.«

»Diese Magier töten Menschen?«

»Es ist immer dasselbe. Zuerst stehlen sie die Leichen aus der Gruft. Dann kommen sie wieder und verschleppen die Lebenden. Diese Kerle sind Nekromanten. Einige ihrer Opfer werden bei späteren Überfällen als wandelnde Tote wiedergesehen – vorausgesetzt jemand entkommt, um davon zu berichten.«

»Das ...« Athanor fehlten die Worte. Der verräterische Hund Kavarath mochte die Toten Theroias für seine Zwecke benutzt haben, aber wenigstens waren diese Wiedergänger bereits lange vor seinem Komplott gestorben. *Und er war ein überheblicher Elf, der Menschen nur für sprechende Tiere hielt.* Menschen, die ihresgleichen töteten, um mit den Leichen magische Spielchen zu treiben ... »Das ... das ist unfassbar.« Wie konnte ein Mann so tief sinken? Wie verdreht mussten seine Gedanken sein? »Warum gebietet ihnen niemand Einhalt?« Wo war denn dieser Große Drache, wenn die Menschen ihn brauchten?

»Oh, das würden alle gern, aber sie sind zu mächtig«, behauptete Akkamas. »Niemand hätte geglaubt, dass es je so weit kommen könnte. Der Orden der Zauberer gehörte zu den wichtigsten Beratern des Regenten. Jeder mit einem Funken Begabung bemühte sich darum, in ihre Reihen aufgenommen zu werden. Aber dann gab es einen Machtkampf innerhalb des Ordens. Nach und nach fielen ihm fast alle ehrbaren Magier zum Opfer. Gerüchte über tödliche Aufnahmeprüfungen verbreiteten sich. Das alles ging mit dem Aufstieg eines jungen Zauberers namens Sethon einher, der die Führung des Ordens an sich riss und Regent Themos ermordete. Den letzten aufrechten Magiern blieb nur die Flucht aus den Ordenshäusern. Sie werden Euch mehr darüber erzählen können, was vorging.« »Der Mörder des Regenten läuft immer noch frei herum?« Was war los mit diesen Leuten? *Ich habe gerade einen Ozean überquert, um Elanyas verfluchten Mörder zu jagen.*

»Nun er läuft eben nicht herum, sondern hat sich in einer Festung des Ordens verschanzt«, erklärte Akkamas. »Außerdem geht das Gerücht, dass er die Gestalt anderer Menschen annehmen kann und deshalb nicht zu fassen ist. Auf diese Art soll es ihm auch gelungen sein, in Themos' Schlafgemach vorzudringen.«

»Eurer Regentin fehlt es entweder an Entschlossenheit oder an Kriegern, die diese Bezeichnung verdienen. Würde das Schwein noch leben, wenn es *Euren* Vater ermordet hätte?«

Die Antwort kam hart und schnell. »Nein.«

»Warum schickt Fürstin Aira dann nicht Euch, um ihren Mann zu rächen?«

»Ich würde dabei vielleicht sterben, und wer sollte dann sie und ihr Fürstentum schützen? Aira denkt stets an die Lebenden, nicht die Toten.«

Athanor schnaubte. Sollten sich die Dionier eben von ihren Magiern auf der Nase herumtanzen lassen, wenn sie so viel Angst vor ihnen hatten. Diesem Volk war offenbar nicht zu helfen.

Am späten Nachmittag zeichneten sich in der Ferne die Umrisse einer Stadt ab, die Katna ähnelte, aber etwas kleiner war. Je näher sie Marana kamen, desto schwerer fiel es Athanor, seinem Pferd nicht die Sporen zu geben, um die letzte lästige Verzögerung zu verkürzen.

»Tut nichts Unbedachtes, bevor ich mit Fürst Sesos gesprochen habe!«, mahnte Akkamas.

»Was ich mit diesem Bastard tun werde, habe ich schon sehr lange bedacht«, gab Athanor gereizt zurück.

»Maranas Banner weht nicht über dem Palast!« Einer der Krieger, der sie begleitete, deutete auf die höchsten Gebäude.

221

»Was hat das zu bedeuten?«, wollte Athanor wissen.

»Nichts Gutes«, murmelte Akkamas.

Da die Tiere so schwer zu ziehen hatten, kam der Ochsenkarren nur langsam voran. Davaron schätzte, dass außer der Besatzung der *Kemethoë* noch annähernd ein Dutzend Menschen tot oder lebendig auf dem Wagen lag. Die Lust auf eine Unterhaltung war ihm ebenso vergangen wie dem Nekromanten. Offenbar schmeckte dem Menschen nicht, dass ein Elf mächtiger war, als er angenommen hatte. *Wenn ich nicht aufpasse, wird mich mein Stolz um diese einmalige Gelegenheit bringen.* Sie würden ihm nur dann zeigen, was er wissen wollte, wenn sie ihm als Ordensbruder vertrauten.

Davaron schluckte seinen Widerwillen und trieb sein Pferd an die Seite des Menschenmagiers. »Ich finde, es wird Zeit, sich vorzustellen. Mein Name ist Davaron, aus dem Volk der Töchter und Söhne Piriths.«

Der Mann musterte ihn mit stechendem Blick, bevor er ihm die Hand reichte. »Ihr habt recht. Ich bin Harud, Oberster des Ordenshauses von Marana.«

»Ist es ein großes Haus Eures Ordens?«, bemühte sich Davaron zu plaudern.

»Wir sind nur noch zu fünft. Früher waren wir eine größere Gemeinschaft, aber es gab … Auseinandersetzungen innerhalb des Ordens. Jetzt haben wir mehr als genug Platz für Euch.«

»Zu fünft?«, staunte Davaron. »Wie könnt Ihr den Truppen von Fürsten wie Sesos trotzen?« *Und frei herumspazieren, um ihn zu ermorden.*

Das selbstgefällige Lächeln kehrte in Haruds Züge zurück. »Indem wir Angst und Schrecken verbreiten. Wer vor uns zittert, greift uns nicht an.«

Davaron wischte das Argument mit einer Geste beiseite. Menschen mochten leicht einzuschüchtern sein, aber ihre Anführer scheuten sich nicht, Untergebene in den Tod zu schicken, wenn es ihrem Machterhalt diente. »Wollt Ihr mir erzählen, dass es nie jemand gewagt hat, Euer Ordenshaus zu belagern?«

»Wir verfügen über Verbindungen in alle Fürstenhäuser, die jeden Widerstand im Keim ersticken. Und wir haben Furcht einflößende Wächter.« Harud wies mit einer Neigung seines Kopfs auf die Untoten.

Davaron nickte. *Die mit gewöhnlichen Waffen so gut wie nicht zu besiegen sind, weil sie sofort wieder aufstehen.*

»Außerdem hat es sich nach einem gescheiterten Sturm auf ein anderes Ordenshaus herumgesprochen, dass wir hinter unseren Mauern Basilisken halten. Die versteinerten Krieger haben wir ihrem Fürsten als Statuen für seinen Garten zum Geschenk gemacht.«

Wissend lächelte Davaron, obwohl er insgeheim grübelte, was bei allen Astaren ein Basilisk war. Er hatte den Namen schon einmal gehört, und offenbar konnten diese Wesen Menschen in Stein verwandeln, aber was hatte es mit ihnen auf sich?

»Ist das nicht auch für Euch gefährlich?«

»Ihr stellt zu viele Fragen«, befand Harud. »Ihr werdet alles früh genug sehen.«

Ich stelle Fragen, weil hier nichts zusammenpasst, grollte Davaron. Er hatte gegen Wiedergänger gekämpft. Er wusste, dass sie sich vor Sonnenlicht verbergen mussten, was lebenden Angreifern Gelegenheit verschaffte, die unbemannten Mauern des Ordenshauses zu überwinden. Aber wenn dahinter zaubernde Bestien und Untote lauerten, mochte dieser Vorteil nicht genügen, um einen Sieg zu erringen.

Die Nacht neigte sich dem Ende zu. Im ersten Morgenlicht trotteten die Ochsen den immer steileren Weg hinauf. Erst jetzt bemerkte Davaron, wie abgemagert die Tiere aussahen. Es hätte ihn nicht gewundert, wenn sie jeden Augenblick zusammengebrochen wären – gemeinsam mit den Untoten, denn die Sonne hob sich hinter ihnen über den Horizont. Doch die Wiedergänger schlurften einfach weiter. Ungläubig sah er über seine Schulter. Die Sonne stand tatsächlich bereits einen Fingerbreit über der blauen Weite des Ozeans. Ihre Strahlen trafen direkt auf die Untoten.

»Ihr fragt Euch, wie das sein kann«, stellte Harud zufrieden fest. »Dann seid Ihr in bester Gesellschaft. Seit fast einem Mond geht das jetzt so. Es gereicht uns zum Vorteil, aber ich wüsste ebenso gern wie Ihr, was sich dahinter verbirgt.«

In Davaron keimte ein Verdacht, der sein Herz schneller schlagen ließ, doch war es nicht vermessen zu glauben, dass die Götter einem Einzelnen so viel Macht über Leben und Tod erlaubten?

»Wollt Ihr einen ersten Blick auf Euer neues Zuhause werfen?«, fragte Harud spöttisch. »Wir sind da.«

Das Ordenshaus lag auf einer Anhöhe vor den eigentlichen Bergen und erinnerte an Sesos' Palast. Von außen war nur eine Mauer zu erkennen, hinter der ein noch höheres Gebäude mit Flachdach aufragte. Der einzige Unterschied bestand darin, dass hier die Mauer Zinnen aufwies, während sie bei Sesos' Anwesen das Dach umgaben. Nicht gerade das, was sich Davaron unter einer uneinnehmbaren Festung vorstellte.

Das schmale Tor war mit einem Gitter aus Bronzebändern beschlagen, die in der Morgensonne feurig glänzten. Als sich die Magier näherten, öffnete es sich, ohne dass Worte gewechselt wurden. Dafür wandte sich Harud wieder an Davaron. »Wir werden jetzt den Streifen hinter dem Tor durchreiten, wo Ihr die Basilisken sehen könnt. Aber wenn Ihr noch eine Weile leben wollt, bezwingt Ihr Eure Neugier und blickt stur geradeaus, bis wir das zweite Tor passiert haben. Ein zufälliger Blick in ihre Augen genügt, um Euch in Stein zu verwandeln.«

Ob das wirklich auch für Elfen galt? »Was ist mit den Pferden? Oder mit den Untoten? Betrifft es sie nicht?«

»Den Wiedergängern fehlen die Augen. Zumindest vermute ich, dass sie das schützt. Und Tieren geschieht ohnehin nichts. Der Basiliskenblick wirkt nur auf vernunftbegabte Wesen. Sonst würden sie sich wohl gegenseitig versteinern.«

Klingt nicht, als ob es einen Versuch wert sei. Davaron trieb sein Pferd hinter Harud her und starrte auf dessen Rücken, auch wenn es ihm so schwerfiel wie selten zuvor etwas im Leben. Zu wissen, dass diese Ungeheuer irgendwo in der Nähe waren und ihn womöglich beobachteten, ließ ihn vorsichtshalber den Astarion berühren.

»Schließt das Tor und lasst ein Pferd hier!«, rief Harud, bevor er durch den Eingang des eigentlichen Hauses ritt.»Die Basilisken haben Hunger.«

Der breite, schattige Gang bot genügend Platz für den Ochsenkarren und war auch hoch genug für die Reiter. Er mündete auf einen Innenhof, der einst einen Garten beherbergt hatte, doch die vertrockneten Gewächse boten einen ebenso tristen Anblick wie die Pflanzen außerhalb der Mauern. Der fünfte Zauberer kam ihnen hier entgegen und führte eine Schar bewaffneter Untoter an.»Sieht nach reicher Beute aus«, befand er.»Und wer ist das?«

»Der Elf Davaron«, antwortete Harud.»Der mögliche Überläufer, von dem die Rede war.«

»Na dann, willkommen«, lachte der Mann. Obwohl er seinem Oberen kein bisschen ähnlich sah, denn er hatte schwarze Locken und einen dunklen Teint, besaß er einen ebenso stechenden Blick. Je öfter Davaron ihren Augen begegnete, desto unnatürlicher kam ihm dieser Blick vor. Noch ein Rätsel, dem er auf den Grund gehen musste. Es gab viel zu tun.

»Schafft die Überlebenden in Zellen und die Leichen zu den anderen!«, ordnete Harud an und lenkte sein Pferd näher an den Karren.»Den da ...« Er deutete auf Leonem.»... gleich auf die Pritsche. Der wacht schon auf. Den nehmen wir uns als Ersten vor.«

Gute Wahl, gratulierte Davaron im Stillen. *Sein Gejammer war ohnehin nicht zu ertragen.*

»Was ist mit Euch?«, wandte sich Harud an ihn.»Seid Ihr müde, oder wollt Ihr sehen, wie man einen lebenden Toten erschafft?«

»Wir Elfen brauchen nicht viel Schlaf«, erwiderte er und sprang aus dem Sattel. Neugierig folgte er dem Nekromanten mehrere Treppen nach unten, in den gewachsenen Fels tief unter dem Ordenshaus. Die Luft war abgestanden und kühl und erinnerte ihn an die Stollen der Zwerge. Doch dieses Mal gingen andere in Ketten, und er sah zu, wie zwei Magier den benommenen Leonem in ein mit Fackeln beleuchtetes Gewölbe führten. Ohne ihm die Handschellen aus magieverwehrendem Blei abzunehmen, drückten sie ihn auf einen länglichen Tisch und schnallten ihn mit drei Gurten um Waden, Brust und Schädel fest. Als ihn Leonems allmählich begreifender Blick traf, spürte Davaron ein leichtes Unbehagen. War er wirklich so viel besser als Kavarath, der seinem Ehrgeiz das Leben zahlreicher Elfen geopfert hatte? Was er hier trieb, stahl dem Ewigen Licht mehrere Seelen, die nicht zu ersetzen waren. *Ich tue das nicht für mich, sondern für Mevetha und Eretheya.* Leonem öffnete den Mund, um etwas zu sagen, doch ein Magier klemmte ihm einen Knebel zwischen die Zähne. Die Worte wurden zu unverständlichem Stöhnen gedämpft. Um dem anklagenden Blick der aufgerissenen Augen zu entgehen, beobachtete Davaron, wie Harud mit einem kleinen Löffel graues Pulver aus einem Tiegel nahm und in etwas Wasser rührte.

Sorgfältig verschloss der Nekromant das Behältnis mit dem Pulver. »Es heißt *makaris*. Seht Euch vor, dass Ihr es niemals einatmet. Ich löse es in Wasser, um es widerspenstigen Gefangenen zu verabreichen. Es anders zu versuchen hat einigen Ordensbrüdern das Leben gekostet.«

»Woraus besteht es?«

Harud füllte die Mixtur in ein seltsames Gerät, das wie ein winziger Blasebalg aussah. »Das Ritual ist aufwendig und erfordert mehrere Zutaten, aber das Wichtigste ist gemahlenes Gehirn eines früheren Opfers. Getrocknet, versteht sich, sonst verdirbt es zu schnell.«

Leonem, der kein Wort verstanden haben konnte, sah alarmiert zwischen Davaron und dem Nekromanten hin und her, als sie sich ihm näherten. Zappelnd wehrte er sich gegen die Gurte und stieß fragende, flehende Laute aus. Ungerührt schob ihm Harud die Öffnung des Blasebalgs in ein Nasenloch. Der Kopf war so festgezurrt, dass ihn Leonem kaum verdrehen konnte. Harud drückte zu, und Davaron ahnte, wie die Flüssigkeit tief in Leonems Nase spritzte. Von dort würde sie in den Rachen und an alle möglichen anderen Orte fließen und vollbringen, was auch immer sich der Nekromant davon versprach.

»Nicht sehr spektakulär«, gab Harud zu. »Aber wartet ab!

Morgen früh werden wir sehen, ob es bei Elfen genauso wirkt wie bei Menschen.«

Gab es doch so etwas wie Gerechtigkeit durch die Götter? Athanor trieb sein Pferd durch die belebten Gassen Maranas und wusste nicht, was er von den Neuigkeiten halten sollte. Befand sich Davaron wirklich in der Hand dieses Magierordens? Er gönnte dem Bastard alle Qualen, die diese Schlächter ihren Opfern bereiteten, aber es fiel ihm schwer zu glauben, dass der Elf ein hilfloses Opfer war. Gelang es dem Hund nicht immer, den Kopf rechtzeitig aus der Schlinge zu ziehen, selbst wenn dafür eine Hand zurückbleiben musste? Athanor wollte Vindur abholen und die Zauberer aufspüren, um es herauszufinden. Da es dabei auch noch die Elfen, die wohl nichts von Davarons Tat ahnten, und Fürst Sesos zu befreien galt, hatte Akkamas schließlich zugestimmt. Sein Auftrag lautete zwar, Athanor sicher nach Ehala zu bringen, doch Sesos' Frau hatte sie angefleht, ihren Mann zu retten, und es konnte auch zu Fürstin Airas Schaden sein, wenn das benachbarte Marana in Angst und Chaos versank.

Katnas Erster Krieger zügelte sein Pferd vor einem unscheinbaren Gebäude, das sich nur durch die Darstellung der Urmutter Kaysa und ihrer Fische über der Tür von den anderen Häusern Maranas unterschied. Mit einem Anflug von Wehmut sah Athanor zu der barbusigen Nymphe auf, die dem Herrn des Feuers den ersten Menschen geboren hatte. Sie sah genauso aus wie die Statue im Kaysa-Tempel Theroias, der nur noch eine Ruine war.

Auch die Gewänder der Priester ähnelten jenen in seiner einstigen Heimat, doch Schnitt und Farbe stimmten nicht mehr ganz überein.

Als eine Novizin sie zu einem Priester im lichten Grün der Urmutter führte und ihn als Kaphis, den Obersten Priester des Tempels vorstellte, schnaubte Athanor abfällig. In Theroia hatten sie die Sphären sauber getrennt. Männer dienten Aurades, Frauen Kaysa. Wer lästerte nun hier die Götter?

Akkamas warf ihm einen tadelnden Blick zu und erwiderte

die Begrüßung des Priesters.»Vielen Dank, dass Ihr Euch Zeit für unseren unangekündigten Besuch nehmt«, schmeichelte er. »Ich bin Akkamas, Erster Krieger Fürstin Airas von Katna, und dies ist Athanor, Prinz von Theroia.« Hinter Athanor schnappte die Novizin nach Luft und eilte davon. Beinahe wäre ihm darüber entgangen, wie Kaphis zusammenzuckte. Der Kerl hörte seinen Namen nicht zum ersten Mal und schien nicht erfreut, auch wenn er ein Lächeln heuchelte.

»Selbstverständlich steht das Haus der Urmutter solch hochrangigen Männern wie Euch stets offen«, versicherte Kaphis. Athanor verzog das Gesicht. Ein Kaysa-Tempel hatte ein Hort der Güte und des Mitgefühls zu sein, der jedem Kranken und Leidenden Zuflucht bot – ganz gleich welcher Herkunft. Am besten hielten sie diesen Besuch möglichst kurz.»Wir wollen zu Vindur, Prinz Firondils. Wo finden wir ihn?«

»Zu meinem Bedauern muss ich Euch mitteilen, dass Euer Freund nicht mehr unter uns weilt«, antwortete Kaphis. Sein betroffener Blick zeugte von langer Übung.»Trotz unserer Bemühungen um sein Wohl ist er vor zwei Tagen von uns gegangen. Der Kaysar sei seiner Seele gnädig.«

»Er ist tot?« Einen Moment lang konnte Athanor den Priester nur anstarren.

»Nun, wenn Ihr ihn kanntet, wisst Ihr um seine ...«

»Er wird aus dem Ozean gerettet, obwohl er nicht einmal schwimmen kann, und dann stirbt er *Euch* unter den Händen weg? In einem Kaysa-Tempel?« *Das ist nicht wahr. Das kann nicht wahr sein.*

Akkamas hob beschwichtigend die Hände.»Sicher hat man alles unternommen, um ...«

»Vindur hat überlebt, dass ihm ein Drache das halbe Gesicht wegbrannte! So einfach stirbt ein Zwerg nicht!«

»Vielleicht waren es ketzerische Reden wie diese, die ihn die Gunst der Götter kosteten«, empörte sich Kaphis.

»Wenn hier etwas die Urmutter beleidigt, dann ist es ein Mann, der sich anmaßt, für sie zu sprechen! In Ithara gibt es solchen Frevel nicht.«

»Jetzt ist nicht der richtige Zeitpunkt, um den Orden der Urmutter zu reformieren«, befand Akkamas. »Fürst Sesos' Leben ist in Gefahr, und wir sollten uns auf den Weg machen, um ihn zu retten.«

»Zum Dunklen mit Euren Magiern! Ich will Vindurs Leiche, um ihn wenigstens anständig beizusetzen.« *Dieser Kaphis lässt ihn noch verscharren wie einen Hund.*

»Gut, das seid Ihr Eurem Freund wohl schuldig«, gab Akkamas zu. »Welchem Balsamierer wurde der Tote übergeben?«, wandte er sich an den Priester.

»Nun, äh …« Kaphis erinnerte Athanor an einen Wurm, der sich am Angelhaken wand. »Leider ist … der Leichnam verschwunden. Wir …«

Er hat ihn wirklich verscharrt? Athanor packte den Priester so überraschend, dass er ihm den Arm auf den Rücken drehen konnte, bevor Kaphis auch nur blinzelte. »Das reicht!«, herrschte Athanor ihn an und stieß ihn vor sich her in den Innenhof. »Ich werde dich so lange ins heilige Becken tauchen, bis dir wieder einfällt, was du meinem Freund angetan hast!«

Entsetzte Priester und Novizen starrten ihn an.

»Ihr solltet besser rasch die Wahrheit sagen«, riet Akkamas. »Ich müsste sonst in Ehala auf eine Untersuchung dieses Vorfalls dringen.«

»Ich weiß nicht, wo Euer Freund ist«, beteuerte Kaphis, während Athanor ihn auf das Becken zuschob, das Kaysas heiligen See symbolisierte.

»Aber ich weiß es.« Eine Priesterin in grünblauer Robe trat ihnen in den Weg.

Athanor blieb stehen, ohne Kaphis aus seinem schmerzhaften Griff zu entlassen.

»Ich war es, die für Euren Freund den Brief schrieb, um nach Euch zu suchen«, eröffnete ihm die Priesterin. »Er war viel zu stark, um so plötzlich zu sterben. Ich glaube, dass er vergiftet und an die Magier verkauft wurde.«

»Von ihm?« Athanor verdrehte Kaphis' Arm, bis der Priester aufschrie.

»Das vermag ich nicht zu sagen. Aber ich möchte es vom Obersten Priester meines Tempels nicht glauben.«

Knurrend stieß Athanor den Kerl von sich, dass er gegen die Einfassung des Beckens taumelte und klatschend hineinfiel. »Nehmen wir uns diese Magier vor!«

Vindur lag auf beruhigend festem, kühlen Gestein und blickte zur grob behauenen Decke der Zelle empor. Durch eine vergitterte kleine Öffnung in der Tür fiel flackernder Feuerschein, doch zu sehen gab es nichts. Die Zelle war klein und leer – bis auf einen Eimer, der nach Urin stank. Dass ihn massiver Fels umgab, flößte Vindur trügerische Geborgenheit ein. Es war verrückt. Man hatte ihn betäubt, verschleppt und eingesperrt. Er *wusste*, dass er hier alles andere als sicher war. Doch die unterschwellige Furcht, die unter freiem Himmel ständig seine Brust verengte, war endlich verschwunden. Er hatte schon fast vergessen, wie es war, frei zu atmen und nicht ständig den Kopf einzuziehen.

So stümperhaft die Wände auch aus dem Gestein gemeißelt waren, erfasste ihn bei dem Anblick doch Sehnsucht nach den Stollen der Heimat. Ein Zwerg gehörte eben nicht an die Oberfläche. Sein Element war der Fels. Er wünschte sich zurück in die Gänge und Kavernen seiner Kindheit, als er sich mit Hrodomar in jedes Abenteuer gestürzt hatte, als wäre sein Vetter der Prinz und er der treue Gefolgsmann. Nun hatte er sich seinem Vater einmal zu oft widersetzt. Hrodomar war tot, und anstatt den Schildbruder in die Grabstollen zu begleiten, lag er hier und träumte von den prunkvollen Sälen Firondils. *Ich bin erbärmlich.*

Mit einem Ruck setzte er sich auf. Wenn Hrodomar oder Athanor ihm zusahen – und wer wusste schon, ob dies den Verstorbenen möglich war? –, sollten sie stolz auf ihn sein. Er musste tun, was sie nicht mehr konnten. Es war an ihm, Elanya zu rächen. Er musste sich retten und die Elfen, von denen er bislang nur verzweifelte Stimmen kannte, gleich mit. Ihren Rufen hatte er entnommen, dass sie ebenso in Einzelzellen steckten wie er. Dass Davaron ein Mörder sein sollte, glaubten sie ihm noch nicht, aber offenbar war der Mistkerl ebenso verschwunden wie ein Elf namens Leonem. Sah dem Ogersohn ähnlich, seine Gefährten im Stich zu lassen. Er würde Davarons Schädel als Geschenk nach Firondil schicken. Vielleicht nahmen sie seinen Namen dann doch in die Halle der Ahnen auf.

Vindur hob die Hände mit den lästigen Handschellen. Seltsamerweise rochen sie nach Blei. Die Verschlüsse waren fest vernietet wie mit einem Hammerschlag. Er musste wirklich tief geschlafen haben. Was hatten sie ihm eingeflößt? Zunächst hatte er sich davon wie nach einer durchzechten Nacht gefühlt, aber jetzt war er stark und ausgeruht wie lange nicht mehr. Schiere Kraft würde seine Fesseln jedoch nicht sprengen, auch wenn die Kette nicht sonderlich dick und zudem schlecht geschmiedet war. Er brauchte ...

Draußen näherten sich Schritte. Vindur sprang auf. Das vergitterte Loch in der Tür war für Menschen gedacht. Er musste sich auf die Zehenspitzen stellen und mit den Fingern emporziehen, um einen Blick auf die weiteren Türen und lodernde Fackeln zu erhaschen. Als sich die Öffnung plötzlich verdunkelte, zuckte er zurück. Jemand war vor der Tür stehen geblieben und starrte herein. Vindur machte zwei Schritte rückwärts, doch schon war das Gesicht wieder verschwunden. Ein metallisches Klacken ertönte, dann schabte etwas über die Tür. *Der Riegel. Na, warte!* Wer auch immer ihn gefangen halten mochte, würde es gleich bereuen.

Als die Tür aufschwang, stürmte er mit gesenktem Kopf los und rammte seinen Schädel in den Bauch der Gestalt vor der Schwelle. Es gab einen dumpfen Laut. Während die Gestalt rückwärtswankte, riss Vindur seine geballten Fäuste hoch und wollte dem vor Schmerz gekrümmten Gegner einen schwungvollen Hieb verpassen, bloß ... der Gegner stand immer noch aufrecht. Vindurs Schlag traf nur einen schlaff herabhängenden Arm. Ungläubig blickte er in das ausdruckslose Gesicht darüber auf. Die gebrochenen Augen regten sich nicht. Die Haut war grau wie Granit. Mehr konnte Vindur nicht wahrnehmen, denn in diesem Moment packten ihn von beiden Seiten knochige Hände. Für einen Moment war ihm, als kämpfe er wieder mit Hrodomar und den Wächtern der Tiefe gegen die Toten Theroias. Er blickte in dieselben lippenlos grinsenden Mienen und hörte das Knirschen der reißenden Sehnen. Doch anstatt mit Klingen auf ihn einzudreschen, zerrten sie ihn von dem frischen Leichnam weg, der teilnahmslos herumstand.

»Lasst mich los!«, brüllte Vindur und versuchte, sich aus ihrem Griff zu befreien. Eine schwarze Gestalt, die er bislang nur aus dem Augenwinkel gesehen hatte, glitt hinter ihn. Die Untoten hoben ihn an, sodass er sich weniger leicht losreißen, aber um sich treten konnte. Morsche Haut und Knochen knackten unter den genagelten Sohlen seiner Stiefel. »Firas Fluch über Eu…« Eine Lumpenschlinge wurde ihm von hinten über den Kopf gestreift, so schnell, dass ihm der Stoff zwischen den Zähnen klemmte, bevor er merkte, was geschah. Dann zog sich die Schlinge zu, und der Knebel saß so fest, dass er durch die Nase atmen musste, um nicht zu ersticken.

»Wo bringt ihr den Zwerg hin?«, rief einer der Elfen von irgendwoher. »Ich rede mit euch, verfluchtes Menschenpack!«

Niemand antwortete. Vielleicht verstanden sie ihn nicht einmal. Und die Untoten waren ohnehin stumm. Wütend verteilte Vindur sinnlose Tritte. Er hatte es unter Theroia oft genug gesehen. Weder gebrochene Knochen noch abgetrennte Glieder hielten diese Wiedergänger auf.

Sie schleppten ihn in einen Raum, in dem bereits zwei Männer in schwarzen Roben warteten. Vindur stutzte. Einer der beiden Kerle trug ein Schwert, das ihm bekannt vorkam. Sein Blick schnellte zu den Gesichtern empor. *Davaron!* Knurrend kämpfte er wieder gegen die Untoten an. Steckte der verfluchte Ogersohn denn hinter allem?

Doch auch der Elf schien überrascht. Im ersten Moment waren seine Brauen nach oben geschnellt, bevor sie sich gewohnt düster wieder zusammengezogen hatten.

Hoffentlich pisst du dir jetzt vor Angst in die Hosen!, grollte Vindur, während ihn die Wiedergänger zu einem Tisch schleiften. Er hörte Davaron aufgebracht mit einem der Kapuzenträger reden, doch sie bedienten sich der Menschensprache. *Verdammtes Mördergesindel!* Strampelnd wehrte er sich, als ihn die Untoten auf den Tisch zerrten und niederdrückten. Der Mann, der hinter ihm gegangen war, schnallte ihn mit einem breiten Ledergurt quer über die Brust fest. Der Riemen saß so eng, dass es Vindur vorkam, als habe sich ein Troll auf seine Brust gesetzt. Es kostete ihn so viel Mühe zu atmen, dass er darüber fast vergaß, sich gegen den zweiten Gurt zu sträuben, mit dem sein Kopf gefesselt wurde. Dann wandte sich der Kerl seinen Kumpanen zu, hob einen dritten Riemen an und sagte lachend etwas, das Vindur nicht verstand. Vergeblich versuchte er, dem Robenträger einen Tritt zu verpassen.

Der andere Menschenmann winkte ab und gab den Untoten einen Befehl, die daraufhin wieder näher kamen, um Vindurs Beine festzuhalten. Was hatten die verfluchten Dreckskerle vor? Sollte das eine qualvolle Hinrichtung werden? Lag er auf ihrer Schlachtbank? *Großer Baumeister, wenn ich dich je erzürnt haben sollte, habe ich es nicht absichtlich getan. Lass mich nicht von der Hand dieser götterverfluchten Leichenschänder sterben!*

Davaron tauchte neben ihm auf und befahl dem Kerl auf der anderen Seite etwas, das der Mann erst tat, nachdem er einen Blick mit seinen Kumpanen gewechselt hatte. Er griff nach Vindurs Nacken. Unwillkürlich biss Vindur in Erwartung von Schmerz auf den Knebel, doch wider Erwarten lockerte sich die Schlinge, die den Lumpen in seinem Mund hielt. Der Robenträger zog den Stoff sogar heraus. Vindurs Schädel klemmte so fest, dass er vergeblich versuchte, nach den Fingern zu schnappen.

»Verschwende deine Zeit nicht«, riet Davaron. »Dir bleibt nicht mehr viel davon.«

»Hast du das Elanya auch gesagt, du ehrloses Stück Trollscheiße?«

»Gib dir keine Mühe. Dein Anblick ist Beleidigung genug. Wie bist du hierhergekommen?«

Wollte ihn der Dreckskerl verhöhnen? »Woher soll ich das wissen? Frag deine feinen Freunde hier doch selbst!«

»Davon rede ich nicht. Wie bist du über den Ozean gelangt?«

»Mit einer Elfenflotte natürlich! Hast du geglaubt, wir verfolgen dich nicht? Athanor wird dich finden, egal in welchem Loch du dich versteckst!« *Wenn ich schon sterben muss, kann ich wenigstens dafür sorgen, dass du nie wieder ruhig schlafen wirst.*

Davaron musterte ihn misstrauisch. »Wo? Wo ist diese Flotte? Und wo ist Athanor, dass du ihm abhandengekommen bist?«

»Von mir erfährst du nichts. Du wirst schon merken, wenn dir sein Stahl in der Brust steckt.«

»Ist dir klar, dass wir eine lebende Leiche aus dir machen werden? Wir könnten über dein Schicksal verhandeln, wenn du weniger starrsinnig ...«

Hielt ihn der Elf für so dumm? »Spar dir die tückischen Worte! Mit Ogern und Zauberern verhandelt man nicht! So haben wir es schon immer gehalten.«

Einer der Menschen sagte etwas und reichte Davaron einen merkwürdigen kleinen Blasebalg.

Der Elf nickte, bevor er sich Vindur wieder zuwandte. »Deine letzte Gelegenheit, mir zu sagen, was ich wissen will.«

»Du wirst für Elanyas Tod büßen. Mehr musst du Ogersohn nicht wissen.«

»Dann bring ihn zum Schweigen«, wies Davaron den anderen Robenträger an.

Der Mann friemelte am Knebel herum, doch Vindur biss die Zähne fest aufeinander. Sollten sie ihm ein Messer dazwischenschieben, wenn sie seinen Mund öffnen wollten.

Doch stattdessen beugte sich Davaron mit dem kleinen Blasebalg über ihn. »Es geht schnell. Du wirst kaum etwas spüren«, sagte er abfällig. »Die Qualen kommen erst später.«

»Schnall mich los, und ich geb dir deine Qualen dreifach zurück!«, brüllte Vindur. Umbarmherzig pressten die Untoten seine zuckenden Beine auf den Tisch. Irgendetwas schoss durch seine Nase. Er musste niesen, doch die Gurte behinderten ihn. Etliche Muskeln verkrampften sich, und ihm war, als müsste er nun endgültig ersticken.

Als sich der Blick seiner tränenden Augen wieder klärte, gingen die Leichenschänder und ihre untoten Diener gerade aus dem Raum. »Du wirst sterben, Ogersohn!«, schrie er Davaron nach. Was bei allen Göttern hatte er mit ihm angestellt? Und warum ließen sie ihn jetzt einfach zurück? Er spürte ein Ziehen

234

und Kribbeln zwischen und hinter den Augen. Glaubten sie etwa, er würde liegen bleiben und abwarten, was geschah? Seine Beine waren nicht gefesselt. Wenn es sein musste, würde er so lange wackeln, bis er umfiel, und mit dem Tisch auf dem Rücken die Tür einrennen. Aber vielleicht konnte er sich auch befreien. Die Gurte mochten straff sein, aber dass er die Beine bewegen konnte, half ihm, sich dennoch darin zu winden. Immer wieder musste er innehalten, um wieder zu Atem zu kommen, aber es ging. Fingerbreit für Fingerbreit schob und wand er sich nach unten. Lag es an der Anstrengung, dass ihm abwechselnd warm und kalt wurde? Sein Kopf glühte, als ob er ihn über eine Esse hielte. Endlich kamen seine Schultern frei. Der Rest ging schnell. Schnaufend saß er auf dem Tisch, befreite sich endgültig von dem Knebel und sah sich um.

Die Fackeln, die den Raum erhellten, würden nicht mehr lange vorhalten. Gab es hier etwas, womit er die verdammten Handschellen öffnen konnte? Auf dem einzigen anderen Möbelstück, einem Tisch an der Wand, standen nur ein paar Schalen und Tiegel. *Firas Flamme!* Wie sollte er mit gefesselten Händen gegen diese Übermacht kämpfen? *Flamme! Das ist es!*

Er schleppte den Tisch zu einer der Fackeln hinüber und kletterte darauf, um die Kette zwischen seinen Handgelenken ins Feuer zu halten. Als Junge hatte er Bleikugeln für seine Schleuder gegossen, um damit auf Fledermäuse zu schießen. Es war ihm zwar kaum mehr gelungen, als die Tiere in Panik zu versetzen, aber seitdem wusste er, wie leicht man Blei zum Schmelzen bringen konnte.

Seine Haut allerdings auch. In der Hitze der Fackel begannen seine Handgelenke zu schmerzen. Vindur biss die Zähne zusammen und sah zu, wie sich die Haut rötete. Bald spannte sie und glänzte wie poliert.

»Dreimal verfluchte Drachenscheiße! Mach schon!«

Endlich verformte sich das Blei. Unter dem Zug, mit dem Vindur seine Arme so weit wie möglich von den Flammen weghielt, dehnte sich das erste Kettenglied. Vindur half mit einem Ruck nach, dass es riss, und unterdrückte gerade noch einen

Jubelschrei. Da er keine andere Waffe hatte, nahm er die Fackel und sprang vom Tisch.

Der Raum hatte zwei Türen. Vindur entschied, sich erst einmal nach Waffen umzusehen, und lauschte an dem Ausgang, von dem er noch nicht wusste, wohin er führte. *Nichts zu hören.* Er hob die Fackel wie eine Axt zum Hieb und stürmte nach nebenan.

Dunkelheit und Stille empfingen ihn. Der Lichtschein seiner Fackel reichte gerade aus, um zwei ganz ähnliche Tische zu erkennen wie nebenan – und dass er nicht allein war. Am silberblonden Haar glaubte er, einen Elf zu erkennen, und eilte zu der festgeschnallten Gestalt. Es musste jener Leonem sein, nach dem die anderen Elfen vergeblich gerufen hatten. Seine geschlossenen Augen lagen tief in dunklen Höhlen. Im Mund klemmte ein Knebel, und die graue Haut wies große dunkle Flecken wie von alten Blutergüssen auf. *Hab ich so lange in meiner Zelle geschlafen?* Vindur glaubte es nicht. Wenn er mehrere Tage ohnmächtig gewesen wäre, hätte er ausgehungert und geschwächt sein müssen. Stattdessen war ihm nur zu heiß.

»Leonem!«, flüsterte er und stieß den Elf an der Schulter. In Leonems Gesicht zuckte es, sonst regte sich nichts.

»Komm schon, wach auf!« Vindur zerrte an dem Knebel.

Plötzlich biss der Elf noch fester auf das mit Stoff umwickelte Holz, knurrte und versuchte heftig, den Kopf unter dem Gurt zu bewegen. Erst jetzt öffneten sich träge seine Lider, doch die Augen starrten blicklos zur Decke. Die Haut, der Blick ... Davaron hatte von einem lebenden Leichnam gesprochen. Vindur erstarrte. *Was auch immer sie dem Elf angetan haben, sie haben dasselbe mit mir gemacht.*

12

»Wir sind bald da«, verkündete Akkamas. »Ich kann das Ordenshaus schon sehen.«

Wird auch Zeit, knurrte Athanor im Stillen. Am liebsten hätte er selbst vorne auf dem Karren gesessen und den lahmen Ochsen Beine gemacht. Die Biester schlurften so träge dahin, dass er den Wagen sogar schneller selbst gezogen hätte. Doch stattdessen musste er sich zwischen den Leichen und Akkamas' Männern auf der Ladefläche verstecken. Zu leicht hätte seine theroische Aussprache bei den Zauberern Misstrauen erregen können. Akkamas dagegen gab mit der traditionellen schwarzen Gesichtsbemalung einen so überzeugenden Balsamierer ab, dass selbst seine Krieger zweimal hinsehen mussten, bevor sie ihn erkannten.

Der Plan war Akkamas' Einfall gewesen, nachdem sich die feigen Memmen aus Fürst Sesos' Wache geweigert hatten, mit ihnen zu ziehen. Sie schlotterten bei der Vorstellung, in Untote verwandelt zu werden, und saßen lieber hinter ihren vermeintlich sicheren Mauern. Anstelle des Fürsten hätte Athanor sie bei seiner Rückkehr aus der Stadt gejagt. Nicht einmal die Leichen für ihre Tarnung war Sesos den Totenpriestern wert gewesen, bis ihnen der halbwüchsige Sohn des Fürsten reiche Opfergaben versprochen hatte. Und während des ganzen Palavers befand sich Vindurs Leib in der Gewalt dieser Leichenschänder. Wenn sie seinen Freund in einen Untoten verwandelt hatten, würde er sie bei lebendigem Leib ausnehmen und zum Trocknen in die Wüstensonne legen!

Fluchend drehte sich Athanor ein Stück. Es war verdammt unbequem zwischen den nach Balsamieröl stinkenden Toten.

»Nicht mehr bewegen!«, raunte Akkamas. »Und denkt daran, was ich Euch darüber gesagt habe, wenn wir durch das Tor fahren.«

Die Basilisken. Was auch immer sie sein mochten, Akkamas hatte keinen Zweifel daran gelassen, dass es tödlich war, ihnen in die Augen zu sehen. Da sich blind nicht kämpfen ließ, mussten sie dank der Tarnung an den Biestern vorbeikommen, sonst war alles vergebens. Athanor merkte, wie er die Faust bedrohlich fest um das zerbrechliche Tongefäß darin schloss, und entspannte widerstrebend die Finger. In dem Fläschchen befand sich ein Öl, das – einmal in Brand gesteckt – kaum wieder zu löschen war. Die Balsamierer hatten ein Vermögen dafür verlangt, denn es kam angeblich aus der Wildnis jenseits der todbringenden Wüste. Endlich blieb der rumpelnde Karren stehen. In der plötzlich einsetzenden Stille hörte Athanor sein Herz pochen. Was ging vor sich? Hatten die Magier den Wagen noch nicht bemerkt?

»Du, Balsamierer!«, rief endlich jemand. »Was hast du hier zu suchen?«

Athanor hörte Akkamas' Kleidung rascheln, unter der er wie sie alle die Rüstung verbarg. »Mein Vetter sagt, Ihr zahlt für Leichen gutes Geld.«

Der Fremde lachte. Seine Stimme kam von oben. Wahrscheinlich stand er auf der Mauer, neben oder über dem Tor. Zu gern hätte Athanor die Augen geöffnet, um zu sehen, wie stark sie bemannt war. Ein Pfeil, und sie wären den ersten dieser Dreckskerle los ...

»Deine Einstellung gefällt mir«, verkündete der Zauberer. »Komm rein! Wir werden uns sicher einig werden.«

Todsicher. Athanor ahnte, dass ein echter Balsamierer das Ordenshaus nie wieder verlassen hätte. Diese Männer hatten es nicht nötig, für Leichen zu bezahlen. Sie holten sie sich. Lautes Knarren verriet ihm, dass sich das Tor öffnete.

»Macht schon!«, blaffte Akkamas die Ochsen an und gab ihnen wohl den Stock zu spüren. Schwankend setzte sich der Karren wieder in Bewegung.

»Du weißt, was dir blüht, wenn du nach links oder rechts siehst?«, ertönte die Stimme des Magiers wieder. Dieses Mal war sie irgendwo vor ihnen.

»Ich werde zu Stein?« Endlich gelang es Akkamas, Unsicherheit zu spielen. Oder bekam er wirklich Angst?

»Gut erkannt«, bestätigte der Zauberer, der sich nun schon

auf Athanors Höhe befand und mit jedem Wort weiter zurückfiel. »Also schön geradeaus und durch das zweite Tor!« Dröhnend hallte das Rumpeln der Räder auf Steinpflaster von den Wänden eines Gangs wider. Die plötzlich nachlassende Hitze deutete darauf hin, dass sie in Schatten eingetaucht waren. *Wir sind in der verdammten Höhle des Löwen ... nein, der feigen Hyänen.* Athanor packte den Schaft des Speers, der unter der Leiche neben ihm versteckt lag. Der Lärm der Räder ließ von einem Moment auf den anderen nach. »Was haben wir denn hier?«, fragte eine belustigte Stimme vor ihnen.

»Eine Lieferung für Euch, Herr«, antwortete Akkamas. Athanor spannte sich in Erwartung der folgenden Worte. »Mit besten Grüßen aus Marana!«

Athanor sprang auf. Um ihn herum schnellten Akkamas' Krieger auf die Beine. Hinter dem Karren erstarrte ein Magier vor Schreck. In der schwarzen Robe hob er sich eindeutig von den Untoten ab, die ihm folgten. Athanor schleuderte ihm den Speer ins Herz. Die Waffe riss den Sterbenden zu Boden, wo er unter den Füßen der Wiedergänger verschwand, die sich stumm auf den Karren stürzten. Athanor warf einem von ihnen das Tonfläschchen an den Kopf. Es zerbrach und tränkte das Haar des Toten. Den Rest mussten Akkamas' Männer erledigen.

Als Athanor herumwirbelte, eilte Akkamas gerade über den Rücken eines Ochsen und sprang vom Nacken des Tiers auf einen dunkelhaarigen Magier hinab. Der Zauberer zückte einen Dolch, doch bevor er zustechen konnte, trennte ihm Akkamas' Klinge den Schädel vom Rumpf.

Um den Karren wimmelte es von Untoten. Mit zornigen Kampfschreien warfen Akkamas' Krieger erst die Speere, dann Ölgefäße nach ihnen, während einer hastig mit Feuerstein und Stahl hantierte, um eine Fackel zu entzünden. Athanor drehte sich einmal um sich selbst, suchte nach weiteren Gestalten in schwarzem Gewand, doch die Feiglinge hatten sich wohl verkrochen. Auch Akkamas wurde nur noch von Wiedergängern bedrängt. Athanor setzte über die Lehne auf den Bock des Karrens und sprang von dort ins Getümmel.

Hinter ihm fauchten Flammen auf. Das leise, ferne Kreischen ertönte, das stets erklang, wenn er einen Untoten ins Feuer stieß. Waffen klirrten, Männer brüllten. Athanor fegte einen Wiedergänger mit dem Schwert zur Seite und drängte sich weiter zu Akkamas vor. Eine Klinge ritzte seinen Arm, als er zu spät parierte. Verängstigt muhten die Ochsen, rollten mit den Augen und trampelten auf der Stelle, da ihnen alle Wege versperrt waren. Wütend drosch Athanor auf die Untoten ein. Mussten sie sich ihm so hartnäckig in den Weg stellen, um jene zu verteidigen, die sie versklavten? »Zum Dunklen mit euch!« Er hatte Akkamas fast erreicht, als unvermittelt bläuliche Flammen aus dem Gewand des Ersten Kämpfers schlugen. Rasend schnell breiteten sie sich aus. Akkamas warf sich mit einem Schrei zwischen die Untoten und wirbelte zwischen ihnen hindurch wie eine lebende Fackel. Anstatt sich zu retten, steckte er so viele Wiedergänger wie möglich in Brand, bevor er hinter ihnen zu Boden ging.

Athanor stand einen Lidschlag lang, als hätte ihn ein Basilisk versteinert. Die Untoten wichen vor ihren brennenden Kameraden zurück, die sich vergeblich auf dem Boden wanden. Durch bläulich weiße Flammen und Rauch entdeckte Athanor eine schlanke schwarze Gestalt, die im Schutz eines Säulengangs davoneilte. *Davaron?* Das lange, streng nach hinten gekämmte Haar verriet ihn. Natürlich hielt es der Dreckskerl mit seinesgleichen, anstatt sich ausweiden zu lassen.

»Ich bring dich um, du Bastard!«, brüllte Athanor und jagte ihm über brennende Wiedergänger hinweg nach.

Vindur starrte den Elf an, der noch immer gegen die Gurte kämpfte. *Wenn es denn noch ein Elf ist ...* Hoffentlich hörte ihn niemand. Verzweiflung drohte, Vindur zu überwältigen. Gab es für diese schreckliche Krankheit Heilung? Konnte man ihm im Kaysa-Tempel helfen? Oder hatten ihn die Priester dort an diese Kerle verkauft? Er musste sich zusammenreißen. Es gab immer noch die anderen Elfen im Kerker. Vielleicht wussten sie einen Rat.

»Tut mir leid«, flüsterte er und wandte sich von Leonem ab. In diesem Zustand war der Elf ganz sicher keine Hilfe, und ihm blieb nicht viel Zeit. In seiner Eile hätte Vindur fast die Werkzeuge auf dem Tisch an der Wand übersehen. Auch hier standen kleine Gefäße, aber daneben lagen mehrere Messer, Schaber, ein kleiner Hammer samt Meißel und anderes Gerät, das er nicht einordnen konnte. Rasch steckte er Hammer und Meißel in seinen Gürtel und nahm eine der Klingen zur Hand. So bewaffnet verließ er den Raum durch die einzige andere Tür. Draußen fand er sich in dem Gang wieder, durch den er hergebracht worden war. Ein kühler Luftzug wehte hier, und dennoch war ihm zu warm. Er schwitzte. Sein Kopf kam ihm seltsam leicht vor, seine Nase dagegen immer dicker. Benommen sah er sich um. Der Gang war unbeleuchtet und leer, so weit die Fackel reichte. Mehrere Türen zweigten ab. Wo hatten die Dreckskerle ihre Beute versteckt? Dort würde er vielleicht seine Axt oder ein Elfenschwert finden.

In genagelten Stiefeln schleichen zu wollen, war zwecklos. Vindur setzte auf Frechheit, marschierte zur nächsten Tür und horchte kurz. Stille. Entschlossen öffnete er sie – darauf gefasst, ein weiteres Opfer auf einer Folterbank zu finden. Stattdessen stand er vor einem Leichenstapel. An ihren Kleidern glaubte er, Menschen wie in Marana zu erkennen. *Das ist dann wohl ihr Vorratslager.* Wenigstens hatten die Widerlinge diese Leute noch nicht zu Untoten gemacht. Er würde dafür sorgen, dass es so blieb.

Er trat zurück auf den Gang und schob leise wieder den Riegel vor. Niemand schien etwas bemerkt zu haben. Grollend stapfte er zur nächsten Tür weiter. Diese Männer waren Mörder, Zauberer, Leichenschänder – und Drachenanbeter vermutlich obendrein. Davaron befand sich in bester Gesellschaft. Allmählich wollte er ihm endlich seine Axt zu schmecken geben.

Aus dem nächsten Raum drang eine harte, befehlsgewohnte Stimme. Vindur lauschte einen Moment, doch er verstand die Worte des Mannes nicht. Es klang wie eine Beschwörung, aber der Magier bettelte nicht um ihr Gelingen, er forderte es. Ganz gleich, was es war, es konnte nur ein weiteres Verbrechen sein.

Vindur trat die Tür auf und stürmte hindurch. Die Zauberworte brachen ab. Überrascht sah sich der Nekromant nach ihm um. Der Zauberer stand in einem Kreis aus Toten, die reglos am Boden lagen. Vindur sprang über eine der Leichen und schwang die Fackel nach der Robe des Magiers. Hastig wich der Nekromant den Flammen aus. Das Messer bemerkte er erst, als Vindur es ihm mit der anderen Hand in die Seite jagte. Er stolperte rückwärts, starrte Vindur mit bleichem Gesicht an. Der Kerl war ein halbes Kind. Nackte Angst stand in seinem Blick. »Jetzt ist es wohl nicht mehr so lustig, sich mit einem Zwerg anzulegen«, tönte Vindur. Mit blutiger Klinge setzte er nach. Der Zauberer strauchelte über einen Leichnam und fiel mit einem Aufschrei auf seinen Hintern. In dieser Haltung kroch er von Vindur weg, bis er mit dem Kopf gegen die Wand stieß. Winselnd sprudelte er Worte hervor, flehte wohl um Gnade. Der Anblick des Jungen war so erbärmlich, dass Vindur nur noch Verachtung empfand. Das war kein Gegner, den man mit Stolz töten konnte.

Doch kaum ließ er das Messer sinken, um sich nach Fesseln für den Kerl umzusehen, trat Berechnung in dessen Augen. Noch immer winselte er, hob nun die Hände in beschwörenden Gesten dazu, aber sein Blick ... Vindur fand es plötzlich schwer, etwas anderes zu sehen, als diese dunklen Augen. Waren sie nicht groß und freundlich und liebenswert? Eine Hand griff wie beiläufig nach dem Messer, das er hielt.

»Baumeisters Bart!« Vindur stieß die Fackel ins Gesicht des Zauberers, der sich kreischend abwandte. Sofort wurde Vindurs Blick wieder klarer. Der Bann fiel von ihm ab. Wütend ließ er die Fackel fallen, packte den Magier bei den Haaren und rammte ihm die Klinge von unten in die Kehle. »Du wirst keinen verdammten Zauber mehr sprechen, du Ogersohn!«

Der Sterbende gurgelte Blut und fiel gegen die Wand zurück. Seine Robe qualmte, wo die Fackel lag. Vindur sah sich nach Ersatz um. Auf einem geschmiedeten Bronzeständer steckten gleich mehrere Fackeln. Einer Eingebung folgend, warf Vindur ihn um, nahm sich eine und schob den Rest zur nächsten der von der Wüste ausgedörrten Leichen. Sie fing sofort Feuer.

242

Mochten die Toten danach endlich in Frieden ruhen. Doch wie lange würde der Rauch unbemerkt bleiben? Dummerweise hatte er die Tür eingetreten. Er musste sich beeilen, sonst hetzten die Nekromanten ihre Wiedergänger auf ihn, bevor er die Elfen befreit hatte.

Vindur hastete in den nächsten Raum, wo ihn nur Finsternis erwartete. Außer Fackelhaltern an den Wänden gab es nichts, nicht einmal Leichen. Blieb nur noch eine Tür, bevor sich der Gang in Dunkelheit verlor. Vindur riss den Riegel zurück und sprang in den Raum. Ein Berg an Kleidern, Schuhen, Helmen, Gürteln, Harnischen und Taschen türmte sich vor der Rückwand auf. Alles, was die Nekromanten ihren Gefangenen und den Toten abgenommen hatten, aber zurzeit keinen Wert für sie besaß, schien hier aufgestapelt.

Baumeister sei Dank, da steckt meine Axt! Vindur warf das Messer fort, stülpte sich den erstbesten Helm auf den Schädel, schnappte seine Waffe und eilte zurück auf den Gang. Rauch waberte aus dem Raum, in dem die Leichen brannten. Das Flackern des Feuers tanzte auf der Wand gegenüber der Tür, aber noch hallten weder Rufe noch Schritte heran.

Wie hatte der Gang im weiteren Verlauf ausgesehen? Im vergeblichen Mühen, sich zu befreien, hatte er keinen Blick dafür gehabt. Auf gut Glück eilte Vindur in die Dunkelheit. Schon nach wenigen Schritten zeichnete sich vor ihm eine Abzweigung ab, und ein kurzes Stück dahinter endete der Gang vor einer schweren, mit Bronze verstärkten Tür.

Leise näherte sich Vindur der Abzweigung. Es war albern, denn die Fackel hatte seine Anwesenheit längst verraten, aber vielleicht hielt man ihn für den jungen Totenbeschwörer, den er den Flammen überlassen hatte. Vorsichtig lugte er um die Ecke und sah nur in den Stein geschlagene Stufen, die nach oben führten. Von dort drangen aufgeregte Stimmen herab. Hatten sie etwas bemerkt? Vindur rannte zu der Tür weiter. Kein Schloss. Der Riegel zurückgeschoben. Er trat sie auf und stürmte hindurch.

Dahinter erhellten Fackeln den Gang, an dem sich die Kerkerzellen aufreihten. Zwei Untote lungerten als Wächter herum.

Alarmiert wandten sie sich dem Eindringling zu und zogen ihre Schwerter. Vindur zögerte. Allein hatte er keine Chance, sie so gründlich zu zerlegen, dass sie nie wieder aufstanden. Dafür brauchte es vier Zwerge zugleich – oder einen Troll. Der erste Wiedergänger eilte heran, holte zum Hieb aus. Vindur widerstand der Versuchung, in das himmelweite Loch in der Deckung des Gegners zu schlagen. Es half ohnehin nichts. Er duckte sich unter dem Hieb hindurch und streifte den Untoten mit der Fackel. Sofort ging dessen brüchige Haut in Flammen auf. Panisch warf sich der Wiedergänger zu Boden, wollte sich wälzen, doch Vindur sprang auf ihn, dass die Rippen unter der morschen Lederrüstung brachen. Flammen leckten an Vindurs Stiefeln empor. Schon schwang der zweite Wächter das Schwert nach ihm. Vindur warf sich zur Seite und prallte mit der Schulter gegen die Wand. Doch es genügte, dass die Klinge fehlging. Wirkungslos kratzte sie hinter ihm übers Gestein. Im Wegrennen stieß er dem Untoten die Fackel in die Seite. Sie verklemmte sich irgendwo zwischen Hüfte und Harnisch. Hastig ließ Vindur los und hetzte zu einer neuen Fackel, während der Wiedergänger in Flammen aufging. Nun wälzten sich beide am Boden, doch der erste hatte sich bereits fast gelöscht.

Vindur musste springen, um eine Fackel von der Wand zu reißen. Wahllos öffnete er die nächstgelegene Zellentür. Noch während er sich fragte, ob er dafür nicht einen Schlüssel gebraucht hätte, stellte er fest, dass die Kammer leer war. *Meine eigene?* Wütend stürmte er zu dem Untoten, der sich gerade aufrappelte, trat auf dessen Schwerthand und steckte ihn erneut in Brand. Zurückweichend ließ er den Blick über die Wiedergänger schweifen, so gut es ging. Keiner der beiden trug einen Schlüsselbund. Es gab auch keinen Haken mit Schlüsseln an der Wand. »Verflucht!«

»Bist du das, Zwerg?«, ertönte eine Stimme.

»Mach uns die Türen auf, dann helfen wir dir!«, rief eine andere.

»Das weiß ich selbst!«, fauchte Vindur. Er schob einen weiteren Riegel zurück und warf sich mit der Schulter gegen die

244

Tür. Das Schloss hielt, doch das Holz brach aus. Ein Tritt genügte, um die Zelle endgültig zu öffnen. Dahinter taumelte benommen ein Elf, der sich an die blutende Nase fasste. Er musste die Tür ins Gesicht bekommen haben.

Vindur ahnte den Untoten hinter sich mehr, als dass er ihn hörte. Er fuhr herum und versetzte dem Wächter einen solchen Schlag mit der Axt, dass die Leiche quer über den Gang flog. Der Elf, groß und selbst für einen der ihren sehr schlank, hob ihm die gefesselten Hände entgegen. Wo das Blei die Haut berührte, hatte sie sich grau gefärbt. »Ich kann mir selbst helfen, wenn du mich nur von diesen Dingern befreist.«

»Gleich«, versprach Vindur und brannte dem angreifenden Untoten erneut die Fackel in den Leib.

»Was ist los? Wo bleibst du?«, rief ein anderer Elf.

»Was soll ich denn noch alles gleichzeitig tun?«, brüllte Vindur. Rasch schob er die Axt in seinen Gürtel und legte die Fackel neben die Tür. Vielleicht fing das trockene Holz Feuer und hielt die Untoten ab. Wozu der kleine Hammer samt Meißel den Nekromanten gedient haben mochte, stellte er sich lieber nicht vor. Der Elf legte seine Hände auf den Steinboden. Mit zwei präzisen Schlägen öffnete Vindur die Handschellen.

»Deine Sachen liegen in einem Raum den Gang hin ...«

»Achtung!«, schrie der Elf.

Vindur sprang auf. Eher zufällig stieß er dabei mit dem Helm die Klinge des Gegners zur Seite. »Erste Tür rechts hinter der Treppe!«, brüllte er, während er sich gegen den Untoten warf, der nach verkohltem Fleisch stank. Wie ein Rammbock schob er den Wiedergänger vor sich her, bis die Leiche dumpf und knirschend gegen die Zellentür gegenüber prallte. Mit beiden Händen packte Vindur den Schwertarm des Gegners und ignorierte die Knochenfinger, die nach seinem Gesicht stachen. Am Handgelenk riss er den Untoten von den Füßen und schleuderte ihn dem anderen entgegen. Gemeinsam gingen die Wächter zu Boden, wo einer von ihnen der Fackel zu nahe kam. Flammen sprangen auf.

Vindur lief zur nächsten Zelle und zerrte dabei wieder seine Axt aus dem Gürtel. Mit Tritten und Schlägen gelang es ihm, die Tür zu öffnen, bevor wieder einer der Feinde heran war. Er drehte sich gerade noch weg, sodass ihm die Klinge des Wächters nur den Arm ritzte. In diesem Moment stürzte sich ein Elf aus der Zelle und riss den Wiedergänger zu Boden. Vindur trat auf die Schwerthand des Untoten und entwand ihm endlich die Waffe. Triumphierend reckte er sie, wollte sie gegen die Wand schlagen, um sie zu zerbrechen, als es plötzlich in seiner Nase juckte. Das Niesen kam so unvermittelt, dass er mechanisch den Arm vors Gesicht hielt. Schwarzer Schleim, mit roten Blutschlieren durchsetzt, blieb auf seinem Ärmel zurück.

Ein Mann in schwarzer Robe überholte Davaron und rannte weiter, während der Elf innehielt. Kopfschüttelnd trat er aus dem Säulengang auf den Hof.»Du bist wirklich anhänglich, Mensch. Ich hätte wissen sollen, dass du mir selbst über den Ozean folgst.«

Athanor blieb stehen und drehte sich ein wenig, um nicht von hinten überrascht zu werden. Den Bastard endlich vor sich zu sehen, verwandelte seinen Zorn in kalte Berechnung.»Ich werde erst von dir ablassen, wenn du so bleich und ausgeblutet vor mir liegst wie Elanya.«

»Darauf kannst du lange warten.«

Er zaubert ... Davarons Blick verriet es. Blitzschnell sprang Athanor vor, stach zu. Davaron tänzelte zur Seite und zog blank. Doch seine Konzentration war gebrochen.

»Fahr zum Dunklen!«, knurrte Athanor und setzte nach. Er täuschte einen Hieb an, änderte die Richtung, aber Davaron parierte. Sie kannten einander zu gut. Jeden Schlag, den der Elf führte, lenkte Athanor ab oder wich ihm aus. Ebenso liefen seine eigenen Angriffe ins Leere. *Verfluchter Bastard!*

Er ahnte, dass sich Wiedergänger näherten, und aus dem Augenwinkel sah er mehrere Pferde über den Hof kommen. Auf zweien saßen schwarze Gestalten. *Hadons Fluch!* Mit neuer Wut hieb er auf Davaron ein, der vor dem unerwarteten Ausfall zurückwich.

Plötzlich wehte eine Sturmböe mit solcher Wucht aus dem Säulengang, dass der Elf umgerissen wurde. Geduckt kämpfte

Athanor darum, auf den Beinen zu bleiben. Sand und Staub peitschten ihm ins Gesicht. Davaron kroch von ihm fort, doch er konnte ihm nicht folgen, ohne selbst umgeweht zu werden. *Verdammte Zauberer!* Die beiden Reiter trieben ihre Pferde ins Getümmel der kämpfenden und brennenden Untoten. »Aus dem Weg!«, donnerte einer von ihnen.

In diesem Augenblick raste eine Gestalt in halb verbrannten Kleidern auf einen der beiden Magier zu und sprang mit solcher Kraft zu ihm empor, dass er den Reiter vom Pferd stieß und auf der anderen Seite mit ihm zu Boden stürzte. *Akkamas?* Wie hatte er das magische Feuer überlebt? Der zweite Magier sprengte im Galopp durch die Wiedergänger, ohne sich nach seinem Ordensbruder umzusehen. Athanor spähte über seinen schützend gehobenen Arm zwischen die Säulen. Aus den Schatten tauchte ein großer, schmaler Elf auf. Endlich legte sich der Wind so plötzlich, wie er gekommen war.

Sofort wirbelte Athanor wieder zu Davaron herum. Der Elf hatte sich aufgerappelt und eilte auf eins der ledigen Pferde zu, die scheuend umherrannten. Athanor sprintete ihm nach, doch der Vorsprung war zu groß. Davaron schwang sich auf das panische Tier und jagte hinter dem fliehenden Magier her. Kein anderes Pferd befand sich in Athanors Reichweite, und mehrere Untote stürmten auf ihn zu. »Ich finde dich – egal wo du dich verkriechst!«, brüllte er Davaron nach.

»Er gehört mir!«

Athanor fuhr herum, die Klinge zum Kampf bereit, während ihm aufging, woher er die Stimme kannte. *Vindur!*

Der Zwerg stürmte mit einer Fackel und einer Axt unter dem Säulengang hervor und geradewegs an Athanor vorbei. »Pack mit an! Mir bleibt nicht viel Zeit!« Damit stürzte er sich auf die Wiedergänger.

Athanor wusste nicht, ob er lachen oder seinem Freund für diese Begrüßung einen Tritt verpassen sollte. »Ich habe um dich getrauert!« Rasch lief er ihm nach, um ihm den Rücken freizuhalten, während er mit der Fackel Feuer unter die Untoten trug. Seine Wut wollte ihn Davaron hinterhertreiben, doch er durfte Vindur nicht noch einmal im Stich lassen. Auch

247

der fremde Elf hatte sich eine Klinge aus dem Gewirr verbrannter und brennender Leichen geklaubt und folgte ihnen.
»Trauern kannst du morgen wieder«, blaffte Vindur. »Ich
sterbe.«

Was soll das heißen? Athanor trat einen Wiedergänger zur
Seite, der dem Zwerg das Schwert zwischen die Rippen treiben
wollte. War Vindur tödlich verwundet? Er hinterließ keine
Blutspur.

Ein Elf mit nahezu weißen Augen und ein weiterer eilten
mit Fackeln herbei. Es verschaffte Athanor Zeit, einem von
Akkamas' Männern zu helfen, der einen verletzten Kameraden
stützte. Gemeinsam schleppten sie den Mann hinter dem Karren in Deckung und legten ihn im Schatten ab. Er hatte schwere Verbrennungen. Auf seinen Kleidern prangten Blutflecken.
Athanor wollte in den Kampf zurück, doch der Verwundete
hielt ihn am Hosenbein fest und versuchte, etwas zu sagen. Der
Blick des Sterbenden bewog Athanor, neben ihm in die Hocke
zu gehen, damit die schwache Stimme an sein Ohr dringen
konnte.

Mit erstaunlicher Kraft klammerte sich der Mann an Athanors Hand. »Seid ... seid Ihr wirklich der Kaysar, Herr?«

Was hatte Akkamas da angerichtet? Er konnte einen sterbenden Getreuen nicht vor den Kopf stoßen. *Hol's der Dunkle!*
Es gab niemanden mehr, der ihm den Titel streitig machen
konnte. Er nickte. »Ich bin Herrscher über das Land, das ihr die
Alte Heimat nennt.«

Die Züge des Sterbenden entspannten sich. In seinen Augen
war noch Leben, doch sie blickten bereits in eine andere Welt.
»Ist ... ist es so schön dort, wie man sagt?«

»In den Ländern des Alten Reichs regnet es so oft, dass es
niemals Dürren gibt. Die Flüsse führen immer Wasser, und die
Hügel sind mit grünem Wald bedeckt. Und wenn die Sonne
scheint, leuchtet der See der Urmutter Kaysa wie ein blauer
Edelstein zwischen ...« Athanor brach ab, als die Hand in seiner
erschlaffte. Er bettete sie auf die Brust des Toten und schloss
ihm die blicklosen Augen.

Der andere Krieger starrte ihn mit offenem Mund an.

248

Wo steckt dieser unmögliche Kerl? Athanor sprang auf. Ein rascher Blick über den Hof zeigte ihm, dass die Elfen und Vindur die letzten Untoten schneller wieder in Brand steckten, als jene sich löschen und wieder angreifen konnten. Hinter ihnen entdeckte er Akkamas, der den vom Pferd geworfenen Magier offenbar längst getötet hatte, denn er half nun einem hinkenden Krieger von den Flammen weg. Sein vierter Mann lag auf dem Karren. Das Schwert eines Untoten ragte unterhalb des Harnischs aus dem reglosen Leib. Sämtliche Pferde waren vor den Flammen geflohen. *Verflucht!* Wie sollte er Davaron zu Fuß einholen? Nun musste er zuerst in das verwaiste Gasthaus zurück, in dessen Stall sie ihre Pferde gelassen hatten.

Er erreichte Akkamas, als jener gerade den Verwundeten am Fuß einer Säule abgesetzt hatte. Die schwarze Schminke war zu einem bizarren Muster verlaufen, die Balsamierertracht verschwunden und die Kleidung darunter zur Hälfte verbrannt. In der Hitze des magischen Feuers hatten sich sogar die goldenen Säume des Kettenhemds verformt. Und dennoch grinste der Erste Kämpfer, als er Athanor auf sich zukommen sah.

»Wie könnt Ihr das überlebt haben?«, rief Athanor ungläubig.

»Das waren *magische* Flammen. Man muss in den Ozean springen, um sie zu löschen!« *Oder in einen Regenschauer kommen.* Aber das war in Dion nicht zu erwarten.

Akkamas' Miene wurde ernster, und er bedeutete Athanor, sich mit ihm ein Stück von dem Verwundeten zu entfernen. »Ich wäre Euch dankbar, wenn Ihr das nicht mehr so laut herumtönen würdet, denn meine Männer kannten den Unterschied bislang nicht.«

Athanors Misstrauen erwachte. »Was habt Ihr zu verbergen?«

Akkamas musterte ihn abschätzend. »Ungefähr so viel wie Ihr.«

»Ihr kennt mittlerweile fast meine ganze Geschichte ...« *Von ein paar unrühmlichen Details abgesehen.* »... und erzählt Euren Männern, ich sei der Gott ihres Totenreichs!«

»Irgendwie muss ich die Leute doch daran hindern, Euch am nächsten Drachentempel aufzuhängen.«

»Vertrauen sollte auf Gegenseitigkeit beruhen.«

»Also schön, ich … kann ein wenig zaubern«, gestand Akkamas. »Aber mit dem Magierorden habe ich nichts zu tun und wollte es auch nie. Trotzdem würde es mich für alle verdächtig machen, versteht Ihr? Wenn Aira davon wüsste, müsste ich gehen.«

Athanor nickte. Nach allem, was man den Nekromanten nachsagte, würde man Akkamas für einen ihrer Spitzel halten, die sich an den Fürstenhöfen verbargen. Das Zeugnis eines Fremden, der den Großen Drachen lästerte, war sicher nicht geeignet, um die Menschen vom Gegenteil zu überzeugen. »Von mir wird es niemand erfahren.«

Elfen, Menschen, Zwerg, alle mussten mit anpacken, um sämtliche Untoten zu verbrennen, bis sich kein Knochenfinger mehr rührte. Akkamas entdeckte Sesos unter ihnen, doch sie konnten für den Fürsten keine Ausnahme machen. Wie seine einstigen Untertanen stand er unter dem Bann der Nekromanten und griff Akkamas an. Rauch und Gestank erfüllten den Hof, und die Hitze der Flammen machte die sengende Sonne noch unerträglicher. Athanor rann der Schweiß über Nacken und Gesicht. Die Leichen der Zauberer warfen sie gleich mit ins Feuer, damit sie nicht wieder aufstehen konnten.

Als die grausige Arbeit vollbracht war, wandte sich der weißäugige Elf Vindur zu. »Wir stehen in Eurer Schuld, Zwerg. Ich bin Eleagon, Schiffsführer der *Kemethoë*. Ihr habt uns befreit, obwohl wir Fremde für Euch waren. Dafür danke ich Euch, auch im Namen meiner Mannschaft.«

»Das war selbstverständlich«, wehrte Vindur ab und rieb sich verdächtig an den Augen herum. »Ich muss aus diesem verfluchten Rauch …«

»Auch Euch danke ich, Menschenkrieger«, sagte Eleagon an Athanor und Akkamas gerichtet. »Und biete unsererseits Hilfe für Eure Verwundeten an.«

Vindur merkte auf. »Ihr habt einen Heiler unter Euch?«

Ein Elf mit etwas breiteren Schultern und braunem Haar trat vor. »Mein Name ist Meriothin. Ich bin zwar in erster Linie See-

mann, aber ich stelle Euch meine bescheidenen Fähigkeiten
gern zur Verfügung.«
»Meine Männer könnten sich keine ehrenvollere Behand-
lung wünschen«, befand Akkamas und verneigte sich. Wie
schaffte er es, selbst mit bizarrer Schminke und brandlöchrigen
Kleidern eine solche Eleganz an den Tag zu legen?
»Ich finde, ich bin als Erster dran«, platzte Vindur heraus.
»Immerhin habe ich Euch aus Eurer Zelle befreit.«
»Seid Ihr denn schwer verletzt?« Meriothin musterte ihn
zweifelnd.
»Ich liege vielleicht nicht verblutend am Boden, aber Euer
feiner Freund hat mich mit einem Todesfluch verhext. Wenn
Ihr mir nicht helfen könnt, bin ich morgen tot!«
»Welcher feine Freund?«, fragte Eleagon.
»Er meint den verdammten Mörder, der Euch verraten hat«,
erklärte Athanor. »Aber von welchem Todesfluch sprichst du?«
»Davaron hat Euch verflucht?« Meriothin wirkte fassungs-
los.
»Könnte es nicht sein, dass er nur so getan hat, um sein Le-
ben zu retten?«, warf ein anderer Elf ein. »Vielleicht wollte er
Zeit schinden. Die Magier in Sicherheit wiegen, bis sich eine
Gelegenheit ergeben würde, uns …«
»Der Ogersohn selbst hat mir das Zeug in die Nase gejagt!«,
fuhr Vindur auf. »Es soll ein verwesendes Ungeheuer aus mir
machen. Und dabei hat er auch noch gegrinst! Stattdessen hätte
er sein Schwert ziehen und sie alle niedermachen können. Er
war der Einzige mit einer Waffe im Raum!«
»War das der Elf, der mich mit magischem Feuer angegriffen
hat?«, wollte Akkamas wissen.
»Genau der«, bestätigte Athanor.
»Ich … es fällt mir schwer, so schlecht von einem Elf zu den-
ken«, gab Eleagon zu. »Immerhin hat er sich als Held für sein
Volk in die Stollen der Zwerge gewagt …«
»Er hat eine Tochter Ardas getötet!«, fiel ihm Athanor ins
Wort. »Welchen Beweis für seine Verkommenheit braucht Ihr
noch?«
»Niemand fällt gern auf einen Mörder und Verräter herein«,

versuchte Akkamas zu vermitteln, doch Athanor hatte genug von der Zögerlichkeit der Elfen.

»Kam Euch seine Eile überhaupt nicht verdächtig vor? Was hat er Euch vorgemacht, warum er so dringend über den Ozean muss?«

»Er hat gar nicht so sehr gedrängelt«, behauptete Eleagon. »Aber ich wusste, dass uns vor den Herbststürmen nicht mehr viel Zeit blieb.«

Vindur stemmte die Hände in die Hüften und sah Meriothin an. »Werdet Ihr mich jetzt heilen oder nicht?«

»Entschuldigt«, bat der Elf. »Ich will Euch gern helfen, aber ich kann nichts versprechen. Dieser Fluch ist ... sehr stark.«

»Allerdings«, knurrte der Zwerg, während er den Helm abnahm, damit Meriothin ihm die Hand auf die Stirn legen konnte.

»Was hat der Dreckskerl dir angetan?«, wollte Athanor endlich wissen.

Eleagon antwortete an Vindurs Stelle und berichtete in knappen Worten von einem mehr toten als lebendigen Mädchen, das Meriothin vergeblich zu retten versucht hatte.

»Wenn du wissen willst, wie es aussieht, sieh dir ihren Freund Leonem an«, brummte Vindur.

Alarmiert sah sich Eleagon auf dem Hof um. »Er ist gar nicht hier. Wo habt Ihr ihn gesehen?«

»Unten im Kerker. Er liegt in einem ihrer ... Ich weiß nicht, wie ich diese Räume nennen soll.«

»Berelean, Mahanael!«, rief Eleagon und eilte zu einer Tür unter dem säulengestützten Vordach. »Kommt! Wir müssen Leonem finden.«

»Seid Ihr sicher, dass Davaron *diesen* Fluch meinte?«, fragte Meriothin. »Ich kann ihn nicht spüren.«

»Warum hätten sie mich sonst auf diesem Tisch festschnallen sollen? Außerdem habe ich blutigen schwarzen Rotz geniest. Seht Ihr?« Vindur deutete auf einen dunklen Fleck auf seinem Ärmel.

Der Elf hob ratlos die Hände. »Das verstehe, wer will, aber ich muss meinen Heilzauber auf etwas richten können, und da ist nichts.«

»Wäre es denn nicht möglich, dass der Fluch Zwergen nichts anhaben kann?«, erkundigte sich Akkamas.

»Vielleicht hat es damit zu tun, dass in den Königreichen unter den Bergen keine Magie gewirkt werden kann«, warf Athanor ein.

Akkamas schüttelte den Kopf. »Das liegt nur an der starken Konzentration des Erdelements, das Zauberei behindert.« Meriothin sah ihn verblüfft an. »Woher wisst Ihr das?«

Das kommt davon, wenn man mit seinem Wissen protzen will, feixte Athanor im Stillen. Sollte Akkamas sehen, wie er aus der Schlinge wieder herauskam. Selbst die Elfen hatten es im Lauf ihres jahrtausendewährenden Streits mit den Zwergen vergessen, weil sie keine Stollen mehr betreten durften.

»Das ... ähm, habe ich in einer Sage über Zauberer in den Silberminen von Irea gelesen.«

»Ich bin beeindruckt, dass die Menschen Dions über solche Kenntnisse verfügen«, sagte Meriothin. »Bei Gelegenheit müsst Ihr uns mehr darüber erzählen.«

»Nichts lieber als das«, versicherte Akkamas mit einem gequälten Lächeln.

»Jetzt sollte ich mich wohl rasch um die anderen Verwundeten kümmern«, entschuldigte sich der Elf bei Vindur und ging zu dem am Bein verletzten Krieger hinüber.

»Baumeisters Bart!«, fluchte der Zwerg. »Soll das heißen, ich soll mich nicht so anstellen? Ich habe mir das doch nicht eingebildet.«

»Im Tempel haben sie behauptet, du seist gestorben. Ich hielt dich für ertrunken«, gab Athanor zu. »Vielleicht geht es dir wie mir, und du kannst gar nicht sterben.«

Akkamas bedachte ihn mit einem undeutbaren Blick.

»Und ich dachte, der Seedrache hätte dich erwischt«, gestand Vindur. »Aber ich bin verdammt froh, dass es anders gekommen ist.«

»Wenn Ihr so unsterblich seid«, meinte Akkamas schmunzelnd, »könnten wir über die Basilisken sprechen, vor denen ich Euch gewarnt habe.«

Athanor nickte. Sie hatten das Nest der Nekromanten zwar

ausgeräuchert, aber sobald sie das Ordenshaus verlassen hatten, konnten die Zauberer – mitsamt dem Bastard – zurückkommen und sich erneut hier verschanzen.

»Was ist ein Basilisk?«, wollte Vindur wissen. Er sah noch immer verstimmt aus, und Athanor hoffte, dass sich der Elf nicht getäuscht hatte. Mit diesem Todesfluch war offenbar nicht zu spaßen.

»Sie sind eine besonders heimtückische Chimärenart«, erklärte Akkamas. »Niemand kann mehr genau sagen, welche Ungeheuer ihr Schöpfer widernatürlich verbunden hat, weil sich außer den Zauberern seit Jahrhunderten oder länger niemand mehr wagt, sich ihnen zu nähern. Es wäre auch nicht sehr klug, sie anzusehen, denn ihr Blick versteinert auf der Stelle jeden, der ihn erwidert.«

Vindur zuckte mit den Schultern. »Ich will mit dem Biest nicht anbändeln, sondern es töten. Nachdem Davaron entkommen ist, muss ich irgendetwas anderes erschlagen.«

»Nicht nur du«, brummte Athanor. Je schneller sie hier fertig wurden, desto eher konnten sie Davarons Fährte wieder aufnehmen. »Aber wie willst du sie erschlagen, ohne sie anzusehen?«

In diesem Moment kamen die anderen Elfen aus den Gängen unter dem Ordenshaus zurück. Sie trugen einen schmalen Tisch, auf dem jemand mit silberblondem Haar lag. Ohne den markanten Schopf hätte Athanor in dem Wesen keinen Elf erkannt. Dieser Leonem fletschte die Zähne wie ein Raubtier, knurrte und kämpfte gegen die Gurte an, die ihn auf dem Tisch festhielten. Seine Haut wirkte fleckig und fahl wie die einer Leiche. Wo die Handschellen die Arme berührten, war sie sogar schwarz. Scheinbar wahllos starrten die glasigen Augen umher.

Hadons Fluch! Eleagon hatte nicht übertrieben. Rasch warf Athanor einen prüfenden Blick auf Vindur, doch sein Freund wirkte unverändert. Mochten die Götter der Zwerge geben, dass Vindur tatsächlich gegen den Fluch gefeit war. »Was soll mit ihm geschehen, wenn Euer Heiler nichts für ihn tun kann?«, wandte er sich an Eleagon.

Der Schiffsführer rieb sich ratlos das Kinn.»Ich wünschte, er wäre wie Sesos an dem Gift gestorben, mit dem sie uns betäubt haben. Es hätte ihm diese Qualen erspart.«

»Sein Zustand ist eines Elfs unwürdig«, befand Mahanael. »Wir wissen nicht einmal, ob er es merkt und hinter dieser bestialischen Fassade darunter leidet.«

»Du meinst, wir sollten ihn davon erlösen?«, fragte Eleagon mit erkennbarem Unbehagen.

Mahanael seufzte.»Bevor wir ihm tagelang beim Verwesen zusehen ... Aber ich kann es nicht tun.«

»Und wenn Meriothin ihn heilt?«, mischte sich der junge Elf ein, den Eleagon Berelean genannt hatte.»Wie er es bei dem Mädchen getan hat. Könnten wir es dann nicht schaffen, ihn zurück nach Hause zu bringen, bevor dieser Fluch ihn tötet?«

Eleagon schüttelte entschieden den Kopf.»Du weißt, wie kurz die Atempause war, die er dem Mädchen verschafft hat. Jeder Tag wäre eine Qual – und eine Gefahr für uns alle. Auf dem Schiff könnten wir Leonem nicht ausweichen, wenn es ihm gelänge, sich zu befreien.«

»Es gäbe eine andere Möglichkeit, die einen Versuch wert wäre«, meinte Meriothin.

Alle sahen ihn fragend an.

»Wenn ich ihn so weit heile wie das Mädchen, wäre er für eine Weile wieder bei klarem Verstand und könnte sich in einen Seelenvogel verwandeln. Vielleicht überträgt sich der Fluch nicht auf einen Vogelleib. Dann wäre es ihm möglich, das Ewige Licht zu erreichen.«

»Und wenn nicht?«, wandte Berelean ein.

»Er wird so oder so sterben, warum sollten wir es also nicht wenigstens versuchen?«, beharrte Meriothin.

Eleagon wirkte betroffen, aber er nickte.»Sprich mit ihm, wenn du ihn erreichen kannst. Ich sehe keinen besseren Weg.«

Bald darauf erhob sich ein großer weißer Vogel in den Himmel und flog gen Ozean davon.

13

Vindur drehte die kleine Glaskugel zwischen zwei Fingern und bewunderte die hervorragende Handwerkskunst. Eine Hälfte war klar wie Wasser, die andere weiß wie Milch, und beides ging fließend ineinander über. Er konnte nur wenige winzige Luftblasen entdecken. Am meisten erstaunte ihn jedoch die aus braunem Obsidian meisterhaft nachgebildete Iris, mit der ihn das künstliche Auge anzublicken schien. Eingegossener Goldstaub verlieh ihr das lebendige Funkeln.

Mahanael hatte das Glasauge zwischen den Leichen gefunden, und als sie auf Verdacht den zweiten toten Magier untersuchten, saß auch bei ihm in einer Augenhöhle ein solches Kunstwerk. Konnten die Zauberer auf magische Weise damit sehen? Erweiterte es ihre Sicht auf die Welt um Dinge, die anderen entgingen? An einen Zufall glaubte Vindur jedenfalls nicht. Er ging in den Keller und stapfte durch die verbrannten Überreste der Toten, die er davor bewahrt hatte, als Sklaven beschworen zu werden. Die anderen schenkten seinem Treiben ohnehin kaum Beachtung. Was war von Elfen auch anderes als Undank zu erwarten? *Auf das Leben des hässlichen kleinen Kerls kommt es ja nicht an.* Nun gut, er wollte nicht ungerecht sein. Meriothin hatte zumindest versucht, ihn zu heilen.

Vindur beugte sich über den verkohlten Leichnam des jungen Magiers, den er getötet hatte, und leuchtete ihm mit seiner Fackel in die Augenhöhlen. Kein verdächtiger Glanz, nur Schwärze. Mit dem Stiel seiner Axt stocherte er in dem Schädel herum, bis er sicher war, dass er kein Glasauge finden würde. Also doch nur ein Zufall? Nachdenklich kratzte er sich mit dem Axtknauf im Bart. Oder war das künstliche Auge eine Auszeichnung, die sich die Nekromanten erst durch besondere Schandtaten verdienen mussten? Die Vorstellung, dass sie Davaron ein Auge ausstechen könnten, gefiel ihm.

Auch wenn es unten nach Rauch und verbrannten Leichen stank, stieg Vindur nur widerstrebend wieder nach oben. Ohne den Kampfrausch fiel es ihm schwer, die anheimelnde Enge des

256

Kerkers zu verlassen. Als er seinen Ausbruch überdachte, fiel ihm auf, dass er sein Leben wohl dem Hochmut der Magier verdankte. Sie hatten zu sehr auf die untoten Diener vertraut, die stur Befehle befolgten, statt ihre Herren zu warnen. Mit schlaueren Gegnern wäre der Keller eine Falle gewesen. Der Gedanke half Vindur, sich von den Gewölben zu trennen. Als er den in grelles Sonnenlicht getauchten Hof wieder vor sich sah, zog er unwillkürlich den Kopf ein. Würde er sich denn niemals daran gewöhnen? Er steckte die Fackel in eine Halterung an der Wand und schlurfte missmutig zu den anderen, die immer noch darüber berieten, wie sie die Basilisken beseitigen sollten. *Menschen und Elfen!* Wenn man ihnen nichts zu tun gab, redeten sie den ganzen Tag. Dann würde *er* eben in der Zwischenzeit Nägel mit Köpfen machen.

Entschlossen marschierte er zu dem Gang hinüber, der zu den Toren des Ordenshauses führte. Beide standen noch immer offen, und einen anderen Eingang schien es nicht zu geben. Wenn die Ungeheuer zwischen Außenmauer und Haus lauerten, musste es ein Gatter geben, das sie zurückhielt, sonst wären sie davongelaufen oder hätten sich auf jeden gestürzt, der durch die Tore ging. So leise, wie er sich auf genagelten Sohlen bewegen konnte, schlich Vindur durch den Gang. Er wählte die Seite, auf der die Schatten weiter ans innere Tor heranreichten, und näherte sich langsam der Ecke. Vorsichtig ließ er den Blick bei jedem Schritt weiter die Mauer neben dem äußeren Tor entlangwandern, bis er zwischen den Steinen verankerte Balken entdeckte. Das musste die Barriere sein, die die Bestien zurückhielt. Er blieb stehen und lehnte sich ein Stück vor.

»Vindur!« Athanors Stimme hallte durch den Gang, dass Vindur vor Schreck zusammenfuhr.

»Bist du wahnsinnig? Ich hätte fast in die falsche Richtung gesehen«, schimpfte er und zog sich rasch ein paar Schritte zurück. »Jetzt haben sie uns mit Sicherheit gehört!«

»Ich sage das nicht, um Euch zu beleidigen, Zwerg«, mischte sich der Krieger mit dem schwarz verschmierten Gesicht ein, »aber *Ihr* müsst wahnsinnig sein, Euch den Basilisken zu nähern.«

»Ob mich der Fluch oder irgendein Biest umbringt, spielt doch keine Rolle«, murrte Vindur, obwohl er zugeben musste, dass er sich nicht krank fühlte. Hätten nicht allmählich dieselben Anzeichen sichtbar werden müssen wie bei Leonem? Vielleicht hatte der Dionier recht, und Zwerge waren tatsächlich gegen den Fluch gefeit. Im Gegensatz zu Elfen. *Ha!*

»Der Elf hat doch gesagt …«, begann Athanor, doch Vindur war nicht in der Stimmung, sich Beschwichtigungen anzuhören.

»Ja, ja, ich weiß. Es ging mir auch gar nicht so sehr um die Basilisken«, wehrte er ab, auch wenn er in Wahrheit neugierig war. »Ich wollte nur die Lage erkunden, damit wir endlich wissen, wovon wir reden.«

»Einverstanden«, sagte Athanor. »Aber warte einen Moment. Akkamas und ich werden sie für dich ablenken.«

»Und wie?«, wollte der Dionier wissen.

»Wir werfen Fleisch aus den Vorräten der Magier vom Dach«, erklärte Athanor, während sie sich entfernten. »Wenn sie nichts haben, nehmen wir sie selbst.«

»Ja, lasst sie von ihren eigenen Ungeheuern fressen!«, rief Vindur ihnen nach. Eine würdevollere Bestattung hatten diese Mörder nicht verdient. Er wartete, doch die Zeit wurde ihm zu lang, und so pirschte er sich wieder an die Stelle zurück, an der er die Verankerung der Balken im Mauerwerk sehen konnte. Sie waren so dick wie sein Oberschenkel. Der untere verlief direkt über dem Boden, der obere mindestens eine Handbreit über Athanors Kopf. Aber was befand sich dazwischen? Vindur lehnte sich noch ein Stück weiter vor. Eisenstangen reihten sich zu einem Gitter auf.

Halt den Blick unten!, mahnte er sich, während er sich eine Handbreit vorschob. Chimären oder nicht – die Biester würden ihre Augen kaum an den Füßen haben. Stange um Stange ließ er den Blick weiterwandern, bis ihm mit einem Mal ein Kloß im Hals steckte. Jemand beobachtete ihn. Er konnte es spüren. Es war, als ob eine harte Hand auf seinem Nacken lag.

Sieh nicht hin! Alles in ihm drängte, der Gefahr ins Auge zu sehen. Seine Phantasie gaukelte ihm vor, dass sich die Bestie

bereits zum Sprung duckte. *Firas Flamme!* Krampfhaft hielt
er den Blick gesenkt. War da nicht auch ein hörbares Atmen
wie von einem großen Tier? Ein Knirschen von Sand unter
großen ... welche Art Füße die Chimäre auch immer haben
mochte. Quälend langsam tastete er sich mit dem Blick den unteren Balken entlang. *Da!* Eine Kralle, so lang wie ein Finger.
Geschuppte Haut.

Gerade als Vindur die ganze an eine Echse erinnernde Klaue
sah, ertönte ein dumpfer Aufprall. Das Ungeheuer wirbelte herum und eilte in die Richtung des Geräuschs davon. Ein vogel-
hafter Schrei drang von dort herüber. Es gab also mindestens
zwei. Hastig riskierte Vindur einen Blick, bevor sich das Biest
womöglich noch einmal umsah. Es genügte, um ein manns-
hohes Wesen auf zwei Beinen zu erkennen, das entfernt einem
Drachen ähnelte. Die spärlich befiederten, an eine Fledermaus
erinnernden Schwingen wirkten zerfetzt. Vielleicht hatten die
Magier sie zerstört, damit ihr Wachhund nicht davonflog.

Vindur besann sich auf seine Aufgabe, die Lage zu erkunden. Rasch trat er vor und musterte die Gitter zu beiden Seiten
der Tore. Die Erbauer hatten Türen darin eingelassen, damit die
Basilisken frei umherstreifen konnten, wenn die Tore geschlossen waren. Von den Türen führten Ketten durch Löcher ins
Innere des Hauses. So konnten die Türen gefahrlos geöffnet
werden. Vindur nickte zufrieden. Das würde es sehr viel leichter machen, die Chimären zu töten.

Erneut gellte der scharfe Schrei. Dann hörte Vindur, dass
etwas auf ihn zurannte und sah die Bewegung aus dem Augenwinkel. Wieder wollte sein Blick sofort in die falsche Richtung
zucken, doch er kniff die Lider zusammen und kehrte hastig
in den Schutz des Gangs zurück. Wie hatten die Nekromanten
diesen ständigen Kampf mit dem eigenen Blick ertragen? Er
fingerte die Glaskugel wieder aus seiner Gürteltasche. Gab es
einen Zusammenhang zwischen den künstlichen Augen und
den Basilisken?

Es erleichterte Athanor, dass Vindur Vernunft annahm und
nicht mehr den todgeweihten Märtyrer gab. Was auch immer es

mit diesem Fluch auf sich haben mochte, sein Freund war noch einmal davongekommen. Vindur willigte ein, das Ordenshaus mit den wenig kampferprobten Elfen und Akkamas' verwundeten Kriegern zu verlassen, um sie gegen einen etwaigen Angriff der Magier zu verteidigen. »Sei vorsichtig!«, mahnte er. »Mit diesem Schönling stimmt etwas nicht. Ich wette meine Axt darauf.«

Grinsend versuchte Athanor, die Warnung zu überspielen. »Bin ich das nicht immer?«

Vindur grunzte nur, und Athanor sah ihm nach, bis der Ochsenkarren vom Hof gerumpelt war. Hatten Zwerge ein Gespür für Zauberer?

Akkamas und er warteten, um ihren Gefährten einen Vorsprung zu geben. So würden sie hoffentlich den Basilisken entgehen, falls die Biester entkommen sollten. Schon im Gang nach draußen trieben sie die Ochsen zur Eile an, als könnte sie die Geschwindigkeit vor einem verhängnisvollen Blick zur Seite retten.

»Jetzt ist es an uns«, stellte Akkamas fest.

Gemeinsam gingen sie zum Außentor, schlossen es und hängten den Querbalken ein, der eigentlich Eindringlinge abhalten sollte. Doch bei diesen hungrigen Bestien wollte Athanor kein Risiko eingehen. Es war schon schwierig genug, sich selbst zu beherrschen, während sie hinter dem Gitter kreischten, fauchten und mit den Flügeln schlugen, von denen Vindur erzählt hatte. Entweder waren sie hungrig oder einfach nur blutrünstig. So oder so würde es ihnen hoffentlich bald zum Verhängnis werden.

Athanor befolgte Akkamas' Rat, auf seine eigenen Fußspitzen zu starren, damit der Blick nicht abschweifte. Zurück im Hof öffnete er die Tür zum Stall, in dem nur noch ein halb verhungerter Ochse stand. Das knochige Tier musste als Köder herhalten. Akkamas verschwand im Haus, um von dort die Gittertür zu öffnen, während sich Athanor in einen Raum in der Nähe des Stalls zurückzog. Warum mussten die Häuser der Dionier so verflucht wenige Fenster haben? Um beobachten zu können, ob die Basilisken in die Falle gingen, war er gezwungen, die Tür einen Spalt offen zu lassen. Wenn die Biester nun ihn vor dem Ochsen witterten, würden die dünnen Bretter kaum als Bollwerk genügen.

Er schloss die Tür, so weit es eben ging, und spähte angespannt zum Stall. Draußen ertönte Klirren. Metall quietschte. Jeden Moment würden die Chimären aus ihrem Gefängnis drängen. Schon hallte ihr schriller Ruf über den Hof. Krallen kratzten über Stein. Der Säulengang vor dem Stall lag im Schatten, während der helle Boden des Hofs in der Sonne gleißte. Die Ungeheuer würden ihre Beute riechen, bevor sie die offene Tür sahen. Athanor hielt den Blick nun stur auf einen Fleck vor der Schwelle des Stalls gerichtet. Mehrfach musste er blinzeln, weil ihm sonst die Sicht verschwamm. Genau in diesem Moment tauchte eine Gestalt in die Schatten unter dem Vordach. Es kostete Athanor seine ganze Willenskraft, nur auf die geschuppten Klauen zu starren.

Mit einem Sprung stürzte sich der Basilisk in den Stall, und ein zweiter jagte hinterher. Die Biester waren schnell wie eine beißende Viper. Athanor schob sich durch die Tür und huschte an der Wand entlang. Von der anderen Seite eilte Akkamas mit einer brennenden Fackel herbei. Im Stall brüllte angstvoll der Ochse. Athanor hielt sich hinter dem Karren der Zauberer bereit, den sie neben der Tür abgestellt hatten. Akkamas schleuderte die Fackel in den Stall. Sogleich knisterte es darin, während der Erste Krieger die Tür zuzog und den Riegel umlegte. Athanor stemmte sich gegen den schweren Karren. Für einen Moment war ihm, als ob sich die Räder niemals drehen würden, aber dann rollten sie doch. Akkamas packte die Deichsel und zog. Aus dem Stall drang Fauchen, Poltern und Schreien.

Endlich stand der Karren quer vor der Tür. Athanor und Akkamas schnappten sich die Schilde und Speere, die auf dem Wagen bereitlagen, und wichen hinter die nächsten Säulen zurück. Rauch quoll aus den Ritzen der Tür. Der Lärm dahinter schwoll an. Das Kreischen eines Basilisken schrillte schmerzhaft in Athanors Ohren.

Plötzlich erzitterte die Tür unter einem Aufprall. Krallen

scharrten hektisch über das Holz, dann bog es sich unter einem neuen Stoß. Athanor verließ den Schutz der Säule und hielt den Speer bereit. Hinter den Schild geduckt näherte er sich dem Karren, der letzten Bastion, falls die Tür nachgab. Die Bretter bebten und splitterten unter einem Hagel von Schlägen. Aus vergrößerten Ritzen drang noch mehr Qualm und biss in Athanors Augen.

Abrupt endeten die Schläge. Aus dem Stall drangen keine Schreie mehr, nur noch das Tosen der Flammen. Zögernd zog sich Athanor wieder zurück. Der heiße Rauch raubte ihm den Atem. Ein Balken barst mit lautem Knall.

»Vorsicht!«, rief Akkamas.

Athanor folgte seinem Blick nach oben. Das Feuer griff aus dem Innern auf das Vordach über.

In diesem Moment erschütterte ein neuer Stoß die Tür, dass das Holz krachte. Flammen loderten durch einen Spalt. Athanor fuhr herum und riss den Schild dabei empor. Er ahnte das Untier mehr, als dass er es in Rauch und Feuer sah, wie es sich endgültig durch die berstende Tür warf. Mit einem Satz war es auf dem Karren. Blindlings stieß Athanor den Speer in den aufgerichteten Leib. Brennende Flügel flatterten und deckten ihn mit einem Funkenregen ein.

Instinktiv duckte er sich hinter den Schild, hastete einige Schritte rückwärts und riss dabei das Schwert heraus. Als sich kein Gegner auf ihn stürzte, lugte er um den Schild herum, bis der Karren in Sicht kam. Das Ungeheuer lag quer über den Wagen hingestreckt. Teile der zerfetzten Schwingen wehten wie makabre Wimpel in der heißen Luft, die aus dem Stall drang. War das Biest wirklich tot? Konnte er es endlich gefahrlos betrachten? Über ihm knackte und knisterte es im Gebälk. Die Flammen breiteten sich aus.

»Ich glaube, er ist hin!«, rief Akkamas.

Athanor wich vor das brennende Dach auf den Hof zurück, bevor er einen Blick über den Schildrand riskierte. Der Erste Krieger schlug mit dem Speer auf den Schild, dass es dröhnte, doch der Basilisk rührte sich nicht, und es kam auch keine zweite Bestie aus dem Feuer gesprungen. Noch immer misstrauisch mied Athanor den Blick der offenen Augen, aber wäre das Untier lebendig gewesen, hätte er dennoch zu viel gewagt.

Der Schädel des Basilisken baumelte über eine Wand des Karrens und war so groß wie der eines Pferds. Anstelle von Ohren hingen rötliche Hautlappen in die Stirn, die entfernt an einen Hahnenkamm erinnerten. Das Maul ähnelte einem Schnabel, doch zwischen den erschlafften Lefzen blitzten lange, spitze Zähne hervor. Von allen Kreaturen, die Imeron geschaffen hatte, war dies die tödlichste.

Athanor riss sich von dem Anblick los. Die Flammen fraßen sich auf dem Vordach immer weiter um den Hof. »Gehen wir, bevor uns das Feuer noch einschließt.«

Akkamas nickte. Rückwärts wichen sie zum inneren Tor zurück und hielten die Schilde bereit, um sich rasch vor dem Blick des zweiten Basilisken schützen zu können, sollte er doch noch aus dem Stall kommen. Gemeinsam zogen sie die Torflügel hinter sich zu. Neugierig sah sich Athanor um, aber außer den Gittern und dem staubigen Gehege, in dem die Basilisken ihr Dasein gefristet hatten, gab es nichts zu entdecken. Hätte er die Untoten und die Chimären auch ohne Akkamas' List überwinden können? Er blickte zum Wehrgang auf der Mauer empor und fluchte vor Schreck. Dort oben stand eine Gestalt und sah herab. Ihre Robe war so grau wie ihr Gesicht. *Hol's der Dunkle!* »Eine Statue!«

»Ein versteinerter Magier«, vermutete Akkamas.

Athanor schluckte. Bis zu diesem Moment hatte er insgeheim an der Macht des Basiliskenblicks gezweifelt. Die Geschichte war also wahr – und nicht einmal die Zauberer wussten einen Weg, die Verwandlung rückgängig zu machen.

»Wenn Ihr der Spur dieses Mörders nicht folgen wollt, trennen sich bald unsere Wege«, beschied Athanor Eleagon, als er und Akkamas die anderen einholten. Der Blick aus Eleagons zu hellen Augen war unangenehm, fast wie der eines Toten, doch Athanor bemühte sich, darüber hinwegzusehen. Für die Augen konnte der Elf nichts – nur für seine Entscheidungen.

»Ohne es gesehen zu haben, fällt es mir noch immer schwer, an Davarons Verrat zu glauben«, gab Eleagon zu. »Aber Eure Worte und sein Verschwinden sprechen gegen ihn. Immer mehr Verbrechen werden ihm zur Last gelegt. Nun könnte er auch noch Leonems Mörder sein. Es ist meine Pflicht als Schiffsführer, meine Mannschaft zu schützen und dafür zu sorgen, dass jene zur Rechenschaft gezogen werden, die uns schaden. Doch wir sind nicht hergekommen, um gegen Menschen zu kämpfen. Ich kann diese Entscheidung nicht treffen, ohne meine Männer zu fragen, ob sie ihr Leben dafür aufs Spiel setzen wollen.«

Elfen! »Wenn Ihr dafür unbedingt erst wieder eine Ratssitzung abhalten müsst, dann macht schnell!«

»Ich verstehe, dass Ihr dem Mörder unbedingt folgen wollt«, mischte sich Akkamas ein. »Aber unsere Vereinbarung lautet, über Marana nach Ehala zu reisen, um Euren Freund abzuholen. *Ich* habe meinen Teil der Abmachung erfüllt.«

»Ihr wusstet, dass ich vor allem nach Marana wollte, um diesen Bastard zu fangen, bevor er abhaut.«

»Er ist entwischt, und ich muss Fürstin Airas Befehle ausführen. Unser Weg führt nach Ehala«, beharrte Akkamas.

Athanor sah ihm direkt ins Gesicht. »Soll das eine Drohung sein?«

Der Erste Krieger zuckte mit keiner Wimper. »Ich bin die Stimme der Vernunft. Die Zauberer werden in ihrer Ordensburg Zuflucht suchen, die nicht im Entferntesten mit diesem lächerlichen Gutshaus hier vergleichbar ist. Kein Trick der Welt wird uns dort hineinbringen – und schon gar nicht unbeschadet wieder heraus.«

»Ich habe geschworen, den Bastard bis ans Ende der Welt zu jagen. Wenn er sich in dieser Festung versteckt, werde ich einen Weg hineinfinden.« Athanor wollte sich abwenden, doch Akkamas schüttelte den Kopf.

»Ihr kennt dieses Land nicht. Ihr wisst nichts über diese Magier oder über die Wüste. Wenn Ihr ohne mich geht, werden sie Eure Leiche zu ihrem Sklaven machen.«

»Dann begleitet mich doch. Ich hindere Euch nicht daran.«

»Ihr seid sturer als der Zwerg«, befand Akkamas. »Warum wollt Ihr unbedingt riskieren, dass Euer Feind gewinnt, wenn es einen anderen Weg gibt?«

»Welchen Weg?«

»Ganz Dion ist vor den Nekromanten erstarrt wie eine Maus vor der Schlange, aber wir haben gerade bewiesen, dass sie nicht unbesiegbar sind. Ermutigen wir die Regentin, endlich gegen diese Plage vorzugehen! Ohne ein Heer werdet Ihr nicht in die Festung gelangen. Nemera kann es Euch geben.«

Athanor zögerte. Er brauchte keine verdammte Armee, um Davaron zu erledigen. Doch was nützte ihm das, wenn er nicht an den Bastard herankam? *Ich werde Zeit verlieren.* Der Elf war zum Greifen nah gewesen, und nun vergrößerte sich sein Vorsprung mit jedem Augenblick. Er durfte … *Hol's der Dunkle!*

Akkamas hatte recht. Ein ganzer Ozean hatte nicht gereicht, um Davarons Fährte zu verwischen. Er würde ihn wiederfinden. Immer.

In der nächsten Hafenstadt mussten sie nur zwei Nächte bleiben, um bei ihrem Aufbruch wie Helden verabschiedet zu werden. Die Menschen auf den Straßen jubelten ihnen zu, weil sie die Zauberer besiegt und vertrieben hatten. Niemandem zuvor war Ähnliches gelungen. Die Menge verehrte sogar Vindur, weil er gegen den Todesfluch gefeit war. Viele erhofften sich offenbar Schutz für sich selbst, wenn er nur einmal ihre Amulette in die Hand nahm, und einige Frauen warfen gar Blütenblätter von den Dächern. Mütter hoben ihre Kinder zu den gefeierten Fremden empor und bettelten um eine segnende Berührung, ohne auf die scheuenden Pferde zu achten.

»Es wird noch jemand unter die Hufe kommen«, schimpfte Athanor. »Das haben wir alles Euch zu verdanken.«

Akkamas lachte und winkte huldvoll zwei jungen Frauen zu, die errötend kicherten. In den neuen Kleidern, die ihnen der hiesige Fürst ebenso geschenkt hatte wie die fehlenden Pferde, sah er wieder ganz nach einem Schönling aus. »Dankt nicht mir, sondern meinen Männern. Sie haben die Kunde von unserem Abenteuer in die Schenken getragen.«

»Dankt ihnen selbst«, brummte Athanor. »Ihr seid ja auch der Einzige, der diesen Irrsinn genießt.«

»Nun habt Euch nicht so, Prinz von Theroia. Wollt Ihr mir weismachen, dass es Euch nicht schmeichelt?«

Athanor knurrte nur. Einem Teil von ihm gefiel der Trubel durchaus. Er hatte so lange geglaubt, nie wieder einem Menschen zu begegnen, und da waren sie. Lebendiger, lauter und vielgestaltiger, als er sie in Erinnerung gehabt hatte. Selbst seine Wut auf Davaron verblasste vor ihnen. Doch zugleich riefen sie ihm die Vergangenheit ins Gedächtnis. Als er zuletzt im Triumphzug durch eine Stadt geritten war, hatte ihn sein Volk für die Siege der Drachen gefeiert. Er war ihr strahlender Held gewesen, der Theroia zu ungeahnter Größe führte. Und am Ende hatte er sie alle verraten. Er war um sein Leben gerannt, statt sich dem Verhängnis zu stellen, das sein Vater und er über alle gebracht hatten.

Widerstrebend tätschelte er Kinderköpfe, während sich das Pferd den Weg durch die Menge bahnte. Er wollte die Zuneigung dieser Menschen nicht. Er verdiente sie ebenso wenig wie ihre Verehrung. *Ich habe Kinder den Rokkur zum Fraß überlassen!*, hätte er sie gern angebrüllt, aber er brachte es nicht über sich. Sie litten unter den Magiern und der Dürre und ahnten nichts von den Drachen am Horizont. Und wieder war er nur mit sich selbst beschäftigt, sann auf Rache an einem nichtswürdigen Elf. Konnte er wirklich untätig dabei zusehen, wie erneut ein Volk der Katastrophe entgegenging? *Warum nicht? Sie glauben mir doch ohnehin nicht.*

Es war eine Erlösung, als die Mauern der Stadt und damit Lärm und Gedränge hinter ihnen zurückblieben. Allmählich entfernte sich die Straße von der Küste. Die letzten Ausläufer des Gebirgszugs im Hinterland gingen in eine weite Ebene über. Das Land blieb karg, war aber dichter mit verdorrten Pflanzen bewachsen. In besseren Jahren gab es hier ausreichend Futter für Rinder und Schafe. Jetzt zogen nur noch vereinzelte Gazellen umher.

»Warum folgen wir nicht mehr der Küste?«, erkundigte sich Eleagon. Womöglich fehlte dem Seefahrer schon der Blick auf den Ozean.

»Weil wir uns den ausgedehnten Sümpfen im Delta des Mekat nähern«, erklärte Akkamas. »Die Straße umgeht sie und stößt erst stromaufwärts an den Fluss.«

»In den Sümpfen gäbe es wenigstens Grün«, maulte Berelean. »Ich kann diese Einöde nicht mehr sehen.«

»Den Menschen hier wäre auch lieber, wenn die Dürre ein Ende hätte«, sagte Akkamas. »Aber sie müssen damit leben, während Ihr bald wieder in die schönen Elfenlande zurückkehren könnt.«

Berelean verzog das Gesicht. »Das Nichts hat von diesem Land Besitz ergriffen, weil die Nekromanten es anlocken. Würden sich die Menschen dagegen wehren, käme auch das Sein zurück.«

»Man sollte meinen, Ihr hättet gerade erlebt, dass es nicht so leicht ist, diese Zauberer zu besiegen.« Athanors scharfer Tonfall brachte ihm lediglich einen finsteren Blick ein.

»Das ist kein Grund, warum wir darunter leiden sollten«, murrte der junge Elf.

»Reite doch zurück in die Stadt und lass dich in einem Tempel verehren, bis wir dich wieder abholen«, feixte Meriothin.

»Wollen wir in dem Dorf dort für die Nacht bleiben?«, rief Mahanael und deutete voraus.

»Es wird mit Sicherheit verlassen sein«, schätzte Akkamas. »Sehen wir nach, ob es dort noch Wasser gibt.«

Sie waren über den Tag verteilt bereits an drei Dörfern vorübergekommen, und überall hatten sie nur leere Häuser vorgefunden. »Unvorstellbar, dass diese vielen Menschen alle den Zauberern in die Hände gefallen sein sollen«, befand Eleagon. »Was treibt sie nur dazu, das ganze Volk zu untoten Sklaven zu machen?«

»Das kann ich Euch nicht sagen«, bedauerte Akkamas. »Aber nicht alle, die einst hier lebten, sind den Nekromanten zum Opfer gefallen. Viele sind aus Angst nach Ehala geflohen, wo sie sich von Regentin Nemera Schutz erhoffen.«

»Ist die Stadt so gut befestigt?«

»Eher nicht. Aber es ist der Sitz des Haupttempels des Großen Drachen. Und der einzige Ort, an dem es noch aufrechte Magier gibt.«

»Hm.« Beides klang in Athanors Ohren wenig vertrauenerweckend.

»Vielleicht werdet Ihr früher einen kennenlernen, als Ihr glaubt«, meinte Akkamas und sah zu den dunklen Wolken am Horizont.

Als es dunkel geworden war, flackerte Wetterleuchten am nördlichen Himmel. Athanor hatte mit Vindur die erste Wache übernommen und saß an einem Feuer aus dürren Zweigen und getrocknetem Dung. Über ihnen verdeckte nicht eine Wolke die Sterne. Das Unwetter war so fern, dass sie nicht einmal ein Windhauch erreichte, und es schien auch nicht näher zu kommen. Doch Athanor war aus anderem Grund wachsam. In dem verlassenen Dorf zu übernachten, erinnerte ihn an seine erste Begegnung mit Untoten. Damals hatten Elanya, Davaron und er in einem leeren Haus Zuflucht gesucht und waren während des nächtlichen Sturms von zwei Wiedergängern angegriffen worden.

Und ich dämlicher Narr zerre den halb toten Bastard auch noch durch den Fluss, um ihn zu retten ... Es hatte auf jener Reise so viele Gelegenheiten gegeben, sich seiner zu entledigen. Doch um Elanya zu gefallen, hatte er Davarons Schmähungen ertragen. Sie hätte ihm niemals verziehen, wäre dem Ewigen Licht durch ihn eine Seele entgangen. *Und jetzt sieh, wohin es uns gebracht hat ...*

»Wir kriegen ihn«, sagte Vindur, als hätte er Athanors Gedanken gelesen.

Athanor nickte halbherzig. Vermutlich stand ihm deutlich ins Gesicht geschrieben, was ihn gerade bewegte.

»Wir haben das alles nicht überlebt, damit er uns jetzt durch die Lappen geht«, bekräftigte Vindur. »Als ich in diesem Kerker lag, war ich fest entschlossen zu entkommen, um es für dich zu Ende zu bringen. Und dann stand der Dreckskerl plötzlich vor mir ...«

»War er überrascht?«

»Ziemlich. Soll ich dir was sagen? Er hat so überheblich wie immer getan, aber ich glaube, er hat Schiss vor dir.«

Athanor dachte an den Moment auf dem Hof des Ordenshauses zurück. Der Bastard war bei der ersten Gelegenheit geflohen. »Was soll man von einem feigen Frauenschlächter auch erwarten?«

»Jedenfalls habe ich jetzt meine eigenen Gründe, ihn zu jagen«, nahm Vindur seinen Faden wieder auf. »Aber du hast den älteren Anspruch. Es sollte deine Waffe sein, die ihn richtet.«

Trotz allem musste Athanor schmunzeln. Sein Freund verteilte das Fell des Bären, bevor das Biest erlegt war. »Ist das Großmut oder Zwergenrecht?«

»Notstandsrecht«, antwortete Vindur vollkommen ernst. »Todesurteile stehen eigentlich nur dem König zu, aber wenn die Lage keine Gerichtsverhandlung erlaubt ... Ich wurde als Junge durch eine Menge Runentafeln in der Halle des Rechts gequält. Hätte ja sein können, dass ich einmal meinen Bruder ersetzen muss.«

»So wie ich«, stellte Athanor fest.

»Haben sie dich auch mit Runentafeln traktiert?«

»Nein, ich meinte, dass ich als Thronfolger nachrücken musste. Da fällt mir ein ...« Athanor zog sein Schwert. »Diese Klinge hat mir der Sphinx überlassen. Sie muss aus einer Zwergenschmiede stammen, aber ich kann keine Runen lesen.«

Vindur nahm die Waffe entgegen und drehte sie, damit der Feuerschein auf die Inschrift fiel. »Baumeisters Bart!« Ungläubig wendete er die Klinge, um auch die andere Seite zu lesen. »Das ist ein Werkstück Wailans!«

»Kennst du ihn?«

»Meister Wailan?« Vindur sah ihn an, als hätte er Silber mit Gold verwechselt. »Dieser Schmied ist eine Legende! Sein Abbild steht in der Halle der Ahnen.«

»Bist du sicher, dass du dich nicht verlesen hast? Wie soll die Chimäre an dieses Schwert gekommen sein?«

»Durch Lug und Trug – wie alle Zauberer. Und ich *bin* sicher. Wailans Waffen sind so rar, dass wir sie in der königlichen Schatzkammer hüten. Ich hatte sie in der Hand. Das ist seine Handschrift.«

»Hm.« Hatte der Sphinx ihm absichtlich eine Kostbarkeit vor die Füße geworfen? »Was ist so besonders an ihnen?«

»Das fragst du noch? Wailan war einer der besten Schmiede in der Geschichte Firondils! Mit seinen Waffen wurden die Königreiche unter den Bergen im dritten Drachenkrieg verteidigt.«

»Doch sicher nicht mit seinen allein«, zweifelte Athanor. In einem Krieg, der diesen Namen verdiente, kämpften schließlich ganze Heere, die ein einzelner Schmied nicht ausstatten konnte.

»Natürlich nicht«, wehrte Vindur ungehalten ab. »Aber nur er verstand sich meisterhaft darauf, mit *drakonis* zu arbeiten.«

Athanor sah seinen Freund fragend an. Der Begriff leitete sich wohl vom zwergischen Wort für Drache ab, doch Athanor hatte ihn nie zuvor gehört.

»*Drakonis* ist ein äußerst seltenes Erz aus den tiefsten Stollen«, erklärte Vindur. »So rar wie Sternenglas. Es wurde seit Jahrhunderten nicht mehr gefunden, deshalb kennen wir es nur noch aus den Erzählungen über die Ahnen.«

»Und aus Wailans Waffen.«

»Heilige Götterschmiede! Die würde doch niemand einschmelzen, nur um herauszufinden, in welcher Legierung es eingesetzt werden muss und wie man es verarbeitet. Es genügt zu wissen, dass es Drachen tötet.«

Athanor seufzte. »Du erzählst mir jetzt kein Märchen darüber, dass sie beim Anblick dieses *drakonis'* tot vom Himmel fallen, oder?«

»Wofür hältst du mich?« Vindur musste über seine eigene Empörung grinsen. »An deine Geschichte von dem Himmelsturm und dem Riesen käme ich ohnehin nicht heran«, feixte er und gab Athanor das Schwert zurück. »Nimm es, du undankbarer Tropf! Alle großen Helden des dritten Drachenkriegs kämpften mit Wailans Waffen. In besserer Gesellschaft kann man nicht sein.«

Am nächsten Tag stießen sie zum ersten Mal auf Felder.

»Wir nähern uns dem Fluss«, erklärte Akkamas. »Wenn er zur Hochwasserzeit über die Ufer tritt, wird dieses Land überschwemmt. Der Schlamm macht den Boden fruchtbar, und die Bauern bewässern ihn, bis die Ernte ansteht.« Doch die Dürre hatte die Gräben und Kanäle zwischen den Feldern ausgetrocknet. Nur vereinzelte Schlammlöcher waren geblieben. Der Fluss führte weniger Wasser als üblich und hatte die abgelegenen Felder in diesem Jahr nicht erreicht. Was auch immer dort hätte wachsen sollen, war längst verwelkt. Umso überraschender war das Grün, das bald aus der braungrauen Einöde auftauchte. Der Boden hatte das Wasser aufgesogen, doch letzte Pfützen verrieten, dass es hier in der Nacht geregnet haben musste.

Athanor erinnerte sich an das ferne Unwetter. »Welchen Gott werden die Bauern jetzt dafür preisen, dass er ihre Felder gerettet hat? Den Großen Drachen?«

»Sie würden es wohl der Urmutter Kaysa zuschreiben«, schätzte Akkamas, »wenn sie nicht wüssten, dass sie es einem Zauberer zu verdanken haben.«

Was? »Ich dachte, die machen sich nie nützlich.«

»In Dürrezeiten schon. Es gibt um diese Jahreszeit keinen Regen in Dion. Dafür braucht es einen Zauberer.«

Die Elfen, die Akkamas gehört hatten, sahen sich beeindruckt um.

»Es erfordert große Begabung in Wassermagie, um so großflächigen Regen hervorzurufen«, behauptete Eleagon.

»Ich könnte es jedenfalls nicht«, gab Berelean zu. »Und ich bin der beste Wassermagier unter uns. Ich würde Euch höchstens einen erfrischenden kleinen Schauer verschaffen – also *nur* Euch. Athanor bliebe trocken.«

»Ich fürchte, ich habe mich missverständlich ausgedrückt«, sagte Akkamas. »So viel Ärger uns diese Nekromanten auch bereiten, aber über so viel Macht verfügt der Magierorden nicht. Soweit mir bekannt ist, kann keiner von ihnen die Elemente beherrschen, wie es ein Elf vermag.«

Eleagon runzelte die Stirn. »Wie lassen sie es dann regnen?«

Akkamas lächelte. »Ihr werdet es nicht glauben, wenn ich es Euch erzähle. Aber wenn wir Glück haben, werden wir es heute Abend zu sehen bekommen.«

»Geheimnisse zu haben, bereitet ihm jedenfalls Vergnügen«, stellte Vindur mürrisch fest.

»Es gefällt den Frauen«, meinte Akkamas grinsend.

»Pass auf, Vindur«, warnte Athanor. »Wenn du ihn nicht schnell ablenkst, spricht er von nichts anderem mehr.«

Lachend gab Akkamas seinem Pferd die Sporen und legte ein flotteres Tempo vor. Bald hatten sie den Schilfgürtel erreicht, der den Fluss säumte, und der Weg mäanderte zwischen dem sumpfigen Ufer und den Feldern entlang. Immer wieder mussten sie Bewässerungskanäle queren, von denen selbst hier viele trockengefallen waren. Zum ersten Mal kamen sie durch Dörfer, in denen noch vereinzelte Familien ausharrten, weil sie ihre Felder nicht im Stich lassen wollten. Kinder hüteten mageres Vieh und verbeugten sich schüchtern vor den fremden Reitern.

Der eintönige Ritt gab Athanor Zeit, über sein Gespräch mit Vindur nachzudenken. Dem Sphinx waren mehrere Drachen auf dem Weg nach Dion aufgefallen, und er hatte die Bedrohung darin ebenso erkannt wie Athanor. Kurz darauf war er von einem Drachen getötet worden. Wussten die Chimären um die Pläne der Drachen? Hatten sie ihm deshalb ein Schwert aus der Schmiede dieses Wailan zugespielt? Aber warum ihm? Glaubten sie, er würde sich den Drachen dieses Mal entgegenstellen? Ausgerechnet er? Und welchen Nutzen würden sie daraus ziehen? Chria war das gerissenste Wesen, das ihm je begegnet war. Jeder Zug der Chimären schien sorgfältig geplant. Sie hatten ihm das Schwert wie ein Stöckchen vor die Füße geworfen. War er nicht immer noch Hadons bester Hund? Und wie jeder brave Hund hatte er es aufgehoben und das Spiel des Sphinx gespielt. *Ich sollte das verdammte Ding im tiefsten See versenken, den ich finden kann.* Doch die Drachen würden kommen. War es dann nicht besser, diese Waffe zu haben?

14

Gegen Abend stießen sie zwischen noch halbwegs grünen Feldern auf einen angepflockten Ochsen. Weit und breit waren kein Hirte und kein Haus zu entdecken. Akkamas hielt neben dem Tier an und sah sich um.

»Was kümmert Euch der Ochse?«, fragte Eleagon, bevor Athanor es tun konnte. »Es wird bald dunkel, und wir haben noch keinen Lagerplatz gefunden.«

Akkamas lächelte. »Wolltet Ihr nicht wissen, wie dionische Magier Regen herbeirufen? Hier sind wir der Antwort sehr nahe.«

»Sie opfern ein Rind?«, staunte Meriothin.

»Ohne Rind geht es nicht«, behauptete Akkamas. »Wir sollten uns in dem Hain dort verstecken, um das Schauspiel zu beobachten.« Er deutete auf eine weit entfernte Baumgruppe.

»Da hinten?« Vindur kniff die Augen zusammen. »Wir werden überhaupt nichts sehen.«

»Nun, wir wollen doch das Rind opfern, nicht unsere Pferde«, versetzte Akkamas und schlug die angegebene Richtung ein.

Athanor wünschte mit einem Mal, er hätte den Speer nicht aus Bequemlichkeit in der Hafenstadt zurückgelassen. »Welcher Gott würde ein Rind mit einem Pferd verwechseln? Oder reden wir von einem Dämon?«

»Entscheidet selbst, wenn Ihr es gesehen habt«, schlug Akkamas vor.

»Glaubst du, er bringt uns in Gefahr?«, wandte sich Vindur leise an Athanor.

»Er bringt *sich* gern in Gefahr, aber ich glaube nicht, dass er wagen würde, diese Regenbeschwörung zu stören. Er empfindet viel Verantwortung für dieses Land.«

Vindur sah nicht überzeugt aus, aber er schwieg.

Während sie unter den Bäumen warteten, sank die Sonne immer schneller und berührte schon fast den Horizont. Unbeirrt blickte Akkamas gen Westen. Er schien zu wissen, aus welcher Richtung sich das Wesen nähern würde, dem die Bauern ihr Vieh opferten, damit es ihre Ernte rettete. Doch wozu wurde dabei ein Magier gebraucht?

»Ist ein Opfer nicht Angelegenheit eines Priesters?«, wollte Athanor wissen. »Wo steckt der Zauberer überhaupt?«

»Wahrschei… Da, seht!« Akkamas deutete in das blendende Licht der Sonne. »Er kommt.«

Die Elfen, von denen einige gelangweilt im Gras gesessen hatten, sprangen auf und scharten sich um ihn.

»Der Zauberer?«, fragte Vindur misstrauisch.

»Wo?« Mahanael reckte sich, obwohl er der Größte von ihnen war.

»Ich sehe gar nichts«, murrte Berelean.

»Nicht am Boden«, flüsterte Akkamas. »Am Himmel.«

Nun entdeckte auch Athanor den Umriss. Unwillkürlich wanderte seine Hand zum Schwertgriff. Die Kreatur näherte sich auf gewaltigen Schwingen. »Ist das etwa ein Drache?«

»Was?« Vindur zerrte seine Axt heraus.

»Nein. Seht doch genau hin!«, verlangte Akkamas.

Athanor kniff die Lider zusammen. Allmählich konnte er die Silhouette besser erkennen. Das Wesen hatte weder den langen Hals noch den Schwanz eines Drachen.

»Es ist ein riesiger Adler!«, rief Mahanael.

»Ein Donnervogel«, berichtigte Akkamas. »Er kommt aus dem hohen Gebirge jenseits von Dion, wo der Mekat entspringt.«

Täuschte das Gegenlicht, oder flirrte die Luft um das Tier? Der klare Himmel, durch den es geflogen war, schien auf einmal von Dunst durchsetzt. Wolkenfetzen bildeten sich, zerstoben und verdichteten sich wieder. Mit einem Adlerschrei sauste der Donnervogel heran, neigte sich und zog einen Kreis über dem Ochsen, der von ihrem Versteck aus kaum mehr als ein dunkler Fleck war.

Als das riesige Tier über den Hain segelte, reckten die Pferde nervös die Köpfe und schielten mit geweiteten Augen empor. Der Donnervogel mochte nicht die Maße eines Drachen erreichen, aber er war groß genug, um ein Pferd zu reißen und davonzutragen. Athanor behielt die Hand am Schwert, bis das

Ungetüm vorüber war. Er hörte ein Knistern und sah winzige weiße Blitze über das Gefieder zucken. Der Himmel trübte sich nun auch über dem Hain. Mit jedem Augenblick wurde die Luft bedrückender, wie vor einem Gewitter. »Der Name ist gut gewählt«, flüsterte Eleagon. »Das Tier trägt Sturm in sich.« Der Donnervogel stürzte sich so unvermittelt auf den Ochsen, dass das Auge kaum folgen konnte. Athanor stellte sich vor, wie sich die langen Krallen zwischen die Rippen bohrten und ins Herz stachen. Ein schneller Tod, wie er den Hasen in den Fängen des Adlers ereilte. Dann neigte der Donnervogel den Kopf und beäugte seine Beute, bevor er den gekrümmten Schnabel in ihren Leib schlug.

Während das beeindruckende Tier Brocken aus seiner Beute riss und hinunterschlang, verdüsterte sich der Himmel. Die Sonne war zwar gerade hinter dem Horizont verschwunden, doch die Dämmerung rührte von den dunklen Wolken her, die sich immer dichter zusammenballten. Je finsterer es wurde, desto deutlicher sah Athanor die kleinen Blitze, die den Donnervogel umgaben wie ein ständiges Wetterleuchten. Die Luft kam ihm nun so dick vor, dass sie sich nur noch schwer atmen ließ. Feuchtigkeit lag darin, obwohl den ganzen Tag trockene Hitze geherrscht hatte.

Von einem Moment auf den anderen wurde es kalt. Wind wirbelte Staub und dürres Laub auf. Es war so dunkel, dass Athanor von dem Donnervogel nur noch die flackernde Aura sah. Jäh zerriss ein Blitz die Dunkelheit und blendete ihn. Nur einen Lidschlag später bebte die Erde unter seinen Füßen, und ein Donner krachte so laut, dass Athanor glaubte, er werde für immer taub bleiben. Die Pferde scheuten und zerrten an den Zügeln. Weitere Blitze folgten, zogen grelle Bänder über den Himmel, die ebenso schnell wieder erloschen, wie sie aufloderten. Ein Donnern ging in das andere über, grollte mal näher, mal weiter entfernt. Dann fielen die ersten großen Tropfen wie kalte Geschosse, die die halbwegs beruhigten Tiere in neue Panik versetzten.

»Das ist ja alles schön und gut«, brüllte Athanor Akkamas

zu, während er mit seinem Pferd rang. »Aber was hat der Zauberer damit zu tun?«

»Er ruft den Donnervogel – mit der Kraft seiner Magie.«

Immer wieder dachte Davaron an die kurze Begegnung mit Athanor zurück. Nachdem Vindur so überraschend aufgetaucht war, hatte er bereits mit dem rachsüchtigen Menschen gerechnet. Er war entschlossen gewesen, den lästigen Kerl bei der ersten Gelegenheit zu Elanya ins Schattenreich zu schicken. Doch als ihm der Mensch so nah gekommen war … Irgendetwas hatte sich verändert. Ihm war seltsam zumute geworden, beinahe schwindlig, ohne dass er das Gefühl wirklich greifen konnte. Sobald Mahanaels Windzauber sie getrennt hatte, war die Empfindung verflogen. Er musste dem Sohn Thalas fast schon dankbar sein, dass er ihm die Flucht ermöglicht hatte.

»Wir nähern uns der Ordensburg«, verkündete Harud, der neben ihm ritt. »Ab hier dürft Ihr nur mit verbundenen Augen weiter.«

Gereizt hielt Davaron sein Pferd an. »Habe ich meine Loyalität noch nicht genug bewiesen? Verlangt nicht zu viel Geduld von mir.«

»Ihr seid es, der unsere Geheimnisse lernen will«, gab der Magier ungerührt zurück. »Außerdem dient diese Maßnahme vor allem Eurem Schutz. In diesen Bergen wurden Basilisken ausgesetzt, um uns vor unliebsamen Besuchern zu bewahren.«

Sind diese Chimären nicht eine etwas zu praktische Ausrede für alles? Skeptisch sah sich Davaron um. Das karge, felsige Land bot wenig Nahrung, aber reichlich Verstecke. Es war unmöglich zu sagen, was hinter der nächsten Wegbiegung lauerte. »Wenn das so ist, warum könnt Ihr mich dann führen? Die Gefahr betrifft Euch ebenso wie mich.«

Harud zog den Stoffstreifen unter dem Gürtel hervor, den er am Morgen mit seinem Dolch von der Satteldecke abgesäbelt hatte. »Wir haben einen Weg gefunden, um uns vor dem Basiliskenblick zu schützen. Jedem Magier, der vom Novizen zum Meister aufsteigt, wird diese Fähigkeit verliehen.«

»Das heißt, ich werde sie auch bekommen?«

»Wenn Ihr die Prüfungen durchlaufen habt.«
Davaron unterdrückte den Wunsch, Harud den Stoff aus der
Hand zu reißen. So gern er die demütigende Prozedur selbst
vorgenommen hätte, mit nur einer Hand war es nicht möglich.
Der Nekromant legte ihm die Augenbinde an. »Wenn Ihr sie
verschiebt, werdet Ihr vom Pferd rutschen und als zerbrochene
Statue am Wegrand liegen bleiben.«
»Das ist mir bewusst.« Glaubte der Narr, er würde sein Leben riskieren, um den Weg zu dieser Burg zu erfahren, wenn er
hingeführt wurde? Davaron ignorierte das Kratzen des rauen
Stoffs und hielt die Lider geschlossen. Harud nahm ihm die Zügel aus der Hand, dann setzte sich das Pferd in Bewegung. Noch
nie war Davaron blind geritten. Es erstaunte ihn, wie viel stärker
er plötzlich das Schwanken empfand. Er war daran gewöhnt,
die Tiere durch Verlagerungen seines Gewichts zu lenken, und
kam sich nun vor wie ein Sack Getreide, der durch die Gegend
geschaukelt wurde.
»Wie erreicht Ihr den Schutz vor der Versteinerung?«, fragte
er. »Ist es ein Zauber? Ein Ritual mit dauerhafter Wirkung?«
»Für jedes Geheimnis gibt es den richtigen Zeitpunkt, um es
zu erfahren«, erwiderte Harud. »Er ist noch nicht gekommen.«
Davaron ahnte das hämische Grinsen des Nekromanten und
beschloss, keine Fragen mehr zu stellen, bis sie in dieser abgelegenen Festung angekommen waren. Ohne etwas zu sehen,
verging die Zeit quälend langsam. Der ewig gleiche Geruch
nach Staub und erhitztem Gestein bot ebenso wenig Abwechslung wie der Hufschlag seines Pferds und das Knarren von Haruds Sattel. Manchmal wurde es kühl, wenn sie durch Schatten
ritten. Aber bald darauf sengte die Sonne wieder auf ihn herab,
dass er sich in der schwarzen Rüstung vorkam wie ein Brot im
Ofen. Mit Magie dämpfte er sein inneres Feuer, was auch gegen
den Durst half.
Einmal hörte er in der Ferne den Schrei eines hungrigen
Basilisken, und Harud hielt sofort an. Gern hätte Davaron den
Nekromanten gefragt, wie er gedachte, einen Angriff der Chimäre abzuwehren, wenn sie Appetit auf Pferdefleisch verspürte.
Womöglich nahm sie auch mit Mensch oder Elf vorlieb. Doch

er wagte nicht zu sprechen, denn dadurch hätte er überhört, falls sich ein Basilisk näherte. Stattdessen berührte er den Astarion und spürte mit verstärkter Magie der Wärme in der Umgebung nach. War ihm früher nur ein grober Eindruck gelungen, konnte er sich nun ein genaues Bild machen. Vor seinem geistigen Auge sah er die Sonne als roten Punkt am Himmel und die Pferde und den Zauberer als vage Gestalten aus gelbem Licht. Dazwischen wirbelten warme Luftströme in Form weißer Schlieren. Davaron hielt sich bereit, mit Feuer zuzuschlagen, sollte ein Untier in dieses Bild rasen.

Was treibt Harud so lange? Davaron hörte den Zauberer atmen und dessen Robe rascheln. Ohne eine Erklärung setzte der Mensch die Pferde wieder in Bewegung. War die Gefahr gebannt? Aber wie? Die Geheimniskrämerei dieses Ordens war so lästig wie die Binde vor seinen Augen. Davaron nahm die Hand vom Sternenglas und brütete darüber, wie er den Nekromanten ihr Wissen entlocken konnte, um diese Farce so kurz wie möglich zu halten. Wenn es ihn ans Ziel brachte, wären selbst hundert Jahre ein geringer Preis gewesen, aber warum sollte er die Gegenwart selbstgefälliger Menschen so lange ertragen, wenn es auch schneller ging?

»Wir sind gleich da«, sagte Harud in die Stille hinein. »Aber nehmt die Binde erst ab, wenn wir durch alle Tore sind.«

»Wenn es nötig ist«, erwiderte Davaron.

Nur wenige Augenblicke später rief sie ein Wächter an. Harud gab sich zu erkennen. Wahrscheinlich streifte er auch die Kapuze vom Kopf, damit die Wache sein Gesicht sehen konnte. Oder hatte der Orden ein geheimes Zeichen, damit sich kein Hochstapler in schwarzer Robe Zugang verschaffte? Athanors Auftauchen im Ordenshaus hätte es jedoch nicht verhindert. Davaron empfand noch immer Genugtuung, dass der Hochmut der Zauberer einen solchen Dämpfer erhalten hatte.

Als sie durch die Tore ritten, legte sich kühler Schatten über sie. Selbst durch die Lider und den Stoff merkte Davaron, dass es mit jedem Schritt des Pferds dunkler wurde. Die Hufe hallten laut in einem Raum oder Gang. Dann hielt Harud wieder an. »Ihr dürft Euch umsehen, wenn Ihr wollt.«

Davaron streifte den Stoff ab und ließ ihn achtlos fallen. Die mit Öllampen beleuchtete Umgebung erinnerte ihn an die Stollen der Zwerge, doch die Wände waren weniger sorgfältig geglättet. Anstelle von Zwergen kamen Untote herbei, um ihnen die Pferde abzunehmen. Die Tiere schreckten vor der Berührung der Wiedergänger zurück, folgten ihnen jedoch, sobald sie am Zügel gezogen wurden. Vermutlich misteten die Untoten auch die Ställe aus. Willenlosere Sklaven konnte sich ein Mensch kaum wünschen, gab es bei ihnen doch immer harte, schmutzige Arbeit zu tun. Wieder einmal war Davaron froh, ein Elf und frei von solchen niederen Zwängen zu sein.

Er folgte Harud durch schmale, hohe Gänge tiefer in die Burg. Offenbar war sie in einen Berg geschlagen worden, denn er sah weder Mauerwerk noch Anzeichen für magisch erwachsenes Gestein. Sie passierten etliche Türen – manche groß und mit Beschlägen oder geschnitzten Fabelwesen verziert, andere klein und unscheinbar – und begegneten einigen Magiern, die mit stummem Nicken grüßten. Ob auch eine Frau darunter war? Die Kapuzen, die einige trugen, und die weiten Roben konnten täuschen. Manche Zauberer streiften Davaron mit einem neugierigen Blick, andere schritten so in Gedanken vertieft vorbei, dass sie ihn kaum wahrnahmen.

Nur einer blieb bei Haruds Anblick stehen. Die Kopfhaut des Alten schimmerte durch das schüttere Haar, aber auffälliger waren seine seltsamen Augen. Eines wirkte wässrig und ein wenig eingetrübt, wie Davaron es bei betagten Menschen bereits gesehen hatte, doch das andere besaß einen klaren, stechenden Blick. »Harud! Was machst du für ein grimmiges Gesicht? Bringst du schlechte Neuigkeiten?«

»Leider ja. Mein Ordenshaus wurde gestürmt und niedergebrannt.« Es war Harud sichtlich peinlich, eine solche Schmach zuzugeben.

Der alte Magier hob überrascht die buschigen Brauen. »Der Dunkle bewahre uns! Dann ist es also wahr, dass der Kaysar mit einem Elfenheer übers Meer gekommen ist?«

Davaron lachte auf, was ihm einen abschätzenden Blick der merkwürdigen Augen eintrug.

»Der Kaysar?«, wiederholte Harud ungläubig. »Willst du mich auf den Arm nehmen?«

»Sethon hat eine Botschaft aus Katna bekommen, dass dort die wildesten Gerüchte umgehen. Mal soll der Fremde ein Lästermaul sein, das den Großen Drachen schmäht und die Existenz des Kaysars verleugnet. Dann ist wieder die Rede davon, er sei selbst der Kaysar und auf dem Rücken eines Drachen über den Ozean geflogen. Was soll man davon halten?«

»Nichts«, zischte Harud. »Das ist doch alles Schwachsinn! Tatsache ist, dass ich die Elfen schon in meinem Kerker hatte. Doch dann ist unser Zweiter auf einen angeblichen Balsamierer hereingefallen, der ein paar Krieger in unser Haus geschmuggelt hat.«

»Das wird Sethon nicht gefallen«, befand der alte Magier. »Seine Launen werden von Tag zu Tag schlimmer.«

Hastig sah sich Harud um. »Sprich nicht so laut darüber. Du weißt nie, wer zuhört.«

Der Alte winkte ab. »Ich glaube, mit deinen schlechten Neuigkeiten musst du dir mehr Sorgen machen als ich.«

»Da hast du wohl recht. Aber ich hoffe, ich kann ihn durch mein Mitbringsel ablenken.« Harud deutete auf Davaron. »Ein Elf dürfte ihm jetzt gerade recht kommen.«

Der Donnervogel blieb kaum länger, als es dauerte, den Ochsen zu fressen. Bald darauf endete das Gewitter ebenso rasch, wie es begonnen hatte, und Athanor atmete zum ersten Mal seit langem den Geruch feuchter Erde. Sogleich fühlte er sich in Dion weniger fremd. Doch sobald die Sonne am nächsten Morgen aufgegangen war, trockneten die Äcker, und der Kampf der Bauern gegen die Dürre begann erneut.

»Glaubst du, dass ein Magier wirklich einem Donnervogel befehlen kann, dort hinzufliegen, wo gerade Regen gebraucht wird?«, fragte Vindur so leise, dass Akkamas ihn nicht hören konnte.

»Ich weiß es nicht«, gab Athanor zu. »Ebenso gut könnten die Donnervögel auch einfach das Flusstal herabkommen, um nach den Opferrindern zu suchen.«

»Ha! Du hast es also auch gedacht«, triumphierte Vindur, was nicht so recht zu seinem beunruhigten Blick zum Himmel passen wollte.»Soll ich dir sagen, was *ich* glaube? Der Schönling übertreibt die Rolle der Zauberer, um sie in ein besseres Licht zu rücken.«

»Kann es sein, dass du ihn nicht magst?«

»Nicht mögen?«, fuhr Vindur auf, dass Athanor fürchtete, Akkamas könnte es gehört haben.»Ich kann den Kerl nicht ausstehen! Er hat irgendetwas an sich, das ...«

Zwerge mussten tatsächlich einen siebten Sinn für Magie haben.»Vielleicht sollten wir einen Elf fragen, ob ein Zauberer so viel Macht über ein Ungeheuer haben kann«, unterbrach ihn Athanor, bevor der Zwerg noch Akkamas' Aufmerksamkeit erregte.

»Da Eure Unterhaltung für einen Elf nicht zu überhören war«, sagte Meriothin hinter ihnen,»will ich Euch gern antworten. Ich kenne niemanden, der wilde Tiere gegen ihren Willen herbeirufen kann. Mir ist nicht einmal bekannt, dass es den Abkömmlingen Ardas möglich wäre. Aber ich kenne auch niemanden, der aus Leichen Wiedergänger machen kann, also hat es wohl nicht viel zu bedeuten. Wir wissen einfach zu wenig über die dionische Magie.«

»Elfen«, brummte Vindur.»Viele Worte um nichts.«

Athanor schmunzelte und schwieg. Der Weg führte nun öfter durch bewohnte Dörfer. Männer und Frauen mit geschulterten Schaufeln und Hacken zogen dort aus, um ihre Felder zu bewässern. Hunde lagen im Schatten und hechelten, anstatt bellend die fremden Reiter zu umringen. Dem Magier aus Ehala, den Akkamas Athanor gern vorgestellt hätte, begegneten sie jedoch nicht.

Mit der Zeit wurde das Land bergiger. Ferne Felsen rückten näher an den Fluss, bildeten bald eine zwar nicht sonderlich steile, aber zwei, drei Mann hohe Wand. Die Straße führte am Fuß der Felsen entlang, doch die Sonne stand noch zu hoch, als dass sie Schatten geworfen hätten.

»Das Tal des Mekats wird ab hier auf beiden Seiten von einer solchen Wand begrenzt«, erklärte Akkamas.»Sie steigt immer weiter an und erreicht in Ehala ihre volle Höhe. Die Stadt ist zum größten Teil in den Fels gebaut. Das ...«

Athanor hörte das leise Kullern eines Steins über sich. Im gleichen Moment blickte Eleagon alarmiert die Wand empor. »Pfeile!«, rief er und glitt bereits vom Pferd.

»In Deckung!«, brüllte einer von Akkamas' Kriegern von hinten.

Ein Geschoss schlug in Athanors linke Schulter, noch während er absprang. Fluchend duckte er sich unter sein Pferd und riss das Schwert heraus. Abrupt endete der Schmerz in der Schulter. Über ihm scheute das Pferd, traf sein Bein mit einem Huf, als es herumzappelte. Athanor umklammerte den Zügel, hinderte das Tier an der Flucht, doch es tänzelte zur Seite und beraubte ihn so der Deckung. *Verdammtes Mistvieh!* Hektisch versuchte er, halb unter, halb neben dem Pferd zu bleiben. Wiehern, Flüche und Getrampel hallten von der Felswand wider. Akkamas' Tier brach zuckend zusammen.

In diesem Augenblick fegte eine Sturmböe über sie hinweg. Athanor nutzte die Gelegenheit, nach oben zu spähen. Der Wind wehte jeden Pfeil davon. Auf den Felsen über ihm ließen mehrere Schützen ihre Bögen fallen und zogen Schwerter. Gleichzeitig versuchten sie, ihre Augen vor dem Sand zu schützen, der ihnen ins Gesicht wirbelte.

»Greift sie an, solange mein Zauber wirkt!«, schrie Berelean.

Eine neue, noch stärkere Böe zerrte an Athanors dionischem Gewand. Doch sie kam aus Mahanaels Richtung und fuhr mit einer Wucht die Felsen empor, dass zwei Bewaffnete von den Füßen gerissen wurden. Akkamas schnellte bereits den Hang hinauf. Der Wind blies stetig, aber schwächer weiter. Athanor sprang von einem Felsabsatz zum anderen auf die Angreifer zu, die nun alle Klingen gezückt hatten. Hinter sich hörte er Meriothins leichte Schritte.

Im Vorübereilen enthauptete er einen der Gestürzten, der sich gerade erheben wollte. Er sah den Schädel davonfliegen, dann nur noch den neuen Gegner. Der Dionier empfing ihn mit einem kraftvollen Hieb von oben, doch Athanor parierte, ohne innezuhalten, und rammte ihn mit der getroffenen Schulter. Er

282

merkte, wie sich der Pfeil in der Wunde bewegte, doch er spürte keinen Schmerz. Er rannte weiter, überließ den strauchelnden Feind Meriothins Harpune.

»Stirb, du Drachenfreund!«, brüllte Vindur irgendwo. Oberhalb der Felswand war das Gelände wieder eben. Hinter der ersten Linie von Gegnern befand sich – nichts. In einiger Entfernung standen lediglich deren Pferde.

Athanor drehte sich um sich selbst, sah Eleagon, der einen Gegner mit dem Schwert aufspießte, und Akkamas im Kampf mit zwei Fremden. Dann versperrte ihm ein angreifender Krieger die Sicht. Der Mann verbarg das Gesicht hinter den Tüchern der Wüstenreiter und schwang sein Schwert nach Athanor. Ein zweiter stürmte hinter dem Angreifer heran.

Athanor ließ die Klinge des ersten an seinem Schwert abgleiten, drehte sich dabei und trat dem Kerl in den Bauch, dass der rückwärts gegen seinen Kameraden strauchelte. Einen Lidschlag lang behinderten sie sich gegenseitig. Der Moment genügte Athanor, um dem Getretenen die Klinge zwischen die Rippen zu treiben. Gerade rechtzeitig riss er sie wieder heraus. Das Schwert des neuen Feinds prallte gegen seines. Grimmig starrten sie sich durch die gekreuzten Klingen an.

Mit einem Mal weiteten sich die Augen des Mannes, richteten sich auf die Harpunenspitze, die aus seiner Brust ragte. Dann brach bereits sein Blick, und er sackte zusammen. Hinter ihm kam Meriothin zum Vorschein, der seine Waffe loslassen musste und bereits herumwirbelte – gefasst auf einen weiteren Feind.

Doch die verbliebenen Gegner fielen gerade unter den Schwertern der Kämpfer Airas. Vindur zerrte einen Pfeil aus dem eigenen Arm. Rasch wandte sich Athanor zu Akkamas um, der schwer atmend zwischen zwei reglosen Angreifern stand. Als der Erste Kämpfer sah, dass sie gesiegt hatten, hob er die Hand und lächelte Athanor kurz zu, bevor er sich über einen der Männer am Boden beugte. Mit beiden Händen packte er den Fremden am Kragen.

»Wer hat euch geschickt?«, herrschte er ihn an und riss ihn dabei ein Stück empor. »Rede, du ehrloses Schwein!«

Der Kopf des Mannes baumelte umher wie der einer Puppe. Wahrscheinlich war er tot. Akkamas ließ ihn fallen und versetzte seinem anderen Gegner eine Ohrfeige, worauf dieser immerhin die Lippen bewegte. »Wer hat euch den Befehl zu diesem Angriff erteilt?«, brüllte Akkamas. »Wer?«

Wieder öffnete der Mann den Mund, doch außer einem Rinnsal Blut kam nichts daraus hervor.

»Ich könnte ihn heilen«, bot Meriothin an.

Akkamas packte den Sterbenden am Kiefer und rüttelte noch einmal an dessen Kopf. »Zu spät. Verdammt!«, fluchte er und sprang auf.

»Meriothin!« In Mahanaels Stimme lag eine solche Dringlichkeit, dass sich auch Athanor nach ihm umsah. Der Seefahrer stand zwischen panischen und sterbenden Pferden über einem hingestreckten Elf.

»Berelean!«

Athanor erkannte ihn im gleichen Augenblick wie Meriothin, der den Hang hinabeilte. Der Pfeil in seiner Schulter musste warten.

Akkamas sah sich nach seinen Männern um, von denen keiner nennenswert verletzt schien. »Lebt einer von den Hunden noch?«, rief er ihnen zu. Sie beugten sich über die gefallenen Feinde, um nachzusehen.

»Kann man sie nicht an irgendetwas erkennen, das sie bei sich tragen?«, erkundigte sich Athanor. Allmählich kehrte der Schmerz in seine Schulter zurück.

»Sie wollten nicht erkannt werden, sonst hätte ich es schon getan.« Akkamas ballte eine Faust. »Diese Kerle wollten uns aus dem Hinterhalt erschießen und in der Wüste verscharren wie Verbrecher. Schnappen wir uns ihre Pferde und reiten nach Ehala! Ich werde den Verantwortlichen finden – und wenn ich dafür die ganze Stadt zur Rede stellen muss!«

Der Großmeister des Magierordens saß in einer düsteren Halle auf seinem Thron wie der Herrscher eines verfallenden, entvölkerten Reichs. Hohe Säulen warfen im Schein zu weniger Öllampen lange Schatten. Anstelle von Fenstern gab es an den

Wänden nur staubige, mottenzerfressene Banner aus einer anderen Zeit. Sie erinnerten Davaron an die Gruft der Könige unter Theroia, wo Athanor seinen Vater zur letzten Ruhe gebettet hatte. Dieser Ort war tot, abgeschnitten von der Luft, dem stärksten magischen Element, und den belebenden Kräften des Seins. In einer solchen Umgebung konnten nur bedrückende Gedanken gedeihen.

An Haruds Seite schritt Davaron auf den Großmeister zu. Der alte Magier mit den unterschiedlichen Augen folgte ihnen. In dunklen Wandnischen lungerten Gestalten in schwarzen Roben herum, von denen einige nur noch Wiedergänger waren. Die Magier schreckten demnach nicht davor zurück, ihre einstigen Gefährten zu untotem Leben zu erwecken. Unwillkürlich fragte sich Davaron, ob er ebenso enden würde, wenn er zu lange an diesem Ort blieb.

Sethon hing sichtlich gelangweilt auf seinem Thron aus schwarzem Holz, dessen geschnitzte Lehne so alt war, dass das Blattgold jeden Glanz verloren hatte. Über seinem Haupt kreuzten sich Drachenköpfe, doch ihre einst funkelnden Augen aus eingelegtem Edelstein waren stumpf geworden. Welcher König hatte einst von hier aus das Land regiert? In welchem Zeitalter war diese Burg aus dem Berg gehauen worden? Dass Magier sie erschaffen hatten, glaubte Davaron nicht einen Augenblick lang.

Der Großmeister selbst war jedoch eine Überraschung. Im Zwielicht der wenigen Lampen konnte Davaron das Gesicht erst genau erkennen, als er direkt vor ihm stand. *Er ist jünger als ich!* Das galt zwar für alle im Raum, doch Davaron hatte gelernt, Menschen und Elfen nach anderen Maßstäben zu vergleichen. War das Amt des Großmeisters erblich, dass dieser Kerl mit nicht einmal dreißig Jahren auf diesem Thron saß? Davarons Begleiter senkten sogar demütig den Blick vor ihm.

»Harud, Oberster des Ordenshauses von Marana«, sagte Sethon, als hätte er einen Käfer einer bestimmten Art zugeordnet. Die Kälte seines Blicks und die kaum vorhandenen Lippen verliehen seinem Gesicht eine Härte, die in Kontrast zum gewellten Haar stand. In ungewaschenen Strähnen hing es fast bis auf die Schultern und hob sich tiefschwarz von seiner bleichen

Haut ab. Mit seinem schmalen Körper und den ebenmäßigen Zügen hätte er beinahe ein Elf sein können, doch dunkle Schatten um seine ebenso dunklen Augen weckten eher den Eindruck einer Kreatur der Finsternis. »Was verschafft uns die hohle Ehre deiner Anwesenheit? Dieser Kerl, der mich so unverschämt anstarrt?«

Davaron merkte, dass seine Mundwinkel zuckten, und gestattete sich ein Schmunzeln. Sollte der Großmeister grollen, wenn es ihm gefiel.

Sethon stutzte und sprang unerwartet agil auf. Sein Blick war auf Davarons Ohren gerichtet. Abschätzend umrundete er ihn, schien dabei jedes Detail aufzusaugen, als gelte es, nichts zu übersehen. In seinen Bewegungen lag eine unterschwellige Spannung, die Davaron misstrauisch machte. Der Magier wirkte wie ein Raubtier, das sich jeden Moment auf ihn stürzen würde. Wie beiläufig berührte er mit dem Stumpf den Knauf des Schwerts und richtete seinen inneren Blick auf die Wärme, die von Sethons Kopf ausging.

Auch Harud beobachtete den Großmeister wachsam. Gerade als er den Mund öffnete, kam ihm Sethon jedoch zuvor. »Du hast mir einen verkrüppelten Elf gebracht! Was sagt man dazu?« Der Großmeister wechselte in die elfische Sprache. »Du musst freiwillig hier sein. Ich sehe keine Fesseln. Endlich einmal ein Lichtblick in diesem abgeschiedenen Loch.«

»Es muss hier wahrlich eintönig sein, wenn meine reine Anwesenheit Euch bereits zu unterhalten vermag«, erwiderte Davaron belustigt, ohne seine Hand vom Sternenglas zu nehmen. Dieser Kerl gehörte zu den Menschen, die in einem Augenblick fröhlich lachten und im nächsten einen Dolch in den Leib ihres Gegenübers stießen.

»Du sagst es«, bestätige Sethon. »Irgendwann verlieren auch die kurzweiligsten Beschäftigungen ihren Reiz. Man muss immer für Neues sorgen, damit der Geist beschäftigt bleibt.«

»Nun, eigentlich wollte ich Euch noch viel mehr Elfen mitbringen«, mischte sich Harud ein. »Doch leider …«

»Waren sie verhindert?«, höhnte Sethon. »Damit beschäftigt, unser schönes Land einzunehmen? Warum bist du hier?«, wandte er sich wieder an Davaron.»Sollst du mir eine Botschaft überbringen, oder bist du ein Spitzel? Am Ende beides.«»Wieder umkreiste er Davaron, als könne er die Antwort an ihm ablesen.

»Ich bin hier, um von Euch zu lernen und im Gegenzug elfische Magie zu lehren. Euer *schönes* Land interessiert mich nicht.«

Der Großmeister lachte auf.»Du klingst ehrlich. Aber bist du es auch? Die anderen Elfen, die hergekommen sind, was wollen die?«

»Sie wollen etwas Handel treiben und dann so schnell wie möglich nach Hause zurückkehren. Wir schätzen die Gesellschaft von Menschen nicht sonderlich. Ich bin nur hier, weil Ihr etwas könnt, das mir nicht möglich ist.«

»Wirst du dann nicht dein Schiff in die Heimat verpassen?«

Davaron hob gleichmütig die Schultern.»Ich werde immer noch jung sein, wenn alle hier an Altersschwäche gestorben sind. Es wird andere Schiffe geben.«

Sethon strahlte, als hätte ihm jemand eine Liebeserklärung gemacht.»Hast du das gehört, Harud? Was für eine Perspektive auf das Leben. Es ist ihm gleich, wie lange es dauert, wenn er nur sein Ziel erreicht.« Und schon verdüsterte sich seine Miene wieder.»Trotzdem hätte ich die anderen Elfen gern hiergehabt. Warum hast du sie nicht gezwungen?«

Harud wich vor dem Großmeister zurück.»Das wollte ich. Wir hatten sie gefangen und in unser Ordenshaus gebracht. Aber jemand hat uns überlistet. Er gab sich als Balsamierer aus und bot uns Leichen an, die sich als lebendige Kämpfer entpuppten. Sie hatten …«

»Ihr seid nicht mit einer Handvoll Bewaffneter fertiggeworden?«, fuhr Sethon auf.»Muss ich mir die Elfen etwa selbst holen?«

Allmählich hatte Davaron es satt, dass der angeblich große Meister über Elfen wie über Tiere sprach, deren eigener Wille nicht zählte. Sollte er den selbstgefälligen Kerl einfach töten und dessen Platz einnehmen? Er lenkte seine Magie darauf, die Wärme in Sethons Kopf zu erhöhen.

»Wir hätten sie sicher erledigt, aber die Elfen hatten sich selbst befreit und waren schon dabei, den Kerker zu …«

»Sich selbst befreit?«, fiel Sethon ihm ins Wort. War sein Gesicht vor Wut gerötet, oder machte sich bereits die innere Hitze bemerkbar? »Als Nächstes erzählst du mir, dass sie die Basilisken gezähmt haben! Können sie etwa auch durch Türen und Wände gehen? Ich werde dich deines Amts entheben und einen neuen Oberen einsetzen.«

»Der müsste das Ordenshaus dann allerdings erst einmal wieder aufbauen, denn es wurde niedergebrannt«, warf Davaron ein.

Sethon sah ihn durchdringend an. »Und wer sagt mir, dass du nicht deine Finger in diesem Ausbruch hattest? Das waren immerhin deine …«

»Er kann es nicht gewesen sein«, versicherte Harud. »Ich habe selbst gesehen …«

Der Großmeister wirbelte zu ihm herum. »Wag es nicht, mich zu unterbrechen, du unfähiger Narr! Wachen, schafft ihn … mir …« Schwankend griff sich Sethon an die Stirn. »Was … Warum ist es hier drin auf einmal so heiß? Mein Kopf platzt. Bringt mir kaltes Wasser! Sofort!« Benommen wankte er zum Thron und ließ sich dara100ffallen.

Schwarze Gestalten eilten fort, um seinen Befehl auszuführen. Aus einem Winkel hastete ein Magier herbei und reichte dem Großmeister Wein.

»Ich habe keinen Durst. Mir ist heiß!«, fauchte Sethon. Seine Haut war rot gesprenkelt, als hätte er hohes Fieber.

Ist es wirklich klug, ihn umzubringen? Davaron zögerte. Falls Sethon doch dank seiner Fähigkeiten aufgestiegen war, beraubte er sich gerade der ergiebigsten Quelle. Und hatte er wirklich den Ehrgeiz, einen Haufen skrupelloser Menschen anzuführen, von denen ihm jeder nur zu gern Gift verabreichen würde, um selbst Großmeister zu werden? Dass Harud und der Alte keinen Finger rührten, um Sethon zu helfen, sprach Bände.

»Verzeiht mir diese kleine Demonstration meiner Fähigkeiten«, bat er und entließ den Großmeister aus seinem magischen Griff. »Ich hielt es für angemessen, Euch die Macht meines

Volks vor Augen zu führen, bevor Ihr Harud zu scharf verurteilt.«

Sethon setzte sich mit einem Ruck auf und starrte ihn an. Sein Blick wirkte noch immer fiebrig, aber langsam kehrte die Blässe in sein Gesicht zurück. »Du warst das?«

Harud und sein alter Mentor schienen in Erwartung des Wutausbruchs die Köpfe einzuziehen.

»Raus hier!«, herrschte Sethon sie prompt an. »Alle! Bis auf den Elf.«

Davaron hörte nur die hastigen Schritte, die von den Wänden widerhallten. Er behielt lieber Sethon im Auge.

Der Großmeister sah ihn immer noch unverwandt an. »Wie hast du das gemacht?«

Keine Drohungen, keine Rache, nicht einmal Beschimpfungen. Davaron lächelte. Dieser Mann war wirklich unberechenbar. »Es ist Bestandteil meiner Feuermagie. Ich kann Hitze und Flammen nach meinem Willen erzeugen oder ersticken. Schnelligkeit und Präzision erlangt man dabei durch Übung.«

»Wir haben niemanden in unseren Reihen, der das kann. Ist es angeboren? Glaubst du, dass ich es lernen kann?«

»Wenn Ihr so wollt, bin ich hier, um herauszufinden, ob es einem Elf möglich ist, Menschenmagie zu benutzen. Ich bin kein Seher. Ich kann das Ergebnis nicht vorhersagen.«

»Seher sind nutzlos«, befand Sethon. »Wir hatten einen, der meinen Aufstieg vorhersagte. Hat meinen Gegnern dieses Wissen geholfen? Nein. Was geweissagt ist, wird auch eintreten. Ich habe ihn den Basilisken vorgeworfen. Keine Ahnung, ob er das auch vorausgesehen hat.« Sethon stand auf. »Komm mit! Ich werde dir etwas zeigen.«

Davaron folgte dem Großmeister zu einer Tür hinter dem Thron. Schlichtheit und Größe gaben keinen Hinweis darauf, was sich dahinter verbarg. Vorsorglich behielt Davaron die Hand am Schwert.

Sethon öffnete und trat über die Schwelle in einen dunklen Raum. Das spärliche Licht, das aus der Halle herüberdrang, reichte nicht aus, um ihn zur Gänze zu beleuchten. Zielstrebig hielt der Großmeister auf eine weitere Tür zu, deren Umriss von ein paar hell schimmernden Ritzen verraten wurde. Sie führte auf einen halbseitig offenen Gang. Die eine Seite wurde von Wänden, Türen und Wandnischen gesäumt, in denen lebensgroße Statuen standen. Die andere bot zwischen Säulen freien Blick auf einen mehrere Stockwerke tiefer gelegenen Innenhof. Er lag bereits im Schatten, ebenso wie der Gang selbst. Davaron trat näher an die Balustrade und sah nach oben. Die Burg reichte noch weiter in die Höhe, bevor sie blauem Himmel wich. Vermutlich war sie in die Wände eines natürlichen Kraters gehauen worden und von außen nur an ihren Toren zu erkennen. »Ein ausgezeichnetes Versteck«, lobte er. »Solange niemand davon weiß.«

Sethon winkte ab. »Wo die Ordensburg liegt, ist in Ehala hinreichend bekannt. Sie ist dennoch uneinnehmbar, bis Hamons Truppen Flügel wachsen.«

»Wer ist das?«

»Der Erste Kämpfer der Regentin. Aber ich bin nicht hier, um mit dir über alte Narren zu reden. Er lebt nur, solange es mir gefällt. Bald werden seine Männer meinem Befehl unterstehen. Dann werde ich ihn erleben lassen, wie es seinem heiß geliebten Herrn erging.« Der Großmeister schritt den Gang hinab und ließ den Blick über die steinernen Standbilder schweifen.

Davaron schloss sich ihm an. »Sind das alles Gegner, derer Ihr Euch entledigt habt?«

Sethon lächelte. »Ja. So kann ich mich täglich an ihrem Anblick erfreuen. Dieser hier ist übrigens der Seher, von dem ich dir erzählt habe.« Er deutete auf eine der grauen Gestalten, die sich nur durch ihre schreckgeweiteten Augen von den anderen unterschied.

»Und man kann diese Versteinerung wirklich nicht rückgängig machen?«, erkundigte sich Davaron.

»Mir ist kein Weg bekannt. Aber was heißt das schon?« Der Großmeister warf ihm einen Seitenblick zu. »Ich wusste schließlich auch nicht, dass jemand meinen Schädel von innen kochen kann.«

»Es scheint Euch nicht zu beunruhigen.«

»Wenn es dir dienlich wäre, mich zu töten, hättest du es getan. Da ich noch lebe, muss ich dir irgendwie von Nutzen sein. Ich hoffe, du hast es dir gut überlegt, denn einen zweiten Versuch wirst du nicht haben. Ich bin nun gewarnt und werde mich zu verteidigen wissen.«

»Dessen bin ich sicher«, sagte Davaron und bemühte sich, den Spott aus seiner Stimme zu halten. Noch wussten sie beide nicht genau, was der andere vermochte, aber wie sollte sich ein Nekromant gegen magisches Feuer wehren?

»Genau genommen«, sinnierte Sethon, »gibt es für mich kaum einen Grund, dir zu vertrauen. Es wäre weiser von mir, dich in diese Sammlung einzureihen. Aber wer will schon Weisheit, wenn er Macht haben kann? Sag mir, warum du wirklich hier bist.«

»Weil ich alles lernen will, was Ihr über Nekromantie wisst.«

Der Großmeister wedelte mit der Hand, als verscheuche er eine Fliege. »Ja, ja, das wollen sie alle. Aber *warum*? Was treibt dich an? Was willst du mit deiner Macht erreichen?«

»Spielt das eine Rolle?«

»Das ist das Einzige, was zählt. Niemand erringt einen bedeutenden Sieg, weil er etwas nur einmal ausprobieren wollte. Nehmt mich als Beispiel. Ich verfolge ein Ziel. Seit Jahren ordne ich ihm alles andere unter. Jetzt ist es zum Greifen nah gerückt, und ich bereite mich darauf vor, die letzten Schritte zu gehen. Ich wäre nicht hier, wenn ich nicht davon besessen wäre.«

Großmeister zu werden, war es demnach nicht. »Ihr wollt Euch das ganze Land untertan machen.«

»Ja, darauf läuft es hinaus. Aber *warum*? Was bezwecke ich damit?«

»Ihr werdet es mir sagen müssen. Ich kann es schwerlich erraten.«

»Erst du«, beharrte Sethon. »Wahrheit gegen Wahrheit. Deine Seele gegen meine.«

War das eine Falle? Benötigte der Großmeister dieses Wissen für einen Zauber, um ihn zu beherrschen? »Der Einsatz erscheint mir sehr hoch. Ich will ein bisschen mehr.«

Sethon runzelte die Stirn. »Ich biete dir die Abgründe meines Innern, und du verlangst mehr?«

»Ich erwarte mehr Respekt. Ihr redet mit mir wie mit einem Eurer Lakaien. Wenn ich die Ehre nicht abgelehnt hätte, wäre ich heute ein Anführer meines Volkes. Wir befinden uns also in ähnlicher Position.«

»Wenn Euch so viel daran liegt«, sagte der Großmeister gleichmütig. »Hoffentlich seid Ihr Euren Preis auch wert.«

»Ich bin auf der Suche nach einem Zauber, der einen Toten wieder in einen Lebendigen verwandelt. Nicht in irgendeinen blutleeren Wiedergänger. In ein lebendes, atmendes Wesen.«

Sethon nickte anerkennend. »Ein hohes, ein sehr hohes Ziel. Wen wollt Ihr zurückholen?«

»Meine Tochter und meine Frau.«

»Liebe ist also Euer Antrieb.« Der Großmeister lächelte breit. »Liebe und Hass – stärkere Kräfte gibt es im Menschen nicht. Und offenbar auch im Elf. Wir sind uns erstaunlich ähnlich.«

Sind wir das? »Wen wollt Ihr zurückhaben?«

»Die Regentin. Nemera.«

15

Berelean war tot. Er hatte die Schwelle bereits überschritten, bevor Meriothin am Fuß der Felsen angekommen war. Der Heiler konnte nur noch den Kopf schütteln und wieder aufstehen. Es sah aus, als laste dabei das Gewicht der ganzen Welt auf seinen Schultern. Dann atmete er tief durch. Es gab genug Verletzte, um die er sich kümmern musste. Aus Mahanaels Bein ragte ein Pfeil. Vindur blutete aus der Wunde an seinem Arm, und Athanor hatte noch immer einen Pfeil in der Schulter. Meriothin wog ab, wer am dringendsten Hilfe brauchte, und begann mit seiner Arbeit. Nachdem er Athanor geheilt hatte, eilte er zu Vindur weiter.

Während sich die Elfen um die verbliebenen Pferde kümmerten, brachte Athanor gemeinsam mit Akkamas und dessen Kämpfern die Tiere ihrer Angreifer auf den Weg hinunter. Da die Felswand zu steil und unwegsam war, mussten sie einen weiten Bogen reiten, um den Höhenunterschied zu überwinden.

Kurz bevor sie die Straße erreichten, jagte ein Reiter vorbei, als seien die Todesfeen hinter ihm her. Er hielt ebenfalls auf Ehala zu, und seine Eile weckte sofort Athanors Misstrauen. »Könnte der Kerl etwas mit dem Überfall zu tun haben?«

Akkamas schüttelte den Kopf. »Wenn er zu ihnen gehört hätte, würde er wohl kaum jetzt noch die Straße benutzen. Habt Ihr die rote Schärpe gesehen? Es ist ein Bote. Er muss eine dringende Nachricht für die Regentin haben.«

Noch mehr schlechte Nachrichten? Begannen die Magier bereits, sich für die erlittene Schmach zu rächen oder ...? »Wenn ich es nicht bräuchte, würde ich mein Schwert verwetten, dass er von einem Drachenangriff berichtet.«

»Ihr seid besessen«, befand Akkamas amüsiert, bis er Athanors Blick bemerkte. »Entschuldigt. Ich vergesse immer wieder, dass Ihr Grund dazu habt. Aber ich habe Euch doch schon erklärt, dass der Große ...«

»Hört Ihr Euch eigentlich selbst zu?«, fuhr Athanor ihn an. »Ihr seid ein erwachsener Mann! Ein Krieger! Wie lange wollt

Ihr noch wie ein Kind an diesen Großen Drachen glauben, der Euch beschützen wird? Er unternimmt doch nicht einmal etwas gegen die verfluchten Zauberer!«

Akkamas runzelte die Stirn. »Es ist seine Aufgabe, das Land zu beschützen – nicht, sich in Streitigkeiten zwischen den Bewohnern einzumischen.«

»Na, dann ist er ja bald fein raus, oder wird er dann die Nekromanten verteidigen?«

Athanor wartete vergeblich auf eine Antwort. Akkamas gab seinem Pferd die Sporen und ritt stumm voran. Dabei blieb es auch, als sie die Stelle des Überfalls erreichten und gemeinsam mit den wartenden Elfen weiterzogen. Vindur und Eleagon bedrängten Athanor mit Fragen zur Identität und den Gründen ihrer Angreifer, doch er konnte nur ebenso wilde Mutmaßungen anstellen wie sie. Bei dem flotten Tempo, das Akkamas nun vorgab, verging ihnen bald das Reden.

Sollte er sich bei seinem Freund entschuldigen? Athanor entschied sich dagegen. Das Geschwätz der Priester über den angeblichen Willen der Götter hatte schon in Theroia nur dazu beigetragen, das schreckliche Ende über die Menschen zu bringen. Es war dumm, sich auf ein Eingreifen höherer Mächte zu verlassen. Akkamas musste lernen, dass es allein an ihnen lag, welchen Lauf das Schicksal nahm. Aber würde er es begreifen, bevor es zu spät war? Warum musste man jeden verfluchten Fehler selbst begehen, bevor man klüger wurde?

Wie Akkamas es vorausgesagt hatte, wurde die Felswand immer höher und steiler. Bald musste Athanor den Kopf weit in den Nacken legen, um bis zur Kante des rötlichen Gesteins hinaufblicken zu können. Sooft er auch emporsah, er entdeckte keine Bogenschützen mehr. Waren sie doch nur zufällig in den Hinterhalt einfacher Straßenräuber geraten? Doch dafür hatten die Männer nicht verwahrlost genug ausgesehen. Gesetzlose, die sich ständig auf der Flucht befanden, trugen weder saubere Kleidung noch einheitliche Waffen.

Je näher sie Ehala kamen, desto grüner wurden die Felder. Wie ein Netz aus Silberschnüren unterteilten hier zahllose Bewässerungskanäle das Land und verliefen kreuz und quer bis in die letzten Winkel. Athanor entdeckte immer mehr Menschen, die bis über die Knöchel im Schlamm standen, um die Gräben mit Schaufeln und Hacken offen zu halten. Einige von ihnen lebten in Behausungen, die sie wie Höhlen in den Fuß der Felswand gehauen hatten. Vindur grüßte sie besonders freundlich, obwohl sie ihn entsetzt anstarrten und ohnehin kein Elfisch verstanden. Andere drängten sich in viel zu kleinen Hütten zwischen dem Weg und den Feldern zusammen, weil sie sonst kostbaren Ackerboden vergeudet hätten. Sie mussten die Flüchtlinge sein, von denen Akkamas gesprochen hatte.

Auf der staubigen Straße jagten ein paar halb nackte Kinder johlend einem Ball aus Lumpen hinterher und bemerkten die nahenden Reiter erst, als Akkamas »Aus dem Weg!« rief. Überrascht hielten sie inne. Einige wichen hastig zu den Hütten zurück, doch zwei Jungen standen wie erstarrt und blickten zu den Fremden auf. Gebannt sahen sie von den Elfen zu Vindur und zu Athanor zurück. Einer flüsterte dem anderen etwas ins Ohr, während Akkamas achtlos an ihnen vorbeiritt. Athanor wollte ihm gerade folgen, als der Größere der beiden Jungen den Mund öffnete.

»Seid Ihr der Kaysar?«, brachte das Kind hervor.

»Wie kommst du darauf?«, fragte Athanor erstaunt.

»Weil du Elfen und einen Zwerg hast«, krähte der Jüngere und erntete einen derben Ellbogenstoß seines Freundes.

»Du musst *Ihr* sagen, sonst peitscht man dich aus!«

»Aber er ist doch nur einer.«

Schmunzelnd ritt Athanor weiter. Sollten andere dem Knirps Manieren beibringen.

»Waren das Bettler?«, erkundigte sich Vindur. »Wir hätten ihnen etwas zu essen geben sollen. Sie sahen erbärmlich aus.«

»Nein, sie wollten wissen, ob ich der Kaysar bin. Offenbar verbreitet sich Akkamas' Gerücht wie ein Lauffeuer.«

»Das muss Euch nicht wundern«, meinte Akkamas. »Es kommen viele Schiffe von der Küste den Mekat herauf. Sie bringen nicht nur Waren, sondern auch Neuigkeiten mit.«

»In jedes kleine Dorf?«, zweifelte Athanor.

»Nein, aber es ist nicht mehr weit bis Ehala. Die Leute werden es dort auf dem Markt aufgeschnappt haben.«

Tatsächlich mischten sich kurz darauf mehr und mehr Gärten mit Obstbäumen und üppigen Beerensträuchern zwischen die Felder, und in der Ferne tauchten erste größere Häuser auf. Überrascht stellte Athanor fest, dass Ehala anders aussah als die Städte an der Küste. Während dort alle Gebäude hell verputzt waren, verzichtete man hier darauf. Die Mauern leuchteten in den Farben des verwendeten Gesteins, von Weiß über gelbliche Töne bis hin zum hiesigen roten Sandstein. Auch drängten sich die Häuser weniger eng zusammen. Vor allem entlang der breiten Prachtstraßen zu beiden Seiten des Flusses, die von Bäumen, Statuen und prunkvollen Gebäuden gesäumt waren. Doch nach allem, was er erlebt hatte, fehlte Athanor der Sinn für die Schönheit der Stadt. Stattdessen fiel ihm sofort auf, dass sie keine Verteidigungsanlagen besaß. Keine Wälle, keine Mauern, keine Festung – nichts, womit sich ein feindliches Heer aufhalten ließ. Hatte es in Dion niemals Krieg gegeben? Im Grunde war das Tal ein lang gezogener Kessel, der sich von zwei Seiten abriegeln und von oben beliebig beschießen ließ. *Die reinste Katastrophe.* Aber bei einem Drachenangriff kam es darauf nicht an. Was hatte die Stadt fliegenden Feinden entgegenzusetzen?

Athanor sah zu den Felswänden hinauf, die Ehala begrenzten. Auf den ersten Blick wirkten sie durchlöchert wie Nordmärker Käse. Doch die Öffnungen waren keineswegs wahllos verteilt, sondern zu unterschiedlich hohen Stockwerken geordnet. Auf den zweiten Blick erkannte Athanor, dass es Fenster in vielen Größen und Formen waren. An manchen Stellen entdeckte er Treppenstufen, an anderen Portale und aus dem Fels geschlagene Säulen und Pfeiler.

Er wollte Akkamas gerade danach fragen, als ein entgegenkommender Reiter dem Ersten Kämpfer Katnas den Weg versperrte. Der Mann trug ein Kettenhemd über seinen Gewändern und verbarg das Gesicht hinter den Tüchern der Wüstenkrieger. Rasch sah sich Athanor nach weiteren möglichen Angreifern um. Wer auch immer ihnen die Bogenschützen auf den Hals gehetzt hatte, schreckte vielleicht auch nicht vor einem Überfall am Stadtrand Ehalas zurück. Doch der Fremde schien allein zu sein.

Akkamas hielt an und musterte sein Gegenüber. Athanor trieb sein Pferd neben den Ersten Kämpfer, der sich plötzlich verneigte. »Hamon! Ich hätte Euch beinahe nicht erkannt. Der Segen des ...«

Der Mann schnitt Akkamas mit einer Geste das Wort ab und drängte sein Pferd näher. Seine von Falten umgebenen Augen richteten sich auf Athanor und durchbohrten ihn förmlich, bevor er sich leise an Akkamas wandte: »Die Regentin befiehlt Euch, kein Aufsehen zu erregen. Sagt Euren Elfen, dass sie ihre Ohren bedecken sollen, und folgt mir unverzüglich zum Palast!«

Schon gaffte mehr Volk denn je die Reitergruppe an, die die halbe Straße versperrte.

»Wer ist das?«, wollte Athanor wissen. »Können wir ihm trauen?«

Der Fremde schoss ihm einen zornigen Blick zu.

»Hamon ist der Erste Kämpfer Nemeras, der Regentin«, sagte Akkamas rasch. »Einen ehrenwerteren Mann werdet Ihr in ganz Dion nicht finden.«

Angesichts der feindseligen Augen beschloss Athanor, nicht allzu viel auf diese Schmeichelei zu geben. Aber wenn der Mann im Namen der Regentin sprach, war es besser, ihm Folge zu leisten. Athanor wendete sein Pferd und lenkte es an Eleagons Seite. »Ihr alle sollt Eure Köpfe verhüllen. Die Regentin wünscht, dass wir unauffällig sind.« Bevor Eleagon etwas erwidern konnte, kehrte er zu Akkamas zurück. Die Sache gefiel dem Seefahrer nicht. Athanor hatte es in seinen Zügen gelesen. Er konnte es ihm nicht verdenken. Je weniger Leute wussten, dass sie hier waren, desto leichter konnte man sie verschwinden lassen, ohne Fragen beantworten zu müssen.

Der Erste Kämpfer der Regentin wartete, bis die Elfen seiner Aufforderung nachgekommen waren, dann bedeutete er ihnen, ihm zu folgen. Akkamas fügte sich sofort.

»Habt Ihr eine Ahnung, was er vorhat?«, fragte Athanor leise.

Sein Freund legte einen Finger an die Lippen. »Hamon ist Nemeras treuester Diener«, sagte er laut genug, dass ihn der Erste Kämpfer der Regentin hören konnte. »Er befehligte bereits unter Themos die Truppen ihres Vaters und schwor an dessen Totenbett, Nemera gegen jeden zu verteidigen, der Ansprüche auf sie oder den Regententhron erheben würde.« Athanor glaubte zu verstehen und nickte. Sicher hatten die Gerüchte auch diesen Mann bereits erreicht. Waren es seine Männer gewesen, die ihnen aufgelauert hatten? Erwartete sie hinter den Toren des Palasts eine Falle? Athanor zügelte sein Pferd, damit es zurückfiel, und raunte Eleagon eine Warnung zu. Der Elf nickte und gab sie weiter. Athanor schloss wieder zu Akkamas auf. »Wenn das so ist«, sagte er, als hätten sie ihre Unterhaltung nie unterbrochen, »hoffe ich, dass er ein wenig Zeit für mich finden wird. Das Land schwebt schließlich in großer Gefahr.« Er glaubte zu sehen, wie sich Hamons Rücken straffte, doch der Mann drehte sich nicht um und schwieg.

Im Trubel der Stadt fiel es kaum auf. Die Menschen wirkten fröhlich, beinahe aufgekratzt. Manche warfen Blütenblätter über die Standbilder des Großen Drachen. Andere schwenkten lachend rote Wimpel. Wo waren Angst und Sorge vor der Dürre und den Nekromanten geblieben? Athanor wechselte einen verwunderten Blick mit Akkamas.

»Gibt es etwas zu feiern?«, erkundigte sich Akkamas bei Nemeras Erstem Krieger.

»Sie feiern das bevorstehende Ende der Dürre«, antwortete Hamon knapp.

Bevorstehend? Dieses Volk kam Athanor immer seltsamer vor. »Woher wollen sie das wissen?«

Hamon warf ihm über die Schulter einen grimmigen Blick zu. »Ein Priester aus dem Tempel des Großen Drachen zu Irea kam vor zwei Tagen an und berichtete von zahlreichen Drachensichtungen im Süden. Der Oberste Priester hat daraufhin verkündet, dass dieses gute Omen nur ein baldiges Ende unserer Sorgen bedeuten kann.«

»Drachenanbeter«, knurrte Vindur auf Zwergisch. »Die ständige Sonne hat ihnen den Verstand ausgebrannt.«

298

Athanor nickte. »Das Einzige, was hier bevorsteht, ist der Angriff der Drachen.«

»Vielleicht sind wir gerade noch rechtzeitig nach Ehala gekommen, um die Menschen zu warnen«, hoffte Eleagon.

»Rechtzeitig?« Erinnerungen an Theroia bedrängten Athanor. Was sollten die Dionier gegen ein Drachenheer schon ausrichten? »Wir kommen Jahre zu spät.«

Hamon führte sie durch schmale Straßen und Gassen zu einem Seitentor des Palasts. Stallburschen nahmen ihnen die Pferde ab, und der Erste Krieger Dions überwachte persönlich, dass ihnen Zimmer in einem abgelegenen Teil der Residenz zugewiesen wurden. Der Palast war so groß, dass jedem Gast ein eigener Raum zur Verfügung gestanden hätte, aber nach dem Überfall wollte keiner von ihnen allein schlafen. Akkamas beschwerte sich bei Hamon über den Hinterhalt, was jenem nicht mehr entlockte als das wortkarge Versprechen, den Vorfall zu untersuchen. Athanor fragte sich, ob die Reaktion Hamon verdächtig machte oder tote Strauchdiebe einfach unter seiner Würde waren. Immerhin hatten sie es mit dem Oberbefehlshaber des Landes zu tun.

Nachdenklich trat er ans Fenster des Zimmers, das er sich mit Vindur teilte. Es bot weite Aussicht über die abendliche Stadt, sogar über den Fluss hinaus. Direkt vor ihm erstreckten sich die äußeren Palastgebäude, während er sich hoch oben in jenem Trakt befand, der in die Felswand geschlagen worden war. So weit er blicken konnte, wimmelten Menschen zwischen den Häusern Ehalas umher. Ferne Stimmen drangen zu ihm herauf. Die immer noch warme Luft roch mal nach Blumen, mal nach Latrinen, nach dem Rauch zahlloser Herdfeuer und frischem Brot. Erneut fiel es ihm schwer zu glauben, dass er plötzlich wieder von Menschen umgeben war. Als hätte er die vergangenen beiden Jahre nur geträumt. Oder träumte er von Dion? Der Schmerz, den er über Elanyas Tod empfand, saß zu tief, um erfunden zu sein. Und jetzt …

Ich kann das nicht tun. Wenn er die Regentin beschwatzte, ihn ihre Truppen gegen die Magier führen zu lassen, entblößte er Ehala, nur um Rache an Davaron zu nehmen. Er würde diese Menschen ihrer einzigen Hoffnung berauben – auch wenn sie es nicht einmal ahnten. Mit einem Mal war ihm, als stünde Elanya an seiner Seite. Ein Schauder überlief ihn, so deutlich sah er sie vor sich. Doch die grünen Augen mit den langen Wimpern waren nicht auf ihn, sondern auf die Stadt gerichtet. Sie bewegte die Lippen nicht, und doch hörte er leise ihre Stimme.

»*Mich kannst du nicht mehr retten. Aber sie.*«

Menep streckte sich unter seiner Decke aus und blickte zum Sternenhimmel empor. Das Lagerfeuer war heruntergebrannt, doch der Wüstensand strahlte noch immer die Wärme der Sonne ab, die den ganzen Tag auf ihn herabgesengt hatte. Ganz in der Nähe hörte er die Esel zwischen ihren Zähnen dorniges Gestrüpp zermahlen. Es war ein friedliches, einschläferndes Geräusch, und solange die Schakale so weit entfernt heulten, hatten seine Tiere nichts zu befürchten.

Menep liebte die Nächte, in denen sich der Mond nicht am Himmel zeigte. Dass der Totengott sein Gesicht nicht erhob, bedeutete, dass sein Bruder, der Sonnengott und Vater des strengen Kaysars, wieder einmal über ihn gesiegt hatte. Um diesen Triumph zu feiern, leuchteten besonders viele Sterne am Himmel. Zahllos wie die Sandkörner der Wüste kamen sie ihm in solchen Nächten vor, und er entdeckte immer neue Sternbilder, denen er eigene Namen gab.

Es war nicht leicht, sein Geld als Eseltreiber zu verdienen. Ständig versuchten die Händler, ihn um seinen gerechten Anteil an ihrem Gewinn zu betrügen. Und seit die Dürre herrschte, wurde das Wasser in den Küstenstädten so knapp, dass es immer kostspieliger wurde, seine Esel zu tränken. Wie stellten sich die Wasservögte das vor? Sollten die armen Tiere etwa aus dem Meer saufen?

Dennoch war Menep zufrieden. Er konnte sich kein schöneres Leben vorstellen, als durch die Wüste zu ziehen und Abend für Abend unter diesem Himmel zu liegen. Irgendwann würde die Dürre schon vorübergehen. Er hatte der Urmutter

Kaysa und dem Großen Drachen je eine Kupfermünze geopfert und hoffte, dass sie die Gebete um Regen bald erhörten. Zog dort am Horizont eine Wolke auf? Ein schwarzer Fleck verdeckte einen Teil der Sterne und zog langsam über den Himmel. Je näher der Schemen kam, desto größer wurde er. Immer deutlicher sah Menep die Umrisse. Ungläubig setzte er sich auf. Waren das nicht gewaltige Schwingen? Nun erkannte er auch den langen Hals und den noch längeren Schwanz, in den der schlanke Körper auslief. »Gütige Götter!« Er rappelte sich so hastig auf, dass die Decke in der Asche landete. Dass ausgerechnet ihm die Gnade zuteilwerden sollte, den Großen Drachen leibhaftig zu sehen, konnte er kaum fassen. Welch ein Segen! Beglückt beobachtete er, wie der Gott über ihn hinwegsegelte. Ob er wohl nach Harag wollte? Und was trieb den Großen Drachen an diesen Ort? Doch der dunkle Umriss beschrieb einen weiten Bogen und kehrte zurück. Meneps Brust drohte vor Ehrfurcht und Freude zu zerspringen. Vor dem herangleitenden Schatten fiel er auf die Knie, um mit der Stirn den Boden zu berühren.

Die Esel stießen erschrockene Schreie aus. Er hörte sie trappeln, doch er hatte ihnen die Vorderbeine zusammengebunden, damit sie ihm nicht davonlaufen konnten. Sand wirbelte auf, drang ihm in die Nase, als der Drache niederging. Mussten die Esel den erhabenen Moment mit diesem unwürdigen Lärm stören? Missmutig sah Menep auf, um ihnen einen bösen Blick nachzuwerfen, während sie mühsam davonhoppelten wie zu groß geratene Kaninchen. »Seid doch still!«, zischte er und wandte sich beschämt an den Gott, der haushoch vor ihm aufragte. »Bitte verzeiht ihnen, Herr! Es sind nur dumme Tiere.«

Aufgeregt kauerte er im Sand. Was sollte er dem Großen Drachen nun sagen? Durfte er einen Wunsch äußern? Oder sollte er ihm ein angemessenes Opfer darbringen? Aber er besaß doch nichts, das eines Gottes würdig war.

Sprachlos starrte er die schwarzen Schuppen an, die im Sternenlicht glänzten, den gewaltigen Schädel, den fünf elegant gebogene Hörner krönten. Für den unbotmäßigen Gedanken hätte er sich selbst ohrfeigen mögen, doch die hellen Augen des Drachen kamen ihm klein und bösartig vor. Unter ihrem Blick wich seine Ehrfurcht allmählich beklemmender Angst. *Ich sollte etwas sagen. Menep! Sag etwas!* Es war der Drache, der das Maul öffnete. Menep spürte den Luftsog der gewaltigen Lungen. Dann sah er nur noch grelle, bläuliche Flammen.

Athanor und Vindur saßen auf den Fensterbänken und lauschten auf die Geräusche der nächtlichen Stadt. Es war zu früh, um zu schlafen, doch es gab nichts mehr zu tun. Von irgendwoher drangen Flötenklänge herauf. Die Menschen sammelten sich auf den Dächern, als wollten sie das Nachlassen der drückenden Hitze feiern. Athanor konnte sie im Licht ihrer Laternen und Fackeln sehen. Ob die Regentin ihn morgen empfangen und öffentlich willkommen heißen würde? Immerhin waren die Elfen Abgesandte eines im Alten Reich hochgeehrten Volks.

Plötzlich klopfte es so laut an der Tür, dass Vindur zusammenzuckte.

»Aufmachen!«, bellte Hamon. »Befehl der Regentin.«

Wie ein Mann sprangen Athanor und Vindur auf.

»Was zum Dunklen will der Kerl?« Stand Hamon etwa mit Bewaffneten auf dem Gang? Athanor schnappte sich sein Schwert vom Bett. Vindur postierte sich mit seiner Axt neben der Tür.

Das Holz erzitterte unter neuem Pochen. »Aufmachen, sagte ich!«

Mit einem Ruck zog Athanor den Riegel zurück und die Tür auf. Auf dem Flur spendeten vereinzelte Öllampen kaum mehr Licht als der Mond vor dem Fenster. Hamon trat auf die Schwelle und blieb sofort stehen, als er das blanke Schwert sah. Schon packte er den eigenen Schwertgriff, um die Waffe zu ziehen.

Rasch ließ Athanor die Klinge sinken und hob abwehrend die andere Hand. »Wenn Ihr nicht vorhabt, mich umzubringen, gibt es keinen Grund dafür.«

»Ihr unterstellt *mir*, einen Gast der Regentin ermorden zu wollen?« Dieses Mal zeigte Hamon offen sein Gesicht, das von

302

einem ergrauten Bart und kurzem Haar umrahmt wurde. Die Falten darin zeugten von Alter und Strenge. »*Ihr* seid es doch, der mit gezückter Klinge vor mir steht!« »Was habt Ihr erwartet, wenn Ihr halb die Tür einschlagt? Man hat heute schon einmal versucht, mich zu töten.« »Legt gefälligst sofort die Waffe weg! Und Euer Freund auch!«

Mit einem Knurren wich Athanor zurück und warf das Schwert wieder aufs Bett. Vindur legte die Axt daneben, blieb jedoch so stehen, sodass er sie jederzeit wieder greifen konnte.

Hamon kam herein, stieß die Tür dabei so weit auf, dass sie gegen die Wand prallte, und sah sich misstrauisch um.

»Außer uns ist niemand hier«, erklärte Athanor gereizt.

Hinter dem Ersten Kämpfer tauchte eine Gestalt aus den Schatten auf. Sie hatte Kopf und Gesicht mit einem Schleier verhüllt und bewegte sich trotz ihrer schmalen Schultern mit der Entschlossenheit eines Gladiators, der die Arena Theroias betrat. »Das genügt, Hamon.« Die Stimme klang weiblich, aber ungewohnt tief. Gemessen hob die Unbekannte die Arme, um den Schleier abzunehmen. Wie beiläufig, obwohl es lange Übung erforderte, hob sie den Stoff gerade so hoch, dass er ihr schwarzes, kunstvoll aufgestecktes Haar nicht in Unordnung brachte, und ließ ihn erst hinter ihrem Kopf in den Nacken fallen. Ihr Gesicht war fast zu hager, um schön zu sein, doch die Würde in ihren Zügen und die großen dunklen Augen glichen es wieder aus. Ihr undeutbarer Blick richtete sich auf Athanor. »Ich will Euch sprechen. Allein.«

»Es gibt nichts, das ich vor Vindur geheim halten müsste.«

Die Regentin winkte ab, als sei sein Einwand bedeutungslos. »Das mag für Euch gelten, aber nicht für mich.«

»Wird der da auch gehen?«, blaffte Vindur und nickte in Hamons Richtung.

»Ja.«

Vindur brummte und raffte das Nötigste zusammen, wozu auch seine Axt gehörte. »Du findest mich bei den Elfen«, beschied er Athanor.

Nemera sah ihren Ersten Kämpfer schweigend an.

»Herrin, ich halte das immer n…«, protestierte er, doch sie fiel ihm scharf ins Wort.

»Haltet draußen Wache, wie ich es Euch befohlen habe! Wenn schon die Wände dieses Palasts Ohren haben, werdet Ihr dafür sorgen, dass es wenigstens um die Türen besser bestellt ist.« Knurrend schoss Hamon Athanor einen letzten bedrohlichen Blick zu, bevor er die Tür hinter Vindur und sich zuzog. Zurück blieben die Regentin und das Mondlicht, das alle Farben zu Weiß und Grau verblassen ließ. Athanor verschränkte die Arme unter Nemeras musterndem Blick. Sie war wohl kaum mitten in der Nacht hergekommen, um seine Narben zu bewundern.

»Ihr seid also die Regentin Dions.«

»Und Ihr seid der Mann, von dem meine Mutter fürchtet, dass ich das Knie vor ihm beugen muss.«

Rasch verdrängte Athanor die erregenden Bilder, die ihm dazu einfielen, und erwiderte fest ihren Blick. Wollte diese Frau ihn verwirren, damit er etwas Falsches sagte? Etwas, das sich als Hochverrat auslegen ließ? »Das habe ich nie gefordert.«

»Und dennoch steht Ihr hier und verweigert mir die Ehrerbietung, die einer Regentin zusteht.«

»Es ist nicht meine Art, vor fremden Herrschern auf die Knie zu fallen.«

»O ja, wenn es stimmt, was Ihr meiner Mutter erzählt habt, ist es eher Eure Art, ihnen eine Klinge in die Brust zu stoßen, nachdem Ihr ihr Land mit Euren Drachen verheert habt. Das wird Euch hier nicht gelingen!«

Was fiel ihr ein, in seinen alten Wunden zu bohren? »Kommt mir jetzt nicht mit dem lächerlichen Geschwätz vom Großen Drachen, der Euch beschützen wird. Den gibt es nicht.«

Einen Moment lang starrte sie ihn an. Wie konnte selbst die Herrscherin dieses seltsamen Landes an diese alberne Geschichte glauben? »Dann ist es wahr?«, fragte sie. »Ihr habt Eure Drachen im Süden versammelt und plant, mich zu entmachten?«

»*Das* hat Euch Fürstin Aira geschrieben? Das glaube ich nicht.«

304

»Das ist keine Antwort auf meine Frage«, stellte Nemera fest.
Athanor hob die Hände, als könnte er dem neuen Gerücht
damit Einhalt gebieten. »Ich habe Eure Mutter davor gewarnt,
dass verdächtig viele Drachen in den Süden Dions fliegen, weil
ich mich um Euer Volk sorge. Und das ist auch der einzige
Grund, warum ich hergekommen bin.« *Nun gut, das ist nicht
wahr, aber wir wollen nicht kleinlich sein.*
»Dann sind es nicht dieselben Drachen, mit denen Ihr die
Alte Heimat erobert habt?«
»Das ist eine Fangfrage, und das wisst Ihr. Ich habe nichts
mehr mit diesen Kreaturen zu schaffen.«
»Wie kann ich Euch das glauben? Ihr seid zur gleichen Zeit
aufgetaucht und beansprucht den Kaysarthron.«
Athanor stutzte. »Weshalb glaubt Ihr eigentlich an Gefahr
durch dieses Drachenheer? Euer Volk feiert es gerade als glück-
liche Verheißung und schimpft mich Gotteslästerer.«
»Weil ich eine Nachricht aus Irea bekommen habe. In den
Bergen der Silberminen sammeln sich Drachen, die nichts Gutes vorhaben können. Sie haben Hirten getötet und samt dem
Vieh gefressen.«
Der Bote, der uns überholt hat! »Aha. Und? Wo ist nun der
große Beschützer, der sie vertreibt?«
»Ich bin sicher, er befindet sich bereits auf dem Weg zu uns«,
sagte Nemera mit einem Anflug von Trotz.
»Eure Worte passen nicht zu der klugen Herrscherin, die vor
mir steht.«
Die Regentin lächelte spöttisch. »Versucht Ihr, mir zu
schmeicheln? Glaubt nicht, dass Ihr mich um den Finger
wickeln könnt. Das haben schon viele vergeblich versucht.«
Athanor zuckte mit den Schultern. »Ich war selbst Kronprinz. Ich weiß, wie das ist.«
Nemera lachte auf. »Ich mag Euch. Aber wenn Ihr das Spiel
so gut kennt, dann wisst Ihr, dass ich Euch nicht vertrauen darf.
Ich habe keine Lust, eines Morgens in einer Kerkerzelle aufzu-
wachen, während Ihr es Euch auf dem Thron gemütlich macht.«
Sie ist ehrlich. Das muss man ihr lassen. »Und wenn ich wirklich der Kaysar bin?«

305

In ihrem Blick flackerte Unsicherheit auf.»Dann … werdet Ihr mir irgendwann verzeihen, dass ich mein Land nicht einfach einem dahergelaufenen Fremden übergeben kann.«

Athanor nickte.»Ihr habt recht. Das könnt Ihr nicht. Ich erwarte auch nur, dass Ihr meine Warnung ernst nehmt.«

»Das tue ich. Aber mein Vater starb, weil sein Kammerdiener nicht der war, für den er ihn hielt. Hamon glaubt, dass Ihr ein Hochstapler seid, der mich beseitigen will, um die Macht an sich zu reißen. Kann ich sicher sein, dass er sich irrt?«

Sie sah ihn an, als hoffte sie, die Wahrheit in seinem Gesicht zu lesen.»Ihr werdet mich überzeugen müssen.«

»Ich weiß nicht, ob uns so viel Zeit bleibt.«

»Ich brauche sie aber!«, fuhr sie auf.»Jeden Tag blicke ich in die Augen meiner Vertrauten und weiß nicht, ob einer von ihnen ein Mörder ist, der sich in falscher Gestalt in den Palast geschlichen hat. Jeden Tag kommen Flüchtlinge aus allen Teilen des Landes, weil ihre Felder verdorren und die Nekromanten ihre Dörfer bedrohen. Und jetzt nähert sich auch noch ein Drachenheer!«

Athanor spürte, wie kurz die Regentin davorstand, zusammenzubrechen.

»Wenn Euch dieses Land wirklich am Herzen liegt«, sagte sie,»dann helft mir, anstatt mich zu bedrängen.«

Und wie stellt sie sich das vor?»Indem ich hier sitze und den Schiffen auf dem Fluss zusehe, während uns die Zeit davonläuft?«

Nemera holte tief Luft.»Ja. Genau das erwarte ich von Euch. Die Elfen werde ich offiziell als Gesandte empfangen, um den Anschein zu wahren, aber *Ihr* werdet dieses Stockwerk nicht verlassen. Gerade so, als gäbe es Euch nicht. So lange, bis mein Urteil über Euch feststeht.«

»Ich bin also Euer Gefangener?«

»Das liegt im Auge des Betrachters. Aber wenn Ihr flieht oder gegen meine Anweisung öffentlich in Erscheinung tretet, um Anhänger zu gewinnen, wird mich das nicht gerade von Euren guten Absichten überzeugen.«

Davaron sah zu, wie Harud den Dolch zog und mit ein paar sägenden Bewegungen das Handgelenk des Untoten durchtrennte. Der Wiedergänger hielt still, wie es ihm befohlen worden war. Obwohl Davaron es schon so oft beobachtet hatte, erstaunte es ihn noch immer, dass sich nur ein fadendünner Spalt zwischen Arm und Hand bildete. Als Harud die Hand losließ, fiel sie nicht zu Boden, und der Untote konnte sie bewegen, als sei nichts geschehen.

»Das Beschwören ist einfach«, behauptete der Nekromant. »In letzter Zeit ist es so leicht, dass man glauben könnte, die Seelen stehen dafür Schlange. Die Schwierigkeit besteht darin, sie zu beherrschen.«

»Wie stellt man es am besten an?«, wollte Davaron wissen.

»Es gibt keinen Kniff oder so etwas. Beherrschung ist eine Frage der Willenskraft«, betonte Harud. »Habt Ihr Euch noch nie gefragt, weshalb diese Hand noch an ihrem Platz ist?«

Davaron verzog das Gesicht. Sollte der Mensch nicht aufhören, ihn wie einen dummen Jungen zu behandeln, würde er ihm zeigen, was mit einer lebendigen Hand passierte, wenn man sie abschnitt. »Doch. Ständig.«

»Es liegt daran, dass die beschworene Seele den toten Leib nicht mehr benutzen kann wie einen lebenden. Wir beugen einen Arm, indem wir Muskeln anspannen. Aber diese ausgetrockneten Muskeln …« Der Nekromant schlug mit der Faust auf den Arm des Untoten, dass es knirschte. »… sind erstarrt. Selbst bei einem frischen Toten sind sie zu nichts mehr nütze. Sie bleiben schlaff, egal, welche Bewegung ein Untoter ausführt. Was die Körper der Wiedergänger antreibt – und zusammenhält –, ist der Wille der beschworenen Seele.«

Davaron musterte den Untoten mit neuen Augen. Das halb verweste Gesicht, dessen vertrocknete Reste Teile des Schädels freigaben, sah abstoßend und nicht gerade intelligent aus, aber irgendwo dahinter war ein Geist, der diesen Leib beherrschte und jedes ihrer Worte verstand.

»Wer über sie gebieten will, braucht einen stärkeren Willen als sie«, erklärte Harud. »Die wenigsten Neulinge haben den, also müsst Ihr üben. Nehmt seine Hand!«

Rasch packte Davaron zu, bevor ihn der Anblick zögern lassen konnte. Das Gebilde aus Knochen, Sehnen und aufgeplatzter Haut war verblüffend leicht und musste jeden Augenblick unter seinem festen Griff zerfallen. Er hörte das Knistern. Risse bildeten sich. Doch es rieselten nur ein paar winzige Fetzen zwischen seinen Fingern hindurch. Der Rest blieb eine zusammenhängende Hand.

»Die Übung besteht nicht darin, sie zu zerquetschen«, spottete Harud.»Ihr sollt den Willen des Untoten brechen, indem Ihr Euch als stärker erweist.«

»Und woher weiß ich, wann ich gewonnen habe?«

»Ich will, dass Ihr ihm die abgeschnittene Hand abnehmt. Wenn Ihr sie von seinem Körper trennen könnt, habt Ihr ihn besiegt. Wehe, du lässt ihn gewinnen!«, blaffte er den Wiedergänger an.»Ich befehle dir, deine Hand zu behalten!«

Davaron zog die Brauen zusammen. Man benötigte die Kraft eines Trolls, um einen Untoten zu zerpflücken, aber selbst dann fügten sich ihre Glieder sofort wieder zu einem Ganzen. Wie sollte er das schaffen?

»Oh«, entfuhr es Harud,»und nicht schummeln! Den Untoten bis auf die Hand zu verbrennen, zählt nicht. Seinen Körper zu zerstören, bedeutet nicht, dass sein Wille gebrochen ist. Er ist dann lediglich eine heimatlose Seele.«

Der Nekromant ging hinaus und ließ Davaron allein mit dem Wiedergänger zurück. Es war so still in der fensterlosen Kammer, dass Davaron seinen Atem hörte. Nur eine Talglampe, deren ranziger Geruch keinen Deut angenehmer war als der Modergestank des Wiedergängers, spendete etwas Licht. Warum mussten die Nekromanten in Höhlen hausen wie Zwerge? Diese ständige Düsternis schlug ihm aufs Gemüt. Wenn er diesen Unfug möglichst schnell hinter sich brachte, konnte er vielleicht wieder mit Sethon eine Runde um den Innenhof drehen, um etwas Luft und Sonne zu erhaschen.

»Mir geht es nicht darum, dich zu beherrschen«, eröffnete er dem Untoten.»Mir ist scheißegal, was du treibst. Ich will nur lernen, eine Seele in ihren Körper zurückzurufen. Also gib mir einfach deine Hand, und wir erzählen Harud, ich hätte dich besiegt. Spart uns beiden Zeit und Mühe, und du wärst der Freiheit einen erfüllten Befehl näher.« Der Wiedergänger blieb so stumm wie erwartet. Mit keiner Regung zeigte er, ob er Davaron gehört hatte oder einverstanden war. Davaron zog an der Hand. Der untote Körper neigte sich ihm entgegen, als hätte er an einer Statue gezerrt, die nun drohte, auf ihn zu kippen. *Das heißt dann wohl: Nein.* »Hast du Angst vor ihm? Harud wird nicht merken, dass ich ihn belüge.« Die leeren Augenhöhlen starrten durch ihn hindurch. »Vielleicht bist du doch dümmer, als ich dachte.« Aber möglicherweise *konnte* der Wiedergänger Harud nicht hintergehen. Was verstand er schon von den Gesetzmäßigkeiten dieser fremdartigen Magie, die nicht auf der Macht über die Elemente, sondern auf dem Beherrschen anderer basierte? Doch wenn diese jämmerlichen Menschen es konnten, würde er sie ebenfalls meistern.

Grob packte er den Untoten bei den Schultern und schob ihn zur Wand, damit er nicht umkippen konnte. Erneut ergriff er die mumifizierte Hand. Aber anstatt nur daran zu ziehen, stemmte er den Wiedergänger zugleich mit dem Fuß gegen die Wand. Der dünne Spalt im Handgelenk wurde keine Spur breiter. Davaron verstärkte den Druck. Eine erste Rippe knackte. Krachend gaben gleich mehrere Knochen nach, und im nächsten Augenblick steckte sein Fuß im Brustkorb der Leiche. Die Hand war dagegen noch immer an ihrem Platz.

Wütend zerrte Davaron den Fuß heraus und trat noch einmal zu, nur um die morschen Knochen zersplittern zu sehen. »Ins Nichts mit dir!« *Ach nein, genau dort willst du ja hin.* Davaron wandte sich ab und marschierte ziellos durch den Raum, um seinen Zorn zu kühlen. Gewalt würde ihn ebenso wenig weiterbringen wie Betrug. Ihm fiel wieder ein, dass auch Athanor den untoten König Theroias nicht mit der Kraft seiner Arme besiegt hatte. Am Ende war es nur ein Faustschlag gewesen. Wie hatte er das angestellt? Verfügte Athanor etwa über mehr Willensstärke als er?

Er hat seine Kraft aus dem Wissen geschöpft, dass er im Recht war und für uns alle kämpfte. Davaron hielt inne. *Und was nützt mir das jetzt?* Die Nekromanten konnten nicht gerade dasselbe behaupten und beherrschten die Untoten trotzdem. Aber vielleicht war entscheidend, dass sie *glaubten*, dazu berechtigt zu sein. *Hm.* Nachdenklich wandte er sich dem Wiedergänger zu. Lag das Geheimnis darin, dass er im Grunde daran zweifelte, das Richtige zu tun? Dass er einen Anflug von Mitleid mit dieser versklavten Seele empfand?

Dann wurde es Zeit, sich seine Ziele wieder vor Augen zu führen. Wenn dieser Mist notwendig war, um das Unrecht ungeschehen zu machen, das die Chimären seiner Frau und seiner Tochter angetan hatten, dann musste er es eben tun. Was war schon das vorübergehende Leid eines toten Menschen gegen ein neues Leben für Eretheya und Mevetha?

Entschlossen trat er vor den Untoten und wollte erneut dessen Hand ergreifen, als sich draußen hastige Schritte näherten. Im nächsten Augenblick riss Harud die Tür auf. »Ein Novize hat die Kontrolle über seine Toten verloren! Wir brauchen Eure Hilfe – schnell!«

Gemeinsam rannten sie mehrere Treppen hinab, tiefer in den Berg hinein. Der Gang am Fuß der Stufen wurde nur von vereinzelten Fackeln erhellt. Das zunehmende Gestein über ihnen beunruhigte Davaron. Er erinnerte sich noch gut daran, wie seine Magie im Zwergenreich mit einem Mal verschwunden war, als er unvermittelt einem Trupp Wächter mit mannshohen Langäxten gegenübergestanden hatte. »Ist es noch weit?«

»Nein, gleich da vorn«, keuchte Harud und deutete den Gang entlang.

Warum kam ihnen eigentlich kein anderer Magier zu Hilfe? Diese Nekromanten waren unfassbar feige. Sobald sie sich nicht mehr hinter ihren Untoten verschanzen konnten, machten sie sich aus dem Staub.

»Hier!« Harud riss eine Tür auf und hielt sie offen. Davaron stürmte mit dem Armstumpf am Sternenglas über die Schwelle. Im gleichen Moment erlosch das spärliche Licht. Die Tür fiel hinter ihm zu. In der Dunkelheit ertönte ein Knurren.

16

Eleagon stand am Fenster und sah auf die nächtliche Stadt hinab. Vindurs Schnarchen machte es leicht, Wache zu halten, doch Eleagon empfand ohnehin kein Bedürfnis nach Schlaf. Zu viel hallte in ihm nach. Am Morgen noch hatte er mit Berelean gesprochen, und nun lag das jüngste Mitglied seiner Mannschaft tot in der Wüste. Nach altem Brauch hatten sie ihn abseits des Wegs, oberhalb der Felswand, zurückgelassen, damit sein Körper wieder Teil des Seins werden konnte. Aber beim Gedanken an Bereleans Seele, die nun von den Jägern ins Schattenreich gezerrt wurde, weil er fern des Ewigen Lichts gestorben war, plagte ihn sein Gewissen.

Diese Menschen haben mich schon zwei Gefährten gekostet. Vielleicht waren die Gesetze der Ahnen doch weiser, als er geglaubt hatte. Wie es schien, töteten Menschen ständig und aus unerfindlichen Gründen. Es lag wohl einfach in ihrer Natur, auch wenn sie gastfreundlich und hilfsbereit, sogar aufopfernd und Elfen in Verehrung zugetan sein konnten. Aber was nützten diese guten Eigenschaften, wenn sie jederzeit in ihr Gegenteil umschlagen konnten?

Es ist zu spät. Er hatte schon zu viel geopfert, um jetzt mit leeren Händen umzukehren. Wie sollte er Leonems und Bereleans Familien erklären, wofür sie gestorben waren, wenn er nur mit der Geschichte von einem gefährlichen Menschenreich zurückkehrte? Einem Reich, das außerdem bald von der Welt verschwunden sein würde, wenn es Athanor nicht gelang, etwas davon zu retten. *Nicht gerade die Art Entdeckung, die mir denselben Ruhm wie Eleagon dem Kühnen einbringt.* Wenn er seinen berühmten Vorgänger übertreffen wollte, musste er mehr leisten, als nur dessen Bericht zu bestätigen. Er musste helfen, Dion zu bewahren, damit die Abkömmlinge Thalas durch Handel zu größerem Ansehen unter den Elfenvölkern gelangten. Vielleicht würden sie ihn dann eines Tages zum Ältesten wählen. Welche Verdienste hatte Kalianara im Vergleich schon vorzuweisen?

Das Klappern von Hufen auf Stein lenkte seinen Blick auf die äußeren Bereiche des Palasts hinab. In der Dunkelheit war der Reiter kaum mehr als ein Schemen, doch dann fiel der Schein einer Fackel auf ihn. *Akkamas?* Sein markantes Pferd war im Pfeilhagel gefallen, sodass er ein nichtssagend braunes Tier ritt, doch an den Säumen des Kettenhemds blitzte Gold, und Eleagon glaubte, seine halblangen schwarzen Locken zu erkennen. Wohin wollte der Mensch mitten in der Nacht? Reiste er ab, ohne sich zu verabschieden? Seine Männer waren nicht bei ihm, doch sie konnten sich wie so oft in einer Taverne herumtreiben, wo er sie nur einsammeln musste. Akkamas mochte wortgewandt sein, aber Eleagon traute ihm nicht. Obwohl er Magie in ihm spürte, hatte er Akkamas noch nie zaubern gesehen, und wenn Meriothin versuchte, den Menschen nach seinen Kenntnissen auszufragen, wand er sich stets geschickt heraus. Wer war Akkamas wirklich? Stand er auf Athanors Seite? Er durfte sich nicht davon blenden lassen, dass die beiden wie alte Freunde wirkten.

Eleagon streifte seine Kleider ab und rief sich ins Gedächtnis, wie es war, ein Seelenvogel zu sein. Er hatte diesen Zauber lange nicht mehr gewirkt, doch um zur See fahren zu dürfen, hatte er ihn als Junge so oft geübt, bis Erinnern und Verwandlung fast eins waren. Alles um ihn herum wurde größer, während er schrumpfte. Das Mondlicht strahlte heller, und er sah eine Laus über Meriothins Decke kriechen, obwohl sie sich am anderen Ende des Zimmers befand. Die kleinen Krallen an seinen Schwimmfüßen klickten auf dem Steinboden. Er kam sich steif vor, während er unter das Fenster stakste. Sein wankender Gang erinnerte ihn an eine Ente. Seelenvögel waren nicht dafür gemacht, auf der Erde herumzulaufen.

Wie von selbst flatterte er mit den Flügeln, um den Sprung aufs Fensterbrett zu schaffen. Dort saß er und zögerte vor dem Abgrund. *Dieser Körper weiß, was zu tun ist. Los!* Sein Herz pochte bis zum Schnabel, als er die Schwingen ausbreitete und sich fallen ließ. Aus der Stadt, die die Sonne den Tag über aufgeheizt hatte, stieg noch immer warme Luft auf. Eleagon spürte sie unter den Flügeln. Er hörte auf, hektisch zu flattern, und erinnerte sich an die Seelenvögel über dem Ozean. Nach ihrem Vorbild glitt er über den Palast und schlug nur noch hier und da mit den Schwingen, um die Höhe zu bestimmen. *Ich kann es noch immer!* Das Hochgefühl des Fliegens, in dem man sich so leicht verlor, streifte ihn.

Rasch lenkte er deshalb den Blick auf die Straßen vor dem Palast. Das Licht zahlloser Lampen auf den flachen Dächern erhellte die Stadt. Mitternacht war nicht mehr fern, aber viele Ehalaer saßen noch bei Wein und Musik zusammen, um die lauen Stunden zu genießen, bevor es zu kalt wurde.

Wieder hörte Eleagon Akkamas' Pferd, bevor er ihn sah, und flog einen Kreis, um nach ihm zu spähen. Weit und breit war kein anderer Reiter unterwegs. Nur Hunde streunten durch die Gassen und scheuchten Ratten auf.

Akkamas ritt gen Fluss und bog auf die Prachtstraße ab, auf der zu dieser Stunde zwar deutlich weniger, aber doch noch etliche Leute unterwegs waren. Als jemand auf Eleagon zeigte, schlug er rasch mit den Flügeln, um an Höhe zu gewinnen. Ein großer weißer Seevogel erregte so weit von der Küste entfernt zu viel Aufmerksamkeit. Außer ihm flatterten nur Fledermäuse umher, die vom Lampenlicht angezogene Falter jagten.

Akkamas folgte der breiten Straße flussaufwärts nach Westen. An seinem Sattel hingen Taschen, und er hatte einen zusammengerollten Umhang oder eine Decke darübergeschnallt. Es sah nicht aus, als ob er nur einen Spazierritt machte, was nach einem so anstrengenden Tag ohnehin nicht Menschenart gewesen wäre. Aber wo wollte er hin?

Bald hatte der Mensch den Stadtrand erreicht und schlug einen Weg durch die Gärten am Fluss ein. Eleagons Unruhe wuchs. Wie weit sollte er ihm folgen? Er konnte ihm nicht tagelang auf den Fersen bleiben, ohne die Gestalt zu wechseln, und dann würde er nackt in der Wüste stehen.

Plötzlich hielt Akkamas an und sprang aus dem Sattel. Brach er doch nicht zu einer längeren Reise auf? Er ließ das Pferd angebunden stehen und betrat einen der Gärten. Rasch glitt Eleagon tiefer, um ihn zwischen den Bäumen nicht aus den Augen zu verlieren. In den Schatten wartete ein anderer Mann.

Unbeholfen ließ sich Eleagon auf einem Ast über dem Fremden nieder und verfluchte sich für das laute Flattern. Neugierig spähte er durch das Laub. Der Fremde war ähnlich wie Akkamas' Krieger in dionische Gewänder und einen Lederharnisch gekleidet. Gerade so wie die Männer, die sie überfallen hatten. Nervös sah sich der Fremde um, bevor er sich hastig vor Akkamas verneigte. »Ich bin hier, Herr, wie ich es versprochen habe. Habt Ihr das Geld?«

Akkamas zog einen kleinen Lederbeutel aus den Falten seines Ärmels. »Natürlich. Aber hast du auch eine Antwort für mich?«

Erneut blickte sich der Fremde um, als fürchte er, jeden Augenblick ertappt zu werden. »Ich … ich bin der Regentin treu ergeben. Nur deshalb bin ich hier. Ihr werdet mich nicht verraten?«

»Sei unbesorgt. Von mir wird niemand etwas über diesen Handel erfahren.«

»Also gut.« Der Unbekannte senkte die Stimme. »Es war Hamon.«

»Der Erste Kämpfer selbst?«, vergewisserte sich Akkamas.

»Ja.«

»Und die Regentin?«

»Ich glaube, sie weiß nichts davon. Er hält sie für zu schwach, um Härte zu zeigen.«

»Hat er das gesagt?«

Der Fremde machte eine vage Geste. »Nicht direkt. Aber wer Ohren hat, kann es heraushören, wenn er über sie spricht.«

Akkamas nickte. »Das genügt mir. Du kannst gehen.« Er warf dem einfachen Krieger den Geldbeutel zu und trat zur Seite.

»Danke, Herr.« Der Mann verneigte sich noch einmal und eilte davon.

Eleagon lauschte auf die Schritte, die sich rasch entfernten, doch Akkamas stand noch immer unter dem Baum und sah nun in die Krone hinauf.

»Eleagon? Ich weiß, dass Ihr da oben sitzt.«

Vor Schreck entfuhr Eleagon ein leiser Möwenschrei.

»Fliegt zum Palast zurück und warnt Athanor! Es ist Hamon, der ihn tot sehen will.«

Ja, aber...

»Ich kann es ihm nicht selbst sagen. Ich muss fort.«

Traue niemals einem Menschen. Davaron hätte sich vor Wut über seine Dummheit ohrfeigen können, doch stattdessen riss er das Schwert heraus. Das Knurren kam von mehreren Seiten. Er hörte tierhaftes Schnüffeln, aber noch schienen die Bestien ebenso von der Dunkelheit überrascht wie er. Füße schleiften über Steinboden. Das Geräusch hallte so laut, dass er sich in einem unerwartet großen Raum befinden musste. Wie viele Gegner hatten ihn umzingelt? Mithilfe der Magie spürte er ihrer Wärme nach und entdeckte die erstaunlich blassen Umrisse mehrerer menschlicher Körper. Sie konnten nicht tot sein. Wiedergänger hoben sich nicht von der Luft ab, die sie umgab. Aber das Feuer lebendiger Wesen brannte nur noch schwach in ihnen. Dennoch bewegten sie sich, kauerten sich zum Sprung. Fünf Schemen, deren Knurren Davaron an das Mädchen aus Kurran erinnerte.

Für einen Augenblick richtete er seine ganze Zauberkraft auf eine Gestalt. Ihr blasses Abbild loderte grell auf und barst von innen zu einem Flammenregen. Geblendet kniff Davaron die Augen zusammen. Vier verbliebene Gegner stürmten blindlings auf ihn zu. Bevor er seine gebündelte Magie erneut auf einen von ihnen richten konnte, war der erste heran. Davaron schwang die Klinge, die mühelos durch die angreifenden Arme schnitt. Er hörte die abgetrennten Glieder auf den Boden fallen, spürte, wie ihn spritzendes Blut traf. Dann war er darunter weggetaucht und hinter den Todgeweihten gelangt, der ächzend weitertaumelte.

Fäulnisgestank warnte ihn einen Lidschlag, bevor ihn ein Verfluchter von der Seite ansprang. Er drehte sich weg, tänzelte rückwärts, um Zeit für einen Zauber zu gewinnen, doch schon warf sich ein anderer auf ihn – die schwarzen Leichenfinger nach ihm ausgestreckt, als seien es Klauen. Davaron sank auf ein Knie, zog das Schwert in einem Bogen mitten durch den Leib des Gegners. Die Klinge fuhr so glatt hindurch, dass der Oberkörper des Verfluchten über Davaron hinwegstürzte und der Rest vor ihm zusammensackte, während der Elf aufsprang.

Der Gegner, vor dem er zurückgewichen war, erreichte ihn in diesem Moment. Die verwesenden Finger krallten sich in Davarons Robe. Knurrend versuchte der Angreifer, die Zähne ins Gesicht des Elfs zu schlagen. Davaron stemmte seinen Armstumpf gegen die Brust des Gegners und nahm den Kopf zurück, so weit es ging. Seine äußerste Handfläche berührte den glatten, kühlen Kristall am Schwertknauf. Er zwang sich zur Ruhe, sandte magische Hitze in die Fetzen, die um den Leib des Halbtoten hingen. Bläuliche Flammen sprangen auf. Kreischend ließ der Verfluchte von ihm ab, um mit den Händen auf das Feuer einzuschlagen.

Das Geschrei übertönte die Schritte hinter Davaron. Zu spät fuhr er herum. Nach Verwesung stinkende Finger stachen in sein Gesicht. Seine Lippen wurden gegen die Zähne gepresst. Ein jäher Schmerz in einem Auge ließ ihn aufschreien, als auch schon der Körper des Angreifers gegen ihn prallte. Für einen Moment bestand die Welt nur noch aus Fallen, Knurren und Qual, dann schlug er mit dem Rücken auf dem Boden auf, drehte den Kopf, um ihn vor dem schlimmsten Aufprall zu schützen. Dunkelrote Wolken explodierten vor seinen Augen – oder darin? – und raubten ihm die Sicht auf den Gegner. Dessen Hand krallte sich noch immer in sein Gesicht. Davaron wand sich, sah endlich wieder etwas, bekam den Schwertarm frei, als sich Fingernägel in seinen Hals gruben. Mit aller Kraft stieß er zu, trieb die Schwertspitze in den Bauch des Wesens, das bei lebendigem Leib verweste. Kurz hielt es inne, bevor es tobte wie ein wütender Bär.

Davaron rang mit der Bestie, wälzte sich mit ihr zur Seite und konnte endlich die Klinge wieder aus ihrem Rumpf ziehen. Erneut bohrten sich die Finger in seinen Hals. Er spannte die Muskeln dagegen an, doch er wusste, es würde ihn nicht retten, wenn die Nägel eine Ader zerfetzten. Verzweifelt brachte er einen Fuß zwischen sich und den Verfluchten und trat so heftig zu, wie er konnte. Der Griff löste sich, als sein Gegner davongeschleudert wurde.

Atemlos sprang Davaron auf, schnellte vor, während auch sein Gegenüber auf die Beine kam. Die Klinge blitzte im Licht ersterbenden Feuers und fuhr durch den Hals des Feinds. Davaron sah nicht zu, wie der Schädel zu Boden fiel. Er drehte sich hastig um, versuchte, den Raum zu überblicken, bevor die letzte Flamme erlosch. Ein Verfluchter stand noch. Mehr sah er nicht, bevor sich wieder Dunkelheit über den Raum legte. Rasch beschwor er erneut seine Magie herauf. Eine lauwarme Gestalt wankte durch die Finsternis auf ihn zu. *Hast du noch nicht genug Feuer geschmeckt, Drecksbiest?*

Dieses Mal wandte er sich ab und hob den Arm vors Gesicht, um seine Augen vor der jähen Helligkeit zu schützen. Flammen so abrupt aus einem lebendigen Körper schlagen zu lassen, erforderte viel Macht, doch Davaron war zornig, und der Astarion verlieh ihm genug davon. Zufrieden sah er, wie der brennende Gegner endlich zusammenbrach.

Irgendwo über ihm klatschte jemand Beifall. Alarmiert blickte Davaron nach oben. Der Raum war so hoch, dass unter der Decke genug Platz für eine Empore blieb, auf der Harud stand und applaudierte. Doch im nächsten Augenblick verschwamm seine Gestalt, und stattdessen sah Sethon auf Davaron herab.

»Eine beeindruckende Vorstellung«, lobte der Großmeister. »Ich wollte wissen, was Ihr könnt, und Ihr übertrefft meine Erwartungen.«

Der Mistkerl kann tatsächlich die Gestalt wechseln!

»Ich hoffe, Eure Verletzungen schmerzen nicht zu sehr. Harud wird Euch zu jemandem bringen, der sich darum kümmert.«

Athanor marschierte so oft in seinem Zimmer auf und ab, dass es ihn nicht erstaunt hätte, eine Rinne in den Steinfliesen zu sehen. Seit die anderen zur Audienz bei Nemera gegangen waren, zog sich der Tag endlos in die Länge. Hinzu kam, dass er sich mit schalem Wasser und altbackenem Brot aus ihren Vorräten begnügte, denn seit Eleagon Akkamas' Warnung ausgerichtet hatte, rührten sie nicht mehr an, was die Diener ihnen brachten. Wenn sich Hamon nicht scheute, sie hinterrücks erschießen zu lassen, schreckte er auch vor Gift nicht zurück. *Hadons Fluch!* Warum verschwand Akkamas einfach und ließ ihn ohne diesen Zeugen oder einen anderen Beweis zurück? Er konnte nicht mit leeren Händen zu Nemera laufen und ihren altgedienten Ersten Kämpfer anklagen. Sie würde ihm niemals glauben, wenn sein Wort gegen das des ehrwürdigen Veteranen stand.

Wo musste Akkamas überhaupt so dringend hin? Eleagon sagte, er sei nach Westen geritten, obwohl Katna südöstlich lag. Wenn Akkamas seine Herrin vor den Drachen warnen wollte, ergab die Richtung nicht den geringsten Sinn. Spielte der Kerl etwa auch ein doppeltes Spiel?

Ein leises Klopfen an der Tür riss ihn aus seinen Gedanken. Sofort legte er die Hand an den Schwertgriff. »Ja?«

»Ich komme im Auftrag der Regentin«, ertönte eine brüchige Stimme. »Darf ich eintreten?«

Athanor runzelte die Stirn. Es klang nach einer alten Frau, aber er behielt die Hand lieber an der Waffe. »Nur zu! Die Tür ist offen.«

Die Fremde war vom Alter gebeugt und stützte sich auf einen mit silbernen Symbolen überzogenen Stab. Ihr Haar war so weiß wie die Robe, in die sie ihren gebrechlich wirkenden Körper gehüllt hatte. Doch ihre wässrig blauen Augen täuschten Athanor nur für einen kurzen Moment. Sobald er ihrem Blick begegnete, erkannte er die Stärke und den wachen Geist darin.

»Wer seid Ihr?«

Sie lächelte melancholisch. »Nur noch ein Schatten meiner Selbst. Wünscht Ihr Euch, alt zu werden? Überlegt es Euch noch einmal. Jede Treppenstufe wird zu einer Qual, und es gibt keine Hoffnung, dass es jemals wieder anders werden könnte.«

»Vielleicht könnte Meriothin, ein Elf in meiner Begleitung, Euch heilen«, bot Athanor an. Es konnte ihm Nemeras Vertrauen einbringen, wenn er sich hilfsbereit zeigte.

Die Alte winkte ab. »Aus einem morschen Ast wird kein

biegsamer Zweig mehr, nur weil Ihr oder ich uns das wünschen.
Setzt Euch!«
»Ihr habt mir immer noch nicht gesagt, wer Ihr seid.«
Sie richtete sich auf, so weit es der gekrümmte Rücken zu-
ließ. »Ich bin die Großmeisterin des Magierordens.« Erneut
entdeckte er Wehmut in ihren Zügen. »Oder besser dessen, was
von ihm übrig ist.«
Unwillkürlich straffte sich auch Athanor. Wer konnte wissen,
wie viel die Magierin mit den Nekromanten gemeinsam hatte?
»Und was wollt Ihr von mir?«
»Ich soll mir einen Eindruck von Euch verschaffen. Also
setzt Euch endlich hin und lasst uns reden.«
Zum Dunklen mit dem ewigen Gerede! Doch wenn er Nemera
überzeugen wollte, musste er das Aushorchen über sich ergehen
lassen. »Bringen wir's hinter uns«, brummte er und wollte zur
Fensterbank hinübergehen.
»Nein, setzt Euch aufs Bett! Ich will nicht, dass Ihr mir aus
dem Fenster fallt.«
War die Alte noch ganz richtig im Kopf?
»Glaubt mir, es ist nur zu Eurem Besten«, behauptete sie.
Kopfschüttelnd ließ sich Athanor auf der Bettkante nieder. Je
weniger er widersprach, desto schneller ging diese Farce hoffentlich vorbei.
Die Magierin stellte sich gerade so weit von ihm entfernt
vor ihn, dass sie ihm mühelos in die Augen sehen konnte. Mit
einem Mal wurde ihr Blick härter, als wollte sie Athanor an
seinen Platz bannen. Zauberte sie etwa? Seine Hand kehrte zum
Schwertgriff zurück.
»Ihr werdet Eure Waffe nicht brauchen. Sagt mir einfach,
was ich wissen will.«
Ihre Worte hallten in seinem Innern wider. »*Sagt mir einfach, was ich wissen will ...*« Woher sollte er denn wissen ...
»*Sagt mir einfach, was ich wissen will ...*« Was ...
Ihm war, als erwache er aus einem Traum. Verwirrt schüt-
telte er den Kopf, um seine Gedanken zu klären. »Entschuldigt.
Was habt Ihr gesagt?«
Die alte Magierin lächelte. »Ich habe Euch für Eure Antwor-

ten gedankt. Ihr seid ein interessanter Mann.« Auf ihren Stab gestützt, ging sie zur Tür.

Athanor sprang auf. »Was soll das heißen? Ihr habt mich doch gar nichts gefragt.«

»Seht nach dem Sonnenstand, Herr. Ihr habt mir eine Geschichte erzählt, wie ich sie noch nie gehört habe. Sie ist traurig, aber ich hoffe, dass sie mein Volk vor dem Untergang bewahren wird.«

Flüchtig warf Athanor einen Blick auf die länger gewordenen Schatten. Er schwankte zwischen Unglauben und Entsetzen.

»Ihr habt mich verhext!«

»Ich bin die Großmeisterin meines Ordens. Was habt Ihr erwartet?«, fragte sie und zog die Tür hinter sich zu.

»Du siehst aus, als hättest du in den Schlund eines Drachen geblickt«, stellte Vindur fest. »Verdammte Hexe! Zum Glück ist nichts passiert.«

Nichts passiert? Athanor lief es kalt den Rücken hinab. »Es ist, als hätte es diesen halben Nachmittag nie gegeben. Diese Hexe könnte mich gefragt haben, in welcher Stellung ich es am liebsten treibe, und ich soll so tun, als wäre nichts geschehen? Sie hätte mir ebenso gut einen Gifttrank reichen können. Hätte ich dann nicht einmal gemerkt, dass ich sterbe? Es kommt mir vor, als hätte sie mich an einer Kette herumgeführt wie einen Tanzbär, und ich kann mich nicht einmal daran erinnern!«

»Schon gut«, brummte Vindur. »Ich bin auf deiner Seite. Diese Magier sind die Pest!«

»Wenn ich wenigstens wüsste, wie ich mich dagegen wehren kann! Sie könnte es jederzeit wieder tun.«

»Zauberern muss man zuvorkommen«, befand Vindur und legte die Hand an die Axt. »So haben wir es ...«

Ein Hämmern gegen die Tür unterbrach ihn. »Aufmachen!«, verlangte Hamon.

Der Dreckskerl hat mir gerade noch gefehlt. »Was wollt Ihr schon wieder?« Athanor bedeutete Vindur, sich hinter der Tür bereitzuhalten, falls Hamon mit gezogener Waffe hereinstürmte. Vorausschauend zog sich der Zwerg weit genug zurück, um

320

nicht getroffen zu werden, wenn die Tür wieder gegen die Wand krachen sollte.

»Ich muss Euch sprechen«, ertönte Nemeras Stimme. *Dann wird sich ihr Erster Mörder hoffentlich beherrschen.* Athanor öffnete. Im Licht der Öllampe, die von demselben Diener gebracht worden war wie das Abendessen, betraten Hamon, Nemera und die Großmeisterin den Raum. Beim Anblick der Alten stieg jähe Wut in ihm auf. »Ihr wieder! Ich warne Euch. Ein falscher Blick, und ich erlöse Euch auf ewig vom Treppensteigen!«

Nemera sah ihn irritiert an, während die Großmeisterin beschwichtigend die Hände hob.

»Da habt Ihr es«, triumphierte Hamon grimmig. »Er droht vor Euren Augen, Eure engsten Vertrauten zu töten!«

»Zu Recht!«, schnappte Vindur. »Sie hat mit ihrer Hexerei seinen Geist vernebelt, als hätte er ein Fass Bier geleert. Ist das in Eurem Land etwa ehrenhaft?«

»Es ist ehrenhaft, wenn es dem Ziel dient, dieses Land zu retten«, befand die Großmeisterin.

»Ich bin nicht hier, um über Ehre zu streiten«, wehrte Nemera ab. »Wenn es um das Wohl Dions geht, muss ich tun, was getan werden muss. Ich bitte Euch dafür um Verzeihung«, wandte sie sich an Athanor, »aber das ändert nichts daran, dass ich wieder so handeln würde. Nun weiß ich, dass ich Euch trauen kann, und das ist zu unser aller Nutzen.«

»Ich bestehe darauf, dass das Ganze immer noch ein raffinierter Plan sein kann, um Euch in Sicherheit zu wiegen«, beharrte Hamon mit einem feindseligen Seitenblick auf die Magierin.

Er traut ihr nicht? Athanor fiel wieder ein, dass der Erste Kämpfer bereits Nemeras Vater gedient hatte, der von einem Zauberer ermordet worden war. Wenn tatsächlich so gut wie alle Magier tot oder zu den Nekromanten übergelaufen waren, hatte er gute Gründe, die Loyalität der Alten zu bezweifeln.

»Hamon, Ihr habt mir Eure Meinung in dieser Angelegenheit so oft zu Gehör gebracht, dass ich Eurer allmählich überdrüssig werde«, drohte die Regentin. »Ich schätze Eure Sorge um mich, aber in diesem Fall scheint sie mir unbegründet.«

Athanor glaubte, den alten Krieger mit den Zähnen knirschen zu hören. Nemera ging zum Fenster und setzte sich, ohne Hamon weiter zu beachten. Wie ein treuer Wachhund folgte er ihr und verstand es, sich gleichzeitig im Hintergrund und doch zwischen seiner Herrin und Athanor zu halten. Auch die Großmeisterin schleppte sich an ihrem Stab zur Fensterbank. Sie wirkte müde und noch zerbrechlicher als am Mittag.

Vielleicht sollte sie in ihrem Alter nicht mehr so viel zaubern, grollte Athanor, bevor er den Blick wieder auf Nemera richtete.

»Ich habe über Eure Worte nachgedacht«, eröffnete sie ihm. »Noch glaube ich an die Verheißung des Großen Drachen – wie man es uns alle von Kindesbeinen an gelehrt hat. Aber ich kann leise Zweifel nicht länger leugnen. Die Zeit rinnt uns wie Sand durch die Finger, und ich muss weiter vorausschauen als mein Volk. Nehmen wir daher für einen Moment an, dass Ihr recht behaltet und der Große Drache uns nicht zu Hilfe kommen wird. Was ratet Ihr mir? Was kann ich tun, um mein Land zu schützen?«

Endlich nimmt jemand Vernunft an. Athanor spürte, wie sein Tatendrang zurückkehrte. Es galt, so schnell wie möglich … *Ja, was eigentlich?* »Ihr solltet auf Vindurs Rat hören. Die Zwerge sind das einzige Volk, das den Drachen seit Jahrtausenden widersteht, ohne dafür Magie zu benutzen wie die Elfen.«

»Ihr *habt* Zauberer auf Eurer Seite«, betonte die Großmeisterin. »Wir mögen nur noch eine Handvoll sein, aber wir werden alles tun, was in unserer Macht steht.«

Nemera beugte sich hinüber und berührte liebevoll die Hand der Magierin. »Das weiß ich doch. Aber Ihr seid mehr als genug damit beschäftigt, mir Sethon vom Hals zu halten und die ärgste Not auf den Feldern zu lindern. Ich kann Euch nicht noch mehr Aufgaben aufbürden.«

In Hamons Züge stahl sich Abscheu. Dass seine Herrin der Alten so bedingungslos vertraute, musste ein Stachel in seinem Fleisch sein.

»Auf jeden Fall werdet Ihr Euch von dem Gedanken verabschieden müssen, das ganze Land zu retten«, sagte Athanor bedauernd.»Im Grunde haben wir nicht einmal mehr genug Zeit, um diese Stadt zu befestigen, aber wir müssen es versuchen.«

Nemera sah ihn entsetzt an.»Aber ich kann doch die Menschen an der Küste und in den Oasen nicht einfach im Stich lassen!«

Athanor wusste zwar nicht, was eine Oase sein sollte, doch diese Orte waren ebenso verloren wie Marana oder Katna. »Sendet in alle Richtungen Boten aus, um Eure Untertanen zu warnen, und empfehlt Ihnen, hierherzukommen. Mehr könnt Ihr für sie nicht tun. Glaubt mir. Ihr müsst Eure Kräfte jetzt bündeln, wenn Ihr überleben wollt.«

Schritte auf dem Gang lenkten aller Aufmerksamkeit auf die Elfen, die Vindur einließ.

»Wir hörten Stimmen und fragten uns, ob Ihr unsere Hilfe braucht, Athanor«, erklärte Eleagon. Seinen Ohren war der Streit also nicht entgangen.

Hamon musterte die Elfen misstrauisch, während sie sich im Raum verteilten. Wahrscheinlich fürchtete er eine Falle, doch wenn es eine gewesen wäre, befand sich seine Herrin bereits darin. Er konnte nur noch versuchen, das Schlimmste zu verhindern, indem er auf der Hut war.

»Seid willkommen in meinem Rat, Eleagon von den Abkömmlingen Thalas«, grüßte die Regentin und rief Athanor damit ins Gedächtnis, dass sie die Elfen und Vindur am Nachmittag förmlich empfangen hatte.»Ich bedaure, Euch zu dieser späten Stunde gestört zu haben, aber wir sprechen gerade über die Zukunft meines Volkes. Ihr habt also Erfahrung im Kampf gegen Drachen?«, wandte sie sich an Vindur.

»Steht mir wohl ins Gesicht geschrieben«, erwiderte er grinsend.

Nemera gelang ein peinlich berührtes Lächeln, aber ihr fiel offenbar keine Erwiderung ein.

»Was meinst du«, ergriff Athanor rasch das Wort,»wie kann diese Stadt gegen einen Drachenangriff befestigt werden?«

»Die in den Fels geschlagenen Häuser sind kein schlechter Anfang«, befand Vindur und kratzte sich im Bart.»Den Rest kann man vergessen. Und hier am Palast wären noch größere Baumaßnahmen nötig, bevor ...«

»Das geht nicht«, unterbrach ihn die Regentin entsetzt. »Wenn ich Befestigungen errichten lasse, wird das die Priester des Großen Drachen gegen mich aufbringen. Sie werden mir Unglauben vorwerfen, und jeder in der Stadt wird den Beweis dafür sehen.«

»Haben diese Priester so viel Macht?«, wunderte sich Athanor. »Ihr seid die Regentin.«

»Ihr habt es noch immer nicht begriffen«, seufzte Nemera. »Wir *alle* glauben an den Großen Drachen. Hätte Euer Volk in Theroia hingenommen, wenn Ihr die Götter verleugnet hättet? Man wird mir vorwerfen, den Großen Drachen erzürnt zu haben, und wenn er dann tatsächlich nicht zu unserer Rettung kommt, werden sie *mich* dafür verantwortlich machen!«

»Wahr gesprochen«, bekräftigte Hamon. »Das Volk wird mit Furcht und Zorn darauf reagieren. Die einen werden in Panik geraten und nicht wissen, wohin sie noch fliehen sollen, und die anderen werden den Kopf ihrer Herrscherin fordern, um den Gott zu versöhnen. Das habt Ihr Euch fein ausgedacht, Fremder, aber ich gehe Euch nicht auf den Leim.«

Wieder hatte Athanor gute Lust, den Mörder zu packen und mit einer Klinge vor seiner Herrin zu einem Geständnis zu zwingen. Doch Nemera würde glauben, dass ihr Erster Kämpfer es nur sagte, um sein Leben zu retten. »Wie habt Ihr Euch denn vorgestellt, diese Stadt zu schützen? Wollt Ihr ein paar Bogenschützen auf den Felsen postieren?«, blaffte er Hamon an.

Falls der Kerl die Anspielung verstanden hatte, ließ er sich nichts anmerken. »*Ich* glaube an den Großen Drachen. *Ihr* seid derjenige, der die Stadt befestigen will.«

»Dann betet, dass Ihr Euren Glauben nicht im Rachen eines besonders großen Drachen bereuen müsst!«

»Ich habe dir gleich gesagt, dass es keinen Sinn hat, Drachenanbeter vor Drachen schützen zu wollen«, ließ sich Vindur vernehmen.

»Danke, sehr hilfreich.«

»Ich … weiß vielleicht eine andere Lösung«, sagte Nemera nachdenklich.

Erwartungsvoll sah Athanor sie an. Vielleicht war sie doch keine so schlechte Herrscherin.

»Wir könnten die alte Ordensburg der Magier befestigen. Sie wurde auf dem Höhepunkt des Verrats unter den Zauberern verlassen und liegt ein gutes Stück außerhalb der Stadt. Draußen in der Wüste werden nur meine Truppen und die Arbeiter von diesem Vorhaben wissen. Bis mir Gerüchte gefährlich werden können, wird der Große Drache hoffentlich eingreifen.«

»Und wenn sich Sethons Handlanger dort verbergen?«, gab Hamon zu bedenken.

»Sethon hat sich in die Berge zurückgezogen«, erwiderte die Großmeisterin. »So nah an die Stadt wagen sie sich noch nicht.«

»Was ist eine *Burg*?«, wollte Vindur wissen.

»Eine Festung«, erklärte Athanor. »Wie Uthariel. Wir sind auf dem Weg von Theroia in die Elfenlande dort vorbeigekommen.«

»Klingt gut. Wir sollten gleich morgen früh hinreiten und es uns ansehen.«

Nemera sah ein wenig erleichtert aus. »Dann werde ich Euch begleiten. Ihr sagt mir, was getan werden muss, und ich werde dafür sorgen, dass es geschieht.«

Athanor nickte. Endlich machten sie Fortschritte. Doch sich in einer Burg zu verschanzen, würde nicht reichen. Wenn es die Drachen wie in Theroia darauf abgesehen hatten, die Menschheit auszulöschen, gab es kein Versteck, das sie nicht belagern konnten, bis alle darin verhungert waren.

»Ein Rückzugsort ist wichtig«, bestätigte Eleagon, als hätte er Athanors Gedanken gelesen. »Aber wenn Ihr die Drachen besiegen wollt, braucht Ihr mehr als das. Sie sind Euren Kriegern haushoch überlegen.«

»Habt Ihr auch einen Rat für uns, Elf, oder wollt Ihr uns nur erzählen, was jedes Kind sehen kann?«, murrte Hamon.

»Ich kann nicht mehr tun, als meine Hilfe anzubieten. Der Hohe Rat zu Anvalon sah weg, als die Drachen unsere Nachbarn vom Angesicht der Welt tilgten. Das war schändlich und hat sich gerächt, indem wir viele Seelen im Kampf gegen die Untoten verloren. Ich will nicht als einer in Erinnerung bleiben, der sich abwandte. Ich werde Euch beistehen.«

»Das gilt auch für mich«, versicherte Mahanael.

»Und mich!«, fügte Meriothin hinzu. »Es soll nicht heißen, die Abkömmlinge Thalas seien Feiglinge, die Drachen kampflos das Feld überlassen.«

Nemera lächelte. »Ich danke Euch. Dion kann in diesen Tagen jeden Freund brauchen.«

»Damit habt Ihr zweifellos recht, Herrin, aber was können diese Elfen, das uns einen Kampf gegen Drachen gewinnen lässt?«, wandte Hamon ein. »Unsere einzige Hoffnung ist noch immer der Große Drache.«

Insgeheim musste Athanor dem Ersten Kämpfer zustimmen. Auch die Zauberei der Elfen würde kaum mehr als ein Tropfen auf einem heißen Stein darstellen. In der Nacht war ihm ein kühnerer Plan durch den Kopf gegangen, doch er wusste nicht, ob überhaupt möglich war, was ihm vorschwebte. »Vielleicht können wir den Drachen mehr entgegensetzen, als Ihr glaubt. Aber dafür brauche ich jeden Magier, den Ihr noch habt.«

»Du hast ihr auf den Hintern gestarrt«, sagte Vindur ins nächtliche Zimmer. Er saß am Fenster und kritzelte im Mondlicht mit Kohlestiften auf Papier herum.

Athanor öffnete die Augen, ohne den Kopf vom Kissen zu heben. »Das habe ich nicht.«

»O doch«, beharrte Vindur belustigt. »Ich hab's genau gesehen. Gib es zu, sie gefällt dir.«

Ungerufen sah Athanor vor sich, wie Nemera aus dem Raum geschritten war. Bei jeder Bewegung hatten sich ihre Rundungen unter dem Kleid abgezeichnet. »Mag sein, dass sie mir gefällt. Und jetzt halt die Klappe!«

»Gute Nacht«, wünschte Vindur. »Und schöne Träume.«

Athanor knurrte nur. Sein Freund brauchte wohl selbst dringend eine Frau. Betroffen erkannte er, dass Vindur für immer einsam bleiben würde, während er ... Das Bild Elanyas, bleich

326

und leblos im Gras, schnürte ihm das Herz ein. Und Davaron spuckte auf ihr Andenken, indem er noch immer ungestraft herumlief. Der Zorn, der Athanor über den Ozean getrieben hatte, regte sich. *Ich sollte aufstehen und gehen. Zu den Magiern reiten, einen Weg in ihr Versteck finden und diesem Bastard endlich den Garaus machen!* Er warf das Laken von sich und setzte sich auf. Die Kälte der Steinplatten unter seinen Füßen kühlte die Wut. Es war nicht seine Art, heimlich zu verschwinden. Wenn er jetzt ging, glaubte Nemera, dass Hamon ihn durchschaut hatte. Dass er ein Hochstapler und Schwindler war. Sie würde bangend auf diesen Drachengott vertrauen und mitsamt ihrem Volk untergehen. *Ist es das wert?* War Davarons Tod die endgültige Vernichtung der Menschheit wert?

Athanor ballte die Fäuste. Er hatte Jahre und einen Feldzug gegen Untote gebraucht, um seinen Frieden mit der Vergangenheit zu machen. Er hatte sich die Feigheit und die Arroganz vergeben, mit der er sämtliche Völker von den Nordmarken bis zum Fallenden Fluss seiner Selbstsucht geopfert hatte. Es war geschehen und nicht mehr zu ändern. Damit konnte er nun leben. Aber einem verblendeten Volk dabei zuzusehen, wie es den gleichen Fehler beging? Er konnte nicht schon wieder wegsehen und alles von Neuem durchmachen. Er musste dieses Unheil aufhalten.

»*Du kannst nicht gewinnen*«, spottete die Stimme des Dunklen, die er im Sturm gehört hatte. »*Ich gewinne so oder so.*«

Es war nicht zu leugnen. Menschen würden sterben, ob sie kämpften oder nicht. *Aber ich habe dir die Faune entrissen, die Elfen und die Trolle. Dieses Volk vernichtest du nicht.*

»*Am Ende gehören sie mir alle*«, höhnte es in Athanors Kopf.

17

Die alte Ordensburg der Magier lag einen halben Tagesritt von Ehala entfernt. Vindur hatte kaum geschlafen und vertrug das grelle Sonnenlicht noch weniger als sonst, doch seine Aufregung angesichts der neuen Aufgabe überwog die Unannehmlichkeiten des freien Himmels. Die ganze Nacht hatte er sich jede Einzelheit der drachensicheren Tore Firondils ins Gedächtnis gerufen, Zeichnungen von Geschützen angefertigt und Nemeras Waffenschmieden die Besonderheiten zwergischer Drachenspieße erklärt. Nun konnte er es kaum erwarten, die versprochene Festung zu sehen. Wie ein gewaltiger Turm, fast schon ein Berg, ragte sie aus der Ebene zwischen dem Fluss und der Felswand auf, aus der die Elemente sie einst geschält haben mochten. Der erhebende Anblick wärmte Vindurs Herz. Schuf der Große Baumeister nicht immer die beeindruckendsten Werke?

Doch je näher er dem steinernen Ungetüm kam, desto deutlicher sah er zahlreiche Fensterlöcher. Die Menschen mussten den Felsen fast vollständig ausgehöhlt haben. Hatten diese Leute denn kein bisschen Verstand? »Eine Festung ist das schon lange nicht mehr.«

»Dion ist eben ein friedliches Land«, blaffte Hamon. »Seit Jahrhunderten hat niemand mehr eine Burg nötig.«

Vindur bezweifelte, dass die Menschen schon so lange einträchtig miteinander lebten. Gerade Hamons heimtückischer Anschlag bewies, wie leicht auch in Dion ein blutiger Streit ausbrach. Er hoffte nur, dass der Drachenanbeter Athanor keine weiteren Mörder nachgesandt hatte. Schließlich war er gleichsam als Geisel in Ehala geblieben, um für Athanors gute Absichten zu bürgen. Hamon hätte sonst niemals zugestimmt, ausgerechnet Athanor den einzigen Magier mitzugeben, der zwischen Dion und den schlimmsten Folgen der Dürre stand.

»Euer Land mag so friedlich sein, wie es will, aber Drachen sind es nicht«, erklärte Vindur mit Nachdruck. »Das ist keine Festung, sondern ein Käfig, durch den der Wind pfeift.«

»Aber etwas Besseres haben wir nicht.« In Nemeras Stimme lag Trotz, doch Vindur glaubte, auch Furcht in ihren Augen zu sehen.

»Jedes Haus in der Felswand von Ehala wäre geeigneter, denn man könnte es nur von einer Seite angreifen«, beharrte er. Die Regentin richtete sich im Sattel auf und schüttelte den Kopf. »Ich gebe Euch die Geschütze, die Ihr verlangt habt. Ihr bekommt Arbeiter und jeden Mauerstein, den ich aufzutreiben vermag, aber es muss hier sein, außerhalb der Stadt.«

»Was ist mit den Spießen?«

»Das ist schwieriger«, wich Nemera aus. »Eisen ist bei uns selten und kostbar.«

Endlich begriff Vindur, weshalb in Dion so viel Bronze verwendet wurde. »Kostbarer als eure Leben?«

»Was wollt Ihr der Regentin damit unterstellen?«, fuhr Hamon auf.

Zornig erwiderte Vindur den Blick des Ersten Kämpfers. *Dir ist natürlich nur recht, wenn ich versage. Dumm nur, dass du stirbst, sobald sich dein Drachenglaube als Irrtum erweist. Das bringt mich um den Moment des Triumphs.*

»Ich werde alles Eisen, das im Palast entbehrlich ist, einschmelzen lassen, damit Ihr Eure Geschosse bekommt«, versprach Nemera.

»Das ist ein Wort.« Vindur nickte zufrieden. »Gebt mir einen Übersetzer, dann werde ich die Arbeiten überwachen. Und Hand anlegen, wo es nötig ist.«

Manchmal wollte sich Davaron die Augenklappe herunterreißen, um auf der Seite des gespaltenen Lids wieder sehen zu können. Es war schwierig genug, mit einer Hand zu kämpfen. Wie sollte er noch fechten, wenn er nicht mehr sah, was zu seiner Linken vorging? Doch er beherrschte sich und richtete seinen Zorn stattdessen auf Harud, Sethon und diesen ganzen Berg voller niederträchtiger, heimtückischer Menschen, die darauf brannten, ihm die nächste Falle zu stellen.

Er musste handeln. Sollten ihn die Nekromanten auf den Gängen anstarren, solange sie wollten. Er marschierte an ihnen vorbei, stieß Haruds Tür auf und warf sie hinter sich wieder zu.

Der Magier, dessen Kammer durch ein Fenster zum Innenhof erhellt wurde, blickte überrascht von der Schriftrolle auf seinem Stehpult auf. Als Davaron das Schwert zog, weiteten sich seine Augen vor Angst. »Ich habe Euch nichts getan«, rief er und wich zur Wand zurück. »Ihr habt doch gesehen, dass es Sethon war. Ich wurde erst gerufen, um Euch zu …« Die Schwertspitze an seiner Kehle ließ ihn verstummen.

»Du wirst mir das Beschwörungsritual zeigen. Jetzt!«

»Aber Ihr habt noch nicht gelernt, die Untoten auch zu beherrschen.«

»Ich scheiße darauf, sie zu beherrschen! Ich muss sie nur rufen können!«

»Und was soll dann geschehen? Ihr könnt doch nicht einfach die Reihenfolge der Ausbildung …«

Etwas Schneid scheint er doch zu haben. Davaron brachte Harud zum Schweigen, indem er die Schwertspitze ein wenig andrückte. »Glaubst du ernsthaft, dass ich nach diesem Vorfall hierbleiben und abwarten will, welches Schauspiel mich Sethon als Nächstes für ihn aufführen lässt? Du wirst mir das Ritual zeigen, und wenn dir dein Leben lieb ist, bringst du mich danach an den Basilisken vorbei.«

Der Nekromant schluckte, was seinen Adamsapfel gefährlich gegen den scharfen Stahl drücken ließ. »Aber … Ihr braucht mich nicht, um an ihnen vorbeizukommen.«

»Willst du mich für dumm verkaufen? Zwischen den Chimären und mir hat sich nichts geändert.«

»Doch.« Harud grinste freudlos und hob vorsichtig eine Hand an der Klinge vorbei. Davaron spannte sich, um bei der kleinsten Andeutung eines Zaubers zuzustechen. Der Magier tippte sich ins Auge. Kein Zucken, kein Blinzeln, nur ein leises Klicken, als der Fingernagel auf die Iris traf. »Glasauge.« Harud ließ die Hand wieder sinken.

Deshalb der stechende Blick! Und die unterschiedlichen Augen des Alten …

»Es wird nach der bestandenen Prüfung für den Meistergrad verliehen, aber … eine Augenklappe erfüllt den gleichen Zweck.«

»Was ist das verdammte Ding dann wert?«

Harud verzog das Gesicht. »Euch mag es nichts bedeuten, aber wir tragen es mit Stolz. Es ist eine Auszeichnung für jene, die seiner würdig sind.« Sein Blick verriet, dass er Davaron noch lange nicht für berechtigt hielt zu tragen, was er sich mühsam erarbeitet hatte.

»Willst du andeuten, dass Sethon mir auch ein solches Auge antragen will? Die Nägel dieses Scheusals haben nur das Lid gespalten. Ich brauche euer Spielzeug nicht.«

»Sethon hat einen Narren an Euch gefressen«, meinte Harud. »Ihr glaubt, dass er Euch tot sehen wollte, aber das ist nicht wahr. Wäre er auf Euren Tod aus, hätte er Euch den Basilisken vorgeworfen.«

»Wie tröstlich.«

Davaron sparte sich zu erwähnen, dass der ach so freundliche Großmeister jede Verletzung bis hin zum Tod in Kauf genommen hatte. Aber vielleicht war sein Entschluss, die Ordensburg zu verlassen, tatsächlich übereilt. Er wusste immer noch nicht, über welche Fähigkeiten Sethon verfügte, dass er eine solche Willkürherrschaft über die Nekromanten ausüben durfte. *Ich darf nur nicht mehr so leichtgläubig über jedes Stöckchen springen, das man mir hinhält.* Egal, mit wem er sprach, es konnte der Großmeister in anderer Gestalt sein. Wenn Harud ausnahmsweise die Wahrheit sagte, konnte er jederzeit verschwinden, falls Sethon ihm doch nach dem Leben trachtete.

»Und was hat das Glasauge nun mit den Basilisken zu tun?«

»Nichts«, erwiderte Harud grinsend.

Sofort drückte Davaron wieder fester zu.

Der Magier hob abwehrend die Hände. »Lasst mich doch ausreden! Ich sage nur, wie es ist. Das Glasauge hat keine Bedeutung. Das Fehlende ist entscheidend. Sethon hat es als Novize durch Zufall entdeckt, als er einem einäugigen Mitschüler … einen Streich spielen wollte.«

Der gute Sethon scheint wirklich eine Schwäche für solche Scherze zu haben. »Der Junge wurde also nicht versteinert?«

Harud wollte nicken, brach jedoch ab, als sein Kinn die Klinge berührte. »Wer die Basilisken mit nur einem Auge ansieht, ist gegen ihren Blick gefeit.«

Dann genügt die Augenklappe tatsächlich. Davaron ließ das Schwert sinken. »Gehen wir! Du wirst mir am eigenen Leib vorführen, ob es stimmt.«

An der Tür klopfte es. Ein triumphierendes Lächeln stahl sich in Haruds Züge, doch es verschwand sofort, als er Davarons bohrenden Blick bemerkte. »Ja?«

Ein Novize öffnete. Überrascht starrte er auf die blanke Klinge. »Ich ... äh ... ich will nicht stören, aber ...«

»Aber was?«, fuhr Davaron ihn an.

Der Junge riss sich zusammen. »Verzeihung, Meister Harud, Herr«, sagte er an Davaron gewandt, »ich überbringe einen Befehl des Großmeisters. Er bricht heute noch nach Ehala auf und erwartet Euch an seiner Seite.«

»Ich fasse es nicht, dass alle Hoffnungen der Menschheit auf den Schultern dieses Hänflings ruhen sollen«, murmelte Athanor.

Akkamas, der neben ihm ritt, schmunzelte. »Als Ihr noch annehmen musstet, der einzige Mensch Ardaias zu sein, durftet Ihr Eure Hoffnungen natürlich für die der ganzen Menschheit halten. Aber jetzt ...«

Athanor schnaubte. Hörte Akkamas denn nie mit diesem Unsinn vom Großen Drachen auf? »Ich rede von berechtigten Hoffnungen, nicht von dem naiven Glauben, dass schon irgendjemand kommen und mir den Arsch retten wird.«

»Nein, Ihr sprecht von dem naiven Glauben, dass *er* schon irgendwie unser aller Hinterteile retten wird«, lachte Akkamas und deutete vage auf den jungen Magier an der Seite ihres Führers.

Die weiße Robe des Zauberers leuchtete in der Sonne wie Schnee auf einem Berggipfel. Fehlte nur, dass ihre Hoffnungen ebenso dahinschmolzen. War es wirklich so viel besser, auf ihn zu setzen, als auf einen Gott? Aber immerhin war Laurion hier, direkt vor ihrer Nase, und sie hatten auf ihrer Reise nach Ehala den Donnervogel gesehen, den er angeblich gerufen hatte.»Ich gebe zu, dass ich mir das anders vorgestellt habe. Woher sollte ich wissen, dass es nur noch *einen* Magier gibt, der Nemera ergeben ist *und* diesen Zauber beherrscht?« Laurion drehte sich halb zu ihnen um.»Sprecht Ihr über mich, Herr?« Sein blasses, jungenhaftes Gesicht war nicht geeignet, Athanors Zuversicht zu stärken.

»Der Prinz von Theroia ist nicht glücklich darüber, eine solche Last wie die Eure auf einem einzigen Paar Schultern zu sehen«, erwiderte Akkamas. Laurion zügelte sein Pferd, um sie aufholen zu lassen. Ungerührt ritt ihr Führer weiter. Der Mann sprach ohnehin kaum ein Wort. Akkamas nannte ihn einen Priester, einen Jäger gefürchteter Dämonen. Den Narben auf Kahuns sonnengegerbter Haut nach zu urteilen, hatte er für seinen Schmuck aus Reißzähnen mit Blut gezahlt. Er trug nicht mehr als ein Tuch um die Lenden und einen Gürtel aus Echsenleder, an dem sein Dolch hing. Mit den Priestern, die Athanor kannte, hatte er nicht das Geringste gemein. Kein theroischer Würdenträger hätte sein dunkles Haar zu langen Zöpfen verfilzen lassen und es mit Pferdepisse gebleicht.

Athanor argwöhnte, dass ihnen Kahun nicht als Führer, sondern als Leibwächter für den Magier mitgegeben worden war. Schließlich brauchte man keinen Ortskundigen, um der staubigen Handelsstraße gen Westen zu folgen, auch wenn es zurzeit alle anderen nach Osten zog – auf der Flucht vor Dürre, Nekromanten und nun auch noch Drachen. Nemera hatte ihren Aufruf, nach Ehala zu fliehen, damit begründet, dass sich der Haupttempel des Großen Drachen dort befand, und nun strömte das Volk aus den Dörfern am Mekat in Scharen flussabwärts.

»Eure Sorge ehrt mich«, versicherte der junge Magier.»Aber auf mir ruhten schon immer hohe Erwartungen. Seit sich mein Talent zum Zauberer bemerkbar machte, musste ich Tag für Tag beweisen, dass ich in der Lage war, den Verlockungen der Abtrünnigen zu widerstehen und zugleich ein fähiger Magier zu werden. Mich haut so schnell nichts um.«

Athanor war versucht, ihn mit einem Fausthieb aus dem Sattel zu werfen, um das Gegenteil zu beweisen. Doch wenn sich der Junge an einem Stein den Schädel zerbrach, lag auch sein ohnehin schon fragwürdiger Plan in Trümmern. »Hier geht es nicht darum, dich für die richtige Seite zu entscheiden, sondern zu handeln.«

Laurion zuckte mit den Schultern. »Ich soll tun, was ich ständig tue. Donnervögel rufen. Das kann ich. Worüber macht Ihr Euch also Sorgen?«

»Du hast nichts verstanden!«, fuhr Athanor ihn an. »Ist das alles nur ein Spiel für dich? Ein Abenteuer, das schon irgendwie gut gehen wird? Das wird es nicht! Menschen werden sterben. Viele Menschen. Es hat schon angefangen.« Endlich sah der Junge ein wenig betreten aus. »Diese ganze Reise dauert viel zu lang! Hast du schon mal daran gedacht, dass die Stadt bereits in Schutt und Asche liegen könnte, bis wir zurückkommen?«

Laurions bleiche Wangen röteten sich. »Ich kann nichts dafür, dass ich nur Donnervögel rufen kann, denen ich schon einmal begegnet bin. Es erfordert eben ... eine Art Bindung.«

»Ich bin sicher, der Prinz von Theroia macht Euch nicht zum Vorwurf, was Ihr nicht ändern könnt«, warf Akkamas beschwichtigend ein. »Aber er hat gesehen, was Ihr Euch nur vorzustellen versucht. Die Vernichtung, die ein Drachenheer über ein Land bringen kann.«

»Und deshalb sind wir jetzt lange genug wie die Schnecken vorangekrochen«, befand Athanor und trieb sein Pferd zum Galopp. Sie mussten die Tiere immer wieder schonen, damit sie nicht in der Hitze zusammenbrachen, aber jedes Mal, wenn sie langsam ritten, wand er sich innerlich vor Ungeduld. Niemand wusste, wie viele Tage ihnen noch blieben, oder wie lange es dauern würde, in der Wildnis genügend Donnervögel zu finden. Er wusste nicht einmal, *wie viele* genügten, um dem Drachenfeuer ausreichend Regen entgegenzusetzen. Noch vager war die Aussicht, dass es den Elfen, die ihn begleiteten, gelingen würde, die von den Vögeln ausgelösten Stürme zu lenken oder gar eines der Untiere zu reiten, wie es ihm in seinen kühnsten Träumen vorschwebte. Selbst Laurion konnte ihm nichts dazu sagen, denn der Magier hatte sich ihnen stets nur so weit genähert, wie es unbedingt nötig war.

Akkamas schloss zu ihm auf und grinste. »Ihr solltet nicht so streng zu dem Jungen sein. Er steht auf Eurer Seite.«

»Das sagen sie alle«, meinte Athanor spöttisch. »Und dann verschwinden sie eines Nachts, ohne sich zu verabschieden, und tauchen wieder auf, wann es ihnen gefällt.«

Akkamas lachte. »Eifersüchtig wie eine Ehefrau. Das muss Fürsten in die Wiege gelegt sein. Alles muss sich immer um sie drehen.«

»Das sagt der Richtige!« Wenn es auf der ganzen Welt einen eitleren Krieger als Akkamas gab, wollte Athanor auf der Stelle zum Dunklen fahren. Er hegte kein Misstrauen gegen ihn. Akkamas hatte sich bislang als besserer Freund erwiesen als jeder andere – außer Vindur, dessen Treue ebenso wenig wankte wie die Berge über den Zwergenreichen. Aber auf Athanors Frage, wo er gewesen sei, hatte Akkamas etwas Ausweichendes über dringende Familienangelegenheiten erwidert. Hohle Phrasen, die alles und nichts bedeuten konnten. Akkamas verbarg etwas vor ihm. Doch Athanor wollte ihre Freundschaft nicht gefährden, indem er sich in Dinge einmischte, die ihn nichts angingen.

Je weiter sie gen Westen vorankamen, desto größere Abstände lagen zwischen den Dörfern. Die Felswände, die das Flusstal bei Ehala begrenzten, waren längst weit zurückgewichen und schließlich verschwunden. Jenseits der Felder gab es nur noch einen Streifen ausgedörrte Steppe. Dahinter breitete sich wie ein Meer aus Fels und Sand die Wüste aus.

Der Weg folgte dem Ufer des Mekats, der immer öfter von Sümpfen und Schilf statt von Äckern gesäumt wurde. Wo es keine Menschen gab, die sie als Brennholz und Baumaterial gefällt hatten, spendeten Bäume den Reisenden Schatten. Ungewöhnlich bunte Reiher staksten durch den Schlamm, und im Geäst hangelten seltsame kleine Tiere herum, die lange Schwänze wie Katzen hatten. Ihre kleinen Hände und Gesichter erinnerten jedoch auf beunruhigende Art an Menschen. Wenn Athanor herangaloppierte, sprangen sie kreischend auf höhere Zweige und entblößten dabei nadelspitze Zähne.

Solange sich ihnen die Biester nicht in den Weg warfen, waren sie Athanor gleich. Mit jeder Biegung des Flusses, jedem vergeblichen Blick zum Horizont, an dem noch immer keine Berge auftauchten, wuchs seine Sorge, zu spät zu kommen. Ihm war, als könne er den heißen Atem der Drachen bereits im Nacken spüren, auch wenn es nur der Wind aus der Wüste war.

Heti raufte sich das windzerzauste Haar. Den halben Tag war sie schon schroffe Berghänge hinauf- und wieder hinabgeklettert, hatte sich auf den Grund dunkler Schluchten gewagt und auf Felsgraten balanciert, die kaum breiter als ihre Füße waren. Ihre Ziegen blieben verschwunden. Was war nur in die Tiere gefahren? Noch nie hatten sie sich so weit von ihr entfernt. Jeden Morgen hatte sie das Meckern rasch wieder zu ihren Schützlingen geführt. Doch nun war nicht einmal die kleine Glocke zu hören, die um Nayas Hals hing.

Verzweifelt lief sie weiter, stieg auf den nächstgelegenen Gipfel zu. Von dort oben hatte man einen weiten Blick. Irgendwo mussten die Ziegen doch sein. *Und wenn nicht?* Heti wagte kaum, daran zu denken. Die Sonne sank bereits wieder. Wenn sie die Tiere nicht bald fand, musste sie Hilfe holen. Aber was sollte sie nur ihren Eltern sagen? Dass manchmal ein übermütiges Jungtier in einen Abgrund fiel, kam vor. Daran ließ sich nichts ändern. Doch dass die ganze Herde verschwand ... Ihr Vater würde sie bestimmt schlagen und anbrüllen, und ein Abendessen würde sie auch nicht bekommen.

Dabei hatte sie in letzter Zeit so oft Drachen am Himmel entdeckt, dass der Segen für ein ganzes Leben reichen sollte. Alle im Dorf hatten das gesagt. Nicht einmal die alte Mutter des Schmieds konnte sich erinnern, je einen Drachen gesehen zu haben. Heti hatte sich in ihren Tagträumen schon als reiche Frau gesehen, die in einem großen, vornehmen Haus lebte und jeden Tag Süßigkeiten aß. Und nun hatte sie stattdessen ihre Ziegen verloren.

Die Hoffnung, dass sie die Herde hinter diesem Gipfel finden würde, trieb sie den steilen Hang hinauf. Lose Steine rollten klackend zu Tal, als sie über das Geröll hastete. Murmeltiere pfiffen eine Warnung und verschwanden in ihren Löchern, doch heute waren sie vor Hetis Schleuder sicher.

Schwer atmend stemmte sich das Mädchen die letzten Schritte zur Bergspitze empor. Schon reichte ihr Blick über das spärlich bewachsene Gestein hinaus in die Weite. Überrascht riss sie die Augen auf. Vor ihr breitete sich der nächste Bergkamm aus, dahinter der nächste und so fort. Sie kannte diese Aussicht und erkannte sie doch nicht wieder. Auf jeder Anhöhe saß ein Drache.

Rasch ließ sie sich fallen, duckte sich hinter den erstbesten Stein, um aus der Deckung wieder auf die unfassbare Szene zu lugen. *Heilige Urmutter! Eine Versammlung der Götter!* Und sie wäre beinahe hineingeplatzt – wie damals, als sie in die Sitzung des Dorfrats gestürmt war, weil sie ihrem Großvater unbedingt ihr erstes selbst erlegtes Murmeltier zeigen wollte. Schon beim Eintreten hatte sie die angespannte Stimmung und ihren Fehler bemerkt. Wenn die wichtigen Leute ernste Dinge besprachen, durften Kinder nicht stören.

Staunend ließ sie den Blick über die Drachen schweifen. Selbst der Kleinste hätte die Hütte ihrer Eltern überragt. Alle ähnelten sie den Abbildungen auf den Amuletten und im Tempel, und doch sah jeder ein wenig anders aus. Es gab rötliche und braune Drachen. Die Dunkelsten waren grau oder fast schwarz. Einige hatten lange, nach hinten weisende Hörner, anderen wuchsen ungezählte Stachel aus der Rückenlinie. Sie waren groß und Furcht einflößend und fauchten sich von ihren Bergkuppen aus an.

Heti merkte, dass sie zitterte, obwohl doch die warme Sonne auf sie herabschien. Diese Ungeheuer, die sich mit blitzenden Zähnen angifteten, hatten nichts mit dem erhabenen Großen Drachen aus den Geschichten gemein. Einzig ein großer Roter in ihrer Mitte saß reglos auf seiner Anhöhe und sah auf die anderen herab wie ein König von seinem Thron.

Als ein Schatten über sie hinwegglitt, zuckte Heti erschreckt zusammen. Sie presste sich noch flacher auf den steinigen Boden und verdrehte doch den Kopf, um nach oben zu schielen. Falls der riesige schwarze Drache sie bemerkt hatte, ließ er sich nichts anmerken. Sein Blick war auf die anderen gerichtet, die bei ihrem Gezänk innehielten und ihm entgegensahen. Der große Rote hob alarmiert den Kopf.

Wieder fuhr Heti der Schreck in die Glieder, als der Schwarze brüllte, dass alle Schluchten davon widerhallten. Die anderen Drachen schienen sich zu ducken. Nur der Rote richtete sich auf, um eine Antwort zu brüllen. Dann breitete er die Schwingen aus und erhob sich in den Himmel, der Heti mit einem Mal zu klein für zwei so große Wesen vorkam.

Wie in einem stummen Zwiegespräch umkreisten sich die beiden Drachen, segelten immer höher zu den versprengten Wolkenfetzen hinauf. Heti verrenkte sich fast den Hals, um ihnen mit dem Blick zu folgen. Was ging zwischen den beiden Ungeheuern vor? War einer von ihnen doch ein Gott, der über die anderen gebot? Waren sie ein Paar wie die Adler, die Heti schon oft über den Gipfeln gesehen hatte?

In diesem Augenblick brüllte der Rote auf, als wollte er widersprechen. Der Schwarze riss stumm den Rachen auf, und ein heller bläulicher Flammenstrahl schoss daraus hervor. Das seltsame Feuer hüllte Kopf und Brust des Roten ein, der hektisch mit den Flügeln schlug. Noch während sich die Flammen auflösten, stieß der Schwarze bereits auf ihn hinab. Der Rote wich aus, doch ein Prankenhieb erwischte seinen Flügel und hinterließ einen klaffenden Riss.

Gebannt starrte Heti die kämpfenden Untiere an. Schon bildeten ihre Körper nur noch ein ineinandergekralltes Knäuel, aus dem flatternde Schwingen ragten. Es taumelte über den Himmel, fauchte und brüllte. Rauch und Flammen hüllten es immer wieder ein. Heti ahnte, wer in diesem Kampf siegen würde. Doch sie konnte den Blick nicht von den Bestien lösen, bis der Rote wie ein fallender Stern hinter einem Gipfel verschwand.

»Kahun, wartet!«, rief Athanor und zügelte sein Pferd. Vor ihnen gabelte sich der Weg. Die Handelsstraße nach Westen war längst nur noch eine kaum erkennbare Karrenspur, die ein entlegenes Dorf mit dem nächsten verband. So weit im Landesinneren gab es keine Städte mehr, denn es regnete nie, der Fluss war für Lastkähne zu flach, und die Hitze wurde unerträglich. Mehrmals am Tag trieben Athanor und seine Begleiter ihre Pferde in den Fluss, um sie zu kühlen, sonst wären sie längst zusammengebrochen. Die Stellen für ihre Bäder bestimmte Kahun, der sich vergewisserte, dass dort keine Drachendämonen lauerten. Athanor schüttelte darüber den Kopf, und auch die Elfen zuckten nur mit den Schultern. Von Drachendämonen hatten sie nie gehört. Doch selbst Akkamas versicherte, dass sie im Wasser des Mekat lebten, deshalb ließ Athanor den schweigsamen Priester gewähren.

Die meiste Zeit ritten Kahun und Laurion voran, da sie diese Reise nicht zum ersten Mal unternahmen. Es war einfacher, ihnen die Führung zu überlassen – solange Athanor davon überzeugt war, dass sie den kürzesten Weg nahmen.

»Dort geht es nach Westen.« Er deutete auf den Pfad, der vom Fluss fort in die Wüste führte, und dann zum Himmel, wo die Sonne langsam dem Horizont entgegensank. Der Mekat schlängelte sich schon seit zwei Tagen in weiten Bögen, die sie mehrmals abkürzten, um keine Zeit zu verlieren. »Warum wollt Ihr weiter dem Fluss folgen?«

Kahun wandte sich zu ihm um. Seine verfilzten Zöpfe reichten fast bis auf den Rücken seines Pferds. »Dieser Weg ist zu lang.«

Athanor runzelte die Stirn. »Wie kann er zu lang sein, wenn er genau in unsere Richtung führt?«

»Wir würden den Fluss erst wieder bei Dunkelheit erreichen.«

»Ja, und? Dann schlagen wir dort unser Nachtlager auf und haben Wasser und Futter für die Pferde.«

»Es wäre nicht sicher.«

»Wegen dieser Dämonen?« Allmählich hatte Athanor genug von Drachenpriestern, welchem Zweig ihres Glaubens sie auch immer anhängen mochten. »Ihr habt immer noch nicht verstanden, wie dringend wir diese verdammten Donnervögel finden und nach Ehala bringen müssen. Wollt Ihr nur noch die Asche Eurer Regentin vorfinden, wenn Ihr zurückkommt? Wir reiten hier entlang! Los!«

Ohne eine Antwort abzuwarten, jagte Athanor sein Pferd in die Wüste hinaus. Mit dem grünen Jungen und dem seltsamen Priester zu streiten, hatte keinen Zweck. Beide glaubten insgeheim an den Großen Drachen, der ihre Mission überflüssig machte, und Akkamas war keine Hilfe dabei, sie vom Gegenteil zu überzeugen. Ein Blick über die Schulter verriet Athanor, dass sich die Elfen dicht hinter ihm hielten. Unter den Hufen der Pferde wirbelte Staub auf, der seine Sicht behinderte, doch schließlich war er sicher, dass ihm auch die anderen folgten. Bald ritt er langsamer, um die Tiere zu schonen. Die Luft war so heiß, als hielte er seine Nase zu nah über ein Feuer. Längst war sein nasses Haar wieder getrocknet, das ihm eine Weile Kühlung verschafft hatte. Die Gegend war flach, und je weiter sie sich vom Mekat entfernten, desto weniger Sträucher und Gräser trotzten der Trockenheit. Es dauerte nicht lange, bis sie nur noch steinige Einöde umgab. Als kleine Unebenheiten am Horizont auftauchten, hielt Athanor die blassblauen Schemen zunächst für Hügel. Doch während die Sonne auf sie zusank, wurden sie größer und ihre schroffen Formen deutlicher.

»Laurion!« Athanor winkte den Magier an seine Seite. »Sind das die Berge, wo die Donnervögel leben?«

Der junge Zauberer kam nach vorn getrabt. »Die Donnerberge, ja. Von hier machen sie noch nicht viel her, aber das ändert sich.«

Endlich hatten sie das Ziel ihrer Reise vor Augen. Athanor fiel ein Stein vom Herzen, doch es lasteten noch genug Felsblöcke darauf. In dem Gebirge anzukommen, war nur der erste Schritt. Er kniff die Augen gegen die Sonne zusammen und musterte den Horizont. »Müssten nicht ständig Gewitterwolken über diesen Bergen hängen? Ich kann keine entdecken.«

»Nein. Warum?«

Athanor warf Laurion einen scharfen Blick zu.

Die fragende Miene des Magiers hellte sich auf. »Ach so! Weil die Donnervögel dort leben.«

Wenn mich der Kerl auf den Arm nimmt ...

»Entschuldigt, Herr! Ich hatte für einen Augenblick vergessen, dass Ihr ...«

340

»Erklärt es mir oder haltet die Klappe, sonst fange ich die Biester mit Schlingen selbst ein!«

»Ihr mögt keine Magier, oder?«

»*Niemand* mag Magier – außer Elfen vielleicht. Und jetzt raus mit der Sprache!«

»*Mich* mögen die Leute«, entgegnete Laurion. »Ich bringe Regen auf ihre Felder. Sie würden verhungern ohne mich.«

Hol's der Dunkle! Wollte der Junge Streicheleinheiten? »Ja, Ihr seid nützlich. Deshalb seid Ihr hier. Gebt mir keinen Grund, daran zu zweifeln.«

Laurion zog ein beleidigtes Gesicht. »Ihr seid ein verbitterter Mann, Prinz von Theroia. Das ist verständlich, aber es gibt Euch nicht das Recht, Eure Launen an mir auszulassen.«

»Ich versuche, Euch und Euer verdammtes Volk zu retten, und Ihr trödelt mit diesem Drachenpriester herum. Wollt Ihr ein Held werden oder der Vernichtung Dions in die Hände spielen?«

In Laurions Miene stritten undeutbare Gefühle um die Vorherrschaft. »Vielleicht habt Ihr recht«, gab er schließlich zu. »Vielleicht nehme ich Eure Sorge nicht ernst genug, weil ich an den Großen Drachen glaube.«

»Hat den schon einmal jemand gesehen? Hilft er euch gegen die Dürre oder die Nekromanten?«

Der Zauberer schüttelte den Kopf.

»Ist es dann nicht vernünftiger, etwas zu unternehmen, als darauf zu warten, dass *er* es tut?«

Laurion nickte widerstrebend.

»Schön. Dann könnt Ihr ja endlich meine Frage beantworten.« Athanor wies auf die Berge, die wieder ein Stück gewachsen waren.

»Ich weiß zwar nicht, woran es liegt«, behauptete Laurion, »aber die Gewitter entstehen nur, wenn ein Donnervogel neues Gelände überfliegt. Hält er sich längere Zeit an einem Ort auf, legt sich das Unwetter. Wenn es anders wäre, müsste ich sie nicht ständig aufs Neue rufen. Wir könnten sie einfach mit weiterem Vieh ködern, länger zu bleiben. Auch das Hochwasser wäre dann nicht ausgeblieben, denn der Mekat wird aus den Bächen der Donnerberge gespeist.«

»Hm. Wir dürfen sie also erst nach Ehala rufen, wenn der Angriff unmittelbar bevorsteht.«

»Wenn Ihr einen Sturm als Waffe einsetzen wollt, ja.«

Dann können wir nur hoffen, dass wir rechtzeitig gewarnt werden.

Mittlerweile berührte die Sonne bereits die Spitzen der fernen Berge. Wie stets in diesem Land verschwand sie danach so schnell hinter dem Horizont, dass es Athanor vorkam, als stürze sie hinab. Auch die Dämmerung währte nur kurz. Doch zum Glück waren die sternenklaren Nächte so hell, dass er die Steintürmchen, die den Weg markierten, noch erkennen konnte. Die Hitze ließ nach, und so galoppierten sie eine Weile, bis die Bäume und Sträucher am Fluss als dunkler Streifen vor ihnen auftauchten.

Athanor hörte, wie sich Akkamas leise mit Kahun besprach, bevor er zu ihm und Laurion aufschloss.

»Wir müssen hier lagern«, sagte Katnas Erster Kämpfer. »Weit genug von den Bäumen und vom Ufer entfernt.«

»Leben die Drachendämonen jetzt auch auf Bäumen?«, spottete Athanor.

»Nein, aber Schlangen. Außerdem bewerfen uns die Baumkatzen mit ihrem ...«

»Ja, schon gut«, lenkte Athanor ein. Das Pech, von den seltsamen Kletterkatzen mit Kot beworfen zu werden, hatte Mahanael einmal während seiner Wache gehabt. Seitdem hüteten sie sich davor, die kleinen Biester bei Nacht zu stören.

Sie sprangen von den Pferden und sattelten ab, während Kahun eine Fackel anzündete, um nach einem sicheren Tränkplatz am Ufer Ausschau zu halten. Als er zurückkam, sah er verärgert aus. »Ich habe eine Stelle gefunden, wo das Ufer den Dämonen keine Deckung bietet. Aber vielleicht lauern sie im Wasser. Ich habe Euch gewarnt.«

»Gut. Gehen wir!«, rief Athanor und führte sein Pferd zum Fluss. Kahun ging voran, um ihm den Weg zu zeigen, doch am Ufer blieb er zurück und ließ ihm mit einer unwirschen Geste den Vortritt.

Beim Anblick des schwarzen Wassers, das im Sternenlicht

glänzte, beschlich Athanor eine dunkle Ahnung. »Ihr könnt Holz sammeln gehen«, beschied er dem Priester. »Wir kommen zurecht.«

Kahun brummte nur etwas Unverständliches. Athanor stieg vom ursprünglichen Ufer hinab ins Flussbett, das durch die Dürre teilweise trockengefallen war. Erst ein paar Schritte weiter erreichte er das Wasser und ließ dem durstig vordrängenden Pferd den Strick lang, um sich keine nassen Stiefel zu holen. Gierig trat das Tier mit den Vorderhufen ins Wasser und tunkte das Maul in den Fluss.

Plötzlich schoss etwas aus der schwarzen Tinte hervor. Weiße Zähne leuchteten auf. Athanor ließ den Strick fallen, um sein Schwert herauszureißen, und wich zugleich dem bockenden Pferd aus. Der Schädel des Tiers war fast vollständig im Rachen der Bestie verschwunden, die sich wie wild im Wasser hin und her warf. Athanor hörte die aufgeregten Rufe der anderen, das Wiehern der erschreckten Pferde, doch fast alles wurde vom Rauschen des Wassers übertönt, das in alle Richtungen spritzte. Gerade als er dem Untier einen Hieb in den Nacken verpassen wollte, riss es das schwächer werdende Pferd von den Beinen und warf es um. Das Tier streifte Athanor nur, aber die Wucht genügte, um ihn zu Fall zu bringen. Klatschend landete er im flachen Wasser, rollte sich ab und kam nur taumelnd wieder auf die Beine, da der Ufersand unter ihm nachgab.

Die Bestie, deren geschuppte Haut nass im Sternenlicht glänzte, zerrte an dem zuckenden Pferd, zog es mit sich in den Fluss. Athanor sprang durchs Wasser und hieb dem Untier das Schwert tief in den Hals.

»Pass auf!«, schrie Meriothin.

Hinter Athanor platschte etwas.

18

Davaron ritt hinter Sethon durch die nächtliche Wüste und fragte sich, wer verrückter war: Der wahnsinnige Großmeister, der mit einer lächerlich kleinen Streitmacht gen Ehala zog, oder er, weil er ihn begleitete. Wenn es stimmte, dass der Angriff eines Drachenheers unmittelbar bevorstand, wäre es vernünftiger gewesen, möglichst schnell zu verschwinden. Doch nach seinem Verrat und Athanors lästigem Auftauchen konnte er nicht erwarten, dass ihn Eleagon mit zurück in die Elfenlande nahm. Er hatte darauf vertraut, eines Tages mit einem anderen – und sei es mit einem von Menschen gesteuerten – Schiff zurückkehren zu können, weil es ihm auf ein paar Jahrzehnte oder gar ein Jahrhundert nicht ankam. Sollten die Dionier jedoch ebenso ausgelöscht werden wie ihre Verwandten jenseits des Ozeans, saß er womöglich für den Rest seines Lebens fest. *Verbannung.* In den Augen des Hohen Rats wäre es die angemessene Strafe für seine Vergehen. Je länger er darüber grübelte, desto weniger sah er einen Ausweg. Konnte er sich so geirrt, sich so auf Gedeih und Verderb dem Schicksal dieser minderwertigen Kreaturen ausgeliefert haben? Sicher übersah er nur etwas. Sicher musste er nur abwarten, bis sich in Ehala neue Möglichkeiten ergaben. Er trieb sein Pferd an Sethons Seite, um die grüblerischen Gedanken mit Worten zu verscheuchen.

»Eine prachtvolle Nacht«, befand der Großmeister. »Wie geschaffen für einen Marsch der Untoten.«

Davaron konnte keinen Unterschied zu den bisherigen Nächten in der Wüste feststellen. Zumindest nicht, wenn er sich das Schlurfen Hunderter Untoter durch den Sand wegdachte. Mehr als ein Dutzend Nekromanten begleiteten Sethon, und jeder von ihnen gebot über eine Schar Wiedergänger, deren erster Befehl lautete, auch Sethons Anweisungen zu befolgen. Ein gewiefter Einfall, der es dem Großmeister erlaubte, das gesamte Heer zu lenken, und die Untoten zugleich dazu verdammte, weit mehr als nur sieben Aufgaben zu erfüllen. Denn die An-

344

zahl der Dienste für Sethon war im Gegensatz zu jenen für den Beschwörer nicht begrenzt.

»Ich nehme nicht an, dass wir bei Nacht marschieren, nur weil Ihr den Sternenhimmel bewundern wollt«, spottete Davaron.

»Ihr habt mich ertappt«, gab Sethon zu. »Die Sonne schadet meiner elfenhaften Blässe.«

Davaron lachte pflichtschuldig. Sie wussten beide, dass die Dunkelheit sie vor Kundschaftern der Regentin verbergen sollte. Um sich der Hauptstadt unbemerkt mit den Untoten und sogar einigen halbzahmen Basilisken zu nähern, mochte es genügen. Aber wie sollte es dann weitergehen? In Bezug auf den Plan im wahrsten Sinne des Wortes im Dunkeln zu tappen, schmeckte Davaron nicht. »Leider wird auch die schönste Nacht nicht ewig währen. Wo wollt Ihr Eure Truppen verbergen, wenn wir angekommen sind?«

»In unserer Ordensburg – wo wir hingehören.«

»Fürchtet Ihr nicht, dass es jemandem auffallen könnte?«

Harud hatte Davaron erzählt, dass diese Ordensburg während der Streitigkeiten unter den Magiern aufgegeben worden war, weil sie zu nah an Ehala lag. Und nun hatten Sethons Augen und Ohren im Palast ihnen zugetragen, dass die Regentin den alten Ordenssitz in eine Festung wider die Drachen umbauen ließ. Es musste dort von Arbeitern und vielleicht auch schon Bewaffneten nur so wimmeln.

Sethon warf ihm einen missbilligenden Blick zu. »Manchmal beschleicht mich der Verdacht, Ihr könntet mich für verrückt halten. Wir werden natürlich *nicht* einfach zum Tor marschieren und anklopfen.«

Davaron ballte die Finger so fest um den Zügel, dass die Knochen hervortraten. Wenn dieser Kerl nicht sofort mit seinen Plänen herausrückte, würde er ihn in einen berstenden Feuerball verwandeln.

Doch der Großmeister schien nur geschwiegen zu haben, um die Spannung zu erhöhen. »Es gibt Fluchttunnel unter der Burg, die außer Sichtweite in der Wüste enden. Einer führt sogar unter dem Mekat hindurch. Wir werden uns morgen Nacht durch einen dieser Gänge einschleichen.«

»Und sie sind niemandem außer Euch bekannt?«

»Dieses Wissen ging mit der Großmeisterwürde von meinem Vorgänger auf mich über. Ein wohlbehütetes Geheimnis, das mir schon vor Jahren half, einem Anschlag meiner Gegner zu entkommen.« Sethon lächelte selbstzufrieden. »Wir werden dort unten sitzen wie eine Spinne in ihrem Netz. Und wenn jemand die Fäden berührt, schlagen wir zu.«

Hinter Athanor platschte es. Er wirbelte im gleichen Moment herum, wie der auf seinen Nacken gezielte Dolchstoß niederfuhr. Seine Bewegung kam zu spät, um die Klinge abzuwehren, doch wenigstens ging der Dolch fehl und glitt an seiner Schulter ab. Mit hässlichem Knirschen kratzte der Stahl über das Kettenhemd. Athanor drehte sich weiter, hieb mit dem Schwert in die Seite des Feinds, in dessen dunkle Augen er nun blickte. *Der Priester!*

Seine Klinge fuhr durch Kahuns Leib, seine Arme zogen sie weiter, bevor Athanors Überraschung sie erreichte. Im Dämmerlicht rann das Blut schwarz aus der Wunde. In den Augen des Priesters funkelte Hass. »Frevler!«, zischte er und holte erneut mit dem Dolch aus. Doch die Bewegung ließ den Schnitt durch seinen Bauch aufklaffen, dass Blut und Eingeweide daraus hervorquollen. Athanor wich zurück, hob abwehrend die Klinge, aber Kahuns Arm erlahmte bereits. Der Priester wankte, murmelte Flüche.

»Kommt aus dem Wasser!« Eleagons Stimme drang durch Athanors wirre Gedanken.

»Schnell!«, fügte Akkamas hinzu, der mit gezogener Klinge nur drei Schritte von ihm entfernt auf dem Trockenen stand. Athanors Blick schoss zu Kahun zurück, der gerade auf die Knie fiel, dass Wasser bis in Athanors Gesicht spritzte. Aus dem Augenwinkel sah er, wie sich im Fluss etwas regte. Seine Beine rannten, bevor er auch nur daran denken konnte. Mit zwei Sätzen war er auf dem Sand, und Akkamas zog ihn hastig ein paar Schritte weiter.

Als sie sich umsahen, stieß ein neues Untier aus dem Wasser, packte den sterbenden Priester und schüttelte ihn wie eine Puppe.

»Tut doch etwas!«, schrie Laurion.

»Zum Dunklen mit ihm!«, knurrte Athanor. Der Kerl hatte ihn umbringen wollen und war so gut wie tot.

Auch Akkamas rührte sich nicht, um den Sterbenden aus den Fängen der Bestie zu befreien. Der Drachendämon zerrte seine Beute bereits mit sich ins tiefere Wasser. »Ein guter Tod für seinesgleichen«, befand Akkamas. »Es war sein Leben, sich dem Urteil seines Gottes zu stellen.«

Den Magier schien das nicht zu trösten. Er starrte auf den Fluss und kämpfte sichtlich gegen Schluchzer an, die seinen Körper schüttelten.

Wie rührend. Athanor packte ihn am Kragen und zwang ihn, ihm in die Augen zu sehen. »Steckst du mit ihm unter einer Decke? Hat euch dieser Dreckskerl Hamon befohlen, mich zu beseitigen?«

»Das würde mich allerdings auch interessieren«, sagte Eleagon scharf. Er war neben Athanor getreten, während sich Mahanael und Meriothin hinter den Magier stellten, um eine Flucht zu verhindern. »Hättet ihr als Nächstes uns Elfen im Schlaf umgebracht?«

»Nein!«, krächzte Laurion. »Ich weiß nichts von irgendwelchen Mordplänen. Wirklich!«

»Willst du behaupten, Hamon hätte euch keine Anweisungen gegeben?«, fuhr Athanor ihn an.

»Doch, hat er. Wir sollten uns vor Euch in Acht nehmen. Er hält Euch für einen Betrüger, der ...«

»Ich glaube nicht, dass Kahun diesen Vorfall geplant hat«, mischte sich Akkamas ein. »In seinen Augen habt Ihr einen Frevel begangen, für den er Euch richten musste. Dass Ihr seinen Gott leugnet, hat es nicht gerade besser gemacht.«

Athanor ließ Laurion los. »Was soll das heißen? Darf man sich etwa nicht gegen diese Bestien verteidigen?«

»Es hätte dem Brauch entsprochen, dem Drachendämon seine Beute zu gewähren«, behauptete Akkamas. »Stattdessen habt Ihr ihn getötet, was ausschließlich Jagdpriestern wie Kahun vorbehalten ist. Indem sie sich nur mit einem Dolch bewaffnet der Bestie stellen, verleihen sie dem Kampf den Rang eines Gottesgerichts. Der Große Drache entscheidet darüber, welcher seiner Diener den Tod verdient hat.«

»Hätte ich mich selbst etwa auch fressen lassen sollen?« Akkamas lächelte nachsichtig. »Ich glaube, den einfachen Menschen, die ihnen üblicherweise zum Opfer fallen, stellt sich diese Frage nicht. Sie *werden* gefressen.«

»Welch ein barbarischer Brauch«, befand Eleagon. »Wie kann man das Leben einer solchen Bestie über das eines Menschen stellen.«

»Oder eines Elfs«, setzte Meriothin hinzu. »Er hätte wohl kaum anders gehandelt, wenn es einen von uns getroffen hätte.«

Akkamas nickte. »Das ist wahr. Die Menschen hier am Mekat glauben jedoch, dass die Drachendämonen einst Kinder des Großen Drachen waren, denen er für ihre Vergehen die Flügel und die Magie geraubt hat. Nun müssen sie ihm als Henker dienen, um schlechte Menschen zu bestrafen. Töten sie jemanden, der es nicht verdient hatte, werden sie ihrerseits von den Jagdpriestern gerichtet.«

Athanor schnaubte. Das mindestens sechs Schritte lange Untier, das er erlegt hatte, sah einem Drachen ähnlich genug. Aber es zu einem göttlichen Boten zu verklären, ging entschieden zu weit. »Drachen und Menschen sind immer Feinde. Ob sie nun Flügel haben oder nicht.«

Nemeras Blick schweifte über die Menschen, die am Straßenrand vor ihr in den Staub sanken. Reiter, Lastesel, selbst voll beladene Ochsenkarren scheuchten Hamons Männer zur Seite, um ihr den Weg durch die Gärten und Felder vor der Stadt zu bahnen. Seit sie die Boten mit der Warnung ausgesandt hatte, riss der Strom der Flüchtlinge nicht mehr ab. Manche wagten, zu ihr aufzusehen. Die Strapazen der überstürzten Reise hatten sich in ihre Mienen gegraben, und doch stand auch Hoffnung darin zu lesen. Lächelnd hob Nemera eine Hand zum Gruß, während sich die andere um den Zügel verkrampfte. Diese Menschen hofften auf *sie*. Sie erwarteten, dass nun, da sie Ehala erreicht hatten, alles gut werden würde. Die Regentin hatte sie hergerufen, um sie zu beschützen, und sie waren gekommen.

Doch Nemera hatte mit jedem Tag mehr den Eindruck, dass ihr alles durch die Finger glitt. Warum war ihre Mutter noch nicht aus Katna gekommen? War Irea wirklich bereits zerstört? Würde der Große Drache sie retten, oder behielt der fremde König recht? Seit Jahren lebte sie in Ungewissheit, doch ein paar Vertraute hatten ihr Halt gegeben. Thegea, die Großmeisterin. Der Oberste Drachenpriester. Und Hamon. Hamon, der ihr wie ein Vater geworden war. Es schmerzte sie, an ihm zu zweifeln. Wer sollte an seiner Stelle die Palastwache und die versammelten Krieger Dions kommandieren? Wer für ihre Sicherheit sorgen? Tag für Tag vertraute sie ihm ihr Leben an, und er hatte sich dessen stets würdig erwiesen. Aber seit Akkamas ihr unter vier Augen von dem Hinterhalt berichtet und seine Anschuldigungen vorgebracht hatte, wankte ihr Glaube an Hamons Aufrichtigkeit.

Vor ihnen kam die alte Ordensburg der Magier in Sicht. Nemera bedeutete Hamon, an ihrer Seite zu reiten. »Wie stehen eigentlich Eure Ermittlungen bezüglich des Vorfalls, über den sich die elfischen Gesandten beschwerten? Habt Ihr Fortschritte gemacht?«

Hamon machte ein grimmiges Gesicht – wie immer, wenn ihm ein Thema nicht behagte. Nemera hatte geglaubt, ihn zu kennen, weil er schon ihr ganzes Leben um sie war. Aber kannte sie ihn wirklich? Traf er hinter ihrem Rücken Entscheidungen, erteilte er gar Befehle, von denen er wusste, dass sie sie nicht billigen würde?

»Ich habe kluge Männer an die Stelle entsandt, die uns beschrieben wurde«, behauptete Hamon. »Aber wie sollen sie etwas herausfinden, wenn es keine Zeugen gibt?«

Wollte er sich herausreden, oder hatte tatsächlich niemand weit und breit etwas gesehen? »Wir *müssen* den Vorfall aufklären«, beharrte Nemera. »Immerhin kam einer unserer Gäste dabei ums Leben!«

»Gütiger Drache!«, fuhr Hamon auf. »Wie wichtig kann diesen Fremden ihr Begleiter gewesen sein? Sie haben ihn einfach den Geiern überlassen! Wenigstens haben sie den Anstand, keine Entschädigung für ihren Diener zu fordern.«

»Eure Feindseligkeit betrübt mich, Hamon. Eleagon ist ein vornehmer Anführer, der eine Wiedergutmachung mehr als verdient. Wer sonst hätte uns selbstlos Hilfe angeboten, obwohl bereits zwei Mitglieder seiner Mannschaft durch meine Untertanen getötet wurden? Es ist beschämend, dass wir Fremden ein solches Bild bieten.«

»Es hat sie niemand gebeten, herzukommen«, brummte Hamon.

»Das mag sein. Aber ich habe sie in Dion willkommen geheißen, und ich erwarte, dass Ihr herausfindet, wer ihnen schaden will.«

»So einfach ist das nicht, Herrin. Schakale und Krähen haben die Leichen bereits entstellt, bevor meine Männer dort eintrafen. Selbst ihre Familien dürften Schwierigkeiten haben, sie zu erkennen.«

Nemera schauderte trotz der Hitze. Wie sollte sie Hamon je wieder vertrauen, wenn sie nicht sicher war, ob er sie belog?

»Ich mache mir mehr Sorgen darüber, dass sich die Nekromanten so ruhig verhalten«, sagte er ernst. »Ich frage mich, ob sie sich vor den Drachen verkrochen haben oder eine neue Schandtat vorbereiten.«

Wollte er sie damit ablenken, oder sorgte er sich wirklich? Das neue Misstrauen quälte Nemera mehr als die Bedrohung durch Sethon, die seit Jahren wie ein Schatten über ihrem Leben lag. Und über den Großmeister der Abtrünnigen wollte sie jetzt am wenigsten nachdenken. Zum Glück waren sie am Fuß der Ordensburg angekommen, die sich in eine große Baustelle verwandelt hatte. Der bedauernswert entstellte Zwerg eilte herbei, um ihr stolz zu zeigen, was er bereits erreicht hatte. Während er sie herumführte, kam er Nemera beinahe glücklich vor. Mit welcher Hingabe er gegen Drachen predigte, war beleidigend, doch sein Eifer, Dion vor ihnen zu retten, obwohl man ihn entführt, gepeinigt und fast getötet hätte, beschämte sie. »Ihr müsst ein großes Herz haben, dies alles auf Euch zu nehmen«, sagte sie auf der schattenlosen Plattform, die die Spitze des Felsenturms bildete. »Ich danke Euch dafür.«

Hamon grunzte unwillig und wandte sich ab, um die Plattform abzuschreiten.

Vindur dagegen winkte ab. »Es ist mir eine Ehre, diese Festung gegen Drachen zu rüsten. Ich folge nur der Bestimmung
meines Volks.« Dass er dabei ängstlich zum leeren Himmel
schielte, schmälerte die großen Worte jedoch ein wenig.
»Ihr seid sehr tapfer – so fern Eurer Heimat. Ihr müsst einsam sein. Ich vermag es mir kaum vorzustellen. Ich habe diese
Stadt noch nie verlassen.« Noch während sie es aussprach, wurde
ihr bewusst, wie seltsam es klang.

»Ihr habt nie Euer Land bereist?«, staunte Vindur. »Seid Ihr
denn gar nicht neugierig?«

Nemera lächelte. Er war ebenso direkt wie Athanor. Kein
Wunder, dass die beiden Freunde waren. »Nun ja, ich bin hier
aufgewachsen, und alle kamen her, um bei meinem Vater vor-
stellig zu werden. Wir sind nie gereist. Und seit er ... ermordet
wurde, ist es zu gefährlich für mich, Ehala den Rücken zu
kehren.«

In Vindurs Miene mischten sich Abscheu und Mitleid. »Ich
habe davon gehört. Verfluchte Zauberer!« Sicher dachte er daran, wie knapp er ihnen entronnen war.

»Es war ihr Anführer. Sethon.« Nemera merkte, dass sie den
Namen noch immer kaum über die Lippen brachte. Sie spuckte
ihn eher aus wie den Bissen einer faulen Frucht. »Er hat ihn mit
dem Todesfluch belegt und sich an dem Anblick ergötzt, bis
nichts Menschliches mehr von Themos übrig war.«

»Es muss schrecklich sein, den eigenen Vater so zu sehen.
Ich würde es nicht einmal meinem wünschen, obwohl er mich
immer verachtet hat.«

»Aber warum?« *Wie stolz wäre Vater auf einen so tatkräfti-
gen, furchtlosen Sohn gewesen. Nun gut, beinahe furchtlos*, setzte
sie hinzu, als sie Vindurs erneuten Blick zur Sonne bemerkte.

»Reden wir nicht über mein Schicksal«, wehrte Vindur ab.
»Eures erscheint mir viel schlimmer. Dieser Leichenschänder
bedroht Euch noch immer. Wenn er wirklich die Gestalt eines
anderen annehmen kann, müssen wir dem Großen Baumeister
danken, dass Ihr noch lebt.«

»So einfach ist es nicht. Er trachtet mir nicht nach dem Leben. Oder vielleicht sollte ich besser sagen, dass er mich wohl erst töten wird, wenn er keinen anderen Weg mehr sieht, um mich zu besitzen.«

Vindurs buschige Brauen verschwanden vor Überraschung unter dem Helm.

»Da staunt Ihr.« Nemera lächelte bitter. »Es ist seine verdrehte Form der Liebe. Könnt Ihr Euch vorstellen, dass ich sie einst erwiderte? Wir waren fast noch Kinder. Er sah gut aus, war respektlos und übertraf alle anderen jungen Magier mit seinen Fähigkeiten. Er besaß schon damals eine düstere Ader, aber sie faszinierte mich. Ich kann kaum noch glauben, wie blind ich war.«

»Aber warum hat er dann Euren Vater ermordet?«

»Weil mein Vater ihn abwies, als er um meine Hand anhielt. Mein Vater teilte Eure Abneigung gegen Zauberer.«

»Vernünftiger Mann«, lobte Vindur.

»Ich glaube, sie waren ihm unheimlich, auch wenn er es niemals gesagt hätte. Ein Regent darf keine solche Schwäche zeigen. Er verkündete, er werde mich niemals mit einem Magier verheiraten, weil der Mann an der Seite der Regentin die Rolle des Ersten Kämpfers ausfüllen muss. Sethon schwor, sich dafür zu rächen, und verließ den Palast. Ich war verzweifelt. Aber als er Vater so grausam ermordete, starb meine Liebe einen jähen Tod.«

»Und seitdem lebt das ganze Land in Angst vor ihm«, stellte Vindur fest.

Nemera nickte. »Niemand fühlt sich mehr sicher. In jedem Fürstenhaus sitzen Verräter, die ihm berichten, was vorgeht. Kein Mann wagt mehr, mich zu umwerben, denn Sethon droht, jeden zu töten, der den Platz an meiner Seite einnehmen will. Es ist fast, als sei er nun doch Herr über Dion. Und über mein Le…« Sie brach ab, als ein Bote die Treppe heraufgeeilt kam.

»Die Großmeisterin schickt mich«, keuchte er atemlos. »Ein Abgesandter Sethons bittet um Audienz.«

Nachdem Athanor erlebt hatte, dass die Drachendämonen keine Hirngespinste der Dionier waren, fehlte ihm Kahun beinahe. Der Priester hatte gewusst, worauf er achten musste, um zumindest bei Tageslicht eine sichere Stelle am Flussufer zu finden. Nun mussten sie sich auf ihre Augen und vage Ahnungen verlassen. Meist entschied Akkamas, der ein unerschütterliches Selbstvertrauen besaß. Athanor fand ihn leichtsinnig, aber wenn sein Freund unbedingt der Erste am Wasser sein wollte, war es seine Entscheidung. Seltsamerweise hing Laurion seit dem Vorfall an ihm wie eine Klette. Entweder war der Magier nach Kahuns Tod einsam, oder er wollte beweisen, dass er Athanor nicht feindselig gesonnen war. Athanor wusste nur, dass der Junge zu viel redete. Manchmal schickte er ihn sogar zu Eleagon, um wieder in Ruhe seinen düsteren Gedanken nachhängen zu können. Die trostlose Landschaft lud förmlich dazu ein, und solange er sich seine Rache an Davaron ausmalte, kam er sich weniger wie ein Verräter an Elanya vor. Vielleicht hatte sie ihm tatsächlich ihren Segen erteilt, die Jagd auf den Bastard eine Weile zu vernachlässigen, doch insgeheim fürchtete er, die Fährte des Elfs darüber zu verlieren.

Die Donnerberge ragten nun schon unübersehbar hoch am Horizont auf. Nur wenige Hügel trennten die Wüste von den ersten Gipfeln, hinter denen verschwommen weitere zu erkennen waren. Bald waren sie ihnen so nah, dass Athanor tiefer im Gebirge sogar Schnee leuchten sah. Angesichts der Hitze fragte er sich, ob ihm seine Augen einen Streich spielten. Doch die anderen sahen es auch.

Mittlerweile gab es keinen Weg und keine Dörfer mehr. Seit dem Vortag hatten sie niemanden gesehen, obwohl es Athanor vorkam, als sei die Steppe hier grüner und das Wild zahlreicher. Sie konnten nicht mehr am Ufer reiten, weil es wieder breitere Schilfgürtel und sogar lichte, kleine Wälder gab.

»Es liegt an den Donnervögeln«, erklärte Laurion. »Sie bringen manchmal Regen, wenn sich ein Neuer in die Gegend verirrt.«

»Das wäre doch ein Grund, sich hier anzusiedeln«, wunderte sich Eleagon.

»Nur auf den ersten Blick. Die Donnervögel stehlen den Bauern das Vieh – und manchmal sollen sie in schlechten Jahren auch Menschen holen. Das haben mir die Dorfältesten auf meiner ersten Reise erzählt. War nicht sehr ermutigend.« Laurion lächelte schief.

»Du lebst noch, also waren die Geschichten wohl übertrieben«, stellte Athanor fest.

»Ihr glaubt wohl alles erst, wenn Ihr es seht.«

»Also mir hat jemand von einem Donnervogel erzählt, der einen Drachendämon geschlagen hat wie ein Adler eine Schlange«, behauptete Akkamas. »Und *ich* glaube das aufs Wort.«

»Ihr seid schon einmal hier gewesen?«, fragte Laurion erstaunt.

Der Erste Kämpfer winkte ab. »Familienangelegenheiten. Ist eine Ewigkeit her.«

Für seine Familie kommt er weit herum.

»Wenn es so gefährlich ist, sich den Donnervögeln zu nähern, wie gelingt es Euch dann, ein Band mit ihnen zu knüpfen?«, erkundigte sich Eleagon.

»Ich warte, bis sie satt sind.«

Alle lachten, obwohl Laurion es ernst meinte.

»Einleuchtend«, befand Athanor. »Aber wir haben keine Zeit, herumzureiten, bis wir über einen vollgefressenen Donnervogel stolpern.«

»Aber genauso haben mein Lehrmeister und ich es damals gemacht.«

»Und wie lange habt Ihr gebraucht, um einen zu finden?«

»Am Himmel sieht man sie oft. Die Kunst ist, rechtzeitig da zu sein, wenn sie fressen. Das erfor…«

»Wie lange?«

»Acht Tage«, gestand Laurion. »Wir haben acht Tage gebraucht.«

Und das für einen einzigen Vogel! »Das muss schneller gehen. Du sagst, sie jagen oft hier?«

Der Magier nickte. »Sie …«

»Dann müssen wir sie mit Ködern anlocken.«

»Aber wir haben doch nur unsere Pferde dabei«, protestierte Laurion.

»Und die brauchen wir noch«, stimmte Athanor zu. »Nehmen sie Aas an?«

»Nein, das Regenopfer muss leben, sonst verschmähen sie es.«

»Dachte ich mir. Also fangen wir ein Schilfrind.«

»Und wer soll es bändigen?«, wollte Akkamas wissen. »Es wird uns nicht am Strick nachtrotten wie ein alter Ochse.«

»Die Elfen werden es besänftigen«, hoffte Athanor.

»Wir?« Eleagon hob verblüfft die Brauen. »Wie kommt Ihr darauf?«

»In den Elfenlanden reiten alle ohne Sattel und Zaumzeug. Kann man den Zauber nicht auch auf eine Kuh anwenden?«

»Habt ihr in der Heimat je auf einem Pferd gesessen?«, fragte Eleagon seine Leute.

Mahanael schüttelte den Kopf.

»Ein Mal als Kind«, antwortete Meriothin. »Es hat mich sofort wieder abgeworfen. Danach wollte ich lieber Seemann werden.«

»Ihr kennt diesen Zauber also nicht«, brummte Athanor.

»Wir sind Seefahrer«, bekräftigte Eleagon.

Elfen sind auch nicht mehr das, was sie in den Sagen meiner Kindheit waren. »Dann werden wir es eben auf die Gladiatorenart machen müssen.«

Davaron fand die alte Magierin mutig. Sie hatte ihn in ihr Studierzimmer führen lassen, obwohl sie ihm dort allein gegenübersaß. An ihrem Lesepult lehnte ein Stab, den man kaum als Waffe bezeichnen konnte, während er Schwert und Dolch am Gürtel trug. Glaubte sie, sich durch Zauberei schützen zu können? Er bezweifelte, dass sie dazu in der Lage war. Vielleicht war sie einfach ihres langen Lebens überdrüssig, nachdem sich Sethon zum Großmeister aufgeschwungen hatte. Sie mochte sich mit demselben Titel schmücken, aber wie es schien, erkannte der Orden sie nicht an.

»Warum schickt Sethon ausgerechnet Euch?«, fragte sie, nachdem er sein Anliegen vorgetragen hatte.

Sogleich stieg sie in Davarons Achtung. Dass sie Sethons Worten weniger Beachtung schenkte als den Umständen dieser Botschaft, sprach für ihre Weitsicht. »Um ehrlich zu sein, glaube ich nicht, dass er mir damit sein übergroßes Vertrauen ausdrücken wollte«, antwortete er wahrheitsgemäß. »Er hat wohl nur angenommen, dass man mich eher zu Regentin Nemera – und wieder gehen – lassen wird als einen seiner Ordensbrüder. Immerhin habe ich mich noch keines Mordes schuldig gemacht.« *Zumindest nicht in Dion, und wenn todgeweihte Verfluchte, die mich angreifen, nicht zählen.*

»Seid Ihr ein Nekromant?«

Die Runde geht an sie. »Wie Ihr sehen könnt, bin ich in erster Linie ein Elf und hier in Dion, um die Magie der hiesigen Zauberer zu studieren. Sethons Ziele oder die seines Ordens sind mir völlig gleich.«

»Wenn das so ist, warum seid Ihr dann *sein* Gast und nicht der meine? Ich bin sicher, ich könnte Euch einige Zauber zeigen, die Ihr noch nicht gesehen habt.«

Das Eis wird dünner … »Davon bin ich überzeugt«, log er. Was sollte sie schon beherrschen, das nicht auch dem einen oder anderen Ordensbruder geläufig war? »Ich bin nur Sethon über den Weg gelaufen, bevor ich Euch traf.«

»Ein Zufall also.«

Sie glaubt mir kein Wort. »Nicht ganz. Das Ordenshaus von Marana liegt nun einmal näher am Ort meiner Ankunft in diesem Land als Ehala.«

»Von diesem Vorfall habe ich gehört«, sagte sie nur. War das nun zu seinen Gunsten oder seinem Nachteil?

»Ich versichere Euch, dass ich nicht die Absicht hege, Eurer Regentin oder Euch auch nur ein Haar zu krümmen. Gebt mir einfach eine Antwort für Sethon und schickt mich zu ihm zurück.«

Sie musterte ihn, ohne eine Regung zu zeigen. »Wurde Euch nicht aufgetragen, die Botschaft persönlich zu überbringen?«

Davaron zuckte mit den Schultern. »Vermutlich hat er es so gemeint, aber seine Worte lassen einigen Spielraum.« *Schlimmstenfalls hetzt er mir Untote oder Basilisken auf den Hals.*

Die Mundwinkel der Alten zuckten verdächtig. Auf dem Gang näherten sich schwere, zügige Schritte. Davaron schob seinen Armstumpf über den Astarion, als die Tür auch schon aufgestoßen wurde. Ein ergrauter Krieger, der ein Kettenhemd über vornehmen Gewändern trug, stand mit gezogenem Schwert auf der Schwelle.

»Falls Euer martialischer Auftritt dazu dienen soll, mich zu retten, danke ich Euch«, sagte die Großmeisterin, doch sie klang abweisend.

»Was habt Ihr mit dem Boten des Mörders zu schaffen?«, herrschte der Kerl sie an. Wer auch immer er war, offensichtlich traute er der Alten ebenso wenig wie ihm.

»Da Ihr nicht verfügbar wart, hat man *mir* seine Ankunft gemeldet«, gab die Magierin gereizt zurück. »Ich habe es als meine Pflicht betrachtet zu prüfen, ob er eine Gefahr für die Regentin darstellt.«

»*Jeder* Zauberer stellt eine Gefahr dar!«, blaffte der Krieger. Sein grimmiger Blick richtete sich auf Davaron. »Übergebt mir die Botschaft und verschwindet!«

»Ich bedaure. Sie ist mündlich, und ohne eine Antwort ergibt Sethons Angebot keinen Sinn.«

»Das habt Ihr Euch fein ausgedacht, um vorgelassen zu werden«, höhnte der Mann. »Aber solange ich Erster Kämpfer bin ...«

»Macht Euch nicht lächerlich, Hamon«, fiel ihm die Großmeisterin ins Wort. »Wenn Sethon einen Anschlag auf unsere Regentin verüben wollte, könnte er jederzeit in Eurer Gestalt in Ihre Gemächer spazieren.«

»Habt Ihr nicht behauptet ...« Der Krieger brach ab und sah kurz zu Davaron, bevor er sich rasch wieder der Alten zuwandte, die nur den Kopf schüttelte. Sie hatte also irgendwelche magischen Fallen oder etwas Ähnliches eingerichtet, um das Leben ihrer Herrin zu schützen, und dieser Narr plauderte es aus.

»Ich gelobe gern, in Gegenwart der Regentin nicht zu zaubern, solange ich nicht angegriffen werde«, bot Davaron an, um die Lage zu entschärfen.

Hamon schnaubte verächtlich. »Wenn Ihr ein Freund Sethons seid, ist Euer Wort so viel wert wie ein leerer Eimer in der Wüste.«

»Würdet Ihr Euch bereit erklären, für die Audienz einen Armreif aus Blei zu tragen?«, erkundigte sich die Großmeisterin. »Hamon wird im Gegenzug einwilligen, Euch Eure Waffen zu lassen.«

»Wann habe ich Euch gestattet, für mich zu sprechen?«, grollte der Krieger.

»Seid Ihr einverstanden oder nicht?«, beharrte die Alte.

Hamon sah Davaron scharf an. »Ich *wäre* einverstanden, aber ich wette, der Leichenschänder hier nicht.«

Wie bei den Zwergen jeder Magie beraubt zu sein, gefiel Davaron nicht, aber er wollte verdammt sein, wenn er sich von diesem aufgeblasenen Menschenmann den Schneid abkaufen ließ. Außerdem empfand er Neugier. Für welche Frau war Sethon bereit, ein ganzes Land in den Untergang zu reißen? »Her mit dem verfluchten Armreif.«

Athanor hing an einem Ende des Stricks, an dessen anderem Ende ein Schilfrind tobte. Nach etlichen missglückten Anläufen war es ihm gelungen, einem dösenden Tier eine Schlinge über die Hörner zu werfen. Stets waren sie zu früh aufgeschreckt und davongejagt, oder er hatte danebengeworfen. Es war viele Jahre her, dass Theleus und er in der Arena spielerisch ihre Kräfte mit anderen jungen Kriegern gemessen hatten und dafür von der Menge beinahe ebenso gefeiert worden waren wie die Gladiatoren. Damals hatte er nicht einmal geahnt, dass er eines Tages das Alte Reich wiedervereinen und in den Untergang stürzen würde.

Obwohl es ihm gelungen war, das Seil um einen Baum zu schlingen, musste er die Füße gegen Stamm und Wurzeln stemmen, um dem jungen Stier zu trotzen. Das Tier zerrte und ruckte mit ganzer Kraft am Strick, dass Seil und Baumrinde knirschten. Unter dem sandfarbenen Fell mit grauen Streifen, die es im Schilf tarnten, wölbten sich Muskelberge, die einem Donnervogel sicher das Wasser im Schnabel zusammenlaufen ließen. Deshalb versteckten sich die Rinder tagsüber im Schilf oder im Schatten der Bäume.

»Ist er noch da?«, keuchte Athanor.

Mahanael, der die schärfsten Augen hatte, blickte am Rand des Hains zum Himmel auf. »Er ist gerade hinter dem Gipfel verschwunden, aber ich glaube ... ja, er kommt zurück!«

»Akkamas?«

Der Erste Kämpfer wartete bereits hinter ihm, um das Seil zu übernehmen. Fast hätte ein neuer Ruck des Stiers ihnen den Strick bei der Übergabe aus den Händen gerissen. Athanor lief der Schweiß in Strömen über Rücken und Stirn. Rasch nahm er einen tiefen Schluck aus seinem Wasserschlauch, während Meriothin ihm ihr zweites Seil reichte. Auch dieses hatte Eleagon mit einer Seemannsschlinge versehen, von der er behauptete, eher werde der Strick reißen, als sich der Knoten öffnen.

Wachsam näherte sich Athanor dem tobenden Stier. Nach seinen Schwierigkeiten mit dem ersten Seilwurf sah er ein, dass es ihm nicht gelingen würde, die Schlinge über ein Hinterbein des bockenden Bullen zu werfen. Ihm blieb nur, sie wie ein Jäger einzusetzen. Doch auch dazu musste er sich dem Tier nähern, das bei seinem Anblick noch wilder am Strick riss. Es verdrehte die Augen, bis das Weiße darin sichtbar wurde, und wich seitwärts aus, so weit es das Seil zuließ. Auf diese Art hätte es sich um den Baum gewickelt, wäre dort nicht Akkamas in seinen Blick geraten. In der Zwickmühle zwischen zwei Gegnern hielt es keuchend inne und äugte misstrauisch von einem zum anderen.

»Laurion, lenk ihn ab!«, rief Athanor. »Ich komm nicht an ihn ran.«

Der Magier wedelte ungelenk mit den Armen und ahmte wenig überzeugend den heiseren Schrei eines Stiers nach, doch es genügte, um das Tier zu verwirren. Rasch warf Athanor die Schlinge, die neben einem Hinterbein des Bullen zu Boden fiel. Erschrocken zuckte das Tier zusammen und wehrte sich bockend erneut gegen den Strick um die Hörner. Athanor wagte sich näher, starrte gebannt auf die Schlinge, während Laurion lauter brüllte und heftiger winkte. Nun war Athanor so nah, dass ihn der Stier erreichen konnte, sollte er angreifen wollen.

Jetzt! Athanor sah den Huf zur Erde sinken und riss bereits am Seil, als das Tier in die Schlinge trat. Sie rutschte am Bein empor, während Athanor rückwärtseilte. Schon war der Strick straff und zog sich zu. Der Stier spürte es und trat heftig aus. Eine brennende Spur grub sich in Athanors Handflächen, bis er das Seil wieder fest im Griff hatte.

»Hör auf, Laurion!« Wenn das Tier so weitertobte, würde es noch tot zusammenbrechen, bevor sie es dem Donnervogel vorgeführt hatten. »Bringen wir ihn raus!«

Wie verabredet eilte Mahanael Athanor zu Hilfe, während sich Meriothin und Eleagon bei Akkamas bereithielten.

Wieder stand der Stier schwer atmend da, als ob er zu ergründen versuchte, was seine Gegner vorhatten. Meriothin und Eleagon näherten sich vorsichtig und packten den Strick vor dem Baum, damit Akkamas ihn hinter ihnen vom Stamm lösen konnte. Dann zogen sie zu dritt behutsam am Seil.

Sofort kämpfte das Tier gegen sie an, drohte, die drei Männer am Seil herumzuschleudern. Doch sie stemmten sich breitbeinig dagegen, während Athanor und Mahanael ein Hinterbein des Stiers vom Boden zerrten und in der Luft hielten.

»Bin ich wieder dran?«, rief Laurion.

Ist das zu fassen? »Wer sonst? Beeil dich!«

Der Magier hastete in eine bessere Position und begann, den Bullen mit Wedeln und Geschrei vor sich herzutreiben.

»Gut! Weiter!«

Stück für Stück bugsierten sie das Tier aus der Deckung der Bäume heraus. Auf drei Beinen sprang es mal vorwärts, mal seitwärts, und riss immer wieder an den Stricken. Manchmal mussten Athanor und Mahanael sogar Seil nachgeben, damit es nicht stürzte.

Endlich hatten sie den Hain hinter sich und arbeiteten sich auf die Steppe hinaus. Nun konnten sie dem scharfen Blick des Raubvogels nicht mehr entgehen – wenn er denn noch in der Nähe war. Athanor schielte zum Himmel empor, doch ihm blieb keine Zeit zu suchen.

»Er kommt über den Mekat!«, rief Meriothin. »Ich glaube, er hat uns gesehen!«

»Noch nicht loslassen!« Athanor widerstand dem Drang, sich nach dem Donnervogel umzusehen. Wenn sie zu früh das Weite suchten, konnte das Rind vielleicht zurück in den Hain fliehen. »Er hat abgedreht.« Meriothin klang enttäuscht. »Er ist nur misstrauisch«, rief Laurion. »Da, seht ihr? Er kommt im Bogen zurück. Woher soll er wissen, ob er …« »Quatsch nicht! Sag uns, wann wir loslassen sollen!« Athanor stand mit dem Rücken zum Fluss und konnte den Vogel nicht sehen.

»Öhm … Jetzt!«, schrie Laurion.

Während Athanor das Seil fahren ließ, wandte sich der Magier hastig zur Flucht, verhedderte sich dabei in seiner Robe und fiel auf die Knie.

»Verdammt!« Athanor rannte zu ihm, griff ihm aus vollem Lauf unter die Schultern und riss ihn auf die Füße. »Komm schon!«, herrschte er das menschliche Bündel an, das er mit sich schleifte. Ein Schrei des Donnervogels gellte ohrenbetäubend in seinen Ohren. Laurion stolperte neben ihm her, bis die Füße wieder sicheren Tritt fassten. Gemeinsam rannten sie in die erstbeste Richtung. Hinter ihnen schrie der Vogel erneut. Athanor wagte einen Blick über die Schulter und hielt abrupt an. Der Donnervogel hatte die Klauen in den Stier geschlagen und schwang sich gerade mit seiner Beute wieder in die Luft.

»So war das nicht gedacht! Komm sofort zurück, du verfluchtes Untier!«, brüllte Athanor.

»O nein«, seufzte Laurion. »Bestimmt glaubt er, dass er uns die Beute gestohlen hat. Wir könnten versuchen, sie ihm wieder abzunehmen, wenn er hier frisst.«

»Sind die verdammten Biester so schlau?« Doch wenn Athanor es recht bedachte, war selbst ein Hund gerissen genug dafür.

»Ich glaube, sie sind viel klüger als andere Raubvögel«, schwärmte Laurion. »Ihr könnt es in ihrem Blick lesen, wenn …«

»Lass ihn nicht aus den Augen!«, fiel Athanor dem Zauberer ins Wort. »Wir müssen hinter ihm her!«, rief er den anderen zu. So schnell, dass ihm die Lungen brannten, hastete er zu den Pferden, die sie im Schutz eines Hains zurückgelassen hatten.

Akkamas und Mahanael waren ihm dicht auf den Fersen, aber auch Eleagon und Meriothin trafen ein, bevor er alle Pferde losgebunden hatte und sich in den Sattel schwang. Im Galopp hetzte er zu Laurion zurück, dessen Pferd er am Zügel hinter sich herzog. »Wo ist er?«

Laurion deutete die Vorberge entlang. Athanor entdeckte den dunklen Fleck, der rasch kleiner wurde. »Schnell!«

Die Erde dröhnte unter dem Hufschlag, während sie hinter dem Donnervogel herjagten. Gazellen und kreischende Fasane stoben vor ihnen davon. Athanor mühte sich, den braunen Vogel im Auge zu behalten, doch er verschwamm immer wieder mit dem braungrauen Gestein.

Zum Dunklen mit dem Biest! »Seht Ihr ihn noch?«

»Er kann mit dieser schweren Beute nicht weit fliegen«, behauptete Laurion. Doch was nützte es ihnen, wenn sie ihn nicht wiederfanden?

»Er ist auf einem Hang gelandet«, rief Mahanael.

»Hast du die Stelle im Blick?«

»Ja.«

»Dann sollten wir uns langsam nähern, damit er nicht wieder abhaut.« Athanor zügelte sein Pferd zu einem flotten Trab, bis er den Donnervogel wieder entdeckt hatte. Rasch hielt er an und sah den steinigen, karg bewachsenen Hang hinauf. Das Untier musste sie bereits entdeckt haben, doch es war dabei, seine Beute zu zerpflücken, und fühlte sich auf seiner erhöhten Warte offenbar sicher.

»Steigen wir ab.« Athanor hoffte, dass sie dadurch weniger bedrohlich wirkten. »Du bist dran, Laurion. Das Überleben deines Volks hängt von dir ab!«

Der Magier lächelte unsicher und machte sich an den Aufstieg. Seine weiße Robe leuchtete so hell, dass ihn der Donnervogel unmöglich übersehen konnte. Laurion ging langsam und nahm nicht den direkten Weg. Ob es der Anstrengung oder Bedacht geschuldet war, spielte keine Rolle, solange er dadurch harmlos erschien. Athanor musste schmunzeln. Der Junge *war* harmlos. Auch der Donnervogel schenkte ihm keine erkennbare Beachtung.

Mit zunehmender Höhe wurde der Magier für sie eine kleine, ferne Gestalt. Er hatte sein Ziel fast erreicht, und das Untier schlang ungerührt Stücke herunter, die es aus dem Kadaver des Stiers riss.

»O verdammt!«, entfuhr es Akkamas, als ein schwarzer Fleck über den Hang auf Laurion zuglitt.

Ein Schatten! Athanors Blick schoss empor. Ein zweiter Donnervogel stieß aus dem Himmel herab.

19

Wo das Blei Davarons Haut berührte, brannte sie, als hätte er eine Brennnessel gestreift. *Bei allen Astaren!* Warum war es nicht kühl und erwärmte sich langsam wie jedes andere Metall? Es musste damit zusammenhängen, dass es seine Magie vor ihm verbarg, als wäre zwischen ihm und den Zaubern eine Tür zugeschlagen. Er erinnerte sich, was dahinterlag, aber er kam nicht heran.

Grimmig biss er die Zähne gegen das Brennen zusammen und folgte der Großmeisterin in einen weiteren abgeschiedenen Raum. Hamon hielt sich dabei schräg hinter ihm und ließ ihn zweifellos nicht aus den Augen.

Das Zimmer war so schlicht ausgestattet, dass Davaron nicht einmal raten konnte, wofür es gewöhnlich diente. Auf einem flachen Podest stand ein einziger Stuhl, auf dem eine schlanke, dunkelhaarige Frau saß. Aus ihrem kostbaren Schmuck und dem erhöhten Platz schloss er, dass er die Regentin vor sich hatte, und neigte andeutungsweise das Haupt. Das in zahlreiche Falten gelegte Seidenkleid war einer Königin würdig, denn es betonte ihren schlanken Körper, ohne ihn zur Schau zu stellen. Für eine Menschenfrau mochte sie eine würdevolle Haltung haben, doch gegen eine Elfe kam sie Davaron hager und ungelenk vor.

»Herrin, dieser Elf hat darum ersucht, Euch eine Botschaft des Anführers der Abtrünnigen zu überbringen«, erklärte die Großmeisterin.

»Ihr müsst Davaron sein. Man hat mir bereits von Euch berichtet«, sagte Nemera kühl.

Davaron lächelte nur. Was Eleagon und Athanor über ihn erzählten, konnte er sich lebhaft vorstellen.

»Was hat Sethon mir so Wichtiges zu sagen?«, fuhr Nemera fort. »Sprecht!«

»Er hat mir aufgetragen, Euch seine tiefste Verbundenheit mit Euch zu versichern.«

Die Züge der Regentin verhärteten sich. Ihren Vater zu töten, war kein sonderlich kluger Zug gewesen.

»Sethon bietet an, Euch gegen die Drachen beizustehen, wenn Ihr Euch bereit erklärt, ihn zu heiraten.«

Mehrere Anwesende schnappten nach Luft. Nemera starrte ihn an, als könnte sie Sethon töten, indem sie den Boten mit ihrem Blick erdolchte.

»Soll ich den unverschämten Kerl für Euch richten?«, fragte Hamon prompt.

Davaron sah ihn über die Schulter an, während sich seine Hand dem Schwertgriff näherte. »Wäre es nicht ein wenig ehrlos, den Überbringer für den Inhalt der Nachricht zu töten?«

»Schweigt!«, forderte Nemera. Sie musste ihre dunkle Stimme nicht einmal heben, um ein Wort in einen Hieb zu verwandeln. »Hört meine Antwort! Der Große Drache möge geben, dass der Tag, an dem ich die Hilfe eines Verräters brauche, niemals anbricht. Sollte es aber doch so sein, bin ich um meines Volkes willen bereit, ihm zu vergeben und Frieden mit ihm und seinem Orden zu schließen.«

Die Großmeisterin öffnete den Mund, um etwas zu sagen, aber die Regentin gebot ihr mit einer Geste Einhalt.

»Doch ebenso um meines Volkes willen werde ich niemals einwilligen, seine Frau zu werden, damit er über dieses Land herrschen kann.«

Davaron merkte, wie sich seine Lippen erneut zu einem Lächeln verzogen, und setzte rasch eine gleichmütige Miene auf. Die Antwort geschah Sethon recht. Am Bett einer Frau zu betteln oder zu drohen, war erbärmlich. Doch die Zurückweisung würde ihn endgültig in den Wahnsinn treiben.

»Runter, Laurion!«, brüllte Athanor.

»Lasst Euch fallen!«, rief Eleagon gleichzeitig.

Ob Laurion sie auf die Entfernung verstand? Sie konnten nur sehen, wie er erstarrte und zu dem Donnervogel hinaufsah, der mit ausgestreckten Klauen herabstieß.

»Wir müssen ihm helfen!« Akkamas wollte losrennen, doch Athanor hielt ihn an der Schulter.

»Das hat keinen Sinn. Wir kämen zu spät.«

»Wollt Ihr ihn einfach fressen lassen, nur weil er ein Gläubiger ist?«, fuhr Akkamas auf. Über ihnen schrien die Donner-vögel, dass es von den Bergen widerhallte.

»Was hat Dion davon, wenn noch mehr von uns sinnlos draufgehen?«

»Seht! Laurion, steht noch!«, rief Meriothin.

Der Magier hielt zwar einen Arm schützend vor sein Ge-sicht, aber der Donnervogel war ein Stück neben ihm gelandet und sah nur auf ihn herab. Das andere Untier breitete die Schwingen über seine Beute und drohte dem Neuankömmling mit geöffnetem Schnabel. Doch der beachtete ihn nicht, sondern beäugte Laurion, indem er den riesigen Kopf mal zur einen, dann zur anderen Seite neigte.

»Denkt er noch darüber nach, ob ein Mensch essbar ist?«, wunderte sich Mahanael.

»Abwarten!«, mahnte Athanor und ließ die Hand vorsichts-halber auf Akkamas Schulter liegen. »Der Magier sagt, er muss ihnen in die Augen sehen, und genau das tut er.«

»Redet er mit ihm?«, fragte Eleagon. »Ich kann es nicht sehen.«

»Nein, ich glaube nicht, dass er die Lippen bewegt«, antwor-tete Mahanael.

»Aber irgendetwas passiert zwischen ihnen«, beharrte sein Schiffsführer.

Schweigend beobachteten sie, wie der Zauberer allein dem gewaltigen Tier gegenüberstand. Längst machte sich der andere Donnervogel wieder über den toten Bullen her. Es war so still, dass Athanor glaubte, Sehnen und Fleisch reißen zu hören. Endlich regte sich Laurion, nickte. Dann winkte er ihnen zu, doch was wollte er ihnen damit bedeuten?

Der Donnervogel stieß sich ab und schwang sich in die Luft. Wenn Laurion mit ihm fertig war, warum zum Henker ging er dann nicht zu dem anderen, um ihn ebenfalls an sich zu binden? Stattdessen schickte er sich an, vom Berg herunter-zukommen.

Gerade als Athanor hinaufbrüllen wollte, der Magier solle sich gefälligst wieder an die Arbeit machen, bemerkte er den Donnervogel, der zu ihnen herabgesegelt kam. »Achtung!«

Alle wichen gleichzeitig zurück. Athanor packte den Zügel fester, um sein scheuendes Pferd zu halten, während er mit der anderen Hand das Schwert zog. Im nächsten Augenblick glänzte fünffach Stahl zwischen ihnen und dem Untier, das unbeirrt vor ihnen landete. Athanor kniff die Lider gegen den aufgewirbelten Sand zusammen. Auf dem Gefieder glaubte er, eine Ahnung der winzigen Blitze zu sehen, die er bei ihrer ersten Begegnung mit einem Donnervogel entdeckt hatte. Sein Reittier zerrte am Zügel, dass er es mit einem Ruck zur Vernunft bringen musste, bevor an etwas anderes zu denken war.

»Tut ihm nichts!«, rief Laurion, der den Hang herabeilte. Mit fuchtelnden Armen schlitterte er über lose Steine, aber dieses Mal blieb er auf den Füßen. »Er will mit uns reden.«

»Reden?«, wiederholte Akkamas.

Athanor sah zu dem riesigen Raubvogel auf, der hoch wie ein Troll war. Das Tier starrte mit strengem Adlerblick zurück. Sein Schnabel wirkte wie auf dem Amboss eines Zwergengotts geschmiedet. Wieder spielten winzige weiße Funken über das braune Gefieder.

»Bis jetzt sagt er nicht viel«, stellte Athanor fest.

»Vielleicht sollten wir uns höflich vorstellen?« Akkamas verneigte sich scherzhaft. »Sei gegrüßt, Herr des Donners. Ich bin Akkamas, Erster Kämpfer ...«

»Nein, nein«, fiel Laurion ihm ins Wort und eilte die letzten Schritte den Hang hinab. »Er kann nicht sprechen. Aber er hat versucht, mir etwas zu sagen, und ich habe geantwortet ...« Er zeigte auf seinen eigenen Kopf. »Hier drin.«

»Aha.« Athanor wechselte einen vielsagenden Blick mit Akkamas. Hatte der Magier zu lange in der Sonne gestanden?

»Ist das ein Zauber?«, erkundigte sich Eleagon.

Laurion nickte. »Wenn ich einen Donnervogel rufe, mache ich es genauso. Ich konzentriere mich auf ihn und stelle mir lebhaft vor, wie er heranfliegt und das Rinderopfer findet. Nur dass in diesem Fall ...« Er deutete auf den Donnervogel. »... er mir ein Bild in den Kopf gepflanzt hat, und dann ich wieder ihm und ... Es wurde eine Art Unterhaltung daraus.«

»Was sagt er?«, wollte Athanor wissen.

Laurions Gesicht verdüsterte sich. »Er hat mir Drachen gezeigt. Mehrere.«

»Er wollte uns warnen?« Eleagon blickte respektvoll zu dem Donnervogel auf. »Kein gewöhnliches Tier würde so handeln. Sie müssen wirklich klug sein.«

»Was hat er dir noch über die Drachen verraten?«, fragte Athanor.

»Sie sind auch für die Donnervögel eine Gefahr. Er hat mir gezeigt, wie ein Drache einen von ihnen getötet hat, um ihm die Beute abzunehmen.«

»Großartig!«

Laurion runzelte die Stirn. »Was ist an einem toten Donnervogel so erfreulich?«

»Wir haben einen gemeinsamen Feind. Vielleicht ist dein neuer Freund hier, um sich mit uns zu verbünden.« Abschätzend sah Athanor wieder zu dem Vogel auf. »Ich will, dass du ihm einen Vorschlag machst. Stell dir vor, wie ...« Athanor malte Laurion mit Worten seinen Plan aus, und der Magier schloss die Augen.

»Welche Schreckensnachricht bringt Ihr mir nun wieder?«, bangte Nemera, als Hamon mit düsterer Miene den kleinen Saal betrat. Sie mochte diesen Raum, denn die hohen Bogenfenster ließen viel Licht und Luft herein. Da er in den Fels geschlagen worden war, blieb er selbst tagsüber kühl, und sie saß gern auf den Fensterbänken, um über die Stadt zu blicken. Die Aussicht erinnerte sie an freudvollere Tage und lenkte sie ein wenig vom quälenden Warten auf die Katastrophe ab, an die sie mittlerweile fest glaubte. Im Grunde lechzte sie nach Neuigkeiten, nach einem Anlass, etwas zu unternehmen, selbst wenn es sinnlos war. Doch zugleich sank ihr Herz noch weiter, als Hamons Blick nichts Gutes verhieß.

»Es geht um den Kundschafter, der dem Elf gefolgt ist. Wir haben ihn tot in der Wüste gefunden.«

»O verdammt!«, entfuhr es ihr. Hofdamen und Diener blickten betroffen zu Boden oder an die mit Fresken geschmückte

Decke. »Wir müssen Sethons Versteck aufspüren! Er ist in der Nähe. Ich weiß es. Sendet mehr Späher aus! Vielleicht gelingt es einem von ihnen, der Spur des Elfs zu folgen.«

»Wir werden ihn finden.« Hamon verneigte sich und verließ den Raum.

Hinter ihm war Thegea aufgetaucht. Nemera bedeutete der Großmeisterin, zu ihr ans Fenster zu kommen. Bildete sie es sich ein, oder stützte sich Thegea von Tag zu Tag schwerer auf ihren Stab? *Auch auf ihr lasten viele Sorgen. Ich bin nicht so einsam, wie ich manchmal glaube.* »Setzt Euch zu mir, Thegea! Es muss Euch schwergefallen sein, die vielen Stufen heraufzukommen.«

Die Großmeisterin lächelte schelmisch, obwohl ihr die Anstrengung ins Gesicht geschrieben stand. »Ich hätte den großen, dünnen Elf nicht fortlassen dürfen, bevor er mir seinen Schwebezauber beigebracht hat.«

Trotz allem musste Nemera schmunzeln. »Die Treppe heraufzuschweben, stünde Euch wirklich gut an.« Doch die Erwähnung der Elfen erinnerte sie auch an eine ihrer drängendsten Fragen. »Glaubt Ihr, dass sie rechtzeitig zurückkommen werden, um uns beizustehen?«, fragte sie leise. Seit sie Hamon nicht mehr blind vertraute, sehnte sie sich nach der Gegenwart Athanors und seiner Elfenfreunde, die so unerschütterlich wirkten, als könnten ihnen selbst Drachen nichts anhaben.

»Leider bin ich keine Seherin«, seufzte Thegea. »Es kommt darauf an, wie schnell sich die Drachen nähern. Habt Ihr Nachricht aus Katna erhalten?«

Nemera senkte den Blick. »Ja.« Ein Bote hatte ihr den Brief am Abend zuvor gebracht. Ihn zu lesen, hatte sie so taumeln lassen, dass die Zofen ängstlich an ihre Seite geeilt waren. Sie kam sich vor wie eine Marionette, die an immer weniger Fäden hing. Doch es brachte ihr keine Freiheit, sondern beraubte sie nur ihres Halts. »Meine Mutter wird nicht nach Ehala kommen«, antwortete sie tonlos. War damit nicht alles gesagt? Dennoch verspürte sie das Bedürfnis, ihre Mutter zu verteidigen. »Sie schreibt, dass viele meiner Warnung gefolgt sind und fliehen. Aber ebenso viele weigern sich, alles aufzugeben. Sie tragen Vorräte zusammen und verbarrikadieren sich in ihren Häusern. Aira, Fürstin von Katna, fühlt sich ihnen verpflichtet. Sie wird nicht kommen. Lieber stirbt sie mit ihrem Volk, als es im Stich zu lassen.«

Thegea ergriff tröstend Nemeras Hand und schwieg. Es gab keine Worte, um den Verlust der Mutter erträglich zu machen.

»Ich habe die Hoffnung verloren, dass der Große Drache uns retten wird«, flüsterte Nemera und kämpfte gegen Tränen an. »Fischer haben Rauch über den Städten des Südens gesehen. Es hat schon begonnen.«

»Wenn uns der Große Drache im Stich lässt, wird der Kaysar alles tun, was in seiner Macht steht«, versicherte Thegea. »Er ist der Herr über die Lebenden und die Toten. Ihn kann nichts aufhalten.«

»Athanor ist der Kaysar, nicht wahr?« Nemera merkte, wie sich ihre Finger um Thegeas gebrechliche Hand klammerten.

Die Großmeisterin lächelte. »Er hat es mir unter Wahrheitszauber gesagt.«

Hinter Athanor ertönte ein überraschter Ausruf. *Akkamas?* Im Trommeln der Hufe war die Stimme beinahe untergegangen. Athanor warf einen Blick über die Schulter und zügelte sofort sein Pferd, das schwer atmend stehen blieb. Der Erste Krieger Katnas rappelte sich mit schmerzverzerrtem Gesicht auf und klopfte sich den Staub von den Ärmeln. Sein Pferd musste aus vollem Lauf zusammengebrochen sein. Humpelnd trat er neben es und beugte sich darüber, um festzustellen, ob es noch lebte.

Die Elfen und Laurion hatten ebenfalls angehalten. Als Akkamas den Kopf schüttelte, sahen sie mit betroffenen Mienen auf das tote Tier hinab.

»Verdammt!«, entfuhr es Athanor. Schuldbewusst sprang er aus dem Sattel. Aus Sorge, zu spät zu kommen, hatte er den Bogen überspannt, und sie besaßen kein Ersatzpferd. Die Tiere waren am Ende, so überhitzt, dass sie nicht einmal mehr schwitzten. Keines von ihnen war in der Lage, einen zweiten Reiter zu tragen.

Auch Eleagon schwang sich vom Pferd.»Steigt ab, Männer! Die Tiere brauchen dringend Wasser und eine Rast.«

Akkamas strich dem Pferd ein letztes Mal über die Stirn, bevor er sich daranmachte, sein Gepäck vom Sattel zu schnallen. »Es ist meine Schuld. Ich hätte etwas merken müssen. Jetzt sitzen wir meinetwegen fest.«

»Es nützt nichts, irgendjemandem die Schuld zu geben«, sagte Eleagon.»Wir alle wussten, dass die Tiere erschöpft sind. Suchen wir nach einer Stelle am Ufer, wo wir sie gefahrlos tränken können.«

»Könnt Ihr laufen?«, erkundigte sich Athanor bei Akkamas. Immerhin hatte der Krieger eben noch gehinkt. Es war verdammtes Glück, dass er sich bei dem Sturz nichts gebrochen hatte.

»Es geht schon«, wehrte Akkamas ab. Tatsächlich humpelte er mit jedem Schritt weniger.

Schweigend folgten sie dem Weg, der hier wieder breit und von Generationen von Reitern, Wanderern und Ochsengespannen ausgetreten war. Der Flüchtlingsstrom gen Ehala schien weitgehend versiegt, und von dort kam ihnen den ganzen Tag niemand entgegen. Bald fanden sie eine Stelle, an der das Ufer von zahllosen Hufen zertrampelt war. Die Abdrücke im getrockneten Schlamm verrieten, dass die Bauern hier ihr Vieh getränkt hatten.

»Sollte sicher sein«, befand Meriothin und übernahm die Vorhut.

Seit Kahuns Tod hatten sie sich angewöhnt, nacheinander und mit der blanken Waffe in der Hand zum Wasser zu gehen. So blieb die Oberfläche ruhiger und verriet manchmal durch eine Welle, dass sich etwas näherte.

Nachdem Athanor sein Pferd versorgt hatte, setzte er sich zu den anderen in den Schatten des einzigen Baums weit und breit. Wenn sie schon rasten mussten, konnten sie ebenso gut essen. Doch die Stimmung war gedrückt.

»Was machen wir jetzt?«, fragte Laurion schließlich.»Soll ich Euch zu mir aufs Pferd nehmen? Ich glaube, ich bin der Leichteste von uns.«

»Ich habe eine bessere Idee«, behauptete Eleagon. »Erinnert
Ihr Euch an den Lastkahn, den wir überholt haben?«, wandte er
sich an Athanor.

»Ja.«

»Er müsste bald hier vorüberkommen. Warum fragen wir
nicht, ob wir mitfahren dürfen? Mit der Strömung ist der Kahn
schneller als wir zu Fuß, und da er die Nacht hindurch weiter-
fahren kann, würden wir viel Zeit sparen.«

»Das Boot sah schwer beladen aus«, wandte Athanor ein.
Sicher waren es Flüchtlinge, die sich mitsamt ihrer Habe an
Deck drängten. »Sie werden keinen Platz für uns haben.«

»Wir müssen sie fragen«, meinte Eleagon. »Vielleicht lassen
sie mit sich handeln.«

»Da kommen sie!«, rief Akkamas und deutete auf ein fernes
Segel.

Athanor blickte den Fluss hinauf. Durfte er die Flüchtlinge
zwingen, ihm den Kahn zu überlassen, weil vielleicht das
Schicksal Dions davon abhing? Wie gewiss war es überhaupt,
dass sein Plan aufging? Nicht einmal Laurion wusste, ob der
Donnervogel ihnen Hilfe zugesagt hatte oder nicht. Die beiden
hatten zwar durch Bilder Botschaften ausgetauscht, doch was
genau bedeuteten sie? Er musste auf Verhandlungen setzen.
Aber wenn Worte nicht halfen ... Er wusste, wofür er sich entscheiden würde – auch wenn es falsch war.

Als das Boot in Rufweite kam, stieg Athanor wieder aufs
Pferd, um mit dem Schiffsführer auf gleicher Höhe sprechen zu
können. Er ritt zum Wasser, und die anderen folgten ihm, hielten sich bereit, einzugreifen, wie sie es besprochen hatten. Nur
Akkamas kam an seine Seite. Er hatte Laurions Pferd bekommen, denn der Magier wäre in einem Kampf ohnehin nur im
Weg gewesen.

»Überlasst mir das Reden«, schlug Akkamas vor. »Ihr wirkt
immer noch wie ein seltsamer Fremder, sobald Ihr den Mund
aufmacht.«

Athanor schnaubte. »Ich *bin* ein seltsamer Fremder.« Doch
sein Freund hatte recht. Verhandlungen waren noch nie seine
Stärke gewesen.

Der Kahn lag tief im Wasser. Obwohl sich kaum Wind in seinem großen Segel fing, trieb ihn die Strömung flussabwärts. Athanor musterte die Gestalten an Deck, die misstrauisch zurückstarrten. Auf den ersten Blick entdeckte er ausschließlich Männer. Bewaffnete Männer. Nun gut, sie hatten ihre Habe bei sich und wussten, dass Krieg bevorstand. Wer wäre unter solchen Bedingungen unbewaffnet gereist?

»Der Segen des Großen Drachen mit Euch, Schiffsführer!«, rief Akkamas. »Seid Ihr auf dem Weg nach Ehala?«

Ein bärtiger Mann, dessen breiter Gürtel mit Silber beschlagen war, trat an die Reling. »Wer will das wissen?«

»Athanor, Prinz von Theroia und Gesandter der Regentin Nemera.« Akkamas deutete auf Athanor, der dem Fremden zunickte. Wenn der Kerl nicht bald spurte, würden sie neben dem Boot herreiten müssen. »Er möchte Euch ein großzügiges Angebot machen.«

Hatte der Schiffsführer zunächst nur überrascht die Brauen gehoben, so bekam seine Miene bei den letzten Worten einen gierigen Zug. »Holt das Segel ein!«, rief er. »Anker raus!«

Einige seiner Männer hasteten um die aufgetürmte Ladung, um seine Befehle zu befolgen, während sich Athanor fragte, was das großzügigste Angebot war, das er diesem Mann unterbreiten konnte. Schließlich hatten sie keine Reichtümer bei sich.

Sein Blick schweifte über das Deck. Selbst wenn sie die gesamte Habe der Fremden entluden – worauf sich die Männer niemals einlassen würden –, war an Bord nicht genug Platz für die Pferde.

Das Schiff kam ein Stück flussabwärts zum Stillstand. Athanor bedeutete den anderen, ihm zu folgen.

»Der Segen des Großen Drachen auch mit Euch, ehrwürdiger Herr«, rief ihm der Schiffsführer vom Heck aus entgegen und verneigte sich. »Einem guten Geschäft bin ich nie abgeneigt.« War der Mann doch kein Flüchtling, sondern brachte gegen Geld den Besitz anderer in Sicherheit?

»Meine Männer und ich müssen auf schnellstem Weg nach Ehala«, erklärte Athanor. »Ich biete Euch drei Pferde, wenn Ihr uns mitnehmt.«

Der Fremde kratzte sich das bärtige Kinn, als müsse er das Angebot überdenken. Athanor war sicher, dass der Mann in Wahrheit niemals einwilligte, ohne zu handeln.

»Wenn Euch die Angelegenheit so wichtig ist, erscheinen mir drei Pferde nicht angemessen«, sagte er prompt. »Ich verlange alle fünf.«

»Seid Ihr nicht reichlich unverschämt, die Lage eines anderen so auszunutzen?«, schimpfte Athanor. »Für fünf Pferde aus fürstlichen Ställen kann ich einen Kahn wie diesen auch kaufen.«

Der Mann grinste. »Es ist aber kein anderer da.«

»Ich gebe Euch vier Pferde.«

»Athanor, welchen Sinn hat es, ein Pferd zu behalten?«, flüsterte Eleagon. »Daran soll der Handel doch nicht scheitern.«

»Die Pferde sehen erschöpft und ausgezehrt aus«, stellte der Fremde geringschätzig fest. »Wer weiß, ob sie nicht krank sind.«

»Etwas Wertvolleres habe ich Euch nicht anzubieten«, gab Athanor zurück.

»Dann will ich alle«, beharrte der Kerl.

Athanor bedachte ihn mit einem finsteren Blick. Je mehr der Fremde den Eindruck gewann, einen guten Schnitt gemacht zu haben, desto schneller würde er sie ans Ziel bringen. »Also gut. Alle fünf«, knurrte er.

Der fremde Schiffsführer grinste wieder. »Es ist eine Freude, mit Euch Geschäfte zu machen. Männer! Anlegen!«

Akkamas schmunzelte. »Wer hätte gedacht, dass Ihr handeln könnt. Nimmt man sich als Prinz nicht einfach, was man will?«

»Nicht, wenn man sich allein in der Wildnis mit Zwergen einigen muss.« Mit einem Anflug von Wehmut dachte Athanor an Vindurs Volk zurück, aus dessen Stollen er nun für immer verbannt war. »Holt Eure Sachen und bringt meine mit! Wir wollen nicht länger hier herumstehen als nötig.«

Es gelang der Mannschaft des Lastkahns, nah genug ans Ufer zu manövrieren, dass sie ihn mit Tauen festmachen und einen Steg zum Ufer herablassen konnten.

»Prinz Athanor«, rief der Schiffsführer, »übergebt die Pferde meinem Sohn!« Er deutete auf einen jungen Kerl, der als Erster über den Steg balancierte. »Wir werden einen Teil unserer Ladung auf die Tiere packen, und er wird sie wegbringen.«

Athanor nickte und stieg ab. Der Sohn des Schiffsführers nahm grinsend die Zügel entgegen, doch sein Blick glitt gierig über Athanors Kettenhemd, das ihm Fürstin Aira geschenkt hatte. Sofort empfand Athanor Abscheu vor dem Kerl, aber der wandte sich bereits ab, um einen Wasserschlauch am Sattel anzubringen.

»Ist es nicht treulos, die Pferde so einfach wegzugeben?«, fragte Laurion, während Akkamas und die Elfen zurückkehrten. »Irgendwie habe ich mich an das Tier ...«

»Würdest du mir diese Gefühlsduseleien ersparen und den Mund halten?«, fiel Athanor ihm ins Wort.

Der Magier setzte seine eingeschnappte Miene auf und ging zu seinem Pferd hinüber. Mit halbem Ohr hörte Athanor, dass Laurion dem Schifferssohn erzählte, wie das Tier hieß und welche Vorlieben es hatte, und schüttelte nur den Kopf. Ungeduldig näherte er sich dem Steg, über den die Mannschaft schwere Bündel und Säcke vom Schiff schleppte, um sie auf die Pferde zu laden.

»Ob wir dadurch nennenswert Platz an Bord gewinnen?«, zweifelte Eleagon.

Ein dumpfer Schlag und ein Klimpern lenkten Athanors Aufmerksamkeit auf den Kerl neben Laurion. Beim Aufladen war ihm wohl ein Bündel entglitten, das nun aufgeplatzt zu seinen Füßen lag. Gold schimmerte.

»Stammt das aus einem Tempel?«, fragte Laurion erstaunt.

Statt zu antworten, rammte der Kerl ihm eine Faust ans Kinn.

Was zum ... Athanor griff nach seinem Schwert, um dem Magier zu Hilfe zu eilen, als von der Seite etwas Dunkles auf seinen Kopf zusauste. Noch während er den Arm hochriss, traf ihn der pralle Beutel gegen die Schläfe, und das Licht der Sonne erlosch.

Die eisige Stille, mit der Sethon Nemeras Antwort aufgenommen hatte, beunruhigte Davaron mehr als ein Wutausbruch. Er wusste nicht genau, weshalb ihm ein Tobsuchtsanfall, ein Massaker unter den Untoten, ja, sogar ein Angriff auf ihn selbst lieber gewesen wäre als dieses Schweigen. Es lag Entschlossenheit in Sethons Blick. Dieser Wahnsinnige sann auf Rache, und es musste etwas so Großes, so Entsetzliches sein, dass ihn bereits die Vorstellung mit grimmiger Zufriedenheit erfüllte.

Rastlos streifte Davaron durch die Gänge unter der Magierburg. Auf mehreren Ebenen bildeten sie ein Labyrinth aus Kammern, Sälen und Fluren, die nicht nur durch gewöhnliche Treppen und Türen, sondern auch durch verborgene Zugänge verbunden waren. Der einzige Lageplan befand sich in Sethons Kopf, und er hatte ihr Versteck gesichert, indem er alle Wege nach oben durch Untote und eingesperrte Basilisken bewachen ließ. So würden sie selbst dann nicht überrascht werden, wenn sich jemand in die tieferen Ebenen verirrte.

Da sie nicht genug Öl hatten, um alle Gänge zu beleuchten, blieb Davaron nichts anderes übrig, als immer dieselbe Runde zu drehen. Doch er war zu sehr in Gedanken versunken, um sich daran zu stören. Erneut plagten ihn Zweifel, ob er auf das richtige Pferd gesetzt hatte. Würde er in wenigen Tagen Zeuge des Endes der Menschheit werden und danach auf Jahrhunderte hier festsitzen? Er machte Fortschritte bei der Beschwörung der Toten. Wie Harud gesagt hatte, war es geradezu ein Kinderspiel geworden, die Seelen zu rufen. Die Schwierigkeit bestand darin, sie zum Bleiben zu bewegen. Aber brauchte er die Nekromanten noch, um sich darin zu üben? Wenn er sich jetzt zur Küste durchschlug und einem Schiffsführer reiche ...

»Ich weiß, was Ihr denkt.« Sethon stand so unerwartet vor ihm, dass Davaron zusammenzuckte. Der Großmeister musste der einzige Mensch Ardaias sein, der sich lautlos bewegen konnte.

Davaron setzte eine unbeeindruckte Miene auf. »Meine Ungeduld ist nicht schwer zu erraten.«

»Davon rede ich nicht.« Sethon verstummte zu einer seiner lästigen Pausen, um die Spannung zu erhöhen. »Ihr fragt Euch, warum Ihr noch hier seid.«

Es gelang Davaron gerade noch, ein anerkennendes Heben der Brauen zu unterdrücken. Er zog es vor, Sethon über die

Wahrheit im Ungewissen zu lassen.»Ich habe mein Ziel noch nicht erreicht.«

Sethon nickte und kam einen Schritt näher, um Davaron tiefer in die Augen zu sehen.»Aber es ist offensichtlich, dass Stümper wie Harud Euch nicht weiterhelfen können. Ihr fragt Euch, wofür Ihr Eure Loyalität noch länger an mich verschwenden sollt.« Davaron erwiderte schweigend Sethons Blick.

»Seit Ihr mir erzählt habt, was Euch antreibt, habe ich mich damit beschäftigt«, behauptete Sethon.»Ihr habt mich neugierig gemacht. Was Ihr wollt, ist der nächste logische Schritt unserer Kunst. Die letzte Stufe, die wir erklimmen müssen, um die Macht der Götter zu brechen.« In Sethons Augen flackerte ein Feuer, das Davaron nur zu gut kannte.»Ich habe in Schriften aus jenen Tagen geforscht, bevor die Schiffe aus der Alten Heimat hier anlegten. Ich bin Spuren nachgegangen und habe ein wenig ... herumprobiert.«

Mit einem geheimnisvollen Lächeln öffnete Sethon seine bis dahin geschlossene Linke. Auf der Handfläche lag ein großer, grünlich schillernder Käfer. Davaron hatte die Art einige Male draußen in der Wüste gesehen. Das Tier lag auf dem Rücken, die Beine gekrümmt, aber steif in die Höhe gereckt.

»Vergewissert Euch, dass er tot ist.« Sethon hob die Hand auffordernd dichter an Davarons Gesicht.

Davaron stieß den Käfer mit dem Finger an, übte etwas Druck auf die Beine aus und drehte ihn schließlich um, für den Fall, dass das Tier nur an seiner Lage verzweifelt war. Nichts rührte sich.

»Und jetzt seht zu, was passiert.« Sethon zog einen aus Kristall geschnittenen Flakon aus seiner Robe und öffnete ihn mit dem Daumen, sodass der kleine Korken zu Boden fiel. Das Fläschchen war so klein, es konnte kaum mehr als zwei, drei Tropfen enthalten. Der Magier träufelte exakt einen Tropfen golden schimmernder Flüssigkeit auf den Käfer.

Davaron war, als ginge ein Zittern durch Hand und Tier. Plötzlich bewegten sich die Beine. Der Käfer drehte sich im Kreis, und im nächsten Augenblick flog er mit einem Brummen fort in die Dunkelheit. Davarons Blick folgte ihm, bis er nicht mehr zu sehen war, während sich Sethon bückte, um den Korken aufzuheben. Sorgfältig verschloss er das Fläschchen wieder und schob es zurück in irgendeine verborgene Falte seines Gewands.

»Was macht Euch sicher, dass es kein untoter Käfer ist?«, fragte Davaron, um seine aufkeimende Hoffnung zu überspielen.

»Er frisst.«

Davaron merkte, dass er die Luft anhielt, und zwang sich, ruhig weiterzuatmen.

»Geht ihm nach und überzeugt Euch selbst.« Sethon deutete den Gang hinab. »Ich glaube nicht, dass wir bereits am Ziel sind. Die Wirkung ist begrenzt. Morgen wird er wieder tot in einer Ecke liegen. Aber es ist ein Anfang.«

»Welchen Preis verlangt Ihr dafür? Gefolgschaft bis in den Tod?«

Der Großmeister lächelte. »Mir schwebt da eher ein Pakt vor. Helft mir, mein Ziel zu erreichen, und erlangt dafür, was Ihr begehrt.«

Das Licht kehrte im selben Augenblick zurück, da Athanor rücklings am Boden aufschlug. Der Aufprall trieb ihm die Luft so jäh aus den Lungen, dass er wie gelähmt lag. Einige bange Herzschläge lang wollte sein Atem nicht wieder einsetzen. Über ihm griff Akkamas mit gezücktem Schwert den Dreckskerl an, der ihn niedergestreckt hatte. Wo der mit kantigen Gegenständen gefüllte Beutel Athanor getroffen hatte, schmerzten Schläfe und Braue, als wollten sie platzen.

Endlich weitete sich seine Brust. Er sog die Luft tief ein, rollte sich von den Kämpfenden weg und sprang auf. In seiner Schläfe pochte es noch wilder. Während er die Klinge herausriss, sah er sich um, doch sein linkes Auge war so geschwollen, dass sich die Lider nicht mehr rührten. Sein Blick fiel auf Laurion, der zwischen den Pferden am Boden lag. Zwei Kerle standen über ihm und traten auf ihn ein. Eleagon und seine Männer griffen nach ihren Waffen.

»Entert das Schiff, bevor sie ablegen können!«, rief Athanor ihnen zu und stürzte sich auf Laurions Peiniger. Einer sah ihn kommen und hastete davon. Der andere stand mit dem Rücken zu ihm – der Sohn des Schiffsführers. Gerade zog der Kerl einen Dolch. »Stirb, Magierschwein!«, knurrte er und bückte sich, um den Zauberer am eigenen Haar emporzuziehen. Blut tropfte von Laurions Hinterkopf. In diesem Augenblick hörte der Kerl Athanors Schritte, denn er ließ sein Opfer fallen und fuhr herum. Athanor stach ihm die Klinge in die Brust, bevor er auch nur den Arm zu einem Dolchstoß heben konnte.

Bleich und reglos lag Laurion neben dem aufgeplatzten Bündel, aus dem goldene Statuetten, Münzen und Amulette quollen. Wenn diese Drecksbande Dions einzige Hoffnung auf dem Gewissen hatte ... Mit einem Tritt stieß er den toten Plünderer von seinem Schwert und sah sich nach dem zweiten Kerl um. Der eilte gerade über den Steg aufs Schiff, wo die Elfen gegen den Schiffsführer und den Rest der Mannschaft kämpften. Auch Akkamas hatte seinen Gegner erledigt und war gerade an Bord gesprungen.

»Akkamas!«, brüllte Athanor. »Hinter dir!«

Er rannte los, während der Erste Krieger herumwirbelte und den Kerl auf dem Steg mit blutiger Klinge empfing. Fluchend sprang der Feigling vom Steg ins seichte Wasser. Mit zwei Schritten war er wieder am Ufer, wo ihm Athanor den Weg abschnitt. Der Kerl hatte ein rostgesprenkeltes Schwert gezogen, dessen Schneide jedoch frisch geschliffen glänzte. Über ihnen polterten Stiefel auf den Schiffsplanken. Waffen klirrten. Hier unten knirschte nur der Sand, wenn der Plünderer mal nach links, mal nach rechts zuckte, als wollte er an Athanor vorbeistürmen und wagte es nicht. Athanor musste nur das Gewicht verlagern, um ihn zu entmutigen. Im Gesicht seines Gegners zeichneten sich Wut und Verzweiflung immer deutlicher ab.

»Willst du diesen Tanz den ganzen Tag aufführen?« Athanor sah, wie der Mann vor Zorn mit den Kiefern mahlte, doch die Miene verriet auch Furcht.

»Wenn Ihr mich laufen lasst, ergebe ich mich«, platzte er heraus.

Athanor entfuhr ein Knurren. Der Kerl hatte auf den wehrlosen Magier eingetreten, der vielleicht tot war. Außerdem hatte er offensichtlich mit seinen Spießgesellen verlassene Häuser geplündert. Doch verdiente er dafür den Tod? Wenn alles kam, wie Athanor es befürchtete, würden sich bald Hyänen und Geier um die Leiche des Diebs streiten.

»Wirf deine Waffen ins Wasser und verschwinde!«

Misstrauisch behielt der Kerl Athanor im Auge, während er Schwert und Dolch in den Fluss beförderte. Dann drehte er sich hastig um und rannte davon. An Deck ertönten noch immer Kampfgeräusche. Athanor lief über den Steg, dessen Bretter unter seinen Schritten federten. Mahanael kauerte an der Reling und hielt sich mit zusammengebissenen Zähnen den Arm. Unter seinen Fingern breitete sich Blut aus. Akkamas jagte einen Mann quer über die aufgetürmte Ladung, hinter der die beiden verschwanden. Im Heck des Schiffs hatten Eleagon und Meriothin den Schiffsführer in die Zange genommen. Neben ihnen lag der Steuermann in seinem Blut, doch sie waren keine Krieger, während ihr Gegner deutlich geschickter mit dem Schwert umging.

Athanor eilte ihnen zu Hilfe. Als ihr Gegner ihn kommen sah, sprang der Kerl mit einem unerwartet gewandten Satz auf die Reling und hechtete in den Fluss.

»Feiges Pack!«, brüllte Athanor hinter ihm her.

Hektisch kraulte der Plünderer auf das andere Ufer zu. Trotz der Dürre war der Mekat hier noch immer ein, zwei Speerwürfe breit.

»Der wird uns nicht entkommen«, schwor Meriothin und bekam den nach innen gerichteten Blick, der verriet, wenn die Elfen einen Zauber woben.

»Das wird nicht nötig sein«, sagte Eleagon grimmig.

Eine Bugwelle hielt auf den Flüchtenden zu. Im nächsten Augenblick packte ein armlanges, zähnestarrendes Maul nach ihm und zerrte den kreischenden, zappelnden Mann unter Wasser.

Und wir haben hier unsere Pferde getränkt. Athanor wandte sich ab, um nach Akkamas zu sehen. Selbst der beste Krieger konnte schließlich einmal Pech haben. Er atmete erst auf, als er seinen Freund dabei entdeckte, die Leiche des letzten Gegners über Bord zu werfen.

»Nachtisch!«, verkündete Akkamas den braunen Fluten.

Mit einem letzten Blick über Kahn und Ufer vergewisserte sich Athanor, dass kein Plünderer mehr übrig war. »Helft Mahanael! Er ist verletzt«, rief er Eleagon zu. Dann lief er zu Laurion zurück, der noch immer auf dem steinigen Strand lag. *Er darf nicht tot sein. Er darf es einfach nicht!*

Als er neben dem Magier auf die Knie fiel, verzog Laurion das Gesicht und tastete blindlings nach der Wunde an seinem Hinterkopf.

»Du lebst!« Athanor war versucht, irgendeinem Gott zu danken, wenn er nur gewusst hätte, welchem.

»Seid Ihr sicher?« Laurion blinzelte zu ihm auf und grinste schmerzverzerrt. »Hübsch.« Er deutete auf Athanors zugeschwollenes Auge. »Purpur steht Euch, Prinz Athanor.«

»Kaum von den Toten zurück, und schon eine Schmechelei auf den Lippen. Du wirst es am Hof weit bringen«, spottete Athanor und reichte Laurion eine Hand, um ihm aufzuhelfen. »Kannst du aufstehen?«

»Haben wir gewonnen?« Der Magier hob den Kopf.

»Dieses Mal – ja.« Athanor zog Laurion auf die Füße. »Du solltest lernen, nicht alles auszuplappern, was dir gerade durch den Kopf geht.«

Laurion sah auf den aufgeplatzten Beutel hinab, der die Plünderer verraten hatte. »Ich war nur so überrascht ...«

»Schon gut. Es war besser so. Diese Kerle hätten uns nachts auf dem Schiff die Kehlen durchgeschnitten, um uns auch noch den Rest abzunehmen.«

Unwillkürlich griff sich der Magier an den Hals.

»Seht nur! Seht!«, rief Meriothin vom Schiff herüber.

Athanor wandte sich zu ihm um. Der Elf deutete zum Himmel empor. Hoch über ihnen flogen zwei Drachen gen Osten – auf Ehala zu.

20

»Will mich der Kerl auf den Arm nehmen? Die Mauer ist krumm!«, polterte Vindur.

Der Dolmetscher übersetzte die elfischen Worte in die Sprache der Dionier und gab sogar den Zorn in Vindurs Stimme wieder. Das Prozedere fiel dem Zwerg lästig, doch er hatte keine Zeit, auch noch eine fremde Sprache zu lernen. Vom Sonnenaufgang bis weit in die Nacht nahm ihn der Umbau der Festung in Anspruch. Am besten kamen die Geschützbauer voran, die sämtliche Teile in den Werkstätten der unteren Stockwerke fertigten, nach oben schleppten und am vorgesehenen Platz zusammenfügten. Auf seiner täglichen Runde ordnete Vindur Probeschüsse an, um die Einsatztauglichkeit der lanzenschleudernden Ballisten zu prüfen. Er stellte Bewaffnete aus Nemeras Truppen dazu ab, die Geschütze zu warten und lange Holzpflöcke als Ersatzmunition zu schnitzen, denn eiserne Spieße aus den Palastschmieden blieben rar. Veteranen übernahmen es, ihre Kameraden in Geschützmannschaften einzuteilen und sie in der Handhabung dieser ungewohnten Waffen zu unterweisen.

Während Vindur mit deren Fortschritten zufrieden war, bereiteten ihm die Steinmetze ständigen Ärger. Es gab nicht genügend Meißel, weshalb der Nachschub aus den Steinbrüchen immer wieder auf sich warten ließ. Wenn er auf schnellere Lieferungen drängte, schickten sie klobige Blöcke, die kaum die Treppen hinaufgetragen werden konnten. Um aufwendige Kräne zu bauen, fehlte ihm jedoch die Zeit. Es ging darum, jedem Tag so viele verschlossene Fenster wie möglich abzutrotzen, damit sich die Geschützmannschaften vor Drachenfeuer zurückziehen konnten.

Vindur hatte entschieden, die dem Fluss zugewandte Nordseite bis auf wenige Spähposten abzuschotten. Den Hauptangriff erwartete er von Süden, weshalb diese Wand weitgehend offen bleiben sollte. Die vielen Öffnungen würden die Drachen vielleicht sogar ködern, damit sie sich tatsächlich auf diese Seite stürzten. Gen Westen und Osten sah er eine Mischung aus Geschützen und zugemauerten Fenstern vor. Hier sollten die Drachen – entgegen ihrer Erwartung – am stärksten unter Beschuss genommen werden.

»Für den Rest des Tages schleppt er Steine!«, ordnete Vindur an. »Vielleicht mauert er dann morgen wundersamerweise gerade.«

Der Mann warf ihm einen finsteren Blick zu, ließ die Kelle in den Mörtel fallen und stapfte zur Treppe. Vindur bedeutete einem anderen, der gerade Steine heraufgeschafft hatte, den Platz des Maurers einzunehmen. Erfreut verneigte sich der Mann. Niemand blieb freiwillig Träger, wenn sich etwas Besseres bot. *Einen Freund gewonnen, einen verloren.* Vindur ahnte, was der Gescholtene in seinen Bart brummte. Etliche Drachenanbeter murrten insgeheim über den Befehl ihrer Regentin, doch das Geld, das sie ihnen durch Vindur zahlte, nahmen sie nur zu gern an.

Von oben drangen aufgeregte Rufe herab. Fragend sah Vindur den Übersetzer an.

»Ein Drache!«

Vindur hastete zum nächsten Fenster und beugte sich hinaus. Hoch oben am Himmel entdeckte er den schwarzen Umriss. Und noch einen. Und einen dritten. Mit jedem Augenblick wurden es mehr.

Klatschend landete der Stoffballen im Wasser, saugte sich voll und versank langsam in den braunen Fluten. Je mehr Ladung sie über Bord warfen, desto schneller kam das schwerfällige Schiff voran. Kisten, Säcke, Fässer ... Ohne auf den Inhalt zu achten, hievten Athanor und Akkamas alles über die Reling, was entbehrlich aussah. Eleagon stand am Ruder und blähte das große Segel mit einer magischen Brise, dass die Taue knarrten. Am Bug maßen Mahanael und Meriothin mit Stecken die Wassertiefe. Ihre Rufe lotsten den Schiffsführer den gefährlich seichten Fluss hinab.

Laurion lag im Schatten des Segels auf einer Decke und sah immer noch blass aus. Nach wie vor prangte die Platzwunde an seinem Kopf, doch sie war nur das Offensichtliche. Die Tritte der Plünderer hatten innere Verletzungen hinterlassen, die Meriothin geheilt hatte, so gut es in der Eile möglich gewesen war. Die Drachen hatten einen großen Vorsprung, und Meriothin hatte sich auch noch um Mahanaels Arm kümmern müssen, damit der Elf im bevorstehenden Kampf nicht wehrlos war.

Je länger Laurion mit geschlossenen Augen dalag, desto öfter wünschte Athanor, er hätte dem Räuber doch den Hals umgedreht. Endlich war der Kahn nahezu leer gefegt. Es mochte kein schnittiges Elfenschiff sein, doch dank der Strömung und Eleagons Zauber rauschten sie erstaunlich schnell den Mekat hinab. In einem ihrer Bündel fand Athanor Verbandszeug und beugte sich über den Magier.

Zerknirscht sah Laurion zu ihm auf. »Tut mir leid, dass ich hier so nutzlos herumliege.«

»Nutzlos wirst du erst sein, wenn du es wagst zu sterben, bevor du die Donnervögel gerufen hast.«

»Welch aufmunternde Worte«, befand Akkamas grinsend. »Kommt, Laurion, lasst mich Euch beim Aufsetzen helfen, damit der einfühlsame Prinz Eure Wunde versorgen kann.«

Athanor schnaubte. »Euch vergeht das Lachen wohl nie. Sind Euch die Drachen entgangen?«

»Sie sind keine Gefahr. Ihr werdet sehen.«

»Habt Ihr etwa auch eins auf den Schädel bekommen?«

»Au! Ich *bin* verletzt!«, beschwerte sich Laurion unter Athanors grobem Griff.

»Solange du so jammern kannst, ist es nicht so schlimm, wie ich dachte. Halt still!« Ein Feldscher hätte die Wunde genäht, doch Athanor fehlte die innere Ruhe. Knurrend verscheuchte er den Wunsch, diese Aufgabe Elanya überlassen zu können. Die Blutung war längst versiegt, also würde ein fester Verband erst einmal genügen.

»Kannst du zaubern?«

»Es wird schon gehen.«

»Gut«, brummte Athanor und zog den Knoten des Verbands fest.

Erleichtert sank Laurion auf die Decke zurück.

Er wird zaubern, und wenn ich ihn auf diesen Turm tragen muss.

Schon seit Tagen war die Stadt überfüllt mit Flüchtlingen, die in ihrer Not im Freien kampierten. Nemera hatte von den Palastfenstern aus beobachtet, wie sie aus allen Richtungen nach Ehala strömten. Sie kamen mit Booten und Ochsenkarren, auf Eseln, Pferden oder zu Fuß. Ganze Familien, beladen mit allem, was sie auf dem Marsch hatten retten können. Das Gedränge auf den Straßen hatte von oben dem Gewimmel in einem Termitenhaufen geglichen, doch für die Massen, die sich an diesem Morgen zum Tempel des Großen Drachen schoben, fehlte Nemera ein passender Vergleich. Selbst zu den bedeutendsten Anlässen, nicht einmal zur Bestattung ihres von allen verehrten Vaters waren so viele Menschen auf den Beinen gewesen. Sie konnte es ihnen nicht verdenken. Seit am Vortag der Bote aus dem Tempel verkündet hatte, dass heute der Große Drache zu seinen Gläubigen sprechen werde, herrschte Aufregung im Palast. Schon die Vorstellung, dass der Gott leibhaftig nach Ehala kommen und das Wort an sie richten wollte, war so unfassbar, dass sie Nemera um den Schlaf gebracht hatte.

»Herrin, Ihr müsst stillhalten, sonst …«, beschwerte sich eine der Zofen, die letzte Hand an Nemeras Frisur legten. Mit juwelengeschmückten Kämmen steckten sie ihr das Haar auf. Gehorsam wandte sich Nemera vom Fenster ab und bewegte sich nicht mehr, bis die Dienerinnen ihre Haut mit Goldstaub gepudert hatten. Zu Ehren des Gottes trug sie ein mit goldenen Drachen besticktes Kleid und Armreife, die wie Drachen geformt waren. Konnte es wirklich wahr sein? Inmitten ihrer Freude und Erleichterung nagten leise Zweifel an ihr. Konnten sich die weisen Elfen und der Kaysar so getäuscht haben? *Vielleicht ist er doch nicht der Kaysar. Und die Elfen haben sich nie so vehement gegen die Existenz des Großen Drachen ausgesprochen wie dieser Fremde.*

Hamon kam gerade von den Vorbereitungen des Auftritts zurück, den sie ihrem Rang schuldete, und nutzte die Gelegenheit, um ihr einen weiteren triumphierenden Blick zuzuwerfen. »*Hab ich es nicht gleich gesagt?*«, stand überdeutlich in seiner Miene zu lesen. Doch stattdessen sagte er nur: »Die Sänfte erwartet Euch, Herrin. Ich weiß, dass Ihr den Prunkwagen vorzieht, aber mit einem so breiten Gefährt würden wir niemals durch die Massen dort unten gelangen.«

Nemera nickte. »Wie immer vertraue ich darauf, dass Ihr die richtige Wahl für meine Sicherheit trefft. Gehen wir!«, beschloss sie. Sie konnte es kaum noch erwarten, endlich die Wahrheit über den Beschützer ihres Landes zu erfahren. »Uns steht ein großer Tag in der Geschichte Dions bevor.«

Die acht Träger, die aufgrund ihrer Kraft und wohlgestalteten Körper ausgewählt worden waren, hatten die offene, mit goldenen Beschlägen geschmückte Sänfte bereits geschultert und in den Haupthof des Palasts gebracht. Für das Gefolge wurden gesattelte Pferde herbeigeführt.

Nemera stieg die Stufen des Holzgestells empor, das ihr die Unannehmlichkeiten des Anhebens der Sänfte ersparte. Außerdem thronte sie auf diese Art sogleich über ihren Untertanen. Zwei Diener eilten mit einem Fächer aus riesigen Federn herbei, der an einem langen Stiel saß und Nemera Schatten und Kühle spenden sollte.

Als das Tor geöffnet wurde, ertönte Jubel jenseits der Mauern. Berittene Wachen bahnten Nemera den Weg durch die Menge. »Im Namen des mächtigen Kaysars, macht Platz für seine Regentin Nemera!« Die Stimmen der Ausrufer gingen im Lärm beinahe unter.

Nemera lächelte den Menschen zu, winkte und nickte. Wie lange war es her, dass sie Freude und Hoffnung mit ihrem Volk geteilt hatte? Es tat gut, diese gerade noch verzweifelten Mienen nun strahlend vor Freude und Aufregung zu sehen, auch wenn es beunruhigend eng zuging. Die Menschen drängten sich so sehr, dass die Pferde der Wächter mit geblähten Nüstern und hochgerissenen Köpfen umhertänzelten. Es waren so viele Gesichter, dass sie bald zu einem Meer aus Augen, Nasen und geöffneten Mündern verschwammen, aus denen ohrenbetäubender Lärm drang. Je näher der Zug dem Tempel kam, desto langsamer ging es voran. Es wurde so eng, dass sich die Menschen gegenseitig einklemmen und an die Mauern drängen mussten, um nicht unter die Hufe zu geraten. Die Träger der Sänfte fluchten und stießen sich mit den Schultern den Weg frei, weshalb Nemera immer wieder durchgerüttelt wurde. Ihr Lächeln gefror zu einer Maske. Sollten die Träger stolpern, würde sie inmitten des Gedränges zu Boden gehen.

Endlich kam der Tempel des Großen Drachen in Sicht, eines der größten Anwesen Ehalas. Um die Drachenhalle, die im Innern von gewaltigen Pfeilern gestützt wurde, erstreckten sich Säulengänge und Nebengebäude, die wiederum ein hoher Mauerring umschloss. Selbst auf diesen Mauern standen die Menschen dicht an dicht, winkten und jubelten ihrer Regentin zu. Als die Sänfte in den Schatten des drei Mann hohen Hauptportals eintauchte, atmete Nemera auf. Im Durchgang hallte der Lärm zwar noch lauter, und selbst hier säumten Menschen den Weg, doch hinter dem Tor hatten Tempeldiener einen Bereich freigehalten. Die Träger traten an eine Treppe seitlich des Portals, sodass Nemera aus der Sänfte direkt auf die Stufen steigen konnte. Priester erwarteten sie, um sie auf das flache Dach zu geleiten. Von dort hatte sie besten Blick auf die Drachenhalle, deren Tor geschlossen war. Offenbar sollte das Spektakel im Freien stattfinden, obwohl die Sonne bereits hoch am Himmel stand. Schon war es so heiß, dass Nemera selbst unter dem für sie errichteten Pavillon aus aufgespannter Seide schwitzte.

Auch die geschorenen Schädel der Drachenpriester glänzten vor Schweiß. Außer Nemeras Gefolge waren diese Gesandten des Obersten Priesters die einzigen Menschen auf dem Torhaus, denn Wachen sorgten dafür, dass die Menge nicht von der Mauer herüberdrängte. Ein Teil der Bewaffneten blieb am Fuß der Treppe, um sie zu sichern, doch Hamon kam herauf und hielt sich wie ein Schatten an Nemeras Seite.

Unten drängten sich die Massen sogar in den Säulengängen des Tempels. Nemera ließ den Blick über den Himmel und die Halle schweifen. Auf dem Dach des Tempels standen schmiedeeiserne Kohlebecken, aus denen gelblicher Qualm aufstieg. Der Schwefelgeruch, den der Große Drache angeblich liebte, wehte von dort herüber. Er mochte mit angenehmerem Räucherwerk vermischt sein, doch der Gestank bereitete Nemera stets leichte Übelkeit.

Priester trugen Gold und Edelsteine zu einem Altar, der am Rand des Dachs, direkt über dem Eingang aufgestellt worden war, und häuften die Kostbarkeiten dort auf. Nemeras Neugier wuchs. Sie hatte dem Großen Drachen schon so viele Opfergaben dargebracht. Würde er es dieses Mal persönlich annehmen, anstatt sie in seinem Tempel zu horten? Der Oberste Priester trat neben den Altar. Nemera erkannte ihn an dem goldenen Stirnreif, der einen Drachen nachbildete. An seinem Gürtel blitzten bei jeder Bewegung zahllose Amulette auf, und sein ärmelloser Mantel war wie Nemeras Kleid mit Goldfäden bestickt. Er stützte sich auf einen mannshohen Stab, dessen oberes Ende in Flammen gehüllt war. Als er dieses Zeichen seiner Macht hob, legte sich Schweigen über jene, die ihn sahen. Von außerhalb der Mauer drang jedoch immer noch das Lärmen der Menge herüber.

»Erhabene Regentin, ehrenwerte Fürsten, Volk Dions!«, rief er. »Heute ist der Tag, auf den wir so lange gewartet haben. Mit Rauch und Opfergaben haben wir dem Großen Drachen unsere Gebete überbracht, und er hat uns erhört. Die Not seiner Gläubigen hat sein Herz gerührt.«

Nemeras Blick wanderte erneut zum Himmel. *Nur ein einsamer Raubvo...* Ihr Gedanke zerstob wie eine Handvoll Daunen im Wind. Unwillkürlich spannte sie sich beim Anblick der unverkennbaren Silhouette. Sie schluckte einen freudigen Aufschrei herunter und zwang sich, die Augen wieder auf den Obersten Priester zu richten. Doch seine Worte erreichten ihre Ohren nicht mehr. Vereinzelte Rufe lenkten ihren Blick auf die Mauerkrone. Menschen deuteten zu dem Drachen empor. Ein Raunen ging durch die Menge. Ehrfürchtig starrten sie ihrem Gott entgegen.

Der Oberste Priester rief dem Drachen Worte der Ehrerbietung entgegen, aber Nemera konnte sich nicht länger von dem gewaltigen Wesen abwenden, das mit majestätischer Anmut auf dem Dach des Tempels landete. Mit jedem Schwingenschlag wehte widerlicher Schwefelgestank herüber. Nemera merkte es kaum noch. Der Anblick des Drachen war zu überwältigend. Sein geschuppter Leib hatte das dunkle Gelb des Wüstensands und schimmerte wie Goldstaub in der Sonne. Gebogene Hörner verlängerten den Schädel über den Nacken hinaus, als ob er einen eleganten Kragen trug.

Als er sich auf dem Tempeldach niedergelassen hatte, glaubte Nemera die bernsteinfarbenen Augen einen Moment lang auf sich gerichtet. Doch dann sah der Große Drache auf den Obersten Priester hinab und musterte ihn, als müsse er ihn erst seines Amts für würdig befinden.

Demütig verneigte sich der Priester, bevor er die Arme wie zum Gebet hob, in einer Hand noch immer den brennenden Stab. »Dein Volk heißt dich willkommen in deinem größten Tempel, Ehrwürdigster! Es hat sich versammelt, dein Wort zu hören und dir mit Worten und Gaben zu danken.«

Der Drache stand vor dem Altar, der sich beschämend klein gegen ihn ausnahm. »Volk Dions!«, rief er mit dunkler, weittragender Stimme.

War es ein Drachenzauber, in Menschensprache reden zu können, obwohl er eine Echse war?

»Fast ein ganzes Zeitalter ist vergangen, seit dieses Land zuletzt in so großer Gefahr war. Ich weilte fern von euch, und ihr brauchtet meine Hilfe nicht. Dennoch habt ihr mir über diese vielen Jahrhunderte die Treue gehalten. Ihr habt mir in Tempeln gedient und Opfer dargebracht. Wann immer ihr in Not wart, richtete sich euer Blick zum Himmel.«

Wie von selbst sah Nemera auf. Ihr stockte der Atem, und mit ihr vielen anderen in der Menge. Wieder ging ein Raunen durch die Versammelten. Ängstliche Laute mischten sich mit gewisperten Fragen. Weitere Drachen kreisten über Ehala. Wie ein Schwarm riesiger Krähen segelten sie in willkürlich anmutenden Mustern über den Felswänden, dem Palast, dem Fluss. Ihre Schatten glitten über Menschen und Mauern. Nemeras Magen zog sich fester zusammen.

»Einst schloss ich mit den ersten Menschen Dions ein Bündnis«, verkündete der Große Drache. »Auch wenn jene Männer und Frauen längst vergangen und von ihrem Volk vergessen sind, habe ich die Erinnerung über die Jahrtausende bewahrt. Meine Kinder und Kindeskinder sind heute mit mir gekommen, um das Versprechen zu erfüllen, das ich einst euren Ahnen gab. Wir werden gen Süden ziehen und alle besiegen, die dieses Land bedrohen!«

Jubel brandete auf. Das Getöse übertönte jeden anderen Laut. Hoch aufgerichtet sah der Drache auf die begeisterte Menge herab, doch ein Aufblitzen lenkte Nemeras Blick auf den Obersten Priester. Mit jedem Wort des Drachen hatte er sich weiter zurückgezogen, stand nun vor einem Bein des Drachen, fast schon unter dessen Leib. Sein Stab war erloschen, doch unter den Flammen hatte sich eine Speerspitze verborgen, die er nun mit Wucht durch die Achsel des Drachen in den Brustkorb stieß. Nemera zuckte zusammen, als sei sie selbst getroffen. Plötzlich platzte die Brust des Drachen auf, dass Hornplatten und Fleischfetzen wie Geschosse davongeschleudert wurden. Dunkles Blut ergoss sich auf den Altar. Nemera entfuhr ein entsetzter Schrei.

Brüllend richtete sich der Drache auf und schlug mit den Schwingen, doch im nächsten Augenblick brach er zusammen. Die Halle knirschte unter dem Aufprall. Über dem Portal sprangen Risse auf. Die Menschen auf den Mauern schrien, während die Priester wie gelähmt auf ihr Oberhaupt starrten. Nemera glaubte, ihn lachen zu sehen, als sein Umriss plötzlich flackerte, als ob sie blinzle. Im nächsten Moment trug er eine dunkle Robe, und schwarze Locken umwehten seinen Kopf, während er über das Dach eilte.

»Sethon!«, japste sie.

»Haltet ihn!«, brüllte Hamon.

Endlich kam auch Bewegung in einige Priester, doch der Nekromant war bereits vom Dach verschwunden, als sie ihm nacheilten. Über ihnen brüllten nun auch die Drachen ihre Wut heraus.

»Schafft die Regentin hinunter!«, schrie Hamon gegen den unbeschreiblichen Lärm an. Er packte Nemera am Arm und zerrte sie Richtung Treppe.

Sie stolperte mit ihm, konnte den Blick nicht vom Tempeldach lösen. Mehrere Priester warfen sich vor dem toten Gott in den Staub. Aus dem Himmel fuhr ein Drache nieder und riss

den Rachen auf. Gleißend helle Flammen hüllten die Priester in
Feuer und Rauch.

Obwohl der Kahn so schnell durch den Fluss pflügte, dass das
Wasser am Bug bis zu Mahanael und Meriothin hinaufspritzte,
wuchs der Felsblock am Horizont nur quälend langsam zu Vindurs Festung an. So genau Athanor auch hinsah, noch konnte er
keine angreifenden Drachen entdecken. Immer höher ragte der
krude Felsenturm vor ihnen auf, rückte weiter landeinwärts, je
näher sie kamen, und gab damit den Blick Richtung Ehala frei.
Doch Athanors Augen blieben auf die Ordensburg gerichtet,
musterten, wie weit Vindurs Umbau vorangeschritten war. Auf
die Entfernung konnte Athanor keine Geschütze erkennen,
aber fast alle Fenster zum Mekat hin waren mit Mauerwerk verschlossen.

»Das ist Rauch!«, entfuhr es Akkamas.

Alarmiert wandte sich Athanor um. Sein Freund blickte
flussabwärts gen Ehala. Noch konnten sie von der Stadt kaum
mehr als die Felswände erahnen, doch aus dem Tal zwischen
diesen rötlich grauen Rändern stiegen Rauchsäulen in den
Himmel. Nicht einmal den Schmieden der Zwerge entwich so
viel Qualm. *Die Stadt brennt.*

»Anlegen!«, brüllte Athanor. »Wir müssen zur Burg!«

Sofort flogen zwischen den Elfen Fragen und Befehle hin
und her. Laurion rappelte sich auf. »Was ist passiert?«

»Die Drachen brennen Ehala nieder«, antwortete Athanor
mit einem kurzen Blick über die Schulter. Hoffentlich hatte sich
die Regentin rechtzeitig in die Festung zurückgezogen.

Neben ihm starrte Akkamas ungläubig auf den Rauch. »Da
muss etwas schiefgelaufen sein. So war das nicht geplant.«

»Ach. Und wie war es geplant?«, höhnte Athanor. Wie hatte
sein Freund nur so naiv sein können?

»Die Drachen, die wir gesehen haben. Das waren Verbündete. Sie hätten ...«

»Es *gibt* keine guten Drachen«, unterbrach ihn Athanor. »Sie
wollen unseren Tod. Sieh es endlich ein!«

Akkamas drehte sich zu ihm um. »Du irrst dich. Der Große

Drache ist heute hergekommen, um sein Versprechen zu erfüllen.«

Am liebsten hätte Athanor seinen Freund bei den Schultern gepackt und geschüttelt. »Bestand sein Versprechen darin, die Menschheit zu vernichten? Genau das geschieht nämlich gerade!«

»Er hat geschworen, die Bewohner Dions gegen jeden Eindringling zu verteidigen. Deshalb ist er hier.«

»Wach auf, Akkamas! Du klingst wie einer von diesen verblendeten Priestern.«

Akkamas lächelte. »Und wenn es so wäre?«

Unwillkürlich wich Athanor zurück. »Du bist kein Priester. Selbst Hamon hat vor dem Drachentempel das Haupt gebeugt, als wir vorüberritten, aber du nicht.«

»Du hast recht. Ich bin kein Priester.« Akkamas lächelte noch breiter. »Ich bin ein Drache.«

Nemera kam sich vor wie ein Getreidekorn, das jeden Augenblick zwischen Mühlsteinen zerquetscht werden würde. Überall um sie herum schoben, stießen und drängelten panische Menschen. Sie trampelten auf ihre Zehen, rammten ihr Ellbogen in die Rippen und rempelten sie mit den Schultern an. Immer enger drängte sie sich an Hamons Rücken, klammerte sich an seinen Gürtel, um nicht von ihm getrennt zu werden. Wie ein lebender Schutzschild schirmte er sie nach vorne ab und mühte sich, ihnen einen Weg durch die Massen zu bahnen. Doch die Straße war hoffnungslos verstopft. Niemand hörte seine Drohungen. Obwohl sie keinen Schritt von ihm entfernt war, konnte selbst Nemera seine Flüche nur ahnen, während er die Fäuste schwang. Ängstliche Schreie erfüllten die Luft, vermischten sich mit dem wütenden Gebrüll der Drachen und dem Prasseln des Feuers auf den Dächern. Längst hatte Nemera die anderen Leibwächter ebenso aus den Augen verloren wie ihre Hofdamen. Es gab nur noch sie in einem Meer kopfloser Flüchtlinge, die fortwollten und sich doch gegenseitig daran hinderten.

»Dorthin!«, schrie sie Hamon ins Ohr und deutete über

seine Schulter auf einen Hauseingang, durch den sich Menschen in ein großes Gebäude schoben.

Der Erste Krieger schüttelte heftig den Kopf. »Wir müssen uns zum Palast durchschlagen!«

Zugegeben, vor allem der in die Felswand geschlagene Trakt bot den besten Schutz, doch er schien unerreichbar fern, und hier draußen... Ein Drache sauste so schnell über sie hinweg, dass sie nur einen riesigen Schemen wahrnahm. Einen Lidschlag später loderten zwischen den Häusern neue Flammen auf. Menschen kreischten. Nemera glaubte, verbranntes Fleisch zu riechen, und rang mit jäher Übelkeit.

Stahl blitzte im Feuerschein auf, als Hamon sein Schwert zog. »Aus dem Weg!«, brüllte er unmenschlich laut und hieb auf die erschreckten Gestalten vor ihm ein.

Eisige Kälte griff nach Nemeras Eingeweiden. Vor Hamon spritzte Blut. Gesichter versanken in der Menge. Hektisch versuchten die Menschen zu fliehen. Aus ihren Augen sprach blankes Entsetzen. Nemera war wie gelähmt, doch sie spürte sich vorwärtsgezogen. Plötzlich kamen sie voran. *Nicht um diesen Preis!* »Hört auf!« Panisch zerrte sie an Hamons Gürtel und schrie auf ihn ein. Unbeirrt schlachtete der Erste Krieger ihnen den Weg frei. »Hört auf!« Mit der Faust hämmerte Nemera auf Hamons gepanzerte Schulter. Merkte er es denn nicht? Wie konnte er... Nemera stolperte über etwas Weiches am Boden. Sie rang mit einem Schluchzen, sah erst hinab, als sie vorbei war, um nicht auf den Nächsten zu treten, der unter ihr in seinem Blut lag. Tränen der Wut und Verzweiflung liefen ihr übers Gesicht. Und doch steckten ihre Finger noch immer in Hamons Gürtel, noch immer strauchelte sie blindlings hinter ihm her.

Sein Dolch! Mit der freien Hand tastete sie nach dem Heft der Beiwaffe, die er stets am Gürtel trug. Kaum spürte sie den Griff unter ihren Fingern, riss sie die Klinge heraus. Wie ein Tier sprang sie Hamon von hinten an und legte ihm den Dolch an die Kehle. »Hört sofort auf!«

Der Erste Krieger erstarrte. »Ich rette Euer Leben!«, brüllte er so heftig, dass sich das Messer bedenklich in seine Haut drückte.

Nemera schlang die Beine um seinen Rücken und einen Arm um seinen Hals, um nicht an ihm herabzurutschen. »Ihr tötet das Volk des Kaysars!«, schrie sie zurück. »Ich habe geschworen, es zu schützen! *Ihr* habt es geschworen. In seinem Namen! Vor Themos, meinem Vater.«

Das Rauschen großer Schwingen kündete hinter ihnen von einem weiteren Drachen. Angsterfüllt drängte die Menge vorwärts, schob Hamon mit sich. Nemera machte sich darauf gefasst, in versengende Hitze gehüllt zu werden, doch nur heißer Wind strich über ihre Wange. Für einen Lidschlag war es beinahe still.

»Zum Palast!«, schrie sie. »Dort seid ihr sicher!«

Irgendjemand griff den Ruf auf. Wie das Drachenfeuer auf dem Tempel breitete er sich aus.

Athanor starrte Akkamas an. »Das … das glaube ich nicht«, brachte er heraus, doch seine Hand stahl sich eigenmächtig Richtung Schwertgriff. Es *war* möglich. Als sein Vater das Bündnis mit den Drachen geschlossen hatte, waren ihre Unterhändler in Menschengestalt im Palast erschienen. Waren sie nicht Meister darin, sich sein Vertrauen zu erschleichen?

Auch Mahanael hatte Akkamas' Worte gehört und sich entsetzt umgedreht.

»Was ist da vorne los?«, rief Eleagon, doch niemand beachtete ihn.

»Ist es so undenkbar für dich, dass ein Drache dein Freund sein könnte?«, fragte Akkamas.

Athanor schnaubte. »Der Rauch über Ehala sagt alles.«

Ein Ruck ging durch das Schiff, der sie fast von den Füßen gerissen hätte, doch ihre Blicke blieben ineinander verfangen wie zwei Ringer, von denen keiner die Oberhand gewann.

»Wenn ich dein Feind wäre, warum hätte ich dich nicht längst im Schlaf töten sollen?«

»Ich habe einen ganzen Krieg an der Seite von Drachen gefochten, und trotzdem wollten sie mich am Ende tot sehen.«

»Sie. Aber nicht ich.«

»Die Drachen!«, rief Meriothin hinter ihnen. »Sie kommen zurück!«

Athanor versuchte, zum Himmel emporzuschielen, ohne Akkamas aus den Augen zu lassen. Doch Airas Erster Krieger sah sich ebenfalls nach den Drachen um. Mehrere flogen in unterschiedliche Richtungen davon. Akkamas runzelte die Stirn. »Ich verstehe das alles nicht. Sie müssen bleiben. Rakkathors Horde wird bald hier sein.« *Damit kann er nur die anderen Drachen meinen.* Gehetzt wandte sich Akkamas wieder Athanor zu. »Ich muss sie aufhalten und zur Rede stellen.« Hastig löste er seinen Schwertgurt und ließ die Waffe auf die Planken fallen. »Ich kann dich nur bitten, mir zu glauben.« Er streifte das Kettenhemd über den Kopf, dass es klirrend neben dem Schwert landete. »Denk an den einen Drachen, der in Theroia starb.« Mit einem Satz stand Akkamas auf der Reling und sprang in den Fluss.

Noch immer sprachlos trat Athanor an die Stelle, um ihm nachzusehen. Mahanael eilte an seine Seite. Für einen Moment zeugte eine kreisförmige Welle davon, wo Akkamas verschwunden war, dann zerfloss sie in der Strömung. Erst jetzt merkte Athanor, dass der Kahn am Ufer auf Grund gelaufen war.

»Denk an den einen Drachen, der in Theroia starb.« Wie konnte Akkamas davon wissen? Er hatte ihm nie von dem Drachen erzählt, dessen Knochen nun die Trolle als stolze Trophäen mit sich führten. Nicht einmal er selbst hatte gewusst, dass ein Drache auf Theroias Seite gefallen war – bis sich das Ungeheuer mit den Untoten erhoben hatte, um alle Feinde Theroias vom Angesicht der Welt zu tilgen.

»Wo ist er hin?« Laurion beugte sich über die Reling.

»Da!« Mahanael deutete auf eine Stelle im Fluss, wo das Wasser gerade aufwallte. Schon brach ein mächtiger Schädel daraus hervor, der über dem Nacken in fünf geschwungenen Hörnern auslief. Gischt sprühte aus riesigen Nüstern, als der Drache schnaubte. Im gleichen Augenblick schien die Wasseroberfläche zu bersten. Ledrige Schwingen und ein stachelbewehrter Rücken platzten daraus hervor. Die Woge kippte den Kahn um wie eine Nussschale. Athanor klammerte sich an die

Reling, um nicht übers Deck zu rutschen. Laurion stieß einen Schrei aus, der im Flattern der Flügel unterging. Das Schiff richtete sich wieder auf, doch die schlagenden Schwingen jagten Böen ins Segel und beutelten den Kahn erneut. Athanor hörte den Kiel auf dem Flussgrund knirschen.

In diesem Moment hob sich der Drache in die Luft. Ein Wasserfall ergoss sich von seinen bronzefarbenen Schuppen zurück in den Fluss und durchnässte die Gefährten auf dem Boot, als er über sie hinwegflog.

Athanor sah ihm nach, wie er die Verfolgung der anderen Drachen aufnahm, und noch immer kamen einige von Ehala herangeflogen und verschwanden über der Wüste. In Athanors Kopf herrschte Stille. Er wusste nicht, was er denken oder empfinden sollte. Was sollte er noch glauben, wenn seine Gefühle und Urteile ihn trogen?

»Ich hätte nie gedacht, dass ich einmal der Freundlichkeit eines Drachen auf den Leim gehen würde«, murmelte Mahanael.

»Ich habe nie zuvor eine so majestätische Kreatur gesehen«, staunte Laurion. Er hatte Mühe, auf den abschüssigen Planken des Kahns zu stehen, der etwas geneigt im Ufersand festlag. Die Anstrengung trieb ihm sichtlich Schweiß auf die Stirn.

»Was machen wir jetzt?«, wollte Eleagon wissen, der über das schräge Deck auf sie zukam.

Athanor schüttelte die Starre ab, die ihn bei Akkamas' Verwandlung überkommen hatte. »Wir müssen zu Vindur auf den Turm und die Donnervögel rufen. Kommt!«

Der Palast schien zum Greifen nah. Über die Dächer niedrigerer Häuser hinweg konnte Nemera, die längst wieder von Hamons Rücken geglitten war, bereits in die Fenster in der Felswand sehen. Manchmal erhaschte sie einen Blick auf ein Gesicht, das ängstlich zum Himmel spähte und sofort wieder verschwand. Doch die Flüchtlinge steckten erneut fest. Keinen Schritt ging es mehr voran.

Mal verzagt geflüstert, mal empört gerufen verbreitete sich die Nachricht: »Die Tore sind geschlossen. Die Wachen lassen uns nicht ein.«

»Warum tun sie das?«, rief Nemera Hamon ins Ohr. Wie konnten diese herzlosen Männer ihre Brüder und Schwestern schutzlos den Drachen preisgeben?

»Sie fürchten Plünderer. Ich selbst gab den Befehl.« Hamon drehte sich zu ihr um. »Ihr müsst zu Euren Untertanen sprechen. Sie müssen uns durchlassen!«

»Es ist zu eng.« Immer mehr drängten hinter ihnen nach, schoben die anderen beängstigend dicht zusammen. Um den Tempel herum breiteten sich die Brände aus, und noch immer säten die Drachen Feuer. Einige Menschen wussten sich nur mehr mit Fäusten und Schreien zu wehren, doch es nutzte nichts. Die Massen drückten sie gegen Wände, pressten sie aneinander wie Fische in einem Netz. Nemera war, als könne sie kaum noch atmen.

»Gebt mir Euren Dolch!«, verlangte sie. »Samt dem Gürtel.«

Hamon runzelte die Stirn. »Wozu? Ich verteidige Euch.«

»Ich kann nicht bei Euch bleiben. Wir werden hier zerquetscht.«

»Was habt Ihr vor? Ohne mich werdet Ihr keinen Schritt vorankommen.«

»Ich kann das Tor erreichen. Vertraut mir, wie ich Euch stets vertraute! Nun macht schon!«, fuhr sie ihn an, als er noch immer zögerte.

Widerstrebend gehorchte er. In der Enge musste er sich dabei verrenken und etlichen Umstehenden die Ellbogen in die Rippen stoßen. Nemera hatte ähnlich viel Mühe, den Gürtel anzulegen, doch endlich fühlte sie sich gewappnet. »Jetzt hebt mich hoch!«

»Ihr könntet die Aufmerksamkeit der Drachen ...«

»Ich befehle es Euch!«, fauchte sie.

Ihr scharfer Blick brach seinen Widerstand. Er verschränkte die Hände, bot sie ihr als Trittstufe dar und hob sie an, als sie einen Fuß daraufsetzte. Das Kleid behinderte sie, doch es gelang ihr, auf Hamons Schultern zu steigen. Schwankend richtete sie sich auf, kämpfte um ihr Gleichgewicht. Hamon legte die Hände auf ihre Füße, hielt sie fest, so gut er es in dieser Haltung vermochte. Hastig sah sie sich nach Drachen um. Drei kreisten über dem Tempel. Weitere über dem Rest der Stadt, doch es schienen weniger zu sein, als sie während der Rede des Großen Drachen entdeckt hatte. Keiner war gefährlich nah. *Jetzt oder nie.*

»Volk Dions!« Ihre ersten Worte gingen im Lärm unter, doch immer mehr Menschen entdeckten sie und machten die anderen auf sie aufmerksam. »Volk Dions! Hört mich an! Die Wachen werden das Tor nur auf meinen Befehl öffnen, doch ich komme nicht zu ihnen durch.« Von oben sah sie noch deutlicher, dass die Menschen zusammengepresst standen wie Getreidehalme in der Garbe. Links und rechts erhoben sich die Mauern fürstlicher Anwesen und zwängten diesen Menschenstrom in sein enges Bett. Furchtsam, manche gar verzweifelt, sah dieses Meer aus Gesichtern zu ihr auf. »Ich verspreche euch Zuflucht im Palast, wenn ihr mich nur zum Tor bringt! Lasst mich über eure Schultern gehen, wie ich jetzt auf den Schultern des Ersten Kriegers stehe!«

»Macht schnell!«, rief jemand.

»Wir tragen Euch!«

Nemera hörte Hamon unter sich fluchen, doch er ließ sie los. Wankend setzte sie einen Fuß auf eine Schulter des Mannes vor ihm, den anderen auf jene einer Frau. Hände reckten sich empor, um sie zu stützen. *Schneller! Uns bleibt keine Zeit.* Immer rascher und rücksichtsloser kämpfte sich Nemera voran. Immer wieder entschuldigte sie sich im Stillen dafür, gegen Ohren und Wangen zu treten und sich in fremdes Haar zu krallen, wenn sie zu stürzen drohte. Sie war noch immer schrecklich langsam, stolperte, schlug mit dem Knie gegen jemandes Schläfe und fiel. Hände fingen sie auf und stemmten sie wieder empor.

»Bleibt liegen!«, riet eine Stimme, die sie zu kennen glaubte. »Wir tragen Euch weiter. He, ihr! Reicht die Regentin zum Tor durch! Los!«

Einen Moment lang wand sich Nemera vor Unbehagen. Sie sollte sich wie ein Sack Getreide tragen, sich von unzähligen Fremden berühren lassen? Hände griffen nach ihr, drückten sie empor und schoben sie voran. Es ging schneller als ihre unbeholfenen Versuche, auf den Schultern der Menschen zu balancieren. Je mehr sie sich versteifte, desto rascher und leichter wurde sie über die Menge getragen. Manches Mal biss sie die Zähne zusammen, als sich Strähnen ihres Haars lösten und an etwas hängen blieben. Fremde Hände berührten sie an Stellen, die nicht unschicklicher hätten sein können. Doch sie spannte stumm ihre Muskeln an und starrte zu den letzten Drachen auf, die noch über der Stadt kreisten, lauschte den Rufen der Menschen, die sich gegenseitig anfeuerten, sie und damit sich zu retten. Bald kam das Haupttor des Palasts in Sicht.

»Halt! Helft mir, mich aufzurichten!« Auf zitternden Beinen erhob sich Nemera erneut über die Menge. Menschen wurden gegen das Tor gepresst. Andere versuchten, es zu erklettern, aber Wächter stachen von oben mit Spießen nach ihnen. Blutend fielen die Verwundeten in die schreiende, aufgebrachte Menge zurück.

»Schluss damit!«, brüllte Nemera, so laut sie konnte. Auch wenn ein paar Nähte ihres Kleids gerissen waren und sich ihre Frisur auflöste, erkannten die Palastwachen sie sofort und starrten ungläubig auf sie herab.

Nemera straffte die Schultern. »Öffnet das Tor! Sofort!«

Die Wächter wechselten unsichere Blicke.

»Aber dann werden die alle hereinstürmen«, wagte einer zu widersprechen und deutete auf die Menge hinab.

»Ich habe ihnen Zuflucht versprochen! Sollen wir hier draußen sterben? Im Namen des Kaysars, öffnet sofort dieses Tor!«

Endlich nickte jemand. Ein Spalt klaffte plötzlich zwischen den Torflügeln auf, wurde von den verzweifelten Menschen weit aufgestoßen, und im nächsten Augenblick ergossen sich die Massen wie eine Flut in den Palast. Nemera fiel, doch sie konnte nicht zu Boden stürzen. Die schiere Enge klemmte sie zwischen den Menschen ein. Sie wurde von der Woge mitgerissen, strauchelte und drohte, nun doch unter die trampelnden Füße dieser Horde zu geraten. Blindlings hielt sie sich am erstbesten Kittel und dem nächsten Arm fest, stieß, kratzte, schlug wie alle anderen, nur um auf den Beinen zu bleiben.

21

Im Flüchtlingslager am Fuß der Ordensburg herrschte heilloses Durcheinander. Einige rafften ihre Habe zusammen, um weiterzufliehen. Andere drängten in den Turm, von dessen Wänden aus gewachsenem Fels sie sich Schutz erhofften. Bewaffnete, die nicht an den Geschützen gebraucht wurden, liefen hinaus, weil ihre Anführer sie dort sammelten, während Handwerker gen Ehala starrten und um das Leben ihrer Familien bangten. Manche rannten nach Hause und wollten ihre Angehörigen retten, doch die meisten standen unschlüssig herum oder suchten ebenfalls Schutz in der Festung.

Als sich Athanor einen Weg durch die Menge bahnte, schenkte ihm niemand Beachtung. Nicht einmal die Elfen ernteten mehr als den einen oder anderen verwirrten Blick. Keuchend hielt Laurion mit ihnen Schritt und fand sogar noch Atem, um wortreich über Akkamas' Verwandlung zu staunen.

Athanor hörte längst nicht mehr zu. Es gefiel ihm nicht, dass er kaum Pferde sah. War Nemera etwa noch nicht eingetroffen? »Wo finde ich Vindur?«, erkundigte er sich bei einem Krieger, der ihn nur begriffsstutzig ansah. »Den Zwerg!«

»Ich weiß nicht. Vielleicht …«

Athanor stürmte durchs Tor und stieß jeden zur Seite, der nicht schnell genug auswich. »Aus dem Weg! Ich muss zum Kommandanten!« Wie sollte er in diesem Chaos einen Zwerg finden? »Eleagon!« Er ließ den Seefahrer aufholen. »Geht schon nach oben. Ich muss mit Vindur sprechen, dann komme ich nach. Laurion …«

Der Magier richtete sich auf und versuchte, entschlossen zu klingen, obwohl er nach Atem rang. »Ich weiß, was ich … zu tun habe.«

Athanor klopfte ihm auf die Schulter und wandte sich ab. Er wusste, dass Vindur ein Quartier in der Burg hatte, aber dort war er im Augenblick sicher nicht zu finden. Aus den Werkstätten drang immer noch Hämmern und das Zischen von glühendem Eisen, das in Wasser getaucht wurde. Auf diese

Geräusche hielt Athanor zu. Es sah Vindur ähnlich, selbst im Angesicht der Gefahr noch die letzten Momente für Vorbereitungen zu nutzen.

Um eine große Esse standen mehrere Schmiede und droschen mit ihren Hämmern auf glühende Schwertklingen ein.

»Eine Schande ist das«, murrte ein Krieger, als Athanor neben ihn auf die Schwelle der Werkstatt trat.

»Warum? Was tun sie?«

»Sie arbeiten die herrlichen Klingen in Spieße für die Geschütze um. Diese kleinwüchsige Missgeburt hält Schwerter für nutzlos.«

»Die verdammte Missgeburt weiß wenigstens, wovon sie spricht«, erwiderte Athanor und ließ den verdutzten Kerl stehen. Von Vindur war hier unten nichts zu sehen. Er musste irgendwo bei den Geschützen sein.

Athanor eilte zur Treppe und drängelte sich die Stufen empor. Ein scheinbar unendlicher Strom an Arbeitern und Bewaffneten kam ihm entgegen, während nur wenige hinaufwollten. Immer wieder fragte Athanor, ob jemand Vindur gesehen hatte. Die meisten schüttelten den Kopf. Einige deuteten vage nach oben, bevor sie weiterhasteten.

Plötzlich gellten irgendwo über ihm aufgeregte Rufe. Athanor glaubte, die Stimmen der Elfen zu erkennen. *Was zum Dunklen ...* Rücksichtslos stürmte er nach oben, rempelte sich den Weg frei, ohne auf die erbosten Flüche zu achten, die ihm nachgerufen wurden.

Mahanael kam ihm aus dem dritten Stock entgegen. »Laurion wurde niedergestochen! Der Mörder muss dir entgegengekommen sein.«

Athanor wirbelte auf dem Absatz herum, musterte die Männer, die nach unten liefen. Alle hatten es eilig. Niemand sah sich gehetzt um. Wie zum Henker sollte er den Verräter erkennen? *Hol's der Dunkle!* Es gab Wichtigeres zu tun. »Lebt er noch?«, rief er Mahanael im Vorbeihasten zu.

Der Elf folgte ihm beneidenswert leichtfüßig. »Ich glaube schon.«

Der Magier saß auf einem Treppenabsatz gegen die Wand

gelehnt. Eleagon und Meriothin sorgten dafür, dass niemand auf ihn trat. Auf der weißen Robe hatten schon zuvor Dreck und Blutflecken geprangt, doch nun breitete sich frisches Blut an Laurions Seite aus. *Von hinten in die Niere. Verfluchter Bastard!*

»Kann man dir nicht *ein* Mal den Rücken zudrehen, ohne dass du dich umbringen lässt?« Athanor bedeutete Meriothin, mit anzupacken. »Hoch mit dir, du Faulpelz!« Gemeinsam stellten sie den Magier auf die wackligen Beine und stützten ihn.

Laurion lächelte schwach. »Wenn ich sterbe, werdet Ihr ...«

»Ich hab dich nicht hergebracht, damit du mir so kurz vor dem Ziel stirbst. Wag nicht einmal, daran zu denken!«

»Macht Ihr mir das Leben im Jenseits sonst zum Albtraum?«

»Du wirst dir wünschen, du wärst nie gestorben«, schwor Athanor. »So wahr ich der Kaysar bin.«

Laurion gluckste. Es sollte wohl ein Lachen sein, doch dafür fehlte ihm die Kraft. Stufe für Stufe schleppten sie ihn nach oben. Eleagon und Mahanael gingen voran, um ihnen den Weg frei zu machen. Meriothin starrte scheinbar auf die Stufen, doch in Wahrheit konzentrierte er sich wohl auf einen Heilzauber, so gut es ging. Zum Glück wurde es auf der Treppe immer ruhiger, je höher sie kamen. Durch die Türen erhaschte Athanor hin und wieder einen Blick auf Geschütze, doch seine Gedanken kreisten nur darum, den Magier lebend auf den Turm zu bringen. Es mussten Hunderte Stufen sein. Seine Knie begannen stumm zu ächzen, während seine Beine immer schwerer wurden. Bald schnaufte er wie ein Blasebalg. Sein Herz pochte bis in die geschwollenen Lider hinauf. Auch Meriothins Züge verzerrten sich vor Anstrengung, doch die anderen konnten ihn nicht ablösen, da er Laurion für den Heilzauber berühren musste. Einmal glaubte Athanor, Vindurs grummelnde Stimme zu hören, aber ihm fehlte der Atem, nach seinem Freund zu rufen.

»Ihr habt es gleich geschafft!«, rief Eleagon.

Mit einem Mal fiel von oben Licht auf die Treppe. Ein warmer Wind wehte ihnen entgegen. Das kühle Innere des riesigen

Felsens wich von der Sonne erhitztem Gestein. Geblendet kniff Athanor das verbliebene Auge zusammen, als die letzten Stufen auf eine große Plattform hinausführten.

Sie waren allein. Offenbar hatte Vindur seine Leute angewiesen, aus den Fenstern zu spähen, da es hier oben keine Deckung gab. Nur die Banner des Alten Reichs und Dions bauschten sich in der warmen Brise. Vorsichtig legten sie Laurion auf dem blanken Fels ab. Eleagon zog sein Hemd aus und schob es dem Magier als Polster unter den Kopf.

»Hat jemand Wasser?«, krächzte Laurion.

Athanor schüttelte den Kopf. In ihrer Eile hatten sie alles auf dem Kahn zurückgelassen.

»Vielleicht kann ich bei den Männern unten etwas auftreiben«, hoffte Mahanael und verschwand die Treppe hinab.

»Wir können nicht warten, bis du deine Stimme geölt hast«, mahnte Athanor. »Kannst du so zaubern?«

Laurion hob kraftlos eine Hand. »Lasst mich einfach einen Moment hier liegen. Ich werd's ... versuchen.«

Sie wichen zurück, und Laurion schloss die Augen. Er bewegte die Lippen, doch seine Worte waren zu leise, um sie zu verstehen. Zögernd wandte sich Athanor ab und kam sich nutzlos vor. Ihre ganze Hoffnung ruhte auf einem Zauberer, der halb ohnmächtig war.

»Kannst du nicht mehr für ihn tun?«, fuhr er Meriothin an.

»Ich habe nicht genug Magie übrig. Wenn ich mehr zaubere, liege ich an seiner Stelle dort.«

Fragt sich, wer uns mehr nützt. Doch er konnte nicht wissen, wozu sie den Heiler womöglich noch brauchen würden. Mit einem unwilligen Knurren trat Athanor zu Eleagon, der vom Rand der Plattform gen Ehala blickte. Von Drachen war nichts mehr zu sehen, aber es stieg immer mehr Rauch aus der Stadt auf. Von hier oben konnten sie jenseits der grünen Felder und Gärten bereits Gebäude erahnen. Wo war die Regentin mit ihren Männern? Brannte auch der Palast? Wie konnte er hier herumstehen und den letzten Widerstand in die Wege leiten, während Nemera vielleicht qualvoll umkam? *Wie Anandra, die in Theroias Palast in den Flammen starb.* Er war nicht bei ihr gewesen, und doch sah er seine brennende Schwester vor sich, als geschähe es jetzt. Seine Füße trugen ihn zur Treppe, bevor er das Bild abgeschüttelt hatte.

»Drachen greifen Ehala an!«, rief Harud, als er in den unterirdischen Saal hastete, wo Davaron mit den anderen Nekromanten auf Sethons Rückkehr wartete. In einen Lederharnisch und gewöhnliche Gewänder gekleidet, sah der Magier wie einer der Krieger aus, die oben in der Festung dienten. »Ich weiß nicht, *was* der Großmeister getan hat, aber wenn *das* sein Plan war ...« Fassungslos schüttelte Harud den Kopf, obwohl ihn der Stolz auf seinen Meister dabei grinsen ließ.

Sofort bedrängten ihn die anderen Nekromanten mit Fragen und ergingen sich in wilden Spekulationen über Sethons Plan und was es für sie bedeuten mochte. Ihre Stimmen hallten laut von den Wänden wider, doch angesichts der neuen Lage waren sie hier unten vor Entdeckung sicherer denn je.

Angewidert von der Aufregung zog sich Davaron an einen steinernen Tisch am Ende des Saals zurück. Nie im Leben war Sethon für das Auftauchen der Drachen verantwortlich. Selbst die Regentin hatte damit gerechnet, sonst hätte sie diese Festung nicht umgebaut und mit einer Streitmacht bemannt. Was auch immer Sethon trieb, er zog nur Nutzen aus größeren Ereignissen.

Dämliche Narren! Herablassend beobachtete er die aufgekratzten Magier, die sich für so überlegen und unabhängig hielten. Dabei hatten sie insgeheim selbst an diesen Unsinn über den Großen Drachen geglaubt und seine Strafe gefürchtet. Wäre es anders gewesen, hätte es sie nicht dermaßen überrascht, dass die Drachen nicht sie, sondern die Unschuldigen angriffen. Als ob die Reihenfolge irgendetwas daran geändert hätte, dass auch sie dem Tod geweiht waren. Oder hatte Sethon auch einen Plan, wie sie den Drachen entkamen?

Harud löste sich aus dem Kreis seiner Ordensbrüder und kam grinsend zu Davaron herüber. »Möchte wissen, wie dieser Hund das geschafft hat.« Für einen Moment verging ihm die gute Laune, als er seinen Lapsus bemerkte und sich hastig umsah, ob Sethon lautlos hinter ihm aufgetaucht war. Erleichtert grinste er umso breiter.

»Ihr scheint keine Angst vor diesen Drachen zu haben«, stellte Davaron fest. »Wisst Ihr etwas, das ich erfahren sollte?«

Harud zuckte mit den Schultern. »Hier unten sind wir sicher. Nicht einmal ihr Feuer wird so weit herabreichen.«

»Wie Ihr meint.« Davaron war nicht danach, ihm von den Orross und Rokkur zu erzählen, den blutrünstigen Chimären, die im Windschatten der Drachen kamen und Menschen jagten, ganz gleich wo sie sich verstecken mochten. *Jeder muss seine Erfahrungen selbst machen.*

Sein Blick fiel auf einen verschmierten roten Fleck über Haruds Daumen. »Ihr habt Blut an der Hand.«

Eher neugierig als beunruhigt sah der Nekromant nach. »Stimmt.« Er zog seinen Dolch, dessen Klinge mit Blut überzogen war. »Den muss ich noch reinigen. Auf dem Weg nach unten bin ich einem vom weißen Orden begegnet. War ein Kinderspiel, ihm im Gedränge einen kleinen Stich zu verpassen und zu verschwinden.«

»Lenkt das nicht unerwünschte Aufmerksamkeit auf uns?«

Harud verzog das Gesicht. »Die haben nicht mitbekommen, wer es war. Aber wenn Ihr etwas wirklich Beunruhigendes hören wollt ...« Der Nekromant senkte die Stimme. »Ihr erratet nie, wen ich dort oben gesehen habe.«

»Ihr habt recht. Ich bin nicht in der Stimmung für Rätsel.«

»Es ist aber ein verdammtes Rätsel!«, erwiderte Harud ungehalten. »Die Regentin hat das Kommando über die Festung Eurem Zwerg überlassen.«

»Der Zwerg lebt?« Das war in der Tat eine Überraschung. »Sagtet Ihr nicht, dieses *makaris* sei absolut tödlich?«

»Das ist es auch«, beharrte Harud. »Das Zeug stammt direkt aus den finstersten Winkeln der Schattenwelt. Ihr habt keine Ahnung, wie viele von uns daran verreckt sind, nur weil sie leichtfertig waren. Der Fluch ist unumkehrbar!«

»Und dennoch sagt Ihr, dass der kleine Mistkerl dort oben lebendig herumläuft.«

»Nicht nur das. Er spielt sogar mit einem Glasauge herum, das er einem Ordensbruder aus dem Schädel gepult haben muss.«

»Und Ihr seid sicher, dass Ihr mir damals echtes *makaris* gegeben habt?«, fragte Davaron in unschuldigem Plauderton.

Haruds Augen verengten sich. »Wer sagt mir, dass Ihr das Zeug nicht auf den Boden gespritzt habt, um Euren Freund zu retten?«

»Macht Euch nicht lächerlich. Der Zwerg ist ein widerwärt...«

»ICH HABE EINEN GOTT GETÖTET!« Sethons Stimme übertönte selbst den Lärm der debattierenden Zauberer.

Mit einem Schlag herrschte Stille im Saal. Nur das Scharren der Sohlen kündete davon, dass sich alle dem Großmeister zuwandten, der triumphierend auf der Schwelle stand. Er hatte die Arme gen Himmel gereckt, als ob es keinen Fels über ihnen gäbe, und blickte über seine Ordensbrüder in Sphären, die nur einem Wahnsinnigen offen standen. »Ich habe den Lauf der Welt verändert. Heute, an diesem denkwürdigen Tag, habe ich – Sethon, Großmeister des Ordens – den Großen Drachen getötet.«

Etlichen Magiern stand vor Staunen der Mund offen.

Es gab ihn wirklich? Oder zog Sethon gerade eine große Schau ab? Zu welchem Zweck? Wenn es jedoch stimmte, hatte dieser Narr das Ende seines Volks besiegelt.

Plötzlich riefen alle durcheinander. Wer noch gesessen hatte, sprang auf, um mit den anderen den Großmeister zu umringen.

»Wie ist Euch das gelungen?«

»Das ist unfassbar!«

»Womit habt Ihr ...«

Sethon würgte die Fragen mit herrischer Geste ab. »Ich habe ihn in Gestalt seines Obersten Priesters mit dessen Flammenstab erstochen, den ich ein wenig präpariert hatte. Was beweist, dass auch Drachen nur sehen, was sie sehen wollen.« Damit schien das Thema für ihn schon an Reiz verloren zu haben. Ohne weitere Fragen zu beachten, schritt er zwischen den Magiern hindurch, die ihm hektisch den Weg freigaben.

Niemand will den Zorn des großen Drachentöters erregen,
spottete Davaron im Stillen und blieb sitzen, als Sethon auf ihn
zukam.

Falls es der Großmeister überhaupt bemerkte, ignorierte er
es. Sein Blick war auf Davarons Gesicht gerichtet. »Jetzt hat sie
keine Wahl mehr.« Auf seiner Miene breitete sich grimmige
Vorfreude aus. »Jetzt wird sie mich anbetteln müssen, sie zu
retten.«

Die Drachen waren fort. Nemera hatte von einem Fenster aus
gesehen, wie das letzte Ungeheuer davongeflogen war. Zwar
wüteten in der ganzen Stadt Brände, doch die ersten Menschen
besannen sich bereits darauf, Eimerketten zum Fluss zu bilden,
um die Feuer zu löschen. Manche brachen weinend zusammen
und schluchzten die Namen der Toten. Andere irrten auf der
Suche nach Angehörigen durch die Straßen. Ihre Rufe drangen
bis zu Nemera hinauf, die Habseligkeiten zu einem Bündel zu-
sammenraffte und dann doch liegen ließ. Sie durfte sich nicht
mit Gepäck behängen. Taschen würden sie nur behindern. Stattdessen zog sie hastig das goldbestickte Gewand aus und ließ
sich von den im Palast gebliebenen Dienerinnen ein Reitkleid
überstreifen. »Ihr dürft nicht hierbleiben. Lauft zur alten Ordensburg, so schnell ihr könnt!«, warnte sie und eilte aus ihren
Gemächern.

Draußen auf den Gängen und Treppen lungerten Flüchtlinge herum, die neugierige Blicke in die Palasträume warfen.
Sicher steckten sie kostbare Gegenstände ein, wenn niemand
hinsah, denn auf ihren Befehl hin sammelte Hamon die Palastwachen auf dem Hof, und die Bediensteten rannten wie kopf-
lose Hühner umher. Nemera eilte an den Dieben vorbei, ohne
ihre ertappten Mienen zu beachten. Bei jedem Schritt spürte sie
die Blutergüsse und Prellungen, die sie im Gewühl der Fliehenden davongetragen hatte, doch bald ließ der Schmerz nach.
Auch hier im Palast vergossen Menschen Tränen vor Schreck
und Trauer. Eine alte Frau raufte sich das weiße Haar und verfluchte den Mörder des Großen Drachen. Ein Junge flehte zum
Kaysar, ihn vor dem Zorn der Drachen zu beschützen. Nemera

verschloss ihr Herz vor diesem Leid und schlängelte sich durch die immer volleren Gänge. Selbst im Thronsaal stieß sie auf zahllose Fremde. Die Priesterinnen der Urmutter Kaysa scheuchten Gesunde hinaus, während barmherzige Helfer Verletzte hereintrugen. Mit einem Mal schien ihr Blick nur noch auf Brandwunden und gebrochene Glieder zu fallen. Menschen stöhnten vor Schmerzen. Es roch nach Blut und Urin. Kaysa-Priester wollten sie mit Fragen bedrängen, doch sie hatten zu viel Respekt, um sich ihr in den Weg zu stellen, und Nemera hastete würdelos an ihnen vorbei.

Erst auf dem Hof vor den Stallungen fand sie zu ihrer königlichen Haltung zurück. Ihre Frisur mochte in Auflösung begriffen und ihr Gesicht gerötet sein, aber sie war noch immer die Regentin und musste Entschlossenheit zeigen. Kaum hatten sie sie entdeckt, war sie von Fürsten und ranghohen Kriegern umringt, von denen jeder größer und kräftiger war als sie. Nemera straffte sich. »Lasst alle Pferde satteln, die wir noch haben!«, befahl sie als Erstes dem Stallmeister, der sogleich davoneilte. »Ehrwürdige Fürsten, tapfere Krieger«, fiel sie den anderen Männern ins Wort.

Sie verstummten und hörten mit ernsten Mienen zu.

»Die Zeit drängt! Der Große Drache kam, um uns zu beschützen. Über seinen Tod durch den schändlichen Renegaten Sethon dürfen wir die Gefahr nicht vergessen, vor der er uns retten wollte. Jene Drachen, die sich nun zurückgezogen haben, waren unsere Verbündeten. Dass sie nun unsere Feinde sind, können wir ihnen nicht verdenken. Doch unsere eigentlichen Gegner sind erst auf dem Weg hierher. Der Kaysar selbst hat mich gewarnt, dass sie nur ein Ziel kennen: Die Menschheit vom Angesicht der Welt zu tilgen.«

Bei der Erwähnung des Kaysars sahen die Männer ihre Herrscherin erstaunt an. Nur Hamon blickte düsterer denn je.

»Diese Drachen werden Ehala dem Erdboden gleichmachen«, prophezeite Nemera. »Um ihnen die Stirn zu bieten, ziehen wir uns in die alte Ordensburg der Magier zurück. Ich habe Geschütze bauen und in dieser Festung aufstellen lassen, mit denen wir unsere Feinde vom Himmel schießen werden.«

In den Mienen der Krieger rangen Vorwürfe und Begeisterung um die Vorherrschaft. Nemera verspürte ein schlechtes Gewissen, sie nicht früher eingeweiht zu haben. Manche sahen jedoch aus, als hätten sie längst davon gewusst. Eine so große Baustelle war nicht geheim zu halten. »Sammelt Eure Männer und führt sie zur Ordensburg, so schnell Ihr könnt! Nehmt Eure Familien und Euer Gefolge mit! Hier in Ehala wird niemand sicher sein. Geht! Wir sehen uns dort.«

Noch während die Männer in alle Richtungen davonliefen, wandte sich Nemera ihrem Ersten Krieger zu.

»Warum musstet Ihr den Kaysar erwähnen?«, grollte Hamon. »Ihr wisst nicht, wer dieser Kerl wirklich ist. Wie wollt Ihr den Fürsten später erklären, dass Ihr auf einen Hochstapler reingefallen seid?«

»Er ist kein Hochstapler«, mischte sich Thegea ein. Nemera hatte die Großmeisterin nicht kommen hören und drehte sich erfreut zu ihr um. »Jedes Wort, das er sagt, ist wahr.«

»Ach ja?«, höhnte Hamon. »Und wo ist er jetzt, der große Held?«

»Sagt Ihr es mir! Habt Ihr ihm wieder Mörder auf den Hals gehetzt, die ihn aus dem Hinterhalt getötet haben?«, hielt Thegea dagegen.

Nemera fuhr zu Hamon herum. Warum hatte sie das nicht gleich geargwöhnt? »Habt Ihr?«

»Das ist eine infame Unterstellung!«, empörte sich Hamon. »Soll dieses alte Weib ungestraft Lügen über mich verbreiten dürfen?«

»Einer Eurer Männer hat Akkamas verraten, dass Ihr den Hinterhalt an der Felswand angeordnet habt«, hielt Nemera dagegen.

»Ehrlose Männer werden Euch *alles* bestätigen, wenn Ihr nur mit einem Beutel Gold winkt.«

Wir dürfen uns jetzt nicht gegenseitig zerfleischen. Nemera atmete tief durch. »Schwört beim Andenken meines Vaters, dass Ihr nichts unternommen habt, um Laurions Mission zu gefährden!«

Der Erste Krieger sank auf ein Knie und senkte das Haupt. »Ich schwöre bei Themos und allen Regenten bis zum Tag der Ankunft zurück.«

Wie konnte sie ihm nicht glauben? Sie *musste* ihm vertrauen. »Betet mit mir darum, dass der Kaysar und Laurion rechtzeitig zurückkommen!«, riet sie Hamon und bedeutete ihm, sich zu erheben.

»Ein Drittel Eurer Krieger ist bereits in alle Winde verstreut«, berichtete Hamon mit drängendem Unterton. »Wir müssen mit den verbliebenen Männern die Ordensburg erreichen, bevor es zu spät ist.«

Nemera nickte. Wenigstens darin waren sie sich einig. »Zehn Freiwillige sollen ausschwärmen und in allen Winkeln der Stadt verkünden, dass wir uns in die Festung zurückziehen. Wer sich dort in Sicherheit bringen will, ist uns willkommen. Wer kämpfen will, erst recht.«

»Was wird aus jenen, die nicht fliehen können?«, erkundigte sich die Großmeisterin. »Aus den Verwundeten im Thronsaal?«

»Wer nicht laufen kann, muss hierbleiben«, antwortete Nemera bedauernd. »Ich kann nicht warten, bis wir Karren organisiert und beladen haben. Die Drachen können jeden Augenblick hier sein.«

»Dann werde ich es an Eurer Stelle tun«, beschloss Thegea. »Ich bin ohnehin zu alt, um zu reiten.«

»Nein! Ich brauche Euch! Sethon ist hier. *Er* hat den Großen Drachen getötet, um mich in die Knie zu zwingen.«

»Ich weiß, mein Kind.« Die Großmeisterin ergriff Nemeras Hände. »Aber ich kann diesen Kampf nicht für Euch ausfechten. Wenn Sethon Euch gegenübertritt, wird ihn niemand aufhalten können – außer Ihr selbst.«

»Hexe!«, schimpfte Hamon. »Was war von ihr schon zu erwarten? Ihr braucht sie nicht, Herrin. Ihr habt fünfzig bewaffnete Männer, um Euch vor diesem Abschaum zu schützen.«

Warum habe ich dann das Gefühl, dass es nicht genug sind?

Athanor war kaum die ersten Stufen hinabgestürmt, als er erneut Vindurs Stimme hörte. Auf der Treppe näherten sich hastige Schritte, und im nächsten Augenblick kam ihm der Zwerg auch schon entgegengeeilt – geführt von Mahanael und gefolgt von einem atemlosen Stab aus Botenjungen und ranghohen Kriegern.

»Baumeisters Bart!«, rief Vindur bei Athanors Anblick. »Du siehst übel aus. Kommst aber gerade noch rechtzeitig, bevor ich alle allein raushauen muss.«

Athanor ließ ihn an sich vorbeilaufen, bis Vindur eine Stufe über ihm stand, sodass sie sich kurz und ruppig umarmen konnten. »Ein erfahrener Drachentöter wie du hat die Lage doch im Griff.«

»Tja! Wie du siehst, sind die Gegner schon beim Anblick meiner Festung geflohen«, prahlte Vindur zwinkernd.

»Ich hoffe, dass wir Verstärkung bekommen, bis sie einen neuen Angriff wagen. Irgendein Verräter hier im Turm hat dem Magier ein Messer in den Leib gejagt, aber er beißt die Zähne zusammen und zaubert.«

»Hier im Turm?« Sofort schweifte Vindurs Blick zu seinem Gefolge. Schon wollte er den Mund öffnen, zweifellos um irgendwelche Anweisungen zu geben, doch Athanor war schneller.

»Lass gut sein! Die Drachen gehen vor. Ist die Regentin schon hier?«

Vindur schüttelte den Kopf. »Leider nicht. Für heute war irgendein großes Ereignis im Drachentempel angesetzt.«

Eine kalte Faust griff in Athanors Brust. Der Drachentempel befand sich mitten in der Stadt. Dort, wo der meiste Rauch aufstieg. »Ich muss nach Ehala und nach ihr suchen.«

»Du!« Vindur deutete auf einen der Boten. »Lass ein Pferd für Prinz Athanor satteln!«

Der Junge flog förmlich die Treppe hinab und außer Sicht, während sich sein Kommandant wieder an Athanor wandte.

»Ich verstehe, dass du das tun musst, aber komm wieder! Ich hab keinen Schimmer, was ich ohne dich mit diesen Donnervögeln anstellen soll.«

»Mahanael hier wird etwas einfallen«, lenkte Athanor ab und wandte sich an den Elf. »Sag Laurion, dass er sich mit dem Sterben noch Zeit lassen soll! Wir brauchen ihn.«

Je näher Athanor der Stadt kam, desto mehr Flüchtlinge strömten ihm entgegen. Die Ersten waren ihm bereits in der Nähe der Ordensburg begegnet – junge Männer, die zu Pferd alle anderen abgehängt hatten. Hinter ihnen herrschte bedrückende Leere, die ihre Feigheit und ihren Egoismus unterstrich. Athanor ertappte sich dabei, sie dafür zu verachten. *Wie schnell man doch das Schwein in sich selbst vergisst.* Auf seiner Flucht aus Theroia hatte er Schlimmeres getan als sie. Auch wenn die Elfen glaubten, sie könnten sich vom Töten reinwaschen, Athanor wusste es besser. Es gab keine Sühne für die Leben, die er geopfert hatte, um sich zu retten. Egal, wie oft ihn der Dunkle aus Dankbarkeit für die reiche Ernte verschonte: Am Ende würden diese Toten in den Schatten auf ihn warten.

Es war seltsam, wieder Flammen und Rauch am Horizont zu sehen. Als ob sich die Vergangenheit wiederholte. Doch dieses Mal jagte er auf die brennende Stadt zu. Wenn Nemera starb, wen lohnte es dann überhaupt zu retten? Sie war die Regentin. In seinen Augen waren Dion und das Land ohne sie nur eine Wüste.

Bald traf er auf jene, die ihren Pferden auch noch die Last ihrer Frauen und Kinder aufgebürdet hatten. Ein Fürst auf einem Streitwagen hielt mit berittenen Getreuen auf die Ordensburg zu. Andere peitschten Maultiergespanne vorwärts, die aus Furcht vor den Drachen längst um ihr Leben galoppierten. Vergeblich hielt er nach der Regentin Ausschau. Sie besaß Pferde. Sie verfügte über mehr Streitwagen als jeder andere Fürst Dions. Warum war sie nicht hier? Doch er wagte nicht, anzuhalten und jemanden zu fragen. Er hatte schon genug Zeit verloren. Lieber ritt er noch schneller.

Es dauerte nicht lange, bis er auf die Äcker ausweichen musste, weil die Straße von Flüchtlingen überquoll. Mit gehetzten, rußigen Gesichtern rannten und stolperten sie vor dem Grauen davon, das sich in ihren Mienen spiegelte. Hunde und selbst Katzen sprangen zwischen ihnen oder liefen Athanors Pferd in den Feldern vor die Hufe.

Vor ihm rückten die Obsthaine und Hecken der Gärten näher. Wenn er sie am Flussufer umging oder mitten hindurchpreschte, riskierte er, Nemera auf der Straße zu verpassen. Bald sah er, dass immer mehr Flüchtlinge auch durch die Gärten drängten, weil die Straße längst überfüllt war. Wie sollte er die Regentin finden, wenn er sich in dieses Labyrinth stürzte?

Irgendwie musste er sich zum Palast durchschlagen, und der schnellste Weg blieb die Straße. Er zügelte das Pferd und trieb es langsam, aber bestimmt in den Strom der Menschen, die ihn anstarrten und doch nicht wahrnahmen. »Aus dem Weg! Macht, dass ihr zur Festung kommt!«

Die Menge teilte sich und schloss sich hinter ihm wieder, als sei er eine Insel in einem Fluss. Er konnte nicht jeden Zusammenstoß vermeiden. Immer wieder wurden Menschen gegen das Streitross gedrängt, das mit angelegten Ohren nach ihnen schnappte. Athanor hielt die Zügel straffer und spähte zur Stadt. Die Flut der Fliehenden nahm kein Ende. Hinter ihnen breiteten sich die Brände weiter aus. Doch plötzlich fiel sein Blick auf das weiße Banner des Alten Reichs, auf dem die goldene Sonne glänzte. Es wehte über einer Kolonne von Reitern, die gerade die letzten Gebäude der Stadt hinter sich ließen. Einträchtig flatterte die Fahne Dions daneben, ein goldener Drache auf rotem Grund. Nur die Truppen der Regentin durften dieses Banner führen. Athanor hielt an und stellte sich in die Steigbügel, um besser zu sehen. War das Nemeras schwarzes Haar? Erleichtert sank er in den Sattel zurück. Sie war den Flammen entkommen.

Die Regentin trug ein Reitkleid und darüber sogar einen mit goldenen Drachen verzierten Lederharnisch, doch wie es der Brauch verlangte, führte sie keine ernst zu nehmende Waffe. An ihrem Gürtel baumelte nur ein Dolch. Sie entdeckte Athanor und lächelte, als sie Hamon auf ihn aufmerksam machte. Dessen Gesicht verfinsterte sich. Er ritt neben Nemera an der Spitze des Trupps. Kurz bevor sie Athanor erreichten, hob er herrisch die Hand, um einen Halt zu befehlen.

»Wo sind Eure Begleiter? Was habt Ihr mit dem Magier gemacht?«, fuhr er Athanor an.

»Rührend, wie Ihr Euch plötzlich um einen verhassten Zauberer sorgt. Ihr wisst nicht zufällig, wer den Verräter geschickt hat, der ihm ein Messer in die Seite stieß?«

»Laurion ist tot?«, entfuhr es Nemera.

»Ich wusste gleich, dass Ihr ihn nur wegbringen wolltet, um ihn umzubringen!« Hamon griff nach seinem Schwert.

»Noch lebt er, und wenn wir rasch weiterreiten, kann uns seine Zauberei vielleicht retten«, erwiderte Athanor zornig.

»Er hat recht«, befand die Regentin. »Schluss mit diesem sinnlosen Streit!«

»Er hat Euch Hilfe versprochen«, erwiderte der Erste Krieger erbost. »Stattdessen liegt nun der Letzte im Sterben, der die Dürre aufzuhalten vermag!«

»Laurion verwendet gerade seinen letzten Atem darauf, die Donnervögel zu rufen. Aber es wird Euch nichts nutzen, wenn Ihr hier Wurzeln schlagt!«

»Herrin, seid nicht leichtgläubig!«, mahnte Hamon. »Wir wissen nicht, ob es *sein* Dolch war, der den Magier niederstreckte. Ihr könntet das nächste Opfer sein.«

Athanor ballte die Faust um den Zügel. Entweder würde er diesen Kerl jetzt erwürgen oder … Eine Bewegung am Himmel erregte seine Aufmerksamkeit. Gen Südwesten flog etwas hoch über der Felswand auf Ehala zu. Noch war es kaum mehr als ein dunkler Fleck, doch dann entdeckte er zahllose weitere. *Die Drachen!*

Hatte er wirklich alles getan, was er konnte? Vindur starrte aus einem zur Geschützluke umfunktionierten Fenster und kratzte sich das bärtige Kinn. In der Schmiede hörte er das Klirren der Hämmer auf den Ambossen. Solange es noch Schwerter gab, würden die Stapel der Geschosse noch ein wenig wachsen. Er hatte so viele Ballisten bauen lassen, wie es in der kurzen Zeit möglich gewesen war, und alle Mannschaften in Alarmbereitschaft versetzt. In sämtlichen Fenstern, die weder rechtzeitig verschlossen oder mit einem Geschütz ausgestattet worden waren, lauerten Bogenschützen, auch wenn Pfeile gegen Drachen geradezu lächerlich waren. In diesem aussichtslosen Kampf mussten sie sich an jeden Strohhalm klammern. Bei allen Geschützen standen Krieger mit Schilden, um den Mannschaften Deckung zu geben. Boten warteten nur darauf, Meldungen und

414

Befehle zu überbringen. Und die verbliebenen Männer hielten sich in den unteren Stockwerken bereit, um hinauszustürmen und abgestürzte Drachen zu erledigen, die vielleicht nicht mehr fliegen, aber immer noch töten konnten.

In schlaflosen Nächten hatte Vindur so viele Szenarien durchgespielt, dass es ihm vorkam, als habe er diesen Kampf bereits unzählige Male geführt. Er war aus Albträumen hochgeschreckt, in denen er wieder das grelle Drachenfeuer gesehen und die Schmerzen der Verbrennungen durchlitten hatte. Nun stand der Angriff bevor, und er glaubte, seinen Schildbruder Hrodomar zu spüren, wie er ihm über die Schulter sah.

Schweren Schritts stieg er zur Plattform auf der Ordensburg empor. Den Übersetzer und die Laufburschen, die ihm wie Schatten überall hinfolgten, nahm er kaum noch wahr. Sie stammten aus adligen Familien und beherrschten leidlich die elfische Sprache, was seine Arbeit in den letzten Tagen sehr erleichtert hatte. Mit großen Augen bestaunten sie die elfischen Seefahrer, die irgendwo einen Umhang aufgetrieben hatten, mit dem sie dem Zauberer Schatten spendeten.

»Er lebt also noch?«, erkundigte sich Vindur.

»Wir wagen nicht, ihn anzusprechen, um den Zauber nicht zu stören«, gestand Eleagon. »Aber wenn mich meine Augen nicht täuschen, atmet er noch.«

Vindur ließ den Blick über den östlichen Horizont schweifen. Keine Spur von fliegenden Ungeheuern – seien es nun Donnervögel oder Drachen. »Zaubert er nicht schon reichlich lang?« Er gab sich Mühe, doch es gelang ihm nicht, seine Verachtung für Magie aus der Stimme herauszuhalten. Nie wusste man bei diesem Drachenmist, was dabei herauskam. Es ging eben nichts über eine ehrliche Axt in einer ehrlichen Faust.

»Kommt darauf an«, erwiderte Meriothin. »Ich habe mal gesehen, wie eine Tochter Ardas einen Pfeiler für ein Haus aus dem Fels wachsen ließ. Es hat einen ganzen Tag gedauert, bis er einen Schritt hoch war.«

»Da bin ich ja mit Hammer und Meißel schneller«, brummte Vindur und bückte sich unter das improvisierte Zeltdach. Die

Blässe des Magiers erinnerte an eine Leiche, aber seine Lippen bewegten sich hin und wieder, als forme er Laute. Er sah so jung aus, dass sich Vindur dagegen äonenalt vorkam. Dabei hatte er in Firondil noch als Halbstarker gegolten, den niemand ernst nahm. Es kam ihm vor wie ein anderes Leben.

An Laurions Seite trocknete die mit Blut vollgesogene Robe in der glühenden Hitze. Auf seiner Stirn stand Schweiß. Als Vindur sich über ihn beugte, öffnete er die Augen und erschrak vor dem entstellten Gesicht. »Ich ... ich *habe* gezaubert«, flüsterte er. »Ehrlich! Sagt dem Kaysar ...«

»Ich glaube, er hält Euch für einen Seelenfänger«, sagte Eleagon unerwartet nah an Vindurs Ohr.

»Einen was?«

»Einen Dämon, der Seelen jagt, um sie ins Nichts zu zerren. Hier in Dion glauben die Menschen, dass sie der Kaysar davor bewahren kann.«

Laurions verschleierter Blick richtete sich auf den Elf. »Eleagon ... werdet Ihr ... ein gutes Wort für mich einlegen?«

»Ich werde Athanor berichten, dass Ihr erfolgreich wart«, wich Eleagon aus.

Das Entsetzen in Laurions Zügen verstärkte sich. »Aber ich weiß nicht, ob ...«

»Kommandant!«, schrie einer der Botenjungen.

Vindur sprang auf, verheddete sich im Umhang und warf ihn fluchend von sich.

»Sind das Drachen?« Der Junge wies gen Ehala.

Sofort war er von allen umringt, und Vindur spähte zur rauchenden Stadt. Irgendetwas *war* dort am Himmel. Doch für seine von der Sonne geblendeten Augen sah es nur wie aufgewirbelter Ruß aus.

»Drachen«, bestätigte Mahanael. »Ein ganzer Schwarm. Wie die Krähen, die im Herbst aus Norden kommen.«

Warum haben sie sich erst zurückgezogen, nur um jetzt wieder anzugreifen? Welcher heimtückische Plan steckte dahinter? Dass er nicht verstand, was im Kopf eines Drachen vorging, beunruhigte Vindur mehr als ihre Größe und Magie. Knurrend schüttelte er den Kopf. Er musste handeln. Wahllos deutete er

416

auf drei Laufburschen. »Meldung an alle Posten! Über Ehala sind Drachen aufgetaucht und können jeden Augenblick herkommen. Die Männer sollen nach allen Richtungen ausspähen und sich zum Schießen bereithalten.«

»Wäre es nicht gut, sie von der Stadt weg und hierherzulocken?«, wagte ein anderer zu fragen, während die drei Boten davoneilten. »Wir sind die Krieger und stehen hier herum, während die anderen getötet werden.«

Vindur legte dem Jungen anerkennend die Hand auf die Schulter. »Du bist sehr tapfer, und deine Worte sind wahr. Aber es ist zu spät, um diese Menschen zu retten. Sie haben daran geglaubt, dass euer Drachengott sie beschützen wird. Du etwa nicht?«

Der Junge senkte beschämt den Blick. Vindur wäre jede Wette eingegangen, dass der Junge ihn gestern noch als Ungläubigen verachtet hatte.

»Tragt den Magier nach unten in mein Quartier!«, rief er Eleagon zu. »Hier wird es bald nicht mehr sicher sein.« *Die Untertreibung des ganzen Zeitalters.*

»Jemand sollte hierbleiben, um nach den Donnervögeln Ausschau zu halten«, wandte Mahanael ein.

»Dann gratuliere ich dir zu deiner neuen Aufgabe«, brummte Vindur.

Als Eleagon, Meriothin und er den Magier anhoben und die Treppe hinunterschleppten, ächzte Laurion leise, doch irgendwann auf dem Weg verstummte er. Sie betteten ihn auf Vindurs Lager, ließen Meriothin bei ihm zurück und eilten mit Vindurs Gefolge zu dem Geschütz, dessen Mannschaft er befehligte. Er hatte sie aus jenen zusammengestellt, die Elfisch verstanden und zuverlässig wirkten – sofern man dergleichen über Menschen sagen konnte, die noch am Vortag einen Drachen verehrt hatten. »Wo sind sie?«

»Immer noch über der Stadt«, antwortete Nathos, der sich aus dem nach Süden gerichteten Fenster lehnen musste, um gen Westen zu spähen. Vindur mochte den untersetzten, bärtigen Kerl, weil er entfernt einem Zwerg ähnelte. »Kannst du erkennen, was sie tun?«, fragte Vindur und beugte sich neben dem Mann hinaus. Wenn ihn das verdammte Sonnenlicht nur nicht immer so blenden würde …

Nathos schnaubte. »Ich bin schon froh, dass ich überhaupt ein paar Punkte sehe. Ich bin kein Adler.«

»Kann das nicht alles immer noch ein großes Missverständnis sein?«, wisperte ein Junge hinter ihnen den anderen zu.

Menschen! Vindur ignorierte den Dummkopf und sah auf die abgehetzten Reiter hinab, die am Fuß der Festung ankamen. Sie hätten wohl kaum um Einlass gebettelt, wenn die Drachen über Ehala nur ein hübsches Feuerwerk veranstalteten. Immer mehr von ihnen trafen ein und wurden entweder den Truppen zugeteilt oder zu den anderen Flüchtlingen in die Gewölbe unter dem Turm geschickt. Je länger Vindur zusah, desto ungeduldiger wartete er darauf, Athanor zu entdecken. Nach einer Weile wankten sogar erste Flüchtlinge zu Fuß heran, atemlos und kurz davor zusammenzubrechen. Sein Blick fiel auf einen schlanken, dunkelhaarigen Kerl, der ihn an jemanden erinnerte. *Wo steckt eigentlich dieser Akkamas?*

22

Das Trommeln der Pferdehufe grollte wie Donner, und doch hörte Athanor die Drachen über Ehala brüllen. Er galoppierte an der Spitze des Zugs neben Hamon, der angesichts der Gefahr zähneknirschend von ihrem Streit abgelassen hatte. Steckte der Mistkerl hinter dem Anschlag auf Laurion oder nicht? Athanor beschloss, ihn nicht in die Nähe des Magiers gelangen zu lassen. Vorausgesetzt, sie entkamen den Drachen.

Rasch warf er einen Blick über die Schulter. Erste Ungeheuer stürzten sich auf die Stadt. Andere kreisten noch darüber, und noch immer kamen Drachen hinzu. Athanor wurde bewusst, dass sie von dort oben weite Sicht hatten. Wie lange würde es dauern, bis der lange dichte Pulk der Krieger ihre Aufmerksamkeit erregte? »Auffächern!«, rief er Hamon zu. »Wir müssen uns verteilen!«

Der Erste Krieger sah ihn feindselig an, doch dann schien auch Hamon zu dämmern, dass sie ein zu auffälliges Ziel abgaben. Er nickte und ließ sein Pferd ein wenig zurückfallen. »Auffächern!«, hörte Athanor ihn hinter sich brüllen. »Jeder reitet für sich!«

Nemera trieb ihr Pferd neben Athanors, deutete auf eins ihrer Augen und dann auf ihn. »Wie ist das passiert?«

Athanor winkte ab. »Lange Geschichte. Schickt lieber die Bannerträger weg!«

Die Regentin hob die Hand ans Ohr. »Was?«

»Die Banner!«, brüllte Athanor. »Sie verraten Euch!«

»Oh.« Er hörte den Laut nicht, las ihn nur von den Lippen. Weit hinter ihnen spie ein Drache Feuer in die fliehende Menge. Athanors Pferd machte einen jähen Sprung und warf ihn fast aus dem Sattel. Er erhaschte einen Blick auf einen umgekippten Handkarren, dann war es weitergerast. Vor ihnen drehte sich eine Gruppe Flüchtlinge hastig nach dem Hufgetrappel um und spritzte bei ihrem Anblick in alle Richtungen.

»Runter von der Straße!« Athanor bedeutete Nemera, ihm auf die Äcker zu folgen, sonst hätten sie eine Familie niedergeritten. Wieder sah er sich um. Nemeras Krieger verteilten sich ebenfalls über die Felder, doch die Bannerträger flankierten sie noch immer. *Stur wie ein Maulesel!* Er wusste, was in ihr vorging. Auf dem Schlachtfeld bezeugten die Fahnen, dass der Heerführer noch am Leben und unbesiegt war. Wessen Banner in den Staub sank, dessen Kriegern sank der Mut. Doch sie verkündeten dem Feind auch: »Seht her! Hier ist der, den ihr töten müsst!«

»Schickt sie weg!«, brüllte er.

Hamon, der wieder an Nemeras Seite ritt, beachtete ihn nicht einmal, während seine Herrin trotzig das Kinn hob.

»Verdammt!« Athanor ließ sich zurückfallen, während er das Schwert zog. Er hieb in den Hals des Pferds eines Bannerträgers, bevor Hamon auch nur fluchen konnte. Sofort überschlug sich das Tier, und der Reiter wurde zu Boden geschleudert. Mehr sah Athanor nicht, da das Geschehen hinter ihm zurückblieb. Nur noch Dions Standarte wehte hinter der Regentin, und Athanor lenkte sein Pferd auf den Träger zu, der ihn entsetzt anstarrte.

»Nein!«, schrie Nemera. »Ihr hättet ihn töten können!«

»Soll er mit Euch im Drachenfeuer brennen?«, gab Athanor zurück.

Hamon rief seiner Herrin etwas zu, doch Athanor konnte die Worte nicht verstehen. Einen Moment lang sah Nemera trotzig aus, dann nickte sie. »Er ist der Heerführer«, rief sie und deutete auf Hamon. »Das Banner bleibt bei ihm.«

Plötzlich glühte etwas Weißes auf Athanors anderer Seite auf. Nemera drehte den Kopf mit schreckgeweiteten Augen in die Richtung. Nahe beim Fluss stand das Getreide in magischen Flammen. Der Drache stieg in einem Bogen über dem Mekat wieder in den Himmel auf, doch unter ihm rasten brennende Reiter wie Feuerdämonen aus der Flammenwolke hervor.

Die Ordensburg war in Sicht und doch weit. Athanor hetzte sein Pferd darauf zu, dass er fürchtete, es würde jeden Augenblick unter ihm zusammenbrechen. Zu Fuß rechnete er sich keine Chance aus, den Drachen zu entkommen. Zwei von ihnen hatten bereits von der Stadt abgelassen, um die Flüchtlinge zu jagen. Immer wieder stießen sie herab, meist auf dicht gedrängte Gruppen, und spien ihr Feuer mitten hinein. Dann wieder pflückten sie mit den Zähnen einen Reiter aus dem Sattel und schleuderten ihn empor, wie eine Katze mit einer Maus spielte. Schreie und Hufschlag waren alles, was Athanor noch hörte. Wieder loderten bläulich weiße Flammen auf. Dieses Mal so nah, dass er die Hitze auf seinem Gesicht fühlte, während das geschwollene Auge den Anblick der brennenden Opfer verbarg. Nemera jagte eine Pferdelänge vor ihm her. Hamon und der verbliebene Bannerträger hatten sich von ihnen entfernt. Nur noch ein Palastwächter hielt sich dicht bei seiner Herrin. In seinen Augen stand beinahe so viel Angst wie in jenen seines Pferds.

Der Schatten eines Drachen sauste als schwarzer Umriss am Boden an ihnen vorbei. Ein Rauschen erfüllte die Luft, und ein Sog zerrte an Athanors Haar. Das Ungeheuer hielt auf einen Streitwagen zu, dessen Lenker panisch mit der Peitsche auf seine Tiere eindrosch. Rumpelnd raste das Gefährt über Strauch und Stein – und über jeden, der nicht rechtzeitig auswich. Der Drache klaubte den Mann so beiläufig auf, dass es fast war, als habe er nie auf dem Wagen gestanden.

Plötzlich klatschte der Fremde direkt vor Nemeras Pferd wieder zu Boden. Ein blutiges Bündel Kleider und Fleisch, das dem Tier zwischen die Beine geriet. Das Pferd überschlug sich. Nemera flog durch die Luft. Ihr Schrei traf Athanor wie ein Pfeil ins Herz. Er riss sein weiterrasendes Pferd herum, lenkte es im Bogen zurück zu der reglosen Gestalt am Boden. Der Wächter und er erreichten sie im gleichen Moment. Nemeras Arm war auf unnatürliche Weise verdreht. Ihre Augen starrten blicklos zum Himmel. Athanor sprang ab, beugte sich über sie.

»Ist sie …« Der Wächter musste die Frage nicht beenden. Durch Nemeras Körper ging ein Ruck, als erinnerte sie sich auf einmal ihrer Lage.

»Hoch mit Euch!«, drängte Athanor, doch er zögerte, ihren gebrochenen Arm zu berühren. Er packte sie beim gesunden und zerrte sie auf die Beine. Hastig stützte der Wächter die Re-

gentin, als sie benommen schwankte. So würde sie sich nicht
mehr im Sattel halten können.

»Ich nehme sie zu mir«, entschied Athanor. »Dein Pferd ist
schon am Ende.«

Der Mann nickte und half, Nemera vor ihn in den Sattel zu
hieven. »Rettet sie!«

»Das hab ich vor.« Doch Athanor spürte, wie kraftlos sich
sein Pferd in Bewegung setzte. Er trat ihm in die Seiten, brüllte,
bis es wieder um sein Leben rannte. »Betet, dass es uns noch bis
zur Ordensburg trägt«, riet er Nemera, die ihren gebrochenen
Arm umklammerte.

Rasch sah er sich um. Der Wächter holte bereits auf. Hatte
Nemeras Sturz die Aufmerksamkeit eines Drachen auf sie ge-
lenkt? Weit hinter ihnen wandten sich immer mehr Ungeheuer
der Verfolgung der Fliehenden zu, doch wo waren die beiden,
die ...

Plötzlich schwenkte ein Drache in Athanors Blickfeld. Er
erkannte das graue, wie aus Stein gemeißelte Untier, das den
Wagenlenker getötet hatte. Fast war ihm, als hätten sich ihre
Blicke getroffen, obwohl es auf die Entfernung nicht möglich
schien. Hielt er auf sie zu?

»Was ist? Ihr seid erschrocken«, rief Nemera.

Gehetzt blickte Athanor nach vorn. Die Festung erhob sich
nun schon viel näher vor ihnen. Doch der Drache war schnell.
Wie ein Pfeil schoss er heran. Niemals würden sie rechtzeitig
ankommen und in den Eingang des Turms eilen können. Er
deutete zu Seite. »Aufteilen!«

Der Wächter brachte mehr Abstand zwischen sie. Athanor
wagte nicht, das Pferd zu sehr aus dem Tritt zu bringen. Jedes
Stolpern konnte das Ende sein. »Lauf, verdammt!«

Nemera verbog sich in seinem Arm, um selbst nach hinten
zu sehen. Er spürte, wie sie den Atem anhielt. Hörte er bereits
das Rauschen der riesigen Schwingen?

Ist das dein Ernst?, brüllte er im Stillen den Dunklen an. *Soll
mich nun doch ein verfluchter Drache dahinraffen?* »Das hättest
du schon vor zwei Jahren haben können!«

Athanor riss das Pferd so jäh herum, dass Nemera vor

422

Schreck aufkeuchte. Hinter ihm schlugen die Zähne des Drachen mit einem Knall aufeinander. Wie durch ein Wunder war das Pferd noch auf den Beinen und raste weiter. Athanor lenkte es wieder Richtung Turm. Der Drache brüllte so laut, dass Athanor vor Schmerz das Gesicht verkniff. Zur Rechten kam der Wächter in Sicht. Er hatte einen Bogen in der Hand, legte einen Pfeil auf, doch sein Arm zitterte so sehr, dass Athanor es sehen konnte. Schon wandte das Ungeheuer den Kopf nach dem Mann.

»Er stirbt für Euch«, murmelte Athanor.

Der Drache öffnete das Maul. Zwischen den Kiefern loderten grelle Flammen auf. In diesem Augenblick traf sie alle eine Sturmböe, als seien sie gegen eine unsichtbare Wand geprallt. Das Pferd schien für einen Moment in der Luft zu schweben, während Athanor vom Wind gepackt und aus dem Sattel gerissen wurde. Er flog rückwärts und sah neben sich das Drachenhaupt ins eigene Feuer gehüllt. Flatternd kämpfte das Ungeheuer gegen den Sturm an. Es verschwand, als Athanor auf den harten Boden schlug. Ein dunkelroter Vorhang aus Schmerz fiel zwischen ihn und die Welt. Dennoch lag sein Arm noch immer um Nemera. Sein Versuch, sich abzurollen, endete damit, halb auf ihr zu hängen. *Nimm das, Dunkler! Immer noch eine schöne Frau im Arm.*

Mühsam stemmte er sich gegen den Wind auf die Beine, reichte Nemera eine Hand, um ihr zu helfen, und sah sich dabei schon nach dem Drachen um. Wie auch immer der Wächter es geschafft haben mochte, er saß noch im Sattel, tief über den Hals des Pferds gebeugt, das sich mühsam gegen den Wind vorankämpfte. Der Drache schraubte sich gen Himmel. Rauch wehte in dünnen Fahnen von seiner verkohlten Schnauze. Wie lange konnte der Elf – denn kein anderer als Mahanael konnte diesen Sturm entfesselt haben – den Zauber aufrechterhalten? Sie mussten verschwinden, bevor sich der Drache wieder fing.

»Hamon!«, rief Nemera.

Athanor drehte sich um. Da der Wind jedes Geräusch außer seinem eigenen Tosen davontrug, näherten sich die beiden Reiter lautlos wie Geister. Als der Sturm nach ihnen griff, entriss eine Böe dem Bannerträger die Standarte und wehte sie davon wie einen Zweig. Nemera lief ihnen entgegen, vom Wind gebeugt und den verletzten Arm an den Körper gepresst. Athanor folgte ihr, so schnell es ging. Bei jedem Schritt drohte der Sturm, ihn wieder in den Staub zu werfen.

Dann war der Wind plötzlich weg. Von einem Lidschlag auf den anderen schien es still, doch der Eindruck täuschte. Während Athanor hinter Nemera herrannte, hörte er bald wieder das ferne Gebrüll der Drachen, den Hufschlag und die Schreie der sterbenden Menschen. Hamon und der Bannerträger galoppierten ihrer Herrin entgegen. Athanor griff Nemera an den Hüften und hob sie dem Ersten Krieger entgegen, der sie vor sich aufs Pferd zog. Ohne einen Blick für Athanor trieb Hamon das Tier weiter.

»Schnell, Herr!« Der junge Krieger, der Dions Banner verloren hatte, reichte ihm die Hand. Athanor nahm sie an und sprang hinter ihm aufs Pferd. Es stob bereits weiter, während er sich näher an den Sattel zog. Hoch über ihnen flog der Drache eine Schleife und schoss erneut heran. Doch nun war die Ordensburg nur noch wenige Speerwürfe entfernt. Das Ungeheuer bäumte sich auf, um nicht gegen den Felsenturm zu fliegen. Ein Schwarm zischender Spieße sauste über Athanor hinweg auf den Drachen zu. *Fahr zum Dunklen, Drecksbiest!*

Die wachhabenden Krieger am Fuß der Ordensburg verteidigten stur ihren Posten und ließen die Flüchtlinge nur einzeln passieren. Der Unmut und das Gedränge waren deshalb groß, doch der Abschuss des Drachen, der ihnen so nah gekommen war, hatte den Menschen etwas Zuversicht gegeben. Sie wichen vor Hamons Pferd zurück, und der Bannerträger hielt sich dicht hinter seinem Anführer, um nicht von ihm abgeschnitten zu werden. Dem gebrochenen Arm und vom Sturz zerfetzten Gewand zum Trotz betrat Nemera die Festung mit der Haltung einer wahren Königin. Falls sie weitere Verletzungen davongetragen hatte, war es ihr nicht anzumerken. Mit Schmutz und Schürfwunden gezeichnet schritt sie würdevoll die Treppe zu Vindurs Posten hinauf.

So bewundernswert Athanor es auch fand, er konnte nicht hinter ihr herschleichen, während draußen womöglich ein Drache anflog.»Verzeiht!«, bat er und stürmte voraus.

Hamon sandte ihm einen Fluch nach. Von oben kamen ihnen zwei Botenjungen entgegen, die die Treppe auf unterschiedlichen Stockwerken verließen und Vindurs neueste Anweisungen riefen:»Befehl des Kommandanten! Nur schießen, wenn ein Körpertreffer sicher scheint! Befehl des Kommandanten!«

Über ihnen ertönte Vindurs Stimme, bevor sie sein Geschütz erreicht hatten.»Natürlich ist das gefährlich! Das ist ein Krieg!«, herrschte er irgendjemanden an.

Die Antwort war leiser und wurde von Vindur sofort wieder unterbrochen.»Was glaubt Ihr, wie viele Männer Ihr verlieren werdet, wenn uns die Geschosse ausgehen?«, brüllte er und fuchtelte mit seiner Axt unter der Nase eines Fürsten in Kettenhemd und seidenem Waffenrock herum.»Ihr werdet jetzt da rausgehen und so viele wieder einsammeln, wie Ihr könnt, sonst fliegt Ihr mit dem nächsten Schuss aus diesem Fenster!«

Der Krieger starrte wütend auf den Zwerg hinab.

»Ich bin sicher, die Regentin, die gerade die Stufen heraufkommt, wäre über Euren mangelnden Gehorsam wenig erfreut«, warf Athanor ein und stellte sich neben Vindur.»Schließlich hat sie den Kommandanten aus gutem Grund ernannt.«

Verächtlich musterte der Mann Athanors verquollenes Gesicht, bevor er sich wieder Vindur zuwandte.»Wie Ihr befehlt, *Zwerg.*« Aus seinem Mund klang es wie eine Beleidigung, doch er eilte endlich davon.

»Feige Drachenkriecher«, knurrte Vindur ihm nach.

Athanor lief zum Fenster, wo Eleagon nach den Ungeheuern Ausschau hielt.»Lebt der Magier noch?«, fragte er und sah hinaus.

Die Drachen schienen sich gen Ehala zurückgezogen zu haben. Während einige nahe der Stadt noch immer Jagd auf Menschen machten, kreisten die anderen über dem Geschehen. Sicher brüteten sie einen Schlachtplan aus.

»Ich weiß es nicht«, antwortete Vindur, der nun ebenfalls

ans Fenster trat.»Er ist in meinem Quartier. Meriothin ist bei
ihm.«
Athanor riss sich vom Anblick der verhassten Bestien los.
»Ich sollte nach ihm sehen, bevor der Tanz hier wieder losgeht.
Wurden die ...«
»Mahanael hat die Donnervögel noch nicht gesichtet«, er-
widerte Eleagon.
Mit einem unzufriedenen Brummen verließ Athanor den
Raum und ging zu Laurion.
»Dank sei allen Astaren!«, rief Meriothin aus.»Ihr lebt!«
»Kann man das auch von unserem Pechvogel sagen?«
»Ich habe noch ein wenig nachgeholfen, damit er nicht
schwächer wird, aber ich glaube, er ist zäher, als er aussieht.«
»Also wie ein Elf«, befand Athanor.
Meriothin schmunzelte.»Wir mögen schmächtig aussehen,
aber glaubt nicht, dass wir uns hier verkriechen, bis alles vorbei
ist! Ich werde mit Euch kämpfen.«
Athanor nickte ernst.»Wenn ich überlebe, wird Euer Name
unter den Menschen nicht vergessen werden.«
Sie ließen den schlafenden Magier allein und kehrten zu
Vindur zurück.
»Wo ist der Elf mit den viel gepriesenen Heilkräften, wenn
man ihn braucht?«, blaffte ihnen Hamon entgegen.»Er muss
sofort den Arm der Regentin heilen.«
»Verzeiht«, sagte Nemera beschämt.»Ich *bitte* vielmehr
darum.«
Meriothin seufzte.»Ich will tun, was ich kann, aber meine
Kräfte schwinden bereits. Folgt mir zu Laurion ins Quartier des
Kommandanten. Wenn ich den Arm nicht heilen kann, werde
ich ihn wenigstens schienen.«
Athanor war längst zum Fenster geeilt. Die Äcker und Gär-
ten schienen nun in Flammen zu stehen, denn überall stieg
Rauch auf, während der Strom der Flüchtlinge versiegte. Es gab
kein Entkommen mehr.
»Und wo habt Ihr Akkamas gelassen?«, wütete Hamon
weiter.»Ist er auch angeblichen Verrätern zum Opfer gefallen?«

Athanor warf ihm einen verächtlichen Blick zu, bevor er gen Westen spähte. Kein Donnervogel am Himmel. »Akkamas hat sich als Spitzel der Drachen entpuppt.«

»Der Erste Krieger meiner Mutter?« Nemera klang fassungslos.

»Ich hab gleich gesagt, dass mit ihm etwas nicht stimmt«, triumphierte Vindur.

»Er hat sich vor unseren Augen verwandelt«, berichtete Eleagon. »Allerdings griff er uns nicht an, sondern flog davon. Ich frage mich, welchen Sinn seine Maskerade hatte. Es ist ein Rätsel.«

Insgeheim musste Athanor dem Seefahrer recht geben. Akkamas' Verhalten *war* seltsam. Und er hatte noch immer behauptet, ihr Freund zu sein, auch wenn Meriothin und Eleagon diese Worte wohl nicht gehört hatten. Athanor wandte sich wieder der Stadt zu. Offenbar waren die Drachen entschlossen, Ehala dem Erdboden gleichzumachen, bevor sie sich die Ordensburg vornahmen.

»Aber nein!«, rief Nemera.

Wie konnte sie erleichtert sein?

»Es ist kein Rätsel. Er muss einer der Verbündeten des Großen Drachen sein, die gekommen sind, um uns zu helfen.«

War sie bei dem Sturz auf den Kopf gefallen? Athanor drehte sich zu ihr um, ob sie mit verwirrtem Blick sprach. »Es gibt keine Ver…«

Nemera unterbrach ihn. »Als Ihr hereinkamt, war ich gerade dabei, dem Kommandanten zu berichten, was in Ehala vorgefallen ist. Ich weiß, Ihr glaubt uns Dioniern nicht, weil wir Euch fremd sind. Aber es ist wahr! Der Große Drache kam heute zum Tempel und sprach zu uns. Er hatte viele andere Drachen mitgebracht, um für uns zu kämpfen.«

»Und wo sind sie dann jetzt?«, fragte Athanor.

Nemeras Miene verdüsterte sich. »Sethon hat den Großen Drachen vor aller Augen ermordet.«

»Dieser abtrünnige Magier?«

»Der Mörder meines Vaters.« Die Regentin senkte den Blick. »Nun hat er mein ganzes Volk auf dem Gewissen.«

»Es ist nicht Eure Schuld, Herrin«, versicherte Hamon. »Ihr konntet nicht wissen, dass es so kommen würde.«

Sie sah ihn an, doch in ihrem Blick lag mehr Trauer als Dankbarkeit. »Aber ich habe es geahnt. Ich hätte mich ihm ausliefern müssen. Dann wäre es nicht so weit gekommen.«

»Er hätte uns alle zu seinen untoten Sklaven gemacht«, wehrte Hamon ab. »Lieber sterbe ich durch das Feuer eines Drachen.«

»Da habt Ihr verflucht recht«, stimmte Vindur zu. »Eher vertraue ich einem Oger als einem von diesen Leichenschändern.«

»Und diese angeblich so freundlichen Drachen?«, hakte Athanor nach.

»Als der Große Drache von Sethons Hand fiel, ließen sie ihren Zorn an uns aus«, gab Nemera zu.

Athanor schnaubte nur.

»Kann man es ihnen verdenken?«, polterte Hamon. »Für sie sah es aus, als hätte der Oberste Drachenpriester ihren Anführer getötet. Den Gott, dem er geschworen hat zu dienen!«

»Und wenn alles nur eine Lüge war?«, hielt Athanor dagegen. »Ein Versuch, alle Menschen auf die Straßen zu locken, um sie dort umso schneller vernichten zu können? Geschickter konnten sie Eure Truppen nicht in Sicherheit wiegen. Ihr seid doch arglos zu diesem Schauspiel marschiert, anstatt Euch rechtzeitig hier zu verschanzen.«

Nemera sah betroffen aus, doch Hamons Gesicht rötete sich vor Zorn. Rasch trat Eleagon zwischen ihn und Athanor und hob die Hand. »Dieser Streit ist sinnlos, denn niemand von uns vermag im Augenblick die Ränke der Drachen zu durchschauen. Wir müssen akzeptieren, was geschehen ist, und uns für den bevorstehenden Kampf wappnen.«

»Genau! Ist mir egal, was sie denken.« Vindur fuchtelte erneut mit seiner Axt. »Töten wir sie!«

Hamon nickte widerwillig. »Ihr habt recht. Und als Erster Krieger obliegt es mir, mein Volk in diesen Kampf zu führen. Meine Herrin hat Euch den Befehl über die Geschütze übertragen. Die Krieger aber unterstehen ab sofort wieder meinem Kommando.«

»Dann ist das also geklärt.« Athanor lehnte sich wieder aus dem Fenster, doch die Lage hatte sich nicht geändert. Einige Bewaffnete zerrten noch an Spießen, die in dem toten Ungeheuer vor dem Turm steckten. Letzte Flüchtlinge schleppten sich erschöpft, vielleicht sogar verwundet auf die Festung zu. Der Rauch über Ehala ballte sich dichter und dunkler denn je. Nemera straffte sich.»Wäre es jetzt nicht an der Zeit, noch etwas zu unternehmen? Vorbereitungen zu treffen?«

»Vindur hat alles veranlasst, was nötig ist«, versicherte Athanor.»Jetzt ist der Feind am Zug.«

»Ihr solltet Euch in die Gewölbe unter der Burg begeben, Herrin«, forderte Hamon.»Hier wird es bald nicht mehr sicher sein.«

»Aber dort unten werde ich nicht verfolgen können, was geschieht.«

»Hört auf Hamon, Regentin«, riet Athanor.»Wollt Ihr hier sein, wenn Drachenfeuer durch dieses Fenster lodert?«

»Als Erstes werdet Ihr mich jetzt zu Laurion begleiten«, erinnerte Meriothin.»Ihr müsst große Schmerzen haben.«

»Nur wenn ich ihn bewege.«

»Kommt!«, forderte Hamon.»Ich muss unten das Kommando übernehmen.«

Athanor sah ihnen nach, bevor er sich wieder dem Fenster zuwandte.

»Könnte die Geschichte von den guten Drachen nicht doch wahr sein?«, fragte Eleagon nachdenklich.

»Drachentücke ist das!«, fuhr Vindur auf.»Menschen waren schon immer leicht zu blenden. Nichts für ungut, Athanor, aber ...«

Athanor winkte ab.»Wer wüsste es besser als ich.«

»Jedenfalls gibt es keine guten Drachen«, beharrte Vindur. »Sie sind alle gleich.«

»Selbst wenn es anders wäre, hätte es keine Bedeutung mehr«, stellte Athanor fest.»Wir müssen diesen Kampf allein durchstehen.«

Nemera merkte, dass Hamon sie nur widerwillig in der Obhut des Elfs zurückließ, doch er konnte nicht warten, bis ihre Verletzung versorgt war. »Geht nur! Ihr werdet dringender gebraucht als ich.«

»Also gut. Aber beeilt Euch!«, blaffte er Meriothin an und eilte die Stufen hinab.

Nemera ging mit dem Elf zu Vindurs Kammer. Da es im Innern des Turms keine Fenster gab, spendete nur eine Öllampe Licht. Besorgt beugte sie sich über Laurion. Tiefes, gleichmäßiges Atmen verriet, dass er schlief.

»Wollt Ihr Euch nicht setzen?« Meriothin wies auf den Schemel an Vindurs niedrigem Tisch.

»Ja, danke.« Wie geschwächt sie war, gestand sich Nemera erst ein, als sie auf den Hocker sank.

Draußen ertönten aufgeregte Rufe. Nemera glaubte, die grollende Stimme des Zwergs herauszuhören.

Vorsichtig ergriff Meriothin ihren Arm und ertastete den Bruch. »Ich muss die Knochenenden wieder an ihren Platz schieben, damit sie nicht schief zusammenwachsen. Haltet bitte still, auch wenn es wehtut.« Er ließ Nemera keine Zeit zu begreifen. Der Schmerz kam so plötzlich, dass ihr ein Ächzen entfuhr. Einen Augenblick lang hüllte sich ihr Geist in die Dunkelheit auf der Schwelle zur Ohnmacht, und sie fürchtete, vom Schemel zu kippen. Doch Meriothin stützte sie, während sich die schwarzen Schleier wieder auflösten.

»Ab jetzt wird es besser«, beteuerte er und schloss die Augen.

Zauberte er nun? Nemera musterte sein schmales Elfengesicht, das keine Falte, keine Narbe, nicht einmal sichtbare Poren aufwies. In ihrem Arm breitete sich Wärme aus. Der dumpfe Schmerz ließ nach und wich einem Kribbeln wie von Termiten, und einem Pochen, als ob ihr Herz in dem gebrochenen Knochen schlug. Es steigerte sich so sehr, dass sie sich am liebsten losgerissen und den Arm geschüttelt hätte. Beunruhigt sah sie Meriothin wieder an. Seine blasse Haut war geradezu bleich geworden, seine Miene angestrengt.

»Es ist nur der linke Arm«, wehrte sie ab. »Bitte, verausgabt

Euch nicht für mich!« Andere würden seine Kräfte bald dringender brauchen.

Schritte hasteten auf der Treppe vorüber. Kommandos schallten durch den Turm. *Es beginnt.* Nemera hörte das Fauchen der Flammen.

»Die Drachen sammeln sich direkt über der Burg!« Eleagon deutete am Turm empor. Weit oben, so hoch, dass sie kaum mehr als dunkle Punkte waren, entdeckte Athanor, was der Elf erspäht hatte.

»Drachentücke!«, fluchte Vindur. »Sie wollen sich so steil wie möglich herabstürzen, um den Geschützen zu entgehen.«

»Verdammt!«, entfuhr es Athanor. Die Ungeheuer direkt vor der Außenwand der Festung abzuschießen, war ungleich schwerer als beim Anflug. Es blieb keine Zeit zu zielen. Doch nun war es zu spät, um eine neue Taktik zu entwickeln. Hastig wich Athanor zurück, als der erste Drache auf sie herabstieß.

»Kommt!«, rief er Eleagon zu, während Vindur und seine Mannschaft am Geschütz Aufstellung nahmen. »Wir müssen uns oben bereithalten!« Er wechselte einen letzten Blick mit Vindur, der grüßend die Axt an den Helm hob, und nickte nur.

Mögen die Drachentöter unter deinen Ahnen mit dir sein. Mit diesem Wunsch hetzte Athanor die Treppe hinauf, dass selbst der Elf nur mühsam Schritt hielt. Waren die Donnervögel endlich am Horizont aufgetaucht? Die Hoffnung verlieh ihm förmlich Flügel. Im Vorübereilen sah er einen Schatten an den Fenstern vorbeigleiten. Rauschen erfüllte die Luft. Hektische Befehle und das Klacken ausgelöster Geschütze hallten durch den Turm. Immer mehr, immer lauter, aus allen Richtungen.

Stur richtete Athanor den Blick nach oben, doch Mahanaels Miene verhieß nichts Gutes. Der Elf stand auf dem letzten Treppenabsatz vor dem Dach, auf dem er nun Zielscheibe für die Drachen gewesen wäre. Bevor Athanor eine Frage keuchen konnte, schüttelte Mahanael den Kopf. »Noch nichts.«

»Und die Drachen?«, stieß Eleagon zwischen zwei Atemzügen hervor.

Ganz in der Nähe, wohl auf dem gleichen Stockwerk ertönte das Fauchen von Flammen. Schreie gellten in Athanors Ohren, riefen unvermittelt Bilder aus dem brennenden Theroia wach. Er richtete sich auf, stützte sich mit der Linken auf den Schwertgriff, als brauchte er Halt, um sich gegen die Erinnerungen zu stemmen.

»Als ich mich zurückzog, kreisten drei Dutzend über uns«, rief Mahanael. »Aber es kamen noch mehr.«

Athanor sah Eleagon hart schlucken. Der Elf umklammerte seinen Schwertgriff so fest, dass sich die Knöchel selbst auf bleicher Elfenhaut weiß abmalten. Über der Festung brüllten die Drachen.

Wir alle sind dem Dunklen geweiht.

Trotzig straffte Athanor die Schultern. »Noch ist der Kampf nicht verloren! Wir bleiben hier und halten uns bereit.« Er bedeutete den Elfen, ihm durch die offene Tür zu folgen. Der Raum dahinter nahm ein Viertel des Stockwerks ein. An den beiden Fenstern der Südwand standen Geschütze, deren Mannschaften hektisch nachluden und an ratternden Winden kurbelten. Seile knirschten unter der zunehmenden Spannung. Wieder jagte draußen etwas vorbei, tauchte den Raum für einen Moment in Schatten. Gen Westen gab es eine weitere Öffnung, die Vindurs Maurer bis auf einen handbreiten Spalt geschlossen hatten. Ein Bogenschütze lauerte dort und sandte dem Drachen einen Pfeil nach.

Immerhin tut er etwas. Rasch sah sich Athanor um. An den Wänden lagen Waffen für die Geschützmannschaften bereit. Er hängte sich einen Köcher mit Pfeilen um und schnappte sich einen Bogen. Gleich zur Linken befand sich ein weiterer Durchlass, aus dem Hitze und Rauch herüberwehten. Hustende Männer tauchten darin auf, die einen Verwundeten zur Treppe schleppten. Athanor eilte zu dem Bogenschützen an der Schießscharte. »Kannst du ein Geschütz bedienen?«

Überrascht sah ihn der Fremde an. »Ja.«

»Nebenan wird Verstärkung gebraucht. Schnell!«

Der Mann zögerte nur kurz, musterte Athanors verquollenes Gesicht und das teure Kettenhemd, als müsste er sich vergewissern, dass ihm dieser Fremde Befehle erteilen durfte, dann lief er los.

Athanor nahm seinen Platz ein und schielte aus dem Mauerspalt. Eine Bewegung lenkte seinen Blick nach unten. Wie eine riesige Eidechse hing dort ein Drache kopfüber an der Burgwand. Mit seinen Klauen krallte er sich fest und riss gerade das Maul auf, um Feuer durch ein Fenster zu speien, als sich hinter Athanor der Raum verdunkelte. Jemand brüllte eine Warnung. Im nächsten Augenblick gleißte Licht auf. Der Knall der Balliste ging in Geschrei und loderndem Feuer beinahe unter. Athanor kauerte sich gegen die plötzliche Hitze zusammen, hob von selbst einen Arm vors Gesicht. Neben ihm tat Mahanael dasselbe. Von einem Moment auf den anderen erfüllte der Geruch geschmolzenen Metalls und verbrannten Fleischs die Luft.

Hastig drehte sich Athanor zu den knisternden Flammen um. Eleagon hatte sich in die Tür zur Treppe gerettet. Sein Ärmel schwelte, doch er klopfte die Stelle bereits aus. Das Knistern ging von einer brennenden Balliste aus, deren Mannschaft es kaum besser erging. Einer der Männer war von Kopf bis Fuß in magische Flammen gehüllt und hing reglos über dem Geschütz. Der Zweite schlug die Hände vor sein verkohltes Gesicht und taumelte blindlings umher, während sich der Dritte kreischend am Boden wälzte. Schon schlug die Mannschaft der anderen Balliste mit Decken auf ihn ein, um ihn zu löschen.

Athanor ließ den Bogen fallen und entriss einem der Männer die Decke. »Zurück auf eure Posten!«, herrschte er sie an. »Schießt die verfluchten Drachen ab!«

In ihren Gesichtern standen Grauen und Hilflosigkeit, doch unter Athanors zornigem Blick wandten sie sich hastig wieder ihrer Balliste zu. Athanor ließ seine Wut auf die Drachen an den Flammen aus, die dem Verwundeten Haut und Kleider vom Leib sengten. Mit der Decke drosch er auf sie ein, bis kein Funke mehr zu sehen war. Der Mann lag still. Athanor starrte auf das rohe Fleisch in den Wunden, die verkohlten Arme. Der Gestank drohte, ihm den Magen umzustülpen.

Plötzlich fielen Tropfen auf den Sterbenden und in Athanors Haar. Dunkle Punkte erblühten auf Athanors Ärmeln, die das farblose Nass sofort aufsaugten. *Wasser?* Verwundert richtete er sich auf. Die wenigen Tropfen verdichteten sich zu einem kräftigen Schauer. Zischend verwandelten sie sich im magischen Feuer in Dampf. Schon füllte sich der Raum mit warmem Nebel. Athanor entdeckte Eleagon, der mit in sich gekehrtem Blick diesen Zauber wirkte, während Mahanael den anderen Verwundeten hinausschleifte. Der Regen löschte die Flammen, durchnässte die Männer und das verbliebene Geschütz. Vielleicht würden sie so dem nächsten Angriff trotzen können. Doch überall im Turm ging das Sterben weiter. Athanor hörte das Brüllen der Drachen und ihrer Flammen selbst durch das Prasseln des magischen Schauers.

War überhaupt noch Leben in dem Mann zu seinen Füßen? Ihm blieb keine Zeit, sich darum zu kümmern. Eleagon eilte herbei, und gemeinsam schleppten sie den Mann zum Treppenabsatz, wo die Verwundeten darauf warten mussten, dass sich jemand ihrer erbarmte. War das Turminnere zuvor noch kühl gewesen, blies nun die Hitze der zahllosen Brände die Stufen herauf. Hitze und Dampf erschwerten das Atmen. Bleich wie ein Gespenst tauchte Meriothin aus dem Dunst auf. Athanor wischte sich den Schweiß aus dem verbliebenen Auge und half dem erschöpften Elf die letzten Stufen empor.

»Die Regentin ist auf dem Weg in die sicheren Gewölbe«, keuchte Meriothin.

Athanor klopfte ihm anerkennend auf die Schulter. »Setz dich hier auf die Schwelle, wo du etwas Schutz hast«, riet er und kehrte in den dunstigen Geschützraum zurück.

Eleagon lächelte ihm grimmig zu. »Ich wünschte, ein Drachenleben wäre ebenso leicht zu löschen.«

»Du hast ihnen Hoffnung gegeben«, erwiderte Athanor und deutete zu dem Mann, der gerade den Schusshebel der Balliste umlegte. Bockend schleuderte das Geschütz einen weiteren Speer hinaus. Die Mannschaft verschwendete keine Zeit damit, den möglichen Treffer zu beobachten, sondern lud sofort nach.

Athanor klaubte den Bogen wieder auf und pirschte sich zwischen Wand und dampfendem Geschütz zum Fenster. Da Mahanael an der Schießscharte Posten bezogen hatte und gen

Westen spähte, würden sie sich dort nur gegenseitig behindern. Auf dem Weg zum toten Winkel neben dem Fenster erhaschte Athanor einen Blick auf mehrere Drachen, die in wildem Reigen um und über die Ordensburg jagten. Einige waren so gewaltig wie der verwandelte Akkamas. Allein ihre Schädel besaßen die Größe eines Ochsen. Andere wirkten dagegen zierlich, doch Athanor zweifelte nicht an ihrer Tödlichkeit. Mit aufgelegtem Pfeil schob er sich aus der Ecke auf die Maueröffnung zu. Der magische Regen war versiegt, und der Dampf schlug sich an den Wänden nieder. Um das Fenster herum hatte das Drachenfeuer den Fels geschwärzt. Athanor lehnte sich vor, lugte um die dunkle Kante und zuckte zurück, als sei er gegen eine Wand geprallt. »Runter!«, brüllte er und warf sich rückwärts.

Im nächsten Augenblick fuhr ein weißer Flammenstrahl durchs Fenster vor dem verbliebenen Geschütz. Geblendet hörte Athanor nur Zischen und Schreie. Neuerliche Hitze brannte auf seiner Haut. Heißer Dampf stach wie Nadeln in die Hand, die er schützend vors Gesicht hielt. Draußen brüllte der Drache, doch das Geräusch entfernte sich, schien zu fallen. Blinzelnd spähte Athanor durch das Gestell der zerstörten Balliste zum zweiten Geschütz. Dampf und Rauch stiegen von den Balken und Stricken auf, aber alles schien intakt. Fluchend und stöhnend kam die Mannschaft wieder auf die Beine. Eleagon und Meriothin eilten herbei, um ihnen aufzuhelfen, während Mahanael seine versengte Wange betastete. Auch die Mienen der Männer an der Balliste waren unnatürlich gerötet, doch sie lebten, anstatt sich qualvoll sterbend am Boden zu wälzen. Einer von ihnen berührte das Geschütz und zog mit einem Schmerzlaut die Hand zurück.

Athanor rappelte sich in seiner Ecke auf. Was standen sie dort herum, solange sie nicht schießen konnten? »Weg da vom Fenster!«, rief er und wollte gerade den Pfeil wieder auf die Sehne legen, als direkt neben ihm ein riesiges Maul in den Raum stieß.

23

Obwohl die Treppe im Innern der Ordensburg fern der Fenster lag, wehte Nemera selbst dort der Hauch des Drachenfeuers entgegen. Hitze und Rauch nahmen ihr den Atem. Aus jeder Richtung ertönten Schreie und Drachengebrüll. Feuer prasselte. Befehle wurden gebellt. Hustend hastete sie die Stufen hinab. In ihrem Arm krabbelten noch immer unsichtbare Termiten, doch sie konnte ihn wieder bewegen, auch wenn der Elf sie gemahnt hatte, dass die Heilung noch nicht vollständig war. Auf jeden Fall musste sie ihrem Volk nicht mit einem Verband gegenübertreten, der ihre Verletzbarkeit für alle sichtbar gemacht hätte. Sie war Dion, und Dion durfte keine Schwäche offenbaren.

Auf der Treppe in die Gewölbe wurde es kühler, doch nicht weniger stickig und laut. Nemera ging langsamer. Wie in einen Umhang hüllte sie sich in Stolz und schritt weiter. Sie musste ihren Untertanen Mut und Zuversicht einflößen, auch wenn sie kaum noch etwas davon empfand. Von unten blickten ihr bange Gesichter entgegen. Als die Menschen sie erkannten, wichen einige zurück und verneigten sich. Andere bekamen einen flehenden Ausdruck und streckten die Hände nach ihr aus.

»Herrin, sind wir hier sicher?«

»Werden uns die Drachen alle umbringen?«

»Was sollen wir tun?«

Die Stimmen hallten von den Decken und Wänden wider, sodass man bald kein Wort mehr verstand.

Nemera blieb auf der Treppe stehen, um wenigstens den ersten Raum überblicken zu können. Vor ihr breitete sich ein niedriger, aber weitläufiger Saal aus, von dem drei Gänge abzweigten. Sie glaubte, auch Türen zu erkennen, doch die Halle wurde von zu wenigen Fackeln beleuchtet, um sicher zu sein. Es gab keine Ordnung, nur eine Menschenmenge, die bis in die hintersten Winkel reichte – und vermutlich über den Saal hinaus.

Als Nemera die Hand hob, kehrte allmählich Ruhe ein. In der Stille drang Kampflärm wie ein fernes Tosen herab. Erwar-

tungsvoll wandten sich Kinder und Alte, Frauen und Männer
ihrer Regentin zu.

»Volk Dions!«, rief sie. Entgegen ihrer Befürchtung klang
ihre Stimme fest und war weithin hörbar. »Ich weiß, unsere
Lage sieht verzweifelt aus, aber wir dürfen jetzt nicht unseren
Glauben verlieren! Unsere tapfersten Krieger verteidigen diese
Festung. Ein erfahrener Drachentöter aus dem Gefolge des
Kaysars führt sie an. Sogar der Kaysar selbst ist über das Meer
gekommen, um uns beizustehen. Auf seinen Ruf kommen uns
die Donnervögel aus dem fernen Gebirge zu Hilfe, und Elfen-
krieger auf ihren Schiffen.«

Nemera sah die aufkeimende Hoffnung in den Gesichtern
und wünschte, sie hätte die schönen Worte selbst glauben können.

»Es ist nun an uns, stark zu sein und unseren Beitrag zu leisten. Wir wissen nicht, wie lange der Kampf dauern wird, also
zögern wir nicht länger! Ich brauche Freiwillige, die Verwundete
von oben herabtragen. Meldet euch beim Obersten Handwerks-
meister!« Sie deutete auf den grauhaarigen Mann, dessen vornehme Kleidung Flecken und Risse davongetragen hatte. »Er
wird euch einteilen.«

Der Angesprochene verneigte sich.

»Fürstgemahlin von Marana«, wandte sie sich an Sesos'
Witwe. »Ihr müsst mir helfen, die Versorgung der Verletzten in
geordnete Bahnen zu lenken. Geht mit Euren Dienerinnen
herum und sammelt jedes Stück Stoff ein, das wir für Verbände
benutzen können! Gibt es jemanden, der sich hier unten aus-
kennt?«

Ein Steinmetz, der noch die staubige Schürze trug, hob die
Hand.

»Führ mich herum! Ich muss wissen, wie viel Platz uns zur
Verfügung steht.« Sie ging auf ihn zu durch die Menge, aus der
sich nun wieder Stimmengewirr erhob. Viele wollten helfen,
andere ihr Leid klagen. Manche waren auf der Suche nach Angehörigen oder baten um Wasser, denn niemand hatte auf der
Flucht vor den Drachen an Vorräte gedacht. Zum Glück wusste
der Steinmetz von einem Brunnen zu berichten, der sich in

einem tiefer gelegenen Raum befand. Sogleich wies Nemera an, Helfer zum Wasserholen einzuteilen, und ging weiter.

Obwohl die Dionier ihr bereitwillig den Weg freigaben, weckte das Gedränge ihr Misstrauen. Der Anschlag auf Laurion war hier in der Ordensburg, inmitten so vieler Zeugen geschehen, und doch hatte der Täter unbemerkt verschwinden können. Womöglich war er noch immer unter den Menschen, die sie umringten. Wer war dieser Attentäter? Welches Ziel verfolgte er?

Verstohlen beobachtete sie, wer sich ihr näherte. Versteckte jemand ein Messer hinter seinem Rücken? Sie versuchte, sich unauffällig umzusehen, doch es war unmöglich, alle im Auge zu behalten, die ihr nahe kamen. Erinnerungen an den verheerenden Moment auf dem Tempeldach drängten sich auf. Wenn sich Sethon in beliebiger Gestalt einschleichen konnte, wie sollte sie ihn erkennen?

»*Kein Ordensmagier kann sich wirklich verwandeln*«, hatte ihr die Großmeisterin erklärt, als sie mit ihr über den Mord an ihrem Vater gesprochen hatte. Stattdessen erschufen sie die Illusion, ein anderer zu sein. In Momenten der Hybris hatte sie geglaubt, einen solchen Zauber zu durchschauen. Doch sie – und selbst der zunächst skeptische Drache – hatten nur gesehen, was sie hatten sehen wollen – bis es zu spät gewesen war. Wo befand sich Sethon jetzt? Stand er bereits hinter ihr?

Etwas zupfte an ihrem aufgelösten Haar. Alarmiert fuhr sie herum. Ein Kind auf dem Arm seiner Mutter starrte sie erschrocken an. Nemera rang sich ein Lächeln ab. *Dreh jetzt nicht durch!* Aber wem konnte sie noch trauen? Sogar der Steinmetz, der sie aus der Halle in einen dunklen Gang führte, konnte in Wahrheit Sethon sein.

Wie eine zubeißende Schlange fuhr der Drachenschädel durchs Fenster herein. Dolchlange Zähne gruben sich in den Leib des Dioniers, der gerade nach einem neuen Spieß griff. Athanor ließ den Bogen fallen und riss das Schwert heraus. Der Aufschrei des Manns verstummte, als seine Knochen zwischen den Kiefern der Echse barsten. Mit voller Wucht sauste Athanors

Klinge auf den gepanzerten Hals des Drachen hinab – und blieb in einem Zacken des Hornkamms stecken. *Hadons Fluch!* Athanor hielt das Heft mit beiden Händen umklammert, zerrte an der Waffe, während der Drache den Toten durch den Raum schleuderte und Athanor damit von den Füßen riss. Er hörte Meriothins Stimme, sah aus dem Augenwinkel die Harpune des Elfs aufblitzen, dann kam die Klinge so unvermittelt frei, dass Athanor gegen die Wand taumelte. Der Drache wölbte den Hals und sog dabei hörbar die Luft ein. Athanor fing sich, ließ das Schwert fallen und schnappte sich stattdessen einen Spieß. Fieberhaft suchte sein Blick nach dem einen, dem tödlichen Ziel.

Wieder traf ihn die Sturmböe so unerwartet, dass sie ihn aus dem Fenster geschleudert hätte, wäre der Hals des Drachen nicht im Weg gewesen. Verwehte Flammen loderten über ihn hinweg. Der Gestank verbrannten Horns stach ihm in die Nase. Am anderen Ende des Raums stand Eleagon, als banne er den Drachen mit seinem Blick, doch in Wahrheit lenkte er diesen Wind, der dem Ungeheuer das eigene Feuer in die Kehle zurückblies. Athanor sah, wie das brennende Maul des Drachen Blasen warf. Das Ungeheuer gurgelte ein ersticktes Brüllen hervor und schnappte nach Meriothin, der gerade noch auswich. Mahanael schoss einen Pfeil direkt in den geöffneten Rachen, aber das Holz ging sofort in Flammen auf, und der Drache brüllte nur noch lauter.

Eleagons Sturm verebbte. Athanor wechselte einen Blick mit Meriothin und nickte ihm zu. Der Elf sprang vor, täuschte mit der Harpune einen Angriff an. Erneut wölbte der Drache den Hals. Die sich überlappenden Schuppen in seinem Nacken stellten sich auf wie das Gefieder eines zornigen Adlers. Athanor sprang auf die zerstörte Balliste und stieß die Lanze mit ganzer Kraft zwischen zwei gespreizte Schuppen. Der Stahl drang in den Schädel, glitt tiefer, als sich Athanor nach vorn warf. Der Kopf des Drachen fiel zu Boden und begann im gleichen Augenblick, davonzugleiten. Das Gewicht des stürzenden Drachenkörpers zog Hals und Schädel samt der darinsteckenden Lanze zum Fenster hinaus. Der Kopf prallte dabei mit solcher

Wucht gegen die Balliste, auf der Athanor stand, dass sie kippte. Hastig stieß sich Athanor ab, um nicht auf dem Gestell zu landen. Stattdessen schlug er hart auf den Boden und rollte sich ab. Seine Schulter knirschte wie das Kettenhemd auf dem Gestein. Für einen Augenblick war ihm vor Schmerz, als könne er den Arm nie wieder bewegen. Doch die Lähmung ließ bereits nach, während er sich zurück auf die Beine stemmte.

»Das war knapp«, sagte Meriothin nur und behielt dabei die Fenster im Auge, an denen erneut ein Drache vorüberschoss. Vergeblich sah sich Athanor nach der Geschützmannschaft um. Nur die Toten lagen noch, wo sie der Ruf des Dunklen ereilt hatte. »Wo sind die Männer?«

»Nach nebenan geflohen«, antwortete Eleagon und deutete auf den Durchgang zum Nordzimmer, in dem es weder Geschütze noch große Fenster gab. Ein Fauchen von der Treppe her verriet, dass ein Drache auf dem Dach gelandet war und sein Feuer die Stufen herabspie. Selbst wenn die Donnervögel nun auftauchen sollten, waren sie von ihnen abgeschnitten. Athanor holte sein Schwert und knirschte mit den Zähnen.

»Deckung!«, rief Mahanael und hastete von der Schießscharte zu den Türen hinüber.

Alle rannten in den Ostraum. Hinter ihnen gleißte Drachenfeuer auf. Sie duckten sich in den Schutz der Wand, und Athanor ließ den Blick durch das Zimmer schweifen. Verkohlte Leichen, brennende Geschütze. Nur ein Mann lebte noch, hatte sich in eine geschützte Ecke verkrochen, wo er zitternd in seiner Pisse saß, denn hier gab es keine Pfützen magischen Regens.

Athanors Hoffnung schwand. Doch als er es merkte, verspürte er neue Wut. Er hatte das alles nicht auf sich genommen, um wie der Kerl in der Ecke zu enden. Auf ihn wartete die Rache an Davaron. *Zum Dunklen mit allen Drachen der Welt!* Entschlossen kehrte er in den Westraum zurück.

»Was hast du vor?« Eleagon war sofort an seiner Seite, und Mahanael folgte ihnen mit einem neuen Pfeil auf der Sehne. Endlich hatte er Elfen gefunden, die brauchbare Kameraden abgaben.

Die Antwort auf Eleagons Frage kannte Athanor jedoch erst,

als er sah, dass nur die umgeworfene Balliste wieder brannte. »Wir müssen das letzte Geschütz aus der Reichweite der Flammen schaffen.« Er eilte zur noch immer ein wenig dampfenden Balliste.

»Aber hier hinten wird sie nutzlos sein«, protestierte Meriothin von der Tür aus. »Ihr riskiert euer Leben umsonst.« Mahanael zögerte, doch Eleagon stemmte sich mit Athanor gegen das Gestell.

»Irgendwann wird ihnen die Magie ausgehen«, presste Athanor vor Anstrengung hervor. Zumindest hoffte er, dass es Drachen in dieser Hinsicht nicht besser als Elfen erging. Wieder fauchten Flammen im Treppenhaus, dann nebenan.

»Und dann werden die Geschütze mehr ausrichten als zuvor«, griff Mahanael den Gedanken auf und ließ den Bogen fallen, um Athanor zu helfen. Sogleich rumpelte das Gestell schneller über den Boden. Eilig kehrten die beiden Dionier aus dem Nordraum zurück. Verbrennungen zeichneten ihre Hände und Gesichter, doch in ihren Augen flackerte neuer Mut. Sie rannten an Athanor vorbei, um auch die Geschosse zu bergen. Gerade rechtzeitig, bevor ein neuer Feuerstoß hereinsengte, schleppten sie die Lanzen nach nebenan.

Die Luft war so heiß, dass sie in Athanors Nase brannte. Widerstrebend folgte er den Elfen und Dioniern in den Nordraum, wo es nur eine einzige Öffnung, eine Schießscharte gen Westen gab. Noch war es hier etwas kühler, doch das Kratzen gewaltiger Krallen auf Fels verriet, dass immer mehr Drachen auf der Ordensburg landeten. Mahanael tat gut daran, sich der Schießscharte nur vorsichtig an der Wand entlang zu nähern. Schon stieß ein Speer aus gleißenden Flammen herein und hätte Mahanaels Schädel in einen Klumpen Kohle verwandelt.

»Komm zurück!«, wisperte Eleagon, und Athanor nickte. Es hatte keinen Sinn mehr, Ausschau zu halten. Sie saßen fest.

Dennoch kauerte sich Athanor neben die Tür und spähte von dort aus den Fenstern. Rauch und Flammen behinderten die Sicht, aber das Spiel von Licht und Schatten ließ erahnen, wie viele Drachen nun den Turm umkreisten. Wenn es überall wie hier oben aussah, mussten sie kaum noch Geschütze fürchten. In immer schnellerer Folge fuhren Flammenstöße von allen Seiten herein. Allmählich heizte sich die Luft auch in ihrer letzten Zuflucht auf. Athanor fiel der himmelhohe Turm in der Wüste ein, dessen Wände so verrußt waren, dass er sie für schwarzes Gestein gehalten hatte. Bald würde auch die Ordensburg so aussehen.

Eleagon berührte Athanors Arm und deutete auf sein Ohr, dessen Spitze durch das sonnengebleichte Haar lugte. Athanor lauschte, doch außer dem gedämpften Gebrüll der Drachen und dem Knistern des Feuers hörte er nichts. Auf seinen fragenden Blick zeigte Eleagon nach oben. Ein leises Knacken, kaum wahrnehmbar. Staub rieselte herab. Athanor sah auf. Quer über die Decke verlief ein Riss.

Mit jedem Sterbenden, den sie an Hamon vorbeitrugen, wuchs sein Zorn auf alle, die Dion verraten hatten. Je mehr Männer er hinaufschickte, um die Ausfälle an den Geschützen zu ersetzen, desto mehr kamen mit Verwundeten beladen wieder herab und verschwanden in den Gewölben unter der Burg. Vor dem Angriff der Drachen hatten sich die Krieger um ihn gedrängt, dass sie sich gegenseitig auf die Füße getreten waren. Nun lichteten sich die Reihen, und nur die treu ergebene Palastwache stand noch vollzählig hinter dem Tor bereit. Doch an einen Ausfall war angesichts der Übermacht nicht einmal zu denken.

»Zum Dunklen mit allen Magiern, die jemals geboren wurden!« Diesem verfluchten Pack hatten sie das alles zu verdanken, und was tat er? Anstatt Sethon aufzuspüren, um ihm eigenhändig das Leben aus dem Leib zu prügeln, teilte er Männer zum sinnlosen Sterben ein. Was hätte Themos den Kriegern gesagt? Was hätte er getan? Zweifellos wäre er mit ihnen in den Tod gegangen, wie es einem aufrechten Regenten zukam. Genützt hätte es nichts. Dennoch schmerzte Hamon der Verlust seines alten Freunds noch immer. Dass der Mord an ihm womöglich ungesühnt blieb, fachte seine Wut noch weiter an. Sethon war wie ein monströser Schatten, der sich über das Land gelegt hatte. Ein Gespenst. Ungreifbar und doch überall. *Falls es noch Götter gibt, die uns nicht verlassen haben, ich habe nur*

*einen Wunsch: Lasst mich überleben, damit ich diesen Dreckskerl
den Dämonen verfüttern kann!*

»Erster Krieger!« Einer der Männer, die für ihn Ausschau
hielten, war auf dem Gang zwischen Treppe und Tor aufgetaucht. Von hier gingen Türen in die Stallungen ab, die der
Zwerg in Werkstätten verwandelt hatte. Es gab Räume direkt
hinter der Außenmauer, durch deren Schießscharten seine
Späher lugten, und weiter hinten führten Stufen in den Keller
hinab. Aufgeregt bedeutete der Mann Hamon, ihm zu folgen.
»Da ist ein Drache, der …«

Das Tor barst mit einem Knall, der alles andere übertönte.
Brennende Splitter wirbelten durch die Luft. Geduckt sprang
Hamon in den Schutz des nächsten Durchgangs. Wie ein Wind
aus der Wüste wehte heiße Luft vorbei und trug den Gestank
der Schlacht heran. Den Geruch verbrannter Körper, bratenden
Fleischs und erhitzten Metalls, der Hamons Kehle würgte. Palastwächter kreischten wie gepeinigte Kinder. Hamon ballte die
Fäuste. Kein Mensch sollte auf diese Weise sterben müssen. Er
setzte zu einem Stoßgebet an den Großen Drachen an und
brach knurrend ab. Tote Götter erhörten keine Gläubigen.

»Seid verflucht!«, brüllte er den Gang hinab. Was waren die
Drachen für Freunde, wenn sie den Verrat eines Einzelnen mit
dem Tod des ganzen Volks bestraften?

Rasch ließ er den Blick zum Tor schweifen, bevor er wieder
unter den Türsturz zurückwich. Brennende Krieger wälzten
sich im Staub. Wer noch laufen konnte, floh aus dem Gang. Was
vom Tor noch in den Angeln hing, stand in Flammen. Davor
stand ein grünbrauner Drache und sog Luft für einen neuen
Feuerstoß ein.

»Zurück!« Mit herrischer Geste scheuchte Hamon die Krieger hinter sich tiefer in das Gewölbe des zur Schmiede um-
gebauten Stalls.

»Das ist er«, rief der Späher, der es in dem Durcheinander
an Hamons Seite geschafft hatte. »Er kam von der Nordseite
und hat sich unter den Geschützen durchgeschlichen.«

»Töten wir das feige Biest!«, brüllte Hamon und riss sein
Schwert heraus.

Doch die Männer schwiegen. Ihre Blicke wichen ihm aus, zuckten furchtsam Richtung Tor. Selbst vornehme Krieger, die einst bei Feiern im Palast mit ihrem Mut und erlegten Löwen geprahlt hatten, sahen auf ihre Stiefel hinab. Das Fauchen der Drachenflammen unterstrich die betretene Stille.

Hamon spürte eine jähe Kälte in sich. Inmitten Dutzender Männer war er verlassen. Sie teilten seine Werte, seine Hingabe an dieses Land und die Regentin nicht. Besaßen sie keine Ehre? Keinen Funken Weitsicht? Zorn packte ihn. »Wollt ihr euch verkriechen und abwarten wie die Frauen und Kinder?«

Einige neigten in angedeuteter Zustimmung den Kopf.

»Was seid ihr für Memmen? Glaubt ihr, sie werden einfach verschwinden, wenn ihr euch tot stellt?« Alles, was der angebliche Prinz Theroias über das Schicksal der Menschen in der Alten Heimat erzählt hatte, fiel Hamon wieder ein. »Sie wollen uns vernichten! Bis auf den letzten Mann!«

Vielleicht war dieser Fremde doch der Kaysar. Vielleicht prüfte er sie, und sie waren dabei, kläglich zu versagen. Die Drachen waren gekommen, wie er es prophezeit hatte. Und sie löschten das Volk Dions erbarmungslos aus. Hamon musterte die Gesichter der Männer. Mancher wirkte peinlich berührt, doch keiner trat vor, um sich ihm anzuschließen. Die dionischen Truppen folgten ihm nicht. Ihm, dem Ersten Krieger. Was blieb ihm jetzt noch?

»*Ich* werde den Drachen töten. Und wenn es das Letzte ist, was ich tue!«

Gereizt tauchte Davaron einen Lappen in Waffenöl und polierte aus Langeweile sein Schwert. Die mühsam beherrschte Ungeduld der Magier lud den Saal mit solcher Spannung auf, dass er den Wunsch verspürte, sie niederzumetzeln. Nur Sethon wirkte gelassen. *Geradezu heiter.* Das angedeutete Lächeln in seiner Miene stachelte Davarons Missmut noch an. Offenbar durchlebte der Nekromant in Gedanken immer wieder seinen Triumph über den Drachen, denn ab und an platzte er mit einem Lob der eigenen Raffinesse und Überlegenheit heraus. Davaron sparte sich mittlerweile die Mühe, darauf einzugehen. Sollten andere den Speichel ihres Großmeisters lecken.

»Eure Hingabe an dieses Schwert ist bemerkenswert«, sagte Sethon in das drückende Schweigen hinein. »Ein Erbstück?« Davaron hob die Klinge an, um die gebogene Schneide entlangzublicken. Wie erwartet hatte sie seit dem letzten Schliff keine neue Scharte bekommen. »Nein, es wurde für mich angefertigt.« Er widerstand gerade noch, wie von selbst den Kristall am Knauf zu berühren. Einem so scharfen Beobachter wie Sethon gab er besser keinen Hinweis auf den wahren Wert dieser Waffe.

Der Großmeister streckte über dem Tisch die Hand aus. »Darf ich es einmal genauer betrachten?«

Verdammt! Las der verfluchte Mensch etwa seine Gedanken? Davaron zögerte. Bei diesem Wahnsinnigen wusste man nicht, ob man im nächsten Augenblick die eigene Klinge an der Kehle hatte. Doch wenn er sich weigerte, verriet er Sethon, dass es mehr mit dem Schwert auf sich hatte, als er ahnte. Missmutig schob er die Waffe über den Tisch und beschwor seine Magie herauf. Sollte Sethon eine falsche Bewegung machen, würde er ihn umbringen – auferstandene Käfer hin oder her.

Der Magier nahm das Schwert ein wenig unbeholfen auf. Offenbar hatte er sich nicht oft mit Waffen beschäftigt. »Sieht scharf aus.« Beinahe genüsslich schnitt er sich in die Kuppe eines Daumens und sah dem hervorquellenden Blutstropfen zu. »Ist es magischer Elfenstahl?«

»Jeder Elfenschmied verwendet seine eigene Legierung und verleiht ihr durch Magie gewisse Eigenschaften. Es ist selten reiner Stahl, aber darüber sprechen sie nur unter ihresgleichen.«

Sethon nickte. »Man muss seine Geheimnisse zu wahren wissen, wenn man im Vorteil bleiben will.«

Bedeutete sein Blick, dass er einen Verdacht hegte? Davaron wünschte, Harud würde endlich mit einem Bericht zurückkommen, damit sie das verfluchte Thema wechseln konnten.

Eingehend sah sich Sethon das Geflecht aus Rohhaut und Seide an, mit dem der Griff umwickelt war. Vielleicht hielt er die eingewobenen Ornamente für magische Symbole. In Wahrheit dienten sie nur dazu, das Heft griffig zu machen. Schließlich musterte er den Astarion, strich mit dem Daumen darüber und runzelte die Stirn. Davarons Magen verwandelte sich in einen harten Klumpen. Konnte der Mensch die Macht des Kristalls spüren? Sie nutzen?

»Ist das ein Edelstein?«, fragte Sethon.

»Nichts Besonderes.« Hoffentlich klang es so beiläufig, wie es sollte. »Die Zwerge nennen es Sternenglas.«

»Dann hat der Stein keine Bedeutung für Euch?« Der Großmeister warf ihm einen raschen Blick zu, bevor er die Augen wieder prüfend auf den Astarion richtete und ihn hin und her drehte.

»Die Farbe passt einfach zu meinem Gemüt.«

»Wenn das so ist, solltet Ihr ihn austauschen lassen«, riet Sethon und schob das Schwert wieder über den Tisch. »Er hat einen Sprung.«

Was? Davaron griff so hastig nach der Waffe, dass er es sofort bereute. Mit erzwungener Gelassenheit inspizierte er den Knauf. Auf den ersten Blick sah der Kristall klar und dunkelblau aus wie immer. Doch als er ihn in einem anderen Winkel hielt, entdeckte er den haarfeinen Riss. Hätte er das Schwert pfleglicher behandeln müssen? Bangend berührte er das Sternenglas. Die Macht war noch immer da. War ihm der Sprung nur nie aufgefallen?

Hallende Schritte lenkten ihn ab. Dieses Mal hatte Harud gewöhnliche Kleidung angelegt, um unter den Flüchtlingen nicht aufzufallen. Er hielt direkt auf Sethon zu, und die anderen Magier folgten ihm, um kein Wort zu verpassen. »Die Regentin ist hier«, verkündete er, als ob es sein Verdienst wäre. »Dem Gebrüll nach zu urteilen, ist ihr alter Wachhund noch am Leben, aber er wirft sich oben in den Kampf. Sie ist allein unter den geflohenen Ehalaern.«

»Keine Elfen? Kein Magier?«, wunderte sich Sethon.

Harud schüttelte den Kopf.

»Und die Kerle, die damals das Ordenshaus gestürmt haben?«, fragte Davaron.

»Ich habe keinen von ihnen gesehen.«

Was erwarte ich? Athanor würde sich vor den Drachen nicht im Keller verkriechen, und der andere Krieger war vermutlich von ähnlichem Schlag.

»Also keine Leibwächter?«, hakte Sethon nach.

»Wozu auch?«, fragte Harud zurück. »Hier unten halten sie sich für sicher.«

»Warum schlagen wir dann nicht zu?«, wollte ein junger, erst kürzlich zum Meister aufgestiegener Magier wissen.

Sethon lächelte. »Dir fehlt das Gespür für den wirkungsvollsten Auftritt. Ich will die Verzweiflung in ihren Augen sehen, wenn ihre Krieger tot und sie uns ausgeliefert sind.«

»Runter!«, brüllte Vindur und tauchte hinter den Eisenschild, der schwer an seinem Arm hing. Wäre es nach ihm gegangen, hätte jeder Mann in dieser Burg einen solchen Schild besessen. Doch Erz war in diesem götterverlassenen Land so knapp, dass alles Eisen zu Spießen für die Ballisten geschmiedet worden war. Jeder Schrei eines Sterbenden bohrte sich in sein Gewissen wie ein Stachel ins Fleisch. Doch was hätte er tun sollen?

Heiße Luft brannte sich in seine Lunge. Das Metall an seinem Arm glühte beinahe, als sich die bläulich weiße Flammenwolke über ihm wölbte. Wenigstens seine eigene Mannschaft konnte sich hinter Schilde ducken, die sie zu beiden Seiten der Balliste aufgestellt hatte. Wasser zischte im magischen Feuer, verwandelte sich in Dampf.

»Mehr!«, schrie Vindur und richtete sich wieder auf.

Ein Botenjunge eilte aus dem Nebenraum herbei und kippte einen weiteren Eimer Wasser über das dampfende Geschütz. Feuchtes Haar hing ihm ins Gesicht, klebte an schweißnasser Haut. »Das war der Letzte.« Entschuldigend hob er den Eimer.

»Firas Flamme!« War das zu fassen? Was lernten diese Menschenkinder eigentlich? »Wir brauchen mehr! Viel mehr! In den Keller mit euch!«

Aus dem Augenwinkel sah er, wie Nathos ein neues Geschoss auflegte, und wandte sich wieder dem Fenster zu. Es genügte zu hören, wie der Junge auf nackten Sohlen davonpatschte. Sobald er über die Balliste spähte, vergaß Vindur alles andere. Es gab nur noch ihn, seine Männer und die Drachen dort draußen. Das Rauschen der Luft verriet das Ungeheuer, bevor er den ersten Blick darauf erhaschte.»Plus eins!«

Das Räderwerk klackte, als Ireus es exakt einen Zahn weiterdrehte. Die Balliste hob sich um einen Fingerbreit. Selbst durch seinen Handschuh spürte Vindur die Hitze des Hebels. Pfeilschnell schoss das Ungetüm vorüber, doch Vindur zog den Auslöser, sobald er den ersten Fitzel Drachenhaut sah. So rasch war der Drache fort, dass es Vindur vorkam, als habe er sich nur eingebildet, wie der Speer in die braungeschuppte Brust stieß.

»Treffer!«, jubelte Nathos, der bereits einen neuen Spieß in den Händen hielt.

»*Der hat gesessen.*« Vindur hörte Hrodomars Stimme, als blicke ihm sein Schildbruder über die Schulter. Mit einem Schlag war alle Freude verflogen.»Nachladen!«, blaffte er und kurbelte wie besessen, um die Balliste erneut zu spannen.

Rasch, aber präzise legte Nathos das Geschoss ein. Vielleicht floss wirklich Zwergenblut in seinen Adern, dass ihn weder die Drachen, die Schreie noch der Geruch verbrannter Körper aus der Ruhe brachten. Ein leises Grollen mischte sich in das Drachengebrüll. Knurrten die Biester etwa auch wie Löwen?

»Kommandant!« Hastige Schritte näherten sich.

Der Mann trug Stiefel, gehörte also zu den Kriegern, stellte Vindur fest, ohne das Fenster aus den Augen zu lassen. Als das Rattern der Kurbel verstummte, drangen sogleich wieder das Gebrüll der Drachen und das Stöhnen und Kreischen der Verwundeten an sein Ohr.

»Kommandant, im siebten Stock sind alle Männer verletzt. Die Geschütze stehen in Brand«, sprudelte der vornehme Dionier auf Elfisch hervor.

Kurz fragte sich Vindur, wohin sein Übersetzer verschwunden war, doch es spielte keine Rolle. Wenn sie verloren, würde auch dieser Feigling draufgehen.»Dann holt Wasser und löscht sie, verdammt!«, fluchte er, ohne sich umzudrehen.

»Aber die Männer ...«

»Sie können sich ausruhen, wenn sie tot sind!«

Am Rand des Fensters tauchte etwas auf. Vindur zog hastig den Hebel. Mit einem Knall schleuderte die Balliste den Spieß hinaus, doch er stanzte nur ein Loch durch einen ledrigen Flügel und flog davon.
»Trollscheiße, verdammte!« Zornig fuhr Vindur herum. »Bildet Eimerketten!«, herrschte er den Krieger an, dass er den eigenen Speichel spritzen sah. »Es stehen genug Männer sinnlos in den unteren Stockwerken herum!« Jedenfalls nahm er es an. Hamon hielt es nicht für nötig, ihm Meldung zu machen, was unten vorging.
»Jawohl, Herr«, presste der Krieger gereizt hervor und lief davon.
Soll er an seinem Stolz ersticken! Wütend drehte sich Vindur wieder um, als neben ihm Flammen durchs zweite Fenster schlugen. Es gab dort kein Geschütz, doch die Drachen spien ihr Feuer in jede sich bietende Öffnung. Wie von selbst ging er hinter dem Schild in Deckung, hielt den Atem an, nur um die Hitze danach umso tiefer einzusaugen. Trockener Husten schüttelte ihn. *Alle verletzt. Alle Geschütze brennen.* Sah es auf jedem Stockwerk so verzweifelt aus? War die Schlacht schon verloren? Wie viele Drachen hatten sie getötet? Drei? Vier? Er wusste es nicht einmal.
Wieder das Grollen, lauter als zuvor. Vindur rappelte sich auf. Ungerührt legte Nathos bereits einen neuen Spieß auf, während Ireus noch am Boden kauerte und sich den roten, unnatürlich glänzenden Arm hielt.
»Wasser!«, brüllte Vindur, doch niemand kam. Nebenan fauchten Flammen. Draußen rollte der Donner.
Donner? Vindur hastete zum Fenster und lehnte sich todesverachtend hinaus. Dunkle Wolken verdüsterten den westlichen Himmel. Brüllend jagte ein Drache auf Vindur zu.

Als Hamon mit gezogenem Schwert auf den Gang trat, erwartete er, dem Ungeheuer gegenüberzustehen. Doch das Tor war zu eng für einen Drachen, und das Biest nicht dumm genug, sich hineinzuzwängen. Durch Rauch und Flammen, die von den Trümmern des Tors und den verbrannten Kriegern aufstiegen, sah Hamon, wie sich der Drache gerade abwandte. Von den Männern am Boden rührte sich niemand mehr. Wer nach dem ersten Feuerstoß nicht entkommen war, hatte im zweiten den Tod gefunden. Entschlossen stieg Hamon über die Leichen hinweg. Er musste hinsehen, um nicht über sie zu stolpern, doch es gelang ihm, die verkohlten Gesichter nicht wahrzunehmen. Vielleicht hätte er die entstellten Züge ohnehin nicht erkannt. Der grausige Gestank genügte, um ihn schaudern zu lassen. Er *wusste*, dass er diese Männer gekannt hatte. Am Morgen noch hatte er zu ihnen über die Ehre gesprochen, die der Große Drache ihnen allen mit seinem Besuch erwies. Die meisten waren halb so alt wie er, einige sogar jünger.

Hamon wischte die sentimentalen Gedanken beiseite. Hatte er nicht seit Langem jüngere Männer für das Land kämpfen und sterben lassen? Es wurde Zeit, ihnen zu folgen.

Noch gab ihm der Rauch am Tor etwas Deckung. Mehrere Drachen lagen vor dem Turm in der Ebene verstreut. Einer schleppte sich auf die Ordensburg zu, obwohl die Hinterbeine nutzlos über den Boden schleiften. Lanzen ragten aus seinem Rücken. Noch war er weit genug entfernt, um Hamon nicht gefährlich zu werden, doch die grünbraune Bestie, die das Tor zerstört hatte, befand sich noch immer direkt vor dem Turm. Je näher Hamon dem Tor kam, desto mehr konnte er von ihr sehen, während sie am Fuß der Festung weiterschlich. Den langen Schwanz, der in einen Hornstachel auslief. Den Zackenkamm, dem sein Blick bis auf den Rücken folgte. Die Hinterklaue, deren Krallen so lang waren wie sein Schwert.

Hatte er wirklich geglaubt, dieses Ungetüm mit seiner lächerlichen Waffe töten zu können? Er hielt inne, atmete zu viel Rauch und unterdrückte verräterisches Husten, das ihm Tränen aus den Augen trieb. *Sethon hat es getan.* Der Verräter mochte sein Opfer mit einem Speer überrumpelt haben, aber *er hatte es getan.* Hamon spürte die Blicke der Feiglinge in seinem Rücken. Wollte er vor ihnen geringer erscheinen als der verfluchte Nekromant?

Entschlossen wich er den Flammen aus und schritt durch das Portal. Gerade setzte der Drache an, Feuer durch eine

450

Schießscharte im ersten Stock zu blasen. Doch als er Hamon bemerkte, schwenkte der riesige Schädel sofort herum. Die Kiefer klappten zu.

Starrte das Ungeheuer ihn ungläubig an? Hamon umfasste den Schwertgriff mit beiden Händen. Mit einem Mal wusste er, was er zu tun hatte. Er mochte alt und nicht mehr der Schnellste sein, aber ...

Ihm war, als verziehe der Drache das Maul zu einem Lächeln, bevor er auf ihn herabstieß. Ein Rachen voll Zähne raste auf ihn zu. Hamon spürte bereits den heißen Atem, fiel in einem Ausfallschritt auf ein knirschendes Knie und stieß die Klinge dabei senkrecht empor. Mühelos stach der Stahl durch leichten Widerstand. Hamon schnellte hoch, bohrte das Schwert damit tiefer und warf sich dann nach vorn. Mit einem Reißen schnitt die Klinge zähe Haut. Warmer Regen ergoss sich auf ihn. Seltsam, dass es in der Ferne zu donnern schien, während dunkle Tropfen den Boden und ihn sprenkelten.

Die Flügel des Drachen zuckten, als wollte er sich aufbäumen. Über Hamon krümmte sich der Hals. *Was tust du da? Steh nicht rum!* Er riss das Schwert aus der Kehle des Drachen und taumelte im letzten Augenblick zur Seite, bevor der Drache aufschlug, dass die Erde zitterte. Vom Gewicht des eigenen Leibs herausgepresst, ertönte ein Röcheln.

Seit Hamon aus dem Tor getreten war, kam es ihm vor, als bewege sich alles langsam – eingeschlossen er selbst. Sogar sein Herzschlag, der doch rasen sollte, pochte gemächlich. Er stand neben dem Drachen, den er getötet hatte, – er! – und empfand eher Verwunderung als Triumph.

Bis der Jubel der Krieger an sein Ohr drang.

Plötzlich verging die Zeit wieder schneller. Die Drachen jagten um den Turm, dass die Luft rauschte. Flammenwolken glühten auf, Männer schrien, vereinzelte Speere schossen hervor. Krieger, die Schwerter und Spieße schwangen, quollen aus dem Tor und umringten ihn.

»Wir sind noch nicht geschlagen!« Hamon stieß seine Klinge in die Luft, als ob er die Bestie noch einmal erstach. Schwarzes Blut rann ihm über die Hand. »Wir fangen gerade erst an!«

Erneut jubelten die Männer. Palastwachen, Fürstensöhne, einfache Krieger aus den Oasen. Über den Schädel des gefällten Gegners fiel Hamons Blick auf den verwundeten Drachen, der auf sie zukroch. *Du hättest dich besser tot stellen sollen.* »Schwärmt aus!«, rief er und deutete mit dem Schwert auf das Ungeheuer. »Kreist ihn ein!« Die Männer rannten los, begriffen, dass sie sich verteilen mussten, um dem Drachenfeuer kein lohnendes Ziel zu bieten. Unversehens fand sich Hamon unter den langsameren Läufern wieder. Der Drache richtete sich auf und schlug mit den Flügeln. Staub wirbelte auf, wehte den Angreifern in die Augen. Schützend kniff Hamon die Lider zusammen und stürmte in einem Bogen auf das Ungeheuer zu. Das Biest hatte ihn beobachtet. Er brauchte eine neue Strategie, und das schnell. Während er auf die Schulter des Drachen zuhielt, glitt sein Blick über die dunkelgrüne Schuppenhaut. Kein Schwert würde diese dicken Hornplatten durchdringen. Wie Sethon musste er die weichen Stellen unter den Achseln erreichen.

In weitem Halbkreis rannten die Männer auf das Ungeheuer zu. Scheinbar wahllos fuhr das Maul des Drachen auf sie nieder. Hamon hielt den Blick eisern nach vorn gerichtet, sah nur eine verschwommene Bewegung und hörte den Schrei, der jäh abriss. Wieder flatterte der Drache. Seine Vordertatzen lösten sich vom Boden. Hamon spannte die Arme. *Unter der Brust durch und hoch!* Doch in diesem Augenblick holte der Drache brüllend mit der Klaue aus. Der Hieb traf so unerwartet, dass Hamon ihn erst spürte, als er bereits durch die Luft flog. In seinen Eingeweiden breitete sich ein flaues Gefühl aus, aber im nächsten Moment schlug er auf, und der Schmerz überlagerte alles.

Als sich der Schleier vor seinen Augen hob, sah er die dunklen Wolken am Himmel. Wie eine schwarze Wand türmten sie sich gen Westen auf und reckten erste Finger nach der Sonne. Ein Blitz verlor sich hinter dem Drachen, der unter den Kriegern wütete. Wieder fuhren die weit geöffneten Fänge auf einen Mann nieder, dem Hamons Trick misslang. Doch der Krieger daneben sprang vor, stieß den Speer mitten ins Auge des Drachen.

»Ja!« Hamon bäumte sich auf, um die leere Faust zu recken. Schmerz lenkte seinen Blick auf den eigenen Leib. Überrascht fiel er auf die Ellbogen zurück und starrte auf das blutige Loch in seinem Bauch.

Der graubraune Drache hatte Vindur entdeckt und schoss auf ihn zu. Hastig wich der Zwerg zurück. »Deckung!«, rief er seinen Männern zu und presste sich mit dem Rücken gegen die Wand neben dem Fenster. Ireus, der noch immer am Boden kauerte, rollte sich unter die Balliste. Nathos tauchte hinter dem Geschütz ab, während Vindur die Axt zückte. Plötzlich wurde es dämmrig im Raum. Eine gewaltige Klaue stieß durchs Fenster herein. Blindlings griff sie nach der Gestalt, die der Drache eben noch dort gesehen hatte. Zehen, an denen Krallen wie Krummschwerter saßen, krümmten sich um den vermeintlichen Fang.

»Daneben!«, höhnte Vindur und hieb die Axt in die geschuppte Klaue. Dunkles, fast schwarzes Blut quoll aus der klaffenden Wunde.

Draußen brüllte der Drache und riss die Klaue zurück. Vindur eilte ans Geschütz, aber er sah nur noch den Schwanz des Ungeheuers davongleiten. Während er hektisch kurbelte, rappelten sich seine Männer auf. Auch wenn er dem Biest nicht mehr als einen Kratzer zugefügt hatte, verspürte Vindur mehr Genugtuung als nach einem Treffer mit der Balliste. Vor dem Fenster flogen die Drachen in so rascher Folge vorbei, als hätten sie nichts mehr zu befürchten. Aus allen Richtungen hörte er Flammen, eilige Schritte und Schreie. Doch der Donner kam näher.

Mit neuer Entschlossenheit spähte er über das Geschütz. »Plus zwei!«

Klack, klack. Vindur zog den Hebel im gleichen Augenblick, wie das Zahnrad einrastete. Die Balliste bockte so heftig, dass ihm der Hebel ans Kinn schlug. Ein zweiter Drache kreuzte unerwartet die Flugbahn des Speers, der sich ihm wie ein makabres Schnurrhaar in die riesige Schnauze bohrte. Das Ungeheuer war so groß, dass Vindur bei dem Anblick erstarrte. Mit einem Ruck wandte es ihm den schwarzen Schädel zu. Kein Brüllen, kein aufgerissenes Maul, nur ein Blick, der Vindur bis in die Knochen fuhr.

Selbst der unerschütterliche Nathos zögerte.

»Kommandant?«, rief Ireus beunruhigt.

Das schwarze Ungetüm war weitergeflogen, doch Vindur wusste, dass es zurückkam. Er glaubte, die Stimme des Drachen zu hören, wie sie flüsterte. »*Das war ein Fehler.*«

»Kommandant!« Ireus klang schrill.

»Ja, doch!«, knurrte Vindur und schüttelte die Beklommenheit ab, indem er wieder zur Kurbel griff. Mit einem zufriedenen Grunzen legte Nathos das nächste Geschoss auf. Über die Balliste gebeugt lauschte Vindur dem Donner, der nun so nah war, dass er im Turm widerhallte. Eine erste Böe des nahenden Sturms wehte herein. Plötzlich tauchte vor dem Fenster ein graubrauner Schädel auf.

»Achtung!«, schrie Ireus und warf sich hinter seinem Schild zu Boden.

Vindur blieb das »Minus eins!« in der Kehle stecken. Wütend löste er den Schuss aus. Besser schlecht gezielt als gar nicht geschossen. Die Lanze prallte gegen ein Horn des Drachen. Eine heftige Böe packte sie und wirbelte sie davon. Der Drache stieß ein abgehacktes Brüllen aus, das an ein Lachen erinnerte. Längst war auch Nathos in Deckung gegangen.

Doch Vindur kurbelte. »Nachladen! Minus eins!«

Verwundert sprangen seine Männer auf. Ireus erstarrte beim Anblick der zähnestarrenden Schnauze, die das Ungeheuer aufriss. Ein neuer Speer landete in der Führungsrinne.

»Minus eins!«, brüllte Vindur gegen das Brausen des Winds an.

Klack.

Vindur legte den Hebel um. Der Spieß fuhr durch die Flammen mitten in den Drachenschlund. Sturmböen zerrissen die Feuerwolke, noch während sich Vindur hinter seinen Schild duckte. Nur ein Bruchteil der üblichen Hitze erreichte ihn, doch im Zischen verdampfenden Wassers hörte er auch Knistern. Etwas brannte. Wo blieben die verdammten Bengel mit den

Eimern? Im Schutz des Schilds wandte er sich zur Tür um. Gestalten eilten vorüber, zu groß und kräftig und mit Verwundeten beladen, von denen einer erbärmlich schrie. Rauschen und ein kühler Lufthauch lenkten Vindurs Blick zum Fenster zurück. Der Drache war fort. Draußen fiel dichter Regen. Der Wind wehte Spritzer herein, doch es war zu wenig, um die Flammen auf der Balliste zu löschen.

»Ausschlagen!« Hektisch sah sich Vindur nach den Decken um, in denen seine Männer geschlafen hatten – am Fuß ihres Geschützes, weil es keinen anderen Platz gab. Nathos riss ein triefendes Laken hoch und drosch damit auf den Brand ein. Gleichzeitig langten Vindur und Ireus nach einem Zweiten. Vindur überließ es dem Menschenmann. Eine dunkle Ahnung ließ ihn nach der Kurbel greifen. Das Rattern der Winde und das Klatschen des nassen Stoffs übertönten jedes andere Geräusch außer den Donnerschlägen, unter denen selbst der Turm bebte. Und doch lenkte etwas Vindurs Blick zum anderen Fenster. Krallen wie schwarze Klingen schoben sich über den Rand.

24

»Ist das Donner?«, fragte Mahanael.

Wie alle lauschte Athanor in das triumphierende Gebrüll der Drachen und das Fauchen ihrer Flammen hinaus. Die Luft war so heiß geworden, dass jeder Atemzug stach wie ein Dolch. Über ihnen knisterte das von der Hitze platzende Gestein. Längst hatte Athanor die verbliebenen Dionier ein Stockwerk tiefer geschickt und sich mit den Elfen auf den Treppenabsatz zurückgezogen. Auf dem schmalen Grat zwischen den Ausläufern des Feuers, das die Drachen die Stufen herabspien, und den Räumen, die einzustürzen drohten, horchten sie auf das wiederkehrende Grollen.

Meriothins Miene hellte sich auf. »Das *ist* Donner. Laurion hat es geschafft!«

Athanor wagte es kaum zu glauben, doch vor der Schießscharte nach Westen war der Himmel dunkel geworden, und in diesem Moment flackerte es dort.

»Ein Blitz!«, jubelte Mahanael. »Sie kommen!«

»Wer hätte das noch gedacht«, murmelte Eleagon.

»Ich nicht«, gab Athanor lachend zu. Ihm war, als ob bleierne Ketten von ihm abfielen. Wenn dieser schmächtige Junge dem Tod einen Hoffnungsschimmer abringen konnte, wollte er verdammt sein, wenn er nichts daraus machte. »Schnappt euch geeignete Waffen! Jetzt reiten wir auf Donnervögeln in die Schlacht!«, rief er und griff sich eine der Lanzen, die als Munition für die Ballisten dienten. Das angeblich legendäre Schwert an seiner Seite hatte bislang nicht gerade durch Drachenhaut geschnitten wie durch Butter.

»Ich bleibe lieber bei Pfeil und Bogen«, wehrte Mahanael ab, und Meriothin hob mit grimmigem Grinsen seine Harpune. Nur Eleagon ließ sich von Athanor einen Spieß reichen.

Kalter Regen traf auf das erhitzte Gestein. Verdampfendes Wasser zischte. Neue Dunstschwaden umwallten die Fenster. Sogleich knackte es in den Rissen der Decke noch bedrohlicher. Athanor sah zu einem besonders langen Sprung im Fels auf.

456

Würden die Trümmer sie verbergen, falls das Dach einbrach, oder standen sie den Drachen dann Angesicht zu Angesicht gegenüber? Immer heftiger fuhr der Sturm bis ins Innere des Turms. Immer lautere Donnerschläge ließen den Fels unter Athanors Füßen zittern. Der Wind heulte wie eine Horde ruheloser Geister.

Befanden sich noch Drachen auf dem Dach? Schon seit einer Weile waren keine Flammen mehr die Treppe herabgeschlagen. Athanor betrat die Stufen nach oben und bedeutete den Elfen, ihm zu folgen. Wachsam pirschte er sich an der Wand entlang, spähte in die Wolken dichten Nieselregens empor, die ihm der Sturm entgegenwehte. Blinzelnd versuchte er, dahinter etwas zu erkennen, doch er sah nur umherwirbelnde Tropfen, die im Lodern der Blitze glitzerten. Stufe um Stufe stieg er in die Wolken aus Regen und Dampf. Schon triefte ihm Wasser aus dem Haar, lief ihm in die Augen und netzte die Lanze, die er mit beiden Händen zum Stoß bereithielt.

Je höher er kam, desto kräftiger blies ihm der Wind entgegen, peitschte ihm schließlich den Regen so hart ins Gesicht, dass er kaum noch sah, wohin er die Füße setzte. Jeden Augenblick musste er sich oben auf der Plattform befinden. Geduckt stemmte er sich gegen die Böen, die wie Bestien an seinen Haaren und Kleidern rissen. Donner krachte so laut, dass ihm für einen Augenblick Hören und Sehen verging. *Hadons Fluch!* Er musste wahnsinnig sein, sich in diesem Unwetter auf die Spitze des Turms zu stellen.

Der nächste Windstoß fegte ihn beinahe von den Beinen. Er hatte das Ende der Treppe erreicht. Rasch kauerte er sich daneben und sah sich um. In wildem Tanz zuckten Blitze nun rund um die Festung. Das Grollen der einzelnen Donner ging ineinander über, verband sich mit dem Brausen des Winds und dem Rauschen des Regens zu einem ohrenbetäubenden Tosen. Im flackernden Licht erhaschte er einen Blick auf einen Drachen, der von den Sturmböen gebeutelt wurde. Ein zweiter leuchtete jäh im Gleißen des Blitzes auf, der ihn traf und wie eine grelle Aura umfloss. Im nächsten Moment war der Drache in Regen und Dunkelheit verschwunden.

Meriothin tippte Athanor an und lenkte dessen Blick auf einen Donnervogel, der von winzigen Blitzen umspielt über den Turm segelte. Der Elf bewegte die Lippen, aber Athanor verstand kein einziges Wort. Im Lodern kam ein anderer Donnervogel in Sicht, der sich in die Schultern eines Drachen krallte und mit dem riesigen Schnabel nach dessen Schädel pickte, während sich der Drache flatternd unter ihm wand.

»Wir müssen sie auf uns aufmerksam machen!«, brüllte Athanor. Das Unwetter tobte so laut, dass er sich selbst kaum hörte.

Eleagon antwortete aus vollem Hals, und doch gingen auch seine Worte unter.

»Verteilen wir uns!«, rief Athanor und deutete in mehrere Richtungen. Vielleicht reichten bereits ihre Bewegungen aus, um von den scharfen Raubvogelaugen entdeckt zu werden. Gegen den Wind geduckt, hielt er auf den Rand der Plattform zu. Fast sofort stieß ihn eine Böe auf die Knie. Es war, als schlage der Sturm selbst auf ihn ein, um ihn am Boden zu halten. Sollte er etwa herumkriechen wie ein Wurm? Athanor stemmte sich zurück auf die Füße.

In diesem Augenblick packte ihn eine riesige Klaue. So schnell schloss sie sich um Schultern und Brust, dass ihm nicht einmal Zeit für einen Fluch blieb. Blindlings stach er mit der Lanze nach dem Ungeheuer über sich, als er auch schon in die Luft gerissen wurde. Die Klaue schloss sich fester, presste ihm den Atem aus der Brust.

Sobald der Fremde Rhea absetzte, fand sie sich in einem Wald aus den Beinen Erwachsener wieder. Unvermittelt wähnte sie sich in die panischen Massen zurückversetzt, in deren Mitte sie sich an ihre Mutter geklammert hatte. Die Mutter, die nun draußen auf einem Acker lag, von einem Streitwagen überrollt. Wenn sie daran dachte, hörte sie sogleich wieder das unheimliche Knacken. Der Fremde hatte sie fortgerissen, auf seinen Armen davongetragen, aber über seine Schulter hatte sie ihre Mutter im Staub gesehen. Immer kleiner war der hingestreckte Körper geworden und hatte sich nicht mehr bewegt.

Ohne sich noch einmal nach dem Mann umzusehen, schlängelte sie sich zwischen den Beinbaumstämmen davon. Als beim Tempel das schreckliche Schieben und Drängeln begonnen hatte, waren sie noch eine Familie gewesen. Doch dann hatte sie ihren Vater aus den Augen verloren. Musste er nicht irgendwo hier sein? Waren nicht alle aus der Stadt hierhergelaufen? An jedem Erwachsenen spähte sie empor. Vielleicht war ihre Mutter doch noch aufgestanden und weitergerannt. Stumm und unbemerkt wie ein Geist glitt sie durch die Menge. So viele Stimmen. So viele Gesichter. Manche kannte sie vom Markt und aus dem Kaysa-Tempel. Aber niemand sah zu ihr hinab. Ab und an stieß sie auf andere Kinder, die sich um ihre Eltern scharten, eine Hand in den Stoff eines Rocks oder eines Kittels gekrallt. In den geweiteten Augen spiegelte sich Rheas Entsetzen. Sie sah es, verstand und ging weiter.

Einmal trat Stille ein, dann sprach eine Frau, nach der sich alle umwandten. Rhea konnte sie nicht sehen, und die Worte hatten keine Bedeutung für sie. Danach kam Bewegung in die Menge. Auf einmal wollten die einen hierhin, die anderen dorthin, und brachten Rheas Suche völlig durcheinander. Wie sollte sie so jemals ihren Vater finden? Doch sie hatte keine Wahl. Sie schlängelte sich weiter und wich aus, wenn sich eine fremde Hand nach ihr ausstreckte. Kreuz und quer streifte sie durch die Menge, bis ihr die Lider ebenso schwer wurden wie das Herz.

Breite Mauernischen zogen sich die gesamte Rückwand der Halle entlang. Rhea sank in einer Ecke auf den kühlen Steinboden und starrte auf ihre Zehen, ohne sie wahrzunehmen. In ihrem Kopf drehten sich die zahllosen Gesichter um sie, bis sie zu einer erdrückenden Masse verschwammen. Sie spürte eine Einsamkeit, die zu bestürzend für Tränen war. Sie würde hier sitzen und sitzen und sich allmählich auflösen, bis nichts mehr übrig war.

Eine Bewegung vor ihren Füßen lenkte ihren Blick in die Außenwelt zurück. Ohne jede Eile krabbelte ein Käfer an ihren Zehen vorbei. Seine Flügel schimmerten im Fackellicht wie grünes Metall. Rhea folgte ihm wie von selbst mit den Augen.

Wie kam der Käfer hier her? War er etwa auch vor den Drachen geflohen?

Mit einem Mal änderte das Tier die Richtung und hielt zielstrebig auf die Wand neben Rhea zu. Fast hätte sie gelächelt. Vielleicht wollte er sich zu ihr setzen, weil sie so allein aussah. Doch als der Käfer die Wand erreichte, war er plötzlich verschwunden.

Rhea blinzelte. Sie hatte ihn genau gesehen. Verwirrt beugte sie sich über die Stelle. Gab es ein Loch, das ihren Augen entgangen war? Als sie nichts entdeckte, tastete sie danach, hielt inne und tastete erneut. *Das ist kein Fels.* Sie spürte kaltes, glattes Metall unter den Fingern. An manchen Stellen war es rau wie von Rost. Ein kleines Stück weiter oben stieß sie auf eine Kante, dann rissiges Holz. Metall, Holz, Metall, Köpfe von Nägeln.

Von einem Augenblick auf den anderen war die steinerne Wand verschwunden. Vor Rhea ragte eine mit Bronzebändern beschlagene Tür auf. Sie war mit einem breiten Riegel verschlossen, und unter ihr klaffte ein Spalt, der gerade hoch genug für einen Käfer war. Ertappt sah sich Rhea um, ob sie etwas Verbotenes getan hatte. Doch niemand schenkte ihr oder der Tür Beachtung. Konnte nur sie die magische Pforte sehen, weil der Käfer sie ihr gezeigt hatte?

Neugierig versuchte sie, darunter hindurchzuspähen, aber sie sah nur Schwärze. War das ein Schnüffeln? Sie drehte den Kopf, um besser zu hören. Der Lärm der hallenden Stimmen übertönte das Geräusch fast gänzlich, doch sie glaubte, ein Schnaufen wie von einem Hund wahrzunehmen.

Neugierig stand sie auf und zog an dem Riegel. Wie die gesamte Tür sah er sehr alt aus und klemmte. Rhea schob mit ganzer Kraft. Als er plötzlich nachgab, wäre sie beinahe gestürzt, doch sie fing sich. Eine Hand am Riegel, sah sie sich noch einmal um. Niemand erwiderte ihren Blick. *Ich werde ganz vorsichtig öffnen*, versprach sie ihrem Vater, auch wenn er es gerade nicht hörte. *Nur einen Spalt.*

In diesem Moment flog die Tür so jäh auf, dass Rhea mit einem Aufschrei zur Seite taumelte. Aus dem Augenwinkel sah sie etwas Großes vorbeistürmen. Klauen wie von einer riesigen Echse, mehr erkannte sie nicht. Erschreckt kauerte sie sich in ihre Ecke und schlang die Arme um den Kopf.

Athanor hing im Griff der riesigen Klaue, die ihn immer höher über den Turm trug. Wie es dem Donnervogel gelungen war, so präzise zuzugreifen, stellte ihn vor ein Rätsel, doch das Ungetüm hatte genau darauf geachtet, ihn nicht mit den Krallen zu durchbohren. Die geschuppte Zehe, die quer über seine Brust lag, sah einer Drachenzehe beunruhigend ähnlich. Der Vogel hielt ihn so fest, dass er kaum atmen konnte, geschweige denn die Lanze nach einem Drachen stoßen. Den Flug in die Schlacht hatte er sich anders vorgestellt.

Der Sturm zerrte an Athanor, trieb ihm mehr Regen denn je ins Gesicht. Längst war das dionische Gewand unter dem Kettenhemd durchnässt. Auch der Donnervogel wankte unter den Windstößen, doch er nutzte sie geschickt, kippte mal zur einen, dann zur anderen Seite, um auf ihnen zu segeln, so gut es ging. Athanor glaubte, durch das Tosen des Unwetters ein leises Knistern zu hören. Seine Haut kribbelte. In der Dunkelheit zwischen zwei Blitzen sah er die weißen Funken, die über das Gefieder spielten und nun auch ihn umgaben wie ein flackerndes Lichtgewand. *Heilige Scheiße! Ich bin bei lebendigem Leib ein Geist!*

Vor ihm tauchte ein Drache aus dem Regenvorhang auf. Der Donnervogel jagte auf das Ungeheuer zu. Die grünlich glänzende Echse schnappte nach dem Kopf des Gegners, doch der Vogel wich gerade noch aus, sodass nun Athanor direkt auf den Drachenschädel zuraste. Das Ungeheuer stutzte, als Athanor im Vorbeirauschen auch schon die Lanze von unten in die geschuppte Kehle stieß. Der eigene Schwung riss ihm die Waffe aus den Händen, die im Hals des Drachen zurückblieb. Jubelnd reckte Athanor eine Faust in Regen und Wind. Fast kam er sich selbst wie ein Geschoss vor, das durch den Sturm flog. War das ein Schrei des Donnervogels? Ihr Triumph ging im Krachen eines neuen Donners unter. Athanor versuchte, sein Schwert zu ziehen, aber im Griff der Klaue kam er mit der Rechten nicht einmal an den Knauf. *Verdammt!*

Ein Drache, dem ein Donnervogel im Nacken saß, kam in Sicht. Gewandt wich der Vogel der Echse aus, die sich den Hals verrenkte, um ihn mit Zähnen und Feuer zu attackieren. In diesem Augenblick schoss jedoch ein weiterer Drache heran und stieß einen Flammenstrahl aus. Der Großteil verwandelte nur Regen in rasch verwehten Dampf. Doch der Rest brannte eine rußgeränderte Lücke in die Schwinge des Opfers. Konnte der Donnervogel jetzt noch fliegen? Für den Augenblick schien es gleichgültig, denn er war noch immer in seinen Gegner verkrallt. Aber der hinzugekommene Drache setzte bereits zu einem neuen Angriff an, und Athanors Donnervogel stürzte sich auf ihn.

»Ich hab keine Waffe!«, brüllte Athanor. Das Untier mochte ihn nicht verstehen, aber wie sollte er es sonst darauf aufmerksam machen, dass er in diesem Zustand keine Hilfe war?

Der Drache schlug die Klauen in den Rücken des angesengten Donnervogels und öffnete den Rachen, um den Gegner in eine neue Feuerwolke zu hüllen. Athanors Donnervogel flog so niedrig über die Echse, dass Athanor fürchtete, sie würden kollidieren. Stattdessen spürte er, wie sich plötzlich der Griff der Adlerzehen um ihn löste. *Was...* Mit einem Aufschrei fiel er, doch im nächsten Moment prallten seine Füße gegen den geschuppten Drachenleib. Instinktiv warf er sich nach vorn, klammerte sich an den erstbesten Halt. Die Hörner, die aus dem Rücken der Echse ragten, waren trotz der Nässe rau. Als Athanor aufsah, blickte sich der Drache gerade nach ihm um. Mit dröhnender Stimme rief die Bestie etwas, das er nicht verstand, doch das war nicht nötig. Sie löste sich von dem Donnervogel, um sich ihm zu widmen. Athanor ließ die Hörner los und riss das Schwert heraus.

Vindur starrte auf die Drachenklaue, die sich um den Rand des Nachbarfensters schloss. Sein Arm kurbelte von selbst, während ihm eine Ahnung durch den Kopf schoss. Wenn dort eine Tatze war, wo würde der Schädel auftauchen? *Hier!* »Nachladen!«, brüllte er.

Nathos ließ die Decke fallen, mit der er auf die Flammen auf der Balliste einschlug, und griff nach einem Spieß. In diesem Augenblick riss das brennende Spannseil mit einem Knall. Die lodernden Enden peitschten durch die Luft. Eines klatschte Ireus ins Gesicht, dass er mit einem Aufschrei rückwärtstaumelte. Aus aufgeplatzter Haut strömte ihm Blut über Augen und Wangen.

Vindur ließ die nutzlos gewordene Kurbel fahren. Trotz der Flammen war es plötzlich dunkler im Raum. Ein graubrauner Drachenschädel sperrte das Licht aus. Regen lief in Sturzbächen über die geschuppte Haut. Aus dem leicht geöffneten Maul drang Röcheln, doch aus den Augen sprach ungebrochener Hass. Der Spieß, den Vindur dem Untier in den Rachen gejagt hatte, ragte ihm aus dem Nacken.

»Lauft!«, schrie Vindur, riss Nathos die Lanze aus der Hand und drängte sich an ihm vorbei. Obwohl der Drache Luft für einen Feuerstrahl einsog, roch Vindur den widerlichen Schwefelatem. Mit beiden Händen packte er den Spieß und sprang vor, zielte auf ein Auge des Ungeheuers. Doch im gleichen Moment, da er zustach, schlug eine gewaltige schwarze Klaue den graubraunen Schädel zur Seite. Die Lanzenspitze glitt nach oben ab, und Vindur drohte, von den Füßen gehebelt zu werden. Schwankend kämpfte er in der Fensteröffnung um sein Gleichgewicht.

Vor ihm hing der riesige schwarze Drache in der Luft, als könnte ihm der Sturmwind nichts anhaben. Zu beiden Seiten ragten seine Schwingen über den Turm hinaus. Die nassen Schuppen glänzten im Licht der Blitze, die um die Festung zuckten. Wo der Schuss ihn hinter den Nüstern getroffen hatte, prangte ein Loch. Ihre Blicke trafen sich darüber, und Vindur war, als brannten sich die gelben Augen bis in seinen Kopf. Hinter sich hörte er Nathos und Ireus davoneilen. Endlich hatte er wieder festen Stand und kniff die Augen gegen den Regen zusammen, den ihm der Wind ins Gesicht peitschte. Wie einen Speer fasste er den Spieß mit einer Hand und holte zum Wurf aus, während der Drache das zähnestarrende Maul öffnete.

»Bist du gekommen, um dir den Rest zu holen?«, rief Vindur. »Kannst du haben, du Ausgeburt des Himmels!«

Er schleuderte die Lanze im gleichen Augenblick, da die gleißenden Flammen aus dem Drachenschlund hervorbrachen. Einen Lidschlag lang war die Welt weiß, als hätte er direkt in einen Blitz hineingesehen. Dann war sie heiß und rot, so heiß, dass ihm der Schrei in der Kehle erstarb. Er trat durch einen dichten Schleier aus Hitze, und dahinter war alles grau und kalt wie zu Hause unter dem Fels.

Hrodomar stand vor ihm und streckte die Hand nach ihm aus. *»Du hast mich lange warten lassen, Schildbruder.«*

Als sich Eleagon gegen den Wind auf die Plattform des Turms hinausstemmte, wurde Athanor vor seinen Augen in die Luft gerissen. Sofort warf er sich zur Seite, um kein Ziel für einen weiteren Angriff zu bieten, und rollte über das nasse Gestein. Regen prasselte ihm in die Augen, behinderte die Sicht auf das Ungetüm, das sich im Flackern der Blitze auf den Turm herabsenkte. »Über dir!«, brüllte Eleagon Mahanael zu, doch es ging im Krachen des Donners unter. Eine Klaue packte Mahanael wie eine Puppe und trug ihn davon. Dass es kein Drache, sondern ein Donnervogel zu sein schien, verstörte Eleagon nur noch mehr. Am Boden liegend winkte er hektisch, um Meriothins Blick auf sich zu lenken. »Runter! Zurück auf die Stufen!« Der Sturm riss ihm die Worte ungehört von den Lippen.

Meriothin sah sich verwirrt um und verstand die Geste wohl falsch, denn anstatt umzukehren, entfernte er sich nicht nur von Eleagon, sondern auch von der Treppe.

»Nein! Zurück!«, schrie Eleagon und kroch auf die Stufen zu. Wieder schob sich ein geflügelter Umriss zwischen ihn und den Himmel.

Meriothin starrte kurz hinauf, dann rannte er los, doch schon strampelten seine Beine sinnlos in der Luft.

Furcht legte sich um Eleagons Herz wie eine eiserne Klammer. Wie hatte er diesen Kampf so unterschätzen können? Er war mit den Legenden des Vierten Zeitalters aufgewachsen, in denen Elfen den Drachen so manche Niederlage bereitet hatten. Was war von seinen Plänen übrig, als großer Entdecker gefeiert zu werden? Hundert Mal hatte er sich ausgemalt, wie er die

Drachen mit Wind und Wasserzauber bezwingen würde. Wo war der kühne Seefahrer, der dem magischen Orkan getrotzt hatte? *Er liegt zitternd in einer Pfütze.* Eleagons Stolz trieb ihn auf die Beine. Er kauerte sich auf die obersten Stufen und schloss die Augen. Mit den Sinnen seiner Magie spürte er dem Toben des Unwetters nach, suchte nach einem Weg, den Wind zu lenken. Hätte er doch nur Davarons Astarion zur Hand. Die Zauber im Geschützraum hatten ihn bereits zu viel Kraft gekostet, um dieses aufgewühlte Chaos auch nur zu durchdringen. Das Auge des Sturms schien überall und nirgends. Böen sprangen hierhin und dorthin. Blitze zerschlugen Muster, die eben noch greifbar schienen. Donnervögel erzeugten neue heftige Wirbel, wo immer ihre geisterhaften Abbilder durch die Luftströmungen glitten.

Plötzlich veränderten sich die Muster direkt vor ihm, deuteten die Silhouette eines Drachen an. Eleagon riss die Augen auf. Seine Fäuste schlossen sich von selbst fester um die Lanze, die er abwehrend vor sich hielt. Gebeutelt vom Sturm landete ein Drache vor ihm. Das Ungeheuer war kleiner als die meisten anderen und überragte ihn doch wie ein Wolf ein Wiesel. Schon riss es den Schlund auf und sog Luft für einen Flammenstoß ein.

Eleagon zwang sich zur Ruhe, konzentrierte seine Magie auf das Wasser, das ihn umgab. Mit unsichtbaren Riesenhänden bündelte er Regenfäden zu einem dicken Strahl. Wie ein Wasserfall ergossen sie sich ins Drachenfeuer, das auf ihn zuschoss. Zischend zerstob es zu heißem Dampf. Eleagons Haut brannte, doch er kniff die Augen zusammen und stürmte mit erhobenem Spieß durch den Dunst. Als hätte es der Drache geahnt, war sein Schädel nicht mehr, wo ihn Eleagon zuletzt gesehen hatte. Der Elf rannte weiter. Dann rammte er die Lanze dem Ungeheuer eben in die Brust. Doch der Drache hatte sich aufgebäumt und wich zur Seite aus. Beinahe spielerisch fegte er Eleagon durch einen Schlag mit dem Schwanz von den Beinen. Eleagon flog durch die Luft, überschlug sich und kam hart auf dem steinernen Boden auf. Dass er die Lanze noch immer in den Händen hielt, bezahlte er mit einem Schnitt quer über die

Wange. Die Wunde brannte, als Regen hineinrann, doch er vergaß es, noch während er aufsprang.

Das Ungeheuer starrte ihn abschätzend an. Vielleicht wägte es ab, wie es ihm ohne Feuer beikommen konnte. Eleagon griff mit seiner Magie nach den Winden, die um die Plattform tobten. Seine Kräfte schwanden, aber noch gelang es ihm, die wilden Strömungen zu packen und im gleichen Moment auf den Drachen zu lenken, da sich das Biest auf ihn stürzte. Von zwei Seiten sprangen die Böen das Ungeheuer an und drohten, es umzureißen. Taumelnd kämpfte der Drache dagegen an. Eleagon stürmte erneut auf seinen Gegner zu, duckte sich unter einem Tatzenhieb weg, der ihn dennoch streifte. Stolpernd raste er weiter, weshalb die Speerspitze zu weit in der Mitte der Drachenbrust traf. Sie glitt an dicken Hornplatten ab. Doch Eleagon nutzte den Schwung, drehte sich um sich selbst und stieß noch einmal zu. Die Lanze drang durch die weichere Haut zwischen Brust und Bein. Eleagon rannte einfach weiter, tauchte unter dem Drachen hindurch und trieb die Waffe dabei tiefer in den Leib.

Wieder traf ihn der Schwanz des Drachen und schleuderte ihn an den Rand des Turms. Nach Atem ringend kroch er vom Abgrund weg. War der Drache tödlich verwundet? Der Spieß war nicht im besten Winkel eingedrungen. Eleagon blinzelte durch den Regen. Das Ungeheuer hatte wohl genug, denn es schwang sich in die Luft und flog davon. Doch bevor er Triumph empfinden konnte, landete ein neuer Drache vor ihm.

Nemera war, als sei sie in einem Albtraum aus verbrannter Haut, verkohlten Gliedmaßen und rohem Fleisch gefangen. Gegen den übelkeiterregenden Gestank hatte sie sich ein Tuch vors Gesicht gebunden, doch Augen und Ohren konnte sie nicht vor dem Leid der Menschen verschließen. Die unterirdischen Säle hallten vom Wimmern der Verzweifelten und Verwundeten wider, und wie aus dem Nichts erschienen graue Schattenwesen und schwebten mit gellenden Schreien über den Opfern. *Todesfeen.* Nemera kannte sie nur aus schauerlichen Sagen. Die Gesichter waren wie unter Kapuzen verborgen, doch aus diesem verschwommenen Dunkel leuchteten Augen. Vergeblich versuchte Nemera, sie zu verjagen. Ihre Hände glitten durch kalte Leere, und die Todesfeen stürzten sich unbeeindruckt auf die Sterbenden, um sich an ihrem Grauen zu laben.

Manche Männer erlagen ihren Verletzungen bereits auf dem Weg die Stufen hinab. Sie hatte deshalb die Totenpriester unter den Flüchtlingen dazu bestimmt, die Leichen schon am Fuß der Treppe auszusortieren und in andere Räume zu bringen. Die Barbiere, Heilerinnen, Kräuterkundigen und ihre Helfer waren ohnehin überfordert, sich um den unablässigen Strom neuer Patienten zu kümmern.

Lebt oben überhaupt noch jemand? Ist dieser Kampf nicht längst verloren? Während sie einen Gang entlangschritt, an dessen Wänden nun schon zu beiden Seiten die Verwundeten aufgereiht lagen – und es war nicht der einzige überfüllte Raum –, zollte sie jenen Männern Respekt, die sich wieder nach oben wagten. Es gab andere, die in der Menge untertauchten, sobald sie ihre leidenden Kameraden abgeladen hatten. Wäre es nicht klüger, alle herabzurufen und den Angriff der Drachen auszusitzen wie ein Unwetter, das vorbeizog? Wozu all diese Leben in einem sinnlosen Schlachten vergeuden? Doch sie wusste, was Athanor darauf geantwortet hätte. Diese Ungeheuer würden nicht einfach verschwinden.

Gerade trugen zwei staubbedeckte Krieger ein weiteres Opfer herein. Der Vordere verdeckte weitgehend den Mann, den sie hastig weiterschleppten. Vergeblich sahen sie sich nach einem freien Platz für ihren Kameraden um. Nemeras Blick fiel auf den herabhängenden Arm des Verwundeten. Die Haut war dunkel gesprenkelt, als hätte es Tinte geregnet.

»Kommt her!«, rief sie. »Ganz am Ende des Gangs ist no...«

Ihr Herz stockte, als sich der vordere Krieger ein wenig drehte und damit den Blick auf das Gesicht des Verwundeten freigab.

»Hamon!« Sie eilte an seine Seite, um die herabbaumelnde Hand in ihre zu nehmen und festzuhalten.

»Er hat ganz allein einen Drachen getötet«, verkündete einer der Krieger stolz. »Wenn wir alle wären wie er, hätten wir diese Schlacht schon gewonnen.«

Nemera versagte die Stimme. Bevor sie wusste, wie ihr geschah, rannen Tränen über ihre Wangen. Hamon hatte die Augen geschlossen, doch er musste noch am Leben sein, sonst hätten ihn die Totenpriester aussortiert. Ohne seine Hand loszulassen, eilte sie neben ihm her, bis sie einen der letzten Plätze gefunden hatten. Behutsam legten die Krieger ihren Anführer ab. »Ich danke euch, dass ihr ihn zu mir gebracht habt«, flüsterte Nemera und kämpfte gegen die Schluchzer, die selbst diese Worte abzuwürgen drohten.

»Er hat jede erdenkliche Ehre verdient«, antwortete einer der beiden.

»Wir werden seinem Beispiel folgen, Herrin«, versicherte der andere.

Nemera konnte nur nicken, während sie davonliefen. Vermutlich in ihren Tod. Der Gedanke trieb ihr noch mehr Tränen in die Augen. Unwirsch wischte sie sie fort. Hamon brauchte ihre Hilfe. Erst jetzt, da er ausgestreckt vor ihr lag, sah sie das blutgesäumte Loch in seiner Rüstung. Als hätte ihn eine Lanze durchbohrt. Doch es musste der Drache gewesen sein. Der verfluchte Drache, den er getötet hatte. Niemand musste ihr sagen, dass er im Sterben lag. Die Bestie nahm ihren Bezwinger mit in den Tod.

»Bringt mir Wasser und einen Lappen!«, rief sie, ohne darauf zu achten, ob sie jemand hörte.

Hamon öffnete die Augen. Mit einer Hand hielt Nemera noch immer die seine. Mit der anderen strich sie ihm den Schweiß aus der Stirn. Es fühlte sich kalt an, zu kalt, und sein Gesicht war fahl.

»Eure Männer sind sehr stolz auf Euch. *Ich* bin stolz auf Euch«, fügte sie hastig hinzu.

Hamon drückte ihre Hand. »Ich habe es für Euch getan. *Alles* habe ich für Euch getan. Auch den ... den Anschlag ...«

»Schon gut, Hamon. Ich vergebe Euch. Ihr wolltet mich beschützen. Ich verstehe das, auch wenn ich darüber das Vertrauen zu Euch verlor.« An seinem Blick erkannte sie, wie sehr es ihn verletzte. »Es ist vergeben. Bitte! Sorgt Euch nicht!«

Aus dem Saal nebenan drang plötzlich ängstliches Rufen

und Kreischen. Nemera fuhr herum und blickte den Gang hinab. Hinter sich hörte sie, wie sich Hamon schwer atmend aufrichtete. Mehrere Helfer am anderen Ende des Gangs sprangen auf, um nachzusehen, was vor sich ging. Menschen mit schreckgeweiteten Augen stürmten herein, drängten sich an den Helfern vorbei, von denen einer mitten in der Bewegung erstarrte. Unwillkürlich blieb Nemeras Blick an der jungen Frau hängen. Eben noch hatte das Haar im Licht der Öllampen golden geschimmert. Jetzt war es so grau wie die gerade noch leicht gebräunte Haut. Die Heilerin versteinerte vor ihren Augen.
»Ein Basilisk!«, keuchte Hamon und kämpfte sich neben ihr auf die Beine.
Durch Nemeras Kopf schoss nur ein Name. *Sethon.*

Noch während Athanor das Schwert herausriss, warfen ihn die Sturmböen wieder auf die Knie. Der Drache wand sich, verdrehte den Hals, um nach dem Mensch auf seinem Rücken zu schnappen, doch dabei kippte er so unvermittelt, dass Athanor abrutschte. Hastig langte er wieder nach einem der Knochenzacken, die aus dem Rückgrat des Drachen hervorstachen. Mit der freien Hand klammerte er sich daran fest und konnte gerade noch ein Bein um ein weiteres Horn schlingen, bevor die Schwerkraft mit ganzer Macht an ihm zog. Umhergewirbelter Regen verbarg, wie tief es unter ihm hinabging.
Ein Schatten schoss über ihn hinweg. Jäh richtete sich der Drache wieder auf, um die Attacke des Donnervogels abzuwehren. Erleichtert suchte Athanor besseren Halt. Wie sollte er den verfluchten Drachen töten, wenn er auf dessen Rücken gleichsam gefangen saß? Er musste sich zum Schädel des Ungeheuers vorarbeiten, solange der Vogel es ablenkte. So schnell es ging, hangelte er sich den Knochenkamm entlang. Mal glitten seine Stiefel auf den schlüpfrigen Schuppen ab, dann wieder bäumte sich der kämpfende Drache so sehr auf, dass Athanor die Hörner fast schon emporklettern musste wie eine Leiter, die jedoch im nächsten Moment zur einen oder anderen Seite kippte. Und bei allem umklammerten seine Finger eisern den Schwertgriff, um die einzige Waffe nur nicht zu verlieren.

Gerade als er den Hals des Drachen erreichte, gingen das Ungeheuer und der Donnervogel erneut aufeinander los. Mit einem Mal stand der Drache senkrecht in der Luft. Athanor warf sich nach vorn und schlang den Schwertarm um den Hals der Echse. Da sein Arm zu kurz war, bot es ihm wenig Halt, doch die Schwertspitze verhakte sich unter einer Schuppe. Ein wenig dunkles Blut quoll hervor, das der Regen abwusch, kaum dass es Athanor gesehen hatte. Plötzlich flatterte der Drache wie panisch mit den Flügeln und wehrte seinen Gegner nur noch halbherzig ab. Er stieß mit dem Kopf nach unten, als könnte er nur so seinen Rücken wieder emporreißen. Das unverhoffte Manöver bewahrte Athanor davor, endgültig abzurutschen, doch es hatte die Klinge noch ein Stück tiefer unter die Hornplatte geschoben. Konnte dieser Mückenstich den Drachen dermaßen außer Fassung gebracht haben? Noch immer schlug er wild mit den Flügeln und verlor dennoch an Höhe. Er sank so schnell, dass es Athanor als Ziehen im Magen spürte. *Das Biest stürzt ab!* Athanor spannte sich. Vor dem Aufprall musste er abspringen, sonst spießten ihn die Hörner des Drachen auf.

Der Donnervogel stieß auf sein Opfer herab, das verzweifelt brüllte, anstatt sich zu wehren. Schwarze Tropfen spritzten bis zu Athanor, als der gewaltige Schnabel den Hals des Drachen aufriss. Die Flügel schlugen langsamer, Athanor stürzte schneller. Wie aus dem Nichts tauchten zwei Drachen auf und griffen den Donnervogel mit Klauen und Feuer an. Das sterbende Ungeheuer fiel so rasch, dass Athanor die kämpfenden Giganten sofort aus den Augen verlor. Er starrte nach unten, versuchte im Licht der nachlassenden Blitze den Boden zu erkennen, und zog gleichzeitig die Klinge unter der Hornplatte hervor, damit sie beim Aufschlag nicht brach. Er erhaschte einen Blick auf ein zweibeiniges Wesen, das wie ein grauer Schatten zwischen den toten Drachen und Menschen am Boden in die Wüste hinausschoss. *Ein Basilisk?*

Plötzlich packte ihn aufs Neue eine Klaue. Fast wäre ihm vor Schreck das Schwert entglitten. Der Donnervogel riss ihn so jäh empor, dass ihm war, als blieben seine Eingeweide bei dem

Drachen zurück. Um ihn her verlor das Unwetter an Macht, doch die Schlacht war noch längst nicht vorbei.

Sethon schickte seine Magier aus, um die als Wachen verteilten Untoten für den bevorstehenden Angriff wiederzuvereinen. Je mehr sich die Halle mit Wiedergängern füllte, desto ungeduldiger ging Sethon vor dem Ausgang nach oben auf und ab. *Der Bräutigam vor der Hochzeitsnacht*, höhnte Davaron insgeheim, doch er gab sich keine Mühe, seinen verächtlichen Blick zu verbergen. Sethon nahm ihn ohnehin nicht wahr. Der Großmeister musterte seine zerlumpten Truppen und spielte wohl in Gedanken das Bevorstehende durch. Unter den Untoten befanden sich etliche Krieger, die Davaron an Waffen und Rüstungen erkannte. Die Nekromanten hatten Leichen bevorzugt, die ihre Ausrüstung bereits mitbrachten. Dem Rest – mehr oder weniger verwesten Gestalten in vergilbten Totenhemden – hatten sie Speere, Schwerter und Äxte in die Hände gedrückt. Unter dem ständigen Knirschen morscher Gewebe sammelten sie sich im Schein der Fackeln.

Angewidert hielt sich Davaron im Hintergrund. Er trug die Augenklappe, um vor den Basilisken sicher zu sein, und hatte keine Skrupel zu tun, was getan werden musste. Durch ihre Weigerung, die Pläne der Chimären zu durchkreuzen, hatte Elanya ihren Tod notwendig gemacht. Sein Verrat an der Mannschaft der *Kemethoë* war unvermeidlich gewesen, um das Vertrauen der Nekromanten zu gewinnen. Doch Sethon war im Begriff, zu seinem Vergnügen ein Massaker an den Flüchtlingen zu entfesseln. Davaron verspürte keine Lust, sich daran zu beteiligen. Ihr Handel umfasste, diesem Irren zu seiner Frau zu verhelfen. Der Rest ging ihn nichts an.

Es waren noch immer nicht alle Magier mit ihren Dienerscharen zurück, als aus dem Gang nach oben plötzlich Tumult und Schreie herabdrangen. Davaron gab seinen Beobachterposten auf und schritt an Sethons Seite. Die Geräusche waren zu fern, um sich einen Reim darauf zu machen, doch offenkundig lief irgendetwas nicht nach Plan.

»Was ist da los?«, herrschte der Großmeister Harud an,

obwohl der es ebenso wenig wissen konnte. »Lauf gefälligst hin und sieh nach!«

Harud warf Sethon einen wütenden Blick zu, wagte jedoch nicht, zu widersprechen. Mit grimmigem Gesicht hastete er in den Gang und stieß fast mit einem anderen Magier zusammen, der gerade von dort herbeigeeilt kam.

»Die Basilisken!«, rief der junge Mann atemlos. »Jemand hat ihnen eine Tür geöffnet.«

»Verflucht!«, entfuhr es Sethon. »Dann wissen sie, dass wir hier sind. Wir müssen sofort angreifen!« Er richtete sich auf und hob die Arme, um die Aufmerksamkeit des schäbigen Heers auf sich zu lenken. »Zum Angriff! Tötet alle außer der Regentin!«

Sofort brach in den Reihen der Untoten Chaos aus. Anstatt geschlossen durch den Ausgang zu stürmen, stürzten sie sich auf den nächstbesten Magier, der sie nicht beschworen hatte. Auch auf Davaron kamen sie zu. Er riss seine Klinge heraus und berührte den Astarion. Die ersten Nekromanten lagen bereits in ihrem Blut.

»Nein!«, brüllte Sethon, dass es von den Wänden widerhallte. »Nicht die Magier! Alle anderen! Nach oben! Nach oben!« Wild gestikulierte er mit den Armen. »Dort entlang!«

Ebenso unvermittelt, wie sie die Magier angegriffen hatten, ließen die Wiedergänger von ihren Opfern ab. Der Großmeister feuerte sie an, während sie an ihm vorbeirannten, und hatte keinen Blick für seine toten und verwundeten Ordensbrüder. Stattdessen drehte er sich plötzlich mit erschreckter Miene zu Davaron um. »Nemera! Die Basilisken werden sie versteinern! Ich kann sie nicht aufhalten.« Seine Hände krallten sich in Davarons Ärmel. »Rettet sie! Ich flehe Euch an!«

Ohne den Drachen vor sich aus den Augen zu lassen, zog Eleagon sein Schwert. Verglichen mit dem Ungeheuer kam ihm die Klinge lächerlich vor. Zugleich spürte er mit jedem Augenblick, den er versuchte, den Sturmwind zu packen und zu lenken, seine Magie verrinnen. Der Drache beäugte ihn misstrauisch und bewegte sich ein Stück zur Seite. Eleagon drehte sich, um ihm

weiterhin direkt gegenüberzustehen. Sollte er sich in einen See-
lenvogel verwandeln und fliehen, solange er noch einen Funken
Zauberkraft besaß? Wenn er es jetzt nicht tat, gab es keinen
Ausweg mehr. Doch der Sturm würde ihn umherwehen wie
herabgefallenes Laub. Oder der Drache verwandelte ihn in
einen Ball versengter Federn. Eleagon war, als zucke das Ungeheuer förmlich mit den
Schultern, bevor es den Rachen aufriss. Welche Probe auch im-
mer er nicht bestanden haben mochte, er beschwor seine letzte
Magie herauf und griff mit unsichtbaren Händen nach einer
Böe. Windstoß und Feuerstrahl trafen vor dem Schlund des
Drachen aufeinander. Umgeben von Dampf leckten weiße
Flammen über den Echsenschädel, umhüllten ihn bis in den
Nacken hinauf. Der Drache brüllte, dass es selbst den Sturm
übertönte. Hinter dem Dunst kam verbranntes Fleisch zum
Vorschein. Eleagon roch verkohltes Horn. Im gleichen Augen-
blick sauste ein Donnervogel über sie hinweg. Wie aus dem
Nichts landete Mahanael auf dem Rücken des Drachen und
hielt noch immer den Bogen mit aufgelegtem Pfeil in Händen.
Alarmiert sah sich die Echse nach dem neuen Gegner um.
Schon hob Mahanael den Bogen und schoss. Erneut brüllte der
Drache auf. Aus seinem Auge ragte der Pfeil. Er flatterte, bäumte
sich auf, schlug mit dem Schwanz, dass Eleagon hastig zurück-
wich. Mahanael balancierte mit der Schwerelosigkeit der Söhne
Heras auf dem tobenden Ungeheuer. Es sah fast aus wie das
Kunststück eines Gauklers. Gerade als Mahanael einen neuen
Pfeil auflegte, kehrte der Donnervogel zurück und pflückte ihn
wie beiläufig von der Echse, die mit zornigem Kreischen hinter
ihnen her vom Turm sprang. Ihr Schwanz fegte dabei in weitem
Bogen über die Plattform. Eleagon machte einen weiteren
Schritt rückwärts und stieß mit dem Rücken gegen ein Hinder-
nis. Erschreckt fuhr er herum und blickte auf die schwarzen
Hornplatten einer Drachenbrust.

Für einen kurzen Moment stand er wie versteinert, doch
schon suchte sein Blick nach einem Ziel für die Klinge. Stattdessen sah er eine Drachenklaue nach ihm greifen. Er warf sich
zur Seite, wollte sich wegrollen, aber die Echse war schneller.

Armdicke Zehen, an deren Enden schwertlange Krallen saßen, klaubten ihn vom nassen Fels. Eine Rippe knackte im groben Griff des Drachen, der ihn wie eine Spielfigur wieder vor sich absetzte. Weit genug entfernt, dass Eleagon zum Kopf des gewaltigen schwarzen Ungeheuers aufblicken konnte. Es war groß wie ein Haus und schien vom Sturm so unberührt wie der Turm selbst.

»Zwei Zeitalter ist es her, dass ich gegen deinesgleichen kämpfte«, verkündete der Drache mit dröhnender Stimme. »Was haben die Jahrtausende aus euch gemacht? Zeig mir, was du kannst, Elf!«

Eleagon setzte zu einer Antwort an, doch er wusste nichts zu sagen. Er verstand nichts vom Kämpfen. Der Schwertgriff lag fremd in seiner Hand. Jeder Atemzug schmerzte. Wo seine Magie sein sollte, herrschte nur noch Leere. Er war kein Held, kein neuer großer Entdecker. *Wir hätten niemals herkommen sollen.*

»Erbärmlich«, sagte der Drache und fegte ihn mit der Tatze in den Abgrund.

Athanor sah Eleagon fallen. Das ausgebleichte Haar, das Schwert, das im Licht eines Blitzes aufglänzte ... Ohne das Gesicht erkennen zu können, *wusste* Athanor, dass es Eleagon war. Der Elf ruderte mit den Armen, sein Gewand umflatterte ihn, während er stürzte. Athanor brüllte, trommelte mit der Faust auf die Klaue des Donnervogels ein, der ihn trug, deutete mit der Klinge auf den todgeweihten Freund. Drehte das Biest endlich den Kopf? Doch selbst wenn, es stieg höher, und Eleagon fiel.

»Runter, du dämliches Vieh!«, schrie Athanor, obwohl er wusste, dass es zu spät war. Der Vogel ignorierte ihn. Athanor wandte den Blick ab. Sein Herz zog sich schmerzhaft zusammen. Er wollte Eleagons Aufprall nicht sehen.

»*Schon genug?*«, höhnte die Stimme des Dunklen in seinem Kopf. Athanor glaubte, ihn erneut zu hören: »*Ich gewinne so oder so.*« *Und ich habe damit geprahlt, dieses Volk zu retten.* Das ganze Kaysar-Gerede musste ihm zu Kopf gestiegen sein. Vor seinen Augen zerfetzten zwei Drachen einen Donnervogel, dass es Blut und Federn regnete. An den Geschützen rührte sich nichts mehr. Noch regnete es, doch es waren keine Sturzbäche mehr, die Drachenflammen löschen konnten. Selbst der Wind starb einen langsamen Tod.

»*Zeit, sich zu ergeben.*«

Athanor merkte auf. *Wozu? Dieser Gegner kennt keine Gnade.*

»*Warum noch kämpfen, wenn es sinnlos ist?*«

Du Drecksack hast Angst, dass ich dir entgehen könnte. Athanor lachte auf. *Spielen wir noch eine Runde ...*

Über der Spitze des Turms kam ein riesiger schwarzer Drache in Sicht. *Der Punkt geht an dich.*

Doch der Donnervogel drehte ab und schwang sich noch höher. Ein Blitz fuhr herab, wo er gerade noch geflogen war. Ein anderer Donnervogel kreuzte ihren Weg. Mehrere Drachen jagten wie ein Rudel Wölfe hinter ihm her. Über einem von ihnen merkte Athanor, wie sich die Klaue von ihm löste. Noch während er den Schwertgriff fester packte, fiel er. Die Geschwindigkeit des Drachen erzeugte solchen Wind, dass es ihn von den Füßen riss, sobald sie den Rücken der Echse berührten. Auf Händen und Knien kroch er zu den Hornstacheln, die den einzigen Halt boten. Hatte tatsächlich seine Klinge den anderen Drachen abstürzen lassen? Auf den Rücken des Ungeheuers gekauert, bohrte er mit der Schwertspitze zwischen den Schuppen. Niemals hätte er auf diese Art eine tödliche Wunde stechen können, doch die Waffe fand den Weg unter eine Hornplatte und ritzte die Drachenhaut.

Drei Herzschläge später flatterte das Ungeheuer hektisch wie eine Fledermaus und kreischte vor Zorn oder Verzweiflung. Sogleich verlor es an Höhe.

»Ein Gruß von Wailan, dem Zwergenschmied!«, rief Athanor und schob das Schwert noch ein Stück tiefer. Schon befanden sie sich auf Höhe der Turmspitze und sanken weiter. Der Drache flog im Bogen auf die Burg zu. Je näher er der Festung kam, desto mehr neigte er sich zur Seite. Doch nicht mit dem Bauch zum Turm, wie es jeder Vogel getan hätte, sondern mit dem Rücken.

Was zum ... Jäh erinnerte sich Athanor an ein gerissenes

Pferd, das einst versucht hatte, ihn aus vollem Lauf an einem Baum abzustreifen. *Verdammt!* Er sprang auf, riss dabei das Schwert heraus und rannte auf dem kippenden Rücken bergauf zur Flanke des Drachen, der haarscharf am Turm vorbeischoss. Von der Wirkung des *drakonis* befreit, fing sich der Drache und ließ sich im nächsten Moment wieder in die Waagrechte kippen. Athanor konnte sich nicht schnell genug umdrehen, um wieder auf den Rücken zu laufen. Im Sturz packte er das Schwert mit beiden Händen und trieb es durch den Flügel des Drachen. Für einen Augenblick baumelte er an der Waffe, die in der ledrigen Haut steckte. Doch sobald der Drache anfing, wieder ängstlich zu flattern, sägte sich die Klinge unter Athanors Gewicht durch den Flügel. Er konnte zusehen, wie der Schnitt immer weiter aufriss, strampelte, um auf den Flügel zu klettern, bevor die Wunde den Rand erreichte, aber es nützte nichts. Ein letzter Ruck, dann löste sich die Waffe, und er fiel.

25

Rhea kauerte mit eingezogenem Kopf in der Wandnische und kniff die Augen zu, um die Welt auszusperren. Es half nicht. Hinter ihrem Rücken geschah Schreckliches. Sie hörte die panischen Stimmen der Menschen, das Trappeln von Füßen, den Schrei, der an einen Adler erinnerte, und das Klicken und Kratzen von Krallen auf Stein. Für einen Augenblick lähmte sie der Lärm. Wenn sie nur stillhielt, würden die bösen Wesen sie nicht bemerken. Das Schlimme würde vorübergehen.

Doch es dauerte an. Das Kreischen, das Schluchzen, die ansteckende Furcht in der Luft. Durch Rheas Angst sickerte ein Gedanke. *Die Tür ist gleich neben mir ...* Rhea riskierte einen Blick. Der Durchgang stand offen. Sie musste nur ein kleines Stück zur Seite huschen – wie eine Maus, die in ihr Loch sauste.

Rheas Beine bewegten sich von selbst. Hinter der Tür bog sie so scharf ab, dass ihre Schulter die Wand streifte. Sofort war sie aus dem Lichtkegel, der aus der Halle mit den Flüchtlingen herüberfiel, und kauerte sich in die Schatten. Doch die grausigen Geräusche hörten nicht auf. Sie musste weiterlaufen, so weit, bis es still war. Aber wohin?

Allmählich gewöhnten sich ihre Augen an das Zwielicht. Sie befand sich in einem großen Raum, den das Licht von nebenan nur spärlich erhellte. Es stank nach scharfem Kot wie in einem Hühnerstall, aber die großen Tiere waren alle fort. Zumindest hoffte sie es, denn das andere Ende des Raums verlor sich in Dunkelheit. So weit ihr Blick reichte, zweigte zu beiden Seiten eine Tür ab. Wenn sie sich an der Wand hielt, konnte sie eine davon erreichen, ohne den Lichtkegel zu queren.

Gerade als sie loslaufen wollte, schimmerte am Boden etwas Grünliches auf. Der Käfer, *ihr* Käfer krabbelte ziellos umher und geriet dabei vom Schatten ins Licht, das seine Flügel glänzen ließ.

»Was machst du denn?«, wisperte Rhea. Hastig beugte sie sich vor und hob das dumme Tier auf. »Ich bring dich in Sicherheit.« Vorsichtig schloss sie die Finger um den Käfer, dessen Beine sie prompt kratzten und kitzelten. »Hab keine Angst.« Nahezu lautlos eilte sie die Wand entlang. Nur ihre nackten Füße patschten manchmal leise auf den geglätteten Fels. Die Tür besaß einen Bronzegriff, an dem sie sich aufziehen ließ. Mit nur einer Hand brauchte Rhea ihre ganze Kraft dafür und musste hastig durch den Spalt schlüpfen, bevor er wieder zufiel. Dahinter begann ein schmaler, unbeleuchteter Gang, an dessen fernem Ende Licht schimmerte. War Licht in diesem Fall besser als Dunkelheit? Rhea zögerte. Aber ganz sicher war sie noch nicht weit genug von den bösen Tieren entfernt, also lief sie weiter.

Der Gang zog sich länger hin als erwartet, und der Käfer strampelte in ihrer Hand. Rhea blieb stehen, um einen Blick auf ihn zu werfen. Sobald sie die Finger öffnete, regte er sich nicht mehr. Dafür hörte sie eilige Schritte, die sich rasch näherten. Das Geräusch kam aus dem beleuchteten Gang vor ihr. Hatte der Käfer sie warnen wollen? Sie schloss die Hand wieder um ihn und presste sich ängstlich an die Wand. Das Trappeln vieler Füße hallte durch den Gang. Es vermischte sich mit metallischem Klirren und seltsamem Knistern. Schon rannten zahllose Gestalten am Ende des Gangs vorüber. Sie schwangen Waffen, als ob sie in einen Kampf stürmten, aber sie blieben merkwürdig stumm. Rhea hielt den Atem an und drückte sich noch enger an den Fels. *Ihr seht mich nicht. Ihr seht mich nicht. Ihr seht mich nicht ...*

Es schien eine Ewigkeit zu dauern, bis auch die letzten Nachzügler vorbeigeeilt waren. Rhea wartete, bis alle Schritte verhallt waren. Erst dann löste sie sich von der Wand und ging weiter. Der Gang mündete in ein größeres Ebenbild, das von Fackeln beleuchtet wurde. Zur Linken, wohin die Bewaffneten gelaufen waren, gab es nichts Besonderes zu entdecken. Zur Rechten führte jedoch schon nach wenigen Schritten eine Treppe tiefer unter die Burg hinab. Waren die Kämpfer vor etwas weggelaufen? Hausten dort unten vielleicht noch mehr Ungeheuer?

Rhea öffnete die Faust. Vielleicht wusste der Käfer, wohin sie sich wenden mussten. Immerhin hatte er auch die magische Tür gekannt. Das Tier saß einen Moment reglos auf ihrer Hand. Dann stellte es plötzlich die Flügel auf und flog mit einem dunklen Brummton ein Stück hinter den Bewaffneten her, bevor es landete und in die Richtung weiterkrabbelte. Rhea folgte ihm, bis sie vor ihnen Kampflärm hörte. Vertrieben die Männer mit den Schwertern die bösen Tiere? »Wir müssen warten, bis sie gewonnen haben«, flüsterte sie dem Käfer zu. Als hätte er sie verstanden, hielt er inne und untersuchte ein braungraues Bröckchen auf dem Gestein. Rhea ließ sich an der Wand des Gangs zu Boden sinken und sah ihm dabei zu.

Athanor stürzte auf bronzefarbene Drachenhaut. Das Ungeheuer flog so schnell, dass er sich sofort auf alle viere fallen lassen und an einem Rückenstachel festklammern musste, um nicht von dem schlanken Rücken geweht zu werden. Bei der Landung spießte er sich beinahe den Oberschenkel an einem Horn auf. Die Spitze durchstach seine Hose und riss einen fingerlangen Striemen in die Haut. Es brannte wie Feuer, doch Athanor achtete nur darauf, das Zwergenschwert nicht zu verlieren.

»Wenn du die Klinge nicht sofort von meinen Schuppen nimmst, werfe ich dich in den Fluss!«, rief der Drache, der einen Bogen über den Mekat flog.

»Akkamas?« Die Stimme klang tiefer, volltönender, aber Athanor glaubte, sie zu erkennen.

»Welcher Drache sollte sonst so dumm sein, dich aufzufangen?«

»Ich habe dich nicht darum gebeten.«

»Ja, du warst zu sehr damit beschäftigt zu schreien.«

»Setz mich wieder ab, oder ich gebe *dir* Grund zu schreien!«, drohte Athanor und setzte das Schwert zu einem Stich an.

»Wie wäre es mit ein wenig Dankbarkeit dafür, dass ich hier bin, obwohl deinesgleichen meinen Vater getötet hat?«

»Das war Sethon.«

»Das habe ich den Aussagen der anderen entnommen, aber für viele macht es keinen Unterschied.«

»Setz mich ab!«, brüllte Athanor gegen den Wind an.

Akkamas flog langsamer und gewann an Höhe. »Sieh hin! Willst du unbedingt verlieren?«

Widerstrebend blickte Athanor zur Ordensburg, um die noch immer Dutzende Drachen kreisten. Von den Donnervögeln entdeckte er auf die Schnelle nur einen, den eine Echse attackierte wie eine Krähe den Habicht. Doch unter die grauen, grünen und braunen Drachen hatten sich andere von den Farben der Wüste und des Himmels gemischt. Überall schlangen sich kämpfende Echsen umeinander, hüllten Gegner in gleißende Flammen und zerfetzten sie mit Zähnen und Klauen. Akkamas zog seinen Bogen weiter, sodass das Schlachtfeld vor der Südseite des Turms in Sicht kam. Die Anzahl verendeter Drachen am Boden war beachtlich und lächerlich zugleich. Eine Handvoll Geschütze nahm den Gegner wieder unter Beschuss, aber ohne Akkamas' Verbündete würden auch diese letzten Verteidiger bald fallen.

Hatte er sich nicht geschworen, nie wieder einem Drachen zu vertrauen? Hatten sie ihm nicht allen Grund gegeben, daran festzuhalten? Doch Akkamas war hier. »Deine Schwester ...« Athanor musste sich überwinden, es auszusprechen. »Starb sie in Theroia?«

»Ja.«

»Warum?«

»Weil wir glauben, dass keine Art das Recht hat, eine andere auszurotten, nur weil sie es kann.«

Athanor war, als laste ein Gebirge aus Schuld und Wut auf ihm, das ihm verbot, Akkamas zu glauben. Doch allein konnte er niemals gegen diesen Feind bestehen. Als er den Kopf hob, kam es ihm vor, als stemme er sich unter den Trümmern Theroias empor. Er sprengte die Gruft, in der er seinen Vater beigesetzt hatte, und erhob sich ins Tageslicht. »Wir haben beide Vater und Schwester in diesem Krieg verloren. Ich schätze, das macht uns zu einer Art Brüder.«

»Es ehrt mich, Bruder des Kaysars zu sein.«

Es gelang dem Drachen doch tatsächlich zu zwinkern. Athanor schüttelte schmunzelnd den Kopf. »Gehen wir's an! Wie können wir diese Schlacht gewinnen?«

Akkamas sah zu dem riesigen schwarzen Ungeheuer, das sich von der Spitze der Festung in den aufklarenden Himmel emporschwang. »Indem wir ihn besiegen.«

»Ist das die Bestie, die ich aus dem dunklen Turm befreit habe?« Der Drache deutete ein Nicken an. »Rakkathor. Er kämpfte auf Imerons Seite gegen die Götter. Nach dem Krieg wurde er in den Himmelsturm gesperrt, als Wächter und Gefangener zugleich.«

Und ich Narr habe mich dazu benutzen lassen, ihn wieder auf die Welt loszulassen. Es war wohl nur gerecht, dass es nun an ihm war, sie wieder von dem Ungeheuer zu befreien. »Schnappen wir ihn uns! Du setzt mich auf seinem Rücken ab, und ich hole ihn mit dieser Klinge vom Himmel.«

Akkamas lachte auf. »Er hat dich beobachtet. So leicht wird er es dir nicht machen. Aber halte dich bereit!« Mit kräftigen Flügelschlägen stieg er noch höher und schloss zu einem stahlblauen Drachen auf, dessen Flanken und Bauch deutlich heller waren. Vor den aufbrechenden Wolken war das Ungeheuer kaum zu sehen. Akkamas rief dem Verbündeten etwas zu, woraufhin der fremde Drache in weitem Bogen auf den großen Schwarzen zuflog.

Ein Ablenkungsmanöver, schätzte Athanor und kauerte sich sprungbereit neben Akkamas' Stachelkamm. Tatsächlich schoss der Stahlblaue nun frontal auf Rakkathor zu, während sie über den beiden Kontrahenten von der Seite heranjagten. Athanor rückte näher an Akkamas' abschüssige Flanke. Er zögerte, das umklammerte Horn loszulassen, bevor der Zeitpunkt zum Absprung kam, doch er musste sich einen Schritt vorwagen, sonst verpasste er den richtigen Moment.

Brüllend ging ihr Verbündeter auf Rakkathor los. Der schwarze Drache empfing ihn mit einem Flammenstoß, dem der Blaue zur Seite auswich. Doch anstatt sich auf den Angreifer zu stürzen, tauchte Rakkathor im gleichen Moment unter ihm hindurch, da sie die beiden erreichten.

»Hadons Fluch!«, entfuhr es Athanor. Der Mistkerl hatte ihren Vorteil in seinen verwandelt, schwang sich hinter dem

Blauen in einer Kurve wieder herauf und hielt pfeilschnell auf Akkamas zu.

»Festhalten!«, brüllte Akkamas und ließ sich seitlich nach unten kippen, um nicht gerammt zu werden. Der Schwung riss Athanor von den Füßen, sodass er am ausgestreckten Arm flach auf Akkamas' Rücken lag. Einen Moment lang sah er nichts. Der Wind trieb ihm Tränen ins Auge und heulte an seinen Ohren. Immerhin boten die Schuppen genug Halt, um sich wieder näher an den Hornkamm zu robben. Er hörte Drachen brüllen, spürte Akkamas' heftige Bewegungen, dann hatte er die Tränen endlich weggeblinzelt.

Rakkathor und Akkamas hingen sich in der Luft gegenüber. Unter Athanor weitete sich der Brustkorb seines Freundes. Auch der Schwarze sog Luft für einen Feuerstrahl ein. Hinter Rakkathor schraubte sich der Blaue empor, schoss von unten auf ihn zu, doch der größere Schwarze verpasste ihm einen Schwanzhieb, dass Athanor das Splittern der Knochen hörte. Mit gebrochenem Flügel trudelte ihr Verbündeter außer Sicht. Weiße Feuerwolken quollen auf. Athanor hob schützend den Schwertarm vors Gesicht und spähte doch daran vorbei. Magische Flammen fraßen sich gegenseitig auf, verschwanden so plötzlich, wie sie hervorgebrochen waren.

Mit Zähnen und Klauen drang Akkamas auf den Gegner ein. Athanor rappelte sich auf. Von Akkamas' Nacken aus konnte er Rakkathor vielleicht die Klinge ins Auge rammen. Der Schwarze wehrte Akkamas mit den Tatzen ab und öffnete den Rachen zu einem weiteren Feuerstoß. Der gewaltige Schädel stieß an Akkamas' Schnauze vorbei auf Athanor zu.

Hastig ließ sich Athanor hinter dem Hornkamm in zweifelhafte Deckung fallen. Akkamas warf sich zur Seite. An einer Hand hing Athanor auf dem plötzlich schrägen Rücken. Flammen loderten über ihn hinweg. Er spürte die Hitze, roch verbranntes Horn. Schmerz packte die Hand, die den Stachel umklammerte. Ihm war, als hielte er sie erneut ins Orakelfeuer der Zwerge, doch wenn er sie wegzog, wurde er wie Eleagon am Boden zerschmettert.

Im nächsten Augenblick war das Feuer verflogen. Unter

Athanor bockte und ruckte Akkamas' Leib im Kampf gegen den Widersacher. Mühsam zog sich Athanor wieder zum Hornkamm hinauf. Die gerötete Hand warf Blasen und schmerzte, als brenne sie darunter weiter. Die Spitzen einiger Stachel waren verkohlt. Athanor vermied es, sie zu berühren, aber er musste an ihnen vorbei, um an das verfluchte schwarze Untier zu kommen.

Akkamas bäumte sich auf, biss nach Rakkathors Kehle und schlug zugleich mit den Klauen nach ihm. Der größere Drache stieß Akkamas' Schädel mit der Tatze beiseite und schnappte nach Athanor. Zähne, von denen jeder als Klinge für ein Kurzschwert taugte, fuhren auf ihn herab. *In den Abgrund oder den Drachenschlund.*

Athanor sprang auf und stieß dem schwefelstinkenden Maul das Schwert entgegen. Da sich beide Drachen bewegten, traf die Klinge nicht mitten in den Gaumen, sondern fuhr zwischen zwei Zähnen in Haut und Knochen dahinter. Athanor spürte, wie sie durch Widerstand drang, dann klappten Rakkathors Kiefer aufeinander wie eine zuschnappende Falle. Das Schwert brach. Sofort taumelte Athanor rückwärts, da sein einziger Halt verloren war und sich Akkamas noch weiter aufrichtete. Ohne auf den Feind achten zu können, warf sich Athanor Richtung Hornstacheln und klammerte sich fest.

Über ihm brüllte Rakkathor auf. Athanor sah empor. Der Drache flatterte hektisch mit den Flügeln, versuchte, sich von Akkamas zu lösen, um mit den Klauen an die Schwertspitze in seinem Kiefer zu kommen. Doch Akkamas deckte ihn mit Bissen und Schlägen ein, während sie immer rascher an Höhe verloren. Athanor klemmte sich mit Armen und Beinen zwischen den Hörnern auf Akkamas' sich windendem Rücken fest. Noch immer hatte er nur eine Hand frei, denn auch wenn Wailans Schwert zerbrochen war, würde es noch immer einen Drachen vom Himmel holen.

Ein weiteres Ungeheuer stieß auf sie herab. Athanors Hand verkrampfte sich in Erwartung des Angriffs, doch der sandfarbene Drache hüllte eine Schwinge Rakkathors in Flammen ein. Zwischen den Knochen blieben zerfetzte, geschwärzte

Hautlappen zurück. Der Schwarze biss seinem Gegner im Fallen ein riesiges Stück aus einem Flügel, aber er konnte seinen Sturz nicht mehr aufhalten und verschwand aus Athanors Sicht. »Festhalten!«, rief Akkamas erneut. Wie ein jagender Falke stieß er hinter Rakkathor her zum Boden hinab. Wieder blinzelte Athanor festgekrallt gegen den Wind an. Unter ihnen strömten Menschen aus dem Tor der Ordensburg. Als ob es keine Gefahr durch die Drachen gäbe, verließen sie die einzige Deckung und rannten kopflos davon. Waren jetzt alle wahnsinnig geworden? Jäh richtete sich Akkamas auf. Athanor verlor die Flüchtlinge aus den Augen, klammerte sich nun wieder halbwegs aufrecht statt kopfüber an den Hornkamm. Der Drache breitete die Flügel aus, um seinen Fall abzufangen, und landete dennoch mit so viel Schwung, dass Athanor losließ, um von den gefährlichen Stacheln wegzurutschen. Halb glitt, halb fiel er an Akkamas' Flanke zu Boden. Erst als seine Beine unter ihm nachgaben, merkte er, wie sie sich während des Flugs verkrampft hatten. Hastig rappelte er sich auf.

Akkamas war mit den Vorderbeinen auf Rakkathor gelandet, der vom Aufprall benommen den Kopf hob und versuchte, davonzukriechen. Der schwarze Schädel verschwand in einem Schwall weißen Feuers aus Akkamas' Schlund. Rakkathor zappelte, bäumte sich auf und drohte, ihn abzuschütteln wie ein verwundeter Löwe den lästigen Hund. Athanor ließ das zerbrochene Schwert fallen und klaubte einen herumliegenden Speer auf. Über gefallene Krieger und schwarzes Drachenblut rannte er auf die beiden Drachen zu. Akkamas stieß sich mit den Hinterläufen ab, um sich noch einmal auf seinen Gegner zu werfen. Rakkathor schlug der Länge nach hin. Sein angesengter Schädel schlug auf den regennassen Boden, dass Dreck und Wasser spritzten.

Aus vollem Lauf stach Athanor den Speer durchs bernsteinfarbene Auge tief in den Schädel. »Stirb endlich!«, keuchte er und riss die Waffe wieder heraus, um für einen neuen Stoß gewappnet zu sein. Den schwarzen Drachen durchlief ein Zittern. Mit dem letzten Atem verließ das Leben den riesigen Leib.

Davaron stürmte mit der Meute der Untoten nach oben, bis ihm einfiel, dass er einen Fehler beging. Da die Tür, hinter der die Basilisken gelauert hatten, sehr schmal war, sollte der Angriff der Wiedergänger durch einen anderen Zugang erfolgen. Dort würde er zwischen die Fronten geraten und sich nicht schnell genug zu den Basilisken durchschlagen können, um irgendetwas zu verhindern. Fluchend bog er in den nächsten abzweigenden Gang. Wenn er die Regentin nicht rettete, war sein Handel mit Sethon dahin. Mit dem Schwert in der Hand hetzte er durch leere Flure und sprintete Stufen hinauf. Der Tumult aus den oberen Hallen war immer deutlicher zu hören. Davaron lief noch schneller. Wie lange wüteten diese Bestien nun schon unter ihren Opfern? Er durfte nicht zu spät kommen.

Aus dem Raum, den die Basilisken bewacht hatten, schlug ihm ihr Gestank entgegen. Durch die gegenüberliegende Tür fielen Licht und zappelnde Schatten herein. Er griff das Heft des Schwerts weiter hinten, um zugleich den Astarion zu berühren. Sogleich floss die Kraft des Kristalls auf ihn über und verlieh ihm das berauschende Gefühl, unbesiegbar zu sein.»Aus dem Weg!«, brüllte er verschreckte Gestalten an, die ausgerechnet in diesem Moment die Tür als Fluchtweg entdeckten. Wer ihm nicht auswich, den rempelte er nieder und stürzte sich nach nebenan.

In der Halle herrschte Chaos. Panische Menschen stoben vor einem um sich schnappenden Basilisken davon, quirlten in alle Richtungen durcheinander und zwischen etlichen Statuen hindurch, die kurze Zeit zuvor noch Wesen aus Fleisch und Blut gewesen waren. Einige waren gestürzt und krochen am Boden, während andere über sie hinwegtrampelten. Ihre Schreie gingen im Brüllen und Kreischen unter, das den ganzen Saal erfüllte. Besonders viele Flüchtlinge drängten sich vor der Treppe nach oben und den Durchgängen zu weiteren Räumen, nur um wie ein Fischschwarm auseinanderzuspritzen, wenn der Basilisk zwischen sie fuhr.

Davaron blieb stehen. Hinter dem Untier herzurennen, würde ihm keinen Vorteil bringen. Stattdessen beschwor er sein ma-

gisches Feuer herauf. Als hätte der Basilisk gespürt, dass etwas
vorging, hielt er inne und wandte sich dem Gegner zu. Einen
Moment lang lenkten Zweifel Davaron von seinem Zauber ab.
Wenn die Magier ihn belogen hatten, war er so gut wie tot. Der
Blick der Chimäre brannte sich in sein Auge. Ihm war, als spüre
er sich bereits versteinern, doch es geschah nichts. Er konnte
sich noch immer bewegen. Das Biest starrte ihn an. Wo war der zweite Basilisk hinver-
schwunden? Er pirschte sich hoffentlich nicht von hinten an.
Davaron blieb keine Zeit, sich umzusehen. Mit einem Fauchen
sprang das Untier auf ihn zu. Mühelos wich Davaron aus und
führte die Klinge dabei in einem Bogen gegen den Feind. Die
Chimäre stieß einen Schrei aus. Einer ihrer Stummelflügel fiel
zu Boden. Sie wirbelte so schnell herum, dass Davaron erneut
die gebündelte Magie entglitt, bevor er sie lenken konnte. Ihm
blieb nur, mit dem Schwert zuzustoßen. Die Spitze stach in die
Schulter des Untiers und traf auf Knochen. Mit ausgestrecktem
Arm hielt Davaron den Basilisken auf Abstand, tänzelte mit der
sich drehenden Bestie seitwärts, die über die Klinge nach ihm
schnappte. Hastig zog er den Arm zurück, bevor sich die fingerlangen Zähne hineingraben konnten. Stattdessen bissen sie auf
Stahl. Davaron wich zurück, hörte Metall auf Zahnschmelz
knirschen. Blut troff aus dem Maul der Chimäre, als die Klinge
zum Vorschein kam. Der Basilisk setzte fauchend nach, dass
Davaron blutiger Geifer ins Gesicht spritzte. Der Elf wich zur
Seite aus, stieß jedoch gegen eine Statue, die umfiel und krachend am Boden zerschellte. Die Kiefer der Chimäre klappten
nur eine Handbreit neben Davarons Gesicht zusammen. Über
Gesteinsbrocken strauchelte er rückwärts, fing sich und tänzelte
den Basilisken erneut aus.

Bis zu diesem Augenblick war Davaron, als befinde er sich
mit dem Untier allein im Raum. Doch plötzlich flog ein Stein
und traf die Chimäre am Kopf. Sofort fuhr sie herum, um sich
auf den neuen Gegner zu stürzen, der sich jedoch irgendwo in
der Menge verbarg. Endlich bekam Davaron die Atempause, das
innere Feuer des Basilisken zu finden und seine Magie wie ein
Fass Öl hineinzuschleudern.

Die Bestie zerbarst in hervorbrechende Flammen. Brennendes Fleisch flog durch den Raum. Davaron hob schützend den Armstumpf vors Gesicht und wich vor der gewaltigen Hitze zurück. Verwirrt sah er auf sein Werk. So viel Macht hatte er nicht in den Zauber legen wollen, doch einmal entfesselt hatte er sie nicht mehr aufhalten können. Die umstehenden Menschen starrten ihn und den zerfetzten Basilisken an, der als lodernder Kadaver zu Boden sank.

Der Handel!, schoss es Davaron durch den Kopf. Seine Aufgabe war noch nicht erfüllt. Doch um Nemera zu retten, musste er sie erst einmal finden. »Wo ist eure Herrin?«

Die Frage schien die Menschen zu verblüffen. Einige sahen sich ratlos um, andere hoben zögerlich die Hand, um eine Richtung zu zeigen, als eine weibliche Stimme alle anderen übertönte: »Das ist der Bote von Themos' Mörder! Ich habe ihn im Palast gesehen.«

»Ein Nekromant!«

»Verfluchte Mörder!«

»Nein!«, rief Davaron. »Ich will eure Herrin beschützen!«

»Umbringen will er sie!«, schrie jemand.

Die wütende Menge wogte zwischen ihn und den Ausgang, den sie ihm eben noch gewiesen hatte. Bewaffnete drängten sich vor. »Tod den Leichenschändern!«

Dämliches Menschenpack! »Lasst mich durch, oder ihr werdet es bereuen!« Drohend hob Davaron die Elfenklinge.

»Tötet ihn!«, schallte es ihm entgegen.

Ihr habt es nichts anders gewollt.

Hamon zog das mit dunklem Drachenblut besudelte Schwert. Aus seiner leichenblassen Miene sprach grimmige Entschlossenheit.

Nemera konnte kaum fassen, dass er halb tot wieder aufgestanden war, um sie zu verteidigen. Doch selbst dieses Wunder konnte die Furcht nicht vertreiben, die ihr Herz rasen ließ. »Ein Basilisk kann nur bedeuten, dass Sethon hier ist.« Sie hörte ihre Stimme zittern und kämpfte gegen das Entsetzen an. Wo war die Wut, die ihr nach dem Tod ihres Vaters Stärke verliehen hatte? Plötzlich empfand sie nur noch Angst davor, was Sethon ihr antun würde.

»Gibt es einen anderen Ausgang?«, fragte Hamon.

»Nein. Dieser Gang endet in einem weiteren Saal.«

»Zieht Euch dorthin zurück! Ich werde diese Passage mit jedem Mann verteidigen, den ich auftreiben kann.« Immer mehr Menschen flohen vor dem Basilisken zu ihnen herein und kamen den Gang entlanggelaufen.

»Dionische Krieger zu mir!«, rief Hamon. »Erhebt euch, oder soll euch der Feind auf dem Krankenbett erschlagen?«

Etliche Flüchtlinge und Krieger, die Kameraden heruntergetragen hatten, scharten sich um ihn, und auch ein paar Verwundete kamen auf die Beine. Der Rest war wohl ohnmächtig oder dem Tod zu nah, um ihn noch zu fürchten. Nemera eilte mit den Unbewaffneten, den Frauen und Kindern nach nebenan. Hinter dem breiten Durchlass lehnte sie sich an die Mauer und versuchte, wieder klare Gedanken zu fassen. Konnte sie denn nichts tun, um ihrem Volk und sich selbst zu helfen? Thegea hatte ihr eingeschärft, niemals einem Basilisken in die Augen zu sehen, weshalb sie nicht einmal in seine Richtung blicken durfte. Und doch brachte sie es nicht über sich, abgewandt dazustehen und zu warten, bis das Schicksal entschied.

Vorsichtig lugte sie um die Ecke in den Gang zurück. Hamon sprach auf die kleine Schar der Verteidiger ein, ließ sie eine Gasse bilden, durch die weitere Fliehende aus der anderen Halle entkamen. Sollte stattdessen der Basilisk hindurchstürmen, würde er von zwei Seiten in die Zange genommen werden und nicht alle Angreifer auf einmal versteinern können. Wie lange würde sich Hamon überhaupt noch auf den Beinen halten können? *Gütige Urmutter, gewähre uns ein Wunder! Was sollte ich ohne ihn tun?*

Nemera hörte Wispern und leises Weinen hinter sich. Gewänder raschelten, Füße scharrten. Die Menschen duckten sich ins Halbdunkel, hofften vielleicht, dass es sie vor dem Blick des Basilisken bewahrte. Doch dann fiel Nemera ein schabendes und mahlendes Geräusch auf wie von Stein auf Stein. Besorgte Fragen wurden geflüstert. Nemera wandte sich um, als auch schon ein erschreckter Schrei ertönte. In einer Wand gähnte plötzlich eine dunkle Öffnung. Noch während sie sich immer weiter auftat, quollen bewaffnete Gestalten daraus hervor und stürzten sich mordend auf wehrlose Opfer. Entsetzt starrte Nemera die unerwarteten Angreifer an. Selbst das Dämmerlicht konnte die mumifizierten Gesichter nicht verbergen. Knochenhände schwangen Schwerter. Ein halbes Skelett stieß mit grinsendem Totenschädel einen Speer in den Leib eines Kindes – und blieb dabei gespenstisch still. Nemera merkte, dass sie schrie, doch sie hörte sich nicht. Ihre Stimme ging im Kreischen und Trampeln der Lebenden unter, die zurück in den Gang drängten. Der Anblick weckte sie aus ihrer Starre. »Untote!«, schrie sie, so laut sie konnte, und rannte mit.

Hamon fuhr herum, brüllte Befehle, bedeutete seinen Männern, ihm zu folgen. »Haltet Euch hinter mir!«, rief er Nemera zu. Sie tat nichts lieber, als seinen breiten Rücken zwischen sich und das Grauen zu bringen. Die Krieger bildeten einen Halbkreis, um sie abzuschirmen, doch sie wusste, dass sie nicht sicher war. Waffen töteten die Wiedergänger nicht. Was Hamon tat, war Selbstmord, um ihr Zeit zu verschaffen. *Aber wofür?* Sie saß in Sethons Falle. Es gab kein Entrinnen mehr.

Wie eine Flut brandeten die Untoten in den Gang. Einer Insel gleich wurden Hamon und seine Männer von ihnen umspült. Schweigend drangen tote auf lebende Krieger ein, während die meisten hinter den letzten Flüchtlingen herjagten oder auf die Verwundeten am Boden einstachen.

»Kehrt zurück, wo ihr hingehört!«, brüllte Hamon und hieb mit dem Schwert auf die stummen Gegner ein.

Feuer! Feuer ist das Einzige, was hilft! Nemera sah sich um. Irgendwie musste sie an eine der wenigen Fackeln kommen. Doch wohin sie auch sah, stets waren Untote zwischen ihr und den rettenden Flammen. Einer ihrer Verteidiger brach tödlich getroffen zusammen. Der Wiedergänger zog seine Klinge aus dem Sterbenden und trampelte achtlos durch die entstandene Lücke über den Mann. Instinktiv riss Nemera abwehrend die Arme empor, aber der Untote wandte sich bereits ab, um einen

Krieger anzugreifen. Nur knapp entging der Lebende dem tödlichen Hieb, und weitere Wiedergänger drängten nach.

Nemera wich vor ihnen zurück. Auch diese Gegner schenkten ihr keine Beachtung, obwohl sie doch gesehen hatte, wie sie selbst Frauen und Kinder abschlachteten. *Sie haben Befehl, mich zu schonen ... Natürlich!* Sethon wollte sie noch immer lebend, um Rache für die Zurückweisung üben zu können.

»Ist das so?«, schrie sie den nächstbesten Untoten an und schlug ihm mit der Faust auf die verdorrte Schulter, dass Haut und Sehnen zersprangen. Der Wiedergänger reagierte nicht, sah sich nicht einmal um. »Ist das so?«, kreischte sie und trat einem anderen gegen das Knie, dass es laut knackte. Er schien es nicht zu bemerken. Nemera kam sich unsichtbar und ohnmächtig vor. »Das stört euch alles nicht, ja?«

Als könnten ihr auch die Waffen nichts anhaben, stürmte sie durch die Kämpfenden. Es war ihr gleich. Sie wollte Sethons Abscheulichkeiten nur noch brennen sehen. Zornig riss sie eine Fackel von der Wand und drosch damit auf die Untoten ein. »Zum Dunklen mit euch! Verschwindet!«

Sie kannte sich selbst nicht mehr. Außer sich wütete sie unter den wandelnden Leichen, lachte, wenn sie in Flammen aufgingen und sich panisch am Boden wälzten. Wiedergänger um Wiedergänger setzte sie in Brand, schrie auf, als Hamon fiel, und säte Feuer unter seinen Mördern.

Akkamas brüllte ihren Sieg über Rakkathor heraus. Etliche Drachen antworteten, fielen in das Triumphgebrüll ein und stürzten sich mit neuem Mut auf ihre Widersacher. Um es zu sehen, musste Athanor den Kopf in den Nacken legen und sich um sich selbst drehen. Er vermochte nicht zu sagen, ob ihm deshalb schwindelte oder vor Erschöpfung. Die Freude über den Sieg hielt ihn aufrecht, aber ihm war, als hätte ihm der Gegner sämtliche Knochen im Leib zerschlagen.

Immer mehr Drachen ergriffen am Himmel die Flucht. Zwei von ihnen jagten fliehenden Menschen nach, doch nun hefteten sich Akkamas' Verbündete an ihre Fersen. Weshalb rannten die dummen Dionier überhaupt in die Wüste hinaus? Athanor blickte zum Turm hinüber. In den oberen Stockwerken regte sich nichts mehr, doch aus dem Tor drängelten mehr Flüchtlinge denn je. Anstatt zu jubeln, hasteten sie mit entsetzten Mienen davon.

»Was ist da los?«, fragte nun auch Akkamas.

»Sag du es mir. Du hast den besseren Überblick«, erwiderte Athanor und hob sein zerbrochenes Schwert auf. Hatte er im Eifer des Gefechts nicht geglaubt, einen Basilisken zu sehen?

»Untote«, knurrte Akkamas in diesem Moment. Sie quollen hinter den Flüchtenden aus dem Tor. Athanor sah nur ihre Köpfe und die Waffen, die sie nach den Lebenden schwangen. »Hadons Fluch!« Wo kamen die Wiedergänger her? Gab es unter der Ordensburg eine Gruft? Doch selbst wenn ...»Es müssen Nekromanten hier sein!« Dann hatten sie wohl auch den Anschlag auf Laurion verübt.

»Gegen diese Brut hilft nur Drachenfeuer«, stellte Akkamas fest und schwang sich in die Luft. Mit einem Flammenstrahl nahm er den dichtesten Pulk der Untoten in Empfang. Ein weiterer Drache gesellte sich zu ihm. Athanor umlief die brennenden Gestalten und näherte sich am Fuß des Turms dem Tor. Wenn sich die Leichenschänder hier versteckt hatten, war vielleicht auch Davaron nicht weit.

Qualm und Hitze bissen in Nemeras Augen. Ihre Sicht verschwamm hinter Tränen, aber wohin sie die Fackel auch schwenkte, gab es einen Gegner, der in Flammen aufging. Einmal entdeckte sie zwischen den Untoten eine Gestalt in schwarzer Robe und erschrak. *Sethon?* Eine Kapuze verdeckte zu viel von seinem Gesicht, um ihn zu erkennen. Der Mann war zwischen brennenden Untoten eingezwängt. Panisch versuchte er, sich einen Weg zu bahnen, während sein Gewand überall Feuer fing. Er schlug um sich, sein Mund verzerrte sich zu Schreien, aber Nemera hörte ihn im Prasseln der Flammen nicht. Schon verlor sie ihn im Getümmel aus den Augen und hoffte, dass es Sethon war, der elend verbrannte.

»Verrecken soll er – mitsamt seinen Lakaien!«, krächzte sie und stieß mit der Fackel ins Totenhemd eines Wiedergängers.

Der mit Balsamieröl getränkte Stoff brannte wie Zunder. Im flackernden Licht fiel Nemeras Blick auf einen ihrer Krieger. Er wehrte zwei Angreifer ab, doch ein Dritter befand sich hinter ihm. Nemera schnellte vor, traf einen Untoten in den Rücken, doch es hinderte das Schwert nicht daran, von hinten auf den Schädel des Lebenden niederzufahren. Blutüberströmt brach der Mann zusammen.

Verzweifelt schrie Nemera auf und drosch wahllos um sich. Nur noch ein Krieger stand, umzingelt von einer solchen Übermacht, dass er mehrfach durchbohrt zu Boden ging. Nemera schluchzte und hustete zugleich. Die Wiedergänger rannten einfach davon. Einen Augenblick später war sie allein. Nicht einmal für die Todesfeen gab es noch etwas zu holen. Überall nur zappelnde, brennende Leichen und Rauch. Die Fackel entglitt ihren zitternden Fingern. Ihr Atem rasselte, als ob etwas in ihr kochte, doch da war nichts in ihr. Keine Worte, keine Gedanken, kein Gefühl.

Sie ahnte die leisen Schritte mehr, als dass sie sie hörte. Aus den Schwaden tauchte Sethons dunkle Gestalt auf. Er war hager und bleich, und um die dünnen Lippen hatte sich ein grausamer Zug eingegraben. Doch aus seinem Blick leuchtete Triumph.

»Du feiges Schwein!«, zischte Nemera. Ihre Stimme war so heiser, dass sie sie kaum wiedererkannte.

Sethon lächelte großmütig. »Es steht einem Herrscher gut an, die Arbeit den Dienern zu überlassen.«

»Herrscher von was? Über ein Reich der Toten?«

Noch immer lächelnd kam er näher. Nemera wich zurück, bis sie ein Hindernis an ihrem Fuß spürte.

»Du wirst sehen, die Toten sind viel einfacher zu regieren als die Lebenden«, meinte er und streckte die Hand nach ihr aus.

Nemera machte einen hastigen Schritt zur Seite. »Fass mich nicht an!«

Sethons Miene verdüsterte sich. »Es gibt keinen Ort mehr, an den du fliehen kannst. Niemanden mehr, an den du dich wenden kannst. Nur noch dich und mich. Je eher du dich damit abfindest, desto besser.«

Ist es wahr? Hat wirklich niemand diesen Wahnsinn überlebt?
Sie lauschte, doch selbst wenn sich irgendwo noch jemand verkrochen hatte, was nützte es ihr? Niemand würde ihr zu Hilfe kommen.

»Komm jetzt!« Mit überraschend festem Griff packte Sethon ihren Arm und zerrte sie mit sich zu den Gängen, aus denen er gekommen war. Ihre Hand schloss sich um Hamons Dolch an ihrem Gürtel.

»Sethon!«, rief jemand hinter ihnen.

Er warf einen Blick über die Schulter. Nemera zog die Klinge und stach zu.

Die Macht des Astars glitt Davaron wie Sand durch die Finger. Es war, als streue er mit unsichtbarer Hand einen Ring aus Feuer, und er sträubte sich nicht dagegen. Nichts anderes hätte ihn vor der Überzahl der Menschen bewahrt. Den vordersten Angreifern schlugen Flammen aus Haaren und Kleidung. Kreischend gingen sie zu Boden oder rannten davon. Die Menge gab ihnen hastig den Weg frei, so gut es ging. Wo es zu eng war, steckten die Brennenden weitere Flüchtlinge an. Doch davon sah Davaron nur wenig, denn mit dem Mut der Verzweiflung drangen neue Gegner auf ihn ein. Davaron trennte dem Schnellsten das Haupt von den Schultern, drehte sich, wehrte den nächsten ab, drehte sich weiter und schleuderte dem Rest magisches Feuer entgegen.

Neue Schreie erklangen. Am Durchgang, hinter dem sich angeblich Nemera befand, blitzten Waffen auf. Untote stürmten herein und metzelten nieder, was in die Reichweite ihrer Klingen kam. Doch Davarons meiste Gegner sahen nicht, was hinter ihrem Rücken geschah, und griffen wieder an. Davaron wich einem Speerstoß aus, wirbelte an dem Mann vorbei und schlitzte ihm dabei den ganzen Arm auf. Wieder griff er mit seinem Willen nach dem beschworenen Feuer, das vor seinem geistigen Auge hell aufloderte.

Plötzlich gab es einen leisen Knall. Stechender Schmerz fuhr ihm durchs Handgelenk. Flammen leckten an seiner Haut. Fast hätte er das Schwert fallen lassen, doch ohne die Waffe wäre er verloren. Ihm war, als ob sich glühendes Eisen in sein Handgelenk fraß. Doch schon war das Feuer fort. Nur ein wenig Rauch kräuselte sich um den Knauf. Das Gefühl der Macht versiegte.

Davaron duckte sich unter einem Hieb hindurch und stach dem Gegner im Aufspringen die Schwertspitze in die Kehle. Dabei geriet das Sternenglas am Heft in seinen Blick. Der Kristall war matt und in zahllose Splitter zersprungen. Mechanisch kämpfte Davaron weiter, parierte, konterte, wich aus. Doch seine Gedanken kreisten nur um den Verlust des Astarions. Von seiner eigenen Magie war kaum etwas übrig. Im Vertrauen auf den Kristall hatte er jedes Maß verloren.

Aber mit jedem Augenblick fielen mehr und mehr Gegner unter dem Ansturm der Untoten. Bald war kaum noch ein wehrhafter Mann auf den Füßen. Davaron zog sich an eine Wand zurück, die ihm den Rücken freihielt, während vor ihm das Töten weiterging. Wer noch lebte, kämpfte darum, auf die Treppe nach oben zu gelangen, doch die Wiedergänger nahmen die Stufen bereits ein. Die Halle füllte sich mit dem Wimmern der Sterbenden und einem Gestank nach Rauch, Blut und Innereien. Es erinnerte ihn an das Schlachtfest der kyperischen Barbaren. Er empfand kein Bedauern. Die Menschen bedeuteten ihm nichts. Sie waren Tiere, die einander umbrachten. Das war nichts Neues. Doch ein Teil des Bluts klebte an seinen Fingern, und er würde dem Sein eine Menge Opfer bringen müssen, um diese Schuld zu begleichen. Tat er es nicht, würde es ihm kaum neues Leben für Eretheya und Mevetha gewähren.

Todesfeen fanden sich ein, kreisten wie Raben über einem Schlachtfeld. Ihr Kreischen erinnerte Davaron an Harpyien. Er riss sich zusammen. Das Sternenglas mochte gesprungen sein, aber er hatte noch immer das Schwert und konnte es mit einem Basilisken aufnehmen. Wachsam, um nicht in einen Hieb zu laufen, der einem anderen galt, schob er sich durch das Gemetzel, das seinen Höhepunkt überschritten hatte. Es war zwar fraglich, ob er Nemera noch retten konnte, falls sich der zweite Basilisk in ihrer Nähe befand, aber er musste es wenigstens versuchen. Aus dem Gang, den man ihm gewiesen hatte, strömten

ihm so viele Untote entgegen, dass es kein Durchkommen gab.
Offenbar gab es dort keine Gegner mehr. Auch hinter ihm
hauchten die letzten Menschen ihr Leben aus. Er erkannte es
am enttäuschten Kreischen der Todesfeen. Unzählige Schritte
entfernten sich. Die Wiedergänger hasteten auf der Suche nach
neuen Opfern die Stufen empor.

Davaron spähte nach nebenan. Entlang der Wände waren
Tote ordentlich aufgereiht, während sie ansonsten kreuz und
quer lagen. Offenbar hatte man hier die Verwundeten versorgt.
Zwischen den Leichen brannten etliche Untote, von denen einige
noch zuckten, obwohl der Kampf gegen das Feuer verloren war.

Durch Qualm und Flammen entdeckte Davaron eine einzelne
aufrechte Gestalt, der schwarze Strähnen des aufgesteckten
Haars auf die Schultern fielen. *Die Regentin.* Niemand sonst
wäre den Untoten entgangen. Von einem Basilisken sah er keine
Spur – zumindest wenn er die drei versteinerten Menschen in
der Nähe der Tür außen vor ließ, die eindeutig in die Halle geblickt hatten, aus der er kam.

Davaron atmete auf. Er hatte seinen Teil der Abmachung
erfüllt. Gerade als er auf Nemera zugehen wollte, trat Sethon
aus den Rauchschwaden und sprach sie an. Mit spöttischem
Lächeln hielt Davaron inne. *Das traute Wiedersehen, von dem er
geträumt hat.* Es hörte sich nicht an, als ob Nemera davon ebenso angetan war. Doch Sethon hatte sein Ziel erreicht. Er schien
keinen Gedanken daran zu verschwenden, ob seine Ordensbrüder oder Davaron noch am Leben waren. Anstatt sich nach
ihnen umzusehen, packte er Nemera am Arm, um sie davon-
zuzerren.

»Sethon!«, rief Davaron. »Vergiss...« *... unseren Handel
nicht!* Die Worte erstarben ihm auf der Zunge, als eine Klinge
aufglänzte und in Sethons Brust fuhr. »Nein!«

Davaron rannte auf den Großmeister zu, der ungläubig auf
den Dolch zwischen seinen Rippen hinabsah. Hastig wich Nemera zurück, doch Davaron hatte keinen Blick für sie. Sethon
durfte nicht sterben. Als Davaron ihn erreichte, sank der Großmeister bereits auf die Knie. Wie um zu begreifen, schlossen
sich seine Hände um das Heft des Dolchs.

»Nicht herausziehen!«, fuhr Davaron ihn an.

Mit unergründlicher Miene sah Sethon zu ihm auf. Seine Lider flatterten, als verliere er das Bewusstsein.

»Du musst wach bleiben!« Davaron fing den wankenden Großmeister auf und bettete ihn vorsichtig auf den Boden. Erst dann wagte er, Sethon auf die Wange zu schlagen, bis er ihn mit halbwegs klarem Blick anstarrte. »Wir haben eine Abmachung! Die Flüssigkeit! Das Zeug, das den toten Käfer geweckt hat. Was ist sein Geheimnis?«

Ein Lächeln stahl sich in Sethons Züge. Als er den Mund öffnete, schwappte Blut heraus, und er krümmte sich in einem Hustenanfall.

»Reiß dich zusammen!«, brüllte Davaron. »Sag es mir!«

Sethon grinste. Davaron musste sich über ihn beugen, um zu verstehen, was er durch das Blut röchelte. »Es gibt ... kein Geheimnis. Alles ... Illusion.«

Athanor nahm einem gefallenen Palastwächter den Speer ab und kauerte sich hinter den toten Drachen neben dem Tor. Um Davaron am Zaubern zu hindern, musste er ihn beschäftigen, bis er nah genug für einen Zweikampf war. Noch immer ergoss sich die Flut der Untoten aus dem Eingang des Turms, dass es kein Durchkommen gab. Wie hatten die Leichenschänder ein ganzes Heer in die Festung schmuggeln können? Sie mussten sich irgendwo unter der Ordensburg verborgen haben, sonst hätten Vindurs Leute sie bemerkt. *Unter dem Turm.* Wo sie Nemera in Sicherheit geglaubt hatten ...

Knurrend schüttelte er das Bild der Regentin ab, wie sie von Untoten niedergemacht wurde. Er konnte es nicht mehr ändern. Aber er konnte Davaron finden und ihm das arrogante Lächeln aus dem Gesicht schneiden.

Jenseits des Drachen, hinter dem er Deckung gefunden hatte, hörte er Akkamas Befehle brüllen. Flammen fauchten. Brennende Wiedergänger knisterten. Endlich hastete nur noch eine Handvoll Untote aus der Burg. Athanor lief los. Einer der Wiedergänger entdeckte ihn, drehte sich um. Doch Akkamas packte den wandelnden Leichnam mit den Zähnen und schleu-

496

derte ihn gegen den Turm. Bevor der Untote wieder herabfiel, eilte Athanor schon durch das Tor.

Dahinter war der Boden mit Leichen bedeckt. Athanor stieg über niedergemetzelte Flüchtlinge, versteinerte und verbrannte Wächter hinweg. Unmöglich, dabei nicht auf eine Hand oder gar einen Leib zu treten. Mit jedem Schritt wuchs Athanors Abscheu. Selbst auf Kinder hatten diese Bestien ihre Schlächter gehetzt. Und wofür das alles? Diese Menschen hätten noch leben, hätten Dion wieder aufbauen können.

»Was hast du nun davon?«, brüllte er einen toten Magier an. Die schwarze Robe verriet ihn. Jemand hatte ihm den Kopf an der Wand eingeschlagen. Athanor versetzte ihm einen Tritt und stakste weiter durch den Leichenteppich.

Von unten wallte Qualm die Treppe herauf, doch zu hören war nichts. Kein Kampflärm, keine Schreie, nicht einmal Schritte auf den Stufen. Vielleicht betrachtete die Bande ihre Mission als erfüllt und verschwand nun auf demselben Weg, wie sie gekommen war, um den Drachen zu entgehen.

Du entwischst mir nicht!, schwor Athanor Davaron im Stillen und eilte hinab. Auch auf den Stufen lagen Leichen verstreut. Athanor musste aufpassen, nicht über sie zu stolpern, während er in Rauch und Halbdunkel nach verborgenen Gegnern spähte.

Aus der Halle am Fuß der Treppe schlug Athanor der metallische Geruch von Blut entgegen. Fackeln und brennende Wiedergänger tauchten den Raum in flackerndes Zwielicht. Die Schatten versteinerter Gestalten tanzten über ein Meer aus Leichen. Unter Athanors Füßen quatschte es, als er über den blutbedeckten Boden ging.

»Reiß dich zusammen!«

Der Bastard! Athanor hätte die Stimme unter Tausenden erkannt.

»Sag es mir!«

Athanor lief zu dem Durchlass, aus dem das Gebrüll kam, und lugte um die Ecke. Vor ihm erstreckte sich ein mit alten und neuen Leichen gepflasterter Gang, in dem noch mehr Untote brannten. Davaron hockte einen guten Speerwurf entfernt und beugte sich über jemanden am Boden. Einige Schritte daneben stand Nemera und wich noch weiter zurück. Sonst war niemand zu sehen.

Athanor schnellte um die Ecke und rannte auf Davaron zu. »Freu dich aufs Schattenreich, du Bastard!« Aus vollem Lauf schleuderte er den Speer. Davaron sprang auf, doch es war zu spät. Die Waffe fuhr tief in seinen Oberschenkel. Mit einem Wutschrei riss er sie heraus, warf sie Athanor entgegen und humpelte davon. Sie erreichte Athanor nicht einmal. Viel mehr machten ihm die Toten zu schaffen, die im Weg lagen. Bevor ihm Davaron entkam, trat er auch auf Leichen, aber sie rächten sich dafür, indem sie ihn abrutschen und straucheln ließen. Der Elf schien dagegen mit jedem Schritt weniger zu hinken und schneller zu werden.

Athanor hetzte an Nemera vorbei, ohne sie zu beachten. Solange sie aufrecht stand, konnte sie nicht in Lebensgefahr sein. Davaron verschwand im Nebenraum. Athanor zog das abgebrochene Schwert und stürmte über die Schwelle. Auch hier gab es nichts als Leichen und Blut. Erst hinter der nächsten Tür fand sich ein leerer Gang, den Davaron entlangrannte. Athanor folgte ihm, sog die Luft in seine vom Rauch brennenden Lungen und holte auf.

Vor dem Elf schälte sich etwas aus dem Halbdunkel. Ein Kind, das am Fuß der Wand kauerte und erschreckt aufsah. Davaron hatte es fast erreicht. Plötzlich sprang es auf und warf sich dem Bastard direkt vor die Füße. Davaron stolperte. Schon rappelte sich das Kind unter ihm auf und brachte ihn endgültig zu Fall. Hastig kroch es zur Seite. Athanor sprang dem Elf in den Rücken und stieß ihn damit auf den Boden zurück, dass er ihn keuchen hörte. Mit der Linken packte er Davaron beim langen Haar. Er war so zornig, dass er die Brandblasen dabei kaum spürte. Unter ihm wand sich der Elf vergeblich. Athanor zog Davarons Kopf an den Haaren zurück und setzte ihm die Klinge an die Kehle. »Ich lasse dich ausbluten wie ein Schwein.«

»Du bist auch nur ein Mörder«, krächzte Davaron. »Du weißt nicht einmal, warum ich es getan habe.«

»Elanya starb durch deine Hand. Mehr muss ich nicht wis-

498

sen.« Und doch verlangte Athanors Herz nach einer Antwort, um ihrem Tod einen Sinn zu verleihen. Er zögerte. »Warum?«

Davaron stieß ein gepresstes Lachen hervor. »Lässt du mich laufen, wenn ich es dir sage?«

»Nein.«

Vor Lachen musste der Elf husten.

»Warum?«, fuhr Athanor ihn an und bog Davarons Kopf noch weiter zurück.

»Damit du weißt, wie es ist, wenn man Frau und Kind verliert.«

Frau und Kind? Elanya war schwanger? Man hatte sie auf dem Felsen gefunden, auf dem Davarons Familie gestorben war. Ein roter Schleier senkte sich vor Athanors Augen und verbarg den Elf. Doch seine Finger krallten sich noch immer in dessen Haar. Er musste ihn nicht sehen, um die Schneide mit einem Ruck durch seinen Hals zu ziehen. »Verfluchter Bastard!«

Davaron zappelte. Athanor hörte ihn röcheln und Blut gurgeln.

Genauso ist sie gestorben. Er konnte es vor sich sehen. In seinem Innern zerriss etwas. Tränen strömten ihm über die Wangen und tropften auf den verhassten Mörder herab. Hastig ließ er das Schwert fallen und wich zurück. Nicht einmal im Sterben sollte der Bastard glauben, dass er Tränen wert war.

Während sich Athanor erhob, klärte sich sein Blick. Schweigend sah er auf den Elf hinab, dessen Fingernägel über den Fels kratzten, bevor die Hände plötzlich erschlafften.

An das kleine Mädchen erinnerte er sich erst, als es neben ihn trat. »Er wollte ihn zertreten.« Auf ihrer ausgestreckten Hand lag ein grün schillernder Käfer.

26

Als Athanor an den Ort zurückkehrte, wo er Davaron gefunden hatte, war Nemera verschwunden. Aus der Brust des Manns, den der Bastard angeschnauzt hatte, ragte ein Dolch. Der Kerl rührte sich nicht mehr, was besser für ihn war, denn die schwarze Robe wies ihn als Nekromanten aus. Athanor warf ihm im Vorübergehen einen verächtlichen Blick zu.

Dieses Mal stieg er respektvoller über die Toten, und das Mädchen folgte ihm wie ein Schatten. Er hatte erwartet, dass es beim Anblick des Blutbads schreiend davonlaufen oder weinen würde, doch es blieb stumm. Nur leise Schritte verrieten ihm, dass es noch hinter ihm war. Selbst die Versteinerten entlockten ihr keinen Laut.

Ohne sich umzusehen, schritt Athanor die Treppe hinauf. Es gab nur einen, mit dem er sprechen wollte: Vindur. Von draußen drang noch immer Drachengebrüll herein, doch es war leiser geworden und entfernte sich. Athanor blickte nicht einmal zum Tor. Das alles hatte nichts mehr mit ihm zu tun. Sollte sich Akkamas darum kümmern, wenn er der Sohn eines Gotts war.

Auf den Stufen nach oben lagen weniger Tote, weshalb er schneller vorankam. Vielleicht war der ein oder andere, den die Kameraden zur Treppe getragen hatten, sogar noch am Leben, doch es scherte Athanor nicht. Er konnte keinen dieser Menschen retten, hatte es nie gekonnt. Der Dunkle hatte recht behalten. Am Ende gehörten sie ihm.

Als er Vindurs Stockwerk erreichte, kam ihm Laurion entgegen. Das Gesicht des Magiers war noch immer so bleich wie die mit Blut befleckte Robe. Mit einem Blick, als hätte er einen Geist gesehen, wankte er auf Athanor zu. »Ihr lebt! Ich dachte schon, ich würde nie wieder einen lebenden Menschen sehen! Aber wir haben verloren …« Die Freude verschwand wieder aus seiner Miene.

»Wir haben gewonnen«, erklärte Athanor knapp und eilte an ihm vorbei in Vindurs Geschützraum.

»Aber ...« Laurion folgte ihm. »Wenn das ein Sieg ist, wie sieht dann eine Niederlage aus?«

»Du und ich würden nicht hier stehen.« Athanors Blick schweifte über die halb verbrannten Leichen. Vindur lag am Fenster. Größe und Rüstung ließen keinen Zweifel, doch selbst der Helm hatte sich im Drachenfeuer verformt. Kettenhemd und Kleidung waren zu einer dunklen Masse verschmort. Athanor wagte kaum, in Vindurs Gesicht zu sehen. Er erkannte es nicht wieder. Der Schädel war kaum mehr als ein schwarzer Klotz. *Nun bist du Hrodomar also gefolgt.*

Auf dem Weg zurück nach unten folgten Athanor bereits drei Schatten – sein eigener und zwei, deren Schritte er hörte.

»Ihr müsst mich zutiefst verachten«, sagte Laurion bedrückt. »Ich habe diese Schlacht verschlafen! Ich schäme mich.«

Athanor stand der Sinn nicht nach Reden, doch der Magier hatte nicht verdient, sich für eine nutzlose Memme zu halten. Auch wenn er eine Memme *war*. »Du hast die Donnervögel gerufen. Ohne sie hätten wir nicht durchgehalten. Vielleicht wäre sogar alles anders ausgegangen.«

»Dann habe ich uns gerettet?«, zweifelte Laurion überrascht.

»Ich habe den Käfer gerettet«, piepte das Mädchen.

»Du bist sehr tapfer«, lobte Laurion. »Aber ... wer bist du eigentlich?«

Athanor ignorierte, dass die Frage vermutlich ihm galt, weil ihm das Kind nachlief.

»Rhea«, antwortete sie.

»Ich heiße Laurion.«

»Bist du ein Magier?«

»Ja.«

»Wer ist er?«

»Das ist der Kaysar.«

»Hört ihr jetzt mit diesem unsäglichen Geplapper auf?«, rief Athanor und beschleunigte seine Schritte.

Auf dem Gang zum Tor kam ihm Mahanael entgegen. Er wirkte unverletzt, und etwas an seiner Haltung verriet, dass er die Schlacht genossen hatte. *Die Söhne Heras sind für den Kampf am Himmel gemacht.*

Als der Elf Athanor entdeckte, lächelte er kurz, bevor er die Stirn runzelte. »Hast du den Verräter gefunden?«

»Gefunden und gerichtet.« *Und eine neue Wunde erlitten.* Sogar im Angesicht des Todes hatte ihm Davaron noch ein Messer in den Rücken getrieben. Oder war es das Bedürfnis des Sterbenden gewesen, sein Gewissen zu erleichtern? Nein. Dann hätte er nicht dabei gelacht.

Mahanael nickte ernst.

»Wo ist Meriothin? Hat er …« Athanor brach ab, als Trauer in Mahanaels Züge trat.

»Ich habe im Kampf einen Seelenvogel gesehen. Möge er den Weg über den Ozean finden.«

»Das wird er«, sagte Athanor rau. »Ganz sicher.«

»Eleagon ist …« Mahanaels Stimme versagte. In seinen Augen schimmerten Tränen, aber sie flossen nicht.

Athanor nickte. »Wir werden ihm die letzte Ehre erweisen, die einem Schiffsführer seines Rangs würdig ist.«

»Er hätte sich gewünscht, dass sein Leib dem Meer übergeben wird.«

»Dann bringen wir ihn dorthin.«

Als der Drache neben ihm auf dem Turm landete, erwartete Athanor fast, dass die Plattform unter ihnen einbrach. Doch der Fels hielt stand, und Athanor musste nur aufpassen, nicht vom Wind der Schwingen in den Abgrund geweht zu werden. Akkamas hatte mit seinen Verbündeten die letzten feindlichen Drachen in die Flucht geschlagen. Nur zwei Donnervögel kreisten noch am Abendhimmel. Athanor schätzte, dass sie sich im Schutz der Dunkelheit an den Kadavern der Drachen mästen würden, wenn auch das letzte Ungeheuer fort war.

»Hast du deine Frau gerächt?«, erkundigte sich Akkamas. Die Drachenstimme war ungewohnt und doch seltsam vertraut.

»Ja.«

»So wie Nemera ihren Vater gerächt hat.« Akkamas' Blick richtete sich in die Tiefe, wo die wenigen überlebenden Menschen um ein Lagerfeuer zusammenkamen.

»Und deinen«, fügte Athanor hinzu.

»Es lindert den Verlust nicht. Er ist tot.«

Athanor schwieg, aber es war nur zu wahr. Es erfüllte ihn mit Genugtuung, dass Davaron nicht mehr süffisant über seine Tat lächeln konnte. Doch es brachte Elanya nicht zurück. Er war nur müde und spürte die Wunden, die er im Kampf erlitten hatte. Elanya hätte sie geheilt. Und zugleich sein leeres, zerschlagenes Herz gewärmt.

»Hat er wirklich seit Jahrtausenden das Land beschützt?«, fragte er schließlich.

»Ja. Und er hatte viele Helfer. Du hast es zu spüren bekommen, als du den Ozean überquert hast.«

»Der Sturm? Das wart ihr?«

»Der Seedrache, der euch angriff, hat den Zauber gewirkt. Er gehört zu jenen, die über Dions Grenzen wachen. Es sollten nicht noch einmal Schiffe nach Dion gelangen.«

»Und warum?«, fuhr Athanor auf. Immerhin wäre er beinahe ertrunken – und Vindur gleich mit. Von Thalasar und seiner Mannschaft, die nicht überlebt hatten, ganz zu schweigen.

»Paians Flotte habt ihr nicht aufgehalten.«

»Weil es keine Armee war und wir nicht gern in Streitigkeiten unter den Menschen eingreifen«, erklärte Akkamas.

»Aber es erwies sich als Fehler, den mein Vater stets bereut hat.«

»Weil sich Dion dem Kaysar unterwarf?«

»Wundert dich das überhaupt nicht? Er war nur eine ferne Gestalt und seine Gesandten und Siedler nur wenige.«

So betrachtet musste Athanor ihm recht geben. Kein König hieß einen fremden Herrscher willkommen, um ihm kampflos die Macht zu übergeben. »Und warum hat sich Dion trotzdem dem Alten Reich unterworfen?«

»Weil die Fremden eine tödliche Krankheit mitbrachten, gegen die sie selbst gefeit waren. Innerhalb weniger Jahre raffte die Seuche fast alle Dionier dahin. Die Überlebenden vermischten

503

sich mit den Siedlern zu einem neuen Volk, aber die vielen Toten betrübten meinen Vater. Er wünschte, er hätte sie vor diesem Schicksal bewahrt. Deshalb ließen wir fortan keine Schiffe mehr passieren – weder in die eine noch in die andere Richtung. Aber ich fürchte ...« Akkamas machte eine Bewegung, die als Schulterzucken eines Drachen durchgehen mochte.»Unsere Aufmerksamkeit ließ nach, als wir von dem bevorstehenden Angriff durch unseresgleichen erfuhren.«

Weshalb euch Davaron entkam ...»Ihr hattet kein Recht, in die Geschicke dieses neuen Volks einzugreifen. Es war nicht mehr das Dion, das den Bund mit euch schloss.«

Das starre Echsengesicht verriet kein Gefühl, doch in Akkamas' Stimme glaubte Athanor, ein Lächeln zu hören.»So spricht der Kaysar, der sich die Einmischung in sein Reich verbittet.«

»Fang nicht schon wieder damit an! Laurion plagt mich schon genug damit.«

»Hätten wir uns auch aus dieser Schlacht heraushalten sollen?«

Drachen!»Verdreh mir nicht das Wort im Mund! Es ging mir nur darum, dass ihr euch zwischen Ithara und Dion gestellt habt, obwohl sie zu einem Reich verschmolzen waren.«

»Wen außer dem Kaysar sollte das stören?«, stichelte Akkamas.

Athanor schnaubte und schwieg. Sollten sie doch alle glauben, was sie wollten.

»Hast du das Schwert noch?«, erkundigte sich der Drache nach einer Weile.

»Es ist zerbrochen«, erwiderte Athanor.

Akkamas senkte den Kopf und beäugte das Heft, das aus der Schwertscheide ragte.»Du hast es noch.«

»Es ist Zwergenwerk. Ich werde es als Andenken an Vindur in Ehren halten.«

»Auch wenn es zerbrochen ist, besitzt es immer noch Macht. Vielleicht wird es dir noch einmal nützlich sein.«

Sofort erwachte Athanors Misstrauen.»Gegen Drachen?«

»Nicht, wenn ich es verhindern kann«, versprach Akkamas. »Aber es bannt *jede* Form von Magie. Wer weiß also ...«

»Es verhindert Magie?« Bis zu diesem Moment war Athanor zu sehr mit sich beschäftigt gewesen, um darüber nachzudenken, *wie* die Klinge die Drachen vom Himmel gezwungen hatte.

»Nur wenn der Zaubernde das *drakonis* berührt«, schränkte Akkamas ein. »Deshalb solltest du es ja auch von mir fernhalten, solange du auf meinem Rücken warst. Unsere Schuppen bieten etwas Schutz vor der Wirkung, aber ich würde es nicht darauf ankommen lassen.«

Athanor nickte. Drachen waren keine Vögel. Trotz ihrer Schwingen hielten sie sich vor allem durch mächtige Magie in der Luft.

Erneut legte sich Schweigen über die rußgeschwärzte Spitze des Turms. Am westlichen Horizont versank die Sonne und tauchte Wüste und Felsen in rötliches Licht.

»Als ich nach dem Kampf mit dem Riesen sterbend in der Wüste lag«, begann Athanor schließlich. »Da waren zwei Männer. Einer der beiden ... Das warst du, nicht wahr?«

»Daran erinnerst du dich? Du hast doch behauptet, du wüsstest nicht, wie du zur Handelsstraße gekommen bist.«

»Weiß ich auch nicht. Aber ich sehe zwei verhüllte Gesichter, die sich über mich beugen.«

»Ein Fiebertraum?«, wehrte Akkamas ab.

»Hör auf zu leugnen! Der Kerl hatte deine Augen!«

»Also schön, das war ich. Es blieb nicht unbemerkt, dass Rakkathor aus seinem Gefängnis entkommen war.«

»Wer war der andere?«

»Das darf ich dir nicht sagen.«

»Warum?«

»Wenn ich es sage, verfolgen mich sieben Jahre Pech.«

Athanor konnte Akkamas' Schmunzeln förmlich vor sich sehen. Er setzte zu einer empörten Erwiderung an, doch der Drache kam ihm zuvor.

»Es wird Zeit, dass ich mich verabschiede.«

Bezog er sich darauf, dass die ersten Sterne am Himmel standen, oder wollte er sich nur vor der Antwort drücken?

»Es war mir eine Ehre, dich kennenzulernen, Athanor, Prinz

von Theroia. Vielleicht sehen wir uns wieder, wenn dir Drachen willkommen sind.«

Athanor war nicht sicher, ob das jemals der Fall sein würde. Als er schwieg, wandte sich der Drache ab und schwang sich in die Luft.

»Akkamas!«, rief Athanor ihm nach.

Sein Freund sah noch einmal zurück.

»Danke.«

Am nächsten Morgen trug Athanor Vindurs Leichnam in dessen Quartier und legte ihn aufs Bett. Er wusste nicht viel über die Bestattungsbräuche der Zwerge, doch ganz sicher wollten sie auch im Tod am liebsten von Fels umgeben sein. *Mögen deine Götter dich in die Heilige Schmiede leiten, von der du gesprochen hast*, dachte er und gab ihm die Überreste der Axt zur Seite.

Mahanael, Laurion und das seltsame Mädchen warteten in respektvoller Stille, bis er aus der Kammer trat. Dann begannen sie gemeinsam, die Tür zuzumauern. Stein für Stein schleppten sie die Treppe herauf. Rhea mischte mit ernster Miene den Mörtel und verteilte ihn.

Von draußen drang das Zetern und Krächzen der Raben und Krähen herein, die sich mit den Geiern um die Leichen stritten. Unter Nemeras Führung wechselten sich die wenigen Unverletzten damit ab, die Verwundeten zu versorgen und die Toten in die Gänge unter der Burg zu tragen, wohin die Aasfresser nicht vordrangen. Ein vergebliches Mühen. Es gab zu viele Leichen, und unter der sengenden Sonne setzte bereits die Verwesung ein. Sie alle zu bergen, hätte das Häuflein der Überlebenden einen halben Mond beschäftigt. Fast alle Krieger mit schlimmen Brandwunden waren ihren Qualen erlegen. Einer hatte sich vor Schmerzen sogar selbst in ein Schwert gestürzt. Es gab keinen Heiler mehr, keine Kaysa-Priesterinnen, nicht einmal ausreichend Stoff für saubere Verbände oder gar lindernde Tränke und Salben. Vielleicht würden deshalb noch mehr sterben.

Athanor verdrängte den Gedanken und konzentrierte sich auf die Mauer, die sie Reihe um Reihe aufschichteten. Als Rhea nicht mehr hinaufreichte, setzte Laurion sie auf seine Schultern und hielt den Mörteleimer. So verging der Tag. Athanor schlief vor dem verschlossenen Eingang. Mahanael hielt am Fenster Wache. Draußen jaulten die Schakale in der Dunkelheit. Auch sie holten sich ihren Anteil am faulenden Fleisch.

Leise Stimmen weckten Athanor. Laurion und das Mädchen hatten zum Frühstück Wasser und altes Brot aus den Beständen der Turmbesatzung geholt. Nach dem kargen Mahl beschloss Athanor, dass es Zeit wurde, diesen Ort zu verlassen. »Wir müssen Eleagon zur Küste bringen.« Zwar hatte er die Leiche mit Mahanael in einen kühlen Raum getragen, doch je schneller sie aufbrachen, desto unversehrter konnten sie Eleagons Leib dem Ozean übergeben. Vielleicht fanden sie am Weg sogar ein kleines Boot, um die Reise zu beschleunigen.

»Ich werde uns Proviant zusammenstellen«, sagte Laurion, als hätten sie längst besprochen, dass er Athanor und Mahanael begleiten würde. »Es gibt Bohnen, Mehl und Trockenobst da unten.«

Rhea sprang auf, um Laurion zu folgen.

»Willst du denn auch mitkommen?«, fragte der Magier.

Das Mädchen nickte.

»Was wird aus deinem Käfer?«

»Er ist in die Wüste geflogen.«

Die Trauer in ihrer Stimme trieb Athanor aus dem Turm. Mahanael und er fingen zwei Esel, die bei der Hatz auf die Flüchtlinge entwischt waren und nun am Fluss weideten. Als sie mit den Tieren zurückkamen, packten auch die überlebenden Dionier ihre wenigen Habseligkeiten und luden Vorräte auf einen der Karren, mit denen die Baustelle aus den Steinbrüchen beliefert worden war. Passende Ochsen grasten vor den Ruinen der Stadt.

Athanor spannte die Esel an und bettete Eleagon mit Mahanaels Hilfe auf einen kleineren Karren, während die Dionier die Ochsen herbeitrieben und den Verwundeten auf den Wagen halfen. Dann wandte er sich Nemera zu. »Wohin werdet ihr gehen?«

Nemeras Blick war undeutbar. »Das liegt bei Euch«, erwiderte sie.

Athanor runzelte die Stirn.

»Ihr seid der Kaysar«, fügte sie hinzu und verneigte sich, und ihre Untertanen mit ihr. *Was sehen sie in mir?* Er hatte nicht einmal jene schützen können, die er liebte. Jetzt, da Davaron tot war, wusste er nichts mehr mit sich anzufangen. Er wusste nicht, wohin ihn sein Weg führen würde. Es gab keinen Weg. Doch nichts davon kam ihm über die Lippen. *Wir sehen, was wir sehen wollen.* Jedes Wort war verschwendet. Es änderte nichts.

Athanor schüttelte den Kopf und ging. Hinter sich hörte er ihre Schritte. Sie folgten ihm.

Personenregister

Menschen
Theroier:
Athanor, Prinz von Theroia
Anandra, seine Schwester
Argos, Athanors Onkel und Bruder des Königs
Theleus, Athanors bester Freund
Boros, Krieger

Andere:
Etheon, König von Ithara

Dionier:
Akkamas, Erster Krieger der Fürstin von Katna
Aira, Fürstin von Katna, Witwe des Regenten Themos
Nemera, Regentin von Dion, Tochter des Regenten Themos
Sethon, Großmeister der abtrünnigen Magier
Hamon, Erster Krieger Dions
Laurion, junger Magier
Thegea, Großmeisterin des Magierordens
Eripe, Oberste Drachenpriesterin Maranas
Sesos, Fürst von Marana
Kaphis, Oberster Kaysa-Priester Maranas
Harud, Oberster des Maranaer Ordenshauses der Magier
Rhea, ein Waise aus Ehala
Nathos, Mitglied von Vindurs Geschützmannschaft
Ireus, Mitglied von Vindurs Geschützmannschaft
Kahun, Dämonenjäger

Elfen
Söhne und Töchter Ardas:
Elanya, Heilerin bei der Grenzwache
Aphaiya, Elanyas Schwester und Wahrträumerin
Omeon, zwielichtiger ältester Sohn Ardas
Peredin, der »Älteste« der Abkömmlinge Ardas
Merava, Peredins Frau

Söhne und Töchter Piriths:
Davaron, Reisender und neuerdings Grenzwächter

Söhne und Töchter Thalas:
Kalianara, »Älteste« der Abkömmlinge Thalas
Eleagon, Schiffsführer der *Kemethoë*
Thalasar, Schiffsführer der *Linoreia*
Meriothin, Heiler und Besatzungsmitglied der *Kemethoë*
Mahanael, Besatzungsmitglied der *Kemethoë*
Leonem, Besatzungsmitglied der *Kemethoë*
Berelean, jüngstes Besatzungsmitglied der *Kemethoë*
Piriyath, Besatzungsmitglied auf der *Linoreia*
Medeam, Besatzungsmitglied auf der *Linoreia*

Andere
Vindur, Sohn des Zwergenkönigs Rathgar von Firondil
Chria, eine Harpyie
Rakkathor, ein Drache

ENTDECKE NEUE WELTEN
MIT PIPER FANTASY

Mach mit und gestalte deine eigene Welt!

PIPER

www.piper-fantasy.de